STACIA KANE

Chess Putnam

Geisterstadt

Stacia Kane

CHESS PUTNAM
GEISTERSTADT

Roman

Ins Deutsche übertragen von
Jasper Nicolaisen

LYX EGMONT

Die Originalausgabe erschien 2010 unter dem Titel *City of Ghosts (Downside Ghosts Book 3)* bei Del Rey, an imprint of The Random House Publishing Group, a division of Random House Inc., New York

Deutschsprachige Erstausgabe Dezember 2011 bei LYX
verlegt durch EGMONT Verlagsgesellschaften mbH,
Gertrudenstraße 30–36, 50667 Köln

1. Auflage
Redaktion: Angela Koonen
Satz: Greiner & Reichel, Köln
Druck: GGP Media GmbH, Pößneck
ISBN 978-3-8025-8358-2

www.egmont-lyx.de

1

Nicht all deine Pflichten werden angenehm sein. Aber dieses Opfer musst du bringen. Vergiss nicht, dass du als Kirchenangestellter allen anderen Menschen gegenüber privilegiert bist.

Mit gutem Beispiel vorangehen!
Ein Leitfaden für Kirchenangestellte

Die Guillotine erwartete sie. Das geschwärzte Holz ragte düster und bedrohlich vor den nackten Betonwänden des Hinrichtungssaals auf.

Chess gab sich Mühe, nicht hinzusehen, als sie vorbeihumpelte. Versuchte zu vergessen, dass sie es eigentlich verdient gehabt hätte, davor niederzuknien, den Hals auf den im Lauf der Jahre glatt polierten Block zu legen und auf die Klinge zu warten. Sie hatte einen Psychopomp getötet. Verdammt, sie hatte *Menschen* umgebracht!

Nur auf den Tod des Falken stand automatisch die Todesstrafe.

Doch niemand wusste davon. Oder wenigstens niemand, der über die Macht verfügte, sie zum Tode zu verurteilen. Im Augenblick war sie sicher.

Leider fühlte sie sich überhaupt nicht sicher. Sie fühlte sich kein bisschen so, wie es eigentlich hätte sein sollen. Bei jedem Schritt in den Kirchenschuhen mit den flachen Absätzen gemahnte sie ein dumpfer Schmerz im Oberschenkel an die fast verheilte Schusswunde. Ihr Humpeln erinnerte auch alle anderen daran und lenkte die Aufmerksamkeit ausgerechnet jetzt auf sie, zu einem Zeitpunkt, da sie Aufmerksamkeit noch viel weniger brauchen konnte als sonst.

Die Hand des Ältesten Griffin legte sich warm auf ihren Ellbogen. »Sie dürfen sitzen bleiben, während das Urteil verkündet und vollstreckt wird, Cesaria.«

»Oh nein, wirklich, ich bin …«

Er schüttelte den Kopf und sah sie mit ernstem Blick an. Was sollte das denn jetzt? Zugegeben, eine Hinrichtung war auch nicht gerade ein knalliges Partyevent, aber das galt für so ziemlich jeden Kirchentermin. Doch der Älteste Griffin sah heute noch ernster aus als sonst, noch bedrückter.

Er wusste doch wohl nicht Bescheid, oder? Hatte Oliver Fletcher ihm von dem Psychopomp erzählt und davon, was sie ihm angetan hatte? Wenn dieser Bast … Nein. Das war nur blöde Paranoia. Oliver hatte ihm ganz bestimmt nichts verraten. Wann denn auch? Soweit sie wusste, hatten die beiden Männer sich seit jener Nacht nur einmal unterhalten – seit der Nacht, in der sie den Psychopomp getötet hatte, der Nacht, in der Terrible …

Der Atem rasselte in ihrer Brust. Ach ja, richtig. Hier und jetzt waren solche Gedanken wirklich fehl am Platz. Hier fand eine Hinrichtung statt, sie musste eine Zeugenaussage machen, und deshalb hieß es jetzt verflucht noch mal Ruhe bewahren und die Aussage zu Protokoll geben.

Also setzte sie sich auf den harten Holzstuhl mit der geraden Rückenlehne, sog den penetranten Desinfektionsmittelgestank ein und sah zu, wie sich die anderen im Gänsemarsch in den Raum schoben. Da war der Älteste Murray, dessen geschminkte Augenringe auf der tiefdunklen Haut beinahe verschwanden, obwohl sie so schwarz wie sein Haar waren. Dann kam Dana Wright, die andere Debunkerin, die bei der Razzia im Keller von Madame Lupita dabei gewesen war, mit den hellen Locken ums Gesicht.

Für Lupita selbst war niemand gekommen. Jeder, dem vielleicht etwas an ihr lag oder der in den letzten Minuten ihrer sterblichen Existenz gerne bei ihr gewesen wäre, war entweder bereits selbst hingerichtet worden oder schmorte in einer Gefängniszelle.

Als Letzter – bevor die Verurteilte selbst eintraf – kam der Henker, das Gesicht von einer schweren schwarzen Kapuze verhüllt. In der ausgestreckten Rechten trug er einen Hundeschädel – seinen Psychopomp, der schon bald Madame Lupita ins Geistergefängnis tragen würde. In der linken Hand hielt er eine Kette, und am Ende der Kette ging Madame Lupita, deren Arme und Handgelenke mit eisernen Schellen gefesselt waren.

Mit dumpfem Krachen fiel die Tür hinter ihnen zu, und das Schloss klickte; es würde sich erst in einer halben Stunde wieder öffnen. Zeit genug für die Hinrichtung und den Abtransport der Seele in die Stadt der Ewigkeit. Diese Zeitschlösser hatte man in der Gründungszeit der Kirche eingeführt, nachdem eine Verkettung unglücklicher Umstände dazu geführt hatte, dass ein Geist die Tür geöffnet hatte und entkommen war. Wie alles, was die Kirche tat, hatten auch die Zeitschlösser ihren Sinn, aber dennoch konnte Chess einen leichten Anflug von Panik nicht unterdrücken. Sie war eingesperrt. Das konnte sie grundsätzlich nicht leiden.

Der Henker befestigte sein Ende der Kette an der Guillotine und machte sich daran, den Schädel am Sockel des fest installierten Altars aufzustellen. Rauch quoll aus seiner Räucherschale und überdeckte den Gestank von Bleichmittel und Ammoniak; der starke, beißende Geruch von Melidia, um Lupitas Seele ins Geistergefängnis zu schicken, dazu gemahlener Ingwer, Teufelskraut und brennende Eibenspäne, die Chess in der Nase juckten.

Die Energie im Raum änderte sich; magische Kraft schlängelte sich an ihren Beinen empor, sorgte dafür, dass sich ihre Nackenhaare aufrichteten und gab ihr diesen ganz speziellen kleinen Kick, der sie immer zum Lächeln brachte.

Doch das verkniff sie sich. Nicht heute. Stattdessen biss sie die Zähne zusammen und sah sich die Verurteilte an.

Lupita hatte sich sehr verändert seit ihrer letzten Begegnung mit Chess in jenem erbärmlichen, überhitzten kleinen Keller, in dem es nach Angst, verbrannten Kräutern und Gift gestunken hatte. Ihr massiger Körper schien geschrumpft zu sein. Statt des lächerlichen Turbans, an den Chess sich erinnerte, trug sie nur noch ihr eigenes kurz geschorenes Haar, und anstelle des albernen Zirkuskaftans verhüllte nun die schlichte schwarze Robe der Todeskandidaten ihren dicken Körper.

Aber ihre Augen waren noch dieselben. Sie schweiften über die kleine Versammlung, blieben an Chess hängen und starrten sie finster an. In ihnen brannte ein so glühender Hass, dass Chess das Gefühl hatte, es versenge ihr die Haut.

Sie zwang sich, dem Blick standzuhalten. Diese Frau hätte sie beinahe umgebracht, indem sie ihr Gift ins Getränk gemischt hatte; sie hätte beinahe einen ganzen Keller voller unschuldiger Menschen getötet, indem sie einen blutrünstigen, tobenden Geist beschworen hatte. Scheiß auf sie! Heute würde sie sterben, und Chess würde zusehen.

Etwas huschte durch die Tiefen von Lupitas Augen.

Chess stockte der Atem. Hatte sie das gerade wirklich gesehen? Dieses silbrige Aufblitzen? Das Aufleuchten, das verriet, dass Lupita einen Geist in ihrem Körper beherbergte?

Sie riss die Augen auf und musterte Lupita jetzt scharf, während sie abwartete. Eigentlich war das unmöglich. Lupita hatte bei ihrer Festnahme keinen Geist in sich getragen – das wäre bei der Inhaftierung sofort aufgeflogen –, und sie konnte nie und nimmer mitten in den Kirchengefängnissen Kontakt zu einem Geist hergestellt und sich mit ihm verbündet haben. Das war einfach völlig unmöglich.

Das Aufblitzen zeigte sich nicht noch einmal. Nein. Sie bildete sich da was ein. Der ganze Stress, die Spannungen in ihrem Privatleben – sofern man bei ihr überhaupt von einem Privatleben sprechen konnte – und die erdrückende Fürsorglichkeit der Ältesten und der anderen Debunker, die sie mit der ewigen Besorgnis wegen ihres Beins und all den guten Absichten förmlich erstickten. Dazu dann noch ein paar Cepts extra und eine Panda sowie eine halbe Nip zum Wachbleiben … Kein Wunder, dass sie langsam Halluzinationen bekam. Was denn noch, vielleicht weiße Mäuse?

Der Älteste Griffin stand vor der Guillotine und räusperte sich.

»Irene Lowe, auch bekannt als Madame Lupita, die Kirche hat Sie der Beschwörung von Geistern auf diese Erde für schuldig befunden. Außerdem hat man Sie des versuchten Mordes an Debunkerin Cesaria Putnam für schuldig befunden. Cesaria, ist diese Frau für die genannten Verbrechen verantwortlich?«

Obwohl ihre rechte Hüfte protestierte und trotz eines leichten Stirnrunzelns des Ältesten Griffin, erhob sich Chess. »Ja, Ältester.«

»Und Sie erklären dies auf welcher Grundlage?«

»Ich war Zeugin, wie diese Frau die Verbrechen beging, Ältester.«

»Und Sie schwören, dass Sie Fakt und Wahrheit sprechen?«

»Das tue ich, Ältester.«

Der Älteste Griffin nickte ihr knapp zu und wandte sich dann Dana Wright zu, während Chess sich wieder in den Stuhl sinken ließ. Eine Frau würde aufgrund ihrer Aussage sterben. Dabei war ihr Wort das Wort eines Junkies, einer Lügnerin, das Wort einer Frau, die ihren einzigen echten Freund betrogen hatte, und es war einen Scheißdreck wert.

Er würde nie wieder mit ihr reden. Letzte Woche hatte sie es endgültig aufgegeben, ihn anzurufen. Sie hatte auch die Hoffnung begraben, dass sie ihn im Trickster's oder Chuck's treffen würde. Sie stand auch nicht mehr ständig in der Kälte auf dem Markt rum, nur um zu sehen, ob er sich da vielleicht mal blicken ließ. Natürlich war er immer noch da draußen unterwegs. Es gab Leute, die ihn gesehen hatten.

Sie gehörte allerdings nicht dazu. Sie hätte nie gedacht, dass man jemandem so hartnäckig aus dem Weg gehen konnte. Es war, als könnte er es spüren, wenn sie sich näherte.

In der Menge entstand Bewegung, und sie richtete ihre Aufmerksamkeit wieder auf die Ereignisse im Saal. Die eigentliche Hinrichtung stand jetzt unmittelbar bevor.

Der Raum vibrierte inzwischen vor magischer Macht, die wie ein gewaltiger Herzschlag alles um sie herum zum Dröhnen brachte – langsam, satt und gleichmäßig. Ein Kreis war nicht nötig; der Raum selbst war ja kreisförmig und glich mit dem Eisenmantel in den Betonwänden einer magischen Festung.

Der Älteste Griffin begann die Trommel zu schlagen und ließ dabei zwischen den einzelnen Schlägen die Hand gerade so lange in der Luft schweben, dass Chess sich beim atemlosen Warten ertappte. Sie konnte sich kaum rühren oder Luft holen, bis das nächste tiefe Dröhnen erklang. Die Magie des Saals strömte in sie, füllte die Leere in ihr und machte sie zu einem mächtigeren Wesen. Es fühlte sich gut an. So gut, dass sie am liebsten die Augen geschlossen und sich der Empfindung ganz hingegeben hätte, um alles und jeden zu vergessen und nur noch in dieser Energie zu existieren.

Das konnte sie natürlich nicht. Sie wusste, dass sie es nicht konnte. Also sah sie stattdessen zu, wie der Psychopomp des

Henkers Gestalt annahm. Der Hund wuchs aus dem Schädel wie ein Fluss, der von einem Berggipfel strömt, und bildete nach und nach Beine, einen Schwanz und glänzendes schwarzes Fell aus, das die eben noch nackte Haut über den Knochen bedeckte.

Der Trommelschlag beschleunigte sich. Trommeln … auch bei Lupitas Séance in jener Nacht hatte es Trommeln gegeben, die von einem völlig mit Speed zugeknallten Duo gespielt worden waren, mit Augen so groß wie Kugellager. Und jetzt wurden wieder Trommeln geschlagen und begleiteten die Worte des Ältesten Griffin mit einem monotonen, schleppenden Rhythmus.

»Irene Lowe, Sie wurden von einem Tribunal aus Kirchenältesten für schuldig befunden und zum Tode verurteilt. Dieses Urteil soll nun vollstreckt werden. Wenn Sie noch irgendwelche letzten Worte zu verkünden haben, haben Sie jetzt Gelegenheit dazu.«

Lupita starrte auf den Boden und schüttelte den Kopf. Chess streckte die eigenen magischen Fühler aus und versuchte, dieser Frau ein bisschen auf den Zahn zu fühlen. Spürte sie Furcht, Wut, irgendetwas? Lupita war zu still. Zu gelassen. Irgendwas stimmte hier nicht.

Der Henker half Lupita auf die Knie und drückte ihren Hals in die Lünette. Der Trommelwirbel wurde lauter und schneller, lauter selbst als Chess' Herzschlag oder das Ein- und Ausströmen der magiegesättigten Luft in ihren Lungen. Lauter als ihre Gedanken.

Sie verstärkte ihre magische Berührung, tastete Lupitas Haut mit ihrer Energie ab, auf der Suche nach irgendetwas …

Oh Scheiße!

Ihr Bein knickte ein, als sie aufsprang, sodass sie fast gestürzt wäre. »Nein! Nein, nicht …«

Zu spät. Die Klinge sauste herab und zerschnitt mit einem metallischen *Schnick* die Luft genauso säuberlich wie Irenes Hals, bevor sie so dumpf wie eine Kerkertür in den Block krachte.

Irenes Kopf purzelte in den Korb. Blut spritzte aus dem Halsstumpf, lief über den Kopf und über den stumpfen Betonboden.

Ihr Geist erhob sich – ihr eigener Geist, der einst Madame Lupita gewesen war. Der Hund stürzte sich auf ihn und machte sich daran, die Erscheinung unter die Erde ins Gefängnis vor den Toren der Stadt der Ewigkeit zu zerren.

Doch auch der andere Geist erhob sich. Der Geist, den Lupita in ihrem Inneren beherbergt hatte. Und für ihn stand kein Psychopomp bereit, und es gab keine Friedhofserde, um ihn zu bändigen. Ein ganzer Saal voller Kirchenangestellter konnte gegen ihn in einem mit Eisen versiegelten Raum hinter verschlossenen Türen nichts ausrichten.

Chess' Schrei brach sich endlich Bahn und gellte durch die Luft. Die anderen übertönten ihn gleich darauf mit eigenen Überraschungs- und Angstschreien.

Der Älteste Griffin ließ die Trommel fallen. Der Hund schnappte sich Lupitas Geist – auf ihrem Arm befand sich eine Kennzeichnung, an der er sie als Zielobjekt erkannte – und sprang in das Feld aus wabernder Luft hinter der Mauer. Das Letzte, was Chess von Lupita noch sah, war ihr Mund, der sich zu einem schrecklichen Grinsen verzerrte, als sie sie alle dem sicheren Tod überließ.

Der Geist schwebte vor der Guillotine in der Luft. Es war ein Mann; das Haar trug er von der Stirn nach hinten gekämmt, die Augen waren leer und das Gesicht vor wilder Freude verzerrt. Der Älteste Murray brüllte etwas, was sie nicht genau verstand. Ihre Haut juckte und kribbelte, als wollte sie ganz und gar vom Körper fortkriechen. Der Geist war mächtig, zu mächtig. Wer zur Hölle war das, wie verdammt noch mal hatte sie es geschafft …

»Ich befehle dir, dich nicht zu rühren!« Die Stimme des Ältesten Griffin hallte durch den Saal, brach sich an den Wänden und fuhr durch Chess' Körper. »Bei meiner Macht befehle ich es dir!«

Es würde nicht funktionieren. Sie wusste, ohne hinzusehen, dass er sich vergeblich bemühte. Aber der Henker … hatte er vielleicht noch einen zweiten Schädel dabei? Oder ein bisschen Friedhofserde?

Dana schrie. Chess sah hinüber und bemerkte, dass der Geist jetzt mit dem Ältesten Murray kämpfte. Den Mund hatte er zu einem bösartigen Grinsen geöffnet, die Augen vor Anstrengung zu Schlitzen verengt. In der Hand hielt der Geist den Ritualdolch, mit dem der Henker den Psychopomp beschworen hatte.

Keine Zeit, untätig zuzusehen. Keine Zeit, sie zu beobachten, damit war sowieso keinem geholfen. Der Raum war erfüllt von Lärm, magischer Energie und Hitze, ein verwirrender Bildmix, der ihr Gehirn überforderte. Sie konzentrierte sich auf die Räucherschale, die Rute in der Ecke und den schwarzen Beutel daneben. Der Henker durchwühlte ihn panisch und zog alles Mögliche hervor …

Jemand stieß gegen sie, und sie stürzte krachend auf den harten Boden.

Noch mehr Schreie und Rufe. Etwas klirrte auf den Boden. Die magische Energie war kaum noch zu ertragen. Das war kein Rausch mehr, kein Höhenflug. Es war die reinste Invasion, die sie herumschleuderte, ihre Gedanken verwirrte, ihren Blick trübte und die Panik der anderen auf sie übertrug.

Sie musste sich beruhigen. Ihre Hände verweigerten ihr den Gehorsam. Ihre Tätowierungen prickelten und brannten, wozu sie allerdings auch da waren. Die Anwesenheit des Geistes ließ sie Alarm schlagen. Für dieses Frühwarnsystem war sie normalerweise dankbar, aber im Moment wäre sie liebend gerne ohne ausgekommen. Im Hinrichtungssaal herrschte das reinste Chaos und riss sie in einem wilden, blutigen Strudel mit.

Okay. Tief Luft holen. Pause. Sie schloss die Augen und suchte tief im Inneren nach der Leere in ihrer Seele. Der Ort, an dem sich normalerweise Dinge wie Liebe, Glück und Wärme befanden, während er bei ihr so gut wie leer war – bis auf zwei Menschen, von denen der eine sie hasste.

Aber es reichte. Schon dieser Moment der Stille genügte, um den Ereignissen ihren Schrecken zu nehmen, den Lärm auszublenden und sich ihrer eigenen Stärke bewusst zu werden.

Sie öffnete die Augen. Ihre Gliedmaßen gehorchten ihr wieder. Sie sprang auf, ignorierte den Schmerz – und war die hart erkämpfte Ruhe beinahe gleich wieder los.

Der Älteste Murray war tot. Sein Körper lag ausgestreckt auf dem Boden wie eine Leiche, die auf das Krematorium wartet. Eine klaffende, blutige Wunde grinste sie von seinem Hals aus an.

Hinter ihm war der Henker an der Wand zusammengesackt. Seine Robe war blutüberströmt. Sie konnte ihn kaum erkennen, durch den Geist hindurch, der jetzt grellweiß war und vor aufgesaugter Energie förmlich platzte. Chess stöhnte. Ein Geist mit so viel Macht war wie ein entflohener Sträfling auf Speed mit Zuckerguss – nicht aufzuhalten, ohne Gefühle, ohne klaren Verstand. Eine Killermaschine, die man nur gewaltsam stoppen konnte.

Und mit so was waren sie jetzt eingesperrt.

Oh Scheiße – sie waren mit *ihnen* eingesperrt! Die Eisenschicht in den Wänden sperrte die Geister des Ältesten Murray und des Henkers genauso unbarmherzig ein wie alle anderen auch; Chess erspähte sie bereits aus dem Augenwinkel als verschwommene Gestalten, die noch um eine feste Form kämpften.

Es bestand eine geringe Chance, dass sie nicht hungrig waren, dass sie nicht auf Mord aus waren, aber die Wahrscheinlichkeit dafür war ungefähr so groß wie die, dass sie heute Nacht ohne eine Handvoll Pillen einschlafen konnte – mit anderen Worten, verdammt gering. Vielleicht noch eine Minute, dann würden die Geister endgültig Gestalt annehmen, ihre Kräfte entdecken, und dann wären sie so richtig und komplett angeschissen.

Blut war auf den Wänden verschmiert, tröpfelte vom glänzenden Fallbeil der Guillotine und strömte in dicken Bahnen über den Betonboden. Es tropfte von der Decke, denn bis dorthin war es aus dem Hals des Ältesten Murray gespritzt; es bildete eine schimmernde Lache um die Leiche, formte ein verwirrendes Muster aus rot umrandeten Fußspuren und war um die geborstenen Trümmer des Hundeschädels verschmiert. Scheiße! Kein Psychopomp. Ob er noch einen hatte?

Der Älteste Griffin war blutüberströmt, ebenso Dana, deren Augen weit offen standen. Aber Chess war nicht die Einzige, die entschlossen war, etwas zu unternehmen. Danas Augen waren finster und von wilder Entschlossenheit erfüllt. Der Älteste Griffin sprühte förmlich vor Macht und Stärke.

Chess erwiderte Danas Blick und deutete mit dem Kopf auf den Beutel. Dana nickte und trat einen Schritt vor.

»Bei meiner Macht befehle ich dir, dich ruhig zu verhalten«, sagte sie, wobei sie jedes einzelne Wort laut und deutlich aussprach. »Ich befehle dir, an deine Ruhestätte zurückzukehren.«

Als der Geist sich zu ihr umdrehte, wich Dana zurück, um ihn abzulenken. Chess schlich sich nach links hinüber, während sie versuchte, nicht die Aufmerksamkeit des Geistes zu erregen. Sie musste diesen Beutel in die Finger bekommen, oder sie würden alle draufgehen. Vielleicht würden sie sowieso sterben, aber sie wollte verdammt sein, wenn sie nicht wenigstens versuchen würde, sie zu retten. Das Leben mochte zwar ein Haufen Scheiße sein, aber die Stadt der Toten war noch viel schlimmer – ihrer Meinung nach jedenfalls –, und sie hatte nicht die geringste Absicht, sich dahin scheuchen zu lassen. Nicht heute.

Ihre Füße in den steifen Schuhen rutschten in dem zähflüssigen Blut aus; der Gestank hing als kupfriger Hauch im Kräutergeruch in der Luft. Wie lange würden die noch brennen, und gab es irgendwo noch mehr?

Der Geist steuerte auf Dana zu, die immer weiterredete und einen Strom von Machtworten ausstieß. Als er das Messer mit einer halb festen Hand packte, rann Blut die Klinge entlang und lief auf seine durchscheinende Haut. Betrachtete man es durch seine Gestalt hindurch, sah es aus wie schwarze Tinte.

Sie warf einen Blick zu den Geistern von Murray und dem Henker hinüber. Inzwischen hatten sie sich beinahe verfestigt und erwachten zappelnd zum Leben, wie Maden, die die Köpfe aus einem verfaulenden Steak steckten. Chess – und allen anderen im Raum – blieb nicht mehr viel Zeit.

Dana schrie. Der Geist warf sich auf sie. Der Älteste Griffin sprang an ihre Seite und kam ihr zu Hilfe, als der Geist versuchte, Dana die Kehle aufzuschlitzen.

Chess stürzte sich auf den Beutel. Erst mal frische Kräuter – sie schnappte sich die Tütchen und warf sie auf das ersterbende Feuer in der Räucherschale. Der Rauch verdickte sich. Und jetzt noch ein weiterer Psychopomp, bitte, er musste doch einen Ersatz dabeihaben. Sie warf den Beutelinhalt achtlos beiseite, während ihre Nackenhaare sich so sehr sträubten, dass sie praktisch ausfielen. Sie hörte nicht viel, was war da los? Waren Dana und der Älteste Griffin tot? Oh Scheiße …

Erleichterung durchströmte sie, als sich ihre Hand um etwas Festes schloss. Ein weiterer Schädel. Dank sei den Göttern, die es nicht gab, er hatte einen Ersatzschädel. Sie zerrte ihn heraus, riss an dem Seidentuch, in das er eingeschlagen war, und stellte ihn auf, ohne ihn sich genauer anzusehen.

Hinter ihr ertönte ein Brüllen. Der Geist hatte sie entdeckt. Dana und der Älteste Griffin versuchten, ihn in Schach zu halten, aber er machte sich substanzlos und stürzte sich durch die

Guillotine hindurch auf sie. Sie wich aus. »Ich rufe die Todesboten der Stadt der Toten«, brachte sie noch hervor, als sie bei dem Versuch, in Reichweite des Schädels, aber außerhalb der Geisterklauen zu bleiben, ins Straucheln kam. »Ich rufe euch mit meiner Macht!«

Der Schädel klapperte. Chess presste noch mehr Kraft hervor und gab alles, was sie hatte – keine leichte Aufgabe, wenn man zugleich versuchte, nicht als Energiesnack für einen Amok laufenden Toten zu enden.

Und da war noch ein Problem. Keine Kennzeichnung. Niemand hatte mit diesem Geist gerechnet, also trug er auch kein Zeichen auf dem Körper; daher bestand die Gefahr, dass der Hund nach seinem Erscheinen nicht erkannte, welchen Geist er mitnehmen sollte. Das war Chess vor ein paar Monaten schon einmal passiert, und damals hatte sich der Hund dann auf sie gestürzt. Das grauenhafte Gefühl, dass ihre Seele aus dem Körper gezerrt wurde wie eine Banane aus der Schale, würde sie niemals vergessen.

Ganz zu schweigen von zwei weiteren Geistern, die kaum anderthalb Meter entfernt von ihr Gestalt annahmen, der des Henkers und der des Ältesten Murrays.

»Keine Kennzeichnung«, stieß sie hervor, und Danas Augen weiteten sich vor Schreck. Sie sah auf das Messer in ihrer Hand, hob die Augenbrauen, und Chess nickte, weil ihr keine andere Wahl blieb.

Dana warf ihr das Messer zu. Der Geist wirbelte herum, als es über den Boden schlitterte, und stürzte sich darauf. Dana und der Älteste Griffin setzten sich in Bewegung, Chess konnte nicht erkennen, wohin. Sie war zu sehr damit beschäftigt, den Geist zu beobachten. Als er die feste Hand über ihren Kopf reckte, griff sie mit der Linken nach seinem Handgelenk und riss mit der Rechten den Marker hoch.

Er hatte keine Kennzeichnung – sie hatten ihn nicht erwartet und deshalb auch keine entworfen. Drauf geschissen! Die Klinge schwebte vor ihren Augen, und an der Spitze klebte geronnenes Blut. Sie kritzelte eine Reihe zittriger Xe auf die durchscheinende Haut. Das Gesicht des Geistes verzerrte sich vor Wut.

Jetzt kam der schlimmste Teil. Mit dem letzten bisschen Kraft, das ihr noch geblieben war, schob sie sich seitlich auf den Schädel zu, ließ den Marker fallen und rammte die Handfläche gegen die Dolchspitze.

Sie hatte nicht erwartet, dass es auf der Stelle wehtun würde, aber das tat es. Und zwar unglaublich weh, au, verdammt! Das Blut tropfte aus der Wunde auf den Schädel, und sie nahm diesen Schmerz und ließ ihn zusammen mit all ihrer magischen Macht in die folgenden Worte fließen.

»Ich biete den Todesboten eine Entschädigung für ihre Hilfe an. Todesboten, herbei! Tragt diesen Mann fort an seinen Ruheplatz, ich befehle es euch bei meiner Macht und meinem Blut!«

Brüllend erschien der Hund, gewaltig, struppig, die Zähne gebleckt. Das war kein gewöhnlicher Hund, es war ein Wolf. Was hatte der Henker verdammt noch mal mit einem nicht genehmigten Psychopomp zu schaffen …

Der Geist riss die Augen auf. Ans Töten verschwendete er jetzt keinen Gedanken mehr; er öffnete den Mund zu einem stummen Schrei und versuchte beiseitezuspringen. Der Hund – der Wolf – setzte ihm nach wie der Wind, den Körper dicht am Boden, jeder Zoll ein Raubtier.

Die Geister des Henkers und des Ältesten Murray hatten inzwischen Gestalt angenommen und drängten sich in eine Ecke. Chess erkannte, wie ihnen trotz aller verzweifelten Versuche, daran festzuhalten, die letzten Überbleibsel geistiger Gesundheit, die letzten Spuren ihrer einstigen Persönlichkeit entglitten,

Es spielte keine Rolle mehr. Der Wolf heulte. Ein Loch öffnete sich kreischend in dem dünnen Schleier zwischen ihrer Welt und der Stadt der Toten. Der Wolf schloss die gewaltigen Kiefer um den ersten Geist. Ektoplasma quoll unter den Zähnen des Wolfs aus der durchscheinenden Gestalt. Der Geist schrie, und dass er dabei stumm blieb, machte es irgendwie noch grauenhafter.

Der Wolf wandte sich dem Ältesten Murray und dem Henker zu. Die beiden klammerten sich aneinander, während sie mit letzter Kraft an ihrer Menschlichkeit festhielten. Chess schossen die Tränen in die Augen. Sie hatte den Ältesten Murray nie gut gekannt, nie viel mit ihm zu tun gehabt, aber angesichts dieses letzten heldenhaften Kampfes wurde sie von Traurigkeit und Mitleid beinahe überwältigt.

Dana und der Älteste Griffin traten an ihre Seite. Dana drückte ihr die Hand. Der Wolf sprang, den ungebetenen Gast immer noch im Rachen, und umschloss den Ältesten Griffin und den Henker mit einer bizarren, ungestümen Umarmung. Dann trug er sie durch das wabernde Loch, das sich hinter ihnen schloss. Die drei Überlebenden starrten mit offenem Mund auf die Stelle, wo er verschwunden war.

2

Die heiligsten Schwüre sind diejenigen, die der Kirche
geleistet und deren Einhaltung von ihr überwacht wird,
denn bei diesen geht es nicht nur um Kopf und Herz,
sondern um die Seele selbst.
Das Buch der Wahrheit, »Gesetze«, Artikel 331

»Ich verstehe nicht, wie das passieren konnte«, wiederholte der Älteste Griffin. Sie waren in sein Büro zurückgekehrt, jenen freundlichen, einladenden Raum voller Schädel und Bücher. Ausnahmsweise war der an die Wand montierte Fernseher abgeschaltet; für gewöhnlich ließ der Älteste ihn immer laufen, damit er etwas Gesellschaft hatte.

Aber anscheinend hatte er im Moment kein gesteigertes Bedürfnis nach Gesellschaft; ebenso wenig wie Chess, was bei ihr allerdings ein Dauerzustand war. Wozu war Gesellschaft denn auch gut? Man ließ Leute in sein Leben, nur um dann am Ende verletzt zu werden. Oder sie zu verletzen. In beiden Fällen war die Straße zum Schmerz mit anderen Menschen gepflastert, und damit wollte Chess nichts mehr zu tun haben.

Wenigstens versuchte sie, sich das einzureden. Diesmal funktionierte es ausnahmsweise auch, allerdings gelang es ihr in letzter Zeit immer schlechter. Sobald man einmal den Entschluss gefasst hatte, sich jemandem zu öffnen, ihn willkommen zu heißen … fiel es schwer zu akzeptieren, dass der Platz, den sie ihm eingeräumt hatte, verwaist war. Und es immer bleiben würde.

Besonders dann, wenn es ihre eigene Schuld war.

»Ich verstehe nicht, wie sie es an den Detektoren vorbeigeschafft hat«, sagte Dana und äußerte damit einen Gedanken, der Chess ebenfalls schon gekommen war, allerdings, ohne die Antwort mitzuliefern, die Chess sich zusammengereimt hatte.

Die sprach sie jetzt laut aus. »Hatte sie gar nicht nötig. Als wir sie geschnappt haben, hat sie den Geist noch nicht in sich beherbergt.«

»Aber das ist un…«

»Ich war dort, Dana.« Chess hielt inne und schenkte der anderen Frau ein schwaches Lächeln, damit sie nicht ganz so bissig rüberkam. Sie hatte noch nie Stress mit Dana gehabt und war auch jetzt nicht scharf darauf. »Ich meine, ich weiß natürlich, dass du auch da warst, aber ich habe ihre Energie gespürt. Sie hat sie mir geklaut, weißt du noch? Deshalb bin ich mir sicher, dass sie zu diesem Zeitpunkt keinen Geist beherbergt hat. In der Frau war nichts außer Gammelfleisch und diesem ekelhaften Tee.«

»Gammelfleisch?« Der Älteste Griffin sah verwirrt aus. Scheiße! Das hätte sie nicht sagen sollen. Natürlich wusste er, dass sie in Downside wohnte, aber er hatte keine Ahnung, was das bedeutete. Und auch sonst niemand. Genau wie Chess es wollte.

»Das ist … das heißt einfach, alle möglichen Fleischabfälle, die bald verderben. Wie im Abfallcontainer vor dem Schlachter.«

Der Älteste hob die Augenbrauen und entspannte die Schulterpartie, ganz so, als hätte sie etwas gesagt, was ihm gefiel.

Was überhaupt keinen Sinn machte. Warum sollte er sich über ihren Slang freuen?

»Also hast du es doch noch geschafft, ein bisschen was aus deiner Gegend aufzuschnappen«, sagte er. »Du lebst nicht ganz so abgeschieden von deinen Nachbarn dort, wie ich vermutet hatte.«

Zum ersten Mal seit langer Zeit war Chess beinahe zum Lachen zumute. Juhu, sie hatte es geschafft, sich in Downside einzufügen! So konnte man das natürlich auch sehen.

»Ja«, sagte sie schließlich und zwang ihr müdes Hirn, sich wieder mit dem Ältesten Griffin zu beschäftigen. Scheiße! Erst zehn Uhr abends, und sie war schon völlig kaputt. In ihrer Tasche hatte sie noch mehr Speed. Hoffentlich waren sie hier bald fertig, damit sie nachlegen konnte.

Ach, scheiß drauf! Sie konnte genauso gut schlafen gehen. Einfach einen Oozer einwerfen und wegpennen ... Vielleicht hatte sie ja sogar Glück und träumte nichts. In letzter Zeit waren ihre Träume nicht besonders fröhlich gewesen. Aber andererseits war das auch nichts Neues.

Der Älteste Griffin lächelte, und zwar genau auf die Art, bei der Chess sich noch mehr als gewöhnlich fragte, was genau er eigentlich im Schilde führte, sagte aber keinen Ton. Gedämpfte Stimmen drangen durch die Tür, vermischt mit Schrittgeräuschen auf dem weitläufigen, glänzenden Boden des Korridors vor dem Büro.

Dana schauderte. »Ich kann es immer noch nicht glauben«, sagte sie. »Der Älteste Murray ... Das kommt mir alles so unwirklich vor.«

Die Miene des Ältesten Griffin nahm einen mitfühlenden Ausdruck an, aber als er sprach, hörte Chess die stählerne Härte unter seinem sanften Tonfall. Selbst ihre Augen weiteten sich ungläubig. Sie konnte sich nicht erinnern, dass er schon einmal so mit jemandem gesprochen hatte – jedenfalls nicht mit jemandem, der noch am Leben war. »Vergiss nicht, dass der Älteste Murray im Geiste immer bei uns sein wird. Zur Trauer gibt es keinen Anlass.«

»Natürlich nicht.« Dana richtete sich in ihrem Sessel auf und strich sich das helle Haar aus dem Gesicht. »Ich wollte … ich wollte nichts Falsches sagen. Ich bin einfach nur geschockt. Ich habe den Ältesten Murray immer gemocht.«

»Ich mochte ihn ebenfalls. Und aus diesem Grund, Dana, und weil ich die Wahrheit kenne, freue ich mich sehr für den Ältesten Murray. Ich gönne ihm den Frieden, den er in der Ewigen Stadt gefunden hat, die Ruhe …« Der Älteste Griffin schüttelte den Kopf. »Ich beneide ihn.«

Chess hatte einige Mühe, einen Schauder zu unterdrücken. Die Stadt der Toten – ugh! Was der Älteste Griffin für Frieden hielt, war in ihren Augen Leere. Was er für Ruhe hielt, erschien ihr wie schreckliche Einsamkeit, gegen die es nicht einmal Pillen oder sonst etwas gab, um sie erträglich zu machen.

»Setzen wir die Zeremonie doch für …« Er blätterte durch die Seiten des Tagesplaners, der vor ihm auf dem großen, glänzenden Schreibtisch lag. »…Samstag an. Ja. Bis Samstag sind es noch fünf Tage – es ist schon so spät, dass ich einen Moment lang vergessen habe, welches Datum heute ist. Am Samstag, Dana, hast du dann Gelegenheit, dich mit eigenen Augen davon zu überzeugen, wie glücklich der Älteste Murray ist.«

Dana nickte, und ihre Miene entspannte sich. Chess hingegen fühlte sich, als hätte ihr jemand einen Mixer in den Magen gerammt. In dem ganzen Trubel mit den Todesfällen, den Grübeleien darüber, wo der verdammte Wolf plötzlich hergekommen war – okay, und auch wegen des kindischen, dummen Gejammers über ihr Privatleben, was für ein schlechter Scherz! –, hatte sie keine Sekunde an die Widmungszeremonie gedacht. Daran, was der Tod eines Ältesten nach sich ziehen würde.

»Cesaria? Geht es dir gut?«

Chess nickte, riss die Augen auf und blickte dem Ältesten Griffin so unschuldig in die blauen Pupillen, wie sie nur konnte.

»Mir geht's prächtig, Sir. Alles in Ordnung. Bin nur ein bisschen müde.«

»Du siehst wirklich erschöpft aus.«

Darauf gab sie keine Antwort. Was hätte sie auch sagen sollen? Vielen Dank?

»Wie geht es deinem Bein, meine Liebe? Fühlst du dich in der Lage, ganz offiziell wieder an deinen Arbeitsplatz zurückzukehren?«

»Ja!« Das Wort entschlüpfte ihr ein bisschen zu laut, ein bisschen zu eifrig. Sie konnte sich nicht zurückhalten. Ja, sie wollte unbedingt wieder zurück an die Arbeit. Sie wollte wieder etwas anderes zu tun haben, als in ihrer Wohnung herumzuhocken, wo sie die kahlen Wände und die leere Stelle neben ihr auf der durchgesessenen Couch doch nur spöttisch anstarrten. Sie wollte noch etwas anderes zu tun haben, als Lex' Besuche abzuwehren, weil sie wusste, dass er davon ausgehen würde, dass er auch in ihren Körper durfte, wenn er einmal in ihrer Wohnung war – und für diese Unterhaltung fühlte sie sich im Moment einfach nicht stark genug.

Eigentlich war sie sich nicht mal sicher, ob sie sie überhaupt führen wollte. Warum denn auch? Warum sollte sie einen Freund und überaus brauchbaren Bettgenossen für einen anderen in den Wind schießen, der ihr nicht deutlicher die kalte Schulter hätte zeigen können, wenn er im ganzen Viertel Warnschilder für sie aufgehängt hätte, sich bloß von ihm fernzuhalten?

Der Älteste Griffin schien sie allerdings keineswegs für übereifrig zu halten. »Ausgezeichnet. Ausgezeichnet. Warte bitte einen Moment.«

Chess und Dana tauschten einen fragenden Blick, während er sich hinter seinem Schreibtisch vorarbeitete und den Raum durchquerte. Im schummrigen gelblichen Licht der trüben Lampen blitzten seine bestrumpften Waden auf. Die getrockneten Blutspritzer von vorhin hoben sich wie Spitzenmuster von der Farbe welken Laubs vom Weiß ab. Er ging aus dem Zimmer und schloss die dunkle Holztür mit einem sanften Klicken hinter sich.

Was hatte er vor? Sie hatte damit gerechnet, dass er ihr die Akte eines neuen Falls holen würde, aber jetzt und hier, genau vor Danas Nasenspitze, würde er ihr sicher keinen Auftrag erteilen, nicht einfach so aus einer Laune heraus. Sie hatte keine Ahnung, wo sie in der Schlange für neue Fälle gerade stand; nach zwei Wochen im Krankenhaus und zwei weiteren Wochen Zwangspause war sie so ziemlich aus allem raus.

»Na dann, zurück an die Arbeit«, sagte Dana in dem müden, lustlosen Tonfall, den man anschlug, wenn man nur deshalb redete, weil man es für unhöflich hielt, stumm zu bleiben.

Chess war froh, dass sie sich darüber keinen Kopf machte und sich in solchen Situationen auch überhaupt nicht unwohl fühlte. Sie nickte nur, presste die Handflächen aneinander und sah sich im Zimmer um. Dann warf sie einen Blick zu Dana hinüber und musterte die blonden Locken und die teuren Ringe der anderen Frau. Na ja, warum denn nicht? Die meisten Debunker gaben ihr Geld für etwas Handfestes aus, statt es für alles zu verschwenden, was man schlucken, rauchen oder schniefen konnte.

Nicht so Chess.

Apropos … Es war jetzt drei Stunden her, dass sie die Panda und die Cepts genommen hatte. Ihr blieb zwar noch jede Menge Zeit, ein paar Stunden bestimmt, aber es konnte nie schaden, auf der Hut zu sein.

Die Tür öffnete sich, und der Älteste Griffin kehrte zurück, gefolgt vom Ältesten Thomas und einer rothaarigen Frau, die Chess noch nie zuvor gesehen hatte.

Nicht, dass es eine Rolle gespielt hätte, denn die Frau war ganz offensichtlich eine Kirchenangestellte. Ihre nackten Armen waren genau wie die von Chess und Dana geschmückt, allerdings mit einer auffälligen Ausnahme: der schwarzen Schlange, die sich vom Handgelenk bis zur Schulter den gesamten Arm hinaufzog, wobei jede einzelne Schuppe perfekt mit silberner magischer Tinte gestochen war, die im Dämmerlicht schwach schimmerte.

Eine Angehörige des Black Squad. Die Gesetzeshüter der Kirche – ein Teil der Kirchenhierarchie, im Gegensatz zu Debunkern wie Chess und Dana, die einfache Angestellte waren.

Ihr gefror das Blut in den Adern. War die Frau ihretwegen hier – war man ihr auf die Schliche gekommen? Die ganze Zeit über war sie so vorsichtig gewesen, all die Jahre hatte sie niemanden zu nahe an sich rangelassen, hatte immer darauf geachtet, in Gegenwart anderer nicht mal ein lausiges Aspirin zu nehmen und jetzt – hier, ausgerechnet vor Dana? Man würde sie hopsnehmen, genau vor der Nase von … nein. Nein. Sie benahm sich total bescheuert, wie der letzte paranoide Idiot, und das musste aufhören.

Am besten auf der Stelle, denn die Rothaarige guckte sie schon ziemlich schräg an. Musterte sie durchdringend, als könnte sie ihr das schlechte Gewissen an der Nasenspitze ansehen. Nicht gut. Chess verstärkte den Griff um die eigenen Finger, um sich zu beruhigen, und erwiderte den Blick der Rothaarigen. Die Frau wollte hier Spielchen spielen und so ein blödes, kleines Blickduell anfangen? Ihr Pech.

Die Frau lächelte, unterbrach den Blickkontakt dann sehr bedächtig und sah zu Boden. Ohhhkay. Was war das denn jetzt?

»Dana«, sagte der Älteste Griffin und unterbrach damit, was auch immer sich gerade abgespielt hatte, »vielleicht solltest du dich in deine Kabine zurückziehen. Ruh dich ein bisschen aus.«

Dana öffnete den Mund, bevor sie es sich anders überlegte. Der Älteste Griffin hatte sie zwar freundlich weggeschickt, aber weggeschickt hatte er sie ohne Zweifel, und Dana war nicht blöd.

Sie verschwand mit einer Reihe hastig gemurmelter Abschiedsworte.

Dann war Chess mit zwei Ältesten und einer Frau, die wahrscheinlich genug Macht hatte, um sie ins Gefängnis werfen zu lassen, wenn sie sie nur komisch ansah, allein im Zimmer. Die Stille hämmerte gegen ihren Schädel wie ein Irrer auf Speed mit einem Hammer.

Der Älteste Griffin setzte sich. »Cesaria, darf ich dir Lauren Abrams vorstellen? Sie ist gerade heute Morgen aus New York angekommen.«

Die Frau – Lauren – streckte eine schmale, blasse Hand aus. Ihre Tattoos zogen sich bis auf den Handrücken, wie ein Handschuh ohne Finger. An den Spitzen der nackten Finger saßen Nägel, die so kurz waren wie die eines Mannes und vor Sauberkeit glänzten. »Schön, dich kennenzulernen, Cesaria. Ich habe schon viel von dir gehört.«

Als Chess Lauren die Hand schüttelte, lief ihr ein elektrisches Prickeln den Arm hinauf. Sie ignorierte es. Ebenso wie Laurens offensichtliche Erwartung, dass sie nachfragte, was sie denn alles gehört hätte, oder dass sie irgendeinen Witz machte. Es gehörte schließlich nicht zu ihrem Job, sich vor Freundlichkeit ein Bein auszureißen, und die ganze Sache gefiel ihr kein bisschen.

Sie hatte schon früher manchmal mit dem Black Squad zusammengearbeitet, ein paar kleine Gelegenheitsaufträge, aber das hier war etwas anderes. Diesmal wurde sie nicht einfach in einen Trupp gesteckt und mit einem schnellen Briefing versehen. Sie hatte es auch nicht mit einem Haufen Fußsoldaten des Squad zu tun. Laurens magische Macht und die Befehlsgewohnheit, die sie ausstrahlte, verrieten Chess nur allzu deutlich, dass diese Frau von weiter oben kam. Von ganz oben. Oder sogar …

»Abrams«, sagte sie. »Irgendwie verwandt mit dem Großältesten?«

Lauren ließ ein leises, fröhliches Lachen hören. »Er ist mein Vater.«

Wäre Chess nicht schon im Begriff gewesen, sich zu setzen, wäre sie jetzt möglicherweise gestolpert. Unglaublich. Man wollte sie auf einen Fall ansetzen – hier ging es hundertprozentig um einen Fall, entweder das, oder man wollte sie einbuchten, und irgendwie hatte sie das Gefühl, dass das jetzt langsam mal passiert wäre, wenn sie es vorgehabt hätten – und ihre Partnerin war die verdammte Tochter des Großältesten?

»Oh«, sagte sie endlich, weil alle sie anstarrten, als würden sie eine Antwort erwarten. »Okay.«

Lauren setzte sich in Danas frei gewordenen Sessel und kreuzte mit einem Wispern von Nylon die Beine. »Ich wette, du fragst dich, was das alles soll.«

Chess zuckte die Achseln.

»Wir möchten dir … ein Angebot machen. Eine Untersuchung, von der wir glauben, dass du uns dabei eine große Hilfe wärst. Interessiert?«

»Worum geht's?«

Lauren öffnete den Mund, aber bevor sie etwas sagen konnte, räusperte sich der Älteste Thompson und beugte sich vor, während er die buschigen Augenbrauen zu einer geraden Linie zusammenzog. Seine Brauen faszinierten Chess; jedes Mal, wenn sie ihn sah, schienen sie noch dicker und buschiger geworden zu sein, während das Haar auf seinem Kopf immer lichter und dünner wurde, als fände eine Art Völkerwanderung zwischen den beiden Körperpartien statt. Sie stellte sich vor, dass die Augenbrauen eines Tages als struppiger Vorhang vor den Augen hängen würden.

Lauren warf ihm einen Blick zu, nickte und wandte sich dann wieder Chess zu. »Es handelt sich um einen sehr … heiklen Fall.«

»Alle meine Fälle sind heikel.« Was zum Teufel sollte das? Warum sahen alle sie an, als würde man von ihr erwarten, dass sie gleich explodierte? »Ich kann den Mund halten, falls du darauf hinauswillst.«

»Oh, nein, nein, darum geht es nicht. Es ist nur, dass … ach, wie soll ich das bloß erklären?« Lauren sah Hilfe suchend zum Ältesten Griffin hinüber und biss sich auf die lippenstiftverkleisterte Unterlippe.

Na toll. Eine von *diesen* Frauen: Hart und bestimmt, wenn es ihr in den Kram passte, aber sofort mit dem Ich-bin-so-ein-armes-Baby-Blick zur Stelle, wenn nicht. Da sollte sie wohl einen Fall zusammen mit der verwöhnten Tochter des Großältesten übernehmen, die erwartete, dass Chess die ganze Arbeit machte, damit sie mit den Wimpern klimpern und am Ende den ganzen Ruhm einstreichen konnte? Ärgs. Nein, danke!

Andererseits … wie viel würde wohl dabei rausspringen? Sie ging fest davon aus, dass sie ihren Nachschub bald wieder selber bezahlen musste, sobald der Vorrat in der Tasche aufgebraucht war und sie Lex eröffnete, dass sie nicht mehr mit ihm schlafen würde. Ein kleiner Zusatzverdienst käme also wie gerufen. Für den letzten Fall hatte sie zwar eine saftige Belohnung eingestrichen, sie aber sofort wieder abdrücken müssen, um ihre Haut zu retten, und so … war sie pleite. Wie immer.

»Cesaria, das Problem ist nicht, dass wir dir nicht trauen«, sagte der Älteste Griffin. »Es ist nur, dass die heikle Natur dieses Falls, also das, worum es geht, die Erklärung etwas schwierig macht.«

Der Älteste Thompson verschränkte die Arme. »Wir können dir nicht sagen, worum es geht. Nicht, bevor du nicht eingewilligt hast, den Fall zu übernehmen.«

»Was? Ich werde nicht …«

»Und wir müssen einen Bindenden Eid verlangen.«

Chess fiel die Kinnlade runter. Einen Bindenden Eid? Das sollte ja wohl ein Witz sein. Nein. Kam nicht in die Tüte. Man verlangte von ihr, einen Fall zu übernehmen, der so bedeutsam war, dass er ein Schweigegelübde verlangte – eine Art magische Kontrolle über all ihre Handlungen –, und dann sollte sie vorher nicht einmal erfahren, worum es eigentlich ging? Nicht mal den kleinsten Hinweis?

Lex würde sie bestimmt erst mal unterstützen. Selbst wenn er sie nicht mehr umsonst mit dem versorgte, was sie brauchte, würde er ihr sicher etwas vorstrecken, bis sie einen echten Fall hatte, einen, der ihr einen Bonus einbrachte. Das würde nicht lange dauern, so wie immer.

»Bei diesem Fall gibt es einen Vorabbonus, einfach dafür, dass du ihn übernimmst und in den Bindenden Eid einwilligst«, sagte der Älteste Griffin. »Dreißigtausend Dollar. Solange du an dem Fall dran bist, bekommst du außerdem tausend Dollar pro Woche zusätzlich zu deinem normalen Gehalt – wobei wir allerdings von einer Klärung innerhalb von zwei Wochen ausgehen – und dann noch einmal fünfzigtausend Dollar, wenn alles vorbei ist.«

Der Protest erstarb in ihrer Kehle. Zweiundachtzigtausend Dollar. Achtzigtausend Dollar Minimum. Das war ein verdammter Scheißhaufen Geld.

Und sie brauchte immer noch ein neues Auto.

»Ich nehme mal an«, sagte sie und hatte Mühe, die Worte durch die plötzlich wie zugeschnürte Kehle zu pressen, »dass es sich um einen gefährlichen Fall handelt?«

Lauren Abrams schlug die Beine mit einem erneuten Nylonflüstern in die andere Richtung übereinander. Die Ältesten Thompson und Griffin sahen sie an, als erwarteten sie, dass Chess jeden Augenblick schreiend aufspringen und aus dem Zimmer rennen würde. Niemand antwortete.

Sie hatte gerade mit angesehen, wie zwei Menschen gestorben

waren. Ihre Hand pulsierte an der Stelle, wo sie sich geschnitten hatte. Ihr Oberschenkel schmerzte. Sie wollte eine Zigarette, und sie wollte ihre Pillen. Und sie wollte achtzigtausend Dollar.

Ganz egal, um was für einen Fall es ging.

»Ich mach's«, sagte sie und hoffte, dass es die Sache wert war.

3

Und jene Ersten Ältesten ehren wir mehr als alle anderen,
denn sie waren die Gründer unserer Kirche und
damit die Retter der Menschheit.
Das Buch der Wahrheit, »Ursprünge«, Artikel 1256

Der Älteste Griffin erhob sich. Der Schein der Kerzen am Boden fiel auf sein Gesicht und warf flackernde Schatten über ein Auge. Einen Moment lang sah er fremdartig, fast unheimlich aus; dann drehte er sich weiter nach links und war wieder er selbst.

Chess' Herz hämmerte in der Brust. Das ist nur ein kleines bisschen Magie, sagte sie sich. Nur ein Eid, nicht anders als die, die sie zu Beginn ihrer Ausbildung abgelegt hatte, und ganz sicher nicht anders als die, die sie beim Abschluss dieser Ausbildung geleistet hatte, als sie im Alter von 21 Jahren eine vollwertige Angestellte der Kirche geworden war.

Aber es funktionierte nicht. Das hier war etwas ganz anderes, und das wusste sie auch. Und es gefiel ihr nicht. Ebenso wenig, wie ihr der unterschwellig und drängend ansteigende Energielevel im Raum behagte oder das eigentümliche Lächeln auf Lauren Abrams' Gesicht, während sie zusah, wie die Ältesten den Altar vorbereiteten.

Chess stand mit hinter dem Rücken verschränkten Händen in der Mitte des Raumes. Bei dem Gedanken an das getrocknete Blut, das sich in den Falten ihres schlichten, förmlichen

Kleids festgesetzt hatte, rebellierte ihr Magen ein wenig. Wegen des Henkers und des Ältesten Murray machte sie sich keine Gedanken; nur wenige Krankheiten, die durch Blut und andere Körperflüssigkeiten übertragen wurden, hatten die strengen Quarantäne- und Eindämmungsprogramme der Kirche überstanden, und gegen die verbliebenen waren Kirchenangestellte geimpft.

Aber Madame Lupita … von Krankheiten mal ganz abgesehen, wer konnte wissen, welcher Bakteriencocktail sich in ihren verkrusteten Adern getummelt haben mochte? Chess war sich darüber im Klaren, dass realistisch betrachtet jetzt, da das Blut getrocknet war, kein Risiko mehr bestand, aber das änderte nichts daran, dass sie sich das verdammte Kleid so schnell wie möglich vom Leib reißen wollte.

Aber natürlich blieb ihr im Moment keine andere Wahl. Und je eher sie den blöden Eid ablegte, desto schneller würde sie auch einen schönen, fetten Scheck einstreichen. Auf dem Nachhauseweg konnte sie ihn gleich in den Nachtbriefkasten der Bank werfen.

Eine Bewegung zu ihrer Linken riss sie aus ihren Gedanken und lenkte ihre Aufmerksamkeit wieder auf die Zeremonie. Die Ältesten hatten begonnen, eine Linie aus Salz zu ziehen, und murmelten Worte der Macht, während sie gemessen im Uhrzeigersinn voranschritten. Lauren lehnte sich außerhalb des Kreises gegen die Wand und sah mit verschränkten Armen, einen Fuß vor den anderen gestellt, zu. Chess' Haut kribbelte vor Ärger.

Eigentlich war es nicht ungewöhnlich, dass ihr Menschen auf den ersten Blick unsympathisch waren. Schließlich war ihr so ziemlich jeder unsympathisch. Aber normalerweise war sie nicht gezwungen, mit diesen Leuten auch noch *zusammenzuarbeiten*. Sie fühlte sich … bedrängt.

Andererseits hatte sie niemand gezwungen, den Fall anzunehmen. Nein, gezwungen nicht. Aber bestochen. Und sie ließ sich bestechen, weil sie das Geld brauchte.

Hinter den Ältesten ging die Salzlinie in leuchtenden purpurnen Flammen auf, die leise zischten, als sie mit breiten Zungen emporleckten und die Umgebung in farbiges Licht tauchten. Die weißen Strümpfe der Männer leuchteten auf, ebenso wie ihre Gesichter. Das fahle Haar des Ältesten Griffin stand von seinem Kopf ab wie ein greller violetter Strahlenkranz. Chess' Augen begannen zu tränen.

Aber nicht nur ihre Augen brannten. Die Energie schwirrte und wirbelte um sie herum und pochte gegen ihre Haut. Der Machtstrudel ergriff sie, umtoste sie, nahm sie gefangen und kehrte ihr Innerstes nach außen. Sie wusste nicht, wohin sie blicken sollte, worauf sie sich konzentrieren sollte, und doch ertrug sie es nicht, die Augen zu schließen.

Also senkte sie den Blick und starrte auf die staubigen, blutbesprenkelten Spitzen ihrer einstmals glänzenden schwarzen Stöckelschuhe. Das war kein guter Ausweg. In ihrem Kopf drehte sich alles, und die Füße sahen schwindelerregend weit entfernt aus. Aber es war immer noch besser, als den Bewegungen der Ältesten im Inneren der Funken sprühenden, gleißend hellen Kuppel zuzusehen, die gerade dabei waren, die Schalen aufzustellen und die Kräuter zu entzünden.

Das einzig Gute war, dass Lauren Abrams sie nicht länger sehen konnte. Der Kreis blendete sie. Wenigstens eine kleine Erleichterung.

Rauch wirbelte durch den Kreis, dicker, beißender Rauch vom selben Purpur wie der Kreis und die Flammen, die in der großen Feuerschale vor ihr züngelten. Sie sträubte sich, ihn einzuatmen. Einatmen war ein Teil des Eids, Teil der Bindung. Selbst sie wusste nicht über alle verwendeten Kräuter Bescheid, aber sobald sie ihre Lunge erreichten, würden sie in den Blutkreislauf gelangen und sie mit jeder einzelnen Zelle ihres Körpers auf den magischen Schwur verpflichten, den sie gleich ablegen würde.

Es handelte sich um mächtige Kräuter der Bindung. Die Kalmusgewächse, Vetiver und Kalmus, kombiniert mit der dunklen, pulsierenden Energie der Lakritzwurzel. Sie spürte, wie sich die Macht der Pflanzen in ihr ausbreitete und in jeden freien Winkel kroch, um Chess' eigene Magie hervorzukitzeln und sich mit ihr zu verbinden. Sie stand nackt und wehrlos vor ihnen; kalt und rücksichtslos durchtosten sie sie, breiteten sich von Kopf bis Fuß aus und unterwarfen sie ihrem Willen.

Das hatte nichts mit den Eiden gemein, die sie bei ihrer Initiation abgelegt hatte, oder denen beim Ausbildungsantritt. Das hier war … es war schwere, finstere Magie, die sie gefangen nahm und mit so gewaltiger Kraft umfing, dass sie glaubte, zusammenbrechen zu müssen. Etwas Vergleichbares hatte sie noch nie erlebt. Das war nicht richtig, es konnte nicht richtig sein …

Gedämpft hörte sie die Ältesten sprechen und sah schemenhafte Bewegungen, als sie am nördlichen Bogen des Kreises weitere Kräuter ins purpurrot glühende Feuer gaben. Myrrhe und Zedernholz, Bergamotte und Drachenblut. Ihr Blick verschwamm. Gestalten mit weit aufgerissenen Mündern und Glotzaugen formte sich im Rauch. Jemand stöhnte. Sie wusste nicht, ob sie es nicht selbst war.

Der Älteste Thompson stimmte einen Singsang an, leise und langsam, die Stimme schwer vom Rauch, von Macht und Gänsehaut verursachender Autorität. Gegen ihren Willen begann sie sich im Bann seiner Befehlsgewalt zu bewegen. Tief in ihr regte sich Widerstand.

Sie wollte das alles nicht mehr. Sie hatte es sich anders überlegt. Ihr Herz bebte in der Brust wie eine Flipperkugel, die zwischen den Hebeln festhängt und verzweifelt zu entkommen versucht. Ihr Geist kämpfte gegen den Ältesten und sein Vorhaben an, aber sie war gefangen. Saß in der Falle. Auf sein Kommando hob sie die Hände und drehte sie, sodass die bleichen Handgelenke mit den blauroten Adern unter der dünnen Haut gegen die Decke der Kuppel gekehrt waren.

Die Hand des Ältesten Griffin auf ihrem Arm. Verzweifelt versuchte sie, den Rauch vor ihren Augen zu durchdringen, um ihn klar zu erkennen. Kämpfte gegen den Zauberspruch an, der ihr mit harten Händen die Beine hinauffuhr, sich um ihre Schultern legte, ihr über Bauch und Brüste strich und den Hals liebkoste. Er war überall.

Geisterhände, fremde Hände überall auf ihrem Körper. *Nein.* Nein, sie hatte geschworen, dass sie niemals wieder – dass sie nie wieder dort liegen würde, sie war kein Kind mehr, sie musste das nicht zulassen. Musste ihnen das nicht erlauben, sie konnte sich wehren, sie war mächtig. Sie war eine Hexe, eine verdammte *Kirchenhexe*; sie war erwachsen, und sie war es jetzt, die die Macht hatte. Sie musste es ihnen nicht erlauben, nicht mehr, sie wollte das nicht mehr, nein …

»Aufhören!« Ihre Stimme versagte; die ausgedörrten Lippen schmerzten beim Sprechen. Sie durfte das nicht zulassen; sie wollte nicht mehr kontrolliert werden, durfte nicht schwach werden. Durfte ihre Selbstständigkeit nicht aufgeben. Ihre Unabhängigkeit. Die Stärke, um die sie so verflucht hart gekämpft hatte, das Recht, eigene Gedanken zu haben und über ihren Körper zu verfügen. Nicht mehr gezwungen zu sein, für andere als Scheißspielzeug herzuhalten, das man links liegen lassen konnte, bis man mal wieder Lust hatte, es aus der Kiste zu ziehen, nur um es dann wieder wegzuwerfen, wenn es langweilig wurde.

»Aufhören!«, versuchte sie noch einmal, aber sie brachte nur ein Gurgeln heraus. Panik überkam sie. Sie konnte nichts mehr sehen, nichts mehr hören, die Hände und Füße nicht mehr spüren. Die Stimme des Ältesten Thompson wurde lauter und dröhnte ihr in den Ohren, als seine Macht in sie eindrang und sie überwältigte. Er rang mit ihr, damit sie stillhielt.

Ihre Füße bewegten sich, als watete sie durch halb getrockneten Zement. Sie musste hier raus. Musste es einfach. Scheiß auf das Geld! Das war es nicht wert, einfach nicht wert, war es nicht wert, von schweren schwarzen Händen festgehalten und gezwungen zu werden, alles aufzugeben, wofür sie ihr Leben lang gekämpft hatte.

Der Älteste Thompson schrie jetzt. Seine Worte prasselten auf sie ein und trafen sie wie Faustschläge. Sie wehrte sich heftiger und stemmte sich gegen die dicke purpurrote Feuerwand. Bloß raus, sie musste hier raus, musste …

Eine weitere Hand auf ihr, die ihr den Arm drückte. Sie wollte ausholen, sie wegschlagen, aber er hielt sie fest. »Cesaria. Cesaria. Cesaria.«

Der Älteste Griffin. Der Älteste Griffin sprach mit ihr, leise zwar, aber irgendwie trotz des Brüllens des Ältesten Thompson immer noch zu verstehen. Wieder und wieder sagte er ihren Namen, und der winzige Teil von ihr, der sich noch konzentrieren konnte, griff danach, griff nach dem Klang ihres Namens in seinem Mund und klammerte sich daran fest.

»Cesaria. Ich bin hier, ich bin bei dir, Cesaria. Gib nach. Lass los und vertrau mir. Du kennst mich, Cesaria. Ich kenne dich. Dir geschieht hier nichts, niemand will dir etwas antun. Ich verspreche dir, dass es aufhört, wenn du dich entspannst. Dir wird dann nichts geschehen. Ich verspreche es dir – lass los, und es hört auf, kämpf nicht länger dagegen an, niemand wird dir wehtun. Niemand wird dir wehtun, Cesaria, das verspreche ich dir …«

Sie wollte nicht. Ihr Kopf flog vor und zurück, als sie sich aufbäumte, sich zur Wehr setzte.

Er sprach immer weiter und wiederholte die immer gleiche

sanfte Litanei. Tränen liefen ihr über die Wangen. Sie konnte sie spüren, schmeckte sie, salzig, mit einem Hauch von Kalmus und Cayenne aus dem Kräuterdampf, der in ihren Körper eindrang.

Irgendwann – sie hatte keine Ahnung, wie lange es dauerte, wie oft er ihren Namen wiederholte oder sie drängte, nachzugeben und dem Ältesten Thompson die Kontrolle über sich zu überlassen – entspannte sie sich. Der Älteste Griffin würde nicht zulassen, dass ihr etwas geschah. Da war sie sich ganz sicher. Wenn sie ihm nicht traute, wem dann? Sie vertraute ihm mehr als irgendjemand sonst, außer … Sie vertraute ihm, und er würde nicht zulassen, dass ihr etwas geschah. Allmählich spürte sie, wie sich die Energie um sie herum veränderte, und hörte, wie die Stimme des Ältesten Thompson leiser wurde. Aufseufzend lauschte sie in sich hinein und ließ sich von ihrem Vertrauen besänftigen.

Die Energie schlug um. Schlagartig, als würde ein Puzzleteil an den richtigen Platz gelegt. Sie war nicht länger beängstigend, nicht länger gefährlich. Chess war jetzt ein Teil davon. Sie hatte sich hingegeben. Sie hatte zugestimmt, sie nahm aktiv teil, und plötzlich machte es ihr nichts mehr aus. Tatsächlich …

Es füllte sie aus und ließ sie schweben. Besser als ihre Pillen. Besser als eine Dosis Dream. Jede Zelle ihres Körpers bestand aus reiner Macht, reiner dicker Süße, leicht und freudvoll. Sie musste keine Entscheidungen treffen, keine Kämpfe ausfechten. Keine Erinnerungen, mit denen sie sich herumschlagen musste, keine Scham, kein Leid. Sie war nicht mehr sie selbst. Sie war jemand anders, jemand, der zu jemandem *dazugehörte*, und dieser Jemand traf alle Entscheidungen und ließ sie schweben …

Dann änderte sich die Energie erneut und schleuderte sie in sich selbst zurück. Ihre Augen öffneten sich.

Das Licht hatte sich verändert. Immer noch purpurrot,

immer noch leuchtend, aber durchzogen von schwarzen und roten Sternschnuppen, die Spuren auf der gleißenden Energie hinterließen. Das Blut tobte durch ihre Adern, durch das Hirn, schneller und schneller, ihre Tätowierungen schrien und juckten und schlängelten sich auf der Haut, brannten sich durch Muskeln und Knochen und ließen sämtliche Alarmglocken in ihrer Seele schrillen.

Rund um den Kreis standen die Geister, die Kleidung so vertraut, mit Gesichtern, die sie von Gemälden kannte. Die Ersten Ältesten. Die Kirchengründer.

Von den Kräutern gebannt und durch Magie zur Handlungsunfähigkeit verdammt, starrten sie sie aus leeren weißen Augen an. Sie hatten die Hände vor dem Körper gefaltet und die Füße fest auf den Boden gepflanzt. Sie wurden ihren Eid bezeugen. Sie würden sie binden.

Und sie würden sie bestrafen, falls sie den Schwur brach.

Heilige Scheiße!

Als die Stimme des Ältesten Thompson durch die Stille dröhnte, war ihre Kraft durch eine Spur von Heiserkeit getrübt.

»Cesaria Putnam, heute Nacht binden wir dich. Wir binden dich an deine Loyalität zur Kirche, an Wahrheit und Fakt, an die Macht der Kirche und die Macht der Erde. Nimmst du diese Bindung an?«

Der Älteste Griffin flüsterte ihr etwas ins Ohr. Sie wiederholte es mit Lippen, die sich fremd und merkwürdig anfühlten, und einer Stimme, die vor Anspannung wie verrostet klang. »Nennt mir die Bedingungen der Bindung.«

»Die Bedingungen der Bindung sind wie folgt: Du sollst mit niemandem über deinen Auftrag sprechen, außer denen, denen das Wissen darüber gestattet ist. Du sollst dich der Kirche gegenüber loyal verhalten. Du sollst das, was du über den Auftrag erfährst, nachdem die Worte der Bindung gesprochen sind und bis sie widerrufen werden, keinem Dritten gegenüber wiederholen, außer den Befugten. Du sollst die Informationen auf Befehl den Befugten gegenüber wiederholen. Nimmst du diese Bedingungen an?«

Erneutes Flüstern des Ältesten Griffin. »Wer sind die Befugten?«

»Die Befugten sind der Älteste Thompson. Der Älteste Griffin. Der Großälteste. Lauren Abrams, dritte Inquisitorin des Black Squad. Außerdem zählen zu den Befugten alle, die dir von den eben Genannten darüber hinaus bezeichnet werden. Nimmst du diese Bedingungen an?«

»Welche Strafe steht auf das Brechen der Bindung?«

»Die Bindung kann nicht gebrochen werden.«

»Keine Bindung ist unzerstörbar.«

»Für den Fall, dass die Bindung gebrochen wird, verhängen wir folgende Strafe: dass die Geister der Ersten Ältesten dich bestrafen. Dass die Ersten Ältesten dir deinen Körper nehmen und ihn vernichten. Dass du ins Geistergefängnis überstellt wirst und dort verbleibst, bis die Ersten Ältesten befinden, dass deine Strafe lange genug gedauert hat.«

Sie erschauderte. Die meinten es verdammt ernst. Alles andere hätte sie aber auch überrascht.

»Cesaria Putnam, nimmst du diese Bedingungen an?«

Purpur wirbelte vor ihren Augen; purpurrote Flammen, purpurne Energie. Die Ersten Ältesten umringten sie mit schweigender Missbilligung, während das Purpurrot durch ihre durchsichtigen Körper schimmerte. Der Älteste Thompson war nur noch ein hoch aufragender schwarzer Schemen, der im grellen Licht kaum noch zu erkennen war.

»Cesaria Putnam, nimmst du diese Bedingungen an?«

Sie leckte sich die Lippen. »Ja, ich nehme sie an.«

Der Älteste Thompson murmelte etwas, und wieder reckten

sich ihre Arme. Der Atem rasselte in ihrer Brust. Sie wusste, was jetzt kam, und sie wollte nicht hinsehen, wollte es nicht wahrhaben, aber sie konnte sich nicht wehren, ihre Augen wollten sich nicht schließen …

Grelles Violett funkelte auf der Schneide, bevor der Älteste Griffin die Klinge mit einem raschen, entschlossenen Schnitt über ihre Handgelenke zog.

Ihre Nerven flatterten. Dumpf spürte sie den Schmerz als kaltes Prickeln unter der Haut, aber die magische Kontrolle, der sie unterlag, ersparte ihr das Schlimmste.

Aber sie sah alles. Sah ihr Blut als schwarzviolette Tinte aus der Wunde sprudeln wie Öl, das aus einem Erdspalt quoll, und auf den schwelenden Kräuterhaufen zu ihren Füßen tropfen. Sie hatte keinen der beiden Ältesten die Schale bewegen sehen, aber da stand sie. Die purpurnen Flammen loderten rot auf, als das Blut hineinfiel.

»Cesaria Putnam, du bist nun gebunden. Gebunden an die Bestimmungen unserer Vereinbarung. Von diesem Moment an wirst du nichts von dem, was du erfährst, weitertragen. Sag, dass du gebunden bist!«

»Ich bin gebunden.« Die Worte fühlten sich brechreizerregend und schleimig in ihrem Mund an.

Die Ersten Ältesten traten vor. Einer von ihnen trug eine Klinge bei sich, eine echte, keine geisterhafte, und sie schimmerte purpurn. Ihre Tätowierungen schrien. Ihre Seele schrie.

Die Klinge hob sich. Der Geist – wie er das machte, wusste sie nicht – hatte ihnen die Handgelenke aufgeschlitzt. Jeder der Geister hatte eine Wunde, einen klaffenden Mund, aus dem weißliches Ektoplasma in die Wunde an ihren Handgelenken tropfte. Es biss und brannte, strömte mit ihrem Blut durch den ganzen Körper, eine Welle aus Macht und Angst und eisigem Tod, die sie erschaudern ließ, noch während sie sie in Brand steckte.

»Cesaria Putnam, du bist gebunden. Gebunden an den Gehorsam gegenüber den Befehlen der eben Genannten, was das Sprechen über die Informationen betrifft, die du gleich hören wirst. Sag, dass du gebunden bist!«

»Ich bin gebunden.«

Schwindel stieg ihr aus dem Magen über die Brust in den Kopf. Die Ersten Ältesten drangen weiter in sie vor. Das Blut floss weiter aus ihren Wunden und tropfte zischend in das Feuer unter ihnen wie Fettspritzer in die Feuerkörbe auf dem Markt. Sie roch, wie sich das Blut mit den Kräutern mischte und dem Duft eine Note von Zimt und Kupfer gab.

Das Feuer flackerte in blendendem Purpur auf, leckte an ihren Füßen empor und loderte in ihrem Inneren. Schweiß rann ihr über die Stirn, den Nacken und zwischen ihre Brüste. Die Stirnfransen klebten ihr am Gesicht fest.

»Cesaria Putnam, knie nieder!«

Ihre Knie folgten dem Befehl. Sie merkte nicht, wie sie den Boden berührten, aber sie wusste, dass sie es taten.

»Richtaru bessiden amacha.« Die Stimme des Ältesten Thompson erhob sich fest und kräftig über das Dröhnen in ihren Ohren und das verzweifelte Keuchen in ihren Lungen. Rauch ballte sich um sie und drängte sich an ihre magische Energie, verzahnte sich mit ihr und umschlang sie wie eine heiße, schwere, feuchte Decke.

»Durch meine Macht bist du gebunden. Durch deine Macht bist du gebunden. Durch dein Blut und deine Knochen bist du gebunden. Durch die Macht der Kirche, durch die Macht der Wahrheit, durch die Macht der Ersten Ältesten und der Erde bist du gebunden.«

Flammen tanzten vor ihren Augen, die von Tränen und brennendem Schweiß getrübt waren. Zu heiß, es war zu heiß hier drinnen, sie verlor zu viel Blut …

»Möge die Bindung besiegelt sein!«

Die Flammen züngelten empor und versengten ihr das Gesicht. Etwas, das nach Kräutern stank, rann ihr über die Handgelenke und verbrannte ihr die Haut. Sie sah auf die Arme und beobachtete, wie das zähflüssige rötliche Wasser darüberströmte, bis sie spürte, wie es ihren Blutkreislauf erreichte und sich den Weg durch die Arme und die Brust bis ins Gehirn brannte.

Ihre Kehle brannte. Sie schrie. Schrie so laut und so lange, dass sie kaum bemerkte, wie die Bindung sich zusammen mit ihren Wunden schloss. Sie bemerkte kaum, wie in ihrem Schädel, in ihrem Körper etwas einrastete.

Kaum. Aber sie bemerkte es.

Die Flammen erstarben. Der Älteste Thompson sagte etwas anderes, zu leise, als dass sie es verstanden hätte. Die Energie löste sich auf; die Ersten Ältesten verschwanden, und schließlich war nur noch der purpurne Kreis rings um sie übrig.

Die Hände des Ältesten Griffin auf ihrer Schulter drängten sie, sich zurückzulehnen und sich an seiner Brust auszuruhen. Ihr Atem stockte; sie wollte nicht weinen, konnte es aber nicht unterdrücken, konnte es nicht aufhalten. Dreißigtausend Dollar schien kein angemessener Preis für das, was sie gerade aufgegeben hatte. Selbst ihr Glaube an die Kirche, ihr Vertrauen in sie, schien im Lichte dessen, was sie verloren hatte, zu verblassen.

Der Kreis verschwand; frische Luft strömte an seine Stelle und wehte den Rauch davon. Hinter den letzten purpurnen Fäden sah sie Lauren Abrams wieder auftauchen. Sie lächelte schwach und blickte auf die am Boden liegende Chess herab, als wäre das der angemessene Platz für sie.

Jetzt hatte Chess genug. Sie schüttelte die Hände des Ältesten Griffin ab und richtete sich auf, während die Beine jeden Moment unter ihr nachzugeben drohten.

An den Tränen, die sie schon vergossen hatte, konnte sie nichts mehr ändern, genauso wenig wie an dem schweißdurchtränkten Kleid, das ihr am Körper klebte, oder dem nassen Haar, das ihr am Kopf pappte. Aber sie konnte Lauren verdammt noch mal aufrecht entgegentreten.

Lauren lächelte herablassend und musterte sie von Kopf bis Fuß. »Du hast dich gut geschlagen.«

»Sie hat sich gegen mich zur Wehr gesetzt.« Der Älteste Thompson ließ sich in einen Sessel fallen, zog ein Taschentuch hervor und tupfte sich die buschigen Augenbrauen. »Beinahe hätte sie sich aus dem Kreis befreit.«

Lauren hob die Augenbrauen. Jetzt sah sie Chess mit neu erwachtem Interesse an. »Tatsächlich.«

»Cesaria ist sehr stark«, sagte der Älteste Griffin, und Chess musste sich beherrschen, um ihn nicht anzusehen, nicht zu ihm zu gehen und sich noch einmal von ihm drücken zu lassen. Das hatte … das hatte noch nie jemand für sie getan, nicht so. Noch nie hatte jemand mit so viel Stolz in der Stimme von ihr gesprochen.

Das stimmte nicht ganz. Ein einziger anderer Mensch hatte diese beiden Dinge schon getan. Aber er würde es nie wieder tun.

»Schön.« Lauren rieb sich die Hände, als müsste sie sich waschen, nachdem sie mit den freundlichen Worten des Ältesten Griffin in Kontakt gekommen war. »Jetzt, wo wir das hinter uns haben, gibt es eine Menge zu besprechen, oder?«

4

Sei stolz auf die Falten und Runzeln,
die das Leben dir geschenkt hat!
Sie sind ein Zeichen für die Versprechen,
die du deiner Familie gemacht hast, und für das,
was du erreicht hast. Alle wichtigen Ereignisse
hinterlassen Narben.
Ratschläge für die Damenwelt von Mrs Increase

Das Foto glitt ihr über den polierten Holztisch entgegen. Das Grauen, das darauf zu sehen war, wurde von den schmalen weißen Papierrändern kaum in Schach gehalten. Chess warf einen Blick darauf und schluckte schwer. Dann sah sie wieder hin.

»Er wurde vor drei Tagen gefunden. Oder jedenfalls … was von ihm übrig war. Wir erwarten die Identifizierung jeden Moment.« Laurens kühler, beherrschter Tonfall schnitt durch Chess' Wut und das überwältigende Mitleid, das sie verspürte, als sie die verstümmelte Leiche auf dem Foto betrachtete. Sie musste sich beherrschen, um nicht über den Tisch zu springen und Lauren zu ohrfeigen. Wie konnte sie nur? Wie konnte sie sich dieses … dieses *Ding* ansehen, diesen Haufen Fleisch und Matsch, der einmal ein Mensch gewesen war, und einfach so mit ihrem aalglatten kleinen Vortrag weitermachen?

»Unten an den Docks. Du kennst die Gegend, nehme ich an?« Chess nickte, ohne nachzudenken, und streckte zögernd die Hand nach dem Bild aus. Ihr Kleid war immer noch nass und klebte jetzt klamm an ihrem Körper. Aber das war nicht der Grund für ihr Erschaudern.

Ein weiteres Bild wurde ihr entgegengeschoben und stieß mit dem ersten zusammen, bevor Chess es berühren konnte. »Gestern ist das hier aufgetaucht, etwas weiter südlich. Fünfundfünfzigste, Ecke Brand. Diesmal waren es mehrere Opfer, aber nicht die vollständigen Körper. Nur das, was du hier siehst.«

Das Hochglanz-Fotopapier drohte ihr in die Finger zu schneiden, als sie es aufhob und herumdrehte, um es besser betrachten zu können. Nicht, dass sie auf die Details so wild war. Aber Lauren und die Ältesten beobachteten sie zu genau, saßen zu still und reglos in den Sesseln. Anscheinend lauerten sie bloß darauf, dass sie etwas ganz Bestimmtes entdeckte, es bemerkte, und sie wollte wissen, was es war.

Sie überflog das Bild und versuchte, sich ihm Schritt für Schritt zu nähern, es sich in Teilen, in Abschnitten zu erarbeiten, um sich vor dem vollen Grauen zu schützen. Erst mal den oberen Teil ansehen, dann den unteren, jetzt die untere rechte Ecke, die …

Wulstige schwarze Narben zogen sich über ihre Handgelenke. Dick und schnurgerade, wie Schienen über die Unterarme. Gewundene Adern aus dunklem Purpur zweigten davon ab, die sich in verschlungenen Mustern bis zu den Ellbogen hinauf und hinunter bis auf die Handflächen zogen.

Der Älteste Griffin bemerkte ihren Blick. »Sie verschwinden wieder, wenn der Bindende Eid gelöst wird«, sagte er. »Sie sollen lediglich als Erinnerung dienen.«

Klar. Als ob sie den verdammten Eid jemals vergessen hätte.

Aber sie nickte nur und sah sich weiter das Bild an, bereitete sich innerlich auf den Gesamteindruck vor, bis sie endlich auf das Detail stieß, dessen Entdeckung wohl von ihr erwartet wurde.

Es war kaum zu erkennen, nichts als ein geradliniger Schatten im Dunkel des schwarz-weißen Blutbads. Aber es war da, und Chess' Blut stockte noch mehr als zuvor.

Scheiße, sie brauchte dringend ihre Pillen! »Die Lamaru.«

Als niemand antwortete, blickte sie auf. »Oder? Die Lamaru sind zurück. Das heißt es doch. Die stecken dahinter.«

Lauren nickte. »Das vermuten wir, ja.«

Sie griff nach unten, hob eine dicke Akte von ihrem Schoß und ließ sie schwer auf den Tisch fallen. »Wir haben Informationen erhalten, dass sie sich neu formiert haben und jetzt irgendwo in dem Gebiet operieren, dass als Downside bekannt ist. Wo du ja wohnst, richtig?«

»Ja.«

»Ausgezeichnet. Dann wirst du uns eine noch größere Hilfe sein als gedacht. Wann kann ich zu dir kommen? Heute Abend? Bist du da noch frei?«

»Was?« Hallo? Sie war schweißverklebt, sie hatte praktisch einen verdammten Nervenzusammenbruch gehabt, sie hatte zwei Kirchenangestellte sterben sehen – und da glaubte Lauren Abrams, die nichts von alldem durchgemacht hatte, dass Chess sie zu einem kleinen Spaziergang durch Downside einladen würde? Nachts? Und noch dazu außerhalb ihres Wohnviertels, wo es vergleichsweise sicher war?

»Ich habe dich gefragt, ob du heute Abend frei bist, Cesaria. Jede Minute, die wir hier herumsitzen, ist eine weitere Minute, in der die Lamaru gegen uns arbeiten, nicht wahr? Ich finde, wir legen am besten auf der Stelle los.« Sie klimperte mit den Augenlidern. »Es sei denn natürlich, du bist zu müde.«

Ja, Chess war müde. Es ermüdete sie wahnsinnig, ständig von dieser nervigen Frau gepiesackt zu werden.

Aber war sie auch körperlich müde? Das war wieder eine ganze andere Frage. Sie war erschöpft. Außerdem ließ ihr Drogenpegel langsam nach. Aber ein paar Nips, eine schöne, fette Line … Sie hatte genügend Pharmazeutika und pflanzliche Rauschmittel in ihrem Pillendöschen und zu Hause in ihrer Wohnung, um eine ganze Woche lang hellwach zu bleiben. Ha! War das moderne Leben nicht prächtig?

»Ich bin überhaupt nicht müde«, sagte sie.

»Gut.« Lauren versetzte der Akte einen Schubs; sie schlitterte über den Tisch und sauste gegen Chess' Arme. Beim Zusammenprall begannen die purpurnen Adern sich zu drehen und zu winden und änderten ihr Muster. Ihr Magen krampfte sich zusammen. Rasch schlug sie den Ordner auf und stopfte die Fotos hinein. Sie hielt die prüfenden Blicke nicht länger aus, und sie hatte ganz sicher keinen Bock mit anzusehen, wie die körperlichen Symptome der mächtigen Magie in ihrem Inneren sich unter der Haut herumschlängelten wie Spulwürmer. Oder etwas Schlimmeres.

Die gesamte Akte vibrierte vor Energie. Chess konnte sich nicht vorstellten, was für eine abgefahrene Scheiße zwischen den unschuldigen braunen Pappdeckeln lauerte. Wollte sie auch gar nicht.

Aber zu ihrem Glück musste sie sich ja auch gar nichts vorstellen, weil sie sich bei diesem Auftrag mit jeder Seite, jedem Wort, jedem dunklen Fleck und jeder bösen Tat bis ins kleinste Detail vertraut machen würde.

Das hatte ihr gerade noch gefehlt. Noch mehr Dreck in ihrer Seele. Eines Tages würde sie vielleicht noch davon platzen; eines Tages würde vielleicht die ganze Scheiße, die man ihr angetan und die sie anderen angetan hatte, in einer Fontäne aus Abwasser und Leid aus ihr hervorbrechen, und all die Geheimnisse, die sie sogar vor sich selbst verbarg, würden aus ihr herausfließen und sich mit all dem Dreck verbinden, den sie nie im Leben abwaschen konnte, wie sehr sie es auch versuchte.

Diese Geheimnisse zu bewahren hatte man ihr nie mit einem magischen Eid aufgezwungen. Ihre eigene Scham hatte vollkommen ausgereicht.

»Okay.« Lauren erhob sich aus ihrem Sessel und glättete mit der Rechten die Rückseite ihres Rocks. »Nehmen wir meinen Wagen oder …«

»Nein.« Ups, das war ihr ein bisschen zu schnell rausgerutscht. Lauren zog die Augenbrauen hoch. Chess konnte praktisch sehen, wie ihre Nase noch ein bisschen spitzer wurde, als sie den Mund öffnete – wahrscheinlich, um Chess daran zu erinnern, dass sie als dritte Inquisitorin die Ranghöhere war, auch wenn sie nicht in ihrer Abteilung arbeitete. »Ich meine, ich brauche mein Auto, und ich muss mich umziehen und mich duschen. Ich bin voll mit Blut.« Und sie brauchte einen unbeobachteten Augenblick, um ein paar Pillen einzuwerfen, aber das behielt sie für sich. Ihre Handflächen begannen zu kribbeln, und sie brauchte jetzt dringend einen Moment zum Durchatmen.

»Ich fahr dir hinterher.«

Oh Scheiße! Lauren in ihrer Wohnung. Lauren, die in ihren Sachen rumschnüffelte? Auf keinen Fall.

»Ach weißt du, Lauren, zieh dich doch lieber auch erst mal um. Die Gegend, in der wir uns da rumtreiben werden, ist nicht gerade die sicherste Ecke der Stadt …«

»Ich gehöre zum Black Squad, Cesaria. Ich glaube, mit ein paar blöden Anmachen werde ich schon fertig.«

Doppelscheiße! Glaubte die Frau wirklich, dass das alles war, was ihnen blühte? Ein paar Typen, die sich auf der Straße in den Schritt griffen und Kussgeräusche ausstießen?

Diese Bilder zu betrachten und zu erfahren, dass die Lamaru dahintersteckten – die für sich genommen schon unheimlich genug waren, auch ohne den Rachefeldzug, den sie zweifellos zu allem Überfluss noch gegen Chess persönlich am Laufen hatten –, war schlimm. Aber beim Blick in Laurens entschlossene, arrogante Miene zu begreifen, dass sie es mit einer Frau zu tun hatte, die nicht die geringste Ahnung hatte, worauf sie sich da einließen, war noch mal etwas ganz anderes.

Andererseits durfte Chess den Mund nicht zu weit aufmachen, denn wenn sie zu viele Informationen über Downside preisgab, würde man ihr vielleicht die Erlaubnis entziehen, dort zu wohnen. Und daran wollte sie nicht einmal denken.

»Ich schätze, es wäre ganz gut, wenn du festes Schuhwerk trägst«, sagte sie endlich. »Und Jeans. Irgendwas, was ein bisschen lockerer rüberkommt, ja? Wir wollen ja keine unnötige Aufmerksamkeit erregen.«

Lauren dachte einen Moment darüber nach. »Schön. Dann fahre ich nach Hause und ziehe mich um. Du tust das Gleiche, und dann treffe ich dich in einer Dreiviertelstunde bei dir.«

Das war zwar nicht toll, aber immerhin besser als gar nichts. »Brauchst du noch meine Adresse?«

»Steht in deiner Akte.«

»Oh. Natürlich.«

Lauren grinste und sprang aus dem Sessel. »Wenn's geht, warte draußen auf mich, ja? Ich möchte keine Zeit damit verschwenden, dich an der Wohnungstür abzuholen.«

Diese und andere spitze Bemerkungen gingen Chess immer noch im Kopf herum, als Lauren ihren Sportwagen – kirschrot, die perfekte kleine Prinzessinnenkutsche für das perfekte Töchterchen des Großältesten – auf den Bordstein an der Ecke Fünfundfünfzigste und Brand lenkte. »Das Grundstück da drüben«, sagte sie. »Da wurde das zweite Bild gemacht.«

Chess nickte, stieg aus und atmete tief ein. Die Luft wehte den üblen Verwesungsgestank vom Schlachthof in etwa vier Blocks Entfernung heran. Wenn der Wind richtig auf den Schlachthof stand, stank ganz Downside wie ein Massengrab voller Pestopfer im Hochsommer. Anscheinend hatte sie besonderes Glück, und heute war einer dieser Tage.

Allerdings musste sie zugeben, dass der Kadavergestank dem klebrigen Duft nach Parfüm und eingebildeter Ziege in Laurens oberschickem Coupé so einiges voraushatte. Zum Beispiel, dass sie nicht mehr direkt neben Lauren sitzen musste. Oder ihr beim Reden zuhören. Und ganz besonders, dass sie nicht mehr mit ihrer Musik gequält wurde.

Faulige Leichen waren unendlich viel besser, dachte sie, und bereute es im nächsten Augenblick – ein wenig –, als ihr wieder einfiel, warum sie hier waren. Ihr Magen, der unter der Last von vier Cepts und einer Handvoll Nips sowieso schon grummelte, protestierte leicht; sie riss den Verschluss von der Coladose, die sie genau für diesen Fall eingepackt hatte, und schüttete sich etwas davon in die Kehle.

»Du weißt aber schon, dass Koffein deine Energie durcheinanderbringen kann, oder?«, sagte Lauren. »Von künstlichen Aufputschmitteln sollte man sich fernhalten.«

Das war wahrscheinlich so ungefähr das Lustigste, was sie seit Wochen gehört hatte. »Ich werd's mir merken.«

»Ich meine ja nur. Wenn du es in der Kirche zu was bringen willst, solltest du keinen Vorteil ungenutzt lassen, und dazu gehört auch, dass du deine Kräfte so rein wie möglich erhältst. Du willst doch nicht, dass …«

»Passt schon, danke. Also, wo haben sie … sie gefunden?«

Laurens hochgezogene Augenbrauen verrieten Chess genau, was sie von dem Themenwechsel hielt, aber sie nahm es hin. »Da drüben. Komm mit.«

Gemeinsam überquerten sie die Straße, wobei Chess sich bemühte, die Stiefelabsätze so leise wie möglich auf das geborstene Pflaster zu setzen. Die Straße sah aus wie ein Flickenteppich aus nacktem Boden, schmutzigem Kies und ein oder zwei Metern Asphalt hier und da.

So ausgestorben, wie es hier aussah, begannen sämtliche Alarmglocken in Chess' Kopf zu schrillen. Die Straßen von Downside waren niemals menschenleer, schon gar nicht nachts. Wie bei hohem Gras, das ein Raubtier verbirgt, waren auch hier Stille und Leere Anzeichen für höchste Gefahr. Alarmbereitschaft. Sie wusste, dass in diesem Moment mindestens ein Dutzend Augenpaare auf ihren Rücken gerichtet waren und wenigstens ein Dutzend Hände in Taschen, Gürteln und wilden Frisuren nach Waffen tasteten.

Laurens Wagen war vermutlich doppelt und dreifach mit Abschirmzaubern versehen, sodass es darin so sicher war wie in der Kirche selbst, aber ihre Tätowierungen waren zum Schutz vor Magie und Geistern gedacht, nicht vor Einwohnern von Downside, die auf einen kleinen illegalen Nebenverdienst aus waren.

Um solche Sachen hatte sie sich schon seit geraumer Zeit keine Gedanken mehr gemacht. Wenn sie nachts unterwegs war, hatte sie meistens Terrible an ihrer Seite, und mit Terrible legte sich niemand ungestraft an; ach was, dem guckte niemand auch nur länger als ein paar respektvolle Sekunden ins Gesicht. Selbst wenn sie mal allein unterwegs war, wusste doch jeder, wer sie war, oder vielmehr, zu wem sie gehörte; jeder wusste, dass die Kirchenhexe von Downside für Bump arbeitete.

Aber jetzt hasste Terrible sie, und sie hatte keine Ahnung, ob Bump Bescheid wusste, was sie getan hatte. Was sie die ganze Zeit über getrieben hatte. »Dumm« war ein Wort für Leute, die glaubten, sie könnten Bump bescheißen und damit durchkommen. »Tot« war ein anderes.

Und sie hatte so das blöde Gefühl, dass beide Wörter auf sie und Lauren zutreffen würden, wenn sie nicht zusahen, dass sie hier wegkamen. Sie hatte bei der ganzen Gegend ein ungutes Gefühl, selbst jetzt, da das Speed ihren Blutkreislauf in eine Wildwasserbahn verwandelte. Speed trübte zwar ihr Radar für Geister, aber nicht für Magie im Allgemeinen, und dieses Eckchen hier vibrierte vor Energie wie eine angeschlagene Glocke.

»Spürst du irgendwas?«, fragte sie leise, als sie das schüttere Gras am Rand des Grundstücks erreichten.

»Hmmm. Ganz schwach.« Lauren gab sich ihrerseits keine Mühe, die Stimme zu senken; sie klang wie das erste Vogelzwitschern im Morgengrauen. Chess krümmte sich innerlich und versuchte, sich möglichst unauffällig umzusehen. Immer noch nichts, nicht die geringste Bewegung. Nicht gut.

Totes Gras flüsterte ihren Schuhen im Vorübergehen Warnungen zu, als sie sich weiter auf das Grundstück vorwagten. Abbruchhäuser lehnten sich darüber aneinander, dem Einsturz nahe, und bildeten einen maroden Bogen wie eine Art Rahmen. Ohne dass man es ihr gesagt hatte, wusste Chess, dass die Leiche – die Leichenteile – genau hier gefunden worden waren.

Immer noch schwindelte ihr von der Magie, die in der Luft lag; ein kleines High, das sie sicher genossen hätte, wenn sie nicht vor Angst halb betäubt gewesen wäre. Das hier war nicht ihr vertrautes Viertel. Sie kannte sich hier nicht aus. In diesen Häusern lebten vielleicht ein paar Familien, die ihren kargen Lebensunterhalt in den Pfeifenräumen, im Schlachthof oder als Taschendiebe in den besseren Vierteln verdienten. Leute, die lieber unter sich blieben.

Oder die Bewohner waren halb irre, von Wahnvorstellungen geplagte Nip-Junkies mit zerrütteten Nerven und toten Augen. Oder noch was Schlimmeres. Das würde sie erst wissen, wenn sie sich auf sie stürzten, und dann war es bereits zu spät.

Kopfschüttelnd sah sie zu, wie Lauren, ohne zu zögern, in die finstere Ecke stapfte. Entweder war das Black Squad ein Haufen eisenharter Kampfschweine, oder Lauren Abrams war dumm wie Brot. Chess wusste ziemlich genau, zu welcher Ansicht sie neigte.

»Hier war es.« Lauren beschrieb mit der Hand einen Kreis über einem Bereich von etwa einem halben Meter Durchmesser. Mehr Platz war tatsächlich nicht nötig gewesen. Auf dem Foto waren ja keine ausgestreckten Leichen zu sehen gewesen, sondern eher … ein Haufen.

Lauren zog eine massive silberne Taschenlampe aus dem Rucksack, den sie sich über die Schulter gehängt hatte, und knipste sie an. Das Fleckchen Erde wurde schlagartig in farbloses Licht getaucht, während zuckende Schatten an den gekrümmten Brettern der dahinterliegenden Wand erschienen.

Scheiße! Chess hatte jetzt nur noch zwei Möglichkeiten. Sie konnte hingehen und die Hand in etwas stecken, das mit ziemlicher Sicherheit eine brodelnde Lache finsterer Energie war, die über der ausgeleuchteten Stelle schwebte, oder wie die letzte Pussy dastehen. Und in Anbetracht dieser beiden Möglichkeiten klang die Berührung mit grauenhafter Todesenergie geradezu verlockend.

Ein Kribbeln lief ihr die Hände hinauf und huschte über die frischen Narben an den Handgelenken. Im grellen Licht der Taschenlampe erschienen die Muster unter ihrer Haut schwarz; sie veränderten die Position und wanden sich beim Kontakt mit der Energie des Ortes, die sie spürte wie kraulende Fingernägel.

Auch Dunkelheit lauerte dort, ein verstohlenes Kichern unter der Oberfläche. Aber anders als sie erwartet hatte, ganz anders. Es fühlte sich nicht an wie Todesmagie, nicht einmal wie wirklich ernst zu nehmende schwarze Magie. Es fühlte sich an wie die Flüche, die Kirchenschüler aneinander ausprobierten; Sprüche, die Gedächtnislücken oder Ungeschicklichkeit verursachten, Flüche, die vorübergehend einen Knoten in die Zunge zauberten, sodass das Opfer sich nicht deutlich ausdrücken konnte. Sprüche, die nach zehn oder fünfzehn Minuten ihre Wirkung verloren. Harmloser Kleinscheiß.

Aber ein Haufen Leichenteile, in die die Symbole der Lamaru geritzt waren … das war nicht harmlos. Nichts, was die Lamaru taten, war harmlos.

Also, was zur Hölle war hier los?

Auch Lauren schien zu spüren, dass etwas nicht stimmte. »Das macht keinen Sinn«, sagte sie. »Selbst wenn sie die Morde woanders begangen und die Leichenteile einfach hier abgeladen hätten, müsste die Energie viel dunkler sein.«

»Bist du dir sicher, dass man sie wirklich hier gefunden hat?«

»Das ist der Ort, den man mir beschrieben hat. Außerdem kann man ihn auch auf den Bildern erkennen, also muss …«

Plötzlich richtete sich jedes Härchen an Chess' Körper auf. Sie wirbelte herum, als sie auch schon in rotes Licht getaucht wurden, das Laurens Haar in einen blutigen Wasserfall um ihr Gesicht verwandelte und über die Wände hinter ihnen strich.

In dem Kreis aus tiefrotem Feuer mitten auf der Kreuzung brodelte eisige, schwarz glühende Energie. Chess' Magen machte einen Satz. Dunkelheit lauerte in jenem Kreis, Dunkelheit, Elend und Verzweiflung, und was auch immer sich darin versteckte, würde in der Sekunde, in der es losgelassen wurde, noch mehr davon freigeben. Das wusste sie mit absoluter Sicherheit. Wusste es, noch bevor das Quieken begann.

Ein Schwein. Nicht aus dem Schlachthof, sondern näher dran, genau über ihnen, direkt auf der anderen Straßenseite. Die Lamaru erwarteten sie bereits. Wie zur Hölle hatten sie von ihrer Ankunft Wind bekommen?

Lauren riss die Augen auf; das Weiß schimmerte rötlich um die weit aufgerissenen schwarzen Pupillen. Chess erhaschte nur einen kurzen Blick auf die entsetzte Miene der anderen Frau, bevor sie auf die Knie fiel und ihre Tasche aufzerrte. Zum Wagen zu rennen und mit Volldampf zu verschwinden, war zwar verlockend, kam aber nicht wirklich infrage, also verschwendete sie auch keinen zweiten Gedanken daran. Hinter diesen brüchigen Fassaden lebten Menschen, Menschen, die sich jetzt versteckten und sie beobachteten, und wenn sie mit ihrer Vermutung darüber, was hinter dieser Mauer des Bösen vor sich ging, richtiglag, verdammte sie jeden Einzelnen von ihnen zu einem qualvollen Tod, wenn sie jetzt abhaute. Und sie hatte wahrhaftig auch so schon mehr als genug Tote auf dem Gewissen.

Außerdem hatte sie etwas Friedhofserde dabei. Gut. Eisenhut trug sie sowieso immer bei sich, und in den letzten Monaten war sie nie ohne Melidia aus dem Haus gegangen. Ihren Vorrat an Eisenspänen hatte sie erst vor Kurzem aufgestockt. Ausgezeichnet. Sie warf Lauren einen Seitenblick zu und merkte, wie sich widerwilliger Respekt in ihr regte. Die andere Frau war bereits in Bewegung, stellte eine kleine Feuerschale auf und riss ein langes Streichholz an einer Zündfläche an ihrem Schuh an. Keine schlechte Idee.

»Lauren! Lauren, was hast du dabei?« Sie musste schreien, so ohrenbetäubend war das Quieken inzwischen. Das war nicht nur *ein* Schwein, nicht nur *eine* Sau, wenn sie richtiglag, oh bitte, flehte sie, mach, dass ich nicht recht habe. Es war mehr als eine.

Lauren öffnete die rechte Hand. Darin lagen drei bräunliche Blätter neben einem kleinen Mistelzweig. Rotwurz. Hervorragend. Sie brauchten jetzt jede Hilfe, die sie kriegen konnten.

Ein Chor von männlichen Stimmen hallte über das Grundstück, kroch über Chess' Haut und brachte ihre Tattoos zum Kribbeln. Sie griff nach ihrer Kreide und krakelte sich ein paar Schutzzeichen auf die Stirn. Kaum war sie damit fertig, begannen die Kreidelinien auch schon auf der Haut zu brennen.

Zuletzt schnappte sie sich ihren Schädel und hielt dann inne.

Sie konnten jetzt keinen Schutzkreis ziehen, es sei denn, sie wollten den magischen Brand darin einschließen – und das würde zu lange dauern und sie zu nahe heranbringen. Aber ohne Kreis würden die Psychopomps entkommen, und das wäre beinahe genauso schlimm wie das, was da im Begriff war, aus dem Flammenring hervorzubrechen. Ein unkontrollierter Psychopomp würde sich die erste Seele schnappen, die er fand, und das galt als Mord.

Lauren erwiderte ihren Blick. Offenbar hatte sie denselben Gedanken. »Schätze, wir müssen einfach improvisieren.«

Chess setzte zu einer Antwort an, als eine Energiewelle ihr die Worte von den Lippen und den Boden unter den Füßen wegriss. Ihr Ellbogen krachte gegen den Boden, ihr Schrei ging im aufbrausenden Crescendo des Quiekens und dem abschließenden Triumphgeheul der Männer unter. Zähflüssige, pulsierende Dunkelheit umflutete sie so heftig, dass ihre Ohren unter dem Druck knackten.

Stille trat ein. Totenstille, wie in einem Vakuum. Sie wälzte sich herum und rappelte sich auf, ohne den Kreis auch nur eine Sekunde aus den Augen zu lassen. Der Wind wehte ihr das Haar aus dem Gesicht und von den Schultern. Ihr Körper war ganz von Erwartung erfüllt, als stünde sie auf einer Klippe und reckte den Fuß ins Leere. Das unablässige Pochen ihres Herzens dröhnte ihr in den Ohren; der ganze Körper bebte im Takt des Trommelschlags ihrer Seele, der sich der wabernden Leere um sie herum entgegenstemmte.

Wiedergänger explodierten aus dem Feuerring.

5

Die Seele sollte den Körper bis zum Moment
des Todes nicht verlassen. Alles andere heißt,
das Schicksal herauszufordern.
Das Buch der Wahrheit, »Gesetze«, Artikel 449

Zusammen mit den ölig glänzenden schwarzen Körpern kehrten die Geräusche zurück. Der Moment des Zögerns war vorbei. Chess hatte das ungute Gefühl, dass dies der letzte halbwegs friedliche Moment gewesen war, den sie in nächster Zeit erleben sollte.

Wiedergänger. Die vom Körper losgelöste Seele einer lebendigen Hexe, vereint mit einem ruhelosen Untoten. Ein Geist, der von der Energie eines Lebenden derart befeuert und magisch gestärkt wurde, dass der Bund mit dem lebendigen Partner ihm eine Fähigkeit verlieh, die astral projizierten Geistern abging: das Fliegen.

Sie hatte noch nie einen gesehen, geschweige denn gegen einen gekämpft. Das Geheimnis ihrer Erschaffung wurde streng gehütet, die nötigen Rituale – wie das Opfern schwarzer Sauen – waren ausgesprochen schwierig durchzuführen. Es war also noch schlimmer, als sie geglaubt hatte. Sie kreisten über ihr, stießen herab und sogen das rote Licht in sich auf, während die schmalen Körper im Wind des Sturzflugs flatterten.

Neben ihr setzte sich Lauren in Bewegung. Chess warf ihr

einen Seitenblick zu, sah, dass sie sich hinkniete und ein Knäuel Seide aus der Tasche zog. Rohseide von der Art, wie man sie benutzte, um die Schädel von Psychopomps aufzubewahren. Aber warum? Anders als gewöhnliche Geister (und anders als Psychopomps) waren Wiedergänger nicht an die Erde gebunden; damit ein Psychopomp, in Gestalt eines Hundes zum Beispiel, seine Arbeit tun konnte, mussten die Wiedergänger erst einmal landen, und selbst dann war Chess nicht sicher, ob es funktionieren würde. Was würde mit den lebenden Seelen passieren, wenn die Toten in die Ewige Stadt gerissen würden? Starben sie dann?

Nicht, dass sie einen Dreck darauf gegeben hätte. Sie hatte bloß keine Ahnung.

Die Wiedergänger zogen jetzt engere Kreise. Ihre Augen leuchteten rot in den schattenhaften Gesichtern. Schlangenartige Arme wogten und flatterten um die ausgefransten Körper. Die Lufttemperatur fiel. So kalt, so schrecklich kalt …

Und warum zur Hölle stand sie hier eigentlich so tatenlos rum? Rasch kniete sie sich hin und öffnete ihren Kräuterbeutel. Lauren hatte bereits ein Feuer entfacht, und so streute Chess den Eisenhut hinein und griff nach der Melidia. Wenn es nach ihr ging, waren selbst die Geistergefängnisse für diese Biester noch zu gut, aber es war immerhin etwas …

Ihre Finger streiften den Beutel mit den Eisenspänen, und sie erstarrte. Warf einen Blick zu den Wiedergängern empor und senkte die Augen wieder. Wenn sie irgendeine Möglichkeit fände, die Späne in die Luft zu bekommen … Astral projizierte Geister wurden durch Eisen nicht auf die gleiche Weise beeinträchtigt wie die Toten. Ob sie sie irgendwie trennen könnte? Und die Wiedergänger so in gewöhnliche Geister verwandeln, mit denen sie und Lauren leichtes Spiel hätten?

Es gab nur einen Weg, das herauszufinden, und die Gelegenheit kam rasch näher. Ihre Finger wühlten in der Tasche herum, fanden den Ektoplasmarker und schoben ihn in die Hosentasche, gerade als die Wiedergänger sich auf sie stürzten.

Lauren schrie und duckte sich mit gezückter Waffe. Sie entlud sich. Die Kugel zerschmetterte das morsche Holz hinter ihnen, sodass es Splitter auf Chess' Kopf regnete.

Ihr blieb keine Zeit, darüber nachzudenken oder sich die brennenden Stellen auf der Wange zu reiben. Direkt vor ihr tauchte ein Wiedergänger auf und entblößte hinter schwarzen Lippen eine noch tiefere Schwärze, die Leere seines Mundes. Sein weit aufgerissener Rachen gähnte vor ihr, die Kiefer klafften weiter und weiter auseinander, und schreiender Schmerz jagte über ihre Haut …

Sie warf sich beiseite und rollte sich ab. Stieß die Hand in den Beutel mit den Spänen, schnappte sich ein paar, riss den Arm herum und schleuderte sie der schattenhaften Gestalt entgegen. »*Arkrandia bellarum dishager!*«

Der Wiedergänger wich der Breitseite aus, geriet aber ins Wanken. Neben ihr schrie Lauren.

Das reichte einfach nicht. War nicht heftig genug. Auf diese Weise würde es ewig dauern – und ihnen lief die Zeit davon.

Rauch aus der Feuerschale waberte um sie herum, brannte ihr in den Augen und biss in den Lungen. Was sie jetzt brauchte, war eine Explosion, etwas, um den ganzen Luftraum hier mit Eisen zu füllen. Um eine Barriere zu errichten.

»Lauren! Gib mir deine Pistole! Her mit deiner Pistole!«

Sie kam ihr entgegengeflogen. Chess fing sie mit einer Hand und ließ sie aufschnappen. Schießpulver? In den Patronen war doch bestimmt genug für eine kleine Explosion, oder? Scheiße, sie hatte keine Ahnung! Nicht mal den winzigsten Schimmer, aber es war ihre einzige Chance.

Lauren war von Wiedergängern umgeben. Alle bis auf einen

schwirrten um sie herum und klammerten sich an ihr fest, während sie sich am Boden wälzte. Mit zitternden Fingern öffnete Chess das Magazin und drückte mit dem Daumen die Patronen heraus. Um sie zu öffnen, blieb ihr keine Zeit. Scheiß drauf, sie würde sie einfach in die Feuerschale werfen!

Sechs Patronen, klein und kalt in ihrer Hand. Hoffentlich reichte das. Sie schob sich die Pistole in den Hosenbund ihrer Jeans – nicht gerade der sicherste Ort, aber sie konnte nicht riskieren, dass einer der Wiedergänger sie in die Finger bekam. Wenn das passierte, war alles verloren. Ohne Waffen konnten sie höchstens ein bisschen Energie klauen. Bewaffnet konnten sie Leben nehmen.

Mit der Linken raffte sie noch mehr Späne zusammen und streckte dann beide Hände über die Feuerschale. Keine Zeit zum Runterzählen, keine Zeit, um darüber nachzudenken, dass das alles wahrscheinlich nicht mal im Traum funktionieren würde. Die schreckliche, kalte, gierige Energie der Wiedergänger hüllte sie ein, bis sie nicht mehr klar denken konnte, bis sich ihr Magen umstülpte und ihr Schädel dröhnte.

Sie leerte die Hände über dem Feuer und warf sich zu Boden.

Nichts.

Lauren schrie erneut, drehte sich auf den Bauch und rappelte sich auf alle viere. Einer der Wiedergänger reckte sich nach der Feuerschale, wahrscheinlich, um sie als Waffe einzusetzen …

Die Feuerschale explodierte. Die Druckwelle presste Chess an den Boden. Sie sog brennende Luft ein, die nach Rauch und Eisen schmeckte, rollte sich auf den Rücken und kam gerade noch rechtzeitig wieder auf die Beine, um mit anzusehen, wie die Wiedergänger sich aufspalteten und die Geister zur Erde sanken.

Es hatte funktioniert. Sie hatte nicht die geringste Ahnung, wie, und es interessierte sie auch nicht. Es hatte funktioniert.

Reifen quietschten. Das rote Licht verschwand. Männer brüllten. Das Durcheinander lenkte sie ab, sie ließ die Wiedergänger aus den Augen, beachtete Lauren nicht mehr, deren Lippen sich bewegten, und sah die Kadaver der schwarzen Sauen in einer Blutlache auf der Straße liegen. Jetzt, da der Kreis verschwunden war, waren sie klar zu erkennen. Sie sah ein schwarzes Muscle-Car, das in einer Staubwolke auf das verlassene Gelände raste, und bevor ihr Verstand richtig mitkam, schlug ihr das Herz bis zum Hals.

Ihr zitterten die Knie, aber daran durfte sie jetzt keinen Gedanken verschwenden – zum Zögern blieb ihr keine Zeit. Die Geister waren noch betäubt. Jetzt hieß es zuschlagen, in diesem Moment, während Lauren die Stimme erhob und ihren Psychopomp rief.

Schon zum zweiten Mal in dieser Nacht war Chess gezwungen, Kennzeichnungen für Geister zu improvisieren, ohne Zeit zum Nachdenken oder Planen. Sie krakelte auf jeden von ihnen Kreise und wurde gerade in den Moment fertig, als Laurens Psychopomp Gestalt annahm.

Psychopomps, im Plural. Raben, schwarz und glänzend. Was zur Hölle …? Vögel wurden in den Ritualen der Kirche nicht verwendet. Sie waren zu unberechenbar. Warum also setzte sie dann eine Kirchenangestellte ein – eine Angehörige des Black Squad noch dazu, eine Gesetzeshüterin?

Sanfte Flügel strichen ihr über das Gesicht. Die Luft hinter Lauren waberte, und Chess erhaschte einen Blick auf flackernde Fackeln und schattenhafte Gestalten, die sich auf der Reise zur Stadt der Toten wanden und krümmten. Die Vögel flatterten herum, stummer Tod für die Toten, und hackten nach den Geistern, die ihnen Widerstand leisteten.

Eine Autotür wurde zugeschlagen. Ihr Kopf ruckte herum.

Terrible eilte auf sie zu. Selbst im Dunkeln erkannte sie den vorspringenden Kiefer und die schmalen Schlitze seiner Augen. Und sie spürte die Wut, die von ihm ausging.

Wut, die ihr galt. Für einen Sekundenbruchteil fragte sie sich, was er hier zu suchen hatte, obwohl sie es eigentlich wusste. Natürlich wusste sie es. Eins der umliegenden Gebäude musste Bump gehören, sodass er dort wahrscheinlich Leute postiert hatte. Und wenn Bumps Eigentum in Gefahr war, wussten sie genau, welche Nummer sie zu wählen hatten.

Unwillkürlich wich sie einen Schritt zurück. Geister, Psychopomps und Lauren waren vergessen. Sie spürte noch schwach, wie sich das Tor zwischen den Welten wieder schloss, achtete aber nicht weiter darauf. Sie konnte den Blick nicht abwenden, weil ihre Augen ihr schlichtweg den Dienst versagten, egal, wie sehr sie es auch versuchte. Stattdessen wanderte ihr Blick an seinem gewaltigen Körper hinauf, bis zum vernarbten, grobknochigen Gesicht. Früher hatte sie ihn hässlich gefunden, und das war er wahrscheinlich immer noch. Aber inzwischen war es ihr scheißegal. Er war, was er war, und das Herz flatterte ihr in der Brust und wollte einfach nicht aufhören.

So viel zu ihrer Hoffnung, dass sie vielleicht langsam über ihn hinweg wäre. Oder dass sie sich ihre Gefühle nur eingebildet hätte. Dass sie ihn nur gewollt hatte, weil sie ihn sowieso nie haben konnte. Nein. Sie musste die Hand um das Brett in ihrem Rücken schließen, bis sich Splitter in ihre Haut bohrten, damit sie ihm nicht entgegenlief und die Arme um ihn schlang. Und ihn anflehte, ihr zu verzeihen. Sie zu küssen. Scheiße, was für eine verdammte Pussy sie doch war!

»Was haste hier verdammt noch mal zu suchen?«

Nicht die Begrüßung, auf die sie gehofft hatte, vor allem nicht, wenn er sie so anbrüllte.

»Ich …«

»Kirchenangelegenheiten«, mischte sich Lauren ein und trat

einen Schritt vor. Sie schob sich den Ärmel hoch und entblößte die gewundene schwarze Schlange. Oh Scheiße! Bloß das nicht.

Oh doch. Terribles Augen verengten sich, und er warf Chess einen Blick zu, wie ihn die meisten Leute sich für Axtmörder aufsparten. Axtmörder, die kleine Kinder abschlachteten. Und Kätzchen. Sie erschauderte.

»Wie heißen Sie?«, fuhr Lauren fort, beugte sich vor und fischte Stift und Notizblock aus dem Rucksack. »Und Ihre Adresse? Was haben Sie hier zu suchen?«

Terrible starrte sie an. Nur seine gewaltigen Arme bewegten sich. Als sie sich vor der Brust verschränkten, spannten sich die Ärmel seines Arbeitshemdes bedrohlich. In dieser Haltung wirkte er noch imposanter – und die eiskalte Miene ließ ihn noch bedrohlicher aussehen. Chess fragte sich, wie es ihm ging und ob seine Wunden inzwischen verheilt waren. Ob er froh war, am Leben zu sein, und froh darüber, dass sie ihn gerettet hatte. Sie fragte sich, ob er überhaupt wusste, dass sie für seine Rettung verantwortlich gewesen war, und ob es ihn überhaupt interessierte.

»Ich habe Sie nach Ihrem Namen gefragt.«

Ohne ein weiteres Wort drehte er sich um und ging zu seiner schwarzen 69er Chevelle zurück, die immer noch mitten auf dem Grundstück im Leerlauf vor sich hin tuckerte.

»Entschuldigen Sie mal! Sie müssen …« Lauren streckte die Hand nach Chess aus und fummelte suchend an ihrem Shirt herum. Was zum – oh! Die Pistole. Oh Scheiße, die Pistole! »Bleib sofort stehen, Freundchen, oder ich knall dich ab!«

»Lauren, du kannst nicht …« Sie versuchte sich loszumachen, als Lauren auch schon den Pistolenknauf ertastet und aus Chess' Hosenbund gezogen hatte. Mit erhobener Waffe stürmte sie auf das Auto zu.

Der Abzug klickte. Leer. Das Magazin lag immer noch vor Chess' Füßen am Boden.

Lauren bückte sich danach, aber zu spät. Terrible trat aufs Gas und kurbelte am Lenkrad, sodass die Chevelle röhrend einen Halbkreis beschrieb und sie mit Erde bespritzte. Die fetten Reifen quietschten auf dem Asphalt; er umkurvte die Schweinekadaver auf der Straße und hinterließ eine blutige Spur, als er davonbrauste.

Chess krachte schmerzhaft zu Boden. Ihre Beine weigerten sich einfach, sie noch länger zu tragen. Ohne nachzudenken, griff sie nach ihrer Tasche und schob die Hand hinein. Sie wollte ihre Pillen. Einfach den ganzen Rest einwerfen und runterschlucken. Sie wollte – und musste – diese ganze blutige Szene hinter sich lassen und den Schmerz in ihrem Herzen betäuben. Wie er sie angesehen hatte – schlimmer als je zuvor. So viel schlimmer.

»Wer war denn das?«

Ach ja. Das Pillendöschen landete wieder in der Tasche. Lauren war ja hier. War bestimmt keine so gute Idee, sich die volle Pillendröhnung zu verpassen, während eine Kirchenkollegin – und noch dazu eine höherrangige, die zu allem Überfluss auch noch die Tochter des Großältesten war – direkt neben ihr stand und zusah. Verdammt!

»Ich habe keine Ahnung.«

Lauren kniff die Augen zusammen. Sie hielt immer noch die Pistole in der Hand; einen Augenblick lang dachte Chess, sie würde sie tatsächlich wieder heben.

Dann war der Moment vorbei. »Sah aber so aus, als würde er dich kennen.«

Chess zuckte die Achseln. Je weniger sie dazu sagte, desto besser. Immer alles abstreiten, das war die erste Überlebensregel.

»Ist das alles? Du hast keine Ahnung, wer das ist oder was er hier gewollt hat.«

»Genau.«

Eine Bewegung auf der Kreuzung ließ sie beide innehalten.

Chess dankte im Stillen dem guten Stern, der ihr jetzt endlich einmal beistand. Einer der Hexer war anscheinend noch am Leben, nachdem Terrible durch den Kreis gebrettert und ihn übergemangelt hatte. Musste eine interessante Erfahrung sein, wenn man urplötzlich aus der Wiedergängerform in den eigenen Körper zurückgeschleudert wurde, nur um im nächsten Augenblick von mehreren Tonnen Stahl geplättet zu werden. Geschah ihm nur recht. Hoffentlich hatte der Bastard ordentlich gelitten.

Ihre Beine waren weich wie Gummi, als sie Lauren zu dem gestürzten Körper folgte. Was für eine Sauerei – im wahrsten Sinne des Wortes. Das Blut der geopferten Borstentiere war überall verteilt. Es waren schwarze Schweine, deren Züchtung und Besitz verboten war. Das Blut einer schwarzen Sau – das war in der Tat mächtige schwarze Magie. Sie hatten es gerade hautnah miterlebt.

Brandspuren verrieten, wo der Kreis gewesen war. Im Inneren war alles voller Blut, an dem ihre Füße kleben blieben. Die bedrohliche Energie kroch ihr die Beine hinauf. Sie trat über die Leichen zweier weiterer Hexer, ohne sie zu beachten. Das konnte auch ein Trick sein. Mit der Rechten tastete sie nach dem Griff des Messers, das in ihrer Tasche steckte. Lauren würde wahrscheinlich einen Anfall kriegen, wenn sie wüsste, dass Chess bewaffnet war, aber lieber angeschissen als tot.

Der Hexer stöhnte erneut und wälzte sich in seiner blutdurchtränkten Robe. Der Robe mit dem Lamaru-Abzeichen auf der Brust.

»Sie müssen uns beobachtet haben«, sagte Lauren. Sie zog ein schreiend pinkfarbenes Handy aus dem Rucksack. »Die haben nur darauf gewartet, dass wir hier auftauchen.«

Was du nicht sagst, dachte Chess, sagte aber nichts. Lauren hatte sich während des Angriffs ziemlich gut gehalten, und selbst wenn es nicht so gewesen wäre und wenn sie keinen höheren

Rang gehabt hätte als Chess, wäre da immer noch die unbedeutende Tatsache gewesen, dass Chess so getan hatte, als würde sie Terrible nicht kennen und als wüsste sie nicht, was er gewollt hatte. Es war besser, wenn sie Laurens Aufmerksamkeit jetzt nicht noch extra auf sich lenkte, nicht, wenn ihr praktischerweise ein verletzter Lamaru-Hexer vor die Füße gefallen war, der den ganzen Ärger abbekommen konnte.

Lauren stieß ihn mit dem Zeh an und drückte eine Taste auf dem Handy. »Wir brauchen einen Wagen. Ja. Ja, Ecke Fünfundfünfzigste und Brand. Ja, Downside. Doch, das werden Sie sehr wohl. Wie stellen Sie sich das vor, soll ich ihn etwas in mein Auto verfrachten? Bewegen Sie Ihren Arsch hier runter!«

Sie klappte das Telefon zu. »Sind gleich da. In der Zwischenzeit …« Wieder stupste sie ihn mit dem Zeh. »Hey. Hey, du. Was zum Teufel hattet ihr hier vor?«

Der Lamaru-Hexer stöhnte erneut. Lauren verzog den Mund. »Ich habe dich was gefragt.«

»Lauren, vielleicht ist er nicht …«

Lauren starrte sie wütend an. »Der redet schon noch.«

»Warum gucken wir nicht erst mal nach, ob er irgendeinen Ausweis dabeihat? Sehen mal, was wir so auf eigene Faust rausfinden können?«

Chess wollte ihn nicht berühren. Sie sträubte sich dagegen, ihm die Hand in die blutigen Taschen zu stecken und mit dem Bösen in Berührung zu kommen, das wie ein Heuschreckenschwarm über ihm in der Luft hing.

Aber sie tat es trotzdem. Das Schutzzeichen auf ihrer Stirn strahlte lichterloh, und die Runen in ihren Tätowierungen ließen in ihrem Kopf den reinsten Feueralarm losgehen.

Sie zuckte zurück. »Er trägt einen Geist in sich.«

»Was?«

»Schau mal.« Sie zwang sich, ihn erneut zu berühren, ignorierte den stechenden Schmerz und drehte seinen Kopf so, dass Lauren den silbernen Schimmer auf dem einen geöffneten Auge erkennen konnte. Blut klebte ihr an den Händen und raubte ihr mit seinem Gestank den Atem.

Lauren, die bis jetzt hinter ihr gestanden hatte, beugte sich herunter, um den Hexer besser betrachten zu können. »Wie zur Hölle ist dieser Typ mit seinem Geist meinen Psychopomps entkommen? Scheiße, ich klingel gleich noch mal durch und bereite unsere Leute darauf vor.«

»Klar, hilf mir bloß nicht, ihn zu binden«, murmelte Chess. Zum Glück war die Ausrüstung, die sie vorhin zusammengerafft hatte, immer noch griffbereit in ihrer Tasche. Sie bestäubte den schwer verletzten Lamaru mit Teufelsdreck und Friedhofserde und legte noch etwas Salz und einen Hauch magische Energie drauf, um das, was in ihm steckte, dort festzubannen, bis es bei der Kirche ausgetrieben werden konnte. Hier im Schweineblut neben einem erbärmlichen Stück Scheiße – und Lauren – zu hocken, war auch so schon schlimm genug, ohne dass sie auch noch ihren Psychopomp beschwören und die Sache selbst in die Hand nehmen musste.

Das war zwar ein bisschen faul, aber in Anbetracht der Untersuchung, die sie gerade durchführten, würde die Kirche sich das Ding wahrscheinlich sowieso selbst ansehen wollen.

Sie musste ihn bewegen, um an seine Taschen heranzukommen, und er kreischte, als sie ihn auf die Seite wälzte. Sein rechter Arm ruderte durch die Luft und verfehlte nur knapp ihr Gesicht.

Lauren packte ihn und drückte ihn brutal zu Boden, was einen weiteren Schrei zur Folge hatte, während Chess die speckige Brieftasche öffnete. Der Führerschein war auf den Namen »Erik Vanhelm« ausgestellt. Darunter stand eine Adresse in Cross Town. Erik war ziemlich weit weg von zu Hause – falls er wirklich an der angegebenen Adresse wohnte – aber das war auch nicht weiter verwunderlich. Solche Aktionen würde niemand in den besseren Stadtvierteln durchziehen, wo das Black Squad regelmäßig patrouillierte und den Nachbarn nicht alles scheißegal war.

Sie holte ihr Notizbuch hervor und kritzelte die Angaben hinein. Es konnte nie schaden, wenn man seine eigenen Aufzeichnungen machte, besonders dann, wenn man für das Squad arbeitete. Oder eigentlich egal, für wen. Einer der Gründe, warum Chess sich für das Debunken entschieden hatte, war, dass sie alleine arbeiten konnte.

Lauren streckte die Hand nach der Brieftasche aus; Chess klatschte sie ihr in die Hand, während ihr klar wurde, dass sie immer noch beobachtet wurden. Und dass sie dringend nach Hause musste. Er würde sich blicken lassen, da war sie sich ganz sicher. Wenn es stimmte, dass Bump irgendwo hier in der Nähe Immobilien besaß – und da war sie sich ziemlich sicher –, tja. Mit einer Angehörigen des Black Squad aufzutauchen und herumzuschnüffeln würde ihr bei Bump ganz sicher keine Bonuspunkte bei der Wahl zur besten Freundin einbringen.

Ob er mit ihr sprechen würde, wenn er sie abholte?

Sie wusste nicht genau, ob sie es eigentlich herausfinden wollte. Aber sie war sich ziemlich sicher, dass sie in dieser Frage keine große Wahl hatte.

6

Mach dir klar, dass du mit Haut und Haar
der Kirche gehörst, wenn du für sie arbeitest.
Niemand kann zwei Herren dienen.
Karriere machen in der Kirche.
Ein Leitfaden für junge Leute von Praxis Turnip

Auf und ab gehen, auf und ab gehen. Ihr Körper vibrierte noch immer, so wuschig war sie vom Speed. Sie hätte am liebsten irgendetwas eingeworfen, um wieder runterzukommen, traute sich aber nicht. Sie durfte nicht einschlafen. Sie musste hellwach sein, wenn er kam.

Die nächste Zigarette. Das machte sie nur noch nervöser, aber was sollte sie denn bitte machen? Sie hatte sich schon zum zweiten Mal in dieser Nacht im Eiltempo geduscht, sich das Haar geföhnt, Make-up aufgelegt und ein rotes Top übergestreift, von dem sie wusste, dass es ihm gefiel, obwohl die leise Stimme in ihrem Kopf ihr zuflüsterte, dass es sowieso keinen Zweck hatte. Sie nahm noch ein paar Cepts, um sie zum Schweigen zu bringen, und tigerte weiter auf und ab.

Sie versuchte zu lesen. Die Wörter verschwammen vor ihren Augen. Versuchte fernzusehen. Die Leute wuselten herum und sagten und taten grenzdebile Sachen – na ja, das lag nicht nur an ihrem Nervenflattern, so war das Fernsehen einfach –, bis sie irgendwann am liebsten ihre Messer in den Bildschirm geschleudert hätte. Sie hatte die Kiste ausgeschaltet, aber dann hatte sie die Stille aus dem Sessel gescheucht. Keine ihrer CDs klang richtig, nichts lieferte den passenden Soundtrack. Irgendwann legte sie einfach *Radio Birdman* auf, nur um die Wohnung mit irgendeinem Geräusch zu füllen. Einfach, damit sie mit ihrem Elend nicht alleine war.

Wo blieb er denn? Es war schon nach drei. Er hatte sie doch nicht etwa … einfach vergessen? Hasste er sie denn so sehr, dass es ihm komplett egal war, was sie dort gewollt hatte?

Vielleicht musste er das auch gar nicht herausfinden. Vielleicht würde er sie einfach gleich umbringen. Sie starrte auf das Bleiglasfenster, das eine komplette Wand ihrer Wohnung einnahm. Das Gebäude, in dem sie lebte, war einmal eine katholische Kirche gewesen, damals, vor der Geisterwoche und dem Triumphzug der Kirche der Wahrheit. Die meisten Kirchen waren in dieser Woche geschleift worden, als die Toten auf Erden wandelten und Millionen Seelen mit sich in den Abgrund gerissen hatten, und auch noch in der Zeit danach. Aber die Kirche hatte ihrem Gebäude eine besondere historische Bedeutung zuerkannt und es außerdem für künstlerisch wertvoll erklärt, also war es erhalten geblieben.

Auf der anderen Straßenseite standen ebenfalls Häuser. Aus den Fenstern konnte man geradewegs zu ihr hereinsehen. Hockte er dort drüben mit einem Gewehr? Und wartete nur darauf, sie zu …

Von der Straße drang das tiefe Rumpeln eines Autos zu ihr hinauf. Eines ganz bestimmten Autos. Ihr Herz stockte; sie rannte zum Fenster und warf gerade noch rechtzeitig einen Blick hinaus, um zu erkennen, wie Terrible die Treppe heraufstieg.

Sie richtete sich ein letztes Mal die schwarze Bettie-Page-Frisur und korrigierte ein letztes Mal die Schminke auf den rissigen Lippen. Am Rest konnte sie jetzt auch nichts mehr ändern. Sie war blass und zitterte, während ihr ganzer Körper vor Anspannung bebte.

Als er die schweren Knöchel gegen die Tür schlug, stand sie schon bereit. Ihre Hand flog an den Türknauf, doch sie hielt sich zurück, bevor sie öffnete. Es war schon schlimm genug, dass sie sich bei ihrer letzten Begegnung zu einer kompletten Idiotin gemacht hatte. Er musste nicht erfahren, dass sie schon die ganze Zeit an der Tür gewartet und ihm entgegengefiebert hatte.

Das Make-up war ein Fehler gewesen. Genau wie das Top und die hochhackigen Stiefel. Alles war furchtbar falsch. Was glaubte sie denn, was das hier werden sollte, ein verdammtes Date etwa? Vielleicht konnte sie ja einfach auf die Knie fallen und heulen, wenn sie die Tür aufmachte, damit das erbärmliche Bild auch wirklich komplett war.

Es klopfte noch einmal laut. Okay. Zeit, einmal tief Luft zu holen. Sie drehte den Türknauf, trat zurück und zog.

Niemand konnte einen Türrahmen so ausfüllen wie Terrible.

Ihr Mund öffnete sich. Was sollte sie denn jetzt bloß sagen? Hi? Wie geht's? Komm mit ins Bett? Ja, genau, als ob das funktionieren würde. Mist! Was hatte sie sich nur gedacht …

Ihre Blicke trafen sich. Eine Sekunde lang sah sie etwas in seinen Augen. Etwas wie früher, einen Geist dessen, was einmal gewesen war.

Dann war es verschwunden. Er ruckte den Kopf in einer knappen »Los, komm!«-Geste zur Seite, drehte sich um und ging den Hausflur hinunter. Er brauchte auch gar nichts zu sagen; sie wussten beide, warum er hier war und wohin er sie bringen würde.

Ihr Herz rutschte ihr durch die Hose bis in die Schuhe. Es war genau, was sie erwartet hatte. Nichts anderes hatte sie verdient. Aber es tat trotzdem weh; alte Wunden in ihrem Inneren, die sie längst verheilt geglaubt hatte, brachen wieder auf und spuckten tintenschwarze Traurigkeit in ihre Adern.

Sie rang trotz des Würgens in ihrer Kehle nach Luft und folgte ihm. Im Vorübergehen schloss sie rasch ab und richtete die Schutzzeichen an der Wohnungstür. Ihre Arme fühlten sich merkwürdig an, und die Hände kamen ihr viel zu groß vor; sie schob sie in die Taschen, zog sie wieder raus, verschränkte die Arme und ließ sie baumeln, während sie versuchte, mit seinen großen Schritten mitzuhalten. Die Treppe hinunter, durch die weitläufige Eingangshalle und die gewaltigen Doppeltüren, hinaus in den kalten Vorfrühlingswind.

Aus alter Gewohnheit wartete sie an der Beifahrertür, damit er ihr öffnete, aber das tat er nicht. Na gut. Sie betätigte selbst den eiskalten Griff und spürte, wie er ihr in die Handfläche biss, als sie ihn hinunterdrückte und in die dunkle Kabine glitt, die nach Rauch und Leder roch. Auch andere Gerüche hingen hier in der Luft: Bourbon und Bier. Er hatte getrunken. Sie konnte es ihm nicht verübeln. Eigentlich hätte sie jetzt selbst ganz gut einen Drink vertragen. Wäre eigentlich schlau gewesen, sich noch schnell ein Bier aus dem Kühlschrank zu holen.

Die Fahrerseite neigte sich, als er sich in den Sitz fallen ließ. Er klimperte mit dem Schlüssel.

Keiner von beiden rührte sich.

Ihre Wasserflasche war in der Handtasche. Sie konzentrierte sich ganz auf das Herumwühlen, um sie zu finden, damit sie seine Nähe nicht so schmerzlich spürte. Seine Haut nicht riechen musste. Sein zerfurchtes, raues Profil nicht sehen musste und auch nicht die schwarze Schmalzlocke, die er mit glänzender Pomade über den Kopf gekämmt hatte. Es funktionierte nicht. Sie war sich all dieser Einzelheiten schmerzhaft bewusst und spürte, wie die Trauer sie überwältigte. Sie … sie vermisste ihn. Er war ihr Freund. Ganz egal, wie sehr sie sich wünschte, dass er noch mehr wäre, und ganz egal, wie sehr sie ihre Chance darauf vermasselt hatte … von dem ganzen Mist mal abgesehen, war er immer ihr Freund gewesen, und er fehlte ihr so sehr, dass es wehtat.

»Was hast du mit mir gemacht?«

Die Flasche glitt ihr aus den Fingern, und sie konnte sie gerade noch festhalten, bevor sie alles verschüttete. »Was?«

Er beschrieb mit der rechten Hand einen Kreis über der Brust. Ach ja, genau.

»Oh. Das ist ein Schutzzeichen, es … bindet deine Seele an den Körper.«

Die Bilder jener Nacht wirbelten aus ihrer Erinnerung empor und spielten sich vor ihrem inneren Auge noch einmal ab. Wie schon so oft, seit es geschehen war. Sein regloser Körper … der Falke, der hinabstieß, um ihm die Seele zu entreißen … der Griff ihres Messers, kalt und hart in ihrer Hand, als sie ihm das Schutzzeichen in die Brust ritzte, und das Blut, das wie zur Antwort auf ihre Beschwörungsformeln aus den Schnitten sickerte.

Ein knappes Nicken, kaum mehr als ein Senken des Kinns. Er weigerte sich immer noch, ihr ins Gesicht zu sehen. »Warum?«

»Erinnerst du dich nicht? Hat es dir denn niemand erzählt?«

»Nee, ham mich alle komplett im Dunkeln gelassen. War ja auch keiner da, wenn du dich mal erinnern magst, außer deinem Lover und seinen Leuten.«

»Er ist nicht mein Lover. Ich … ich treffe mich nicht mehr mit ihm.«

Falls sie geglaubt hatte, dass ihm das eine Reaktion entlocken würde – und das hatte sie –, Pech gehabt. Seine Miene blieb reglos. Nichts.

Sie versuchte es noch einmal. »Wenigstens die Goodys im Krankenhaus müssen dir doch was gesagt haben. Dass du fast gestorben wärst. Du wärst jetzt tot, wenn ich nicht …«

Er drehte den Schlüssel und jagte die Chevelle vom Bordstein.

Ein warmer Hauch strömte aus der Lüftung, und Johnny Thunders dröhnte aus den Lautsprechern. *Born to lose*, das konnte man wohl sagen. Das war zwar eine ihrer Lieblingsplatten, aber nicht die Aufmunterung, die sie gerade brauchte.

Sie war ein paarmal drauf und dran, etwas zu sagen, fand dann aber doch nicht die richtigen Worte. Er wollte sie nicht ansehen, sie konnte die Augen nicht von ihm lassen. Draußen vor den Fenstern zogen die Straßen vorbei. Sie sah Nutten und Freier und Bumps Leute, die an Straßenecken Tütchen mit Muntermachern vertickten. Ihre Umrisse waren Schmutzflecken rund um lodernde Feuertonnen. Ein paar Kids tanzten zuckend in einem losen Grüppchen; die Szene huschte zu schnell vorbei, als dass sie erkennen konnte, was da vor sich ging. Spielte auch eh keine Rolle.

»Wie geht's …« Sie biss sich auf die Zunge. Jetzt nach Katie zu fragen wäre ein schwerer Fehler, der sie womöglich das Leben kosten würde. Es war besser, ihn nicht daran zu erinnern, dass sie eine der wenigen war, die von seinem Kind wussten – dass es da draußen ein kleines Mädchen mit seinem Lächeln gab, das den Namen eines anderen Mannes trug.

»Wie fühlst du dich?«, fragte sie schließlich. »Ich meine, bist du in Ordnung?«

Jetzt warf er ihr doch einen Blick zu. Seine Augen blitzten im Licht des Armaturenbretts auf. Kalt. Tot wie die eines Hais. Anscheinend war die Zeit für Small Talk vorbei.

Die Worte sprudelten aus ihr heraus, bevor sie richtig darüber nachdachte. »Terrible, lass mich doch bitte erklären …«

Er drehte die Lautstärke auf. Bis zum Anschlag. So weit, dass ihr die Ohren klingelten und der Sitz bebte. So laut, dass sie nicht einmal mehr hörte, wie sie in ihrem Kopf schrie. Sie überlegte kurz, wieder leiser zu drehen, hielt sich dann aber zurück. Es hatte keinen Sinn, ihn noch mehr zu reizen. Falls das überhaupt noch möglich war. Sie glaubte nicht, dass ihr Inneres nach diesem letzten Blick jemals wieder auftauen würde.

Auf dem Markt war nicht mehr viel los, abgesehen von den Besuchern, die am Pfeifenraum anstanden. Chess warf ihnen sehnsüchtige Blicke zu, während Terrible aus dem Wagen stieg. Es dauerte einen Moment, bis sie begriff, dass er einfach neben der Kühlerhaube stand und darauf wartete, dass sie ausstieg. Mit dem Türenaufhalten war es wohl endgültig vorbei, wie es schien.

Und sie hatte es ja auch nicht besser verdient. Aber trotzdem tat es verdammt weh, fast noch mehr als sein Schweigen oder sein grimmiger Blick oder dass er sich jedes Sterbenswörtchen mühsam aus der Nase ziehen ließ.

Aber Wut war nur das eine. Mit Wut hatte sie gerechnet. Die Sache mit der Tür hingegen … als wäre sie kein menschliches Wesen mehr. Als hätte sie keine anständige Behandlung mehr verdient. Sie konnte es nicht mal darauf schieben, dass er sie für einen Junkie und für eine Nutte hielt. Es gab eine Menge Junkies und Nutten, die für Bump arbeiteten, und Terrible wickelte die Geschäfte mit ihnen ab, das wusste sie. Sie hatte noch nie gesehen, dass er eine von denen so behandelt hätte.

Aber wahrscheinlich hatte von denen auch keine mit ihm rumgemacht und dann so getan, als würde sie ihn gar nicht kennen, nur um bei nächster Gelegenheit wieder mit ihm anzubändeln und sich von ihm die intimsten Geständnisse anvertrauen zu lassen, bevor sie sich – ähm – in flagranti mit seinem Feind auf dem Boden eines Friedhofs erwischen ließ, nachdem sie ihm kurz zuvor noch weisgemacht hatte, dass sie mit ihm zusammen sein wollte. In dieser Hinsicht war sie wohl ziemlich einzigartig. Komischerweise fühlte sie sich deshalb gar nicht wie etwas Besonderes.

Scheiße. Sie an seiner Stelle hätte sich auch nicht die Tür aufgehalten. Aber sie wäre auch noch nie auf die Idee gekommen.

Terrible hatte also endlich auch gecheckt, dass sie keinen Gedanken und keine Sekunde seiner Zeit wert war. Wenn sie mal ganz ehrlich war, bestand doch die einzige Überraschung darin, dass ihm das nicht schon viel früher aufgefallen war.

Sie sah auf ihre Hand hinab und stellte fest, dass sie sich einen Oozer gekrallt hatte. Schön. Warum denn nicht? Bump würde ihr wohl kaum einen Job anbieten, also gab es nichts, was sie sich merken musste, und außerdem hatte sie für den Fall der Fälle ja auch immer noch ihr Notizbuch. Alles, was er von ihr wollte, war wohl eine Erklärung dafür, was sie auf dem Baugrundstück zu suchen gehabt hatte – oh Scheiße!

Sie konnte es nicht erklären. Sie durfte ihm nicht verraten, woran sie gerade arbeitete, nicht, wenn ihr das Leben lieb war. Ihre Finger wurden taub. Sie war im Begriff, sich in die schreckliche rote Höhle des Löwen zu wagen, und sie hatte keine Ahnung, was sie mit gutem Gewissen sagen durfte, ohne die Bindung zu aktivieren.

Sie warf die Pille ein und stieg mit der gleichen Bewegung aus dem Auto. Vielleicht hatte sie ja Glück und wurde ohnmächtig.

Warum um alles in der Welt hatte sie nur gehofft, Bumps Palast könne sich irgendwie geändert haben? Ein Teil von ihr war anscheinend unbelehrbar. Seit ihrem letzten Besuch hier hatte sich allerdings auch so viel geändert, dass es irgendwie komisch gewesen wäre, wenn ausgerechnet hier alles beim Alten geblieben wäre, und die scheußlichen, beißenden Rottöne wie eh und je ihre Augen beleidigt und ihr ohnehin schon gereiztes Nervenkostüm strapaziert hätten, während die nackten Frauen ihr von den Wänden herab verführerische Blicke zuwarfen.

Aber genau so war es. Und auch Bump selbst war ganz der Alte, fläzte sich gegen die schwarz glänzende Bar und trug unbeirrbar seinen Zehenring und den Gehstock mit dem goldenen Knauf.

Terrible nahm Platz; sie drehte sich um und wollte sich wie gewohnt neben ihn setzen, als sein Blick sie innehalten ließ. Richtig. Sie rutschte beiseite und stützte sich auf die andere Armlehne.

Bump rührte sich immer noch nicht. Er hatte die Hände über dem Knauf des Gehstocks verschränkt und den Kopf gesenkt. Himmelblaue Seide bedeckte seine dürre Brust und die Arme; goldene Klunker glänzten an Fingern und Handgelenken.

»Süße«, brummelte er. Sie spürte, wie er sie aus den Augenwinkeln beobachtete. »Wie ich höre, treibst du dich in Bumps Revier rum, ja? Mit deinen Scheiß-Kirchenbullen im Schlepptau. Hat Bump da richtig gehört?«

»Ja.« Okay. Keine Ersten Ältesten zu sehen; der Raum war immer noch sauber – bildlich gesprochen. Allerdings stand ihr das Schwerste ja auch erst noch bevor, oder? Wo sie gewesen war, hatte schließlich nichts mit der Bindung zu tun.

»Willste mir vielleicht irgendwas sagen?«

Okay. Zeit, mal tief Luft zu holen. »Hat nichts mir dir zu tun, ja? Ist 'ne Kirchenangelegenheit.«

Der Gehstock wanderte zwischen den Händen hin und her und lehnte sich beiseite, wie bei einem eleganten Tanzschritt von Fred Astaire. Aber sie waren hier nicht in einem Technicolor-Musical. Und ganz sicher auch nicht in einem hübschen Ballsaal. »Alle Angelegenheiten, die sich hier unten abspielen, sind Bumps Angelegenheiten, Süße. Hat *alles* was mit mir zu tun. Du willst doch auch weiter was mit Bump zu tun haben, oder? Kriegen, was du so brauchst? Dann lass mal besser was hören.«

»Ist … ist nur 'ne Untersuchung, die wir da durchführen. Sonst nichts.«

Bumps Augenbrauen verwandelten sich in Pfeilspitzen; er fuhr sie so heftig an, wie sie es noch nie erlebt hatte, obwohl sie wusste, dass er dazu in der Lage war. »Glaubste, wir spielen hier

Spielchen? Ist aber kein verdammtes Spiel, klar? Spuck's endlich aus! Oder Terrible macht dir die Hölle heiß. Glaubste etwa, da biste zu fein für?«

»Das hat nichts mit dir zu tun, Bump, okay? Ich darf nicht darüber sprechen.«

Bump schüttelte mit betrübter Miene den Kopf. Chess kaufte ihm das keine Sekunde ab.

Und dann war die Sekunde auch schon vorbei, als ihr Gesicht auf den staubigen roten Teppich knallte und sich etwas Schweres in ihr Kreuz bohrte. Terribles Knie.

Er hatte sie zu Boden geschleudert. Er hatte sie doch wirklich und wahrhaftig zu Boden geschleudert. Als hätte er nie mit ihr gesprochen oder sie berührt. Als ob er sie nie zum Essen eingeladen oder neben ihr auf ihrer schrottigen Couch gesessen hätte. Als bedeutete sie ihm überhaupt nichts. Als wäre sie einfach nur ein weiterer Junkie, der Bump Geld schuldete, genau wie alle anderen.

Ihre rechte Schulter sendete Alarmsignale aus; er hatte sie verdreht und ihr die Hand zwischen die Schulterblätter gequetscht. Es tat zwar nicht weh, aber ob das daran lag, dass sie derartig mit Schmerzmitteln vollgepumpt war, dass er ihr auch problemlos den Fuß hätte amputieren können, oder ob er sie schonte, wusste sie nicht. Sie tippte auf Ersteres und hoffte auf Letzteres.

»Ich kann einfach nicht glauben, dass es so weit kommen musste«, sagte Bump gedehnt. »Dachte, wir hätten so 'ne gewisse Vertrauensbasis, hm? Du und Bump. Dachte, wir verstehen uns. Das macht Bump traurig, echt. Und Terrible erst … Kannste mir glauben, Süße, das ist echt hart für ihn, was du da machst. Warum spuckst es nicht einfach aus, damit das hier vorbei ist und wir alle wieder Freunde sein können, hm? Möchtest du nicht gerne Bumps Freundin sein?«

»Schwarze Magie«, würgte sie hervor. »Die Lama …«

Die Worte verwandelten sich in einen Schrei, der so laut und so lang gezogen war, dass sie selber Angst bekam, als ihre Handgelenke in Flammen aufgingen. Todesqualen, wie sie sie noch nie zuvor gespürt hatte, schlimmer als beim heftigsten Entzug hoch zehn, schossen ihr die Arme hinauf in die Brust, ins Gehirn, bis für nichts anderes mehr Platz war. Grelles Rot flackerte hinter ihren zusammengekniffenen Lidern auf und versengte ihr die Pupillen. Muster, die denen auf ihren Armen glichen, wirbelten ihr durch den Kopf.

Sie spürte vage, wie Terrible von ihr abließ, als sie sich am Boden wand und ihr Körper krampfhaft hin und her zuckte wie eine mit Salz bestreute Schnecke. Dann hoben seine großen Hände sie auf. Sie fühlte, wie eine davon ihr Gesicht herumdrehte und ihr die Wange tätschelte. Sie hörte, wie seine Stimme ihren Namen rief.

Das Ganze dauerte nur wenige Sekunden, vielleicht zehn. Es waren die längsten Sekunden ihres Lebens. Als sie wieder zu sich kam, prickelten und brannten ihr die Wangen von den Tränen, und ihr Körper bebte, als sie versuchte, sich aufzusetzen. Terrible hatte seinen Arm um ihren Rücken gelegt und versuchte, ihr aufzuhelfen, aber sie schaffte es nicht. Ihr Gesichtsfeld drehte sich vor ihren Augen und zerfiel in mehrere Teile, als betrachtete sie den Raum durch ein verrücktes Kaleidoskop. Sie kniff die Augen wieder zu und versuchte, das Wasser in ihrem Magen bei sich zu behalten.

Mit der freien Hand hob er ihren Arm und entblößte die Unterseite. Die Haut brannte dort immer noch, als hätte man sie mit einem nassen Handtuch geschlagen. Es war ein kribbelndes, juckendes Brennen, und die Haut war zu empfindlich zum Kratzen, wie bei einem abheilenden Sonnenbrand oder den ersten Anzeichen dafür, dass ihre letzte Pille zu lange her war.

»Verdammt, Chess«, sagte er, und ihr fiel auf, dass sie ihn schon seit Wochen nicht mehr ihren Namen hatte sagen hören. »Was zur Hölle hast du denn da gemacht?«

Sein Herz pochte gegen ihre Wange. Gegen ihre Wange … Sie lag in seinem Schoß, die Beine über einen seiner muskelbepackten Arme gehängt, während ihr Arsch auf seinem Oberschenkel ruhte. Der warme Geruch seiner Haut verursachte ihr einen erneuten schmerzhaften Stich in der Brust, der nichts mit der verfluchten Bindung zu tun hatte.

Sie schlug die Augen auf und sah direkt in seine, die vor Schreck geweitet und vor Sorge verdunkelt waren. In diesem kurzen Moment war es, als hätte sich nichts zwischen ihnen geändert.

Und dann war es vorbei. Seine Züge verhärteten sich, und er sah weg. Und weil sie nicht wie die letzte Idiotin dasitzen und ihn anglotzen wollte, tat sie das Gleiche.

In diesem Moment sah sie das Blut.

Es war nicht viel. Nur ein paar Tropfen, die aus den waagerechten schwarzen Adern unterhalb ihrer Handgelenke quollen und ihr in krakeligen Linien den Arm hinunterrannen. Oh … Scheiße! Also nicht bloß Schmerz. Sondern auch Blut. Eine drastische Erinnerung an ihren Eid sickerte ihr da in den Ärmel.

Würden die Ersten Ältesten sie auf diese Weise umbringen, wenn sie nicht den Mund hielt? Indem sie die magisch versiegelten Wunden öffneten und sie einfach verbluten ließen?

Sie war nicht scharf darauf, es herauszufinden. Am liebsten hätte sie nicht mal darüber nachgedacht, aber der Gedanke ging ihr nicht aus dem Kopf. Das Blut – ihr Blut – hatte eine hypnotisierende Wirkung auf sie; jetzt, da der Schmerz nachgelassen hatte, starrte sie wie gebannt auf den einsamen Tropfen, der aus ihrem Arm auf Bumps Flokati tropfte.

Terrible hob sie gerade so weit an, dass er sie auf die Couch bugsieren konnte, und stand dann auf. Sie hörte, wie Schubladen geöffnet wurden und das Rascheln von Papier; dann kam er zurück und setzte sich mit ein paar Desinfektionstüchern und Pflastern neben sie.

Sie wollte schon die Arme verschränken, überlegte es sich aber noch mal. »Nein.«

»Den Scheiß kannst du nicht einfach so offen lassen«, murmelte er.

»Nein, das ist es nicht … es nützt sowieso nichts.« Endlich wagte sie es, ihn anzusehen; er war ganz damit beschäftigt, mit dem Päckchen voller Tücher herumzuspielen, und ziemlich blass um die Nase. Sie hatte keine Ahnung, was er wohl gedacht hatte. Ihr plötzlicher Tobsuchtsanfall war sicher nicht besonders angenehm gewesen. Selbst Bump wirkte mitgenommen, oder jedenfalls so mitgenommen, wie das bei Bump möglich war. Die Knöchel um den Knauf seines Gehstocks sahen weißer aus als gewöhnlich.

»Das sind die Male eines Bindenden Eids.« Sie erwartete einen neuen Ansturm des betäubenden Schmerzes und wappnete sich vorsorglich. Als die Tortur ausblieb, fuhr sie fort. »Sie sind der Grund, dass ich nicht darüber sprechen kann, was ich da zu suchen hatte. Ich bin durch sie gebunden.«

Bump legte den Kopf zurück. »Dann haste Bump also deshalb nix verraten, weil die Kirche ihr Okay dafür nicht gegeben hat.«

»Genau. Ich kann nicht. Es würde … na ja, ihr habt's ja gesehen. Und das war nur ein Warnschuss.«

Stille. Okay, schön, jetzt wussten sie beide, dass sie nicht über die Sache sprechen konnte und warum, aber sie hatte das ungute Gefühl, dass die Angelegenheit damit noch nicht ausgestanden war. Vielleicht, wenn sie etwas anderes probierte? Eine leicht abgewandelte Formulierung?

»Die Sache hat nichts mir dir zu tun.« Wieder raste Schmerz

durch ihre Adern, aber diesmal weniger schlimm. Kein Vergleich mit der Attacke von vorhin. Okay. So langsam bekam sie ein Gefühl für die Sache, und das war gut.

»Aber da, wo du dich heute Abend rumgetrieben hast … da hat Bump 'ne Menge Geschäfte zu erledigen, klar? Und ich hab keinen Bock drauf, dass da Kirchenbullen rumschnüffeln.«

»Sie haben etwas gefunden …« Diesmal stockte sie schon, bevor der Schmerz überhaupt einsetzte. Diese spezielle Information würde sie auf gar keinen Fall weitergeben dürfen.

Terrible meldete sich zu Wort, während er ihr immer wieder nervöse kleine Seitenblicke zuwarf, als ob er in die Sonne blickte und die Helligkeit nicht allzu lang ertrug. Obwohl sie in ihrem Fall daran zweifelte, dass er besonders viele helle Stellen fand. »Schätze mal, dann geht es um die Leichenteile, oder, Bump? Die Ratchet vorgestern entdeckt hat, weißt du noch? Hab ich recht?«

»Ihr wisst davon?«

Er zog die Augenbrauen hoch. Richtig. Natürlich wussten sie davon. Gab es irgendetwas in Downside, dass Bump und Terrible entging?

»Ihr wisst doch, wer sie gefunden hat?«

Ein weiterer kalter Blick.

»Nein, wirklich. Ich muss mit ihm reden – oder ihr. Egal. Ich weiß nicht, ob der Name in der Akte …«

Okay, langsam ging ihr das gewaltig auf die Nerven. An der Feinabstimmung zu arbeiten und herauszufinden, wie weit sie gehen konnte, war ja gut und schön. Grenzüberschreitung war immer schon ein Hobby von ihr gewesen. Aber ein sanfterer Weg, um die Grenzen zu testen, wäre ihr irgendwie lieber gewesen.

Plastik knisterte; Bumps Pillentüte. Wahrscheinlich die gleiche, die er ihr schon vor Monaten angeboten hatte, als sie das erste Mal mit ihm gemeinsame Sache gemacht hatte – über das alte Spiel von Dealer und Kundin hinaus, das sie schon seit ein paar Jahren spielten. Sie hatte draußen noch einen Oozer genommen, aber er wirkte nicht richtig. Und selbst wenn, warum nicht noch was drauflegen?

Sie griff sich noch zwei und spülte sie mit Wasser runter. Der kleine Uhrzeiger war bis über die Vier gekrochen; das Runterkommen von den Nips war hart, und sie dachte mittlerweile so sehnsüchtig an ihr Bett, wie sie normalerweise nur … na ja, an die Pillen dachte, die sie gerade geschluckt hatte.

Bump tappte mit dem Stock auf den Boden, dass die goldene Spitze aufblitzte.

»Tja … sieht ganz so aus, als hätte Bump ein paar Infos, die du dringend brauchst, hm? Und ich helf dir doch gerne, klar. Kann's mir nicht leisten, dass die Scheiß-Kirchenbullen mir das Geschäft kaputt machen, das geht gar nicht, klar. Schätze, wir machen ein kleines Geschäft, oder, Süße? Bump macht dir 'n Spitzenangebot.«

Der Seufzer schien aus den tiefsten Tiefen ihrer Seele zu kommen. Na super! Sie arbeitete wieder für Bump.

7

Gesteh dir ganz offen ein, wie deine Ziele aussehen,
und bitte ruhig deine Freunde um Hilfe.
Sie können das! Ein Leitfaden für Anfänger
von Molly Brooks-Cahill

»Ich kann das nicht«, sagte sie noch einmal, und wieder wischte Bump ihren Einwand mit einer ungeduldigen Handbewegung beiseite, als wären ihre Bedenken niedrige Handlager, die ihre Schuldigkeit getan hatten.

»Ich sag ja nicht, dass du Terrible mitnehmen sollst, wenn diese Scheiß-Kirchenpolizistin dabei ist. Aber danach. Du kannst nicht sagen, was du weißt, okay, aber er kann's. Und dann hat Bump, was er braucht, und du kriegst auch, was du brauchst. Ganz einfach, Süße. Das reinste Zuckerschlecken, oder?«

»Ich werde sterben, Bump. Mit der Sache ist nicht zu spaßen, ich habe den Eid mit meinem Blut besiegelt …«

»Und den brichst du ja auch nicht. Hast halt nur 'n Zweitjob nebenbei. Und da nimmste dir 'n bisschen Begleitschutz mit. Jetzt hör Bump mal gut zu, Süße. Alle Angelegenheiten sind Bumps Angelegenheiten, weißte ja. Wenn da so 'n Scheiß mit schwarzer Magie abgeht, geht das Bump auch was an. Die haben für mich nicht mehr allzu viel übrig, schätze ich mal, nachdem Bumps Leute ihnen damals am Chester Airport den Arsch aufgerissen haben. Wenn's Bump an den Kragen geht, dann geht's allen an den Kragen, verstehste? Da muss Bump dann eben seine Kirchenhexe aktivieren. Brauch ich doch jetzt nicht alles noch mal erklären, oder?«

Nein. Musste er nicht. Sie hatten das alles schon früher durchgekaut. Das letzte Mal war erst ein paar Wochen her, auch wenn es sich anfühlte, als wäre es in einem anderen Leben gewesen. Bump kontrollierte Downside, und wenn Bump nicht mehr die Zügel in der Hand hatte, würde am Ende alles noch schlimmer werden als jetzt, auch wenn das schwer zu glauben war. Und wenn er davon ausging, dass die Rückkehr der Lamaru Terrible und Bump mindestens genauso in Gefahr brachte wie sie, lag er sicher auch nicht falsch.

Außerdem war da noch etwas, auch wenn es ihr schwerfiel, das zuzugeben. Wenn Bump bei dieser Sache ihre Hilfe wollte, dann bedeutete das, dass Terrible ihm nichts von ihr und Lex erzählt hatte. Und wenn Terrible es ihm nicht verraten hatte – trotz des Grundes, den er ihr für sein Schweigen genannt hatte, dass er angeblich vor Bump nicht als Versager dastehen wollte, weil er ihn von ihrer Verlässlichkeit überzeugt und damit falschgelegen hatte –, dann gab es vielleicht noch Hoffnung.

Und die Zusammenarbeit mit ihm? Würde ihr die Chance bieten, das herauszufinden. Vielleicht konnte sie sich noch einmal beweisen.

Schon bei dem Gedanken an all das hätte sie sich am liebsten unter eine schützende Decke aus Dream verkrochen und wäre dort geblieben, bis ihre Knochen sich auflösten. Wie gerne hätte sie den dicken gelblichen Rauch tief in die Lungen gesogen, bis sie ihn vergaß, alles vergaß, und nur noch als weiterer schlaffer Körper auf einer Samtcouch herumlag, ein Bewusstseinsfünkchen im ekstatischen Drogenwirbel unter vielen.

Bump schien ihr Schweigen als Ruf nach weiteren überzeugenden Argumenten zu verstehen, obwohl sie sich einfach nur einen Moment im Sumpf ihres Selbstmitleids suhlte. »Terrible kennt sich auf der Straße aus. Der wär dir echt 'ne Megahilfe. Nimm ihn einfach mal mit, Süße, dann wirste schon sehen, dass Bump recht hat. Sammelste bestimmt noch 'n paar Extrapunkte bei deinen Bossen. Diesen Ältesten. Die werden dich lieben, wenn du diese schwarzmagischen Hexer erst mal geschnappt hast.«

Sie hatte die Worte schon ausgesprochen, bevor ihr so alberne Sachen wie gesunder Menschenverstand oder Würde einen Strich durch die Rechnung machen konnten. »Okay, ich probier's.«

Das zufriedene Grinsen spaltete sein Gesicht wie ein Messer, das durch einen halb vergammelten Pfirsich fuhr. »Ist ja toll, echt, wirklich prima. Denn legste gleich morgen los, ja? Für Bump ist's jetzt langsam Zeit fürs Bett, will die Ladys ja nicht länger warten lassen, was?« Er griff in den Beutel, zog eine Handvoll heraus und hielt sie ihr hin. »Greif zu. Auf die Freundschaft!«

Das Zimmer drehte sich ein wenig um sie, als sie die Hand ausstreckte und die Pillen entgegennahm. Es waren nicht allzu viele; er war großzügig, klar, aber wenn Bump versuchte, großzügig zu sein, war er immer noch verdammt knauserig, insbesondere in Anbetracht der ganzen Arbeit, die sie schon für ihn erledigt hatte. Aber, hey, was sollte sie tun, ablehnen? Gratisdrogen waren schließlich Gratisdrogen, und sie war ja nicht blöd.

Wenigstens nicht, was das betraf.

In anderer Hinsicht jedoch … tja, da stellte sie sich ganz schön blöd an. Während sie Terrible hinaus in die frühmorgendliche Kälte folgte, hatte sie genug Zeit, um sich klarzumachen, wie blöd sie wirklich war. Trotz der ein oder zwei Sekunden, in der sie einander wieder nahe gewesen waren, hasste er sie immer noch und hatte offenbar nicht vor, ihr in nächster Zeit zu vergeben. Das alles führte doch nur dazu, dass sie sich noch mehr Herzschmerz einhandelte.

Ganz zu schweigen davon, dass sie mit ziemlicher Sicherheit von den Ersten Ältesten abgemurkst wurde, wenn sie die unsichtbare Linie übertrat – beziehungsweise, ein falsches Wort zur falschen Zeit sagte.

Kälte kroch aus den Ledersitzen durch ihre Jeans. Die Augenlider wurden ihr vor Müdigkeit so schwer, dass sie sie kaum noch offen halten konnte. Nicht mal *One Track Mind* half jetzt noch. Die Wirkung der Nips war endgültig und vollständig verflogen. Sie fühlte sich, als hätte sie jemand mit feuchten Sägespänen ausgestopft. So erledigt, wie sie war, schlugen die Oozer auch nicht mehr richtig an.

Die Fahrt zurück zu ihrer Wohnung verflog in Windeseile. Ehe sie sichs versah, hielt er auch schon vor der Treppe. Sie hatten den dummen Verdacht, dass sie zwischendurch eingeschlafen war.

»Schätze, ich sehe dich dann morgen«, sagte sie Terribles Profil. »Soll ich dann zu dir rüberkommen, oder wie?«

Er zuckte die Achseln. »Wie du willst.«

Eine Million Gedanken rasten ihr durch den Kopf, von denen sie besser keinen laut aussprach. Also sagte sie: »Okay, warum holst du mich dann nicht gegen Mittag ab? Mit Lauren – das ist das Mädel von vorhin –, mit Lauren bin ich um fünf verabredet.«

Pause. »Komm du zu mir. Drüben bei Edsels Stand, ja? Mittag ist okay, passt mir super.«

»Hast du nicht gerade gesagt – ach egal. Ja, perfekt. Wir sehen uns dann da.«

Ein Nicken.

Ja, du mich auch. Natürlich musste sie die schwere Tür auch diesmal wieder ganz alleine aufstemmen. Sie war schon halb die Treppen hochgestapft, bevor sie bemerkte, dass er direkt hinter ihr war, so lautlos bewegte er sich in seinen Stiefeln über den Asphalt. Diese Fähigkeit zur Verstohlenheit war eine seiner besonderen Gaben. Das gehörte natürlich auch zu seinem Job. Die meisten Leute stellten sich ja nicht brav an, um sich verprügeln zu lassen. Man musste sie aufspüren, sich anschleichen, sie von der Straße zerren und ausschalten, bevor sie wussten, wie ihnen geschah. Und niemand war so gut im Leute-Ausschalten wie Terrible.

Sie musste es am besten wissen.

»Was soll denn das?«

Er zuckte die Schultern. »Weiß auch nicht.«

Okay, jetzt war sie wieder hellwach. War er etwa … Scheiße! Sie hasste so was. Hasste es *total*.

Anscheinend konnte er ihr die Verwirrung an der Nasenspitze ansehen, jedenfalls kniff er die dunklen Augen zusammen. »Bump hat gesagt, ich soll mit hochkommen. War nicht meine Idee.«

»Oh!«

»Scheiße! Bild dir mal bloß nix ein, ja? Ich hab mir das hier nicht ausgesucht. Glaub ja nicht, dass du von mir was erfährst, was du dann schön weitertratschen kannst.«

Inzwischen waren sie im Treppenhaus angekommen. Ihre Stimme hallte durch die weitläufige Eingangshalle. »Ich tratsche überhaupt nichts weiter. Ich hab dir doch gesagt, dass wir nicht mehr zusammen sind.«

»Ist mir doch scheißegal, mit wem du zusammen bist.«

»Und warum bist du dann so tierisch sauer deswegen?«

Röte kroch ihm über den Hals; er warf ihr einen finsteren Blick zu und schob sich dann an ihr vorbei, um vor ihr die Treppe hinaufzusteigen. Mit dieser Bemerkung hatte sie ins Schwarze getroffen. Der Sieg schmeckte schal, aber inzwischen war sie schon für jede Kleinigkeit dankbar.

Jetzt war sie an der Reihe, sich an ihm vorbeizudrängeln, die Wohnungstür aufzuschließen und ihre abgeranzte kleine Wohnung zu betreten. Sie stürzte auf dem kürzesten Weg zum

Kühlschrank und zerrte die halb volle Wodkaflasche heraus, die sie von ein paar Tagen gekauft hatte.

Im Schrank daneben befand sich ihre jämmerliche Sammlung von bunt zusammengewürfelten Plastikbechern und -tellern. Sie nahm zwei Becher heraus und öffnete den Schraubverschluss des Wodkas. »Willst du was zu trinken?«

Er trat hinter sie. Sie hörte ein leises Rascheln, dann fiel die Tür ins Schloss. Sie drehte sich um.

Er war weg.

Und das galt auch für die Akte über die Lamaru, die sie vorhin bekommen hatte.

Sie wusste nicht mehr, wann sie zum letzten Mal einen derart blauen Himmel gesehen hatte, und trotz allem hellte sich ihre Stimmung bei diesem Anblick ein wenig auf. Dann war sie eben mit jemandem verabredet, der sie hasste, und betrog die Kirche, während sie auf der Schneide einer Rasierklinge über den gähnenden Rachen des Todes balancierte. Dann musste sie sich eben danach mit einer Frau treffen, die sie jetzt schon nicht abkonnte, um gemeinsam mit ihr einer illegalen Gruppe von Schwarzmagiern auf die Schliche zu kommen, die ihr an den Kragen wollten.

Na wenn schon. Der Himmel war immer noch blau, und drei Cepts brachten sie runter und schirmten sie so weit von der lärmenden Menge auf dem Markt und dem immer noch kalten Wind ab, dass sie das Gefühl hatte, sie würde mit der ganzen Scheiße doch irgendwie fertig werden. Na, das war doch prima. Die Sonne auf ihrem Gesicht und den Händen fühlte sich fantastisch an und zauberte ihr einen blauen Schimmer ins gefärbte Haar. Noch vor einem Monat hatte es geschneit. Jetzt war es schon beinahe Frühling.

An Edsels Stand musste heute Morgen besonders viel los

gewesen sein; als Chess vor der schäbigen Theke mit dem Samtbezug stehen blieb, war er gerade dabei, Runenknochen und kleine handgenähte Beutelchen nachzulegen. War aber auch nicht anders zu erwarten gewesen. Die Neuigkeit von der Schwangerschaft seiner Frau hatte sich rasch verbreitet.

»Wie geht's Galena?«, fragte sie und strich prüfend mit dem Finger über eine der Runen. Ein leichter Schauer lief ihr den Arm hinauf. »Gut, wie's aussieht. Ich kann es fühlen.«

Edsel lächelte. Seine Zähne waren von der gleichen Farbe wie seine Haut und das schlohweiße Haar. Trotz der schwarzen Sonnenbrille verströmte er eine Freude, wie sie sie bisher noch selten an ihm gesehen hatte. »Ihr geht's gut, Baby. Immer noch 'n bisschen müde, ja, aber der Doktor sagt, das wär bald vorbei, und dann is' sie wieder ganz die Alte. Sie … verdammt, was hast'n du da?«

Er packte ihre Hand; als sie nach den magischen Gegenständen gegriffen hatte, die von der zusätzlichen Energie der Schwangerschaft erfüllt waren, hatte er die Narben des Bindenden Eids entdeckt.

»Nicht so schlimm.« Sie versuchte, ihm die Hand zu entziehen.

»Sieht aber *doch* schlimm aus, Baby. Ich erkenn doch wohl solche Zeichen, wenn ich sie sehe. Du bist gebunden worden, ganz klar.« Er ließ ihre Hand los und senkte die tiefe, rauchige Stimme. »Wette, du bist wieder hinter diesen Lamaru her, was?«

»Wie …« Aua! Scheiße. »Du weißt … du hast davon … verdammt!«

Edsel nickte. »Hab da so Gerüchte gehört, weißte. Kenn da 'n paar Leute, die wieder Leute kennen. Heißt, da liegt richtig Ärger in der Luft. Diesmal meinen sie's wirklich ernst.«

»Warum hast du mir nichts davon gesagt?«

»Hab dich in letzter Zeit ja kaum zu Gesicht bekommen. Siehst aber nicht so aus, als wärst du voll auf der Höhe, Baby.

Siehst müde aus. Voll am Boden. Hat ja wohl bestimmt nix damit zu tun, dass Terrible auch die ganze Zeit so rumrennt, als wär ihm grad sein Lieblingshund verreckt, hm?«

Fuck! Darüber wollte sie jetzt wirklich nicht reden. Nicht mit ihm. Und auch mit sonst keinem. Edsel war für sie vielleicht mal das gewesen, was einem Freund am nächsten kam – und vermutlich war er das jetzt auch wieder –, aber manche Dinge waren einfach … zu privat. Die meisten Dinge waren privat.

Obwohl sie ein gewisses Interesse an diesem letzten Satz auch nicht ganz leugnen konnte. Terrible sah also mitgenommen aus, ja? Andererseits hatte er ja wohl auch allen Grund dazu.

»Wen kennst du? Ich meine, du hast gesagt, du kennst Leute, die wieder Leute kennen. Weiß da vielleicht irgendjemand mehr?«

Er zögerte. »Ich hab keine Namen. Da müsste ich ein bisschen rumtelefonieren.«

»Kein Ding. Alles, was du rausfinden kannst, hilft, egal was. Echt. Bump steckt auch in der Sache drin, also würdest du nicht nur mir einen Gefallen tun, klar?«

Edsel senkte den Blick und kramte sein Handy aus der Tasche. Die Sonne glänzte in seinem unpigmentierten Haar. »Da muss ich mich erst mal ein paar Tage ans Telefon klemmen, Baby. Die Leute, die ich meine, gehören nicht zu der Sorte, die immer sofort rangeht.«

»Klar. Aber vielen Dank, echt. Oh, und hier …« Sie zog Stift und Notizheft aus der Tasche und beugte sich vor, um eine Liste aufzuschreiben. »Ist zwar ein totaler Schuss ins Blaue, aber wenn jemand mal was von dieser Liste kauft – ein Unbekannter –, kannst du mir dann Bescheid sagen? Versuch auch rauszufinden, wer es ist, wenn's geht.«

Ihre Liste war nicht lang; die Lamaru hatten mit Sicherheit ohnehin ihre eigenen Quellen. Aber Dinge wie Leichenwasser oder Blutwurz wurden von der Kirche ziemlich streng reguliert, während es zugleich einen ziemlich großen Bedarf danach gab, sodass sie durchaus versuchen konnten, es einfach irgendwo zu kaufen. Warum nicht auch bei Edsel?

Er nahm die herausgerissene Seite und nickte. »Warte noch. Ich probier's gleich mal, wo du schon mal hier bist.«

Er drückte ein paar Tasten auf dem Handy und trat einen Schritt in den Schatten seiner Bude zurück. Dort verkroch er sich sowieso meistens und sah, vor der Sonne geschützt, eher wie eine Wachspuppe oder eine Leiche als wie ein Mann aus. Nicht zuletzt schnappte er so auch eine Menge Diebe.

Diskret zog sie sich ein Stück zurück und beschäftigte sich inzwischen damit, einen kleinen Einkauf zusammenzustellen. Dreißig Riesen auf dem Konto waren ein verdammt gutes Gefühl, und schließlich brauchte sie ja auch ein paar neue Sachen, oder?

In der Mitte des Tresens trug sie ein kleines Häufchen zusammen: eins von den Beutelchen aus Galenas Produktion, eine kleine Ampulle Ziegenblut. War vielleicht noch mal nützlich, wenn sie es mit schwarzer Hexerei zu tun bekam. Oh, und auch noch ein paar Schutztalismane, die würde sie bitter nötig haben.

In einem Bastkorb, der vor Energie förmlich vibrierte, lagen in Plastik eingewickelte Schlangenteile zwischen Magneten und schwarzen Katzenpfoten. Sie fischte eine Pfote und zwei Beutel mit Schlangenteilen heraus, die sie ebenfalls auf den Haufen legte, und warf noch eine schwarze Spiegelscherbe obendrauf. Damit konnte sie granatenstarke Zauber basteln, und die würde sie vielleicht auch nötig haben.

Mal sehen … Alraune konnte man immer brauchen, also auch eine davon … Sie machte den Mund auf, um zu fragen, wie viel Spinnenseide er noch hatte, als er die Hand hob.

»Hab 'ne Nachricht hinterlassen. Kann natürlich für nix garantieren, Baby, weißt du ja, aber sehen wir mal, wie weit wir kommen. Wir bleiben in Verbindung, ja? Und ich meld mich dann, wenn ich was höre oder jemand was von der Liste haben will, den ich nicht kenne.«

»Danke.«

»Ach, dafür nicht. Wenn Bump sich auch für diese Sache interessiert, lässt er vielleicht noch was springen, hm? Babys brauchen ja immer irgendwas.«

»Ja, ich hau ihn mal an, okay? Ich …«

Sie sah Terrible durch die Menge pflügen und dachte, dass er wirklich blass aussah. Letzte Nacht war ihr das gar nicht aufgefallen, nicht mal in Bumps Residenz, wo das ganze Rot allem einen leichten Schimmer verlieh. Aber jetzt, im Sonnenlicht, sah sie es auch. Sie fragte sich, ob seine Wunden immer noch wehtaten. Hätte sie doch nur den sehnsüchtigen Blick von ihm losreißen können!

»Vielleicht halten wir jetzt besser den Mund, Baby«, raunte Edsel.

Chess tat, wie ihr geheißen, und ließ den Kiefer so heftig zuschnappen, dass es schmerzte, während sie wünschte, sie hätte in der Ausbildung bei Tarnzaubern besser aufgepasst. Dann hätte sie sich jetzt den blöden roten Kopf wegzaubern können.

Stattdessen konzentrierte sie sich auf die grinsenden Totenköpfe, die die breiten Streifen auf der Brust seines Bowlinghemdes zierten. Was in Anbetracht der Tatsache, dass er sie mit ihren 1,70 noch um zwei Köpfe überragte, auch nicht weiter schwierig war.

»Edsel«, sagte er. »Alles klar bei dir?«

»Alles klar. Hab grad Chessie erzählt, dass ich vielleicht was Nützliches weiß. Glaubste, Bump macht 'n bisschen Kohle locker, wenn's wirklich so ist?«

»Klar, soll dein Schaden nicht sein. Kein Problem.«

»Cool. Chessie und ich bleiben in Verbindung, und ich halte sie auf dem Laufenden, ja? Dann gibt sie's an dich weiter.«

Terrible sah sie an. Sein Kinn zuckte. Sie schätzte, das sollte ein Nicken sein.

»Hey!« Sie wühlte in ihrer Tasche nach Geld und warf es Edsel zu. »Hast du vielleicht die Akte …«

»Jupp.«

»Wo ist sie? Ich brauche sie dringend wieder, die hättest du nicht einfach so …«

»Los, ins Auto!«

Einmal tief durchatmen. »Ähm, ich wollte erst noch schnell was essen, okay?«

Schulterzucken.

Okay, das wurde langsam echt albern.

Die Fressbuden lagen am anderen Ende des Marktes; Edsel hatte sich im Zentrum postiert, wo er meistens einen Platz zu ergattern versuchte. Dort war die beste Lage: weit weg vom heißen Rauch der Feuertonnen und dem Fleisch, das darüber gebraten wurde, und abseits der glucksenden Hühner, unter die sich manchmal sogar eine Ziege mischte. Zudem war der Boden mit Sägespänen ausgestreut, die nicht mit Blut getränkt waren.

Aber sie wollte unbedingt etwas essen, egal, was, auch wenn sie wusste, dass es ihren Rausch dämpfen würde. Als ob er das nicht schon ganz prima hinkriegen würde.

Sie raffte die Einkäufe zusammen, verstaute sie in ihrer Tasche, und schlurfte dann in ihren abgenutzten Schuhen auf die Imbisse zu. Die Nudelfrau war wieder da, aber darauf hatte sie heute keine … ja. Einer der Verkäufer drehte ein paar Bambusspieße über dem Feuer, und an den Spießen steckten Fleischstücke, die wie Hühnchen aussahen. Jedenfalls ging sie lieber erst mal davon aus. Sie sahen gut aus, sie rochen verführerisch, und wenn es sich bei dem Fleisch in Wirklichkeit um irgendetwas Unaussprechliches handelte, wollte sie das gar nicht so genau wissen.

Terrible drückte sich hinter ihr herum und machte aus seiner Ungeduld kein Hehl, während sie den Einkauf abwickelte. Endlich fuhr sie mit dem Spieß in der Hand zu ihm herum.

»Na schön! Wenn du auf mich sauer sein willst, bitte. Und wenn du mir nicht mal die Chance geben willst, irgendwas zu erklären, kann ich's auch nicht ändern. Aber wir müssen zusammenarbeiten. Also kannst du dir ja wohl bitte wenigstens die Mühe machen, mich nicht so zu behandeln, als hätte ich irgendeine ansteckende Krankheit, okay? Spar dir die beleidigte Leberwurst gefälligst für deine Freizeit auf, so kann ich nämlich nicht arbeiten.«

»Kommt drauf an, was für 'ne Arbeit du gerade machst, wie?«

Oh Mann, das tat weh! Kriegte sie es hin, sich nichts anmerken zu lassen? Klar, kein Problem. So zu tun, als prallte alles an ihr ab, damit hatte sie ein Leben lang Erfahrung.

Also durchbohrte sie ihn mit Blicken und verschränkte die Arme vor der Brust. »Fick. Dich.«

»Du? Glaub nicht, dass ich mir das leisten kann.«

»Nein? Dann …«

Blasmusik schnitt ihr das Wort ab, laut und schrill in der hellen, klaren Mittagsluft. Eine Schallplatte, begriff sie; das verräterische Knacksen und Rauschen drang durch die Lautsprecher. Was zur …

Gemeinsam mit den Umstehenden wandte sie den Kopf. Straßenkünstler waren auf dem Markt keine Unbekannten, wenn sie sich auch nicht allzu häufig hierher verirrten, weil die meisten Bewohner von Downside Außenseitern mindestens genauso sehr misstrauten, wie sie dazu neigten, sie abzustechen und ihnen das Geld zu klauen. Aber dann und wann traten ein paar Sänger oder eine Akrobatentruppe auf.

Das hier war etwas anderes.

Am anderen Ende des Marktes, vor den verfallenen Überresten einer Mauer, hatte man eine Bühne errichtet, allem Anschein nach ein Fundament aus Holzkisten mit Brettern darauf. An den vier Ecken erhoben sich Balken, die mit orangefarbenem Stoff geschmückt waren, und zwischen ihnen waren weitere Stoffbahnen in der gleichen Farbe gespannt, die sich leuchtend vom seeblauen Himmel abhoben.

Darüber baumelte ein Schild: *Arthur Maguinness' zaubermächtige Tinkturen.*

Okay, das versprach interessant zu werden.

8

Nur durch Reue und Schmerz ist Vergebung möglich.
Das Buch der Wahrheit, »Veraxis«, Artikel 72

Die Schallplatte mit der Trompetenmusik plärrte weiter, während langsam eine Menschenmenge zusammenströmte. Chess hatte keine besondere Lust, sich die Vorstellung anzusehen – hatte sie denn nichts Besseres zu tun? –, aber andererseits war sie auch nicht scharf darauf, mit Terrible im Auto zu sitzen und weiterzustreiten, und außerdem wollte sie in Ruhe fertigessen.

Er schien sich die Sache übrigens ansehen zu wollen, was auch Sinn machte. Bump gestattete solche Vorstellungen vor seiner Haustür normalerweise nicht. Ob »Arthur Maguinness« sich gar nicht erst die Mühe gemacht hatte, sich eine Erlaubnis zu besorgen oder ob seine zaubermächtigen Tinkturen irgendwie schädlich für Bumps Geschäfte waren … Terrible musste es wissen.

Also folgte sie seinen breiten Schultern durch die Menge, während sie von dem Spieß abbiss, bei dem es sich mit ziemlicher Sicherheit tatsächlich um Hühnchen handelte. Das Fleisch schmeckte wirklich gut – wann hatte sie überhaupt das letzte Mal warm gegessen? Sie wusste es nicht mehr. Im Krankenhaus wahrscheinlich. Sie hatten ihr immer etwas hingestellt, ob sie nun wollte oder nicht, und sie gezwungen, wenigstens ein paar Bissen zu probieren, damit sie etwas hatten, was sie in ihre kleinen Formulare eintragen konnten. Man hatte ihr klargemacht, dass man sie nicht entlassen würde, wenn sie nicht aß, also hatte sie gegessen.

Seit sie aus dem Krankenhaus gekommen war, hm? Klar hatte sie seitdem mal was gegessen, aber immer nur ein Sandwich oder so. Warmes Essen stand nicht gerade weit oben auf ihrer Liste der wichtigen Dinge. Schließlich gab es so viel Besseres, womit sie sich den Bauch vollschlagen konnte, und das brauchte sie so viel dringender.

Dabei fiel ihr etwas ein. Dank Bumps kleinem Geschenk von letzter Nacht musste sie sich zwar noch nicht unbedingt bei Lex melden, aber wahrscheinlich sollte sie es trotzdem tun. Sie hatte ihn seit ihrer Entlassung aus dem Krankenhaus nicht mehr gesehen.

Auf diese Unterhaltung freute sie sich nicht gerade. Nein, sie traf sich nicht mehr mit ihm – na ja, was sie miteinander gehabt hatten, ließ sich sowieso kaum als »sich treffen« bezeichnen, es sei denn, man fügte noch ein »nackt« und ein »volles Rohr« ein.

Das Problem war, dass er davon noch nichts wusste.

Sicher, irgendwie dämmerte es ihm bestimmt schon. Aus ihrem hysterischen Anfall, als Terrible fast gestorben war – und »hysterisch« war noch nett ausgedrückt –, und dem anschließenden Kapitalverbrechen, um ihn zu retten, hatte Lex eventuell schon erste Schlüsse gezogen, dass ihre gemeinsamen Tage möglicherweise gezählt waren. Zum Glück hatte er den größten Teil der schrecklichen Szene auf dem Friedhof verpasst – zu ihrem Glück jedenfalls, immerhin blieb ihr so etwas von der Peinlichkeit erspart. Lex war nicht ganz so gut dabei weggekommen. Er war ohnmächtig und mit gebrochenem Kiefer auf dem gefrorenen Boden zurückgeblieben, nachdem Terrible sie in flagranti erwischt hatte und mit seiner Meinung zu den Vorgängen nicht hinter dem Berg gehalten hatte.

Egal. Sie konnte das nicht weiter auf die lange Bank schieben. Dank des mit Draht geflickten Kiefers hatte er ihr im Krankenhaus nicht allzu viel zu sagen gehabt, aber jetzt, da sie wieder draußen war … würde er sie sehen wollen, und zwar so, wie er es gewohnt war, nämlich in seinem Bett. Nachdem er ihr Drogen gegeben hatte.

Technisch gesehen hatten die Drogen und das Bett nichts miteinander zu tun. Die Drogen waren ihr Lohn für die Zerstörung des Chester Airport; dort hatte es gespukt, und Bump hatte sie angeheuert, um die Geister auszutreiben, damit er über den Flughafen Drogen verschieben konnte. Das hatte sie nicht hingekriegt, den Flughafen gab es nicht mehr, und das war gut für Lex.

Das Bett … das war nur zum Spaß. Und es hatte so lange Spaß gemacht, bis ihr zwei Dinge klar geworden waren: Erstens, dass es für ihren Geschmack doch zu krass danach aussah, als würde sie ihren Körper für Drogen verkaufen, wenn sie Gratisstoff von jemandem annahm, mit dem sie auch Sex hatte, und zweitens … Der zweite Punkt stand neben ihr und verströmte die Aura eines Mannes, der sich offenbar lieber selbst ein paar Messer in die Kehle gerammt hätte, als sich in ihrer Nähe aufzuhalten.

Als die Musik abrupt abriss, wurde ihre Aufmerksamkeit wieder auf die wacklige Bühne vor ihr gelenkt. Stille breitete sich für einen Moment über der Menge aus, bevor allgemeines Raunen einsetzte.

Ein Mann betrat die Bühne.

Zumindest glaubte sie, dass es ein Mann war. Er war groß und schien selbst Terrible noch zu überragen, aber das konnte auch daran liegen, dass er auf der Bühne imposanter wirkte. Doch wo Terrible breitschultrig und muskelbepackt war, war dieser Mann ein Strich in der Landschaft, dem die gestreifte Weste und die Röhrenhosen um die Glieder schlackerten. Die Ärmel seines abgewetzten und dilletantisch geflickten weißen Hemdes endeten Zentimeter über den knochigen Handgelenken. Die ausgefransten Hosensäume entblößten aschfahle Knöchel über verschiedenfarbigen Schuhen. Schwarzes Haar stand wild von seinem Kopf ab und fiel ihm als verfilzter Vorhang über Rücken und Gesicht, wo es in den Zottelbart überging, der ihm bis zum Hosenbund reichte.

»Guten Morgen, hochverehrte Damen und Herren!« Er sprach mit starkem Akzent. Die Stimme hallte laut und kräftig über die erwartungsvolle Menge.

»Mögen Sie alle sicher in den Armen der Wahrheit geborgen sein! Denn heute erwartet Sie die Wahrheit, wie Sie sie noch nie gesehen haben!«

Eine zweite Gestalt betrat die Bühne. Sie war winzig klein und trug einen blumengemusterten Ganzkörperanzug, der auch die Füße umschloss. Allerdings war es kein Kind, sondern ein Kleinwüchsiger, wie Goody Vanderpeet, eine von den Küchen-Goodys.

Doch abgesehen von der Statur hatte er nichts mit Goody Vanderpeet gemeinsam. Dieser Mensch hatte leuchtend violettes Haar und nahm jetzt eine steife, geschraubte Pose ein, ohne sich vom Wind aus der Fassung bringen zu lassen. Gesicht und Handflächen waren grün geschminkt.

»Mein Assistent LeRue wird nun den Kasten öffnen, damit ich Ihnen Wunderwerke zeigen kann, wie Sie sie noch nie gesehen haben. Ich komme in der Wahrheit, sehr verehrtes Publikum, und wahrlich, heute sollt ihr des Mirakels meiner Tränke gewahr werden, denn ich bin Arthur Maguinness, berühmt und bekannt im ganzen Land!«

Chess verdrehte die Augen und sah sich in der Menge um. Die meisten zeigten den gleichen »Aber sicher doch!« - Gesichtsausdruck wie sie, doch sie fand auch ein paar offen stehende Münder und aufgerissene Augen.

Mit grandioser Geste öffnete LaRue einen grün-violett gestreiften Schrankkoffer, der im Bühnenhintergrund lag. Der Deckel ragte beinahe so hoch auf wie der Kleinwüchsige – der Koffer war wirklich verdammt groß. Mit dem Deckel wuchsen Regalbretter aus der Versenkung, in denen seltsam geformte Flaschen und Phiolen aufgereiht waren. Das mussten dann wohl die zaubermächtigen Tinkturen sein.

»Ein Tupfer, ein Tropfen meiner Tränke wird ihr Leben verändern, das garantiere ich! In diesen Flaschen verdichtet sich die Weisheit der Jahrhunderte, von Generation zu Generation unter den Großmeistern weitergereicht. Männer, vor denen selbst die Kirche das Knie beugte und sie um ihr Wissen anflehte!«

Jetzt war Chess kurz irritiert. Quatsch. Der übliche Quatsch, natürlich, aber doch ärgerlich. Ehrbare Geschäftsleute durften gar nicht mit solchen Versprechungen werben, aber Maguinness da oben hatte mit dem Wort »ehrbar« nicht mehr gemeinsam als zwei Buchstaben.

Ohne zu ahnen, dass er von einer Kirchenhexe beobachtet wurde, klappte Maguinness die schlaksige Gestalt zusammen wie einen Zollstock und hielt eine der Flaschen empor, ein extravagantes Stück aus geschliffenem Glas, wie man es auf der Anrichte eines Neureichen finden mochte. Diese hier war allerdings fleckig und verstaubt. Die Flüssigkeit im Inneren hatte einen giftigen Orangeton.

Ihre Arme juckten. Geistesabwesend kratzte sie daran herum, während Maguinness in den blumigsten Wendungen von den Vorzügen seines Gebräus schwärmte, aber es schien nicht zu helfen. Das Jucken dicht unter der Haut blieb.

Da stimmte irgendwas nicht. Sie hatte sich extra noch mal eine Dosis verpasst, bevor sie aus dem Haus gegangen war. Entzugserscheinungen kamen also nicht infrage. Irgendwas war hier faul. Magie, kein Zweifel, und in Anbetracht der Tatsache, dass sie sich in unmittelbarer Nähe von Tränken befand, die ganz bestimmt magische Zutaten enthielten, war es auch nicht weiter verwunderlich, dass ihre Sinne anschlugen. Aber es fühlte sich … unnormal an. Nicht wie die Magie, die sie einsetzte oder mit der sie es normalerweise zu tun bekam.

Instinktiv warf sie Terrible einen Seitenblick zu, der ungeduldig neben ihr mit den Füßen scharrte, die Arme verschränkt und auf Sicherheitsabstand zu ihr. Auch das war irgendwie schräg. Na ja, der Sicherheitsabstand war im Moment nichts Ungewöhnliches. Aber wie seine Finger am Ärmelstoff herumspielten, das ständige nervöse Schlucken [illegible] definitiv nicht normal.

»Terrible«, flüsterte sie und beugte sich zu ihm hinüber. »Alles klar?«

Er hörte sie gar nicht. Oder vielleicht ignorierte er sie auch einfach. Sie versuchte es noch einmal und streckte die Hand nach seinem Arm aus. »Terrible, geht es dir …«

Er zuckte so heftig zurück, dass ihr fast das Herz stehen blieb, und warf ihr einen hasserfüllten Blick zu, bevor er sich umdrehte und sich durch die Menge drängelte. »Schon okay. Gehen wir.«

Sie hatte schon in der Vergangenheit manchmal überlegt – eigentlich ziemlich oft –, ob er vielleicht eigene magische Fähigkeiten besäße. Nicht genug, um bei der Kirche anzufangen; nur etwas mehr als der Durchschnittsbürger. Aber eben doch mehr. Hatte er das merkwürdige Kribbeln auch gespürt, das Maguinness in ihr ausgelöst hatte?

Sonst schien niemand etwas zu bemerken, und falls doch, versteckten sie es ziemlich gut.

Also wirkte es auf sie und ihn … der Gedanke war da, bevor sie sich bremsen konnte.

Hatte sie ihm irgendetwas angetan, als sie ihm das Symbol in die Brust geritzt hatte?

Das Symbol selbst war illegal. In den frühen Tagen der Kirche war es zum Schutz der Angestellten im Fall von Geisterangriffen eingesetzt worden. So war die Seele an den Körper gebunden worden, bis medizinische Hilfe eintraf. Ein Student hatte es dann allerdings mit grauenhaften Folgen abgewandelt, sodass Menschen, die damit markiert waren, zu einem weit geöffneten Gefäß für Geister wurden, die sie beherrschen wollten.

Aber die abgewandelte Version hatte sie gar nicht benutzt. Eigentlich hätte alles nach Plan laufen sollen.

Aber andererseits hätte sie auch behütet im Schoß von liebenden Pflegefamilien aufwachsen sollen, und das war ganz sicher nicht der Fall gewesen. Es sei denn, man verstand unter »behütet« »durchgefickt und verprügelt« und unter »liebenden Pflegefamilien« »kinderschändende, drogenvertickende, geldgeile Arschlöcher«.

So viel zum Thema »hätte« und »eigentlich«.

Kaum waren sie im Auto, schob er ihr die Akte rüber und jagte den Wagen in einem Wirbel aus quietschenden Reifen vom Bordstein. Sie warf ihm einen scharfen Blick zu und straffte in Erwartung eines Streits die Schultern.

Sie hatte ihm unsagbar übel mitgespielt. Sie hatte ihn betrogen, ihn angelogen, und ihr war klar, dass er glauben musste, sie hätte ihm außerdem etwas vorgemacht und ihn ausgenutzt, gemeinsame Sache mit seine Todfeinden gemacht und ihnen die nötigen Informationen geliefert, um ihn wirklich umzubringen. Vor allem hatte sie ihn verletzt. Und wenn der Schmerz in ihrer Brust auch nur entfernt dem entsprach, was er fühlte, gestand sie ihm nur zu bereitwillig seine Rache zu. Mehr noch, sie war gewillt, sie klaglos zu ertragen, in der Hoffnung, dass er irgendwann zu dem Schluss kam, dass sie genug gestraft war, und dass sie beide vielleicht einen neuen Anfang machen konnten.

Aber im Moment waren sie auf dem Weg, um mit dem Mann zu sprechen, der die Leichenteile auf dem verlassenen Baugrundstück gefunden hatte – Ratchet. Darauf musste sie sich jetzt konzentrieren, statt auf die nächste spitze Bemerkung oder einen neuen bösen Blick zu warten. Später konnte er sie mit messerscharfen Worten aufschlitzen; wenn er es nur lang genug tat, würde sie vielleicht genug Blut verlieren, dass ihr das Herz nicht mehr so schwer war.

Irgendwie bezweifelte sie, dass es jemals dazu kommen würde.

Aber er sagte kein Wort. Er hatte sich die Sonnenbrille aufgesetzt, sodass sie seine Augen nicht sehen konnte, aber das Zucken seines Kiefers und die heruntergezogenen Augenbrauen, die Anspannung in den Armen, und wie er die Lippen zusammenpresste …

»Bist du in Ordnung? Ich meine«, fügte sie rasch hinzu, »ob du dich gut *fühlst*. Der Typ da auf der Bühne, also, ich weiß ja nicht, wie's dir geht, aber mich hat der irgendwie nervös gemacht. Der hatte irgendeine Kraft, das hab ich gespürt. Und da hab ich mich halt gefragt, ob es dir genauso ging.«

»Bin doch kein Hexer.«

»Ja, weiß ich, aber du siehst aus, als ob … Er war einfach gruselig, und ich hab mich gefragt, ob du auch was gespürt hast, mehr nicht.«

Als er nicht antwortete, nahm sie einen neuen Anlauf. »Dieses Symbol auf deiner Brust, hast du da irgendwas …«

»Mir geht's gut.«

»Ich würde dir wirklich gerne helfen …«

»Ich hab gesagt, mir geht's gut, okay?«

Sie biss sich auf die Lippe und widmete sich der Akte. Dank seines hinterhältigen Diebstahls letzte Nacht hatte sie noch nicht mal die Gelegenheit gehabt, sie sich in Ruhe anzusehen. Sie hatte sie nur einmal kurz durchgeblättert, bevor sie wie ein braves Hündchen nach draußen getapst war, um auf Lauren zu warten.

Allzu viel hatte sie aber wohl auch nicht verpasst. Hoffte sie zumindest; aber nein, sie hatten sicher nichts aus der Akte geklaut. Kopiert, klar, auf alle Fälle. Aber nicht geklaut.

Das Glitzern der Sonne auf der massiven Kette an Terribles rechtem Handgelenk schmerzte ihr in den Augen. Ausnahmsweise hatte sie mal ihre Sonnenbrille dabei. Sie wühlte noch in der Tasche danach, als er den Wagen vor einem Gebäude mit blinden Fenstern zum Stehen brachte. Aus den Fensteröffnungen im Erdgeschoss wucherte schon das Unkraut, und die Wände waren von längst vergessenen Flammen geschwärzt. Ein besetztes Haus.

Sie schnappte sich Stift und Notizbuch, verschloss die Akte mit einem Gummiband und stopfte sie tief in die Tasche.

Er fragte sie nicht, ob es ihr gut ging, sondern öffnete bereits den Kofferraum, als sie aus dem Wagen stieg und das Fleckchen bröckeligen Asphalts betrat, das einmal ein kleiner Parkplatz gewesen war. Vor ihr klebte getrocknetes Blut auf der Straße. Sie konnte die Reifenspuren immer noch sehen, die er bei seinem Abgang letzte Nacht hinterlassen hatte.

Die Schweinekadaver waren natürlich verschwunden. Und jetzt, wo sie darüber nachdachte … ja, ein schwacher Geruch nach gegrilltem Schwein lag in der Luft. Sie konnte sich lebhaft vorstellen, welche Freude dieses kleine Zauberkunststück in den Herzen und Mägen der ganzen Nachbarschaft ausgelöst hatte, wo die meisten wahrscheinlich noch nie im Leben so viel Fleisch auf einem Haufen gesehen hatten. Allerdings stellte sie sich den Streit um die Frage, wer wie viel abbekam, lieber nicht vor – er konnte sehr gut Leben gekostet haben. Das ging sie nichts an.

Sie versuchte, die misstrauischen Blicke zu ignorieren, mit denen sie im Moment ganz sicher bedacht wurden, und steuerte auf den verlassenen Eingang zu, als sie hörte, wie der Kofferraum zugeknallt wurde.

Das gesamte Erdgeschoss war von brusthohem Unkraut überwuchert. Lange elfenbeinfarbene Stachelhalme, die ihre Samen überall verstreut hatten, und skelettartige Büsche. Ein dünner Trampelpfad schlängelte sich durch den Dschungel zu einem dunklen Eckchen. Die Treppe. Terrible schob sich vor sie, ohne sie zu berühren, und bahnte sich den Weg über den Pfad. Die abgestorbenen Pflanzen griffen im Vorübergehen vergeblich nach ihm.

Leise Geräusche drangen von oben zu ihnen, als sie am Fuß der Treppe angekommen waren. Chess blieb stehen und atmete tief durch. Irgendetwas lag in diesem Gebäude in der Luft, so schwach, dass es mehr eine Idee als etwas wirklich Greifbares war, aber dennoch vorhanden. Magie. Die leise, unergründliche Berührung von Magie, die sich verstohlen ihre Beine hinaufwand, an den Armen hinunterkroch und sich in ihrer Magengrube ballte.

Und es war keine gewöhnliche Magie. Fast jeder hexte ein bisschen vor sich hin; ein ganzer florierender Industriezweig war damit beschäftigt, Zauberbücher und Artefakte für den Durchschnittsbürger herzustellen, der wenig oder keine Fähigkeiten oder Begabung besaß. Die meisten funktionierten nicht besonders gut. Sie beruhten mehr auf dem Vertrauen der Anwender auf die Wirkung als auf tatsächlicher Magie.

Wie sich diese Zauber und Bannsprüche anfühlten, wusste sie aus langer Erfahrung. In den Heimen ihrer Verdächtigen war sie immer wieder auf solchen Tand gestoßen: Traumsafes, in denen man angeblich Albträume wegschließen konnte, Beutelchen mit Glücksbringern, die Sicherheit und Wohlstand bringen sollten, und gelegentlich auch mal einen im Bad installierten Sexzauber. Das waren meistens auch die, die noch am ehesten wirkten – und Chess damit unsagbar auf die Nerven gingen, die Sexmagie nicht leiden konnte –, einfach, weil es bei Sex um eine Art von Energie ging, die den meisten Menschen vertraut war. Jeder Idiot konnte geil werden.

Aber das hier hatte nichts mit plumper Amateurmagie gemeinsam, nicht im Geringsten. Es war zu subtil, zu gut versteckt.

Sie bemerkte gar nicht, wie sie auf den nächsten Treppenabsatz starrte, bis Terribles leise Stimme sie aus der Versenkung riss. »Stimmt was nicht?«

»Ich glaube, hier drinnen ist irgendwas Magisches«, sagte sie und passte sich automatisch seinem Flüsterton an.

»Ist doch nix dabei, oder? Glücksbringer und so Zeug.«

»Aber nicht so. Solche Zauber – Zauber, die von kompletten Laien gewirkt werden – fühlen sich … unfertig an, wenn du weißt, was ich meine. Sie sind nicht besonders gut gearbeitet, einfach nur kleine Kleckse aus schwacher Energie. Aber das hier …« Sie hielt inne, als ihr plötzlich klar wurde, dass sie sich gerade unterhielten. Sich ganz normal unterhielten.

Und damit wäre es sofort vorbei, wenn sie es ansprechen würde. Ups. »Das hier ist 'ne andere Nummer. Wer auch immer hier drinnen gezaubert hat, wusste, was er tat. Und er hat versucht, die Spuren zu verwischen. Die Spuren der Magie, meine ich. Er wollte nicht, dass jemand mitkriegt, was er hier macht.«

»Vergiss nicht, dass das hier alles Bump gehört. Der hat allen Grund, vorsichtig zu sein. So 'nen Scheiß sollte man hier lieber bleiben lassen.«

»Alle Leute hier? Die gehören alle zu Bump?«

Er zuckte die Schultern. »Denke schon, ja.«

»Dann wollen wir uns das mal ansehen, hm?«

Ein erneutes schwaches Achselzucken, als wäre es ihm zu anstrengend, die Bewegung überhaupt zu beenden, dann stieg er vor ihr die Treppe hinauf. Der Boden war einmal mit Linoleum ausgelegt gewesen, und dort, wo die Stufen an die Wand stießen, waren noch hochgebogene Fetzen sichtbar, die wie Buchstützen aussahen.

Der Geruch drang ihr in dem Moment in die Nase, als sie den

Fuß auf den Treppenabsatz setzte. Terrible blieb wie angewurzelt stehen; hätte sie nicht dasselbe getan, wäre sie gegen ihn geprallt. Er drehte sich zu ihr um, und in diesem Moment dachte sie nicht mehr daran, was sie ihm angetan hatte oder was er ihr angetan hatte oder was sie am liebsten mit ihm gemacht hätte. Sie dachte nur noch an den Geruch des Todes, bei dem sich jetzt die Härchen auf ihren Armen aufrichteten, und sie dachte daran, dass alles gerade noch mal einen Riesenzacken schlimmer geworden war. Für sie alle.

9

Vergiss nie, welche Macht im Blut schlummert.
Ich empfehle, alles zu verbrennen, was damit in Berührung
kommt. Das mag übertrieben erscheinen,
aber Vorsicht ist besser als Nachsicht!
Ratschläge für die Damenwelt von Mrs Increase

Sie rannten beide los. Die Treppe hinauf und durch die offene Tür zur Linken des leeren Treppenabsatzes, bis zu der Stelle, an der Chess' Magen einen gewaltigen Satz machte und beinahe seinen gesamten Inhalt von sich gegeben hätte.

Es war kein Mord. Nicht mal Massenmord. Es war ein Massaker. Anders konnte man es nicht nennen, kein anderes Wort passte.

Alles war mit Blut bedeckt, so dick und so lückenlos, dass sie einen Moment glaubte, durch eine Linse zu sehen. Erst der dreckige Stuck, der durch die Spritzer an der Decke lugte, überzeugte sie, dass es tatsächlich Blut und keine rote Wandfarbe war, was da immer noch langsam von oben heruntertropfte. Der Teppichfetzen am Boden war blutdurchtränkt, die in der Ecke gestapelten Müllsäcke glänzten vor Blut, und ein Stapel löchriger Decken klebte blutverschmiert an der Wand.

Sie brauchte einen Moment, um die Leichen in diesem Blutmeer zu entdecken, aber sie waren da. Oder wenigstens … teilweise. Sie waren auf dem Boden verstreut, als hätte ein Kind achtlos mit ihnen gespielt und dann die Lust verloren; hier ein Bein, dort ein Arm, ein Oberkörper, ein Kopf …

Ihr Magen rebellierte erneut. Sie schluckte panisch, krampfhaft, und drängte den sauren Speichel zurück, der mit einem Mal ihren Mund füllte. Zu viel, das war einfach viel zu viel, wohin sie auch blickte, sah sie ein starres, leeres Auge oder ein schrecklich scharfes weißes Knochenstück, das aus welkem Fleisch hervorragte …

Terribles Hand, fest und warm in ihrem Nacken, zog sie auf den Treppenabsatz. Dort stand ein Fenster offen, ein nacktes Loch in der rauchgeschwärzten Wand; er stieß ihren Kopf hindurch und schob sie mit Gewalt an die kühle, frische Luft. Sie füllte ihre Lungen, hörte sie wie Blasebälge in der Brust pumpen. Sie blinzelte panisch, während sie versuchte, die tanzenden Punkte zu vertreiben, die ihr die Sicht nahmen.

Langsam kam sie wieder zu sich. Ihr Kopf war klar genug, um festzustellen, dass sie nicht allein auf dem Treppenabsatz waren. Gedämpfte Geräusche wie von einem Gespräch im Nebenzimmer lagen in der Luft und wurden deutlicher, als ihr Atem sich beruhigte.

Sie wirbelte herum. Niemand da. Aber Terrible hatte es offenbar auch gehört; sein vorsichtiger Blick glitt über jeden Quadratzentimeter des Absatzes, während sie die Decke absuchte. Seinem Aussehen nach zu urteilen ging es ihm kaum besser als ihr, und sie fragte sich, ob er sie wirklich ganz selbstlos ans Fenster geschleift hatte oder ob es ihm nicht auch als willkommene Entschuldigung gedient hatte, selbst an die frische Luft zu kommen.

Rechts von der Treppe, gegenüber der blutigen Todeszelle, zeichnete sich bedrohlich ein weiterer Eingang ab. Die Fenster waren dort mit Zeitungspapier verklebt, das kaum Licht hindurchließ und gespenstisch im Luftzug flatterte.

Die Stimme war immer noch da. Kein verständliches Wort. Gedämpft. Sie begriff, was es war, machte einen Satz und wurde von seinem unnachgiebigen Arm über der Brust zurückgehalten. Er schüttelte den Kopf. Also hatte er es auch erkannt und wusste, was sich in diesem Raum versteckte. Sie hatten entweder einen Überlebenden gefunden – oder den Mörder.

Sie sah zu, wie er den Kopf vorsichtig ins Zwielicht schob und sich nach beiden Seiten umschaute. Mit einem knappen Winken der Finger bedeutete er ihr, näher zu kommen.

In diesem Zimmer gab es kein Blut. Stattdessen bedeckten Graffiti die Wände. Schemenhafte Umrisse zeichneten sich am Boden ab.

Einer von ihnen bewegte sich.

Chess prallte zurück. Was eigentlich ziemlich blöd war, schließlich konnte sie erkennen, was es war – beziehungsweise, wer es war –, noch während ihre Füße sich ohne ihr Zutun bewegten. Aber ihr ganzer Körper kribbelte von der Spannung, die in der Luft lag, der Anblick des Blutbads in dem anderen Zimmer ging ihr einfach nicht aus dem Kopf, und sie spürte noch immer den Druck von Terribles Hand in ihrem Nacken.

»Okay, ganz ruhig, Kleine.« Terrible hob die Linke an die Schulter und drehte der am Boden kauernden Gestalt die geöffnete Handfläche zu. Zugleich wanderte die Rechte hinter den Rücken; Chess bemerkte, wie sie sich um den Griff seines Messers legte. Nur zur Sicherheit. »Hier tut dir keiner was, ja? Steh doch erst mal auf, dann können wir …«

Die Gestalt – die Frau – hob den Blick. Chess sah ihr in die Augen und erkannte, was Terrible verborgen bleiben musste: das hinterhältige Funkeln schwarzer Magie. Sie spürte, wie die Aura mit der Wucht eines Güterzuges gegen sie krachte. Ihre Haut wurde heiß, und das Hirn schwoll in ihrem Kopf.

Zwei weitere Gestalten tauchten auf, als aus zwei vermeintlichen Kleiderbündeln am Boden plötzlich Menschen wurden. Zwei Männer, zwei Hexer. Zwei Mörder, die sie dabei gestört hatten, ihren Plan mit all dem Blut und der Energie im Nebenraum in die Tat umzusetzen – wie auch immer dieser Plan aussehen mochte.

Die Frau am Boden riss sich das Klebeband vom Mund und sprang mit einer einzigen, fließenden und übernatürlich schnellen Bewegung auf die Füße. Von ihrer Hand baumelte ein Fetisch; Chess schrie auf, als sie ihn sah.

Terrible hastete zur Wand, wahrscheinlich, vermutete Chess, um zu verhindern, dass ihm jemand in den Rücken fiel. Unterwegs packte er sie am Arm und kugelte ihr beinahe das Gelenk aus bei dem Versuch, sie hinter sich zu zerren.

Das würde sie nicht zulassen. Durfte es nicht. Denn das Ding, das die Frau da in der Hand hatte, konnte ein noch viel schlimmeres Gemetzel anrichten als im Zimmer gegenüber, und Chess musste sich ihm entgegenstellen.

Verdammt! Wenn sie Terrible erzählte, worüber sie sich wirklich Sorgen machte, würde die Frau ihren Zauber nur noch schneller abfeuern. Wenn sie ihm nichts sagte, wäre er ahnungslos, und der Zauber würde trotzdem losgehen.

Ihr Arm schmerzte dort, wo er daran gerissen hatte. Sie biss die Zähne zusammen und reckte ihn genau in dem Sekundenbruchteil, bevor der Kampf ausbrach, in die Höhe, nahm ihn bei der Hand und drückte fest zu.

Er starrte sie an; sie deutete mit dem Kopf auf den Fetisch und drückte ihm wieder die Hand. Flehte ihn mit den Augen an zu verstehen. Wenn nicht … Verdammt, wenn er's nicht tat, dann war das hier ihr Ende! Sie zweifelte nicht eine Sekunde daran, dass er mit den beiden Hexern fertigwerden würde – den beiden Lamaru, vermutete sie –, die sich in albernen Kampfsportposen vor ihnen aufgebaut hatten. Die Sache war ziemlich klar; selbst wenn sie nicht so viel Vertrauen in ihn gehabt hätte, verrieten ihre besorgten Mienen doch nur allzu deutlich, dass sie sich die Aktion erheblich einfacher vorgestellt hatten, und als er sein Messer zog und eine dicke Kette aus der Tasche holte, sahen sie noch verängstigter aus.

Aber der Fetisch – die getrocknete Kröte, die die Frau umklammerte, ausgestopft mit allem Möglichen …

Sie hatte doch jede Menge Zeugs bei Edsel gekauft. Es war in ihrer Tasche. Raus damit! Reißverschluss auf und das verknitterte Plastik finden. Erst die Alraune und dann der Spiegel. Ihre Hände zitterten.

Die Frau begann zu sprechen. Unheiltriefende Worte der Macht, vorgetragen mit einer Stimme, die nachts Katzen auf Zäunen kreischen ließ. So sehr dröhnte sie in Chess' Kopf, dass sie auf die Knie fiel und sich die Finger in die Ohren krallte, um nichts mehr hören zu müssen.

Kaum war die Sekunde des Zögerns vorbei, brach der Kampf mit voller Wucht aus. Terribles Kette sauste durch die Luft, und die Lamaru sprangen beiseite. Eine Hand packte sie am Haar und zerrte sie aus dem Getümmel. Sie kratzte danach und wünschte, sie hätte längere Fingernägel. In diesem Moment wollte sie nichts sehnlicher, als diesem Arschloch den empfindlichen Unterarm blutig zu reißen.

Blut. All das Blut im Zimmer auf der anderen Seite des Flurs, das Blut der Ermordeten. All die Macht, die Furcht und der Schmerz, die nur darauf warteten, aktiviert zu werden. Vergiss das nicht, lass den Fetisch kein Blut schmecken …

Die Frau unterbrach ihren monotonen Singsang mit einem Schrei. Chess sah noch rechtzeitig hoch, um mitzukriegen, wie sich die Kette um ihr Handgelenk wickelte und Terrible daran zog, sodass die Frau den Arm über den Kopf recken musste. Als seine Faust in ihr Gesicht krachte, fiel auch der Fetisch zu

Boden. Gleichzeitig zuckte der Dolch des anderen Hexers vor – eine Finte, denn seine freie Hand tastete den Boden ab.

Scheiße, worauf wartete sie denn noch? Der Schritt ihres Angreifers war genau vor ihrer Nase; Chess faltete die Hände und rammte sie ihm voll auf die Zwölf. Aufstöhnend brach er zusammen und riss ihr im Fallen eine Handvoll Haare aus. Sie spürte es kaum. Schnapp dir die Tasche. *Schnapp dir die Tasche!*

Terrible entledigte sich mit einem Tritt des dolchschwingenden Hexers und ließ die bewusstlose Frau fallen. Blut lief ihm über den Arm. Er streckte die Hand nach dem Fetisch aus, der immer noch vor ihm auf dem Boden lag.

Ihr stockte der Atem. Sie bekam das Wort nicht schnell genug raus. Sein Blut würde den Fetisch aktivieren, und sie wusste nicht, ob die Frau den Beschwörungsgesang vor seinem Eintreffen noch beendet hatte, aber egal, sobald das Ding mit seinem Blut in Berührung kam …

Er hatte sie gehört. Erstarrte. Ihre Hand schloss sich um den Fetisch. Brutale, ungezügelte Kraft schoss ihr den Arm hinauf und durchlief ihren gesamten Körper, bis sie nichts mehr sah und nichts mehr spürte, außer seiner blinden, kalten Gier. Es wollte sie mit Haut und Haaren, ihren Tod, ihren Schmerz, alles, was es bekommen konnte. Pure Zerstörungswut tobte durch ihren Körper und presste sich auf der Suche nach einem Ausgang von innen gegen ihre Haut.

Sie würde es nicht entkommen lassen. Ihr Magen flatterte wie von einem eigenen Willen gelenkt, als sie auf der Flucht vor den Hexern, die inzwischen wieder aufgestanden waren, hastig auf die Wand zukrabbelte.

Sie konnte nicht mehr. Es war zu viel, das Blut und das Elend und das Böse, das durch ihre Adern strömte. Sie presste die Stirn gegen die vernarbte Wand und übergab sich, kaum noch bei Sinnen, während sie die abscheuliche Kröte mit letzter Kraft an die Brust drückte.

Klauenfinger schlossen sich um ihren Arm. Es war die Frau, das Gesicht blutüberströmt. Chess versetzte ihr einen kraftlosen Tritt. Jede Bewegung war ein Kampf durch Morast und den brüllenden Hass in ihrem Körper.

Ein Kreischen drang aus dem Mund der Frau. Chess bekam eine Gänsehaut und presste den Fetisch noch fester an sich. Sie trat um sich und schrie, trotz des schrecklichen Geschmacks in ihrem Mund und der grauenhaften Macht, die sie zu ersticken drohte.

Die Frau riss den Kopf zurück. Eine rasche Bewegung wie der Flügelschlag eines Kolibris, dann sprudelte ihr das Blut aus der Kehle. Das Licht in ihren Augen erstarb flackernd wie in einer altersschwachen Glühbirne. Sie stürzte zu Boden und blieb mit verrenkten Gliedern liegen.

Nur Chess' dröhnender Herzschlag unterbrach die folgende Stille. Durch den Schleier vor ihren Augen sah sie, wie Terrible sich vorbeugte und ihr die Hand hinhielt. Sie drückte sich in die Ecke, auf der Flucht vor seiner Berührung.

»Nein. Nein, fass mich nicht an, fass mich nicht an, es klebt überall an mir, du darfst mich nicht anfassen …«

»Ruhig, Chess. Ganz ruhig. Ich rühr dich nicht an, okay? Sag mir einfach, was ich machen soll. Wie kann ich dir helfen?«

Erneut traten ihr die Tränen in die Augen; sie schüttelte den Kopf, halb, um sie vor ihm zu verbergen, halb, um nicht hemmungslos loszuheulen. Der Druck des Zaubers hatte mit dem Tod seiner Urheberin nachgelassen, aber der Fetisch selbst schnürte ihr immer noch die Luft ab und gab ihr das Gefühl, als würden sich schleimige schwarze Tentakel in ihren Körper schieben, sich in ihre Organe bohren – bis tief in ihre Seele. Das Bild – ganz zu schweigen von dem Gefühl an sich – sorgte dafür, dass ihr Magen erneut rebellierte. Verdammt, es war unerträglich!

»Wir haben Zeit, Chess. Kein Problem. Sag einfach, wenn du so weit bist, okay? Alles in Ordnung hier.«

Was sie brauchte? »Meine Tasche. Ich brauche meine Tasche.«

Das Blut – das Blut der drei toten Hexer, die jetzt um sie herum verstreut waren, und auch das Blut der Opfer im anderen Zimmer – rief sie, lockte sie so stark, dass sie noch einmal die Stirn gegen die Wand knallen musste, so fest sie konnte, um dagegen anzukommen. Der Fetisch in ihren Armen bebte vor Macht. Er wollte das Blut. Und das Blut wollte ihn.

Die Tasche rumste halb geöffnet neben ihr auf den Beton, aber ihre Finger weigerten sich, den Fetisch loszulassen.

Sie wollte sprechen; schluckte und setzte neu an, als die Worte sich in der Kehle zu einem widerspenstigen Knäuel ballten. »Gib mir … ähm … da sind irgendwo ein paar Handschuhe drin.«

Für Handschuhe war es inzwischen schon ein bisschen zu spät, aber sie hatte das grauenhafte Gefühl, dass jede Sekunde, in der sie weiter Kontakt mit dem Fetisch hatte, ihm eine weitere Sekunde Zeit gab, seine furchtbaren Zähne in sie zu schlagen und ihr Energie abzusaugen wie ein Moskito.

Er riss die Tasche auf und stocherte vorsichtig darin herum. Selbst durch den magischen Schleier um sie herum merkte sie, wie unbehaglich er sich fühlte.

Ein paar Sekunden später hielt er ihr die Handschuhe vors Gesicht; es gelang ihr, sich die Kröte zwischen die Knie zu klemmen, während sie sich einen Handschuh überstreifte, um gut geschützt nach dem Fetisch zu greifen. Der Energiestrom war jetzt schwächer. Er war immer noch da, und er war immer noch grauenhaft, aber eindeutig besser zu ertragen. Ihre Lungen weiteten sich sogar ein bisschen, als sie Luft holte, und als sie sprach, klang ihre Stimme wieder fester.

»In meinem Etui ist ein Eisenmesser mit einer schwarzen Klinge. Gibst du mir das mal?«

In der gegenüberliegenden Ecke befand sich ein Stück freier Boden, so sauber, wie es unter diesen Umständen möglich war. Nachdem Terrible ihr das kurze Messer gereicht hatte, stand sie mit zitternden Beinen auf, und steuerte darauf zu.

Über dem Fenster klebte immer noch ein Stück Zeitungspapier. Sie setzte den Fetisch ab, zupfte an der Verkleidung und riss sie schließlich ab.

Im hellen Nachmittagssonnenschein zeigte sich das Ding in seiner ganzen Abscheulichkeit. Über den Bauch lief eine krumme Linie aus schwarzen Nadelstichen. Das Füllmaterial beulte die Haut aus – was auch immer es sein mochte. Sie hielt den Fetisch mit der behandschuhten Linken fest und trennte mit der Eisenklinge die Naht auf.

Oh Scheiße! Der Gestank, der ihr entgegenschlug, brannte in Mund und Nase und verursachte ihr einen Hustenanfall. Das war nichts Natürliches, zumindest nicht ausschließlich. Da drinnen steckte auch irgendwas Chemisches, zusammen mit dem Geruch nach toter Kröte, saurer Milch und etwas, das anscheinend ein verwesendes Vogelherz war.

Ungewöhnlich. Äußerst ungewöhnlich. Vogelherzen benutzte man normalerweise nicht für solche Talismane, eigentlich für keinen Zauber, den sie kannte. Vorsichtig fummelte sie das Ding mit der Messerspitze heraus und legte es auf den Boden, zusammen mit einem verfilzen Haarknäuel und – igitt! – einem Augapfel.

Zum Glück war es wenigstens kein menschlicher; nach allem, was vor ein paar Wochen geschehen war, hätte sie auch nur der geringste Verdacht, dass menschliche Augäpfel in diesem Fall schon wieder eine Rolle spielten, wohl auch komplett fertiggemacht. Nein, von einem Menschen stammte der nicht. Sondern von einem Tier. Von einer Ziege vielleicht? Oder einem Hund.

In Downside wimmelte es nur so von streunenden Hunden und Katzen. Falls sie eine gute Quelle hatten, konnte er wohl auch von einem Fuchs stammen, nahm sie an. Noch etwas für Edsels Liste.

Links neben ihr klickte Terribles Feuerzeug, und eine träge Rauchwolke trieb zu ihr herüber. Früher hatte er ihr auch immer eine angeboten und auch gleich angesteckt. Sie wischte den Gedanken beiseite und konzentrierte sich stattdessen darauf, den Rest der Füllung aus der Kröte zu pulen. Mit jedem Gegenstand, den sie hervorzog, ließ die Macht des Fetisches nach.

Noch mehr Haare. Ein blutgetränktes Stück Stoff. Das Übliche, wenn es um Flüche ging, eben. Ein … ein Finger, ziemlich winzig. Ein kleiner Finger? Nicht mehr so ganz das Übliche. Sie erschauderte. Eine tote Kakerlake, die auf einer Nadel aufgespießt war, ein kleiner Nagerschädel, schwarze Watteflusen und ein paar Kräuter. Der Duft wurde von den anderen Zutaten überlagert, aber eins erkannte sie trotzdem. Ihre Mundwinkel sackten nach unten.

»Was haste denn da?«

»Misteln.« Sie sah zu ihm auf; er stand rauchend am Fenster und würdigte sie keines Blickes. »Man braucht sie für die verschiedensten Dinge, aber meistens werden sie für Geisterreisen eingesetzt. Beschwörungen und Austreibungen, aber nicht so, wie wir das machen. Es ist eher … als würde man die Tore der Ewigen Stadt aufstoßen, verstehst du? Man stellt einen Torwächter auf, statt die Geister wirklich zu beherrschen.«

»Glaubste, die wollen noch mal an die Stadt ran?«

»Schätze schon. So ein Mist!« Verdammt, davon würde sie Lauren berichten müssen! Irgendwie hatte sie insgeheim die ganze Zeit gehofft, dass sie nichts Verwertbares finden würden. Pech gehabt. Stattdessen durfte sie sich jetzt schon mal eine gute Ausrede einfallen lassen, wie sie an den Fetisch gekommen war.

Egal. Darum würde sie sich kümmern, wenn es so weit war.

Sie stocherte mit der behandschuhten Linken im Inneren des ausgeräumten Kadavers herum, dankbar, dass sie wieder frei atmen konnte. Das Ding war, soweit sie das im Moment beurteilen konnte, unschädlich gemacht. Um ganz sicherzugehen schüttete sie ordentlich Salz darüber und stieß beinahe einen erleichterten Seufzer aus, als das letzte bisschen Energie sich verflüchtigte.

Terrible rührte sich nicht vom Fleck und hüllte sich in eine Rauchwolke, während sie ihre Tasche durchwühlte. Irgendwo da drinnen waren antiseptische Plastikbeutel; sie fischte eine Handvoll heraus – fast ihren gesamten Vorrat – und machte sich daran, die Gegenstände, die sie im Inneren des Fetisches gefunden hatte, sorgfältig zu verpacken, indem sie das Salz abschüttelte, bevor sie sie in ihrem jeweiligen Beutel versenkte. Normalerweise hätte man so etwas in fließendes Wasser werfen oder, falls es klein genug war, den Abfluss hinunterspülen sollen. Aber das hier waren Beweisstücke in einer Kirchenermittlung. Sie musste sie an Lauren weitergeben, damit das Black Squad sie unter die Lupe nehmen konnte. Mal sehen, was und ob sie etwas dazu sagen würden.

Rasch ließ sie den Blick durch das Zimmer wandern, mehr aus Nervosität als aus irgendeinem echten Grund, als sie plötzlich etwas bemerkte, was ihr vorher entgangen war. Diese Umrisse am Boden – das waren Hunde. Tote Hunde, ohne sichtbare Verletzungen zwar, aber ohne Zweifel tot.

»Ob die hierher gehören?«

Er folgte ihrem Blick und zuckte die Schultern. »Hier gibt's doch überall Hunde.«

Sie stand auf, streifte sich klatschend den Handschuh ab und ließ ihn auf den Boden fallen. Auf der anderen Seite des Treppenabsatzes lauerte das Zimmer mit den Toten; davon musste sie Lauren wohl oder übel auch berichten.

Aber jetzt und hier hatte sie es mit den Hunden zu tun. Zwei Hunde, in der Ecke übereinandergeworfen. Im Näherkommen bemerkte sie, dass sie keineswegs unverletzt waren; der eine hatte eine lange Schnittwunde am Rücken. Sie beugte sich darüber. »Was zur Hölle?«

»Sieht aus, als hätten sie ihm die Haut abgezogen.« Ihr fiel auf, dass er nahe genug rankam, um gut sehen zu können, aber nicht so nahe, dass er sie berührte.

»Schon, aber …«

»Vielleicht hatten sie Hunger. Oder ihnen war kalt, hm?«

Da konnte er durchaus recht haben. So abstoßend die Vorstellung auch war, entsprach sie vermutlich der Wahrheit. Die meisten Menschen aßen zwar keine Hunde und Katzen, aber das galt keineswegs für alle, ganz besonders nicht in Downside. Und wenn sie es recht bedachte, sah es den Lamaru nur zu ähnlich, sich an unschuldigen Tieren gütlich zu tun.

Andererseits hatten viele Leute Spaß daran, unschuldige Wesen zu quälen. Darin unterschieden sich die Lamaru nicht von allen anderen.

Angenommen, dass sie es gewesen waren, die die Tiere getötet hatten. Und dass sie es nicht nur getan hatten, um die armen Viecher zum Schweigen zu bringen, was auch nicht ausgeschlossen war.

»Wer hat denn hier gewohnt?«

»Leute, die auf Bumps Gehaltsliste stehen. Die ham 'n Auge auf das Haus.«

»Er macht hier Geschäfte?«

Keine Antwort, es sei denn, sie zählte den flackernden, misstrauischen Blick und leicht ungläubigen Ausdruck in seinem Gesicht.

Ach, richtig. »Ich meinte ja nur …«

»Bump und ich kümmern uns darum. Ist nicht dein Bier.«

»Falls das irgendwas mit der Ermittlung der Kirche … aua!« Scheiße! Sie hatte es doch tatsächlich geschafft, diese verdammte Bindung mal für ein paar Minuten zu vergessen.

»Hier sagt keiner auch nur 'n Pieps zu den Kirchenpilgern, klar? Keiner. Die sehen, was sie sehen, aber das hier geht die genauso wenig was an.«

»Aber …« Sein finsterer Blick ließ sie verstummen. Bitte, dann eben nicht. Wahrscheinlich hatte er sowieso recht. Ratchet war in den Akten gar nicht aufgetaucht; die Kirche wusste nicht mal, dass er existierte. Und sie konnte auch keine Kollegen hierher lotsen, ohne einzugestehen, dass sie mit jemandem an dem Fall gearbeitet hatte, den es eigentlich einen feuchten Dreck anging.

Ratchets Tod würde gerächt werden, sagte sie sich. Ratchet und alle anderen, von denen nur noch verstreute Körperteile übrig waren – die Hunde eingeschlossen. Egal, ob die Kirche die Mörder zuerst fand oder Bump und Terrible, ein warmes Plätzchen im Geistergefängnis war ihnen jetzt schon sicher.

Der Gedanke tröstete sie etwas, soweit das überhaupt möglich war.

Sie stopfte den ausgeweideten Fetisch in ihre Tasche und folgte Terrible die Treppe hinunter zurück ins Sonnenlicht. Unterwegs schnappte sie sich ihr Pillendöschen. Warum nicht bei Gelegenheit versuchen, mal ein bisschen runterzukommen. Mit Lauren würde es vermutlich nicht besonders entspannt werden.

10

Und sie machten allerlei Experimente mit lebendem und totem Fleisch, denn sie wussten nichts von der Wahrheit.
Geschichte der alten Regierung, Band VI: 1975–1997

Ihre Vermutung sollte sich bestätigen, jedenfalls zum größten Teil. Kaum hatte Terrible sie an der Treppe zu ihrem Haus abgesetzt und war davongebraust, da rief sie Lauren auch schon auf dem Handy an: Chess sollte sie jetzt doch bei der Kirche treffen, weil Lauren zu viel um die Ohren hatte, um nach Downside zu kommen. Offenbar stand sowieso eine Besichtigung von Erik Vanhelms Wohnung auf dem Programm, und die Kirche lag auf halbem Weg zwischen Chess' Wohnung und Cross Town. Super. Statt einer Verschnaufpause blieb ihr also gerade noch genug Zeit, sich unter der Dusche mit Salz abzuschrubben, um die Reste der kranken Magie loszuwerden, die noch an ihr klebten.

Zu schade, dass ein Salzpeeling bei allem, was sie sonst noch mit sich rumschleppte, völlig nutzlos war. Die Erinnerung an seine Hand in ihrem Nacken, in den Moment, in dem er ihr gut zugeredet hatte, während sie sich in der Ecke zusammengekauert und etwas kriechendes Böses an ihren Eingeweiden genagt hatte. So sanft. Wie sicher sie sich gefühlt hatte. Dieses Gefühl hatte er ihr immer gegeben. Und wie unglaublich dämlich sie gewesen war. Frischer Schmerz pulsierte durch ihre Adern. Durch die vier Cepts, die sie sich einpfiff, wurde er etwas gedämpft, aber ein Rest blieb.

Ihr Magen fühlte sich immer noch warm und viel zu schwer an, als sie den Wagen vor der Kirche parkte und sich auf die großen Eingangstore zuschleppte. Dieses Mal beruhigte sie der Anblick nicht, ebenso wenig wie das Innere, der gewölbte Eingangsbereich mit den von Schnitzereien bedeckten Wänden und dem sanften blauen Licht, das von der Decke schimmerte.

Das Gebäude brummte wie ein Bienenstock; Kirchenangestellte, Debunker-Kollegen, die ihr auf dem Weg zur umfangreichen Bibliothek im Obergeschoss zunickten oder sie knapp grüßten, und Verbindungspersonen, die auf dem Weg zum Fahrstuhl in die Stadt unter der Erde stumm über die Geheimnisse der Toten meditierten. Dorthin würde sie auch müssen, fiel ihr schaudernd ein. In vier Tagen würden sie alle die Fahrt zur Widmung für den Henker und den Ältesten Murray antreten.

In vier Tagen würde sie mit den Kollegen beisammenstehen müssen, und alle würden lächeln und sagen wie friedlich doch alles sei und wie froh sie wären, dass der Älteste und der Henker ihre ewige Ruhe gefunden hätten, und sie würde ebenfalls lächeln müssen und so tun, als wäre sie der gleichen Meinung. Als ob die Stadt ihr nicht fürchterliche Angst machen würde, als käme sie ihr nicht wie die Verkörperung der Leere und der Traurigkeit vor, die sie Tag für Tag mit sich herumschleppte. Sie würde so tun müssen, als würde nicht schon der bloße Aufenthalt dort in ihr den Wunsch erwecken, zu schreien und sich mit den Fingernägeln die Haut vom Körper zu kratzen.

Sie würde so tun müssen, als sei sie genau wie alle anderen. Wie jeden Tag. Normal. Glücklich. Sauber.

»Hey Chessie, alles klar?« Dana Wright kam die Treppe hinunter, die schlanken Arme mit Büchern bepackt. »Du siehst irgendwie ziemlich aufgewühlt aus.«

»Hm? Ach, mir geht's gut … Ich hab nur … hab nur gerade an den Ältesten Murray gedacht.«

»Oh.« Dana biss sich auf die Lippe. »Ich weiß, das ist so traurig, oder?«

»Ich …«

»Ich meine, ich weiß natürlich, dass es eigentlich überhaupt nicht traurig ist. Klar muss er jetzt wahnsinnig glücklich sein.« Dana sah sich um und spähte zu dem kleinen Grüppchen Goodys am anderen Ende der Halle. Die nächsten Worte sprach sie überdeutlich in diese Richtung. »Ich denke mal wieder nur an mich. Ich weiß, dass es für ihn das Beste ist.«

Die Goodys schienen sie gar nicht weiter zu beachten, aber natürlich konnte man da nie ganz sicher sein. Die Akustik in der Halle war manchmal äußerst merkwürdig. Chess fand, dass ein abrupter Themenwechsel jetzt das Beste wäre. »Woran arbeitest du denn gerade?«

»Ich versuche rauszufinden, wen Madame Lupita in sich getragen hat und wie der Geist in sie reingekommen ist. Normalerweise kümmert sich ja das Squad um so was, aber weil ich nun mal mit im Raum war … Hier. Das ist eine Liste der Leute, die sie vor ihrer Hinrichtung besucht haben.« Dana verschob den Bücherhaufen in ihren Armen und streckte Chess mit zwei Fingern ein dünnes Blatt Papier entgegen. »Kennst du irgendwelche von diesen Namen? Weil du es doch warst, die damals im Einsatz war, da haben wir gedacht, du erinnerst dich vielleicht an jemanden.«

Chess pflückte das Blatt aus Danas Hand und überflog es. »Ich hab damals keine Namen mitbekommen, jedenfalls keine, die man in ein offizielles Dokument eintragen würde. Aber …«

»Aber was? Chessie?«

Ihre Stimme holte Chess in die Realität zurück, weg von dem Namen, der sie in krakeliger Handschrift anstarrte. »Was? Oh, Entschuldigung. War grad in Gedanken versunken. Hey, kann ich mir davon mal eine Kopie machen? Immerhin könnte ich ja über einen der Namen noch mal stolpern, nicht?«

»Klar. Die meinten, ich soll dir die Liste mal zeigen, also kann ich mir nicht vorstellen, warum du dir keine Kopie machen solltest.«

Entlang der Wand zu ihrer Rechten standen niedrige, lang gestreckte Bänke aus dunklem Holz. Donnerstags waren sie immer voller Menschen, Familienmitgliedern, die gekommen waren, um mithilfe der Verbindungspersonen ihre toten Angehörigen zu kontaktieren. Familienmitglieder mit gut gefüllten Portemonnaies. Ein Gespräch mit den Toten war schließlich nicht billig.

Überhaupt hatte alles bei der Kirche seinen Preis. Meistens zahlten die Leute nicht mehr als ihren Zehnten, aber für besondere Dienstleistungen … Verbindungspersonen, Hochzeiten, Unterweisung der Kinder und Segenssprüche … Alles hatte eben seinen Preis.

Damit hatte Chess gewiss kein Problem. Immerhin kam so ihr karges Gehalt zustande. Um genau zu sein: ihre Bonuszahlungen. An den dreißig Riesen auf ihrem Konto klebte der Schweiß von Tausenden von Steuerzahlern, und dafür war sie wirklich dankbar. Wenn sie einen schönen Batzen davon zum Pfeifenraum tragen und sich süßes Vergessen in die Lungen ziehen würde, würde sie es erst so richtig zu schätzen wissen.

Aber das musste warten. Im Augenblick kniete sie noch vor der Bank und benutzte sie als Schreibunterlage für ihren Notizblock, während sie die Liste abschrieb.

Alle Namen, alle elf. Sie wollte ganz sichergehen und sich alle notieren. Schließlich hätte es Dana sicher auch misstrauisch gemacht, wenn sie einfach nur *Arthur Maguinness* auf ihren Block gekritzelt hätte und dazu die Adresse Ecke Neunzigste und Mercer. In Downside.

Die Adresse mochte stimmen, der Name allerdings war auf keinen Fall echt. Sie hatte im Hauptrechner der Kirche jede Datenbank durchsucht, die ihr einfiel; dort, wo seit dem Ende der Geisterwoche und der Übernahme der Regierungsgewalt durch die Kirche alle Geburts- und Sterbeurkunden abgespeichert wurden. Zugegeben, selbst dem langen Arm der Kirche entkam hier und da mal jemand, aber dass es über Maguinness so gar keine Daten gab, beunruhigte sie dann doch.

Er war ganz offensichtlich alt genug, um noch in der Zeit vor der Wahrheit geboren zu sein. Dann musste es eine Geburtsurkunde geben, die in dem Staat ausgestellt worden war, in dem er das Licht der Welt erblickt hatte, und die wiederum sollte eigentlich in die Datenbank übertragen worden sein, immerhin hatte sich eine ganze Einheit rund um die Uhr damit befasst, solche Informationen zu übertragen. Und wenn sein Akzent ein Hinweis darauf war, dass er im Ausland geboren worden war? Trotzdem hätte es eigentlich eine Geburtsurkunde geben müssen, die dann auch in der Datenbank auftauchen sollte.

Also konnte Maguinness unmöglich sein echter Name sein, denn von den 140 Menschen dieses Namens im System war mit Sicherheit keiner derjenige, hinter dem sie her war. Scheiße!

Aber wie hatte er es dann geschafft, mit einem falschen Namen zu Lupita vorgelassen zu werden? Besucher mussten sich irgendwie ausweisen, und ihre Identität wurde überprüft. Verdammt, es wurden sogar Fingerabdrücke genommen! Selbst Blutproben und der Abgleich mit Gen-Datenbanken waren bei manchen Gefangenen nichts Ungewöhnliches. In Lupitas Fall waren die Sicherheitsvorkehrungen wahrscheinlich nicht derart hoch gewesen, aber trotzdem …

Sie notierte sich, dass sie beim Gefängnis nachfragen musste, um zu sehen, ob sich eine der Wachen vielleicht noch an Maguinness erinnerte. Nicht das gesamte Personal bestand aus

Hexern, manche waren auch weniger begabt. Zwar über dem Niveau der Normalbevölkerung, aber auch zu wenig, um sich für eine höhere Stellung zu qualifizieren. Es war gut möglich, dass es Maguinness gelungen war, so jemanden zu verhexen.

Andererseits war Lupita eines magischen Verbrechens angeklagt – waren die Wärter dann nicht automatisch Hexen?

Sie seufzte und notierte sich diese Frage ebenfalls. Eigentlich hätte sie sich mit ganz anderen Problemen herumschlagen sollen. Maguinness war ein Nebenprojekt, etwas, was ihre Neugier geweckt hatte. Aber eigentlich sollte sie sich an die Fersen der Lamaru heften und herausfinden, wen sie getötet hatten – und warum.

Apropos …

Die Akte, die man ihr in der vorigen Nacht überreicht hatte, steckte immer noch von einem Gummiband zusammengehalten in ihrer Tasche. Bei einem Zwischenstopp im Büro des Ältesten Griffin hatte sie noch ein paar zusätzliche Seiten eingesammelt. Es fiel ihr schwer, sich daran zu gewöhnen. Debunker waren für die Aktenführung nicht selbst verantwortlich, sondern gaben einfach alles an Goody Tremmell weiter, die die Dokumente dann in riesigen Aktenschränken in ihrem winzigen Büro aufbewahrte. Aber beim Squad führte jeder sein eigenes Archiv, und bei der Arbeit an diesem Fall musste Chess es genauso halten.

Sie schob die eingetüteten Fetischteile beiseite und zog den hellbraunen Ordner und die neuen Blätter hervor, bevor sie innehielt. Die Bibliothek der Kirche war zwar nicht überfüllt, aber auch nicht gerade ausgestorben; ein Grüppchen von Debunkern in der Ausbildung saß lernend an einem der Tische am anderen Ende des Raumes und warf ihr in unregelmäßigen Abständen prüfende Blicke zu. Außerdem wanderten diverse andere Kirchenangestellte, darunter auch zwei Junior-Inquisitoren, zwischen den Regalen umher.

Goody Glass schloss ihr das Geheimarchiv auf. Schon viel

besser. Hier war sie ganz für sich und musste sich keine Sorgen machen, dass ihr jemand über die Schulter guckte.

Hmm! Okay. Die neuen Berichte bestätigten eine Identität, und zwar einen schönen, dicken Volltreffer. Endlich ein Beweis dafür, dass die Lamaru in der Sache mit drinsteckten, der über ein blödes Zeichen hinausging, das schließlich jeder Depp irgendwo eingeritzt haben konnte. Der Tote auf dem Baugrundstück bei den Docks war Garret Denby, dessen Akte einen dicken, fetten und knallroten Lamaru-Stempel trug. *Ding, ding, ding*.

Oder wenigstens wäre es ein *ding, ding, ding* gewesen, wenn diese Information die ganze Sache nicht eigentlich noch viel verwirrender gemacht hätte. Eigentlich hatte man ihr diesen Fall übertragen, damit sie Verbrechen der Lamaru untersuchte und nicht Verbrechen, die *an den* Lamaru begangen wurden.

Natürlich waren sie durchaus imstande, auch die eigenen Leute um die Ecke zu bringen. Selbst wenn ihnen nicht ein gewisser Ruf vorausgeeilt wäre, hätte Chess doch nie die Furcht in Randy Duncans Stimme vergessen, als ihr klar geworden war, dass er der Kirchenangestellte war, der vor ein paar Monaten mit den Lamaru gearbeitet hatte. Nie würde sie das blanke Entsetzen vergessen, das sich bei dem Gedanken, in den Augen der Lamaru zu versagen, auf seinem Gesicht gezeigt hatte – und bei dem Gedanken daran, was sie ihm dann antun würden.

War Garret also getötet worden, weil er versucht hatte, bei den Lamaru auszusteigen, oder weil er versagt hatte? Möglich war beides. In dieser Hinsicht unterschieden sie sich in nichts von jeder anderen Terrorgruppe. Aussteigen kam nicht infrage, und Versagen wurde mit dem Tod bestraft.

Und das hieß, dass es sich durchaus lohnte, mal seine Wohnung auszuchecken, sobald Lauren endlich damit aufhörte, das Prinzesschen zu spielen und sich entschied, stattdessen mal was Sinnvolles zu tun.

Aber war es nicht merkwürdig, dass man ihn als Leichenschrotthaufen an einem Ort deponierte, während zugleich ein zweiter Leichenschrotthaufen an einem ganz anderen Ort hinterlassen wurde – und auch noch Lamaru-Zeichen trug?

Und was diese anderen Leichenteile anging … Die Körper ließen sich nicht identifizieren, hatte Ratchet Bump berichtet. Das waren die Meldungen, die sie vorhin in Terribles Wagen überflogen hatte. Wer auch immer die Opfer gewesen waren, sie waren jedenfalls in keiner Gen-Datenbank zu finden, und Fingerabdrücke gab es auch keine … weil es nämlich keine Finger mehr gab. Bäh! Sie notierte sich, dass sie das Fehlen irgendwelcher DNS-Spuren noch einmal überprüfen wollte; bis zu ihrem Eintreten in den Fall waren noch nicht alle Leichenteile abgeglichen worden, sodass eine Identifizierung immer noch möglich war. Nur wenige Teile wiesen untereinander genetische Übereinstimmungen auf, was bedeutete, dass sie es mit Bildern von drei verschiedenen Leichen zu tun hatte oder, genauer gesagt, mit einzelnen Teilen von drei verschiedenen Leichen.

Keine inneren Organe. Keine Köpfe. Keine Finger. Nicht mal Füße, verdammt! Anders ausgedrückt, die Gliedmaßen, die man auf dem Baugrundstück gefunden hatte, waren Reste, die keinen oder nur geringen magischen Wert besaßen. Sie nahm an, dass das zumindest teilweise die Erklärung dafür war, warum sie keine bösartige Energie enthielten.

Sie überflog die Aufstellung der einzelnen DNS-Stränge – vielleicht verstand das Black Squad dieses Kauderwelsch, aber sie ganz bestimmt nicht – und sprang dann direkt zur Zusammenfassung.

»… die genetische Anomalie der Teile zwei, sechs und sieben stimmt nicht mit der Anomalie in den Teilen drei und vier überein. Drei und vier passen nicht zu eins, fünf, acht und neun. Alle Teile weisen gemeinsame genetische Marker auf.«

Okay, also … was hatte das zu bedeuten? Sie sah sich noch einmal die Bilder an. Als ihr das auch nicht weiterhalf, las sie sich die zweite Zusammenfassung durch und fragte sich, ob sie vielleicht ein bisschen zu high war – oder einfach zu blöd.

Vielleicht war der Fall aber auch nur sehr viel verzwickter, als sie geglaubt hatte. Wenn sie es richtig kapierte – sie würde da bei Lauren noch mal nachfragen müssen, aber im Großen und Ganzen lag sie wohl richtig –, dann hatten alle drei Opfer genetische Anomalien, waren also mit beschädigtem Erbgut ausgestattet. Und diese Schäden waren auf keine bekannte und verbreitete Missbildung zurückzuführen, sondern so ungewöhnlich, dass wenigstens die beiden Seeker, die die Analyse durchgeführt hatten, nie auch nur davon gehört hatten. Und die Menschen, von denen die Körperteile stammten, waren untereinander irgendwie verwandt gewesen.

Führten die Lamaru etwa Experimente an Menschen durch? Änderten sie ihre … Nein, sie glaubte nicht, dass es möglich war, die DNS eines lebenden Menschen zu verändern. Aber im Mutterleib, noch vor der Befruchtung … das war an und für sich schon ein Kapitalverbrechen.

Trotzdem traute sie es den Lamaru durchaus zu. Es gab nichts, was sie den Lamaru nicht zutraute.

Aber verdammte Axt – wie lange hatten sie das schon geplant? Die Körperteile gehörten ja nicht zu Säuglingen oder Kleinkindern, dagegen sprach allein schon die Größe.

Der ganze Bericht war in hochtrabendem akademischem Kauderwelsch abgefasst, das sie nicht wirklich verstand. Normalerweise hatten Debunker mit diesem Aspekt der Ermittlungen auch nichts zu tun. Warum hatte ihr Lauren nicht schon letzte Nacht davon erzählt? Okay, sie war vermutlich davon ausgegangen, dass Chess es noch selbst lesen würde, aber war das nicht etwas, das man gleich am Anfang klarstellen sollte? »Ach übrigens, es sieht ganz danach aus, als würden die Lamaru Menschen mit Erbgutschäden züchten und sie dann umbringen?« War das nicht eine klitzekleine Erwähnung wert?

Wahrscheinlich sollte das ein Test sein. Wie albern war das denn bitte? Falls Lauren irgendwelche Spielchen mit ihr treiben wollte, würde die ganze Sache – ach zum Teufel, das Ganze konnte so lange dauern, wie es wollte, oder? Chess bekam einen Riesen die Woche. Sie konnte das Geld gut brauchen.

Trotzdem würde sie da noch mal nachhaken. Es machte sie nicht gerade happy, wenn man ihr absichtlich etwas vorenthielt, und wenn man ihr bei der Arbeit hintenrum nach dem Motto »Mal gucken, ob sie's anspricht« auf die Finger guckte, wurde sie noch saurer.

Wo sie schon mal im Geheimarchiv war, gab es noch eine Sache, die sie gerne überprüfen wollte. Die meisten Bücher hier beschäftigten sich mit fortgeschrittener Zauberei und Forschungsergebnissen, also Dingen, die die Kirche nicht jedem x-beliebigen Hexenlehrling auf die Nase binden wollte. Darunter befanden sich auch ein paar Bände über Zauber, die Menschen und Geister miteinander verbanden; die Kunst, Geister in sich aufzunehmen und zu binden. Vielleicht fand sie dort etwas darüber, wie es Maguinness gelungen war – wenn denn Maguinness dahintersteckte –, einen Geist in Lupita hineinzuschmuggeln und wie sie es geschafft hatte, ihn vor ihren Wächtern zu verbergen. Es kam ihr so vor, als hätte sie darüber vor einigen Jahren mal etwas gelesen, als sie zum ersten Mal auf eigene Faust als Debunkerin ermittelt hatte. Eine Familie hatte behauptet, ihre kleine Tochter sei von einem Geist besessen.

Ein leichter Schauer lief ihr über den Rücken, als sie wieder daran dachte, wie ihr letzter Fall verlaufen war, und an das Symbol auf Terribles Brust.

Dieses Zeichen hatte einen begabten Kirchenstudenten

namens Kemp in ein krankes, besessenes Spielzeug für jeden gerissenen Geist verwandelt, der Verwendung für ihn hatte. Und einer hatte auf alle Fälle etwas mit ihm anzufangen gewusst: Kemp hatte die Batterie und den menschlichen Sklaven für eine ermordete Prostituierte abgegeben, die für immer im Geschäft bleiben wollte. Und das hatte ihm so gut gefallen, dass er jeden umbringen wollte, der ihm in die Quere kam.

Später. Später würde sie sich darüber Sorgen machen, im Moment konnte sie schließlich sowieso nichts daran ändern, solange Terrible nicht mit ihr reden wollte. Was sollte sie denn machen, ihn mit seiner hünenhaften Gestalt zu Boden ringen und ihn zwingen? Ihn in die Ewige Stadt schleppen und dort aussetzen, um mal zu gucken, ob sich vielleicht irgendwelche Geister dafür interessierten, ihn zu übernehmen? Ganz bestimmt. Er hatte bestimmt total Bock auf solche Unternehmungen mit ihr, wo er ja im Moment sowieso total scharf drauf war, was mit ihr zu machen.

Sie überflog das Inhaltsverzeichnis des ältesten Buches auf ihrem Stapel. Ja, genau das hatte sie gesucht. Sie schnappte sich den Stift und machte sich ans Abschreiben.

In seltenen Fällen kann die Verbindung mit einem Geist so stark ausfallen, dass er zu einem Teil des lebendigen Körpers wird. Erreicht wird dies durch die Anwendung derart schwarzer Magie, dass ich davor zurückschrecke, sie hier zu beschreiben. Siehe Baldarel.

Baldarel? Was war denn das … ach. Ein anderes Buch. *Vom Gebrauch der Geister* von August Baldarel. Sie zog das schmale Bändchen – eigentlich war es kaum mehr als ein Heft – aus dem Regal und begann zu lesen.

»Cesaria! Da bist du ja. Ich habe überall nach dir gesucht.« Lauren stand mit verschränkten Armen in der Tür und zog einen Flunsch.

Chess schenkte ihr keine Beachtung. »Ich recherchiere hier ein bisschen zu unserem Fall …«

»Aber nicht jetzt. Sie trennen Vanhelm gleich von seinem Geist und bannen ihn. Los, komm!«

Sie drehte sich um und stöckelte ohne einen Blick zurück davon. Himmel, mit der war es ja auf der Arbeit fast so lustig wie in letzter Zeit mit Terrible. Da wurde Chess doch gleich ganz warm ums Herz.

Aber sie stellte das Buch zurück, griff sich ihre Tasche und ging hinterher. Lauren war schon an der Treppe angekommen. Chess weigerte sich, ihr nachzurennen, holte sie aber trotzdem auf halbem Weg die Treppe hinunter ein.

»Warum hast du nicht …?«

Der Rest ging im Heulen einer Alarmsirene unter, die wie eine glühende Klinge durch ihre Gedanken schnitt. Was zur Hölle …? Der Alarm – das Gefängnis.

Sie sah Lauren an den schreckgeweiteten Augen an, dass sie genau dasselbe dachte: Dort fand doch das Bannritual statt.

Sie rannten los.

Nur wenige Gefangene waren direkt im Kerker des eigentlichen Kirchengebäudes eingesperrt, nämlich nur die, die auf ihre Verhandlung oder die Hinrichtung warteten oder magisch ganz besonders gefährlich waren. Freitagnachts füllten sich die kleinen Bußzellen mit Bürgern, die ein Verbrechen gestanden hatten und jetzt dafür bestraft werden wollten, oder denen, gegen die jemand anders Anschuldigungen erhoben hatte. Dabei handelte es sich allerdings lediglich um Bagatelldelikte und Moralvergehen; Diebstahl, Ehebruch und Informationsverbrechen wie Insidergeschäfte an der Börse oder Datenklau unterhalb einer gewissen Schadenssumme.

Aber wenn jetzt der Alarm losging, musste es sich um etwas Ernstes handeln. So schwerwiegend, dass gewissermaßen »Alle

Mann an Deck!« gerufen wurde, und als Lauren und Chess die rückwärtige Halle erreichten, trafen sie dort schon auf weitere Kirchenangestellte, alle mit dem gleichen bleichen Gesicht und glasigem Blick.

Aber sie kamen zu spät. Zu spät, um die Wachen zu retten, die auf den kalten weißen Fliesen lagen, während sich scharlachrote Blutlachen um sie ausbreiteten. Zu spät für Gary Anderson, einen Debunker-Kollegen, der hinter einer Feuerschale an der Wand lehnte, aus der immer noch Rauch aufstieg. Sein ausdrucksloses Gesicht, die blutigen Lippen und der merkwürdige bläuliche Schimmer auf seiner Haut legten stummes Zeugnis davon ab, wie er gestorben war: Man hatte ihm bei lebendigem Leib die Seele herausgerissen. Mord durch Psychopomp.

11

Wir alle fühlen uns in der Menge geborgen. Aber wo bleibt da der Spaß? Ein Apartment in Cuesta Verde bietet Ihnen ein reizendes, modernes Heim, freundliche Nachbarn, die Ihre Interessen teilen, und das alles in unmittelbarer Nachbarschaft der Kirche!

Aus einer Werbebroschüre für Apartmentwohnungen in Cuesta Verde

Zum ersten Mal, seit Chess sich erinnern konnte, zeigte der Großälteste Bestürzung. Er stand am Kopfende des Tisches, fast so bleich wie die eisblauen Wände um ihn herum, schniefte nervös und blätterte mit einer langfingrigen Hand durch einen dünnen Stapel Notizen auf dem Tisch.

Lauren saß zu seiner Linken und sah ihn an, als hätte er gerade mit reiner Willenskraft Blei in Gold verwandelt. Die übrigen Kirchenangehörigen sahen nicht ganz so fröhlich aus; tatsächlich wirkten die meisten ihrer Debunker-Kollegen geradezu verstört. Dana Wright saß neben Agnew Doyle und umklammerte ganz ungeniert seinen Arm. Interessant. Wie lange das wohl schon lief? Nicht, dass es Chess wirklich interessiert hätte. Sie hoffte nur, dass es Dana genauso wenig bedeutete.

»Guten Morgen«, sagte der Großälteste schließlich mit schriller, zitternder Stimme. So hatte Chess ihn noch nie sprechen gehört. Er wartete gar nicht erst ab, bis das Antwortgemurmel verstummt war, sondern fuhr auf der Stelle fort. »Ihr seid alle über den Zwischenfall im Bilde, der sich vorhin im Gefängnis ereignet hat. Die Ältesten und ich sind hier, um euch zu beruhigen. Es gibt keinen Grund zur Sorge.«

Keinen Grund zur Sorge? Zum zweiten Mal innerhalb von zwei Tagen war ein Psychopomp nicht das, was er zu sein schien. Zumindest nahm Chess das an, niemand konnte mit Sicherheit sagen, ob der Psychopomp, der Gary getötet hatte, ein Eindringling gewesen war oder ob Gary ein Fehler unterlaufen war.

Das konnte jedem mal passieren. Auch Chess hatte sich schon in dieser Lage befunden, und fast jeder Kollege konnte ein Lied davon singen, wie ihn mal »fast der Psychopomp geholt hätte«.

Irgendwie mochte Chess nicht recht daran glauben, dass es in diesem Fall so gelaufen war. Aber was wusste sie schon? Nur, dass bei ihrem Eintreffen das Blutbad schon ein Ende gefunden hatte, dass Vanhelm entkommen war, dass sie ihn verhören wollte, dass ihr die Zeit davonlief und dass sie sich sicher war, dass er irgendwo da draußen war und in Triumph City untertauchte. Und sie alle miteinander auslachte. Sie grub die Fingernägel in die Handflächen.

»Zunächst einmal«, fuhr der Großälteste fort, »gehen wir davon aus, dass der Henker, der in die unglücklichen Vorfälle von gestern verwickelt war, auf eigene Faust Experimente angestellt hat. Einige unserer Inquisitoren …« – er nickte zu Lauen hinüber – »…haben seine Wohnung durchsucht, und so lautet ihr Befund.«

Das erleichterte Seufzen, das um den Tisch lief, stoppte bei Chess. Trotz der beruhigenden Worte kam ihr der Auftritt des Großältesten irgendwie komisch vor. Sie war schon früher Zeugin gewesen, wie er Bedenken und Sorgen, die ihm andere angetragen hatten, einfach vom Tisch gewischt hatte. Das letzte Mal war erst ein paar Monate her. Damals hatte sie von ihrem

Versteck im Treppenhaus aus zugesehen, wie er Bruce Wickman – einen Verbindungsmann, der den Großteil seiner Zeit in der unterirdischen Stadt verbachte – abgekanzelt hatte wie eine Jungfrau in der Hochzeitsnacht, nur weil Bruce aufgefallen war, wie unruhig die Toten waren, und er die Ältesten um eine Untersuchung gebeten hatte. Das hatte nicht gerade vertrauenerweckend gewirkt.

Ebenso wenig wie der Anblick von Laurens stolzgeschwellter Brust. *Dieses Ding* hatte der Großälteste aufgezogen. Bei allem Respekt und der Loyalität, die Chess für die Kirche empfand, fragte sie sich insgeheim trotzdem, inwieweit Laurens durch und durch nervtötender Charakter nicht doch auch etwas darüber aussagte, was für ein Mann der Großälteste eigentlich war.

Das war nicht so ganz fair. Wie jede andere Organisation hatte auch die Kirche ihre internen Machtspielchen. Charles Abrams hatte über die Macht und die Kontakte verfügt, um sich seine Position an der Spitze der Kirche dieses Kontinents zu erkämpfen. Das machte ihn noch lange nicht zu einem Genie und erst recht nicht zu einem Halbgott – Götter gab es ja auch gar nicht. Dass er der Großälteste war, bedeutete nicht, dass er keine Schwächen hatte, und es war unfair von Chess, Unfehlbarkeit von ihm zu erwarten. Sie hatte wohl zu allerletzt das Recht, solche Ansprüche an andere zu stellen.

»Weiterhin sind wir davon überzeugt, dass es sich um einen einmaligen Vorfall handelt. Wir sind noch dabei, die Aufnahmen der Sicherheitskameras für die Inspektion durch die Inquisition vorzubereiten. Sobald die Ergebnisse feststehen, werdet ihr sofort benachrichtigt. Denkt daran«, sagte er und bedachte die Runde mit einem nur allzu vertrauten stählernen Blick, »nur Fakten sind Wahrheit. Spekulationen sind lediglich das: Spekulationen. Zufälle gibt es immer wieder.«

Klar. Aber wie groß war die Wahrscheinlichkeit, dass es zu

einem Zwischenfall mit einem Psychopomp kam, wenn ein Mitglied der Lamaru in der Nähe war? Das sollte reiner Zufall sein?

Vor dem Hintergrund, dass Randy Duncan den Lamaru ein paar Kirchentricks beigebracht hatte, hielt Chess es für durchaus möglich, dass es Vanhelm irgendwie gelungen war, den Psychopomp auf Anderson zu hetzen. Es gab da Mittel und Wege für eine solche Kontrollübernahme.

Aber wie um alles in der Welt sollte Vanhelm das geschafft haben, wenn er ohne jede Ausrüstung in einer Zelle saß?

Der Großälteste an der Stirnseite des Tisches nickte. »Ältester Shepherd, ich erteile Euch das Wort.«

Der Älteste Shepherd erhob sich. Die Haut um seine Augen war dunkel. Chess konnte sich nur zu gut ausmalen, warum. Als Vorsteher der Unterabteilung für Psychopomps in der Materialabteilung musste er sich innerlich bereits auf dem Richtblock gesehen haben, falls sich herausstellte, dass der Fehler bei ihm lag. Und zwar ganz wortwörtlich, denn falls man ihm Vorsatz nachweisen konnte, war ihm eine Verurteilung wegen Hochverrats sicher.

»Jeder einzelne eurer Psychopomps wurde von mir persönlich oder einem meiner Leute unter meiner Aufsicht erschaffen und ausgebildet. Seid ganz unbesorgt. Es gibt keinen Grund zur Panik.«

Das schien die anderen zu beruhigen. Aber vielleicht zum ersten Mal seit Beginn ihrer Ausbildung reichte es nicht aus, um Chess zu beruhigen.

Wenn es wirklich keinen Grund zur Sorge gab, warum wurde dann überhaupt dieses Treffen abgehalten? Irgendetwas rumorte in ihrem Hinterkopf herum, irgendein winziger Erinnerungsfetzen, den sie partout nicht zu fassen kriegte.

Allerdings wusste sie sehr genau, dass sie einen Bindenden Eid geleistet hatte, der es ihr untersagte, offen über ihren Fall zu sprechen. Einen Eid, der es ihr unmöglich machte, die anderen darüber aufzuklären, dass die Lamaru die Stadt wieder als Spielplatz für ihr mörderisches Hobby benutzten.

Und das hieß, dass ihre Kollegen, die sich just in diesem Moment mit zufriedenen Gesichtern von den Sitzen erhoben, keine Ahnung hatten, dass die Lamaru unterwegs waren und aufs Neue finstere Pläne ausheckten, um die Kirche zu Fall zu bringen. Sie ahnten nicht, dass sie alle in Gefahr waren und dass die Lamaru gerade in diesem Augenblick planten, jeden Einzelnen von ihnen umzubringen.

Und Chess hatte keinen Zweifel, dass sie auf der Liste ganz oben stand.

»Sei nicht albern, Cesaria! Ich war selbst bei dem Henker zu Hause. Er hat Experimente durchgeführt. Es gibt keine Verbindung zwischen ihm und dem, was heute im Gefängnis passiert ist.«

Das Zuschlagen der Autotür übertönte Laurens Worte, aber zum Glück für Chess – jedenfalls hätte sie von Glück reden können, wenn sie zu den Leuten gehört hätte, die darauf standen, sich von einer schnippischen, hochnäsigen Schlampe Vorträge halten zu lassen – redete Lauren immer noch, als Chess ihrerseits aus dem Wagen stieg.

»Er war ganz eindeutig ein Einzeltäter. Es gibt nicht den geringsten Hinweis auf eine Beteiligung der Lamaru. Nicht den geringsten Hinweis auf die Beteiligung von irgendjemand sonst.«

»Aber wo soll er denn gelernt haben, wie man …«, setzte Chess zum gefühlt hundertsten Mal an, aber Lauren fiel ihr ins Wort. Auch das war das gefühlt hundertste Mal.

»Ich weiß es nicht, und es interessiert mich auch nicht. Darum kümmern sich andere Inquisitoren. Vielleicht hat er in der Materialabteilung rumgeschnüffelt. Vielleicht hat er sich da mit jemandem angefreundet. Vielleicht hat er irgendwo ein paar

Bücher über Psychopomps gefunden. Das braucht uns doch nicht zu interessieren.«

»Ach komm, Lauren. Findest du es nicht ein kleines bisschen verdächtig, dass wir es innerhalb von zwei Tagen gleich zweimal mit Psychopomp-Unfällen zu tun hatten, und zwar gerade jetzt, wo die Lamaru wieder Ärger machen?«

»Nein, finde ich nicht. Ich glaube, der Dingsbums heute hat einfach nicht richtig aufgepasst, was ja …«

»Sein Name«, fauchte Chess, »war Gary. Gary Anderson. Und er …«

»Na gut. *Gary* hat einen Fehler gemacht. Und der Henker – der nebenbei Louis Reynolds hieß – hat auch einen Fehler gemacht. Er hat sich nämlich in Dinge eingemischt, die ihn nichts angehen. Unfälle passieren eben. Das weißt du doch.«

»Wir untersuchen …«

»Die Lamaru. Und *nur* die Lamaru. Erinnerst du dich? Die Typen, die im ganzen Bezirk Leichenteile verstreut haben? Konzentrieren wir uns doch bitte darauf.«

Sie warf dem Gebäude zu ihrer Rechten einen bedeutungsvollen Blick zu; das Haus, in dem Vanhelm wohnte, oder zumindest die Adresse, die in seinem Ausweis stand. Mauerwerk in gedeckten Farben, offene Eingangstreppen mit Eisengeländer, der typische Vororts-Standard, bis hin zum Café am Parkplatz, damit die Yuppies sich erst mal die tägliche Dosis schaumiger Kaffeespezialitäten einpfeifen konnten, bevor sie überhaupt das Grundstück verließen.

Schon komisch, wie Sucht gesellschaftlich akzeptiert und sogar eine Art Statussymbol war, solange sie die Leute extrovertiert statt introvertiert machte. Egal. Als ob sie was darauf geben würde, gesellschaftlich anerkannt zu sein. Wenn das bedeutete, dass sie sich bei Leuten wie Lauren anbiedern musste, vielen Dank auch. »Klar. Konzentriert. Blenden wir doch alle anderen

Möglichkeiten einfach aus und rennen mit Scheuklappen durch die Gegend. Vielleicht haben wir ja Glück und stolpern über eine Lamaru-Höhle, hm?«

Lauren verschränkte die Arme und setzte eine unbeschreiblich gelangweilte Miene auf.

»Psychopomps schlitzen ihre Opfer nicht auf und schmeißen die Reste auf einen Haufen. Psychopomps sind *Tiere.* Wenn du mir verrätst, wie ein Psychopomp mit einem Messer herumhantieren soll …«

»Die Lamaru könnten die Leichen zerstückelt haben, um die Todesursache zu verschleiern. In diesem Durchgang lag kein einziges Körperteil von magischer Bedeutung, und ich habe nicht gesehen, dass die Sucher auch nur versucht hätten …«

»Ist das so dein übliches Vorgehen, dass du dein Ermittlungsziel vernachlässigst, um dich in Fälle einzumischen, die dich gar nichts angehen?«

Genau das. Genau das war der Grund, aus dem Chess alleine arbeitete. Sich mit Lauren zu streiten war, als wollte man Bump überreden, weniger egozentrisch zu sein: vergeblich und ermüdend. »Ist das so dein übliches Vorgehen, dass du bei Ermittlungen alle alternativen Erklärungen ignorierst und nicht mal eine Sekunde lang versuchst, offen für Neues zu sein?«

Lauren legte den Kopf schief. Ihr Haar floss ihr über die Schultern bis fast zum Ellbogen, eine feste, schaukelnde Masse. »Ich glaube, solche Frechheiten sind wirklich unangebracht.«

Ach, das war doch wirklich zu bescheuert. Sie hatte keine andere Wahl, als mit Lauren zusammenzuarbeiten, jedenfalls, wenn sie nicht wieder völlig pleite dastehen wollte. Aber das musste sie sich wirklich nicht bieten lassen. Okay, Lauren hatte den höheren Rang, aber sie war nicht ihre Vorgesetzte, und auch wenn Chess vielleicht nicht die Tochter des Großältesten war, konnte sich ihre Erfolgsbilanz doch mehr als sehen lassen.

»Ich bin nicht frecher zu dir als du zu mir. Und ich hab wirklich keinen Bock auf Schwanzvergleiche. Aber das ist auch mein Fall, und ich hab ganz bestimmt ein Wörtchen dabei mitzureden, wie wir vorgehen.«

Lauren verengte die Augen. Chess schoss der Gedanke durch den Kopf, was sie tun würde, falls sie das Geld zurückzahlen musste; es würde doch sicher bald wieder einen neuen Fall geben? Ende März häuften sich für gewöhnlich die betrügerischen Geistererscheinungen, wenn die Entrichtung des jährlichen Zehnten anstand. Sie würde bald wieder was auf dem Schreibtisch haben.

Also erwiderte sie den abschätzigen Blick ebenso abschätzig. Wenn Lauren sie von dem Fall abzog, dann war das eben so, aber so was würde sie sich einfach nicht länger bieten lassen. Sie war doch hier nicht der verdammte Wasserträger.

Lauren brach in schallendes Gelächter aus. Sie war sehr hübsch, wenn sie lachte, stellte Chess gegen ihren Willen fest.

»Okay.« Lauren nickte, nickte ein zweites Mal. »Okay. Also, was hältst du davon, wenn wir mal bei den Nachbarn rumfragen, hm?«

»Ich glaube nicht, dass das viel bringt, aber den Versuch ist es wert, klar.«

Das Gebäude war eins dieser Häuser, die sich als »Wohnanlage« bezeichneten, als ob eine zufällige Ansammlung von Mietern schon eine Gemeinschaft bilden würde. Chess lief es bei dem Anblick kalt über den Rücken. All diese Fließband-Wohnungen, die ausnahmslos den gleichen Grundriss hatten, die gleichen Möbel aus Holzimitat mit Glasabdeckung, den gleichen haferfarbenen Bodenbelag und die gleichen haferfarbenen Haushaltsgeräte. All diese Menschen, die exakt das gleiche Leben führten.

Sie ertappte sich dabei, dass sie jedes Mal überrascht war, wenn sich die Tür öffnete und tatsächlich ein anderer Mensch vor ihnen stand. Und sie ertappte sich dabei, dass sie der Kirche ausgesprochen dankbar dafür war, dass sie sie in Downside wohnen ließ, statt sie zu einem Leben in einer Sardinenbüchse von Angestelltenwohnung im Wohnkomplex hinter dem Hauptquartier zu zwingen.

Sie fingen im obersten Stockwerk an und arbeiteten sich nach unten durch, wobei sie meistens beim Abendessen störten. Tja, es beschwerte sich aber sicher niemand, wenn das Black Squad vor der Tür stand. Es war ein bisschen so, als würde sie in Downside zusammen mit Terrible Leute verhören, außer dass die Bewohner hier nicht ganz so viel Respekt vor dem Squad hatten wie die Downsider vor Terrible. Sie bezweifelte, dass die Eltern hier ihren Kindern Schauergeschichten über das Squad erzählten, wenn sie nicht gehorchten.

Dieselben Fragen und dieselben Antworten, immer und immer wieder, bis sie sie auswendig wusste. Nein, niemand kannte Erik. Nein, er war immer für sich geblieben. Schien ein ruhiger Typ zu sein. Also das Standardprofil eines Serienkillers, und sie gingen es mit jedem Bewohner hinter jeder einzelnen Tür durch.

Bis sie zu dem Apartment am Ende seines Flurs kamen.

Hundegebell ertönte als Antwort auf ihr Klopfen, so vielstimmig, dass beide Frauen einen vorsichtigen Schritt zurücktraten. Es klang nach ziemlich großen Hunden. Und ganz egal, wie oft Hundehalter auch beteuerten, dass ihre Lieblinge ganz brav und gut erzogen waren und eh nur spielen wollten – wie die Sprüche eben immer so gingen –, Tatsache bleib, dass Hunde Rudeltiere waren. Rudeltiere, die sich auch wie Rudeltiere benahmen; es genügte, wenn einer durchdrehte, dann waren die anderen sofort mit von der Partie.

Ihnen wurde also ein bisschen mulmig, als sie sahen, wie sich der Türknauf drehte und gedämpfte »Aus! Platz! Auf euren Platz! Auf euren *Platz*!«- Rufe aus dem Inneren drangen, das Standard-Begrüßungsvorspiel aller Hundebesitzer. Laurens Hand wanderte an ihre Seite, unter die maßgeschneiderte schwarze Jacke.

Doch sie senkte sie wieder, als das Bellen verebbte und sich die Tür öffnete.

Er war einer der unauffälligsten Männer, die Chess je untergekommen waren. Er war einfach ... *durchschnittlich*, anders konnte sie es nicht beschreiben. Mittelbraunes Haar, mittelgroß, mittelschwer, und die Standard-Yuppie-Freizeit-Uniform: Kakihosen und Kakihemd. Er fügte sich hervorragend in den Ausschnitt seiner Wohnung ein, der durch die Tür hinter ihm sichtbar wurde; tatsächlich war er so perfekt an seine Umgebung angepasst, dass Chess sich fragte, ob Besucher öfter mal kurz stehen bleiben und ihn suchen mussten.

Lauren stellte sie beide vor. »Wir wüssten gerne, ob Sie uns etwas über Ihren Nachbarn sagen können, Erik Vanhelm? Haben Sie vielleicht mal mit ihm gesprochen oder ihn gekannt?«

Der Kakityp kratzte sich am Kinn. »Hab nie viel mit ihm geredet, nur mal Hallo gesagt, ja? Einmal hatte ich ein paar Freunde zu Besuch, um ein Spiel zu gucken, da ist er rübergekommen und hat ein paar Bier mit uns getrunken. Er hat sich echt gut mit meinen Hunden verstanden.«

»Hat er mal irgendwelche Freunde erwähnt? Irgendwas von sich erzählt?«

»Glaube nicht. Er war, ach, er war einfach bloß ein Nachbar. Wir waren keine Freunde oder so. Ich glaube, er hat mal vom Schlachthof erzählt, weiß nicht mehr, ob er da gearbeitet hat oder was. In der Verwaltung, kann das sein? Er hat was von Bewerbungen erzählt, dass er Bewerbungsgespräche durchführt.«

Chess und Lauren wechselten einen Blick, und in Laurens Augen blitzte dieselbe Neugier auf wie bei Chess. Die meisten Lamaru hatten keine Jobs, oder zumindest nichts auf Managementebene, und in Vanhelms dünner Akte stand nichts von einer Beschäftigung. Ging es hier um den gleichen Mann? Oder hatten die Lamaru sich einfach einen armen Trottel ausgesucht und ihm die Adresse geklaut?

Ein Grund mehr, da mal nachzusehen. Sie dankten dem Mann – Chess hatte seinen Namen schon wieder vergessen – und gingen zu Vanhelms Apartment.

Drinnen war es ziemlich karg. Aber nicht völlig leer. Chess nahm an, dass es für einen Mann durchaus möglich war, hier mit so wenig Besitztümern zu leben; verdammt, sie hatte ja auch nicht gerade die tollste Einrichtung. Und man konnte auch nicht behaupten, dass sie viel Zeit damit verbrachte, ihrem Wohnumfeld eine ganz persönliche Note zu geben. Das meiste, was bei ihr herumstand, kam vom Trödel. Es stand ihr wirklich nicht zu, die Inneneinrichtung anderer Leute zu kritisieren.

Aber selbst ihr kam es vor, als gäbe es hier nur das Allernotwendigste, als hätten sie es mit einer Tarnadresse zu tun. Es erinnerte sie an das Schlafzimmer, das sie einmal großzügig von Pflegeeltern zur Verfügung gestellt bekommen hatte; alles an Ort und Stelle, aber die Staubschicht und die allgemeine Atmosphäre von Vernachlässigung, die abgestandene, muffige Luft in diesen Wänden und die unberührten, steifen Sofakissen sprachen eine ganz andere Sprache.

Aber Dingsbums, der Nachbar, hatte Erik doch gesehen. Er hatte ihn sogar zu Football und Bier eingeladen. Was also hatte er hier drin getrieben?

Ganz bestimmt hatte er nicht gekocht. Im Kühlschrank stapelten sich verschimmelte Schachteln von Bringdiensten. Vielleicht schlief er hier; das Bett war zwar ordentlich gemacht, sah aber immerhin nicht ganz unbenutzt aus. Im Kleiderschrank lagen ein paar Klamotten zum Wechseln.

Chess warf Lauren einen Blick zu, die die nahezu leeren

Schubladen der Sperrholzkommode an der Wand durchsuchte. Entweder zog er die Kleider dort nur zu anderen Anlässen an, oder Lauren fiel es nicht auf, aber Chess bemerkte es sofort. Der Kleiderschrank roch nach Kräutern – der Kräutermischung, die sie zuvor in dem schrecklichen Fetisch gefunden hatte.

Zum vierten oder fünften Mal überlegte sie, wie sie Lauren erzählen konnte, was passiert war, und zum vierten oder fünften Mal verwarf sie den Gedanken sofort wieder. Es gab keinen Weg, insbesondere nicht nach der Wir-machen-es-so-wie-ich-es-sage-und-damit-basta-also-Klappe-zu-Diskussion, die sie gerade draußen geführt hatten. *Diskussion* war natürlich nicht ganz das richtige Wort, aber das änderte nichts an den Tatsachen. Lauren wusste nicht, wer Ratchet oder die anderen Toten waren oder dass es sie überhaupt gab, und Chess hatte keine glaubwürdige Erklärung dafür, dass sie Lauren nicht sofort eingeweiht hatte. Außerdem wusste Lauren bereits, dass die Lamaru unterwegs waren und irgendetwas im Schilde führten.

Der einzige neue Hinweis, den Chess ihr guten Gewissens geben konnte, war der Fetisch, und da fiel ihr doch sicher ein besserer Weg ein, um ihr den zuzuspielen. Eigentlich ging es ihr komplett gegen den Strich und kratzte am letzten Rest Integrität, den sie sich noch bewahrt hatte, aber für einen kurzen Moment wünschte sie, sie hätte das Ding nicht so sorgfältig eingetütet und gesalzen. Vanhelms Apartment wäre der perfekte Ort gewesen, um Lauren darauf stoßen zu lassen. Im Grunde würde sie nicht mal Beweise fingieren; es ging ja um ein echtes Beweisstück, bei dem sie nur am Fundort und an den Umständen ein bisschen was drehte.

Aber nein, das brachte sie nicht fertig. Sie musste einen anderen Weg finden. Also sah sie wieder zur Lauren hinüber, die jetzt in das kleine Badezimmer ging, und machte sich dann daran, die Taschen der aufgehängten Klamotten zu durchwühlen.

Sie war beim letzten Hemd angekommen, als sich ihre Finger um etwas Kleines, Festes schlossen. Ein quadratisches Stück stabiles Papier von etwa sieben Zentimetern Seitenlänge. Die Kanten kratzten am Stoff, als sie es aus der Tasche herauszog.

Oh Scheiße! Das Zimmer verdunkelte sich um sie. Einen Moment lang glaubte sie zu fallen und in einen schwarzen Tunnel zu stürzen, der so tief war, dass sie nie am Boden aufschlagen würde.

Dann rückte sich die Welt wieder zurecht. War das jetzt wirklich so überraschend? Ihr war doch klar gewesen, dass die Lamaru wussten, wer sie war, und dass sie hinter ihr her waren.

Aber der abergläubische Schauer, der ihr über den Rücken lief, hörte nicht auf, bis sie das Bild in der eigenen Tasche verstaut hatte. Es war ein Bild von *ihr* – die offizielle Aufnahme für die Mitarbeiterkartei der Kirche, die jährlich erneuert wurde und – angeblich – in einer streng vertraulichen Personalakte aufbewahrt wurde.

Erik Vanhelm hatte sie über dem Herzen getragen.

12

Selbstverständlich ist kein Heim vollständig ohne eine Ausgabe des *Buchs der Wahrheit*, und die Kirche bietet es farblich abgestimmt auf einfach jede Einrichtung an.
Trautes Heim, Segen allein von Delilah Ross

Randy Duncan konnte ihm das Bild vor seinem Tod gegeben haben. Chess hatte sich ihre Personalakte noch nie angesehen; vermutlich konnte sie den Ältesten Griffin danach fragen – wenn sie riskieren wollte, dass er Panik bekam und sie von dem Fall abzog. Ach verdammt, sie konnte genauso gut Lauren fragen. Das Black Squad konnte sich einfach zu jedem Scheiß Zugang verschaffen, wenn es sein musste.

Wenn Lauren nur nicht so verdammt unsympathisch gewesen wäre. Das war eigentlich nicht weiter überraschend; die meisten Angehörigen des Squad, mit denen Chess bisher gearbeitet hatte, waren unglaubliche Korinthenkacker und Erbsenzähler, die es mit den Vorschriften haargenau nahmen. Aber bei Lauren kam noch unsägliche Arroganz dazu, die auf ihre Herkunft und die Stellung ihres Vaters zurückzuführen war, und das machte sie mehr als nur nervig. Kurz gesagt: Chess traute ihr nicht über den Weg. Konnte es nicht übers Herz bringen, ihr zu vertrauen. Sie waren grundsätzlich verschieden, natürliche Gegnerinnen. Reich gegen arm eben.

Aber eigentlich spielte das auch keine Rolle mehr. Die Lamaru wussten eh schon, wer sie war. Und zwar seit Monaten. Klar, ohne Terrible im Rücken … das war einfach zu blöd. Komisch, dass ihr früher nie aufgefallen war, wie sehr sie sich auf seinen Schutz verlassen hatte, bis es zu spät war. Wie sehr sie sich auf ihn verlassen hatte, bis es zu spät war.

Aber das alles hatte sie in letzter Zeit bis zum Überdruss durchgekaut, und im Moment hatte sie wirklich andere Probleme.

Zum Beispiel, dass das, was sie hier gerade tat, sie den Job kosten konnte. Natürlich machte sie auch so eine ganze Menge, was sie den Job kosten konnte, aber das hier war was anderes.

Sie hockte im Schatten hinter dem Haus des Henkers mit ihrer Schmierölspritze und ihren Dietrichen und war im Begriff, sie auch einzusetzen.

Immerhin verstieß sie damit nicht direkt gegen ihre Befehle. Lauren hatte ihr schließlich nicht verboten, die Wohnung zu durchsuchen. Auch nicht der Älteste Griffin oder sonst einer von den Ältesten. Aber wie Lauren ihr immer wieder einbläute, hatte es eben nichts mir ihrem Fall zu tun. Und das wiederum bedeutete, dass es sich, rein rechtlich gesehen, um Einbruch handelte. Wenn sie erwischt wurde und wenn es hart auf hart kam, würde man sie wegen Einbruchdiebstahls drankriegen, und sie würde ins Kittchen wandern.

Aber sie würde sich natürlich nicht erwischen lassen. Ihr Wagen stand zwei Häuserblocks entfernt. Sie hatte das Haus jetzt fast drei Stunden lang beobachtet, während die Nachbarn eintrudelten, um ihren Nullachtfünfzehn-Feierabend in ihren Nullachtfünfzehn-Wohnungen zu verbringen. Auf der Straße hatte sich seit einer Stunde keine Menschenseele mehr blicken lassen, und langsam verdunkelte sich ein Fenster nach dem anderen, schlagartig, wie ausgeschossen.

Das Haus des Henkers lag im Dunkeln, wie schon den ganzen Abend. Leer. Keine Familie, keine Freunde. Dann also los!

Sie warf sich eine weitere Handvoll Cepts in den Mund und lief geduckt auf die Tür zu. Ein rascher Druck auf den Kolben der Spritze – früher hatte sie ein Spray benutzt, aber nachdem ihr mal alles im Rucksack ausgelaufen war, war sie auf die Spritze umgestiegen, die sich, wie sie eines Nachts herausgefunden hatte, außerdem auch noch prächtig als Mordwaffe eignete –, ein paar Sekunden Arbeit mit dem Dietrich, und die Tür schwang lautlos auf.

Durch die halb geöffneten Gardinen und die Tür fiel genug Licht, damit sie etwas erkennen konnte. Die Taschenlampe trug sie, erwärmt von ihrem Griff, in der Hand, allerdings konnte es die Nachbarn alarmieren, wenn sie sie anknipste. Das sparte sie sich am besten für den Notfall auf. Durch die Tür am Endes des Raumes gelangte sie in die Küche.

Den Debunker-Vorschriften zufolge hätte sie jetzt eigentlich von links nach rechts alle Schränke durchsuchen müssen, bevor sie sich dem Kühlschrank, dem Eisfach und den anderen Elektrogeräten widmete, aber streng genommen war sie gar nicht als Debunkerin unterwegs. Und selbst wenn es ein Fall für eine Debunkerin war, fiel er nicht in ihre Zuständigkeit. Und selbst wenn doch, war die Küche die reinste Suppe aus ekligen Essensresten, leeren Verpackungen und Dreck auf allen Oberflächen. Selbst mit Handschuhen wollte sie sich nur ungern in diese Sauerei stürzen.

Also machte sie stattdessen die Tür hinter sich zu und sah sich ein paar Minuten lang um, während sie Möbel, Stapel von Pornoheften und dreckige Klamotten umrundete und ihre Sinne öffnete. Hätte er hier drinnen Psychopomps erschaffen, dann hätte das magische Spuren hinterlassen. Verdammt, die Abteilung für Psychopomps im Kirchenhauptquartier ließ ihr die Haare zu Berge stehen, wenn sie auch nur in die Nähe kam. Experimente, bei denen Wölfe zu Psychopomps gemacht wurden, würden also mit Sicherheit Spuren hinterlassen.

Aber sie spürte nicht das Geringste.

Okay, Mist, dann also doch. Eine Durchsuchung, wie sie es gelernt hatte. Unter den Möbeln, entlang der Regale an der Wand. Sich durch Papiere wühlen, von denen die meisten eher etwas mit Datingagenturen als mit Magie zu tun hatten. Mitleid regte sich in ihr; Mitleid und Scham. Ersteres, weil einsame Menschen Mitleid verdient hatten, Letzteres, weil sie inzwischen ja wohl auch einsam war, oder?

Ab in die Küche. Sie setzte die Füße behutsam auf den Fliesenboden. Unbenutzte Putzmittel unter der Spüle, Konservendosen in den Schränken, Wodka im Eisfach. Aus seinen Besitztümern konnte sie nichts schließen.

Aber was er nicht besaß, war mindestens genauso interessant. Es gab keine hellen Flecken, die darauf hinwiesen, dass in letzter Zeit etwas entfernt worden war. Seine Ingredienzien bewahrte er offensichtlich anderswo auf.

Die Treppenstufen quietschten nicht einmal, als sie nach oben schlich. Hier wurde der saure Geruch nach leer stehendem Haus stärker – und bis hierhin drang das Licht von den Fenstern nicht. Ihre Handschuhe rutschten über das Geländer und blieben ab und zu kleben; sie knipste die Taschenlampe gerade lange genug an, um zu erkennen, dass die Wände neben der Treppe leer waren.

Im Schlafzimmer: nichts. Im Gästezimmer: nichts. Enttäuschung machte sich in ihr breit, beinahe stärker als der Rausch, der gerade einsetzte.

Keine leeren Stellen. Keine Schubladen oder Schränke, die nach Kräutern rochen. Keine Tierhaare, keine Blutspuren. Sie nahm an, dass das Squad solche Fundstücke sehr wohl entfernt haben konnte, aber wie konnte sie sich in Anbetracht der schreienden Unordnung sicher sein?

Was für eine Zeitverschwendung. Der Gedanke, dass der Henker unschuldig war und die Lamaru bis zum dreckigen Hals in der Sache mit den Psychopomps drinsteckten, ließ ihr nach wie vor keine Ruhe, aber in diesem Haus würde sie den Beweis dafür nicht finden. Mist! Sosehr es ihr schon aus Prinzip gegen den Strich ging, Lauren recht zu geben, blieb ihr in diesem Fall vielleicht nichts anderes übrig. Die Zusammenarbeit mit dem Squad verschaffte ihr keinen Zugang zum Archiv mit den Beweisstücken oder zu Akten, die nichts mit ihrem Fall zu tun hatten, also war das Haus ihre einzige Hoffnung. So viel also zum Thema Hoffnung. Als hätte sie das nicht schon längst gewusst.

Sie hatte es gerade geschafft, die Tür eines gewaltigen Schranks zuzuschieben, als plötzlich eine Männerstimme von untern heraufdrang.

»Ist ja eklig hier.«

Irgendetwas an dieser Stimme – abgesehen davon, dass überhaupt jemand außer ihr hier war – ließ sie innehalten. Sie kam ihr bekannt vor, aber nicht sehr.

Jetzt sprach jemand anders – eine Frau. »Ja, aber das ist so ziemlich der einzige Ort in der ganzen Stadt, an dem du so gut wie sicher bist. Du hast einfach zu viele Nachbarn.«

»Überall in Downside …«

»Überall in Downside können dich die Leute dieses widerlichen Bastards aufspüren. Sie sehen alles. Wir sind das doch jetzt hundertmal durchgegangen. Außerdem liegt die Entscheidung nicht bei mir. Oder bei dir.«

Verdammt! Wie sollte sie denn aus der Nummer wieder rauskommen? Sie konnte natürlich die Treppe runterstürzen und einfach nur Gas geben. Aber die Eingangstür war doppelt abgeschlossen, und die Riegel beiseitezuschieben würde sie wertvolle Sekunden kosten. Die Küche war nicht besonders groß. Sie würden sie schnappen, bevor sie auch nur die Straße erreichte.

»Ich sehe nicht ein, warum wir ihn nicht einfach umlegen können. Nach allem, was er ihr angetan hat …«

»Wenn du ihn findest, kannst du ihn gerne umlegen.«

»Das ist doch ganz einfach. Er zieht überall diese alberne Show ab, um seine blöden Tränke zu verticken, die sowieso nicht richtig funktionieren. Das ist …«

Die Frau unterbrach ihn erneut, aber Chess hörte nicht mehr hin. Maguinness. Sie unterhielten sich über Maguinness.

Was zur Hölle? Wer waren denn diese Leute, der Mann mit der Stimme, die ihr so verflucht bekannt vorkam, und die Frau? Hatte Maguinness den Henker gekannt?

Verdammt! Irgendwas hatte sie übersehen. Inzwischen redeten sie nicht mehr über Maguinness, jedenfalls kam es ihr so vor.

»Vertrau ihm einfach! Er weiß schon, was er tut«, sagte die Frau. »Hat er das etwa noch nicht bewiesen? Wir machen einfach, was er sagt, halten ihn auf dem Laufenden und dann …«

»Ich will hier so kurz wie möglich bleiben.«

»Das wirst du. Eine Nacht, Erik. Höchstens zwei.«

Erik? Erik Vanhelm? Chess zögerte, dann riskierte sie es und spähte die Treppe hinunter in die Küche.

Ja, Erik Vanhelm. Er sprach mit einer Frau, die Chess den Rücken zukehrte. Langes Haar fiel ihr bis auf die Schultern. Es glänzte silbrig im Mondschein. Dunkelblond vielleicht oder hellbraun? Egal. Das rauszufinden war das Erwischtwerden irgendwie nicht wert, also schlüpfte Chess wieder in die Dunkelheit zurück.

»Warum bleibst du nicht hier bei mir?«

»Das weißt du doch. Ich muss los, und du brauchst Schlaf.«

Vanhelm seufzte. »Ich weiß, ich weiß. Aber Morgen …«

»Morgen treffen wir uns dort, genau. Und danach kannst du bei mir übernachten.«

Stoff rieb sich an Stoff, und eine leichte Veränderung der Stimmung verriet Chess, dass das Paar den Mund vorübergehend anderweitig beschäftigte.

Jetzt konnte sie vielleicht die Treppe runterschleichen und sich im Wohnzimmer verstecken, bis Vanhelm schlafen ging. Falls er überhaupt irgendwann ins Schlafzimmer wechselte und nicht einfach beschloss, die ganze Nacht fernzusehen oder auf der Couch zu pennen. Na gut, Fernsehen kam wahrscheinlich nicht infrage, es sei denn, er wollte die Nachbarn mit dem verräterischen Flackern auf sich aufmerksam machen, aber wer konnte sich bei den Lamaru schon sicher sein?

Oder sie versteckte sich im Obergeschoss und spekulierte darauf, dass Vanhelm das große Schlafzimmer in Beschlag nahm. Wenn er eingeschlafen war, konnte sie sich rausschleichen. Sie hatte ihre Ruhmeshand dabei.

Sie musste eine Entscheidung treffen, und zwar auf der Stelle. Nach oben oder nach unten? Oben oder unten? Mist!

Nach oben. Wahrscheinlich genau die falsche Entscheidung, aber immerhin war es eine Entscheidung. Lieber dort festsitzen, bis Vanhelm schlief, und dann die Flucht wagen, als jetzt ins Wohnzimmer zu schleichen und von den beiden ertappt zu werden.

Das kleine Schlafzimmer war das bessere Versteck. Die Kleiderkammer bot wenigstens ein bisschen Platz. Oder …

Das war nicht einfach nur ein begehbarer Kleiderschrank. Es gab ein Fensterchen, vor dem vergilbte Gardinen baumelten. Das Haus des Henkers war kein Neubau, und hatte demzufolge nicht die hohen Decken und auch insgesamt nicht die Höhe modernerer Gebäude. Zudem saß das Fenster niedrig in der Wand – sie schätzte, dass es vom Sims bis zum Erdboden nicht viel mehr als drei Meter sein konnten. Da war sie schon aus größerer Höhe gesprungen.

Aus der Küche unten kam kein Laut. Entweder knutschten sie immer noch, oder sie waren dazu übergegangen, sich ganz geräuschlos auszuziehen. Wow! Wie aufregend.

Auf alle Fälle würden sie es wahrscheinlich gar nicht mitkriegen, wenn sie das Fenster hochschob und sich zu Boden fallen ließ. Vorausgesetzt, das Fenster ließ sich überhaupt öffnen und quietschte nicht beim Anheben.

Natürlich ging es nicht auf. Sie zerrte so lang, wie sie es wagte, bis sich unten Stimmen zum Abschied erhoben, und die Hintertür geöffnet wurde. Dann gab es also keinen Fluchtweg mehr. Jedenfalls nicht für eine ganze Weile, wenn sie überhaupt noch eine Chance hatte. Sie zog sich in die Kleiderkammer zurück und lauschte auf Vanhelms schwere Schritte auf der Treppe.

Die Beine schmerzten ihr von der geduckten Haltung, als sie eine Stunde später an ihrem Auto anlangte. Nach etwa einer halben Stunde war Vanhelm endlich in den Schlaf der Ungerechten gefallen, und dann hatte sie noch mal eine halbe Stunde abgewartet, nur um ganz sicherzugehen. Es war nach Mitternacht, und alles war noch verwirrender als zuvor.

Maguinness und Lupita hatten sich gekannt. Maguinness und die Lamaru waren in die gleiche Sache verwickelt, eine Art Krieg. Aber ganz offensichtlich machte Maguinness sie jetzt nervös. Sie hatte noch nie von jemandem gehört, der die Lamaru nervös machte, also hatte sich ihr erster Eindruck von seiner Macht wohl als richtig erwiesen.

Aber warum hielt er mit dieser Macht hinter dem Berg? Insbesondere in seinem Metier. Mit ein paar geschickt eingesetzten Zaubern hätte er die Bewohner von Downside leicht zwingen können, ihre Taschen zu leeren – was hatte ihn davon abgehalten?

Der Gedanke, dass er einfach eine ehrliche Haut war, kam ihr nicht eine Sekunde. Ehrlichkeit war denjenigen vorbehalten, die sie sich leisten konnten, genau wie eine Heizung, Strom oder ein Gewissen. Wer in Downside ehrlich war, machte sich nur zum Opfer.

Wenigstens hielt sie das, was sie belauscht hatte, auf Trab und gab ihr eine neue Anlaufstelle, obwohl man sie dort nicht gerade mit offenen Armen willkommen heißen würde. Sie drehte eine Runde um das *Trickster's* und zog dann weiter ins *Chuck's*, um nach der Chevelle Ausschau zu halten. Wenn sie ihn dort nicht fand, musste sie es auf dem Markt oder bei ihm zu Hause probieren. Anrufen hatte keinen Zweck. Sie wusste genau, dass er nicht rangehen würde, wenn er ihre Nummer sah. Selbst wenn sie jetzt auf Bumps Geheiß zusammenarbeiteten, änderte das gar nichts, und sie wollte ihn auch nicht vorwarnen, dass sie nach ihm suchte.

Die Chevelle stand auf ihrem Stammplatz gegenüber vom *Chuck's*. Sie parkte einen Block die Straße runter und steuerte auf die Bar zu. Die kühle Nachtluft ließ sie erschaudern. Oder wenigstens redete sie sich ein, dass sie deswegen eine Gänsehaut hatte.

Stickige, warme Luft strömte ihr entgegen, als sie den schmuddeligen Eingang passierte – warme Luft und Richard Hells »Blank Generation«. Es dauerte einen Moment, bis sich ihre müden Augen an die Lichtverhältnisse gewöhnt hatten, dann entdeckte sie ihn im hinteren Teil des Raums und sah gerade noch, wie er das Gesicht verzog und zum Hinterausgang stürmte. Scheiße!

Zu ihrem Glück galt Mitternacht in Downside noch als früh, sodass es noch nicht allzu voll war, aber trotzdem musste sie sich mühsam den Weg durch eine Gruppe besoffener Teenies bahnen, um ihn einzuholen. Als sie ihn berührte, riss er den Arm weg.

»Ich muss mit dir reden. Was Geschäftliches.«

Unter seinem kalten Blick fühlte sie sich wie ein Schmutzfleck am Boden, etwas Dreckiges, Wertloses. Was sie ja eigentlich auch war. »Was?«

Mehrere Umstehende beobachteten sie interessiert. Chess

warf ihnen wütende Blicke zu und wandte sich dann wieder Terrible zu. »Gehen wir nach draußen, ja?«

Einen Moment glaubte sie, er würde Nein sagen, und dann wäre sie wirklich am Arsch. Zu Bump zu gehen und Terrible anzuschwärzen, weil er nicht half, kam nicht mal ansatzweise infrage; selbst wenn sie nicht gewusst hätte, dass Petzen ihn nur noch wütender machte, hätte sie es nicht in Betracht gezogen. Wenn er Nein sagte, musste sie einen anderen Weg finden, um an die nötigen Informationen zu kommen. Vielleicht sollte sie einfach direkt zu Maguinness gehen, aber irgendetwas sagte ihr, dass er genauso wenig erfreut wäre wie Terrible, wenn sie plötzlich bei ihm anklopfte. Außerdem hatte er nicht den geringsten Anlass, sich mit ihr zu unterhalten, selbst wenn sie ihm hätte erklären können, warum sie gekommen war.

Aber Terrible nickte und drängelte sich zum Ausgang durch. Chess konnte die Tür gerade noch festhalten, bevor sie ihr ins Gesicht knallte, und folgte ihm hinaus auf die schmale Seitengasse. Im zweiten Stock des Gebäudes hinter ihnen hatte jemand das Licht angelassen; ein blasses Viereck fiel auf die geborstenen Kisten und die Stacheldrahtrollen, die an dem rostigen Zaun lehnten. Modriges Laub mischte sich auf dem rissigen Asphalt mit Papierfetzen und Müll. Ihre Schuhsohlen machten beim Anheben leise schmatzende Geräusche.

»Was?«, fragte er noch einmal.

Na gut. Offenbar hatte er nicht vor, ihr die Sache irgendwie leichter zu machen. Sie konnte es ihm nicht verübeln. »Dieser Typ, Maguinness. Der Quacksalber, den wir heute gesehen haben. Hat er …«

»Ich …«

»Hör mir einfach mal kurz zu, ja? Hat er von Bump die Erlaubnis bekommen, auf dem Markt seinen Stand aufzubauen? Ich meine, hat er mit ihm geredet?«

Er legte den Kopf schief und ließ sie nicht aus den Augen, während er das Bier hob und mit einem einzigen langen Zug austrank. Die Kratzer auf seinen Fingerknöcheln waren heute Nachmittag noch nicht da gewesen, als sie auseinandergegangen waren.

Sie wartete. Wartete und zwang sich, an nichts zu denken. Nicht zu sprechen.

»Warum willste 'n das wissen?«

»Ich glaube, er hängt da mit drinnen. Bei denen. Ich habe gehört – aua! –, ich muss einfach wissen, was du von ihm weißt. Ob er außer den Tränken noch andere Geschäfte am Laufen hat oder ob er dir oder Bump irgendwas erzählt hat über …«

»Ach, ich verstehe, klar. Du denkst, wir haben Infos, die wir für uns behalten. Glaubst, da arbeitet Gott weiß wer für uns und wir haben's dir nicht gesagt.«

»Nein! So hab ich das doch gar nicht gemeint. Ich muss nur so viel wie möglich über ihn in Erfahrung bringen, das ist alles. Vielleicht hat er ja mal was gesagt, was dir erst mal nebensächlich vorkam oder so.«

»Meinste, ich bin zu blöd, um zu raffen, was ich weitergeben muss und was nicht?«

»Verdammt, hörst du jetzt bitte endlich mal auf damit? Ich glaube nicht, dass du zu blöd bist, um zu raffen, was du weitergeben musst, und ich glaube auch nicht, dass du mir irgendwas vorenthältst …«

»Gut, weil, ich bin hier ja nicht der Lügner, ne?«

Die Boshaftigkeit in seiner Stimme ließ sie zusammenfahren, und nicht nur deshalb, weil er sie verletzte oder ihr Angst machte. Das sah ihm so gar nicht ähnlich. Wie viel Bier hatte er in sich reingeschüttet, bevor sie gekommen war? Sie hatte ihn noch nie betrunken erlebt, nicht wirklich, und jetzt breitete sich kalte Furcht in ihrer Magengrube aus. Die meiste Zeit über lief er sowieso mit einer fetten Zielscheibe auf dem Rücken rum; klar, die Leute hatten für gewöhnlich zu viel Schiss, um ihm zu nahe zu kommen, aber es musste ja nur mal ein durchgeknallter Junkie mit 'ner Knarre kommen, der eine Rechnung begleichen wollte. Und das war ihm auch völlig klar. Sie wusste, wie sehr er ständig auf der Hut war, wie er andauernd die Umgebung absuchte; sie hatten sich sogar einmal bei ihm zu Hause darüber unterhalten – der einzige Ort, an dem er sich je wirklich entspannte, hatte er gesagt –, bevor sie auf seiner Couch eingepennt war.

Aber es hatte keinen Zweck, danach zu fragen oder sich deswegen Sorgen zu machen. Das führte zu nichts Gutem, und sie hatte ohnehin schon genug Probleme an der Backe. Stattdessen steckte sie sich eine Zigarette an, nur damit sie etwas zu tun hatte, und nahm einen neuen Anlauf. »Ich muss wissen, was du über ihn weißt, für meinen Fall. Ich wäre dir sehr dankbar, wenn du's mir sagst.«

Er ließ ebenfalls das Feuerzeug aufschnappen; die Gasse wurde für eine Sekunde taghell, bevor er die Zwanzig-Zentimeter-Flamme wieder abwürgte. »Na gut«, sagte er endlich. »Er war da und hat mit Bump geredet. Ist vielleicht drei oder vier Wochen her. Da war ich noch im Krankenhaus. Er ist aber schon länger hier. Behauptet er jedenfalls.«

»Hat er auch gesagt, was er hier will? Hat er außer den Tränken noch was am Start?«

»Ich hab nicht selber mit ihm gequatscht, hab ich doch gesagt. Was ich weiß, hab ich von Bump.«

»Aber wenn er noch andere Geschäfte machen würde, wüsstest du das doch, oder? Davon hättest du doch gehört.«

Er hob kaum merklich die Augenbrauen, so als versuchte er herauszubekommen, ob sie ihm nur Honig ums Maul schmierte. »'n Scheiß hab ich gehört. Er hat Familie, sagt er. Wahrscheinlich 'ne große. Verkauft sein Zeug, um die ganzen hungrigen Mäuler zu stopfen. Und was anderes hab ich von keinem gehört.«

Verdammt. Das brachte sie kein Stück weiter, oder?

»Diese Tränke. Vielleicht verkauft er die ja an … Hat Bump die mal ausprobiert? Hat Maguinness ihm mal ein paar Flaschen überlassen, als Probe oder so, bevor Bump sein Okay gegeben hat?«

»Jupp. Aber Bump meinte, die haben überhaupt nicht gewirkt. Geschmeckt haben sie auch noch scheiße, hat er gesagt.«

»Vielleicht waren das ja gar keine von seinen echten Tränken. Keine von denen, die …« Mist! Sie durfte diesen Satz nicht beenden, selbst wenn sie richtiglag, und da war sie sich keinesfalls sicher. Die Lamaru hatten irgendwas mit Maguinness zu tun. Vielleicht ging es dabei um seine Tränke, vielleicht auch nicht.

Terrible trat von einem Bein aufs andere. Sein Gesicht lag jetzt noch tiefer im Schatten. »Haste noch mehr Fragen, oder kann ich jetzt die Fliege machen?«

Sie wollte ihn noch weiter ausfragen. Sie wollte ihn gehen lassen. Sie war nicht scharf darauf herauszufinden, ob es mehr wehtat, wenn er weglief oder wenn er blieb und sie behandelte, als wäre sie gar nicht richtig da. Klar, sie hatte sich den größten Teil ihres Lebens gefühlt, als wäre sie gar nicht richtig da, aber nie, wenn sie mit ihm zusammen gewesen war. Jedenfalls nicht bis jetzt.

»Hab noch was zu tun. Sind wir hier fertig?« Er griff nach der Tür und wollte zurück in die Bar.

»Schätze schon – nein, warte! Kannst du mal mit Maguinness reden? Oder Bump fragen, ob er sich ihn mal zur Brust nimmt? Ihm die gleichen Fragen stellt wie ich gerade, weißt du? Und wenn ich da dabei sein könnte, wäre das eine große Hilfe.«

Pause, dann ein knappes Nicken. Die Tür öffnete sich, und weg war er.

13

Die Kirche kümmert sich um jeden Aspekt deines täglichen Lebens, angefangen von der Lebensmittelproduktion über Bildung bis hin zum Verkehr. Sie wacht über dich, damit du sorgenfrei, sicher und glücklich leben kannst.
Die Kirche nimmt dich an die Hand.
Eine Broschüre des Ältesten Warren

Nach dieser Unterhaltung hatte sie die Wahl zwischen drei einfachen Möglichkeiten. Entweder sie brach mitten in der Nacht in den Schlachthof ein, oder sie machte sich auf die Suche nach Maguinness oder sie ging heim, warf so viel ein, wie sie runterwürgen konnte und fiel in gnädige Ohnmacht. Keine schwierige Entscheidung, aber dennoch bereute sie ihre Wahl ein wenig, als sie am nächsten Nachmittag über den Parkplatz vor dem Schlachthof ging, der Gestank ihr auf den Magen schlug und Laurens Stimme in ihrem Schädel dröhnte wie ein kreischender, winselnder Presslufthammer. Drei Cepts halfen ein bisschen; drinnen würde sie sich bei erster Gelegenheit ins Bad verdrücken und noch eine drauflegen.

»Solche Verspätungen sehe ich gar nicht gern, Cesaria. Gestern hast du gesagt, wir könnten mittags loslegen, und jetzt ist es schon fast zwei …«

»’tschuldigung.« Und dann auch noch schon wieder so ein sonniger Tag. Gestern war sie noch begeistert gewesen, heute aber hätte sie die linke Hand für eine leichte Wolkendecke gegeben. Oder ein bisschen Speed. Oder beides.

»Ich will ja jetzt wirklich nicht rumzicken, ehrlich, aber ich warte hier schon seit …«

»Ich hab doch gesagt, es tut mir leid.« Verdammt, da sagte die Nervensäge zur Abwechslung sogar mal was Wahres. Chess war *wirklich* um zwölf mit Lauren verabredet gewesen, und dass sie jetzt genervt war, konnte sie ihr wirklich nicht verübeln. Hey, da konnte sie sich ja gleich zu den anderen stellen, oder? In die lange, lange Reihe der Leute, die Chess enttäuscht oder beschissen hatte oder sonst was.

Wenn Lauren doch bloß mal aufhören würde, darauf rumzureiten.

»Mein Vater sagt, die Ältesten loben dich in den höchsten Tönen, und gerade deswegen finde ich, du solltest wissen, dass ein solches Verhalten …«

»Ich weiß, Lauren. Es tut mir *leid.* Okay? Können wir jetzt mal von was anderem reden?«

Zu Chess' Überraschung hielt Lauren tatsächlich den Schnabel. Die Sonne funkelte so hell und gleißend auf ihren Haaren, dass es Chess selbst durch die Sonnenbrille in den Augen schmerzte. Sie hatte an zwei aufeinanderfolgenden Tagen daran gedacht, sie einzustecken, vermutlich ein absoluter Rekord.

Lauren zuckte abschätzig die Schultern. »Na schön. Sei nächstes Mal bitte einfach pünktlich, ja? Hier zu warten ist einfach unerträglich. Es stinkt, es ist dreckig, und es ist laut. Wie kannst du hier nur leben? Wie schaffst du es, abends einzuschlafen?«

Mit einem Sack voll Tabletten, so schlief Chess für gewöhnlich ein, aber das sagte sie natürlich nicht. Ebenso wenig, wie sie darauf hinwies, dass sie eigentlich gar nicht besonders nahe am Schlachthof wohnte und der Gestank und der Lärm also gar nicht so schlimm waren oder dass sie beides nur zu gern in

Kauf nahm, wenn sie dafür leicht an die eben verschwiegenen Tabletten kam. Stattdessen zuckte sie bloß die Achseln. »Man gewöhnt sich dran.«

»Bärks.« Lauren zupfte sich das Jackett zurecht und ging dann auf das Gebäude zu. »Ich fühl mich jetzt schon, als müsste ich dringend duschen, nur vom Warten.«

»Warte erst mal ab, bis wir drinnen sind«, murmelte Chess, aber Lauren hörte sie nicht. Jedenfalls nahm Chess das an, immerhin drehte sie sich nicht um oder machte eine spitze Bemerkung.

Vor ihnen ragte der Schlachthof auf, ein dunkelgrauer Steinklotz mit winzigen Fenstern und zerklüfteten Schornsteinen, die wie Raketensilos in den Himmel ragten. Der Tod hing über dem Gebäude wie eine Wolke. Jetzt, da Lauren endlich still war, drangen Tiergeräusche über den Parkplatz und wurden mit jedem Schritt lauter. Chess sah die Tiere genau vor sich, lange Reihen, die in einem verschlungenen Ganglabyrinth gefangen waren und Schritt für Schritt auf ein blutiges Ende zusteuerten.

Ein Wachmann, sichtbar durch die gläsernen Flügel der Eingangstür, ließ sie mit einem Knopfdruck hinein und rief den Vorsteher der Anlage, nachdem sie erklärt hatten, warum sie gekommen waren.

»Mr Carlyle kommt gleich«, sagte er und ließ sich wieder in seinen Stuhl fallen. »Normalerweise kümmert sich Mr Hunt um Leute wie Sie, aber der hat sich schon seit Wochen nicht mehr blicken lassen.«

»Mr Hunt?«

Der Wachmann nickte. »Der stellvertretende Leiter.«

Chess warf Lauren einen Blick zu, die noch im gleichen Augenblick Vanhelms Foto in den manikürten Fingern schwenkte. »Ist das Mr Hunt?«

»Ja, genau. Wieso? Hat er was angestellt?«

»Wir wollen nur sichergehen, dass die Angaben zu seinem Arbeitsplatz auch wirklich stimmen«, log Lauren. »Wie gut haben Sie ihn gekannt?«

»Gar nicht. Nicht besonders gut. Alles, was er zu mir gesagt hat, war morgens »Hi« und abends »Tschüss«. Da müssen Sie schon mit Mr Carlyle reden.«

»Hat er denn überhaupt mal mit irgendjemandem gesprochen?«, erkundigte sich Chess.

»Weiß ich doch nicht. Ich mach hier bloß den Eingang.«

Links von ihnen öffnete sich eine Tür; die Tiergeräusche, die bisher nur gedämpft hindurchgedrungen waren, plärrten jetzt mit voller Lautstärke heraus, bevor sie mit dem Zufallen der Tür wieder verstummten.

Chess wusste nicht, wie sie sich den Leiter eines Schlachthofs vorgestellt hatte; wahrscheinlich hatte sie immer das Bild eines stämmigen Holzfällers im Kopf gehabt, dem das Blut unter den Fingernägeln klebte. Aber Mr Carlyle – »Sagen Sie doch Ben zu mir« – war kaum größer als sie, hatte dünnes bräunliches Haar und wässrige blaue Augen und dazu derartig viele nervöse Ticks, dass sie ihm am liebsten eine Panda angeboten hätte, damit er mal ein bisschen runterkam.

»Erik Hunt?«, fragte er, nachdem er sie in sein Büro geführt hatte. Nach dem kurzen Weg konnte sich Chess die nervösen Ticks schon besser erklären; wenn sie jeden Tag stundenlang diesem Lärm und der Atmosphäre von Furcht, Tod und Panik ausgesetzt gewesen wäre, wäre sie auch mit den Nerven am Ende. War sie natürlich auch so, aber verdammt noch mal, dieser Ort war wirklich grauenhaft.

»Der war jetzt so ungefähr sechs Monate bei uns. Netter Kerl. Guter Manager. Ich meine, die Angestellten mochten ihn und ich auch. Keine Ahnung, warum er auf einmal einfach nicht mehr zur Arbeit gekommen ist, wo er doch sonst immer so engagiert war. War immer überpünktlich da, ist immer länger geblieben, das ganze Programm.«

Er untermalte seine Worte mit Ärmelzupfen, Nasenjucken und Händereiben.

»Und bei der Einstellung, hat er Ihnen da ein Ausweisdokument vorgelegt?«

»Natürlich! Selbstverständlich hat er das.« Carlyle wandte sich der Front aus Aktenschränken hinter sich zu, die von der gleichen nüchternen Farbe waren wie die in der Kirchenbibliothek. »Wir halten uns hier strikt an die Vorschriften der Kirche, von der Einstellung bis zum Betriebsablauf. Hier.«

Chess streckte die Hand nach dem Hefter aus, den er auf die papierübersäte Schreibtischplatte legte, aber Lauren war schneller und blätterte eifrig durch die Schriftstücke.

Okay. Chess hatte da sowieso noch ein paar Fragen. »Was für Kirchenvorschriften? Abgesehen vom Einstellungsverfahren, meine ich.«

Carlyle zuckte die Achseln und zupfte sich an den Ohrläppchen. »Wir halten uns natürlich in puncto Schlachtvorschriften ganz an die Kirchengesetze, unterhalten einen Ritualraum für das Geisterwochen-Fleisch und Hunde und …«

»Hunde? Wie meinen Sie das?«

Lauren warf ihr einen Seitenblick zu; Chess bemerkte ihren missbilligenden Blick, ging aber nicht darauf ein.

»Na ja, Miss … Putnam? … wie alle Schlachthöfe sind wir verpflichtet, eigene Psychopomps zu halten und darüber hinaus gesegneten Boden für ihre Erschaffung bereitzuhalten, falls nötig. Das kommt nur ein paarmal im Jahr vor, aber in der Geisterwoche natürlich …«

»Genau, da haben Sie einen Extraraum. Und da halten Sie Psychopomps?« In ihrem Kopf drehte sich alles.

»Na klar. Ist vermutlich nicht Ihr Fachgebiet, aber wir dürfen in dieser Woche gar nicht schlachten, ohne einen Psychopomp im Hintergrund …«

»Wer war dafür verantwortlich? Für die Psychopomps, meine ich. War es Va … Hunt? Oder macht das jemand anders?«

Lauren öffnete den Mund, aber Carlyle kam ihr zuvor. »Ja, das fiel auch in seinen Aufgabenbereich.«

»Damit ist so weit alles in Ordnung«, unterbrach Lauren und gab Carlyle die Personalakte zurück. Chess hatte nicht einen einzigen Blick hineinwerfen können, aber Lauren schien das egal zu sein und ihr ehrlich gesagt auch. Wen kümmerte es schon, was für einen Ausweis Vanhelm vorgelegt hatte? Er hatte hier mit Psychopomps gearbeitet. Er war für sie verantwortlich gewesen. Mit anderen Worten: Er kannte sich mit so was aus.

Also ignorierte sie Laurens bösen Blick. »Können wir uns diesen Raum mal ansehen?«

»Natürlich.«

Carlyle brauchte einen Augenblick, um den Schlüssel zu finden – offenbar war er genauso zerstreut, wie er nervös war, auch wenn Chess nicht umhinkam, sich zu fragen, ob ein Teil seiner Zappeligkeit nicht auch daher kam, dass sie beide da waren –, dann führte er sie über eine eiserne Rampe durch die Schlachthalle zum Ritualraum.

Als sie dort ankamen, dröhnten ihr die Ohren, und ihr ganzer Körper fühlte sich kalt und klebrig an. Das lag nicht nur an der Furcht, dem Sterben und dem Schmerz; wenn sie ehrlich war, musste sie sogar zugeben, dass die Schlachthalle nicht so schlimm war, wie sie geglaubt hatte. Laut, ja, aber nicht unerträglich.

Aber irgendetwas anderes lauerte hinter alldem hier. Sie kam nicht dazu, darüber nachzudenken, was es war, aber sie spürte, wie es sich träge in der Luft wand. Irgendetwas stimmte hier ganz und gar nicht.

Es fühlte sich nicht nach den Lamaru an; dafür fehlte das

finstere, fast wahnsinnige Element. Es hatte nicht den gleichen Geschmack nach lauerndem Bösen.

Aber trotzdem war da etwas, und sie wusste nicht, was, obwohl es irgendeine Erinnerung in ihr wachrief, die sich ihr immer wieder entzog.

»Da wären wir«, sagte er, stieß die dicke, schwer aussehende Eisentür auf und führte sie hinein.

Hier traf sie die Energie noch stärker; wohl weil sie von Metallwänden umschlossen war, wie sie vermutete. Informationsschnipsel stiegen aus den Tiefen ihrer Erinnerung auf, verschwommene Details aus Unterrichtsstunden, in denen sie nie besonders gut aufgepasst hatte, weil ihr von Anfang an klar gewesen war, dass sie sowieso nie als Richtlinienbeauftragte oder für die Kirchenregierung arbeiten würde. Schlachthöfe mussten per Vorschrift Ritualräume haben, genau wie Krankenhäuser verpflichtet waren, für die Todeskandidaten Abteilungen mit Eisenwänden einzurichten. Während der Geisterwoche stellte jeder Tod ein doppeltes Risiko dar, und damit war nicht zu spaßen.

Der Raum, in dem sie stand, schien sämtliche Auflagen zu erfüllen. Er war verschlossen, sauber und bis auf eine nackte Glühbirne hoch oben an der Decke vollkommen leer. Am Boden waren verblasste bräunliche Flecken zu sehen, aber das war nicht anders zu erwarten. Der Geruch von Bleiche stach ihr in die Nase.

»Erik hat hier kurz vor der letzten Geisterwoche angefangen.« Carlyle kratzte sich im Nacken. »Er hat in dieser Woche die Produktion in diesem Raum überwacht und danach die Aufräumarbeiten geleitet.«

Chess tastete sich Stück für Stück die Wand entlang und suchte den Boden ab. »Und dazu gehörten auch Psychopomps?«

Lauren seufzte hinter ihr, aber wen interessierte schon, was sie davon hielt?

Carlyle nickte. »Für die Beschwörung haben wir natürlich Älteste vor Ort, aber Erik war der Teamleiter.«

Je genauer sich Chess den Raum betrachtete, desto weniger war sie überzeugt, dass er tatsächlich seit Monaten ungenutzt war. Sie nahm an, dass der Bleichegestank bei geschlossener Tür tatsächlich über Monate so stark bleiben konnte. Dass die Energie so deutlich spürbar blieb, mochte ja auch noch angehen, immerhin waren die Wände mit Eisen verstärkt. Normalerweise war es kein großes Problem, das Alter eines Zaubers oder einer bestimmten Energie zu bestimmen, aber hier, in den Eisenwänden …

Spielte aber sowieso keine Rolle. Lauren sagte ihren Namen, laut genug, um sie aus ihren Gedanken zu reißen; sie sah auf und bemerkte, dass Carlyle und Lauren schon wieder draußen standen. Lauren zog schon wieder diese eingebildete Schnute, für die Chess sie jedes Mal am liebsten geschlagen hätte. Noch fester als sonst.

»Würden Sie mich anrufen, wenn Sie etwas von ihm hören?« Lauren reichte Carlyle etwas, das nur eine Visitenkarte sein konnte. Dumdidum. Chess hatte natürlich nicht mal Visitenkarten.

Carlyle nickte lächelnd und tat alles, was man beim Abschied so machte, aber Chess ignorierte ihn bewusst. Er hatte mit dem Fall nicht das Geringste zu tun; das hatte sie schon gewusst, als sie ihm die Hand geschüttelt hatte. Seine magische Begabung war ungefähr so ausgeprägt wie die von Lex, sprich: nicht vorhanden.

Aber dieser Raum und Vanhelm …

»Vanhelm war für die Psychopomps verantwortlich«, sagte sie im Hinausgehen. Vom Kopf her war ihr natürlich klar, dass der Parkplatz keinen Deut besser roch als das Innere der Anlage, aber es fühlte sich trotzdem großartig an, wieder an der frischen Luft zu sein.

»Na und?«

»Na und? Lauren, bitte. Vanhelm hat hier mit Psychopomps gearbeitet. Gestern in der Kirche hat er einen Psychopomp manipuliert. Da willst du ja wohl nicht behaupten …«

»Er hat nicht mit ihnen ›gearbeitet‹, er hat sie vielleicht ein-, zweimal gesehen. Und du weißt gar nicht, ob er diesen Psychopomp wirklich manipuliert hat. Und selbst wenn, hat das nichts …«

»Es hat *sehr wohl* etwas mit unserem Fall zu tun. Unser Fall dreht sich um die Lamaru, und wenn sie irgendwas mit Psychopomps aushecken, dann …«

Lauren seufzte. »Okay, Cesaria. Was soll's. Nehmen wir mal kurz an, dass du recht hast. Wie sollen wir das beweisen? Wie kommen wir dahinter, was sie vorhaben?«

»Wir …« Ups.

»Was denn?«

»Ach nichts.« Fast wäre sie jetzt mit Maguinness um die Ecke gekommen und hätte vorgeschlagen, ihn aufzuspüren und zu verhören. Fast wäre sie mit dem Krötenfetisch angekommen. Verdammt! Sie hatte handfeste Informationen, Informationen, die Lauren sicher genützt hätten, aber sie konnte nicht darüber sprechen. Stattdessen musste sie sie in ihrem Hinterkopf gären lassen und endlose Stunden über eine Möglichkeit nachgrübeln, wie sie damit rausrücken konnte.

»Schön.« Lauren zog die Schlüssel aus ihrem Handtäschchen. »Also, Cesaria, toll, wenn du meinst, dass du in dieser Sache richtigliegst. Ich sehe das anders. Aber selbst, wenn ich deiner Meinung wäre, wir haben nichts davon, wenn wir stundenlang ins Blaue hinein spekulieren. Wir müssen uns an die Fakten halten, und die Fakten sagen uns, dass die Lamaru Menschen mit echten, ganz realen Waffen umbringen.«

»Das hier könnte eine Spur …«

»Genau wie die Leichen. Du weißt schon, die handfesten Beweise, die wir haben. Konzentrieren wir uns darauf, hm?«

Am schlimmsten war, dass Chess Lauren wirklich keinen Vorwurf machen konnte, auch wenn sie es gern gewollt hätte. In Anbetracht der Informationen, die sie hatten – den Informationen, die sie haben *durften* –, wäre Chess vielleicht zu dem gleichen Schluss gekommen.

Ach, wem wollte sie denn hier was vormachen. Nein, sie wäre nicht zu dem gleichen Schluss gekommen, jedenfalls hoffte sie das. Aber trotzdem konnte sie Lauren nicht richtig böse sein, und das machte sie wütend.

»Na gut«, sagte sie, weil Lauren anscheinend irgendeine Antwort erwartete.

»Gut. Warum treffen wir uns dann nicht einfach in, sagen wir, drei Stunden bei der Kirche. Bis dahin sollten ein paar neue Berichte eingetrudelt sein. Und wir können auch noch mal runter zu den Docks und uns den Platz angucken, wo dieser tote Lamaru gefunden wurde, wie hieß der doch gleich?«

»Denby«, sagte Chess. »Warum erst in drei Stunden? Warum fahren wir nicht gleich hin?«

»Ich treff mich noch mit meinem Daddy.« Lauren legte die Stirn in Falten und sah auf die Uhr, während Chess sich gerade noch ein Augenrollen verkneifen konnte. »Eigentlich komme ich jetzt schon zu spät. Bist du mit der Akte schon durch? Gestern wolltest du dir ja diese genetische Anomalie noch mal angucken. Bist du damit fertig?«

»Ich bin noch nicht dazu gekommen …«

»Na, jetzt hast du doch Zeit.«

Chess biss die Zähne zusammen. *Darf die Tochter des Großältesten nicht ins Gesicht schlagen. Darf die Tochter des Großältesten nicht ins Gesicht schlagen.*

»Ja, sieht so aus.«

Lauren ließ sich schwer in den Autositz fallen. »Gut. Kannst mir ja dann später alles berichten. Bis dann.«

Sie wartete die Antwort nicht ab. Das hatte Chess auch nicht erwartet. Stattdessen sah sie zu, wie der Wagen vom Parkplatz rauschte, und überlegte, was sie als Nächstes tun sollte. Ja, sie konnte zurück zur Kirche und stundenlang im Geheimarchiv rumhocken. Wahrscheinlich sollte sie das sogar. Aber was zum Teufel sollte das bringen? Sie kam der Lösung des Falls keinen Schritt näher, wenn sie herausfand, was für Erbgutschäden die Opfer gehabt hatten. Dieser Fall war erst dann gelöst, wenn sie die Scheiß-Lamaru in die Finger kriegte und herausbekam, was zur Hölle sie da mit Psychopomps trieben und worin die *Verbindung* zu Menschen mit Gendefekten bestand.

Sie hatten ihren Psychopomp dabei, in der Handtasche. Zum ersten Mal dachte sie mit Unbehagen daran und stellte sich vor, wie der Schädel ohne Vorwarnung zum Leben erwachte und sie angriff. In ihrer Zeit als Debunkerin hatte sie vier oder fünf verschiedene gehabt; sie waren Handwerkszeug, etwas, das man unter Kontrolle hatte. Mehr noch, sie gehörten zum Standardrepertoire der Kirche, ein Symbol ihrer Hoheitsgewalt, und als solches standen sie auch für ihre eigene Macht und Unabhängigkeit. Ihre Freiheit, soweit man davon überhaupt sprechen konnte.

Die Lamaru hatten schon früher versucht, die Kirche zu zerstören. Eigentlich schon seit dem Moment, in dem sie an die Macht gekommen war. Aber sie hatten noch nie so direkt in ihrem Herzen zugeschlagen und ihre eigene Macht so offensichtlich gegen sie gewendet.

Sollte Lauren doch behaupten, die Lamaru und die Psychopomps hätten nichts miteinander zu tun, so viel sie wollte. Es stand ihr ja auch frei zu behaupten, dass die Erde eine Scheibe war. Beides war Blödsinn, und Chess wusste es.

Scheiß aufs Geheimarchiv! Chess hatte harte Beweise. Und harte Drogen. Was sie mit Letzteren anfangen konnte, wusste sie schon, darin hatte sie jahrelange Übung. Jetzt musste sie nur noch rausfinden, was sie mit Ersteren machen sollte, und beides konnte nicht länger warten.

Sie sprang ins Auto und machte sich auf den Weg zum Markt.

14

Familie ist das Wichtigste, was es gibt,
und du solltest deinen lieben Gatten ermutigen, so viel Zeit
wie möglich mit den Kindern zu verbringen.
Ratschläge für die Damenwelt von Mrs Increase

Ja, okay, sie hatte gehofft, Terrible zu sehen, und ja, okay, ihre Stimmung ging ein bisschen in den Keller, als sie die Menge absuchte und ihn nicht fand. Aber wenigstens war das nicht der einzige Grund, aus dem sie hier war, selbst wenn es der einzige Grund für die vier Cepts war, die sie noch im Auto statt der üblichen drei geschluckt hatte.

Maguinness sah sie allerdings auch nirgendwo, und das war echt scheiße. Sie war fest davon ausgegangen, dass er auf seiner wackeligen Bühne wieder große Reden schwingen würde. Er wusste bestimmt irgendwas. Er *musste* irgendwas wissen. Warum sollten die Lamaru sonst solche Angst vor ihm haben?

Natürlich klang es nicht gerade verlockend, sich mit jemandem einzulassen, der sogar den Lamaru Angst einjagte, aber sie hatte keine andere Wahl. Während der kurzen Fahrt vom Schlachthof zum Markt war sie in Gedanken immer wieder die gleichen Punkte durchgegangen wie schon auf dem Parkplatz: Sie konnte einfach nicht aufhören, sich vorzustellen, wie der Schädel in ihrer Tasche sich plötzlich in einen rasenden, unbarmherzigen Todesengel verwandelte.

Wenn es jetzt schon so weit war, dass sie sich vor Kirchenmagie fürchtete, was blieb ihr dann noch? Na ja, okay. Sie wusste, wie die Antwort lautete. Was ihr noch blieb, waren die Pillen in dem verschnörkelten Silberkästchen in ihrer Tasche und der Pfeifenraum zu ihrer Linken. Daraus zog sie Trost, das konnte ihr keiner nehmen. An diese beiden Dinge glaubte sie immer noch ganz fest.

An ihre Gabe glaubte sie auch noch so halbwegs. Als menschliches Wesen war sie ziemlich daneben, aber als Hexe … Das hatte einen gewissen Wert.

Und sie glaubte immer noch an den Mann, der sie hasste. Eine Schande, dass all diese Dinge – ausgenommen ihre Magie – gleichermaßen schlecht für sie waren; was war weniger selbstzerstörerisch: immer auf Messers Schneide zu balancieren und Selbstmord auf Raten zu begehen – oder sich tagaus, tagein nach jemandem zu sehnen, der hoffte, dass sie endlich Ernst machen und sich wirklich umbringen würde?

Aber es gab immer noch ein paar Dinge, an die sie glauben konnte, auf die sie bauen konnte, und das durfte sie nie vergessen, wenn sie in diesem ganzen beschissenen Durcheinander nicht den Verstand verlieren wollte.

Das schöne Wetter hatte die Bewohner von Downside in Scharen nach draußen gelockt; sie aalten sich mit hochgekrempelten Ärmeln auf bröckelnden Stufen und Gehwegen, um ein bisschen Sonne abzukriegen, standen in losen Grüppchen an Ecken beisammen und strömten über den Markt. Chess bahnte sich ihren Weg durch das Gedränge und spürte die Blicke auf sich.

Erik Vanhelm hatte ein Bild von ihr. Jeder in dieser Ansammlung von Möchtegernmenschen um sie herum konnte zu den Lamaru gehören. Folgten ihr all diese Augenpaare, nur weil sie Bumps Kirchenhexe war? Weil sie alle immer nur mit Terrible zusammen gesehen hatten und sich die Lage jetzt offenbar geändert hatte? Oder weil sie planten, sie zu schnappen, in eine Seitenstraße zu ziehen und in Scheiben zu schneiden?

Sie tastete nach dem Messergriff in der Tasche und ging weiter. Bisher war sie ja noch nicht überfallen worden, sagte sie sich. Wenn sie sich früher mit ihnen angelegt hatte, hatte es nicht lang gedauert, bis sie bei ihr eingebrochen und sich auf sie gestürzt hatten.

Sie war sich nicht sicher, ob dieser Gedanke sie aufheiterte oder nicht.

Edsels Anblick hingegen heiterte sie definitiv auf, obwohl ihr sein besorgter Blick nicht entging. Sah sie wirklich so schlimm aus?

»Chess.« Er lächelte und klebte schnell noch ein Preisschild auf einen Korb mit Bienenwachs-Klumpen auf dem Verkaufstresen. »Alles klar bei dir?«

»Alles im Lot«, antwortete sie mechanisch. Heute hatte er seinen Stand näher an den Fleischerbuden aufgestellt, wo der Lärmpegel höher war. Gut. So hatte sie einen Grund, ihm beim Sprechen ganz nah zu kommen. »Ich wollte dich mal was fragen.«

»Hab nicht mit Terrible über dich geredet, Baby.«

Sie hob die Augenbrauen. »Darum ging's mir gar nicht.«

»Wollt's dir einfach nur gesagt haben.«

»Ich … ach egal. Weißt du irgendwas über diesen Tränkefritzen, den Typen von gestern? Maguinness.«

»Dieser haarige Affe? Da hab ich 'ne Gänsehaut gekriegt, kann ich dir sagen.«

»Jupp, genau der. Hast du den vorher schon mal gesehen oder irgendwas über ihn gehört?«

Edsel legte den Kopf schief; ein Sonnenstrahl verirrte sich in sein Haar. »Kann ich nicht behaupten. Treibt sich schon 'ne ganze Weile hier rum, mehr weiß ich nicht. Verkauft seine Tränke und Magie. Kauft allerdings nie was bei mir.«

»Weißt du, woher er seine Materialien sonst bekommt?«

»Schätze mal, die macht er dann wohl selbst, ne? Wüsste jedenfalls nicht, dass er woanders kauft.«

Mist! Sie hatte gehofft … Moment mal. »Aber wär das nicht ziemlich teuer? Oder würde man nicht 'ne Menge Platz dafür brauchen?«

»Ja, 'ne große Wohnung muss er wohl haben. Ganz da oben, vielleicht versorgt er sich ja auch da auf dem Markt.«

»Scheiße!« Auf die Idee, sich mal den Markt in der Nähe der Adresse anzusehen, die Maguinness bei dem Besuch im Gefängnis angegeben hatte, war sie gar nicht gekommen.

Andererseits … wenn es einen Markt bei ihm in der Nähe gab, warum verkaufte er seinen Kram dann hier? Okay, Bumps Erlaubnis hätte er sowieso gebraucht, auch wenn er seine Bühne dort aufbauen wollte. Verdammt, er brauchte die Genehmigung, egal, wo er seine Bude aufstellen wollte – oder besser gesagt, wenn Bump oder Terrible oder sonst jemand von Bumps Leuten einen Verkäufer fanden, der ohne Erlaubnis unterwegs war, machten sie ihm den Laden dicht. Und verpassten ihm wahrscheinlich gleich noch ein paar, damit er sich's fürs nächste Mal merkte.

Aber wenn er jetzt schon eine ganze Weile in Downside war und urplötzlich seine Methoden geändert hatte, bedeutete das nicht, dass er schnell Geld brauchte?

Es sei denn, er hatte gerade beschlossen, sich zu vergrößern und eine neue Zweigstelle zu eröffnen. Sie sah die blassen, schmutzigen Knöchel vor sich, die unter den Hochwasserhosen hervorlugten, und das Hemd, das ihm um die knochige Gestalt schlackerte. Nein. Es mochte ja sicherer sein, so zu tun, als wäre man arm, aber die meisten Leute konnten der Versuchung nicht widerstehen, mit ihrem Geld anzugeben. Besonders, wenn sie versuchten, andere von ihrer Macht und ihren Fähigkeiten zu überzeugen. Wenn man Eindruck schinden wollte, musste man zuallererst beeindruckend aussehen.

Der Schein konnte trügen, klar. Aber das war elementarste Psychologie, oder war es jedenfalls gewesen, als Psychologie noch legal war. Chess hatte sich genug Nächte über den Büchern in den Archiven um die Ohren geschlagen, um das zu wissen, selbst wenn ein ganzes Leben, in dem sie beobachtet hatte, wie die letzten abgebrannten Penner wie Könige behandelt wurden, nur weil sie ihre Rolle überzeugend spielten, sie nicht schon das Gleiche gelehrt hätte.

Es war durchaus möglich, dass Maguinness reich war. Vielleicht war er sogar reicher als Bump. Aber irgendwie glaubte sie nicht recht daran. Wenn es so wäre, hätte Bump das gewusst. Wie viel knöpfte Bump ihm ab, damit er auf dem Markt verkaufen durfte?

Moment. Hatte Terrible nicht gesagt, Maguinness hätte eine große Familie zu versorgen, und das wäre der Grund, warum er überhaupt um die Genehmigung gebeten hatte, auf dem Markt zu verkaufen?

»Was geht dir durch den Kopf, hm?« Edsel musterte sie durch seine schwarze Sonnenbrille. »Haste Männertrouble?«

Sie schüttelte den Kopf. »Ich weiß auch nicht. Könntest du dich einfach mal für mich umhorchen? Alles, was du über ihn in Erfahrung bringen kannst, würde helfen.«

»Klar, mach ich, kein Ding.«

»Danke! Hey, weißt du irgendwas über Psychopomps?«

»Da kenn ich mich wohl kaum besser aus als du.«

»Nein, ich meine … hier.« Sie unterdrückte ein Schaudern, zog die Fetischteile in der Plastikverpackung aus der Tasche und legte sie auf die stoffbespannte Theke. »Ich glaube, das wurde benutzt, um Psychopomps zu erschaffen, aber es ist außerdem ein Zerstörungszauber.«

»Richtig. Dieser Finger da zum Beispiel.« Edsel stupste einen der Beutel vorsichtig an, bevor er die Hand zurückzog und schüttelte, als wollte er das Böse tröpfchenweise abschütteln. »Da haste dir ja was Schönes eingefangen mit dem Ding, Baby. Wenn man die Energie in dem Teil richtig einsetzt, ist das mit den richtigen Zauberworten die reinste Bombe.«

»Genau. Hab ich mir auch gedacht. Aber ich habe noch nie einen Zerstörungszauber mit diesen anderen Zutaten gesehen. Das sieht nach den Dingern aus, die die Ausbilder für Psychopomps benutzen. Ich meine, wenn sie sie zum ersten Mal beschwören, bevor sie die Schädel ans Lager weitergeben, weißt du?«

»Das ist ein Teil, von dem ich nicht viel weiß.«

»Aber du kennst doch die Zutaten, die man für Psychopomp-Zauber braucht. Warum sollte man so was wie den Finger dazutun?«

»Ich schätze mal, die wollen entweder 'n paar Psychopomps kaputt machen oder Psychopomps dazu bringen, dass sie was anderes zerstören. Warte mal … ich hab da in letzter Zeit immer mal wieder was über Hunde gehört. Im Totenhaus glaub ich. Galenas Bruder wohnt da in der Gegend, die kriegen bei dem Gebell kaum noch 'n Auge zu.«

Der Schauer, der ihr den Rücken hinunterlief, hatte nichts mit dem Ziegenhorn zu tun, das sie gerade gestreift hatte. »Hunde? Im Schlachthof?«

»Hat Galenas Bruder ihr erzählt, ja.«

Vanhelm im Schlachthof. Was hatte Carlyle gesagt? Dass Vanhelm ein sehr pflichtbewusster Mitarbeiter gewesen war, der immer vor Arbeitsbeginn gekommen und noch lange nach Feierabend geblieben war, wenn alle anderen schon nach Hause gegangen waren.

Dann hatte er also jede Menge Zeit allein dort verbracht. Alleine in einem Gebäude mit einem eigenen Psychopomp-Labor.

Jetzt musste Lauren ihr doch langsam mal zuhören, oder?

Kaum hatte sie den Gedanken gefasst, kannte sie auch schon die Antwort. Nein. Nein, Lauren würde ihr auch jetzt nicht zuhören müssen. Sie würde mit dem spitzen kleinen Fuß aufstampfen und sagen, dass natürlich andauernd Hunde im Schlachthof bellten, schließlich wurden sie dort gehalten, um das Gelände zu bewachen. Auch im Inneren lebten Hunde; oder wenigstens waren sie so lange lebendig, bis sie den Gang über die Rampe antraten.

Nicht alle Hunde wurden zu Psychopomps gemacht. Die Schädel der übrigen wurden zwar vernichtet, aber Hundeknochen und Fell hatten andere magische Eigenschaften, genau wie das Blut, die Augen, die Organe und so ziemlich alles andere. Man würde alle Bestandteile sammeln und sie der Kirche oder einem Händler wie Edsel übergeben.

Ganz zu schweigen davon, dass es einen florierenden Schwarzmarkt für Hundefleisch gab, obwohl sie bezweifelte, dass Lauren davon wusste. Der Punkt war, dass nächtliches Hundegebell im Schlachthof Lauren auch nicht überzeugen würde.

»Okay«, sagte sie, sammelte die verpackten Fetischteile ein und verstaute sie wieder in der Tasche. »Danke! Das könnte helfen. Wenn du … wenn du Terrible siehst, sag ihm, was du mir gerade erklärt hast, ja? Und dass ich dich gebeten habe, es ihm zu sagen.«

»Das solltest du ihm lieber mal persönlich sagen, Baby. Wenn man nur noch über Dritte miteinander redet, geht das nie gut.«

Ausnahmsweise kam ihr die verdammte Bindung jetzt mal ganz gelegen. Sie hob das Handgelenk. »Ehrlich gesagt kann ich es ihm wahrscheinlich gar nicht selber sagen. Wenn du also so freundlich wärst?«

Er presste die Lippen zu einem dünnen Strich zusammen, nickte aber. »Okay, ich sag's ihm, sobald ich dazu komme.«

»Danke.«

Sie schwatzten noch ein paar Minuten miteinander, hauptsächlich über Galenas Schwangerschaft, bevor Chess sich wieder auf den Weg machte. Ein Spaziergang half ihr womöglich, den Kopf freizukriegen, und einen klaren Kopf brauchte sie jetzt wirklich dringend. Vielleicht sollte sie einfach nach Hause gehen. Sie hatte immer noch gut zwei Stunden, bevor sie mit Lauren zu einer neuen Runde Zickenkrieg verabredet war. Zu Hause könnte sie sich in Ruhe mal die Akte vornehmen. Sie könnte sich Notizen machen. Außerdem war sie dort in Sicherheit.

Okay. Schnell was essen, dann nach Hause. Sie bahnte sich den Weg zu den fest zum Markt gehörenden Buden am Zaun. Obwohl sie nicht hungrig war, fand sie doch, dass das Essen sie wenigstens beschäftigen würde. Ganz zu schweigen davon, dass es Stunden dauern konnte, bevor sie das nächste Mal die Gelegenheit dazu hatte – sie hatte das dumme Gefühl, dass Lauren sie erst lange nach Einbruch der Dunkelheit gehen lassen würde.

Sie konnte den Ältesten Griffin nach ihrer Personalakte fragen und nachsehen, ob ihr Foto noch da war. Und auch überprüfen, ob irgendwelche Kopien davon gemacht worden waren.

Ob sie ihm erzählen sollte, warum sie sich dafür interessierte? Gute Frage. Und eine ziemlich überflüssige Frage, weil sie das bewusste Foto in ihrem Kopf gedreht und gewendet hatte, ohne zu einer Lösung zu kommen, aber dennoch …

Instinktiv fuhr sie mit der Hand an die Tasche, als sie jemand anrempelte. Und es war auch der pure Instinkt, der sie rechtzeitig nach ihrer Handtasche greifen ließ, um das Kind zu erwischen, dass seine schmutzige Hand hineinstecken wollte.

Sobald ihre Haut seine – oder ihre? Sie konnte es nicht erkennen – berührte, schoss ihr ein Energiestoß durch den Arm. Zähflüssige, gruselige Energie, bei deren Ansturm auf ihren Kopf sie zurücktaumelte.

Aber sie ließ nicht los, obwohl das Kind sich wehrte und so

heftig zappelte, dass sie Mühe hatte, es festzuhalten, während sie immer noch vergeblich versuchte, seine Gesichtszüge zu erkennen. Eine verfilzte schwarze Mähne fiel ihm vor die Augen, und das Gesicht unterhalb der Zotteln war ein verschwommener rötlicher Fleck, in dem ein fast zahnloser Mund klaffte. Und die Energie, die von ihm ausging, fühlte sich an wie das schmutzige Flüstern eines Perversen in einem dunklen Zimmer.

Chess grub die kurzen Fingernägel in die empfindliche Haut an der Innenseite der Handgelenke des Kindes und griff hart zu.

Das Kind kreischte. Chess kümmerte das nicht die Bohne. Und auch sonst niemanden. Wenn man sich in Downside nach jedem Taschendieb und Handtaschenräuber umgedreht hätte, wäre einem schwindelig geworden.

Die Energie wuchs und fühlte sich immer schlimmer an, während Chess das Kind von den Nudelküchen weg- und zu Bumps Residenz hinüberzerrte. Nicht, dass sie bei Bump hätte anklopfen wollen, aber dort stand wenigstens niemand vor der Tür, sodass sie das Kind in aller Ruhe verhören und ihm zugleich das Weglaufen etwas erschweren konnte.

Kein Kind sollte diese Art von Energie haben. Chess' Tätowierungen juckten und kribbelten; eigentlich sollte nichts Lebendiges so auf sie wirken.

»Lass mich los!«

Ein spitzer Fuß bohrte sich in Chess' Unterschenkel. Das Mädchen – bei näherer Betrachtung war Chess doch ziemlich sicher, dass sie es mit einem Mädchen zu tun hatte – war zäher, als es aussah.

»Ich lass dich verflucht noch mal ganz sicher nicht los. Ich such lieber nach Terrible. Mal sehen, was der so von Dieben auf seinem Markt hält.«

»Hab gar nicht geklaut!« Das Mädchen schlug nach Chess' Hand und versuchte, sich ihrem Griff zu entwinden.

»Hast du wohl. Du wolltest mir in die Handtasche greifen.«

»Hab aber nicht *geklaut*!« Bei jeder Bewegung des Mädchens raste eine neue Welle der furchtbaren Energie Chess' Arm hinauf – und bei jeder Bewegung drang Chess auch ein neuer Schwall ihres unerträglichen Körpergeruchs in die Nase. Das Mädchen stank nach Schweiß, Tieren und Dreck, als hätte sie im Stall des Schlachthofs geschla…

»Wo wohnst du?«

Das Mädchen musste gespürt haben, dass Chess' Ärger in Neugier umgeschlagen war. Es beruhigte sich ein wenig. »Hab dir gar nix zu sagen. Lass mich los!«

»Was wolltest du aus meiner Tasche klauen?«

Das Mädchen starrte sie voller Wut an. Aus der Nähe betrachtet sah Chess, dass mit den Augen des Mädchens etwas nicht stimmte; sie waren verkniffen, seltsam unfokussiert, zu klein und standen zu eng beisammen. Auch ihre Nase wollte nicht recht ins Gesicht passen; sie sah eher wie ein dickes Ohrläppchen aus, nichts als ein Fleischknubbel über der winzigen Oberlippe. Die Gesichtszüge wirkten wie zur Mitte hin zusammengezogen, sodass die breiten, blassen Wangen und das spitze Kinn einsam am Rand lagen. Das Mädchen sah mehr wie die Computersimulation eines Menschen als wie ein echter aus.

Und es fühlte sich wie etwas an, das eigentlich gar nicht atmen sollte.

»Was wolltest du aus meiner Tasche klauen?«, fragte Chess noch einmal, während sie das Mädchen kurz aus den Augen ließ, um einen suchenden Blick nach Terrible zu riskieren.

Das war ein Fehler. Schmerz explodierte in ihrem Unterarm; das Kind hatte sie gebissen und ihr die schiefen, nadelspitzen Zähne in die Haut gegraben.

»Fuck!« Sie umklammerte das Handgelenk des Mädchens fester, aber das führte nur dazu, dass ihre Gefangene noch heftiger zubiss. Einen Moment lang stolperten sie vor Bumps schwarzer Tür herum, und Chess' Handtasche rutschte ihr von der Schulter, bevor sie das Mädchen mit der freien Hand am Haar zu packen bekam und kräftig zog.

Das Mädchen heulte auf und ließ Chess' Arm los. Ihre Haare fühlten sich an wie ein Vogelnest voller Motoröl, aber Chess riss noch stärker daran und drückte ihre kleine Gegnerin gleichzeitig zu Boden. Ja, sie war nur ein Kind, und Chess wollte einem Kind nicht wehtun, aber andererseits hatte die kleine Ratte versucht, ihren Arm in ihr Mittagessen zu verwandeln.

Und jetzt hatte die kleine Ratte ein Messer. Die Sonne blitzte auf der Klinge, sodass Chess von dem Licht geblendet wurde; sie konnte gerade noch ausweichen, sonst hätte sie die Waffe im Bauch gehabt.

Ihre Faust umklammerte immer noch die Haare des Mädchens. Die Kleine ließ sich zurückfallen und verdrehte Chess das Handgelenk, sodass sie den Griff lockern musste.

Chess stolperte, ebenso wie das Kind, aber das Mädchen hatte den entscheidenden Vorteil, dass es nicht durch eine blutige Bisswunde am Unterarm abgelenkt wurde. Es sprang auf und rannte über den Markt auf die Tierverkäufer zu.

Dicht bei diesen Händlern gab es einen weiteren Ausgang. Und hinter diesem Ausgang erstreckten sich die Straßen von Downside, ein Labyrinth aus Gässchen und besetzten Häusern und tausend anderen Verstecken, in denen sich ein kleines Mädchen verkriechen konnte. Sie würde auf gar keinen Fall zulassen, dass die Kleine ihr so davonkam. Wenn doch, würde Chess sie nie wiederfinden.

Also rannte Chess ihr nach. Das Mädchen schlängelte sich zwischen den Menschen hindurch, Chess musste sie beiseiteschubsen. Ihr Herz raste. Blut tropfte von ihrem Arm auf den schmutzigen Boden, und Chess konnte nur hoffen, dass keiner hier wusste, welche Macht in diesem Blut schlummerte oder was man alles damit anstellen konnte, denn wenn auch nur ein geschäftstüchtiger Bastard auf die Idee kam, den blutigen Straßendreck zusammenzukratzen, hatte er eine hübsche kleine Zauberzutat oder die Grundlage für einen Fluch gegen sie.

Aber für solche Bedenken hatte sie jetzt keine Zeit. Sie sprang über ein paar Hühner und heftete die Augen immer noch auf das dünne, abgewetzte graue Shirt und die übergroßen Jeans mit den dicken Rollen an den Knöcheln, die das Kind trug.

Das Mädchen tauchte durch den Ausgang und wandte sich nach links, Chess hinterher. Fast hatte sie die Kleine, nur noch ein paar Zentimeter, dann könnte sie sie am hässlichen Haar packen und zurückreißen …

Das Mädchen wirbelte herum. Wieder blitzte ihre Klinge durch die Luft. Chess stolperte über eine leere Bierflasche und schlug sich beim Sturz die Knie auf dem rissigen Pflaster auf. Schmerz durchzuckte ihre Beine.

Trotzdem stand sie wieder auf – sie würde sich doch nicht von einem Kind unterkriegen lassen. Aber es war zu spät. Das Mädchen verschwand in einer Seitengasse, und etwas krachte, lauter als die sich schnell entfernenden Schritte.

Als Chess das enge Gässchen erreichte, war es verschwunden. Oder jedenfalls beinahe. Ganz am Ende der Gasse, dort, wo sie in die dreiundfünfzigste Straße mündete, erhaschte Chess eine Bewegung. Zwei Gestalten verschwanden in der sonnenüberfluteten Menge. Einen Moment lang konnte sie sie noch erkennen, im nächsten waren sie schon weg.

Aber sie hatte sie gesehen. Der Strubbelkopf des Mädchens war leicht wiederzuerkennen. Und beinahe genauso leicht zu erkennen war der noch viel struppigere Kopf von Arthur Maguinness an ihrer Seite, der das Kind im Laufen aufhob und davontrug.

15

Ihre Straßen sind technische Meisterwerke,
die die Kirche im Lauf der Zeit nur noch verbessert hat.
Eine Geschichte der alten Regierung, Band V: 1930–1974

Maguinness brauchte Geld. Maguinness beauftragte irgendein Kind damit, sie zu bestehlen. Ausdrücklich sie? Oder hatte es einfach irgendjemanden bestehlen sollen und sie als das leichteste Opfer auserkoren?

Aber sie sah eigentlich keineswegs wie ein leichtes Opfer aus – glaubte sie zumindest. In Downside lauerte die Gefahr an jeder Straßenecke und schwebte über den Köpfen der Leute wie Rauchschwaden, aber Chess war nicht nur vorsichtig, sie gehörte nicht nur zur Kirche, nein, sie arbeitete auch noch für Bump. Seit das allgemein bekannt war, hatte sie nie mehr Probleme gehabt.

Und warum sollte Maguinness ihr eigentlich überhaupt Stress machen? Er hatte doch keine Ahnung, in welcher Sache sie gerade ermittelte. Oder? Und selbst wenn doch, falls die Lamaru vor ihm Angst hatten oder in irgendeine Auseinandersetzung mit ihm verwickelt waren, konnte es ihm doch wohl nur recht sein, wenn sie ihnen auf den Fersen war.

Scheiße! Wie kam es eigentlich, dass in ihrem Leben jedes Mal, wenn sie auch nur an die Lamaru dachte, alles komplett den Bach runterging?

Nein, die Geschichte mit Terrible hatte mit den Lamaru nichts zu tun, aber gerade jetzt in diesem Moment, als sie auf den Kirchenparkplatz fuhr, fühlte es sich so an, als wäre da doch was. Wenn die Lamaru nicht ihren Mist am Chester Airport durchgezogen hätten, dann hätte sie sich schließlich auch nie mit Terrible oder Lex eingelassen. Damit war doch bewiesen, dass alles bloß ihre Schuld war.

Diese Lüge fühlte sich zwar auch sofort wie eine faustdicke Lüge an, aber egal. Sie wollte die Lamaru als Sündenböcke abstempeln, also tat sie's auch. Was wollten die denn dagegen machen, sie etwa angreifen? Das würden sie doch früher oder später sowieso tun. Gottverdammte Arschlöcher.

Apropos Arschlöcher … Lauren stand vor dem gewaltigen Eingangstor der Kirche und scharrte bereits mit den Hufen. Chess warf einen Blick auf die Digitaluhr, die sich hinter einer dicken Staubschicht auf ihrem Armaturenbrett verbarg. Fünf Minuten vor sechs. Sie kam sogar zu früh. Also warum stellte sich Lauren so an?

Anscheinend stellte sie sich einfach so an, bloß weil Chess existierte. Seufzend stieg sie aus dem Wagen und schlurfte zu ihrer Kollegin rüber. Auf dem Weg verabschiedete sie sich endgültig von dem vagen Plan, Lauren von dem versuchten Taschendiebstahl zu erzählen und die Verbindung zu Maguinness als einem möglichen Angehörigen des Lamaru-Umfelds zu ziehen. Lauren würde ihr sowieso nicht zuhören, nicht, solange Chess nicht mehr vorzuweisen hatte als eine belauschte Unterhaltung, von der sie nicht sprechen durfte, und ein versuchtes Verbrechen, wie es jeden Tag Dutzende Male vorkam.

»Ich bin nicht zu spät. Es ist erst fünf vor.«

Lauren verzog das Gesicht. »Hab ich denn gesagt, du wärst zu spät?«

»Nein, aber du siehst sauer aus.«

»Es geht nicht immer nur um dich, Cesaria.«

Chess ging so ausführlich auf diesen Kommentar ein, wie er es verdiente – nämlich gar nicht –, und redete weiter. »Ich habe mir die Akte noch mal angesehen. Ich dachte, wir könnten uns vielleicht mal nach der Technik umschauen, die man braucht, um Embryonen auszubrüten oder sie zu implantieren oder so. Es muss doch einen Schwarzmarkt für solches Zeug geben, vielleicht weiß das Squad da mehr.«

Lauren dachte darüber nach. »Ich glaube, wenn wir da was wüssten, hätten wir die Leute sicher schon hochgenommen, aber es ist einen Versuch wert, schätze ich. Warte, ich ruf mal schnell … Scheiße!«

Chess streckte die Hand nach ihr aus und fragte sich, was denn jetzt schon wieder los war, aber Laurens Blick klebte auf einem Punkt hinter ihrem Rücken. Chess drehte sich um und bekam gerade noch aus den Augenwinkeln mit, wie Lauren leichenblass wurde, bevor ihr selbst sämtliches Blut aus dem Gesicht schoss.

Erik Vanhelm stand nicht mal zehn Meter entfernt auf dem Rasen.

Einen Herzschlag lang starrte er sie an. Sie starrten zurück. Jedes Detail brannte sich Chess ein, wie das bläuliche Licht der Dämmerung sein Haar dunkler färbte, das Beben seiner Nasenflügel, die schwache, verwischte Bewegung der Zweige in einem Baum hinter ihm.

Dann stürzte er zum Parkplatz.

»Der Wagen«, sagte Chess und war schon auf dem Weg zu Laurens Penisersatz. »Schnell, er …«

»Nein, er läuft vermutlich ganz woandershin …«

»Er will zu seinem Auto, ist doch klar!« Chess packte den Türgriff und riss daran. Abgeschlossen. Ihr Herzschlag pulsierte unter der dünnen, verzierten Haut an ihren Handgelenken. »Los doch, sonst ist er weg!«

»Ich glaube, er ist immer noch hier!«

»Ja, aber nicht mehr la…«

»Nein, wir müssen ihm zu Fuß hinterher.«

»Wohin denn? Er hat ein Auto, geht gar nicht anders, und …«

Eine Tür wurde zugeschlagen. Ein Motor sprang an.

Chess blieb nicht mal mehr genug Zeit um zu sagen: »Ich hab's ja gleich gewusst«; wenn es drauf ankam, kriegte Lauren dann doch mal ihren verwöhnten, reichen Arsch hoch, das musste man ihr lassen. Sie saßen beide im Auto, und der mächtige Motor heulte auf, noch bevor der schwarze Sedan mit Vanhelm am Steuer an ihnen vorbeibrauste.

Sie jagten direkt hinter ihm vom Parkplatz und rasten über zwei rote Ampeln. »Er will auf den Highway«, sagte Lauren und knallte die Hand auf die Hupe, als sie einen verschlafenen Fußgänger hinter sich ließen.

»Jupp.« Chess hatte das Gefühl, dass sie wusste, wo er hinwollte. Nach Downside, wohin denn sonst? Dort konnte er in der Menge untertauchen oder in einer Seitengasse mit einem versteckten Hintereingang verschwinden oder was auch immer.

Die Möglichkeit war besonders verlockend, wenn er ein Handy dabeihatte. Das bedeutete nämlich, dass er eine fröhliche kleine Lamaru-Willkommensparty arrangieren konnte, die sie genau dort erwartete, wo er mit seinem Straßenkreuzer schließlich vor Anker gehen würde.

Aus Downside *kam* sie doch gerade, verdammt! Da hätte sie auch gleich zu Hause bleiben können.

Sie teilte Lauren ihre Überlegungen mit – bis auf den Teil mit dem Zu-Hause-Bleiben –, und die nickte. »Hast du irgendwas Nützliches dabei?«

»Ähm, ja, tatsächlich, ich habe etwas Alraune dabei und ein paar Schlangenteile und dann noch etwas Räucherzeug, glaube ich. Friedhofserde. Melidia. Teufelsdreck. Eisenspäne, aber nicht so viele, hab heute Morgen vergessen, meine Vorräte aufzufüllen.«

»Nettes Erste-Hilfe-Köfferchen.« Lauren umkurvte ein Cabrio voller hipper junger Mädels und klebte wieder an Vanhelms Arsch. Sie war keine so schlechte Fahrerin, dachte Chess, wirklich gar nicht mal so schlecht. Sie hatte natürlich schon bessere gesehen, aber Lauren brauchte sich nicht zu verstecken. »Ich habe noch ein paar Späne, das ist also kein Problem. Wolfsmilch und Blutsand hab ich auch dabei. Oh, und etwas Ingwer und einen Satz Hasenknochen. Na ja, keinen ganzen Satz, aber halt ein paar.«

Sie fuhren jetzt auf dem Highway und donnerten die Überholspur entlang. Noch bevor Chess den Vorschlag machen konnte, ließ sich Lauren ein bisschen zurückfallen, um Vanhelm vorzugaukeln, dass sie nicht mithalten konnten.

»Habt ihr das ganze Zeug immer dabei?«

Lauren lächelte. »Das Gleiche könnte ich dich fragen.«

»Ich bin einfach ein Fan von guter Vorbereitung.«

»Genau wie ich.«

Das Auto ruckte abrupt, irgendein Idiot hatte sich vor sie gedrängelt. Lauren fluchte und überholte ihn mit einem Affenzahn.

»Na, wenn wir mal nicht die zwei Engel für Charlie sind«, murmelte Chess. »Hey, weißt du, wie man einen Peilsender anbringt? So was macht ihr doch ständig, oder?«

»Na ja …«

»Was?«

»Ich hab's bloß noch nie mit einem fahrenden Auto gemacht. Ich meine, normalerweise schleicht man sich an den parkenden Wagen ran oder gleich an die entsprechende Person und bringt's direkt am Ziel an.«

Chess hob eine Augenbraue. »Heißt das, du bringst das nicht?«

»Ach, fick dich doch!« Lauren überlegte einen Moment und

beschleunigte dann ein bisschen. Vanhelms Auto hatte jetzt gute fünf Längen Vorsprung. Verdammt, er würde auf keinen Fall glauben, dass er sie abgehängt hatte, wenn sie hier im Auto-Gegenstück zu Fick-mich-Stiefeln mit Fünfzehn-Zentimeter-Absätzen unterwegs waren. »Ich muss näher ran, also übernimmst du entweder das Steuer, oder ich lotse dich durch.«

»Tolle Wahl.«

»Heißt das, du bringst das nicht?«

Chess belohnte ihre Schlagfertigkeit mit einem anerkennenden Blick und schnallte sich ab. »Sag mir einfach, was ich machen soll.«

»Greif mal in meine Tasche.«

Im Gegensatz zu Chess trug Lauren ihr Arbeitsgerät in einer Extratasche mit sich herum. Auf dem Rücksitz lag eine zierliche Clutch, auf dem Boden hinter Chess eine größere Tasche aus Nylon und Wildleder. Sie war schwer und ließ sich kaum heben, die Sitzkante drückte ihr auf den leeren Bauch, und die Autos und die Landschaft, die in dieser Position an ihr vorbeirauschten, verwirrten ihr für einen Moment die Sinne, als hinge sie mit dem Kopf nach unten. Dazu noch der Energiestoß von Laurens magischer Ausrüstung, und schon hatte sie einen hübschen, unangenehmen Schwindelanfall, den sie ausgerechnet jetzt so gar nicht brauchen konnte.

Die schwarze Tasche war mit den Initialen des Designers überzogen, die überall in den Stoff eingewebt waren. Chess wusste nicht so recht, ob sie einen zu schlechten oder einen zu guten Geschmack hatte, jedenfalls fand sie das Ding hässlich.

Trotzdem beherbergte es eine klasse Ausrüstung. Sie zog den Empfänger und ein paar Peilsender hervor, die an den Ecken schon mit winzigen, kaugummiartigen Klebstoffklümpchen versehen waren. Okay, und jetzt kam das Problem mit halsbrecherischen Aktionen, dachte Chess.

Sie fuhren gerade mit ungefähr 120 Sachen, aber im Moment verfolgten sie Vanhelm ja auch nur und lagen relativ sicher in der Spur. Wenn sie ihm erst mal dichter auf die Pelle rückten, würde er Ausweichmanöver starten, und sie hatte keinen Bock, als Scheibchen in einem Gummi-Stahl-Sandwich zu enden, das mit dem Doppelten ihres momentanen Tempos zusammengeklatscht wurde.

Eriks Wagen konnte wahrscheinlich mithalten. Diese fetten Maschinen hatten ordentlich was drauf – nachdem sie Terrible monatelang zugehört hatte, wie er von den Vorzügen protziger Karren aus der Zeit vor der Kirchenherrschaft schwärmte, kannte sie sich da ziemlich gut aus –, und für Laurens Auto galt das Gleiche, denn ganz entgegen Chess' erstem Eindruck, dass es sich um einen besseren Rasenmäher handelte, war auf dem Tacho noch jede Menge Luft nach oben, und der Wagen schnurrte nach wie vor gleichmäßig vor sich hin.

Für gewisse Kirchenhexen in ihrem engeren Bekanntenkreis galt das allerdings nicht. Und dabei dachte sie an sich selbst. Sie hätte jetzt tausend Dinge lieber gemacht, als sich aus dem Fenster eines mit Vollgas dahinbretternden Autos zu hängen und an einem anderen rumzufummeln.

Lauren warf ihr einen Seitenblick zu. »Bereit?«

»Nein. Aber los geht's.«

Sie ließ das Fenster geschlossen, während Lauren das Gas durchtrat und die Lücke zwischen ihnen und Erik schloss. Chess rutschte das Herz mit jedem Meter, den sie näher kamen, tiefer in die Hose.

Erik merkte, dass sie aufholten, und legte einen Zahn zu. Lauren blieb an ihm dran. Chess biss die Zähne zusammen. Ihre Handflächen fühlten sich dreckig und klebrig an; sie wischte sie an den Knien ab und wünschte, sich hätte sich niemals auf die Sache eingelassen. Wen kümmerte es schon, wenn Lauren sie für

’ne Pussy hielt? War das wirklich den Arm wert, den sie bei dem Manöver mit ziemlicher Sicherheit verlieren würde?

Ein dritter Wagen zog vor Eriks Nase auf die Überholspur rüber, sodass er in die Eisen steigen musste und Lauren damit zwang, dasselbe zu tun.

»Warte.« Chess Kehle war ausgedörrt; sie schnappte sich ihre Wasserflasche und nahm einen Schluck. »Der rafft doch sofort, was wir vorhaben. Wir müssen ihn irgendwie ablenken.«

»Dann schieß ich auf ihn.«

»Bist du völlig … Nein! Hier wird nicht geballert. Du könntest *mich* treffen. Wie war's denn mit … *Scheiße!*«

Vanhelm brach aus und hätte sie fast gerammt – nur Laurens schnelle Reflexe hinter dem Steuerrad bewahrten sie davor.

»Los, mach schon«, sagte sie. »Da kommt er schon wieder, siehst du?«

Chess erhaschte einen Blick auf Vanhelms Profil und sah wie in Zeitlupe seine Hände, die am Lenkrand zerrten. Sie griff nach dem Sender. Beugte sich aus dem Fenster.

Zwischen ihr und einem blutigen Unfalltod auf dem grauen Asphalt unter ihnen befand sich jetzt nur noch der Türrahmen. Ihr Haar raubte ihr vollkommen die Sicht und peitschte ihr schmerzhaft das Gesicht. Sie konnte nicht atmen und nichts sehen. Sie streckte die Haut mit dem Sender aus und biss die Zähne zusammen, während sie auf das Splittern der Knochen und das Reißen des Fleisches wartete.

Der Sender berührte das Auto. Der Wagen schwenkte wieder auf sie zu; eine grauenhafte Sekunde lang verlor sie das Gleichgewicht und fiel nach vorn. Gleich würde sie zermalmt werden, der schwarze Kotflügel von Vanhelms Auto türmte sich vor ihr auf wie eine Ziegelmauer, auf die sie mit Höchstgeschwindigkeit zuflog …

Finger schoben sich in den Hosenbund ihrer Jeans und rissen

sie zurück ins Auto. Mit einem schmerzhaften Rumms krachte ihr Kopf gegen den Türrahmen. Vanhelms Wagen verfehlte Laurens um Haaresbreite; Lauren trat auf die Bremse, Vanhelm zog davon, und Chess schaffte es gerade noch, nicht zu kotzen.

Erik schwenkte rechts rüber und flog quer über alle vier Spuren, um die Ausfahrt Richtung Mercer zu erwischen. Downside. Verdammt, den Weg hatten sie wirklich wie im Flug zurückgelegt! Man wusste eben gar nicht, wo die Zeit blieb, wenn man dem sicheren Tod ins Auge sah.

Immerhin hatte sie mit dem Ziel recht behalten. Und jetzt, wo sie sein Auto anpeilen konnten, durften sie sich auch ein bisschen zurückfallen lassen.

Was, wie ihr plötzlich klar wurde, gar nicht so viel Sinn machte. Klar, sie konnten den Wagen aufspüren, und das war vielleicht auch nützlich, aber sobald er ausstieg, hatten sie ihn verloren. Ohne Chance, ihn jemals wiederzufinden. Verloren in der Masse der Hoffnungslosen, die in den Straßen von Downside Vergessen suchten – genau wie sie.

Lauren war noch nicht gewillt, die Jagd aufzugeben. Sie riss das Steuer herum und folgte ihm, begleitet von kreischenden Reifen und einem Hupkonzert.

Rote Ampeln reckten sich mahnend am Ende der Straße, aber Erik war nicht gerade ein gesetzestreuer Bürger. Er schlingerte auf die Kreuzung und bog rechts ab, während Lauren ihm auf den Fersen blieb.

Sie jagten mit einem derartigen Tempo durch Mercer, dass selbst Chess, die an Terribles Bleifuß gewöhnt war, sich in den Sitz kauerte. Laurens Auto war einfach eine ganze Ecke kleiner und zerbrechlicher, und Lauren war zwar eine gute Fahrerin, aber lange nicht so gut wie er. Ihre Hand schmerzte; sie hatte den Empfänger des Peilsenders so fest umklammert, dass ein Abdruck in ihrer Handfläche zurückgeblieben war. Eigentlich hätte sie das Ding sowieso wieder in Laurens Tasche stecken sollen, aber man konnte ja nie wissen … sie schlang sich das Band ums Handgelenk und hielt auch die restlichen Sender bereit. Erik war zwar ein aalglatter Bastard, aber wenn sie nahe genug an ihn rankam, hätte sie vielleicht eine Chance, den nächsten Sender direkt an ihm zu befestigen.

Falls ihre schießwütige Kollegin den Kerl nicht vorher einfach über den Haufen knallte. Sie konnte Laurens Hände auf ihrem nackten Bauch immer noch spüren – sie hatte sofort nach der Pistole gegriffen, sobald Terrible ihnen den Rücken zugekehrt hatte.

Erik bog überraschend nach links in eine Seitenstraße ab, sie kamen gerade noch rechtzeitig auf der Ace Street an, um mitzukriegen, wie er aus dem fahrenden Auto sprang und davonrannte.

Der Sedan knallte gegen eine Mauer und prallte ab. So achtlos ging Lauren mit ihrem Coupé nicht um. Die Reifen quietschten so laut, dass Chess sie kaum fluchen hörte.

Bevor der Wagen noch völlig zum Stillstand gekommen war, warf sie auch schon die Tür auf und schob sich hinaus. Nicht gerade der schlauste Schachzug – au, das Knie! –, aber effektiv genug. Sie sah Eriks Absatz hinter einer Ecke verschwinden und setzte ihm, so schnell sie konnte, nach.

Sie folgte ihm, ohne groß nachzudenken, und schenkte den Alarmglocken in ihrem Hinterkopf keine Beachtung. Sie kannte sich in der Gegend nicht aus, er wahrscheinlich schon. Es war dumm, sich derart in Gefahr zu begeben, selbst mit Lauren im Rücken. Oder vielleicht sogar *ganz besonders* mit Lauren im Rücken. Alles, was sie noch mitkriegte, war der Schweiß, der ihr übers Gesicht rann, der blöde Empfänger, der am Band auf und ab hüpfte und ihren Laufrhythmus störte, das Knie, das sie fast umbrachte, die Tasche, die ihr an den Oberschenkel klatschte und das Verschwinden des Sonnenlichts, als sie in eine weitere Seitenstraße einbogen, noch enger als die erste.

Er stolperte über einen Mülleimer und knallte aufs Pflaster. Noch während Chess sich auf ihn stürzte, gratulierte sie sich im Stillen dafür, dass sie die Sender in der Hand behalten hatte. Das Klatschen, mit dem sie einen auf Vanhelms Rücken befestigte, fühlte sich einfach zu gut an.

Die Genugtuung konnte sie allerdings nicht lange auskosten. Lauren brüllte irgendwas, vermutlich »Keine Bewegung!« oder irgendeinen anderen markigen Spruch, den sie im Fernsehen aufgeschnappt hatte, aber Vanhelm riss rasend schnell die Hacke hoch und trat Chess gegen das bereits lädierte Knie.

»Gottverdammte Scheiße!« Er sprang auf und war weg, noch bevor sie mit Fluchen fertig war. Oh, es war so dermaßen verlockend, einfach hier auf dem Pflaster liegen zu bleiben, ganz egal, ob ihr jetzt dreckiges Wasser durch die Jeans suppte. Sollte Lauren sich doch darum kümmern. Sie wollte nur noch nach Hause. Das hier war zwar nicht ihr Kiez, aber sie hatte es nicht weit, sie konnte …

Schüsse. Scheiße, Lauren! War die Frau denn so dermaßen scharf auf ein paar Kerben in ihrer Waffe, oder war sie einfach nur unbesonnen oder blöd? In Anbetracht der Tatsache, dass sie keine Ahnung hatten, wohin Vanhelm sie noch führen würde – oder zu wem –, war es eine ganz schlechte Idee, jetzt Munition zu verschwenden.

Bevor die Schüsse verklungen waren, hatte sie sich schon wieder in Bewegung gesetzt. Holz splitterte. Lauren lief geduckt durch ein Loch in der Wand. Chess eilte ihr nach und wäre fast in sie hineingerannt.

Sackgasse. Der Raum, in dem sie sich befanden, war ungefähr fünfundzwanzig Quadratmeter groß, ein gähnend leeres Geviert, bis auf ein paar wackelige Regale. Sie verschwendeten eine Minute damit, auf der Suche nach Hohlräumen oder Geheimtüren die Wände abzuklopfen, aber ohne Erfolg.

»Bist du dir sicher, dass er hier rein ist?« Chess trat mit dem Fuß auf, um jeden Zweifel auszuräumen, aber der Boden klang völlig solide und fühlte sich auch so an.

»Es sah ganz so aus. Er ist einfach … in der Mauer verschwunden. So ein *Mist*!«

»Vielleicht gibt es noch einen zweiten …«

In diesem Moment hörten sie den Motor anspringen und stürzten gerade noch rechtzeitig auf die Straße, um das Heck von Vanhelms Sedan auf einer Spur von Gummistreifen aus der Gasse rauschen zu sehen.

Vor der Abfahrt hatte er Lauren noch die Reifen aufgeschlitzt.

16

Die Gesetze dienen unser aller Sicherheit und
sollten deshalb befolgt werden. Glaub nicht, dass du einfach
alles machen solltest, was dir in den Sinn kommt.
Überlass die komplizierte Magie der Kirche.
Sie können das! Ein Leitfaden für Anfänger
von Molly Brooks-Cahill

Die Zusammenarbeit mit der Tochter des Großältesten hatte immerhin einen Vorteil. Bereits eine halbe Stunde später tauchte ein Trupp Kirchenfußvolk aus der Technikabteilung auf und wechselte die aufgeschlitzten Reifen. Chess versuchte, sich die schlaffen Gummifetzen nicht allzu genau anzusehen, als die Schläuche neben dem Wagen zu jämmerlichen, formlosen Häuflein zusammenfielen. Leer und nutzlos.

Und so fix die Mechaniker auch waren, dauerte es doch fast bis um acht, bis das Auto wieder fahrtüchtig war.

Lauren konnte ihre Ungeduld von Minute zu Minute weniger für sich behalten; sie klimperte mit dem Schlüsselbund, sah ständig auf die Uhr, tigerte auf und ab und warf Chess zunehmend gereizte Blicke zu, während sie sich rauchend an die Wand lehnte.

Sollte Lauren doch schmollen, so viel sie wollte, Chess wünschte nur, sie täte es irgendwo anders. Laurens Genervtheit sprang sie förmlich an, kroch ihr wie ein Schauer über den Rücken und verursachte ihr ein Kribbeln in den Händen wie bei einsetzendem Entzug.

Ach verdammt, das konnte genauso gut schon der einsetzende Entzug sein, jetzt, wo sie darüber nachdachte. Nicht ganz fünf Stunden … eigentlich ein bisschen früh. Aber sie hatte in letzter Zeit drogenmäßig auch ganz schön aufgedreht, oder? Mehr Pillen, öfter …

Ach, Blabla. Darüber konnte sie sich später noch den Kopf zerbrechen. Im Moment war es viel wichtiger, erst mal wieder Pillen zu nehmen.

Und vielleicht auch noch der Empfänger in ihrer Hand. Während des Wartens hatte sie schon daran herumgespielt und versucht herauszukriegen, wie sie einen der Sender anpeilen konnte, die sie Vanhelm aufgedrückt hatte, statt der Handvoll, die immer noch in Laurens Tasche steckte. Jeder Sender hatte offenbar seinen eigenen Code, aber die Knöpfe waren winzig und schwergängig, und das Menü ließ sich im Dunkeln unmöglich entziffern.

Sie wartete nur darauf, dass Lauren ihr das Ding wieder aus der Hand riss – und es dann auch nicht zum Laufen bekam –, aber nichts dergleichen geschah. Stattdessen sah sie nur zu, wie Chess wild auf den Knöpfen herumdrückte.

Das Gerät leuchtete auf. Chess hätte beinahe ihren Glimmstängel fallen lassen.

Ein Kartenraster erschien auf dem Bildschirm, ein Kartenraster mit einem einsamen, grün blinkenden Punkt. Vorsichtig drehte Chess den kleinen Regler neben dem Schirm. Das Gerät belohnte sie, indem es ins Bild hineinzoomte.

War das jetzt der Sender, den sie am Auto angebracht hatte, oder waren es die, die an ihm klebten? Über die an seinem Wagen war er im Bild – oder jedenfalls ging Chess davon aus. Ob das auch für die Sender an seinem Hemd galt, wusste Chess nicht.

Und das spielte auch gar keine Rolle, weil der Bildausschnitt sich vergrößerte, bis Chess die angezeigte Adresse lesen konnte und ihr das Herz bis zum Hals schlug. »Lauren!«

»Hast du was?«

Sie konnte sich das triumphierende Grinsen nicht verkneifen, als sie Lauren den Bildschirm hinhielt. »Er ist im Schlachthof.«

Die Befriedigung darüber, dass man recht behalten hatte, und die Freude darüber waren zwei Paar Schuh. Einerseits war Chess ganz aufgekratzt und dachte so was wie »Nimm das, du eingebildete Schlampe!«. Andererseits ...

Andererseits kribbelten ihr immer noch die Hände, und an den Rändern ihres Bewusstseins drängte sich ein leichter Schwindel, während sie sich ins Gebüsch neben dem finster daliegenden Schlachthof duckte, der im schwachen Licht der Mondsichel wie ein massiges Tier wirkte. Wenn sie nie wieder irgendwo im Gebüsch hocken musste, war das für ihren Geschmack immer noch zu früh.

»Hier muss es doch irgendwo einen Hintereingang geben«, flüsterte sie Lauren zu. Vielleicht konnte sie ihre Kollegin dazu bringen, in die eine Richtung zu gehen, damit sie die andere nehmen konnte. Sie brauchte nur eine Minute. Nur eine einzige Minute ohne Lauren, damit sie in ihre Pillendose greifen konnte.

Zu ihrer Überraschung nickte Lauren. »Schlagen wir uns doch da seitlich rüber. Ich glaube, ich hab da vorhin eine Tür gesehen.«

Fuck! Was blieb ihr jetzt noch anderes übrig, als ebenfalls zu nicken und Lauren durchs Gestrüpp zur Granitecke des Gebäudes zu folgen? Die Kirchenvorschriften für Angehörige des Squad sahen vor, dass man im Team zusammenblieb. Ach verdammt, sogar die Vorschriften für Debunker schrieben für die seltenen Fälle, in denen sie nicht alleine arbeiteten, das Gleiche vor. Sobald sie einmal drinnen waren, würde es sehr schwer werden, Lauren loszuwerden.

Aber auch höchst dringend. Das Jucken war zwar noch nicht allzu schlimm, lenkte sie aber trotzdem ab, und Ablenkung war jetzt das Letzte, was sie brauchen konnte. Nicht, wenn sie es wahrscheinlich gleich mit mindestens einem Lamaru zu tun kriegen würde, wenn nicht mehr.

Lauren rückte ihr viel zu dicht auf die Pelle, während sie behutsam mit den Dietrichen im Schloss hantierte. Chess spürte ein Zucken im Nacken. Die einzige Person, deren Atem sie gerne im Nacken spürte, war … ach, genug davon.

Das Schloss öffnete sich mit einem leisen Klicken. Chess streckte die Hand nach dem Türknauf aus, besann sich eines Besseren und drückte aus der Spritze ein bisschen Öl auf die Scharniere. Wahrscheinlich war es dafür sowieso zu spät, aber schaden konnte es auch nicht. Lauren drehte den Knauf, und sie schlüpfte in den dunklen Schlachthof.

Es stank. Sie standen in einer Art offenem Stall; Chess' Stiefel schlurften durch eine dünne Schicht salmiakgeschwängerten Strohs und an warmen Tierkörpern vorbei, die ihr den Weg versperrten und sich von allen Seiten an sie drängten. Sie musste sich bewusst auf ihren Atem konzentrieren, um weiter Luft zu bekommen; Klaustrophobie und Kuhmist waren beim Atmen nicht wirklich hilfreich, selbst wenn ihr die Brust nicht noch aus ganz anderen Gründen eng geworden wäre. Einen Moment lang sah sie die Hand vor Augen nicht, bevor sie sich an die Dunkelheit gewöhnt hatte. Es war tatsächlich ein Stall. Die Kühe ringsum schliefen, und Lauren hielt sich mit der zarten Hand das empfindliche Näschen zu. Als sie Chess' Blick bemerkte, gestikulierte sie voran. Richtig. Hier würden sie bestimmt nichts finden. Selbst wenn es hier etwas Interessantes gegeben hätte, hätten sie es wohl sowieso nicht entdeckt. Chess machte ihren

Job ja wirklich gerne, aber sie würde hier sicherlich nicht im Dung wühlen, nur für den Fall, dass vielleicht ein Lamaru etwas fallen gelassen hatte. Nicht, wenn es nicht absolut notwendig war.

Sie zog ein paar Latexhandschuhe aus der Tasche – ihre Hand streifte das Pillendöschen, oh Mann, sie brauchte dringend einen unbeobachteten Moment – und streifte sie über. Nur um ganz sicherzugehen. Falls es doch noch zur Schatzsuche im Dung kam, wollte sie lieber vorbereitet sein.

Außerdem warteten da drinnen vielleicht die Lamaru auf sie, da konnte man sich nie sicher sein, womit man am Ende in Berührung kam.

Und da waren sie auch schon. Sie konnte sie spüren. Die Dunkelheit, die von ihnen ausging, kroch ihr über die Haut, krabbelte ihr den Rücken hinauf und verursachte ihr Schwindel. Die Kühe um sie herum sahen aus wie schwarze Monster, die bedrohlich näherrückten, während sich in ihrem Kopf alles drehte und ihr Körper kribbelte.

Sie musste die Lamaru finden. Sie brauchte ihre Pillen.

Seite an Seite mit Lauren schlängelte sie sich durch die schlafende Kuhherde wie die Würmer durch den Verdauungstrakt. Chess konzentrierte sich ganz aufs Atmen und darauf, nicht auszurutschen, vorsichtig einen Fuß vor den anderen zu setzen und vor dem nächsten Schritt immer schön das Gleichgewicht wiederzufinden.

Gerade eben noch in Hörweite erklang Stimmengemurmel. Stimmen und leises Fiepen. Hunde.

Chess schob sich rascher zwischen den Kühen hindurch. Sie konnte zwar keine Tür erkennen, aber es musste irgendwo eine geben. Mit jedem Schritt wurden die Stimmen lauter. Sie sah zu Lauren hinüber, die den Kopf hob. Sie lauschte also. Gut.

Endlich stießen sie auf eine Tür. Abgeschlossen. Chess griff schon nach ihren Dietrichen, hielt aber inne, als Lauren sie am Arm berührte. Was denn nun schon wieder?

Lauren beugte sich zu ihr herüber und kam ihr dabei schon wieder viel zu nahe. »Cesaria, du hattest recht.«

»Was?«

»Du hattest recht. Mit den Psychopomps. Es tut mir leid, dass ich so abweisend war.«

Was sollte sie denn jetzt dazu bitte sagen? Und was war sie für ein Mensch, dass sie nicht einmal Laurens Entschuldigung annehmen konnte? Immerhin klang sie doch ganz aufrichtig. »Na ja, schon gut.«

Lauren hatte ihren Arm nicht losgelassen; sie drückte ihn leicht, bevor sie die Hand sinken ließ. »Danke.«

Okay, egal. Jetzt war wirklich nicht der Moment, Laurens Beweggründe zu hinterfragen, und eigentlich waren sie ihr auch sowieso ziemlich egal. Also knackte sie blind das Schloss, und sie fanden sich in einem weiteren Fabrikbereich wieder. Bis auf die Stahlrampen, die bis zur Hälfte der Wände aufragten, war die Halle leer. Die Rampen. Der Weg, auf dem die Tiere dem Tod entgegengingen.

Nur das schwache Mondlicht, das durch die Fenster hoch oben in der Wand fiel, erleuchtete die Szenerie. Die Rampen schimmerten im Mondschein, still, kalt und lauernd.

Die Tiere kamen am einen Ende herein, wurden blind von einer scharfen Biegung zur nächsten geführt, ohne zu begreifen, wohin die Reise ging oder dass man sie in eine tödliche Falle gebracht hatte, aus der es kein Entkommen gab. Von dem Augenblick an, in dem sie einen Huf in das Gebäude gesetzt hatten und sich auf diese ersten paar Schritte vorwärts eingelassen hatten, war die Chance zur Flucht vertan.

Chess erschauderte.

Am Ende der Halle befand sich ein Rollladen aus Metallgitter, wie ihn Läden nach Feierabend vor dem Schaufenster hinabließen.

Dahinter loderten Flammen, bei deren Schein Chess und Lauren sich duckten.

Die Lamaru waren hier. Sie erkannte die schwarzen Umrisse, die sich gegen das Feuer abzeichneten, und hörte, wie sich die Stimmen zu neuen Höhen emporschraubten. Sie hörte die Hunde winseln und witterte ihre Furcht wie beißende Säure in der stillen Luft. Sie roch ihr Blut. Ihre Unruhe steckte sie an und ließ ihr Herz schneller schlagen.

Genau wie das hungrige Verlangen in ihrem Körper. Wenn sie nicht bald mal ein ruhiges Eckchen fand, würde sie ein echtes Problem bekommen. Der Kampf gegen die Lamaru würde ihr das Letzte abverlangen, und in ihrem derzeitigen Zustand würde sie das nicht bringen, nicht, wenn ihr der Schweiß auf der Stirn stand und ihr die Handflächen brannten.

Sie hatten jetzt zwei Möglichkeiten. Der Rollladen reichte nicht ganz bis zum Boden, sondern nur bis knapp zur Hälfte des Weges, sodass etwa auf Chess' Kniehöhe Schluss war. Sie konnten darunter hindurchkriechen.

Aber am anderen Ende der Halle gab es eine weitere Tür, auf der ein Piktogramm mit einem Strichmännchen klebte, das eine Treppe hinunterging.

»Das ist die Treppe nach oben«, flüsterte Chess. »Wir könnten von da aus beobachten, was sie vorhaben. Wir teilen uns auf, du gehst linksrum, ich rechts.«

Selbst im Dunkeln konnte sie erkennen, wie Lauren genervt die Nase rümpfte, aber drauf geschissen! Die schreckliche, geballte Energie der Lamarumagie und das heisere Flüstern der Psychopompmagie schnürten ihr die Kehle zu, und sie wollte einfach nur, dass das aufhörte. Ihre Gesänge hatten einen besonderen Rhythmus, ein träges Pulsieren, das ihr direkt in die Seele fuhr und ihrem Herzschlag den gleichen Takt aufzwang.

»Ich glaube, das ist keine so gute Idee. Sie sind doch gleich da drüben.«

»Ruf Verstärkung! Alleine werden wir mit denen nicht fertig.«

Lauren seufzte nicht wirklich, aber sie stieß einen schwachen, hustenden Kehllaut aus. »Ich soll also hier direkt vor ihrer Nase mit meinem Handydisplay rumleuchten, ja?«

Ein Hund heulte. Energie raste über den Boden und krachte gegen Chess. Die Lamaru hatten es geschafft. Sie hatten einen Psychopomp erschaffen. Wahrscheinlich nur einen von vielen. Oh Fuck! Wahrscheinlich hatte sie sich noch nie so unglaublich geärgert, dass sie recht behalten hatte.

Andererseits … bot sich ihnen hier auch eine einmalige Chance. »Dann geh zum Telefonieren ins Treppenhaus. Ich bleibe hier und behalte sie im Auge.«

Sie schloss die Hand um das Pillendöschen.

»Ich finde, wir sollten uns nicht trennen.«

Ach, verdammte Scheiße noch mal! Chess packte Lauren am Arm und schubste sie praktisch ins Treppenhaus, merkte aber zu spät, dass die Türangeln nicht geölt waren. Ein entsetzliches Quietschen ertönte, das sogar das Heulen der Hunde und die Gesänge der Lamaru übertönte.

Der Chor erstarb. *Scheiße!*

Die schwere Stahltür zum Treppenhaus fiel hinter ihnen zu. Den Weg, auf dem sie gekommen waren, wieder zurückzugehen, würde zu lange dauern und wäre auch zu schwierig. Das Quietschen und die darauf folgende Stille hatte die Tiere aufgeweckt oder vielmehr den Bann gebrochen, unter dem sie gestanden hatten – wahrscheinlich von einer Ruhmeshand, und nicht nur von einer. Selbst durch die dicken Wände konnte Chess sie noch bellen und jaulen, muhen, quieken und blöken hören. Zu laut für ihre überreizten Ohren.

»Toll gemacht, Cesaria.« Lauren nahm sie am Arm und zog sie die Stufen hinauf – nicht, dass das nötig gewesen wäre. Chess hatte sich bereits in Bewegung gesetzt. Sie meinte sich zu erinnern, gegenüber den Büros, die sie vorhin besucht hatten, einen Zugang zum Treppenhaus gesehen zu haben; von dort aus hatten sie freie Bahn in die Eingangshalle und zum Haupteingang.

Freie Bahn – abgesehen von mindestens zwei verschlossenen Türen, die zwischen ihnen und der Freiheit lagen. *Scheiße!*

»Jetzt ruf endlich Verstärkung, verdammt noch mal!« Sie machte sich von Lauren los und wühlte in ihrer Tasche herum. Gar nicht so leicht, wenn man gleichzeitig im Eiltempo bei absoluter Dunkelheit eine Treppe hinaufhastete, aber sie musste eben ihr Bestes geben. Sie hatte immerhin die Schlangenteile, den schwarzen Spiegel, das Ziegenblut …

Licht blendete sie schmerzhaft. Laurens Handy. »Kein Empfang.«

Spielte keine Rolle mehr. Sie waren am Kopfende der Treppe angekommen. Die Tür sträubte sich, gab aber schließlich nach, und sie schossen mit Schwung auf die glatten Fliesen vor den Büros hinaus.

Die Lamaru stürzten sich auf sie. Immer mehr eilten über die Treppe herbei, die zu der Rampe führte, über die sie vorhin mit Lauren auf dem Weg zum Psychopompraum gegangen war. Brutale Hände griffen nach Chess' Armen, Hüften und Hals. Sie schaffte es noch, die Fingerspitzen in die Tasche zu schieben, in der sie ihr Messer verstaut hatte, aber immer mehr Hände griffen nach ihr und hielten sie fest. Ihre Füße rutschten über den Boden.

Lauren schrie. Durch das Gewühl der Leiber und das Durcheinander von Schreien und Gelächter erkannte Chess, wie sie durch die Halle davongeschleppt wurde.

Und zwar in die entgegengesetzte Richtung. Chess und ihre Häscher gelangten aus dem Dämmerlicht der Büros zum Fuß der drei Stufen, die zum Psychopompraum führten. Sie wehrte sich heftiger. Ihre Muskeln schmerzten, Schweiß stand ihr auf der Stirn, und das Herz drohte ihr die Brust zu zersprengen. Aber sie hielten sie unnachgiebig fest und zwangen sie voran, während sie ihren Bauch und ihre Beine umklammerten. Ihr raues Lachen hallte in ihrem Kopf wider.

Dieser Raum hatte massive Eisenwände. Keine Ausgänge. Nur ein winziges, vergittertes Fenster. Das war kein Raum, das war eine Todeszelle, eine Todeszelle in einem Haus des Todes, und genau dorthin wurde sie jetzt verschleppt.

Und Erik Vanhelm erwartete sie bereits. Die Arme, die sie gehalten hatten, verschwanden.

Er war über ihr, bevor sie noch eine Chance hatte zu reagieren, und erwischte sie mit der schweren Faust am Kiefer. Schmerz explodierte in ihrem Gesicht und schoss ihr bis ins Hirn, das sich anfühlte, als würde es Feuer fangen, und pulsierte, als wäre es auf die dreifache Größe angeschwollen. Sie ging zu Boden, wobei die Schulter den größten Teil ihres Gewichtes abfing.

Keine Zeit, sich dem Schmerz zu überlassen oder ihn auch nur richtig zu registrieren. Aufstehen, zurück in die Halle rennen. Sie würden sie wieder erwischen, sie waren schon da, aber jetzt hatte sie die Hände frei, sie kam an ihr Messer ran …

Er packte sie am Haar und riss sie zurück. Sie hörte Lauren schreien.

»Lauren«, stieß sie mit knirschendem, pochendem Kiefer hervor, bevor sie mit dem Arsch voran auf den Zement krachte. Vanhelm baute sich vor ihr auf und grinste. Er sah auf und nickte; sie hörte, wie sich die Tür hinter ihm schloss. Das konnte nichts Gutes bedeuten.

»Cesaria Putnam«, sagte er, und als er ihren Namen in den

Mund nahm, hätte sie am liebsten geschrien. Hässliche magische Energie krabbelte über die Wörter wie Küchenschaben. »Ich habe mich immer gefragt, wie du wohl aussiehst.«

Was zur Hölle glaubte er, was das hier war, irgend so ein Spionagefilm? Wollte er sich jetzt etwa einen cleveren verbalen Schlagabtausch mit ihr liefern, oder was?

Das konnte er vergessen. Sie presste die Schultern an den Boden und riss mit Schmackes die Beine hoch; ihr Knie grub sich mit einem befriedigenden – wenn auch schmerzhaften – Krachen seitlich in sein Gesicht.

Der Griff um ihr Haar lockerte sich. Sie rollte sich weg und wollte aufstehen. Aber sie war nicht schnell genug. Seine Arme schlossen sich um sie und hielten sie umklammert. Sein Gewicht drückte sie zu Boden. Sie atmete einen Mundvoll übel riechenden Staub ein, der nach rohem Fleisch und Sand schmeckte und sich auf der Zunge rau anfühlte. Vorhin war der Boden noch sauber gewesen. Was zur Hölle war da drinnen los?

Laurens erneuter Schrei war durch die dicke Tür kaum zu hören. Schwere Schritte trampelten in der Halle vorbei. Eine heisere Stimme: »Erik?«

»Noch fünf Minuten.« Vanhelms Atem strich ihr heiß über Ohr und Nacken. Er presste ihr den Arm brutal in den Nacken, sodass sie mit dem Gesicht noch fester an den schmutzigen Boden gedrückt wurde. Da war nicht bloß Schmutz und Staub; Blut kroch über den Zement auf sie zu, Blut von den toten Tieren in der Ecke.

Ein Kichern von der Tür her. »Beeil dich, wir haben keine Zeit.«

Sie hörte es kaum. Ihr Magen rebellierte. Nur ihr verzweifeltes Schlucken, das Wissen, dass sie hier mit dem Gesicht in der Pfütze liegen musste, wenn sie sich erbrach, hielt sie davon ab, das bisschen Wasser von sich zu geben, das sie im Auto getrunken hatte. Die Keime auf dem Boden, im Blut, der Schmutz auf ihrem Körper, die Hände, die sie hinabdrückten, so schmutzig, so dreckig … Sie konnte nicht atmen, nicht denken, sich nicht bewegen, sie war gefangen, sie war zu klein, zu schwach, und sie hatte es einfach nicht besser verdient. Mist, warum hatte sie es auch nicht geschafft, sich ihre Pillen zu schnappen, als sie im Treppenhaus gewesen war? Sie brauchte sie, ohne konnte sie nicht klar denken …

Vanhelms freie Hand tastete an ihrem Bauch nach den Knöpfen der Jeans. Und öffnete sie.

Sie sah rot. Der verschwommene Schleier des einsetzenden Entzugs, die lähmende Angst, die Erinnerungen an die Vorträge einer schrecklich wohltönenden Stimme über Keime und speziell die Keime, die schmutzige kleine Mädchen mit sich rumschleppten – all das riss ab, verschwand aus ihrem Bewusstsein, und ließ nichts zurück als besinnungslose, weißglühende Wut.

Er wollte sie vergewaltigen. Er hatte hier oben auf sie gewartet, auf sie gelauert, sie geschlagen, in den Dreck geschubst – und jetzt glaubte dieses dumme Stück Scheiße, dass er hier mal eben einen wegstecken, sie gegen ihren Willen benutzen konnte?

Nie, *nie* wieder würde das jemand mit ihr machen. Nie wieder.

Sie erschlaffte. Keime, Ungeziefer und der ekelhafte Geschmack des Staubs waren ihr jetzt egal. Etwas Kaltes, Abwartendes war an die Stelle dieser Ängste getreten. Sollte er ruhig glauben, dass sie aufgegeben hatte. Sie rang sich ein bisschen Gewimmer ab. Die Ratte hatte nicht mehr lange zu leben, gleich würde sie sein Blut an ihren Händen spüren …

Der Reißverschluss ging auf. Keine Angst. Nur Abwarten. Hier gab es nur einen, der sich in Gefahr befand, und das war ganz bestimmt nicht sie. Er presste ihr immer noch den Arm in den Nacken. Sie spürte den Druck, heiß wie ein Brandeisen, spürte ihn in ihrem Rücken, als sähe sie sich einen Film an. Sie konzentrierte sich mit jeder Faser ihres Körpers, mit jedem Gedanken auf ihn. Nichts sonst existierte.

»Erik?«

»Ich bin gleich da«, rief er.

»Nein, Erik, *Scheiße …«*

»Gebt mir noch fünf Minuten!«

Ihr Messer steckte in der Jeanstasche. Sie würde schnell sein müssen. Wann war der richtige Moment? Wenn sie zu früh aus der Deckung kam, wäre er nicht verwundbar genug. Er hätte immer noch ihren ganzen Körper im Blick, nicht nur die Teile, die ihn besonders interessierten. Sie musste den richtigen Zeitpunkt abwarten, Geduld, Geduld …

Ein Schuss, unfassbar laut. Lauren schrie – sie musste ihre Pistole gefunden haben. Brüllende Männerstimmen. Lauren war noch am Leben. Das war das Entscheidende.

Jetzt hatte sie keine Hosen mehr an. Der Fußboden fühlte sich kalt auf ihrer empfindlichen Haut an. Er hob sie mit einem Arm an und zog sie auf die Knie, während sich kaltes Metall an ihre Kehle presste. Das war nicht ihr Messer. »Halt still!«

Er hatte ja keine Ahnung, was für einen gewaltigen Fehler er da gerade gemacht hatte. Nicht die geringste Ahnung.

Das Rascheln seiner Robe, als er sich hinter ihr bewegte, so laut. So langsam. Die Klinge in seiner rechten Hand, die sich rechts an sie drückte. Davon musste sie sich wegrollen. Ein Geruch lag in der Luft, den sie eigentlich hätte wiedererkennen müssen, aber nicht benennen konnte. Sie war zu sehr auf den Moment konzentriert, darauf, den richtigen Augenblick zu erwischen.

Mit der anderen Hand ließ er ihren Körper los. Er brachte sich in Position. Jetzt. *Jetzt!*

Sie rollte nach links herum, ließ den Ellbogen wegknicken und stieß den rechten Arm hinter sich. Mit der Schulter schlug sie das Messer aus dem Weg; ihr Arm verfehlte ihn, aber die Beine, die mit dem Schwung ihrer Drehung durch die Luft wirbelten, trafen. Sie warf ihn seitlich zu Boden, die Beine auf seiner Brust. Nicht genug, nicht brutal genug.

Seine Klinge schlitzte ihr den Oberschenkel auf. Keine Zeit zum Schreien, aber verdammt, tat das weh, oh Scheiße, sie brauchte ihre Scheißpillen, und es war seine Schuld, dass sie keine bekam, alles seine Schuld.

Zum Glück hatte sie immer noch die Handschuhe an. Ihre linke Hand stieß vor, packte ihn da, wo es am meisten wehtat, und drückte mit aller Kraft zu. Sein Schrei ließ die Luft um sie herum bersten. Wie zur Antwort kamen noch mehr Schritte auf sie zu. Ihr blieb keine Zeit mehr – der Geruch war jetzt stärker, ihr Herz raste, ihr Körper wusste, was es war, auch wenn ihr Verstand sich dagegen sperrte, und die Lamaru brüllten draußen vor der Tür und schlugen dagegen.

Der Messergriff sprang ihr in die Hand; sie ließ die Klinge aufschnappen, riss sie empor, bereit, sie ihm mitten in seine fiese, verkommene kleine Brust zu rammen …

Etwas traf sie und durchlief ihren Körper in zähen schwarzen Wellen. Ein Fluchbeutel, dessen Energie so verdorben war, dass ihr die Tränen in die Augen traten, wie bei dem Fetisch vorhin. Ganz genauso. Eine zweite Kröte fiel neben ihren Knien zu Boden. Sie schwankte haltlos und rang nach Luft. Blut rann ihr aus der Wunde am Oberschenkel das Bein hinab. Sie krabbelte weg, weil sie um jeden Preis vermeiden wollte, dass ihr Blut mit der Kröte in Berührung kam, und wischte es mit dem Fuß von dem schon vorhandenen Blut weg. Noch eine Alarmglocke in ihrem Kopf. Sie krachte mit dem Rücken so hart gegen die kalte Betonwand, dass sie zu spüren glaubte, wie sie hinter ihr wackelte. So hart, dass der Aufprall in ihrem Kopf wie ein Pistolenknall nachhallte.

Sie packten Vanhelm und zogen ihn aus dem Zimmer. Sie machte einen schwankenden Schritt vorwärts, dann noch einen, und drückte sich dabei gegen die Wand, um so viel Abstand wie nur möglich zu dem Ding zu halten. Es verströmte Böses wie ein toter Fisch Gestank, und doch schien sie ihren Blick nicht abwenden zu können. Aber noch immer hatte sie das Messer in der Hand, und sie war bereit, bereit, ihnen nachzusetzen. Sie konnte sie noch erwischen. Sie schnell erwischen, ihnen die Kehle durchschneiden und dann endlich ihre Pillen nehmen.

Gerade wollte sie ihren Plan in die Tat umsetzen, als sie mitten in der Tür stehen blieb. Okay, ein beginnender Entzug war ja eine Sache, aber diese Halluzination ging über alles hinaus, was sie je zuvor erlebt hatte. War das – verdammt, was zur Hölle war hier los?

Statt im Schlachthof stand sie im Eingang zu einer Höllendimension, einer Flammenhölle voller Rauch, Lärm und Hitze, die ihr Gesicht und Körper versengte und ihr die Kehle noch mehr ausdörrte. Flammen züngelten fast bis zur Decke und hüllten schon halb eine der eisernen Rampen ein, die quer durch das Gebäude führten.

Etwas in ihrem Kopf machte »klick«. Das Bild des Gebäudes nahm wieder feste Umrisse an, und sie begriff. Einen grauenhaften, schwindelerregenden Moment stand sie nur wie angewurzelt im Türrahmen und starrte hinaus, während sich die Schreie der Männer mit dem panischen Brüllen der Tiere und dem Prasseln des Feuers mischten. Durch eine Lücke im dicken, öligen Rauch sah sie, dass die Feuerschalen der Lamaru, die sie vorhin bei dem Ritual verwendet hatten, umgestürzt waren.

Aber auch weit weg von den Schalen krochen Flammen durch die Tierboxen. Was zur …?

Blaue Flammen explodierten an der Rückwand. Das ganze Gebäude bebte; das Ächzen des Daches war sogar bei dem ganzen restlichen Lärm deutlich zu vernehmen. Heilige Scheiße! Die erste Explosion hatte sie noch für Laurens Pistole gehalten. Die zweite – da war sie mit dem Rücken gegen die Wand geknallt. Aber ganz so hart war der Aufprall wohl doch nicht gewesen. Nein, das war eine echte Explosion. Eine Bombe war losgegangen.

Der schnellste Weg nach draußen führte wahrscheinlich durch die Büroräume. Scheiß aufs Schlösserknacken, sie würde einfach die Glasscheiben zerschmettern, irgendwas Schweres finden, mit dem sie das hinkriegte, dann rechts runterrennen und zusehen, dass sie hier verdammt noch mal rauskam.

Vanhelm tauchte wieder auf. Sein Gesicht zeigte einen Ausdruck, der genauso gut ein Lächeln oder eine Grimasse sein konnte. Sie hatte keine Ahnung, und es interessierte sie auch nicht im Geringsten. Sie konnte nichts tun, als die Hände zu heben und zu versuchen, an ihm vorbeizukommen, aber seine Faust krachte erneut in ihr Gesicht, sodass sie zu Boden ging. Die Tür des Psychopompraums fiel ins Schloss. Und wurde zugesperrt.

Sie saß in der Falle.

17

Die Toten lassen nie ab von ihrem Bemühen, uns zu schaden; die Kirche lässt nie nach in ihrer Wachsamkeit gegenüber den Toten.
Das Buch der Wahrheit,
»Veraxis«, Artikel 77

Okay. Immer schön der Reihe nach. Sie musste aus diesem Raum so schnell wie möglich raus, bevor er sich in einen Ofen mit Eisenwänden verwandelte. Schon jetzt klebte ihr das Shirt am Körper und der Pony als juckender Klumpen an der Stirn.

Nein, halt! Sie musste *wirklich* der Reihe nach vorgehen. Sie brauchte dringend ihre Pillen. Ihre Hände zitterten, als sie den Verschluss des Pillendöschens aufschnippte, sich drei Cepts griff und sie zu einem bitteren, kalkigen Brei zerkaute. So hastig spülte sie sie hinunter, dass sie sich Wasser aufs Shirt kleckerte. Egal. War vermutlich nicht das Schlechteste, wo sie hier in einer Flammenhölle gefangen saß.

Und selbst wenn nicht, scheiß drauf! Das Wasser hatte die Pillen ihren Hals hinabbefördert, das Kauen hatte sie mit einer kleinen Sofort-Dosis versorgt, und das war alles, was zählte. *Fast* alles. Der Nebel in ihrem Kopf lichtete sich ein wenig, sodass sie wieder einen klaren Gedanken fassen und sich konzentrieren konnte.

Jetzt zu der Frage, wie sie hier wieder rauskam. Ihre Handfläche zischte beinahe, als sie sie an die Tür legte. Wie hatte das Feuer nur derart schnell um sich greifen können?

Eine weitere Explosion war die Antwort auf diese Frage. Ihr Herz hüpfte ihr in der Brust wie ein Insekt, das in einem Spinnennetz zappelte. Genau das war sie, ein gefangenes Insekt, das alles daransetzte, am Leben zu bleiben, auch wenn es wahrscheinlich versagen würde.

Sie wich dem Krötending am Boden aus und checkte das Fenster. Die Gitterstäbe wollten sich unter ihrem Griff nicht rühren – aber anscheinend gab es eine Feuertreppe. Nicht direkt vor dem Fenster, aber nahe genug dran. Wenn sie rauskam, konnte sie sie vermutlich erreichen.

Ihr blieb ja auch keine große Wahl, oder? Sie musste diese winzige Chance nutzen und den Sprung auf die Feuertreppe wagen, wenn sie in dem verschlossenen Raum nicht langsam gar gekocht werden wollte.

Außer … verdammt! Verdammte Riesenscheiße noch mal! Lauren. Wo war Lauren?

Und kümmerte sie das überhaupt?

Nein. Nein, eigentlich nicht.

Aber Lauren hatte es auch nicht verdient, in einem stinkenden, brüllenden Schlachthof zu verbrennen. Und wie zur Hölle sollte Chess dem Großältesten erklären, dass sie zwar den eigenen Arsch gerettet hatte, aber nicht die geringste Ahnung hatte, was mit seiner Tochter passiert war?

Sie musste wenigstens versuchen, sie zu finden. Sie musste zumindest den Versuch machen, die Tür aufzukriegen – falls es eine Untersuchung gab, und das war so gut wie sicher, würden sie feststellen können, ob sie aus dem Raum entkommen war oder nicht und dass sie es eigentlich hätte schaffen müssen. Sie wollte – musste! – guten Gewissens sagen können, dass sie ihr Bestes getan hatte.

Ihre Ölspritze war fast leer, aber nicht ganz. Ein Quäntchen Glück, wenigstens etwas. Selbst mit ihren zittrigen Händen brauchte sie nur Sekunden, um das Schloss zu knacken.

Einmal tief Luft holen. Sie zog sich den Ärmel über die Handfläche, schlug die warnenden Stimmen, die ihr zuriefen, dass sie nicht so bescheuert sein sollte, die heiße Tür aufzumachen, in den Wind und riss an der Klinke.

Erst letzten Monat hatte sie eins der Geistergefängnisse unter der Kirche besuchen müssen, eine schreckliche, lodernde Höhle voller Elend.

Das hier war schlimmer.

Der Lärm hatte keineswegs nachgelassen. Rauch biss ihr in den Augen und versengte ihr die Lunge. Schwarze und graue Rauchschwaden dämmten das schmerzhaft grelle Licht der Flammen. Immer noch schrien die Tiere. Der Gestank von verbranntem Haar und gegrilltem Fleisch lag in der Luft. Der Geschmack von Tod und Asche ließ sie würgen. Das halbe Gebäude stand schon in Flammen. Das orangefarbene Flackern und der Schweiß, der ihr brennend in die Augen rann, nahmen ihr fast die Sicht.

Aber selbst mit dem Feuer und dem Lärm und dem Gestank wäre sie noch klargekommen. Und damit würde sie auch klarkommen. Aber was ihr trotz der Hitze wirklich das Blut in den Adern gefrieren ließ, waren die Geister.

Die Lamaru – oder wenigstens einige von ihnen – hatten Geister in sich beherbergt. Das war klar – oder hätte ihr wenigstens klar sein müssen, wenn sie mal eine Sekunde darüber nachgedacht hätte. Woran sie auch nicht gedacht hatte, war, dass ein Psychopomp auftauchen würde, sobald sie tot waren, dass aber die Geister, mit denen sie verbunden waren, nicht »eingeordnet« werden konnten. Keine Psychopomps. Und weit und breit niemand, der die Psychopomps des Schlachthofs beschwören konnte. Sie würde sich ganz sicher nicht den Dingern nähern, die die Lamaru produziert hatten, selbst wenn sie sie in der Haupthalle finden würde.

Geister wirbelten dort unten umeinander, verblassten, wenn sie durch die lodernden Flammen glitten, nur um einen Moment später wieder aufzutauchen, sobald die Hitzeenergie nachgelassen hatte und sie wieder in der Lage waren, sich zu manifestieren. Ein ganzer Haufen von ihnen kämpfte sich die Treppe hinauf, die Furcht einflößenden Gesichter ihr zugewandt und die leeren Augen mit hasserfüllter Intensität auf sie gerichtet.

Ihre Hände umklammerten Messer und Betonbrocken. Bewaffnete Geister. Tödliche Geister, die geradewegs auf sie zusteuerten.

Im Psychopompraum wäre sie vor ihnen sicher. Durch die eisenverstärkten Wände und die Tür würden sie es nicht schaffen. Sie konnte sich jetzt auf dem Absatz umdrehen, an den Stäben vor dem Fenster arbeiten, es aufkriegen und die Feuerleiter erreichen … und Lauren hier dem sicheren Tod überlassen.

»Lauren! Lauren!« Warum sollte sie eigentlich *nicht* schreien? Ihre Anwesenheit konnte sie ja sowieso nicht verbergen, wo die Geister sie doch ohnehin schon direkt anstarrten. Eigentlich war es vielleicht sogar hilfreich. Sollten sie doch auf ihren Mund starren, ihr Gesicht beobachten, dann würden sie wenigstens nicht mitkriegen, wie sie die Hand in die Tasche schob.

»Cesaria!« Laurens Stimme war kaum wiederzuerkennen, so schwach und schrill vor Panik klang sie. Trotzdem, es war Lauren, und das war eine echte Erleichterung – genau wie der Teufelsdreck in ihrer Hand.

Weniger beruhigend hingegen war, dass Laurens Stimme aus den Büros am anderen Ende der Rampe zu kommen schien. Die große Treppe, die die Geister jetzt gerade heraufkamen, lag damit zwischen ihr und Lauren. Sie musste mitten durch sie hindurch.

Sie riskierte einen schnellen Blick hinüber, wobei sie die Geister aus den Augen ließ. Die Büros in diesem Stockwerk hatten zwar massive Wände – vielleicht sogar ebenfalls eisenverstärkt –, aber direkt unter der Decke waren schmale waagerechte Fenster eingelassen. Über eins zogen sich Risse; gerade als Chess hinsah, schlug etwas dagegen und beulte die Scheibe ein Stückchen weiter aus. Ja, Lauren war da drin.

Die Geister waren oben an der Treppe angekommen. Unter dem Schweißfilm, der mittlerweile ihren gesamten Körper bedeckte, juckten und brannten ihre Tattoos.

Aber im Hintergrund spürte sie die beruhigende Süße ihrer Pillen, die sich mit einer ganz anderen Art von Wärme in ihr ausbreitete, die schlimmste Dunkelheit verscheuchte und dafür etwas Kraft zurückließ. Das waren doch nur ein paar blöde Geister – immerhin verdiente sie mit diesem Scheiß doch ihren Lebensunterhalt, oder etwa nicht?

Klar tat sie das. Okay. Sie ballte die Faust um den Teufelsdreck, während sie den Vormarsch der leuchtenden Toten im Auge behielt. Durch die Gestalten sahen die Flammen blasser aus. Schatten ballten sich hinter ihnen wie blaue Flecken auf ihrer nicht vorhandenen Haut. Die schwarzen Löcher ihrer Münder öffneten sich.

Sie warf den Teufelsdreck und holte mit dem Oberkörper so viel Schwung, dass sie ihn direkt in die Augen bekamen – oder dahin, wo die Augen gewesen wären. »*Akrandia bellarum dishager.*«

Der Standard-Bannspruch ließ sie kurz flackern. Sie hatte gar nicht erwartet, dass die Formel ohne andere Ritualzutaten oder irgendetwas, womit sie die Geister kontrollieren konnte, überhaupt eine Wirkung zeigen würde. Aber der Teufelsdreck bannte sie an Ort und Stelle fest. Nicht für lange sicherlich, aber vorübergehend waren sie erstarrt, und die nächste Welle war noch nicht oben auf der Treppe angekommen. Jetzt oder nie!

Der Riemen ihrer Tasche grub sich in die schweißnasse Schulter, als sie sich an ihnen vorbei- und hindurchdrängte. Verdammt, sie hätte nie gedacht, dass sie die eisige Berührung eines Geisterkörpers, die ihr bis ins Mark drang, mal als Erleichterung empfinden würde, aber so war es. Wäre sie nicht so versessen darauf gewesen, hier rauszukommen – und nicht wenigstens halbwegs geistig gesund –, dann wäre sie vielleicht sogar versucht gewesen, sich ein, zwei Minuten darin abzukühlen.

Aber sie war tatsächlich wenigstens halbwegs geistig gesund, und vor allem war sie auch nicht ganz blöd, und so erreichte sie die Bürotür, bevor die Geister sich wieder zusammenraufen konnten. »Lauren!«

Die Tür klapperte im Rahmen. »Geh beiseite!«

Beiseitegehen? Jeden Augenblick konnte sie diese Geister wieder am Hals haben, sie hatte fast keinen Teufelsdreck mehr, und da wollte Lauren, dass sie …

Die Kugel fetzte Holzsplitter in alle Richtungen und riss zehn Zentimeter links von Chess einen Brocken aus der Wand.

Instinktiv warf sie sich in der entgegengesetzten Richtung zu Boden und bereute es auf der Stelle, als ihre Wange das glühende Metall berührte.

Noch ein Schuss. Lauren schleuderte die Tür auf und kugelte Chess fast den Arm aus, als sie sie hochriss.

Scheiße, was zur Hölle war denn mit der passiert? Alles im Gebäude glühte bereits wie im Inneren eines Schmiedeofens – verdammt, es war nicht *wie* im Inneren eines Ofens, es *war* das Innere eines Ofens –, aber Lauren sah wie eine leibhaftige Irre aus. Eine Irre mit zerkratztem Gesicht und einer Perücke aus blutdurchtränkter Baumwolle. Ihre zerrissene Kleidung legte stummes Zeugnis von dem ab, was man ihr zumindest angedroht hatte, und die Wut in ihren Augen allein schickte Chess beinahe sofort wieder auf die Bretter.

Einen solchen Blick hatte sie früher schon gesehen, meistens kurz bevor ihr eine Faust ins Gesicht knallte oder sie einen Stiefel in die Rippen bekam. In diesem Fall schien er aber nicht ihr zu gelten, und dafür hatte Chess auch vollstes Verständnis. Wenn sie von diesen schrecklichen Gefühlen nicht angenehm abgeschirmt gewesen wäre – eigentlich von all ihren Gefühlen, und zwar immer –, hätte sie wahrscheinlich den gleichen Gesichtsausdruck gezeigt.

Aber das spielte jetzt keine Rolle. »Du hast eine Pistole.«

Lauren, die die Waffe wie eine Wünschelrute vor sich hielt, warf Chess einen abschätzigen Blick zu. »Du weißt doch, dass ich bewaffnet bin.«

»Ja, schon, aber … du hast eine Scheißpistole. Warum hast du dir nicht schon vorher den Weg freigeballert? Warum zum Teufel musste ich mein Leben aufs Spiel setzen, um dich zu …«

»Feuertreppe.« Lauren schlang die klebrige, verschwitzte Hand um Chess' und zog sie ans Fenster. »Ich hatte hier eine Feuertreppe.«

Glassplitter knirschten unter ihren Füßen; Chess spürte es, hörte aber in dem ganzen Lärm das Geräusch nicht. »Was soll das heißen, du *hattest* … oh.«

Durch dieses Fenster konnten sie jedenfalls nicht mehr abhauen. Ein paar armselige, verdrehte Metallstücke ragten noch mit gezackten Enden aus der nackten Steinwand; fünfzehn Meter tiefer lag der Rest der Treppe in einem zusammengesackten Haufen, um den eine Staubwolke waberte.

Auf dem Parkplatz hinter den Trümmern ihrer Hoffnung auf einen schnellen, einfachen Fluchtweg herrschte im Schein der Flammen hektische Betriebsamkeit. Ein paar Tieren war es gelungen, ihre Haut zu retten: ein paar Rinder, eine Schar Schweine und Schafe, vereinzelte Hunde – wie viele hatte es hier gegeben? Zu viele.

Egal. Chess hatte im Moment keinen Kopf für die Pläne der Lamaru. Erst mal den eigenen Arsch retten, dann konnte sie an die Lamaru denken. Oder besser gesagt, dann konnte sie beim Thema »Lamaru« an etwas anderes denken als daran, wie gerne sie jeden Einzelnen von ihnen aus Rache für dies mit eigenen Händen erwürgt hätte. Und ganz besonders Erik Vanhelm.

Über die geflohenen Hunde wusste sie nichts; nicht, ob es sich um ganz gewöhnliche Labradore handelte, um die übliche Kirchenzüchtung, um Wölfe wie im Fall des Henkers oder um noch etwas Schlimmeres. Verdammt, genau so gut konnten das auch mit Magie gepimpte Bitbulls gewesen sein. Aber ganz gleich, wie stark und blutrünstig sie auch sein mochten, da draußen gab sie ihnen keine zehn Minuten. Die schwarze Sau war schon ein unerwarteter Leckerbissen gewesen, aber das war der Stoff, aus dem die Legenden von Downside gemacht waren: die Nacht, in der das Essen einem direkt vors Messer lief und praktisch darum bettelte, geschlachtet und verschlungen zu werden.

Immer noch rannten schreiende Lamaru mit flatternden, zerschlissenen Roben durch die Gegend. Einige von ihnen stritten und prügelten sich, rangen miteinander – nein, Moment mal! Sie lagen gar nicht miteinander im Clinch. Wer zur Hölle waren denn diese *anderen* Leute?

»Die Tür in die Halle – durch die wir vorhin gekommen sind – ist versperrt. Ich war schon dabei, die Feuertreppe runterzuklettern, als noch eine Bombe oder was auch immer an ihrem Fuß losging. Hab's gerade noch nach drinnen geschafft.« Lauren hob die Hände und zeigte ein Zickzackmuster aus aufgeplatzter Haut.

»Ich hab beim Squad und bei der Feuerwehr angerufen. Sie sind schon auf dem Weg. Gab es bei dir eine Feuertreppe? Wo hast du denn gesteckt?«

»Im Psychopompraum. Da gibt es eine Feuertreppe … Scheiße, vielleicht zünden sie da auch gleich eine Bombe. Wir müssen uns beeilen.«

Verdammt. Zuerst mussten sie mit den Geistern fertigwerden. Chess konnte sie über Laurens Schulter hinweg sehen, wie sie durch die Wände glitten. Zwar mussten sie dafür die Waffen draußen zurücklassen, aber sie würden bestimmt keine Schwierigkeiten haben, sich hier drinnen neu auszurüsten. »Scheiße!«

Sie wühlte in ihrer Tasche nach dem Rest Teufelsdreck, der Friedhofserde und dem Notvorrat an Eisenspänen. Wenn die Lamaru auch noch die andere Feuertreppe sprengten, gäbe es für sie keinen Weg hinaus mehr, nicht wenn die Bürotür wirklich versperrt war. Gut, Lauren hatte die Feuerwehr gerufen. Es bestand sogar die geringe Chance, dass jemand aus der Nachbarschaft des Schlachthofs sie schon früher alarmiert hatte, obwohl es wahrscheinlicher war, dass man dort mit der Jagd auf die Tiere oder der Planung von Plünderungen beschäftigt war.

Aber Downside hatte gar keine Feuerwache, worauf also hoffen? Es würde noch mindestens eine Viertelstunde dauern, bis ein Feuerwehrauto eintraf, und dann war sowieso schon alles zu spät. Das Feuer fraß sich durch den Schlachthof und kroch Zentimeter für Zentimeter über Holz und Mörtel wie ein hungriges Tier, das nur aus einem Maul bestand. Schon drang Rauch durch die Bürowand. Ihnen blieben vielleicht fünf Minuten, höchstens zehn, wenn sie nicht in der Stadt der Ewigkeit landen wollten.

Ihre Lebenserwartung verkürzte sich natürlich noch einmal drastisch, wenn es ihnen nicht gelang, mit den fünf Geistern fertigzuwerden, die sich zwischen ihnen und der Tür materialisierten.

Lauren duckte sich, zog die Rabenschädel aus der Tasche und legte sie auf den Boden. Ihre blutigen Hände hinterließen bei der leichten Berührung auf jedem Knochen einen roten Fleck.

Chess kämpfte die Panik nieder, die bei diesem Anblick in ihr aufstieg, und zog ihren Plastikbeutel mit dem Salz hervor. Psychopomps waren sicher nicht die tollste Idee, aber sie hatten schließlich keine große Wahl, oder? Nur weil es ein paar Unfälle gegeben hatte und nur weil sie recht behalten hatte, was die Pläne der Lamaru anging, hieß das ja nicht, dass Lauren ihre Raben nicht unter Kontrolle hatte.

Natürlich hätte sie eigentlich sowieso nicht in der Lage sein sollen, die Raben zu kontrollieren, aber na gut.

Und einfach nur hier rumstehen und Maulaffen feilhalten nützte eh keinem was. Chess griff zum Ektoplasmarker und schnickte die Kappe ab, während sie Lauren mit der anderen Hand auf die Schulter tippte. Energie schoss ihr den Arm entlang, und zum ersten Mal, seit sie denken konnte, beunruhigte sie das Gefühl. Zu viel Stress, zu viel Wut und Angst mischten sich in diesen Energiestoß. Was auch immer Lauren in diesem Raum zugestoßen war, es war nichts Gutes gewesen.

Doch in Laurens Augen zeigte sich keine Spur von diesen Gefühlen. Sie senkte den Blick und nickte zu dem Häufchen Kräuter, das sie auf dem Boden aufgeschichtet hatte. Chess sah zu, wie sie es anzündete und dann mehr in die Hand nahm.

»Los!«

Die Geister stürmten zugleich mit Chess vor, genau, wie sie es erwartet hatte. Sie sprang beiseite und ließ etwas Salz aus ihrem Säckchen zu Boden rieseln. Wenn es ihr bloß gelänge, sie abzulenken, sie mit den Augen festzuhalten …

Eiseskälte durchzuckte ihr Hirn. Eine Geisterhand. Für eine Sekunde war sie blind; Schmerz spaltete ihr den Schädel. Nur ihr Instinkt und die Kirchenausbildung bewahrten ihr einen Rest Konzentration. Sie duckte sich, bereit für den nächsten eisigen Schwinger und eine entsprechende Ausweichbewegung.

Sie waren jetzt hinter ihnen. Anhaltende Kälte, als ihre

Hände durch sie hindurchglitten, versuchten, sie zu packen, sie zu schlagen. Ihre Wut steckte sie an und beschleunigte ihren ohnehin galoppierenden Puls, bis sie sich fühlte, als hätte sie einen ganzen Beutel Nips geschluckt und stünde jetzt kurz vor dem Herzinfarkt.

Aber sie hatte den Kreis fast geschlossen.

Laurens Stimme erhob sich hinter ihr, hinter den Geistern. Scheiße, warum fing sie denn schon mit der Beschwörung an, der Kreis war doch noch gar nicht …

Glas splitterte. Schmerz flackerte an ihren Nervenenden auf wie Tausende von kleinen Flammen, als sich die Splitter in ihr Fleisch gruben. Die Fenster oben in der Wand. Die Hitze hatte sie zur Explosion gebracht. Rauch quoll durch die Öffnungen.

Scheiße! Große Riesenscheiße, weil ein paar von den Glassplittern gar nicht mal so klein waren. Ein besonders großes, scharfes Stück blitzte auf, als einer der Geister es in die Höhe riss; sie versuchte beiseitezuspringen, schaffte es aber nicht ganz. Ein Schnitt am rechten Arm erinnerte sie daran – als ob sie das nötig gehabt hätte –, wie man für schlechte Reflexe bestraft wurde.

Hey, Blut würde doch helfen, den Kreis zu schließen, oder? Ja. Immer schön positiv denken. Die optimistische Chess, die sich immer ganz sicher war, dass am Ende alles gut werden würde.

Sie warf sich auf den Schreibtisch und versprühte unterwegs weiter Salz. Der Anfang des Kreises befand sich am Boden links von Lauren; sie musste ihn jetzt nur noch schließen, damit die Geister gefangen waren und sie sie markieren konnte.

»Ich rufe euch!«, rief Lauren. Völlig überrascht ging Chess mit einem schmerzhaften Aufprall zu Boden, den sie allerdings kaum bemerkte. Auf einen blauen Fleck mehr oder weniger kam es jetzt auch nicht mehr an. Viel wichtiger waren die sich erhebenden Schädel und die von glänzenden schwarzen Federn bedeckten Körper, die sich in der Luft formten. Ihr wurde schlagartig kalt, kälter noch als eben beim Fangenspielen mit den Geistern.

»Lauren, was soll die Scheiße? Der Kreis ist noch nicht …«

Zu spät.

Die Raben erhoben sich in die Luft, stießen schrille Todesschreie aus und brachten Chess' Stimme zum Verstummen. Der Kreis war noch nicht geschlossen. Die Geister waren nicht gekennzeichnet. Die Psychopomps konnten sich also auf jede Seele im Raum stürzen.

Schwere Schwingen wirbelten den Rauch auf. Chess' Augen brannten und tränten. Sie wollte nicht husten, um nicht die Aufmerksamkeit auf sich zu lenken, aber sie konnte sich nicht beherrschen. Flammen fraßen sich in die Decke des Büros.

»Benchitak! Benchitak!«, schrie Lauren, Worte der Macht, die Chess nicht kannte, die aber eine weitere Welle von Laurens hässlicher, starker Energie über sie hinwegrasen ließ. Konnte sie die Raben so kontrollieren, nur mit ihrer Macht?

Zwei von den Geistern verschwanden in dem ausgefransten Loch zwischen den Welten, das durch Laurens Ritual geöffnet worden war; die übrigen Raben umflatterten die anderen drei und peitschten die Luft mit den Flügeln. Die Geister versuchten, den Rückzug durch die Wände anzutreten, aber die Salzlinie hielt sie, wiewohl unvollständig, lange genug auf, damit die Raben sie erwischen konnten. Den dritten Geist schnappten sie sich mit vereinten Kräften.

Chess entspannte sich. Ihr war gar nicht bewusst gewesen, wie sehr sie sich verkrampft hatte und wie fest sie schon damit gerechnet hatte, dass die Raben sie packen und mit sich fortreißen würden.

Kirchenmagie. Auf die Kirchenmagier war immer noch Verlass.

Fühlte sich gut an.

Die Vulkanhitze, in der sie stand, fühlte sich allerdings weniger gut an, und das Gleiche galt für die wunde Kehle, die trockenen, juckenden Augen und das Haar, das ihr an Stirn und Wangen klebte. Es war höchste Zeit, dass sie hier rauskamen, bevor alles über ihnen zusammenkrachte und sie begrub.

Sie hatte nahe an der Wand gestanden – zu nahe. Das Ding konnte jeden Augenblick wie eine Geisterwochen-Puppe in Flammen aufgehen und sie mitreißen.

Lauren starrte immer noch ihren Psychopomps hinterher und beobachtete ihr Verschwinden durch das Loch zwischen den Welten so gebannt, dass Chess sich einen Moment lang fragte, ob ihre Kollegin nicht durch irgendein geistiges Band mit den Tieren verbunden war. Sie selbst hatte das auch schon einmal mit Vögeln gemacht, erst vorigen Monat. In der Nacht, als Terrible …

Nein. Nein, auf gar keinen Fall. Das Letzte, was sie jetzt brauchte, waren wieder diese Gedanken. Nicht, wenn sie selbst dem Tod so nahe war, dass sie seinen heißen, rußigen Atem schon riechen konnte und nur ihre Angst vor der Stadt der Toten – und ihre bockige Weigerung, sich von den Lamaru, diesen schleimigen Arschgesichtern, besiegen zu lassen – sie davon abhielt, einfach zusammenzubrechen und sich dem Sensenmann zu ergeben.

Dieser Gedanke elektrisierte sie mehr als alles andere. Sie packte Lauren am nassen Ärmel – natürlich war sie nicht als einzige schweißgebadet – und zog.

»Wir müssen zusehen, dass wir hier rauskommen. Los, ich hab noch keine weitere Explosion gehört.«

»Ich hol nur schnell meine …«

»Was?« Chess senkte den Blick. Senkte den Blick und sah, dass der Boden zu Laurens Füßen leer war. Der Rauch war noch nicht in der unteren Raumhälfte angekommen; was sie sah – oder besser gesagt: was sie *nicht* sah – ließ sich also nicht mit verschwommenem Blick oder einer optischen Täuschung oder dergleichen erklären.

Oh Kacke!

Die Schädel waren nicht mehr da. Die Raben hatten immer noch feste Gestalt. Sie waren in die Stadt verschwunden und hatten ihre Schädel mitgenommen, hatten immer noch körperliche Gestalt. Sie hatten Lauren nicht gehorcht, hatten ihre Abrichtung durchbrochen, ihrem Instinkt zuwidergehandelt und gegen so ziemlich jede magische Regel verstoßen, die Chess kannte.

Ihr Kopf wollte sich nicht drehen; sie wollte am liebsten gar nicht wissen, ob sich das Loch zwischen den Welten hinter den Raben ordnungsgemäß geschlossen hatte. Je länger sie nicht hinsah, desto länger konnte sie sich noch belügen – eine Fertigkeit, die jede Menge Übung erforderte, und sie war Meisterin darin – und so tun, als hätte sich das Loch geschlossen, als könnte sie es nicht noch spüren, als bemerkte sie den leisen Schauer auf ihrer schweißnassen Haut nicht.

Sie zwang sich hinzuschauen und drehte den Kopf gerade noch rechtzeitig, um zu sehen, wie die Raben herausgeschossen kamen und sich auf sie stürzten.

18

Die Erschaffung eines Psychopomps ist ein komplexer Vorgang, den nur befugte Kirchenmitarbeiter durchführen dürfen. In ihre Hände allein legen wir die Sicherheit der gesamten Menschheit.
Karriere machen in der Kirche.
Ein Leitfaden für junge Leute von Praxis Turnip

Der Tod ereilte sie in Form rauschender schwarzer Schwingen und glänzender schwarzer Körper, die viel zu groß für den Raum waren. Die Raben rissen ihr die Luft aus den Lungen und die Gedanken aus dem Kopf. Sie kamen, um sie zu holen, und es gab kein Entkommen. Wie zur Hölle sollte man einem Psychopomp entfliehen?

Erst mal aus dem Scheißbüro rauszukommen wäre vielleicht ein Anfang. Beinahe wäre ihr Laurens Ärmel aus den Fingern geglitten, als sie sie beide gerade noch rechtzeitig zu Boden riss, um den herabsausenden Krallen zu entgehen, die nach ihnen angelten wie die Haken im Schlachthof nach den toten Kühen.

Eins musste man Lauren lassen, sie war fix im Kopf. Meistens kam sie zu den falschen Schlüssen, aber ein rascher Verstand hatte schon so seine Vorteile. Sie hatte bereits die Pistole in der Hand; kaum schlugen sie am Boden auf, hatte sie auch schon angelegt und geschossen. Chess stieß innerlich einen Schrei aus, ließ aber nicht wirklich etwas hören. Stattdessen hämmerte sie sich zur Ablenkung die Faust heftig gegen den eigenen Oberschenkel. Für so was hatten sie keine Zeit. Hatten keine …

Mistelzweige. Sie hatte immer noch die Mistelzweige aus diesem abscheulichen Totem in ihrer Tasche. Das würde die Raben zwar nicht zurückschlagen, da war sie sich ziemlich sicher, aber es verschaffte ihnen vielleicht ein paar wertvolle Sekunden, und mehr brauchten sie gar nicht. Nur gerade so viel Zeit, dass sie es zur Tür hinaus schafften.

Feuer kroch über die Decke. Im Gegenlicht wirkten die Raben größer als zuvor, leere Umrisse im tosenden Inferno.

Lauren schoss ein zweites Mal. Der Schädel des Raben, der ihnen am nächsten war, explodierte in einer Wolke von Knochensplittern und Staub, die sich im Rauch verlor. Kein Blut. Keine Hirnmasse.

Chess hatte nie herausgefunden, ob Psychopomps eigentlich wirklich wieder lebendig wurden und bei ihren kurzen Einsätzen als atmende Wesen mit schlagenden Herzen unterwegs waren. Sah jetzt aber nicht so aus. Sie waren gar keine Tiere, sondern einfach nur wiederbelebte Kadaver, leere Hüllen voller Instinkte und Magie.

Noch ein Schuss. Einer der Raben verlor eine Flügelecke. Federn und Knochen flogen durch die Luft, und winzige Hautfetzen verschwanden in den Flammen über ihren Köpfen.

Und noch ein Schuss. Daneben. Kein Wunder – der Rauch, der die Luft vernebelte, erschwerte mehr und mehr die Sicht.

Chess gab auf. Ihre Finger zitterten, als sie mit dem Plastikbeutel voller Mistelzweige kämpfte. Endlich riss sie ihn auf und zog die Blätter heraus.

Wenigstens musste sie nicht erst ein Feuer anzünden. Laurens kleiner Kräuterhaufen schwelte in ein paar Schritt Entfernung immer noch vor sich hin. Chess hätte die Mistelzweige auch in die Luft werfen können, sodass sie das Inferno über ihren

Köpfen verschlungen hätte, aber dann wären sie zu schnell verbrannt. Stattdessen holte sie das Feuerzeug heraus, hielt die Zweige fest und entzündete die Blätter.

»Bei dieser …« Ein Hustenanfall unterbrach sie. Sie schluckte krampfhaft und beugte sich vor, um etwas frische Luft zu bekommen – so frisch, wie es eben ging –, und versuchte es noch mal. Dieses Mal kam sie bis zum Ende und ließ die Blätter auf Laurens Feuer fallen, während sie sprach.

»Bei dieser Macht befehle ich den Wächtern der Toten. Bei meiner Macht gebiete ich den Wächtern der Toten. Hört mich, Wächter! Ich binde euch. *Ornithramii mordreus*. Ich binde euch.«

Scheiße. Nicht genug Macht. Vielleicht waren die Mistelzweige auch schon zu schwach; nach der Verwendung in einer Fetischbombe und dem anschließenden Salzbad waren sie wahrscheinlich schon ziemlich ausgelaugt. Und sie selbst hatte definitiv auch nicht mehr genug Power. Irgendwie konnte sie sich nicht richtig erden und sich auf den Energiefluss konzentrieren, der sie durchströmte. Stattdessen spürte sie die Hitze, das Feuer, das immer näher kam, den anhaltenden ziehenden Schmerz in den Augen und das Wummern im Kopf, während das Gehirn nach mehr Sauerstoff schrie. Die Zeit lief ihnen davon. Sie wollte hier nicht sterben, nicht so.

Die Raben aus den Augen zu lassen und die ohrenbetäubenden Schüsse auszublenden kostete sie unglaubliche Überwindung, aber sie hatte keine andere Wahl. Sie schloss die Augen und holte tief Luft. Sie versenkte sich, so gut sie konnte, in sich und versuchte, den Dreck, den Schleim und die Angst hinter sich zu lassen, die rasende Wut zu vergessen. Endlich fand sie den versteckten Funken Macht in sich. Und ließ ihn frei.

»Wächter, ich gebiete euch. Ich binde euch! *Ornithramii mordreus*, ich binde euch!«

Der Rückstoß ihrer Energie, die sich mit den Mistelzweigen verband und den Vögeln entgegensauste, durchlief sie als Schockwelle. Es hatte nicht ganz funktioniert. Die Mistelzweige waren zu sehr von dunkler Energie befleckt, zu stark mit dem verbunden, was die Raben von Werkzeugen in Mordwaffen verwandelt hatte.

Aber ein kleines bisschen war noch da. Ein Fünkchen der wahren Macht der Mistelzweige schlummerte noch immer unter dem Dreck und vereinigte sich mit ihrer. Leider galt das auch für den Dreck. Ihr Magen rebellierte, und saurer Speichel sammelte sich in ihrem Mund. Nicht gut. Keine gute Energie. Faulige, kranke, verdrehte Energie machte sich in ihr breit.

Es würde nicht anhalten, so viel war ihr klar; sobald sie die Raben ziehen ließ, würde auch die Energie sie wieder verlassen, genau wie bei jedem anderen Zauber. Aber jetzt im Moment war sie da, und das war schon schlimm genug.

Die Raben verstummten und landeten auf dem knapp einen halben Meter entfernten Schreibtisch. Äußerlich waren sie reglos, aber Chess spürte, wie sie innerlich tobten. Die Bindung wankte bereits und wurde schwächer.

»Wir müssen auf der Stelle hier raus. Das hält sie nicht lange auf.«

Lauren wollte etwas sagen, bekam stattdessen aber einen Hustenanfall. Gemeinsam schlüpften sie hinter den Schreibtisch und krochen zur Tür. Wenn sie überhaupt irgendwie noch Luft bekommen wollten, mussten sie den Kopf unten halten. Und das wollte Chess unbedingt.

Ihr nasser Ärmel schützte sie nicht im Geringsten vor der Hitze des Türknaufs, aber sie drehte ihn trotzdem herum und wappnete sich innerlich gegen einen Anblick, auf den sie nichts in der Welt vorbereiten konnte.

Wie konnte das Dach bloß immer noch stehen? Warum war

die Metallrampe noch nicht längst zusammengebrochen? Sie standen inmitten eines Albtraums. Bis auf das schauerliche, hungrige Prasseln des Feuers war es jetzt ganz still.

Geister huschten noch immer um die Säulen aus brennendem Holz und schmelzendem Stahl. Bis jetzt schienen sie Lauren und Chess noch nicht bemerkt zu haben; vermutlich überlagerte die mörderische Hitze die schwache Energie, die von ihren Körpern ausging. Für den Moment jedenfalls. Es würde nicht mehr lange dauern, bis sie entdeckt wurden, und längst nicht alle Geister trieben sich im unteren Stockwerk herum. Das Ganze konnte sich als Falle erweisen, eine Rampe aus Feuer, die genauso sicher in den Tod führte wie die metallenen Viehrampen unter ihnen. Der Gedanke ließ sie erschaudern und zwang sie, die schweren Füße in Bewegung zu setzen.

Ihre Lungen brannten. Jeder Atemzug kostete Kraft. Die dünne, trockene Luft schien nicht ein Quäntchen Sauerstoff mehr herzugeben. Jede Sekunde rechnete sie damit, in Flammen aufzugehen; die Hitze dörrte sie völlig aus, bis sie sich selbst wie Staub fühlte, wie eine leere Hülle – ein Psychopomp.

Aber ihr Ziel war nicht die Stadt der Toten. Zumindest hoffte sie inständig, dass es noch nicht so weit war.

Mit Lauren im Schlepptau ging sie zum Psychopompraum voran, wo sie hoffentlich eine intakte Feuertreppe erwartete. Wenn nicht … wenn nicht, würden sie sterben. Beinahe war es ihr egal; in der Stadt der Ewigkeit war es wenigstens kühl und dämmrig.

Nein, nicht kühl und dämmrig. Kalt und dunkel. Dahin würde sie nicht gehen. Nicht heute. Verdammt, wenn sie jemals dort landete, dann wahrscheinlich auch in einer Geisterzelle; nur weil sie für die Kirche arbeitete, war sie noch lange kein guter Mensch. Was ihr im Moment aber auch völlig scheißegal war. Sie und Lauren klammerten sich aneinander; Chess wusste nicht mehr, wer eigentlich wem half. Jeder Atemzug endete im Husten, jedes krampfhafte Schlucken wurde zu einem Sandstrahl in ihrem Hals.

Gehen war nicht weniger schwierig. Rauch, zum Schneiden dick, versperrte ihr die Sicht und zwang sie, sich mit vorsichtigen Schritten voranzutasten, um erst einmal mit den Zehen zu prüfen, ob der Boden auch noch trug. Lauren hing kraftlos an ihr, und Chess wusste nicht, was sie mehr fertigmachte, das zusätzliche Gewicht oder ungewollte Nähe. Vielleicht war Lauren ja doch gar nicht so übel – immerhin hatte sie einen der Psychopomos abgeknallt, nachdem sie sie überhaupt erst beschworen und ihnen damit beiden den Arsch gerettet hatte –, aber das hieß noch lange nicht, dass Chess aufs Kuscheln mit dieser Frau scharf war.

Die Rampe war noch nicht zusammengebrochen, aber sie hatte das ungute Gefühl, dass es jeden Moment so weit sein konnte. Sie wackelte und ruckelte unter ihren Schritten, die gegenüber dem hungrigen Flüstern des Feuers irgendwie unangemessen laut klangen. Sie wollte Lauren etwas sagen, sie wegschubsen, aber es schien die Mühe nicht wert.

Stattdessen hustete sie mit schmerzerfüllter Brust und schleppte sich weiter über die Rampe. Ein toter Lamaru versperrte ihnen den Weg, das Gesicht eine formlose Masse aus verkohltem Fleisch.

Und hinter ihm stand sein Geist.

Chess ruckte den Kopf herum und blickte sich ein letztes Mal nach einem anderen Ausgang um. Fehlanzeige. Stattdessen sah sie nur noch mehr Geister. Man hatte sie entdeckt, und zwei Geister hatten schon fast das obere Ende der Treppe beim Büro erreicht.

Ach zum Teufel damit, würden sie denn nie hier rauskommen? Konnte nicht irgendwas, irgendwann einfach mal ohne Probleme funktionieren?

Ganz bestimmt. Blöde Frage.

Lauren hatte sie auch gesehen. Ein paar Schritte von dem Lamaru entfernt blieben sie stehen. Durch die schimmernden Umrisse des Geistes sahen sie die rettende Tür des Psychopompraums. Verdammt, sie leuchtete ihnen praktisch entgegen und lockte sie mit dem Versprechen auf allerhand verführerisch Fluchtmöglichkeiten wie eine Downside-Nutte.

Und diese Versprechen sollten besser wahr werden, dafür würde Chess schon sorgen, Geister hin, Geister her.

Der letzte Rest Teufelsdreck füllte kaum ihre Handfläche. Sie hatte noch etwas Friedhofserde, sie konnte … nein, Moment.

»Wenn ich *Jetzt!* sage«, flüsterte sie Lauren zu, »rennst du auf die Tür zu. Aber *halt den Kopf unten*, okay? Ganz dicht am Boden.«

Laurens Haut hatte einen Grauschimmer. Falls Chess noch irgendwelche Zweifel an dem gefährlichen, unausgegorenen Plan gehabt hatte, der sich in ihrem Kopf formte, waren sie spätestens bei diesem Anblick ausgeräumt. Sie mochte Lauren immer noch nicht und hätte ihr immer noch nichts anvertraut, was wichtiger war als ein Fussel. Aber sie saßen im gleichen Boot und dieses kurze Aufblitzen von Familienähnlichkeit mit dem Großältesten, die Aussicht, dass ihre Karriere als Debunkerin sich zukünftig auf das Aufspüren von Mäusegeistern in verlassenen Scheunen beschränken würde, gab den Ausschlag.

Sie hatte sich die größte Mühe gegeben, die heftige Übelkeit zu ignorieren, die ihr seit dem Einsatz der fetischverseuchten Misteln in der Magengrube saß. Jetzt konzentrierte sie sich ganz darauf, spürte den Raben und ihrer Wut nach, überließ sich ihrer kalten Unbarmherzigkeit. Wesen ohne Seele, deren einziger Daseinszweck auf Erden darin bestand, dem nachzujagen, was sie nicht besaßen.

Sie ließ sie los.

Lamaru-Energie durchzuckte sie; ihre Rache, der Rückstoß ihres Zaubers, die Wirkung von zehn Minuten Rauch in ihrer Lunge zusammen mit Angst, Stress, Traurigkeit und den Cepts ließ sie würgen. Zum Glück war ihr Magen leer. Es gab zwar nie den richtigen Moment zum Kotzen, aber dieser Augenblick war mit Sicherheit in der Top Ten der schlechtesten Momente.

»Los!«, schrie sie, als die Raben aus dem Büro gesaust kamen und um die Ecke segelten.

Sie erreichten die Geister am oberen Ende der Treppe. Ein Rabe schnappte sich einen Geist. Die anderen beiden Raben flogen weiter.

Tja, Scheiße! So viel zu ihrem unausgegorenen Plan.

Der Geist griff nach ihr und Lauren, als sie näher kamen. Zu spät erkannte Chess, was ihr zuvor verborgen geblieben war: Er hatte ein gezacktes Stück Stahl in der Hand.

Als sie vorbeirannten, stach er nach ihnen. Chess konnte seitlich ausweichen und entging knapp einem Schnitt durch die Kehle. Lauren hatte nicht ganz so viel Glück. Zwar verfehlte das Metall auch ihre Kehle, traf sie aber in die Schulter.

Lauren schrie. Blutstropfen schimmerten purpurn im Rauch. Der Geist versuchte sie aufzuklauben, um die darin steckende Kraft zu absorbieren.

Ob die Raben es auch gesehen hatten, wusste Chess nicht. Sie spürte nur noch die Krallen, die ihr über den Kopf kratzten, aber keinen Halt fanden. Eine Flügelspitze fuhr ihr in den Rücken und schleuderte sie nach vorne durch den Eingang des Psychopompraums.

Die Raben kreischten wutentbrannt. Der Geist gab keinen Laut von sich, teilte aber offensichtlich ihren Zorn. Die übrigen zwei Geister drängelten sich an ihm vorbei und griffen nach Lauren und Chess, als sie sich gerade aufrappelte und so verzweifelt nach der Tür griff, dass sich Rost in ihre Handfläche bohrte. Die Raben drehten ab, beschrieben einen Halbkreis und setzten erneut zum Sturzflug an.

Der Eingang wirkte wie ein Rahmen für sie alle; drei tote Männer, auf deren Gesichtern sich wütende Enttäuschung und blinde Gier spiegelte. Zwei Raben, die sich pechschwarz gegen die wabernde orange-rote Wand hinter ihnen abzeichneten, und mit jeder Sekunde näher kamen.

Chess warf die Tür zu.

Hatte sie vorhin geglaubt, der Psychopompraum fühle sich schon wie ein Ofen an? Ha! Das war der reinste Sommertag gewesen. Ihre Befürchtungen hinsichtlich der Eisenschicht in den Wänden und im Boden erwiesen sich als völlig zutreffend. Es schien fast unmöglich, dass der Raum tatsächlich heißer sein könnte als das Feuer draußen, und vom Kopf her wusste sie auch, dass das nicht stimmte, aber es fühlte sich verflucht noch mal so an.

Aber das spielte keine Rolle. Nicht die allergeringste, weil sie in ein paar Sekunden sowieso hier raus wären.

Lauren ließ sich gegen die Wand sacken, während Chess über den Fetisch zum Fenster sprang. Vergittert, ja, aber ihr kleiner Sieg über die Geister und Psychopomps draußen verschaffte ihr einen weiteren Adrenalinschub; sie fühlte sich imstande, die Gitterstäbe mit bloßen Händen aus dem Fenster zu reißen.

Doch Gefühle waren trügerisch. Das konnte sie vergessen. Auf keinen Fall würde sie das hinkriegen. Aber es fühlte sich trotzdem so an, als würden sich die Stäbe ein klitzekleines bisschen bewegen.

»Lauren!«

Laurens erstickte Antwort klang ungefähr wie »Mpfgr«. Oder vielleicht hatte sie auch »Verpiss dich« gesagt. Oder eine Mischung aus beidem. Wen interessierte das schon? Chess jedenfalls nicht.

»Lauren, hierher, schnell!«

Diesmal gehorchte Lauren, hielt sich aber von dem Fetisch, der immer noch am Boden lag, so weit wie möglich fern. Der schreckliche Körper war in der Hitze zusammengeschrumpelt. »Was?«

Mist, sie sah echt übel aus. Vielleicht war das nicht gerade der beste Plan. Na ja, klar war es nicht der beste Plan. Aber welche Wahl hatte sie schon?

Keine. »Auf den Boden mit dir, auf Händen und Knien! Ich muss mich auf dich draufstellen.«

»Willst du mich verarschen?«

Ah, Lauren war wieder ganz die Alte. Mehr oder weniger.

»Nein. Ich muss diese Stäbe vor dem Fenster entfernen, und dafür brauche ich eine bessere Hebelwirkung.«

Zum ersten Mal seit dem Beginn dieser ganzen Tortur gestattete sie sich einen Gedanken an Terrible. Er hätte die Stäbe sicherlich mit einem einzigen beherzten Ruck aus dem Fenster gerissen. Eine Welle der Sehnsucht und der Trauer schlug so heftig über ihr zusammen, dass sie einen Augenblick sogar dankbar für die Hitze und Trockenheit war. Wären nur noch ein paar Wassermoleküle in ihrem Körper gewesen, hätte sie wahrscheinlich angefangen zu heulen.

Und das war das Letzte, was sie jetzt wollte.

Aber sie ließ den Gedanken an ihn nicht ganz los. Bevor sie ihn betrogen hatte – okay, bevor er davon Wind bekommen hatte, dass sie ihn betrog –, hatte er ihr Sicherheit gegeben. Er hätte sie daran erinnert, dass sie alles erreichen konnte. Daran hatte er einmal geglaubt.

Warum sollte sie es dann nicht jetzt glauben?

Sie packte die Gitterstäbe, stieg auf Laurens Rücken und platzierte den rechten Fuß ans Ende ihrer Wirbelsäule. Den linken pflanzte sie zwischen die Schulterblätter.

Die Feuertreppe war immer noch da. Den Göttern sei Dank, die es nicht gab, die Feuertreppe war noch unversehrt.

An mangelnder Entschlossenheit lag es nicht, schätzte sie. Die Lamaru waren durch die Schlägerei dort unten bloß zu abgelenkt gewesen, um noch dazuzukommen. Inzwischen waren deutlich weniger von ihnen zu sehen als noch vor – sie warf einen prüfenden Blick auf die Uhr – zehn Minuten, als sie aus dem Bürofenster geblickt hatte. War seitdem wirklich nur so wenig Zeit vergangen?

Ja. Weniger als zehn Minuten, und die Lamaru kämpften immer noch mit ihrem unbekannten Feind.

Moment mal! Vanhelm und seine Begleiterin, die Blonde. Sie hatte doch gesagt, dass Maguinness Vanhelm finden würde, wenn er Downside betrat, oder?

Sah ganz so aus, als hätte sie recht behalten. Jetzt, wo sie wusste, wonach sie suchte, erkannte sie am äußersten Rand des Lichtkegels der einsamen Straßenlaterne in der Mitte des Schlachthof-Parkplatzes das fluoreszierende Leuchten der purpurfarbenen Haare von Maguinness' Assistent.

Maguinness' Leute waren hier. Und sie waren nicht nur vor Ort – als einer von ihnen etwas anzündete und in das lodernde Gebäude schleuderte, begriff sie, dass sie das Feuer gelegt hatten. Sie und Lauren waren geradewegs in einen Hinterhalt spaziert, der jemand ganz anderem gegolten hatte.

»Cesaria, bist du so weit?«

Ach ja. »Gleich.«

Aber sie war noch lange nicht so weit. Die Stäbe bewegten sich millimeterweise und hinterließen Schwielen und Roststaub auf ihren Handflächen, aber sie gaben immer noch nicht nach.

Bleierne Erschöpfung erfüllte ihre Glieder und vernebelte ihr die Sinne. Hier drinnen war es viel zu heiß. Sie wurde Stück für Stück gekocht.

Ein letzter Versuch. Ihre Handflächen brannten, und sie

musste all ihre Willenskraft aufbieten, um nicht loszulassen. Ihre Füße hoben sich von Laurens Rücken und suchten an der Wand nach Halt. Sie lehnte sich zurück und zerrte mit dem ganzen Körpergewicht, mit aller Kraft.

Die Stäbe gaben so plötzlich nach, dass Chess das Gleichgewicht verlor und seitlich auf dem heißen Boden landete. Schmerz schoss ihr den Arm hinauf, durchströmte Schulter und Hüfte, aber egal. Die Gitterstäbe hatten sich gelöst. Sie würden entkommen.

Und dann am Fuß der Feuertreppe mitten in einem Kampf zwischen den Lamaru und den großen Unbekannten landen. Scheiße! Sie konnte sich beim besten Willen nicht vorstellen, wie sie das wohlbehalten und unbemerkt überstehen sollten; die Lamaru würden alles daransetzen, sie auszuschalten, weil sie ihrem Plan auf die Spur gekommen waren, und die Maguinness-Bande – tja, die würden ihnen wahrscheinlich rein aus Spaß an der Freud die Lichter ausknipsen. Sie brauchten Hilfe.

Und so griff Chess, während Lauren die Stäbe ganz aus dem Fenster riss und die Scheibe einschlug, zum Handy und rief den einzigen Menschen an, an dessen Hilfe ihr wirklich gelegen war; den einzigen Menschen, dem sie wirklich zutraute, dass er ihnen beistehen konnte – und ausgerechnet den Menschen, mit dem sie ganz sicher am allerwenigsten reden wollte.

Aber er würde kommen. Er würde sie nicht einfach so ihrem Schicksal überlassen, ganz egal, wie sauer er war, oder? Er würde sie nicht einfach *sterben* lassen.

»Die von Ihnen gewählte Rufnummer ist nicht vergeben. Bitte überprüfen Sie Ihre Eingabe, und wählen Sie erneut. Fakten sind Wahrheit.«

Was? Das durfte ja wohl nicht wahr sein. Okay. Keine Panik!

Sie klickte sich durch ihre alten SMS, bis sie eine von ihm fand, drückte »Antwort« und tippte in Windeseile eine Botschaft, die in etwa besagte: »Hilfe, ich bin im Schlachthof und brauche dich dringend, hier brennt's.«

Von dem Feuer hatte er vermutlich schon Wind bekommen – ach was, von wegen vermutlich, natürlich wusste er Bescheid, und sie ging jede Wette ein, dass er sowieso irgendwo in der Nähe war. Nicht weit entfernt betrieb Bump einen Pfeifenraum, und man würde sicher nicht riskieren, dass der Brand darauf übergriff.

»Senden fehlgeschlagen.«

»Cesaria! Mach schon, wir müssen hier raus!«

Chess hörte sie kaum. Das grelle Display schmerzte ihr in den Augen und schien sie zu verspotten. Er hatte die Handynummer gewechselt. Er hasste sie so sehr, dass er nicht mal mehr wollte, dass sie seine Telefonnummer kannte. Selbst jetzt, wo sie zusammen an diesem Fall arbeiteten.

Finger so unbarmherzig wie vorher die Rabenkrallen packten sie am Arm und rissen sie vom Boden hoch. »Cesaria, los jetzt!«

Die mehr oder weniger frische Luft von Downside strömte durch das inzwischen geöffnete Fenster und strich ihr wohltuend über das Gesicht. Beinahe wäre sie gleich wieder zusammengebrochen, so gut fühlte es sich an. Nicht gut genug, um den Schmerz in ihrer Brust zu stillen – dafür war nichts gut genug, vermutete sie –, aber doch ziemlich gut. Ihre Lungen tanzten praktisch vor Erleichterung, als sie Atem schöpfte. Sie griff nach der schroffen Kante der Fensterbank und zog sich hoch.

Als sie sich ein Stück zu weit vorbeugte, wurde ihr schwindelig; vor ihrem inneren Auge sah sie geisterhafte Hände direkt hinter ihr – verdammt, sie dachte an *Lauren*, die direkt hinter ihr war – und erwartete den einen beherzten Stoß, der sie von all ihren Problemen erlösen würde. In Gedanken sah sie sich vom Fensterbrett springen. Er hatte die Nummer gewechselt, jetzt war alles egal, all ihre dummen Hoffnungen, dass er ihr vielleicht vergeben würde, dass er wieder mit ihr reden würde …

Jetzt konnte sie genauso gut einfach loslassen. Einfach fallen und dem Schmerz in ihrer Brust ein Ende machen.

Dann sah sie die Stadt der Toten vor sich und packte das Fensterbrett wieder fester. Nee. Heute nicht. Die Feuertreppe erwartete sie, nur knapp außerhalb ihrer Reichweite.

Ein letzter tiefer Atemzug, kühl und süß trotz der Rauchschwaden. Sie spannte die Muskeln an, verengte die Augen zu Schlitzen und sprang.

Die Landung auf dem klapprigen Metall machte ein schreckliches Getöse. Mist! Das hatten sie auf jeden Fall gehört. Egal. Weiter. Sie war draußen, sie hatte es geschafft, und wenn ihr das gelungen war, würde sie auch alles andere schaffen.

Die steile Treppe wankte und ächzte unter ihr, während das rostige Geländer ihr in die schweißnassen Hände biss.

Vorsichtig machte sie sich an den Abstieg. Hier, von der Seite des Gebäudes aus, konnte sie klar erkennen, wie nahe die Anlage der vollständigen Zerstörung war. Rauch und Feuer leckten aus jedem Fenster und krochen über die Fassade. Ihnen blieb nicht mehr viel Zeit.

Lauren folgte ihr. Die Treppe quietschte ohrenbetäubend, als der Absatz über ihnen aus der Wand brach und in einem irrwitzigen Winkel in der Luft hing. Scheiße! Schneller! Noch schneller!

Mit schmerzhaft verkrampften Fingern jagten ihre Hände über das Geländer. Mit jedem weiteren Schritt fiel ihr das Zupacken schwerer; ihre Beine schmerzten, ihr Kopf begann zu schweben.

Die Treppe zitterte und bebte unter ihnen. Weiter und immer weiter hinab; sie machte das jetzt schon ewig, ihr ganzes Leben hatte sie auf dieser Feuertreppe zugebracht, wo das orangefarbene Licht sie narrte und der Himmel sich stumpf und nebelgrau über ihnen spannte.

Flammen leckten die Fassade hinauf und stürzten sich auf ihr rechtes Bein; die Jeans fing an zu brennen. Ohne dass sie es wollte, ohne nachzudenken, schrie sie. Sie nahm die Rechte vom Geländer, schlug auf das Feuer ein und stürzte.

19

Vergiss nie die Kirche. Dort findest du immer Hilfe; deshalb sollte sie deine erste Anlaufstelle bei Problemen sein, egal ob es um Geister oder einen Streit mit deinem geliebten Gatten geht.

Ratschläge für die Damenwelt von Mrs Increase

Am Boden erwartete sie der Tod, das wusste sie sicher. Sie war zu hoch gewesen, diesen Sturz konnte sie nicht überleben …

Sie krachte mit dem Rücken aufs Pflaster. Sie war tot. Sie musste einfach tot sein. Es tat gar nicht weh. Es tat fast gar nicht weh, im Bein spürte sie einen brüllenden Schmerz, aber sie …

Sie atmete nicht.

Einen endlos langen, quälenden Moment starrte sie in den Himmel, während ihre Lungen ihr den Dienst versagten. Flammen loderten aus dem Fenster über ihr, und Ascheflocken tanzten im Wind. Sie sah alles wie in Zeitlupe, die Feuertreppe schwarz und Laurens Gestalt eine Spinne in Jeans, die über die letzten Stufen krabbelte. Sie konnte nicht atmen. Sie konnte nicht atmen, das war's … Ihr Psychopomp würde kommen und sie holen, sie erwartete ihn schon, beobachtete die Nachtvögel, die über ihr kreisten, und fragte sich, welcher von ihnen es war, hoffte, dass die schrecklichen Raben nicht aus dem Gebäude entkommen waren, und wusste zugleich, dass das gut passieren konnte, wenn sie nicht verbrannt waren …

Etwas in ihrer Brust gab nach, ein Zahnrad, das endlich doch an seinen Platz rutschte. Ihre Lungen füllten sich. Ihre Augen brannten, ihr Mund öffnete sich.

Sie rollte sich auf die Seite und glaubte schon, sie müsste sich übergeben, aber nichts geschah. Nichts bis auf die Tatsache, dass die Welt wieder feste Umrisse annahm, bis auf das Tosen des Blutes in ihren Adern, den Schmerz im verbrannten und aufgeschlitzten Bein und in den wunden Händen und das Brennen in der von Rauch und von Schreien strapazierten Kehle.

Lauren landete neben ihr auf dem Asphalt – und zwar auf den Füßen, eine sehr viel anmutigere Landung, als sie Chess geglückt war.

Oh Scheiße! Sie lag hier und träumte vor sich hin, während neben ihr ein brennendes Haus vor dem Einsturz stand und es auf dem Parkplatz von Lamaru nur so wimmelte.

Sie brauchte Laurens raue Hand nicht, um wieder auf die Beine zu kommen. Aber um nicht zu straucheln brauchte sie sie schon; einen Moment lang drehte sich alles wie rasend um Chess.

Noch bevor sie wieder geradeaus gucken konnte, setzte sie sich in Bewegung; ein zögerlicher, stolpernder Lauf, bei dem ihr die Knie zitterten. Aus den Augenwinkeln sah sie, wie die Menge sich zerstreute und sich ihr und Lauren zuwandte.

Sie hatte Ohrensausen. Zuerst dachte sie, das käme noch von ihrem Sturz, aber als ihr Hände über die Arme strichen, begriff sie, dass es kein Ohrensausen war, sondern Sirenengeheul, und Erleichterung durchflutete sie, als die roten Lichter über die umliegenden Gebäude huschten und Lauren in Stroboskoplicht tauchten.

Die Feuerwehr war da.

Die Lamaru – und auch Maguinness' Leute – schrien und rannten kopflos umher. Niemand schenkte ihnen bei der wilden

Flucht jetzt noch Beachtung. Feuerwehrleute waren Kirchenpersonal, und nach Downside wagten sie sich nie allein – bei den seltenen Gelegenheiten, zu denen sie sich überhaupt mal in Downside blicken ließen, brachte sie immer eine komplette Einheit des Squad mit. Offensichtlich legten die Lamaru keinen Wert darauf, dem Squad zu erklären, dass jemand ihre illegale Psychopomp-Party aufgemischt hatte.

Hinter ihr ächzte Stahl. Das Geräusch zerriss die Luft und raste ihr geradewegs die Wirbelsäule hinauf. Jeder Schritt bedeutete Schmerz. Alles tat ihr weh. Ihre Brust schien jeden Moment bersten zu wollen und ihre raucherstickten Lungen drohten zu versagen. Aber wenn sie ihren Arsch nicht sofort hier rausbewegte, würde er abgefackelt werden, und sie hatte sich ganz sicher nicht aus diesem verdammten Gebäude gerettet, nur um dann zerquetscht zu werden, wenn es zusammenkrachte.

Sie erreichten das Gebüsch und rannten in einer Kurve auf den Haupteingang zu. Sie brauchten ihre Zeit jetzt nicht länger mit Heimlichtuerei zu vergeuden; außerdem mussten sie die anrückenden Mitglieder des Squad einweisen und ihnen von den Geistern und den drei Psychopomps berichten, die noch im Gebäude waren.

Auf der anderen Seite des Zaunes, zur Straße hin, erhaschte Chess einen Blick auf eine groß gewachsene, zottelige Gestalt, bei der es sich nur um Maguinness handeln konnte. Er spazierte mit den Händen in den Taschen vorbei, als wäre er nur ein unbeteiligter Nachtschwärmer auf einem kleinen Streifzug durch Downside. Also hatte sie recht gehabt. Er war es gewesen – und er war immer noch hier.

Mistkerl. Dass er die Lamaru um die Ecke bringen wollte, war ihr scheißegal – verdammt, dabei hätte sie ihm sogar noch geholfen, wenn sie gekonnt hätte und wenn er nicht so ein völlig verdrehter krimineller Irrer wäre.

Aber er hatte dieses Gebäude bombardiert, als sie noch drinnen gewesen war, kurz bevor sie die Lamaru geschnappt und sich fünfzig Riesen verdient hätte. Fünfzig Riesen und die einmalige Gelegenheit, ein für alle Mal mit Lauren fertig zu sein. Also Scheiß auf ihn!

Und als hätte er ihren Blick gespürt oder ihre Gedanken gelesen, blieb Maguinness stehen und drehte sich. Selbst auf die Entfernung konnte sie sein Grinsen erkennen.

»Ich kapier das einfach nicht«, wiederholte Lauren. Ihr Sportwagen, staubig, aber trotz der Gebrauchsspuren immer noch super in Schuss, stand im Leerlauf auf der Straße vor Chess' Haus. Die Kabine war mit dreckigen Erfrischungstüchern gefüllt; bei dem Versuch, sich zu säubern, hatten sie zusammen fast eine ganze Packung verbraucht.

Chess schüttelte die Wasserflasche über dem geöffneten Mund und versuchte verzweifelt, die letzten Tropfen rauszubekommen. Ihre Kehle brannte, als hätte sie den ganzen Tag an einem Auspuff gelutscht, und auf Reden hatte sie jetzt wirklich keinen Bock. Nicht jetzt. Nicht heute Nacht. Sie wollte nur noch nach oben gehen und den ganzen Inhalt ihres Pillendöschens auf einmal runterschlucken; sie wollte zum Laden an der Ecke marschieren, sich einen Eimer Eis kaufen, ihn auf der Couch in sich reinlöffeln und dabei Unterschichtfernsehen glotzen. Oliver Fletcher, dieser Mistkerl, hatte ihr mal einen ganzen Karton voller Disks mit seiner völlig hirnlosen Show geschickt. Bisher hatte sie nur mal kurz reingezappt, aber heute Nacht konnte sie sich gar nichts Besseres vorstellen.

Na ja, okay. Das stimmte nicht ganz. Ein paar bessere Sachen konnte sie sich zwar schon vorstellen, aber nur eine davon war im Moment machbar, und sogar ihr war klar, dass ein Trip zum Pfeifenraum bei dem Zustand, in dem sich ihr Hals befand, keine so gute Idee war. Verdammt, dabei hatte sie sich den ganzen Tag darauf gefreut.

»Ich auch nicht«, brachte sie schließlich hervor. Ihr Stimme krächzte. »Aber was spielt das schon für eine Rolle? Entweder sind sie irgendwie an deine Tasche rangekommen – vielleicht, als sie dir die Reifen aufgeschlitzt haben –, oder sie haben dich mit irgendeinem Zauber belegt … nein, Moment. Im Psychopompraum hatten sie irgendeinen Fetisch. Vielleicht hat der deine Raben angesteckt.«

»Ich kann mir einfach nicht vorstellen, wie sie es geschafft haben, etwas derart Mächtiges zu erschaffen. Aber dann sind sie wohl doch ziemlich … ziemlich stark …« Lauren seufzte. Und seufzte noch einmal.

Und noch einmal. Chess warf ihr einen Seitenblick zu, während ihr verschiedene Versionen von »Was zur Hölle?« durch den Kopf gingen, und dann bemerkte sie zu ihrem Entsetzen, dass Lauren weinte.

Ach du Scheiße! Was sollten sie denn bitte jetzt machen?

Zögernd streckte sie die Hand aus und drückte Lauren behutsam die Schulter. »Hey, ähm … geht es dir …?«

Blöde Frage. Wer heulte denn schon, weil es ihm gut ging? So viel war sogar Chess klar. Verdammt, eigentlich musste sie das sogar am besten wissen, oder?

»Wie bist du damit fertig geworden?«

»Was?«

Als Lauren sie ansah, stachen die Augen grell von dem rußigen Gesicht ab. »Wie bist du damit fertig geworden? Dass sie dich … dass sie dir das angetan haben?«

Oh Fuck! Egal, wie ramponiert ihre Kehle war, sobald sie sich aus dem Auto verabschieden konnte, würde sie zusehen, dass sie in den Pfeifenraum kam. Sie wusste, was Lauren meinte. Sie wusste, dass sie sich zu Recht gefragt hatte, ob Lauren ihren

Angreifern entkommen war, und sie kannte auch die Antwort – nein.

Und anscheinend – offensichtlich – wusste Lauren auch ein paar Dinge über sie. Diese Schlampe, diese blöde … Sie hatte Chess' Akte gelesen. Nicht bloß die Personalakte, sondern die *vertraulichen* Unterlagen. Die, in der die Ergebnisse der medizinischen Untersuchungen aufbewahrt wurden, denen man entnehmen konnte, dass sie das Verhütungsimplantat, das man weiblichen Kirchenangestellten im Feldeinsatz zur Verfügung stellte, gar nicht nötig hatte, weil ihr Körper so unwirtlich und unfruchtbar war, wie die Welt um sie herum.

Die Akte, in der auch stand, woher das kam. Das Protokoll des einzigen Gesprächs, das sie jemals über dieses Thema geführt hatte, vor Jahren mit dem Ältesten Banks.

Der Älteste Griffin … er hatte die Unterlagen vermutlich auch gelesen. Deswegen hatte er letzte Nacht in diesem schrecklichen purpurnen Kreis Bescheid gewusst. Deshalb hatte er gewusst, wie er ihr helfen konnte.

Und er hatte es ihr nie gesagt. Niemand hatte ihr je davon erzählt. Wussten am Ende alle Bescheid? Wenn sie an ihnen vorüberging, sah dann jeder schmutzige Fingerabdrücke auf ihrem Körper? Konnte man es an ihrem Blick ablesen, es ihrer Stimme anhören?

In ihrem Kopf hämmerte es, als die Wut in ihr hochkochte und direkt bis ins Gehirn brodelte, vermischt mit der bitteren Galle aus ihrem Magen, der sich in ihrem Bauch verdrehte. Sie wussten alle Bescheid, sie *wussten* es alle …

»Man findet sich einfach damit ab«, sagte sie endlich. Sie schenkte Lauren diese Lüge, weil sie es nicht ertrug, ihr die Wahrheit zu sagen. Weil sie nicht glaubte, dass Lauren mit der Wahrheit geholfen war. »Man macht einfach weiter und denkt nicht mehr daran, weil man sich nicht erlaubt, darüber nachzudenken.«

»Aber ich kann nicht damit aufhören.« Kein Wunder, dass Laurens Fingernägel so kurz waren; Chess sah zu, wie sie einen Hautfetzen so heftig mit den Zähnen abriss, dass Blut aus der Wunde quoll und zu einer perfekt geformten roten Träne auf der blassen Haut anwuchs. »Ich muss einfach die ganze Zeit daran denken.«

»Tja, das ist eben einfach so passiert, ich meine … warum redest du nicht mal mit jemandem darüber, weißt du, vielleicht kann ja dein Vater oder sonst jemand …«

»Ich dachte, ich *würde gerade* mit jemandem darüber reden. Mit dir.«

»Aber ich bin nicht … Ich bin nicht so wirklich, ich meine, ich glaube nicht, dass du dich so richtig wohlfühlen würdest, wenn du das ausgerechnet mit mir besprichst, oder?«

Lauren war ein hübsches Mädchen – eine schöne Frau. Aber mit den zusammengebissenen Zähnen, den schmalen Augenschlitzen und der immer noch geschwärzten, fleckigen Haut sah man es ihr im Moment nicht mehr an. Gezackte, bleiche Linien zogen sich von den Augen nach unten. »Eigentlich glaube ich, dass du diejenige bist, die ein Problem damit hat, Cesaria.«

Was zur Hölle wollte sie denn bloß von ihr? So 'ne Art Selbsthilfegruppe, oder wie? Echt motivierende Sinnsprüchlein, die man im Chor bei Kerzenlicht murmelte? Nach so was musste sie sich anderswo umsehen, da gab es genügend Angebote. Chess zündete höchstens dann Kerzen an, wenn das Tageslicht ihr in den von den Drogen geweiteten Pupillen wehtat.

Lauren drängte sich ihr auf. Vielleicht war das ein unfairer Eindruck, irgendwie nicht solidarisch genug oder so, aber so empfand sie das nun mal: als ob Lauren sie überall mit kleinen, klebrigen Händen betatschen und ihr die Haut in Fetzen reißen würde, um zu sehen, was darunter war.

Und obwohl ihre Kollegin in Tränen aufgelöst war, die ziemlich echt wirkten, wurde Chess das Gefühl nicht los, dass Lauren sie keine Sekunde aus den Augen ließ und sie wie unter dem Mikroskop betrachtete. Ob das nun daran lag, dass Lauren glaubte, sie hätte ihre Vergangenheit irgendwie ganz toll »bewältigt«, oder daran, dass sie Chess verunsichern wollte, oder einfach nur darum, dass sie letztendlich doch eine gruselige Ziege war, wusste Chess nicht genau, und inzwischen war es ihr auch vollkommen egal. Sie wollte nur noch nach Hause, ihre Wunden versorgen, die verräucherten Klamotten loswerden und sich die Birne zuballern. Nüchternheit ging einfach mal gar nicht mehr.

»Ich hab überhaupt kein Problem damit«, sagte sie. Ein Hustenanfall drohte sich in ihrer Kehle breitzumachen, aber sie unterdrückte ihn. Sie musste keine Schwäche zeigen. »Ich glaube bloß nicht, dass ich dir irgendwie helfen kann. Und ich glaube, dass es Leute gibt, die dafür besser qualifiziert sind als ich. Bei mir ist das schon lange her. Ich kann mich eigentlich nicht mal mehr daran erinnern, ich meine, ich denke im Grunde gar nicht mehr daran. Das ist alles. Ich glaube, wenn du einfach … du solltest ins Krankenhaus gehen, oder? Die machen dann ihre Tests und vermitteln dich an irgendjemanden. Du weißt doch, wie's läuft.«

»Genau. Damit alle Kollegen mitkriegen, was passiert ist. Dass ich mich nicht wehren konnte.«

»Da war ein ganzes Dutzend von denen, was hättest du denn …?«

»Du hast es geschafft.«

»Bei mir war es nur einer. Einen hättest du sicher auch noch kleingekriegt.«

Das nahm sie jedenfalls an. Sie hatte keine Ahnung, ob sie mit ihrer Vermutung, wie viele Männer Lauren angegriffen hatten, richtiglag, aber Lauren widersprach auch nicht, also machte sie sich darüber keinen Kopf.

»Egal.«

Okay … war das jetzt genug? Konnte sie jetzt gehen oder … nein. Verdammt! »Hör mal«, sagte sie und legte Lauren wieder die Hand auf die Schulter. »Du hast doch jetzt zwei Möglichkeiten, oder? Du kannst dich von dieser Sache auffressen lassen, weil es dir zu peinlich ist oder weil du zu viel Angst hast oder was auch immer, um dir Hilfe zu suchen – falls es das ist, was du brauchst –, oder du kannst versuchen, alleine damit fertig zu werden. Und da gibt es kein Patentrezept. Nur weil es für mich funktioniert hat, muss es für dich noch lange nicht richtig sein, und deshalb bin ich da die falsche Adresse für Ratschläge, okay? Sieh einfach zu … wenn ich du wäre, würde ich ins Krankenhaus fahren. Echt.«

Das war eine dicke, fette Lüge.

»Aber klar, mach, was du für richtig hältst. Ist ja nicht so, als ob du jetzt auf der Stelle alles entscheiden müsstest, weil die Chance später vorbei ist, weißt du?«

Verdammt, hatte sie das gerade wirklich gesagt? Irgendwie hörte sich das sogar ziemlich schlau an. Oder auch nicht. Wie zur Hölle sollte sie das bitte wissen?

Aber es war schon erstaunlich, wie sehr sie der Gedanke motivierte, dass sie nur diese Frau loswerden musste – diese Frau, mit der sie inzwischen schon gefühlte Jahre verbracht hatte –, um endlich alleine zu sein. Endlich, endlich allein und so wunderbar nahe dran an einer Ohnmacht.

Lauren nickte. *Bingo!* »Ja. Ja, ich schätze, du hast recht. Ich fühl mich einfach, ich weiß auch nicht, so schmutzig. Als ob es meine Schuld gewesen wäre. Als ob ich dafür verantwortlich wäre, als ob ich sie dazu angestachelt hätte, mir das anzutun. Als hätte ich eigentlich stark genug sein müssen, mich zu wehren.«

Schlagartig war Chess' Triumphgefühl dahin. Mist! Sie würde nie aus diesem Wagen rauskommen, und was noch schlimmer war, sie spürte, wie Laurens Worte ihre eigene Wunde, all die alten Wunden wieder aufriss.

»›Hätte‹ gibt es nicht.« Zum ersten Mal in dieser Unterhaltung wusste sie haargenau, wovon sie redete. »Vergiss es! Was passiert ist, ist passiert. Daran kannst du nichts mehr ändern; das Thema ist durch, und jetzt gibt es kein Zurück mehr. Also musst du jetzt einfach nach vorne gucken. Ganz egal wie.«

Damit schien sie bei Lauren einen Nerv zu treffen; Chess war sich nicht sicher, ob sie darüber froh sein sollte oder nicht. Sie hätte zwar alles darum gegeben, endlich aus diesem Auto rauszukommen, aber dass der Preis ausgerechnet aus der Wahrheit bestehen würde, hätte sie nicht gedacht. Echt Scheiße.

»Danke, Cesaria. Vielen Dank!«

»Gern geschehen.«

Sie verabredeten sich lose für morgen; da es nur noch zwei Tage bis zur Zeremonie für den Ältesten Murray waren, konnte keine von ihnen mit Sicherheit sagen, was passieren würde und wie viel Zeit ihnen noch blieb. Diese ganze Unterhaltung hatte viel länger gedauert, als Chess lieb war, und überhaupt hatte dieser ganze schier endlose Tag schon viel, viel länger gedauert, als ihr lieb war, was waren da also noch ein paar lumpige Minuten?

Endlich sprang sie aus dem Wagen. Ihr verletztes Bein hinderte sie daran, sofort loszurennen, aber die Versuchung war verdammt groß. Sie schloss die große Holztür auf und durchquerte die geflieste Eingangshalle, die einmal das Kirchenschiff gewesen war. So schnell sie konnte, hastete sie die Stufen hinauf, die Schlüssel in der einen und das Pillendöschen in der anderen Hand. Sobald sie drinnen war und die Tür hinter sich zugemacht hatte …

Oder auch nicht.

Lex wartete vor ihrer Wohnungstür auf sie, den schlaksigen Körper lässig gegen den Türpfosten gelehnt. »Hey, Tülpi«, sagte er. »Wo hast du dich denn rumgetrieben?«

20

Ein Versprechen an die Kirche ist wichtiger als jedes andere.
Nicht nur, weil die Kirche dich beschützt, sondern auch,
weil die Kirche dich ständig beobachtet.
Das Buch der Wahrheit, »Veraxis«, Artikel 1340

Die Schwellung in seinem Gesicht war zurückgegangen; er sah jetzt wieder aus wie er selbst, und nur eine leichte Anspannung in seinem Kiefer verriet ihr, dass der Knochen immer noch mit Draht gerichtet war.

Scheiße, freute sie sich etwa wirklich gerade, ihn zu sehen?

Ja. Ja, tat sie irgendwie wirklich. Trotz der Auseinandersetzung, die ihnen jetzt sicherlich bevorstand, trotz ihrer Entschlossenheit, nicht das zu tun, was ihr bei seinem Anblick sofort in den Sinn kam … trotz alldem war sie wirklich froh, ihn zu sehen.

Und das lag nicht mal nur daran, dass sie wusste, dass in der Innentasche seiner Lederjacke ein Pillentütchen auf sie wartete.

Jedenfalls nicht nur.

»Hey.« Das kam etwas atemlos; der Jogginglauf die Treppe hoch hatte ihre strapazierte Lunge mehr mitgenommen, als sie zunächst bemerkt hatte. Und natürlich war sie überrascht. Und sah wahrscheinlich zum Fürchten aus, dreckig, abgerissen und stinkend wie ein fettiger Grill.

Das blieb auch ihm nicht verborgen. »Verdammt, Mädel! Weiß

ja, dass wir uns lange nicht gesehen haben, aber dass du dir die Tollwut einfängst, hätte ich jetzt doch nicht gedacht.«

»Haha! Ich bin in einen Brand geraten.«

»Ach, echt? Dachte, das kommt von so 'ner Hexensache bei der Kirche.«

»Nein.« Er roch nach Seife und Leder; ein Hauch davon stieg ihr in die Nase, als sie sich an ihm vorbeidrängte, um ihre Wohnungstür aufzuschließen und die Schutzrunen zu deaktivieren.

»Wo hat's denn gebrannt?«

»Warum interessiert dich das denn?«

Sie wollte unbedingt aus den Jeans raus, schon allein, damit sie sich um die Brandwunde kümmern konnte. Aber irgendwas sagte ihr, dass es keine gute Idee war, jetzt schon mit dem Ausziehen anzufangen. Okay, nein, nicht *irgendwas*. *Alles* in ihr schrie förmlich, dass das eine bescheuerte Idee war.

Sie hatte sich etwas vorgenommen. Nie wieder. Egal, wie gut es sich anfühlte, sie würde nie wieder mit Lex schlafen. Das war ein Teil ihrer Buße, ein Teil ihrer Bemühungen, einem Mann, dem nicht länger auch nur das Geringste an ihr lag, zu beweisen, dass sie nur ihn wollte.

Dumm. Total dumm. Sie war beinahe gestorben, und sie musste zugeben, dass es ihr doch etwas an die Nieren gegangen war. Ganz zu schweigen davon, dass ihr Herz immer noch doppelt so schnell raste wie gewöhnlich und ihr der Kopf nach der Unterhaltung mit Lauren immer noch schwirrte wie ein Hexenkessel.

Warum also nicht? Lex würde bestimmt nicht Nein sagen. Terrible würde nie davon erfahren, und wahrscheinlich war es ihm doch sowieso egal. Und sie brauchte das jetzt. Sie musste vergessen, sich verlieren und alles hinter sich lassen.

Vorsichtig streifte sie die Stiefel mit den Füßen ab, während sie versuchte, so wenig Reibung wie möglich zu verursachen zwischen dem verletzten Oberschenkel und dem Jeansstoff, der die Wunde immer noch halb bedeckte. Ihre Hände wanderten zum Hosenknopf.

Und verharrten.

Nein, Terrible würde nichts davon erfahren, und vielleicht war es ihm auch wirklich egal – ach, verdammt, von wegen »vielleicht«, es war ihm auf jeden Fall egal. Aber *sie* würde es wissen. Falls das Gespräch jemals darauf kam, wollte sie nicht lügen müssen, sondern ehrlich sagen können, dass sie zwei Nächte, bevor Terrible sie zusammen auf dem Friedhof erwischt hatte, das letzte Mal mit Lex zusammen gewesen war. Was nicht das beste Timing der Welt gewesen war, immerhin hatte ihr Terrible genau in dieser Nacht gestanden, was er für sie empfand. Was er für sie empfunden *hatte*. Was er *irgendwann früher* mal für sie empfunden hatte.

Aber es war echt, und es war sauber, und das wollte sie sich erhalten.

Lex' Blick war ihr unangenehm bewusst, als sie über das kalte Linoleum zum Kühlschrank tappte, ihn öffnete und zwei Bier herausholte, von denen sie ihm eins reichte. »Wie geht's deinem Kiefer?«

Er nahm ihr das Bier aus der Hand, trank aber nicht. Stattdessen beobachtete er sie mit leicht schräg gelegtem Kopf. Als er sprach, klang seine Stimme weich, fast zärtlich. »Gibste mir jetzt den Laufpass, Tülpi?«

Scheiße! »Lex …«

»Ach, jetzt komm schon. Ist ja nicht so, als hätt' ich's nicht kommen sehen. Hätt bloß nicht gedacht, dass du's gerade jetzt machst.«

»Es … es liegt nicht an dir, ich meine, ich weiß, wie das klingt …«

»Ach nee, komm, spar mir die Erklärungen. Ich denk mal, ich kapier das schon ganz gut.« Er stieß sich von der Wand ab, schlenderte zum Sofa hinüber, ließ sich hineinfallen, dass ihm das Fear-T-Shirt hochrutschte, und fläzte die Chucks auf den wackeligen Couchtisch. »Aber irgendwie witzig. Du und ich, wir müssen da noch über 'n paar andere Sachen reden bei Gelegenheit.«

War das alles? Sie hatte gerade mit ihm Schluss gemacht – na ja, oder so was Ähnliches, immerhin waren sie nicht gerade fest miteinander gegangen, aber trotzdem –, und mehr kam nicht von ihm?

Nicht, dass es ihr was ausgemacht hätte. Nein, eigentlich war es natürlich viel besser, wenn er sich einfach mit einem Schulterzucken damit abfand. Etwas anderes hatte sie eigentlich auch nicht erwartet. Aber sie musste zugeben, dass sie insgeheim doch ein bisschen … enttäuscht war. Hatte ihre Das-bedeutet-keinem-von-uns-was-Affäre ihm denn gar nichts bedeutet?

»Worüber müssen wir denn reden?«

»Warum ihr Hexen 'ne Besichtigungstour durch meine Tunnel gemacht habt. Dachte, ihr steht nicht so darauf, unter der Erde rumzukrabbeln.«

»Was?«

Er verengte die Augen, und ihr lief ein Schauer über den Rücken. Ah. Okay. Er nahm in Wirklichkeit gar nichts auf die leichte Schulter. Er glaubte, dass sie irgendwas im Schilde führte und dass das Ende ihrer Was-auch-immer-es-gewesen-war etwas damit zu tun hatte. Er glaubte, dass sie gemeinsam mit Bump und Terrible daran gearbeitet hatte, die Tunnel unterhalb der Stadt zu übernehmen. Bump kontrollierte den größten Teil von Downside, klar. *Über* der Erde. Nur Slobag und seine Leute benutzten die Tunnel.

Eine Sekunde lang kitzelte sie das Lachen wie verrückt im Magen. Dachte er wirklich, Terrible würde noch mit ihr reden?

Aber andererseits tat er das ja auch irgendwie. Gewissermaßen. Solange er nicht rangehen musste, wenn sie anrief.

»Hexen in meinen Tunneln, Tülpi. Finden da unten alles Mögliche, echt alles Mögliche. Frösche und Finger und so 'ne Scheiße wie die Leichenhand, die du da mit dir rumschleppst? Was habt 'n ihr da unten zu suchen, hm?«

Frösche und Finger. Der Fetisch. Maguinness. Die Lamaru. Ihr Mund wurde staubtrocken; sie stürzte ihr halbes Bier runter und war sich vollkommen darüber im Klaren, dass sie nicht schuldbewusster hätte aussehen können, wenn sie sich ein Schild auf die Stirn gepappt hätte, auf dem stand: *Ich war's.*

»Brauchst gar nicht erst rumzudrucksen. Hätt ja nicht gedacht, dass es zwischen uns mal so weit kommt, aber wenn du hier Spielchen spielen willst ...«

»Ich war's nicht, Lex.«

»Ach, jetzt komm schon, lass doch ...«

»Ich war's nicht, Lex. Echt nicht. Es waren die Lama ... *Aah!*«

Verdammt! Das hatte sie ganz vergessen. Die Bindung und den rasenden Schmerz. Ein Abend mit Lauren und einer offenen Aussprache, ein Abend voller Stress, Feuer und spaßigen Nahtoderfahrungen, und schon war ihr dieses kleine Problem komplett entfallen.

Und jetzt lag sie in einer Bierpfütze am Boden, Blut lief ihr über die Handgelenke, und der Oberschenkel tat vom Sturz unglaublich weh.

Lex überraschte sie, indem er etwas Anständiges tat – er kam zu ihr und half ihr auf. »Was zum Teufel war' n das?«

»Ich habe einen Bindenden Eid geleistet. Und das sind die Spuren der Bindung. Ich kann nicht darüber sprechen. Alles, was ich sagen kann, ist, dass ich es nicht war. Und die Kirche steckt auch nicht dahinter, es hat nicht mal was mit Bump zu tun.«

Auf dem Weg zur Couch musste er sie stützen. Ihre Muskeln fühlten sich an, als kämen sie aus der Mikrowelle. Was trieben die denn da unten in den Tunneln? Und was noch wichtiger war, wie hatten sie überhaupt von den Tunneln erfahren? Sie selbst hatte sie bis vor Kurzem noch für eine Legende gehalten, und soweit sie wusste, ging das allen bis auf Slobag und seine Gang so. »Was hatten die denn da unten zu suchen? Du hast was von Kröten und Fingern gesagt – was war sonst noch da? Hast du es gesehen? Wo war es?«

»Pscht.« Er zog seinen kleinen magischen Beutel aus der Jackentasche und wühlte darin herum, dann streckte er die Handfläche aus. Zwei Cepts und zwei Oozer. Damenwahl.

Sie sollte das nicht tun. Sie brauchte jetzt einen klaren Kopf. Ihre Cepts würden sie nicht allzu sehr aus der Bahn werfen; wenn sie die intus hatte, konnte sie sich noch genug Notizen machen, um nichts Wichtiges zu vergessen. Aber die Oozer … auf so einem Trip konnte sie nicht mehr schreiben. Da konnte sie eigentlich so ziemlich gar nichts mehr machen.

Verdammt, klang das toll!

»Diese Schnitte, tun die weh?«

»Wonach sieht's denn aus?«

»Sehen ziemlich sexy aus, wenn du mich schon so fragst.« Aber sein Lächeln war einfach nur nett, als er ihr die ausgestreckte Hand hinhielt, damit sie ihre Wahl treffen konnte.

Ach, scheiß drauf! Sie wischte ihm die Hand leer und schüttete sich den ganzen Inhalt auf einmal in den Mund. Dann spülte sie mit Bier nach. Sie würde zu Wasser wechseln müssen; ein Bier konnte ihr nichts anhaben, nicht mal zusammen mit den Oozern, aber noch mehr zu trinken war vermutlich keine so gute Idee. »Danke.«

Er nickte. »Diese Lamaru sind also zurück, ja?«

Die purpurnen Male unter ihrer Haut regten sich. Eine Warnung? Sie bewegten sich sowieso ständig, aber bewegten sie sich jetzt lebhafter? Hätten die ihr nicht eine Alarmanlage einbauen können, die nicht so wehtat? Ja, nicht über den Fall reden, so viel war klar. Aber sie kam nicht ganz drum herum, wenn sie am Leben bleiben wollte.

»Darfste mir nichts drüber sagen, hm?«

Sie sah ihn wortlos an und hob das Handgelenk, sodass er die schwarz verschorften Schnitte sehen konnte.

»Was ist denn da bloß mit deinem Bein passiert? Die Jeans ist ja total zerrissen.« Er fuhr ihr mit sanfter Hand über den Oberschenkel. »Das sollten wir mal sauber machen, Tülpi. So was darf man nicht sich selbst überlassen, finde ich.«

»Ja.« Er hatte recht. Sie sollte sich wirklich darum kümmern. Die Pillen hatten noch nicht angefangen zu wirken, aber es konnte nicht mehr lange dauern: fünfzehn Minuten, höchstens zwanzig. Ihr Magen war leer.

»Ich helf dir mal 'n bisschen, ja? Wart mal kurz.«

Sie blieb sitzen und starrte die Wasserflecken an der Decke an. Morgen würde sie alles mal gründlich durchdenken. Sie würde sich hinsetzen und versuchen, der Sache auf den Grund zu gehen. Sie stellten verfluchte Fetische her und benutzten sie, um Psychopomps zu erschaffen oder zu verändern oder beides. Und sie machten es im Untergrund, wenigstens zum Teil. Der Schlachthof war in puncto Ritualplatz ganz offensichtlich eine Ausnahme.

Warum unter der Erde? Warum ließen sie magische Gegenstände in den Tunneln zurück? »Hey, Lex.«

»Ja?« Etwas klapperte im Bad; sie seufzte. Wahrscheinlich richtete er gerade eine Riesensauerei an. »Zeigst du mir mal, wo du das Zeug in den Tunneln gefunden hast?«

Mehr Lärm; Plastik, das auf den gefliesten Boden krachte, dachte sie. Es war der typische hohle Klang, wie eine misstönende Bongotrommel. »Warum willste 'n das sehen?«

Sie blinzelte. Es war ihr gar nicht in den Sinn gekommen, dass er nicht … Na ja, warum sollte er denn auch? Sie hatte ihn gerade abgesägt, und er wusste auch, warum. Er hatte nicht mehr den geringsten Grund, an ihre Loyalität ihm gegenüber zu glauben; für ihn sah es vielleicht sogar so aus, als wollte sie die Tunnel für Bump und Terrible auskundschaften.

Und das Traurige war, dass sie es vielleicht wirklich getan hätte, wenn sie geglaubt hätte, dass das an Terribles Einstellung irgendwas ändern würde.

Wie zur Hölle machten andere Leute das, diese Sache mit den Gefühlen und dem Verzeihen? Wie konnten sie diese Empfindungen bloß aushalten? Sie kam jetzt schon kaum damit klar, und dabei hatte sie immerhin ganz bezaubernde, kostbare Drogen, die ihrem Leben überhaupt erst einen Sinn gaben und ihr weiterhalfen, wenn es mal schwierig wurde. Wie schaffte man es bloß, nüchtern mit dem ganzen Kram fertig zu werden?

Lex kam zurück in das winzige Wohnzimmer und setzte sich mit einem Arm voller Erste-Hilfe-Ausstattung neben sie. Es sah aus, als hätte er einfach alles mitgebracht, was er in ihrem Bad finden konnte. »Hab dir doch schon gesagt, was sie da unten gefunden haben.«

»Ja, aber ich muss … Wenn ich mal die Energie da unten checken könnte, wäre das echt hilfreich.«

»Zieh mal die Jeans aus.«

Hm, okay. Anders ging's ja wohl nicht, oder? Scheiße! Na ja, vielleicht wäre er eher bereit, sie mal einen Blick in seine Tunnel werfen zu lassen, wenn sie die Hosen runterließ.

Und natürlich würde er mit ziemlicher Sicherheit Ja sagen, wenn sie ihm noch mal einen Blick in *ihren* Tunnel gestattete, aber … nein.

»Lex.«

Er wickelte einen langen Streifen Mullbinde ab und legte ihn sich über den Schoß. »Ja?«

»Terrible … er redet nicht mehr mit mir. Er will eigentlich

überhaupt nichts mehr mit mir zu tun haben. Er hat mich … er hat ein paar hässliche Sachen zu mir gesagt. Ich will hier also nicht für ihn spionieren oder so. Ich schwör's. Ich muss aus beruflichen Gründen sehen, wo du dieses Zeug gefunden hast. Das könnte echt wichtig sein.«

Als sie fertig war, fühlte sich ihr Gesicht so heiß an wie die aufgerissene Haut an ihrem Oberschenkel. Und ausnahmsweise – so ziemlich zum ersten Mal, seit sie ihn kannte – hatte er genug Taktgefühl, sie nicht anzusehen oder sich an ihrem Unwohlsein zu weiden und sie damit aufzuziehen.

»Na gut!«

»Wa … echt?«

Er zuckte die Schultern. »Okay, ich nehm dich mit runter. Versprochen. Aber Tülpi … zwischen dir und mir gab's doch bis jetzt nie Probleme wegen diesem Schönschwätzer und seinem Gorilla, hm? Lass uns doch jetzt nicht damit anfangen. Verstehst, wie ich meine?«

Erleichterung durchströmte sie; Erleichterung, eine gewisse Vorahnung und die ersten warmen Wellen der Pillenwirkung. »Ja, klar. Klar. Kein Ding. Das sollte echt nicht zwischen uns stehen.«

»Schön. Na, dann zieh doch mal diese Jeans …«

Sie hielten beide inne. Ihre Tasche piepte.

Belämmert fingerte sie in ihren Taschen herum. War das etwa ihr Handy? Ihr Handy piepte doch gar nicht. Was zur … oh Scheiße! Ihre Tasche hatte auf dem Boden des Psychopompraums gelegen, hatten die Lamaru ihr da etwa was untergeschoben?

Nein, du dumme Nuss. Wer würde denn bitte Leuten was unterschieben, die er sowieso umbringen wollte? Die Lamaru hatten ganz sicher geglaubt, dass sie nicht mehr lange zu leben hatte, als sie sie im Psychopompraum eingeschlossen und im brennenden Gebäude zurückgelassen hatten wie die Römer, die ein paar Christen in die Löwengrube warfen. Also warum zum Teufel hätten sie ihr dann erst noch irgendeine Maschine in die Tasche stecken sollen?

Bei dem Gedanken musste sie grinsen. Oh ja! Die Oozer taten definitiv ihre Wirkung. Ihr Magen hüpfte ein bisschen, ihr Blut wurde wärmer und dicker und rollte träge und geschmeidig durch ihre Adern.

»Tülpi?«

»Hm?«

»Guckst jetzt mal nach, was das für 'n Piepen ist?«

»Hä? Ach so, ja. Okay.«

Ihr Bein schmerzte jetzt kaum noch. Sie spürte immer noch die zerfetzten Ränder der Jeans an der Wunde, aber es tat nicht mehr weh. Super.

Natürlich hatte sie so auch ein bisschen das Gefühl, auf Beinen herumzulaufen, die es gar nicht wirklich gab. So als würde sie schweben. Schweben war auch super. Sie fühlte sich anmutig, wie sie so durch die dichte, seidige Luft, die sie umhüllte, auf ihre Tasche zuglitt und sie aufs Sofa holte, bevor sie sie öffnete, einfach weil es ihr wie die einzig richtige Lösung vorkam.

Aber was war denn das bloß für ein Ding? Es kam ihr vage vertraut vor. Mehr als vage. Ohne die Oozer hätte sie schneller geschaltet, aber so hielt sie die dicke schwarze Box mit dem grünlichen Gitternetz auf dem LED-Schirm in der Hand und versuchte sich zu erinnern, was sie überhaupt damit wollte.

»Was haste 'n da?«

»Hm? Ach. Ähm … das ist der Empfänger von Laurens Peilsender.«

Anscheinend konnte er damit nicht allzu viel anfangen; er saß mit verschränkten Armen und erhobenen Augenbrauen neben ihr und wartete anscheinend auf weitere Erklärungen.

»Das ist so ein Aufspürgerät, weißte? Um, äh, Leute zu verfolgen. Man platziert den Sender irgendwo auf ihrem Auto oder wo auch immer, und dann kann man ihre … Koordinaten hier ablesen. Wo sie … wo sie eben so sind.« Machte es eigentlich irgendeinen Sinn, was sie da sagte?

»Ah, verstehe.« Er nahm ihr das Ding aus der Hand und drehte es hin und her. Der fette Silberring an seinem Finger blitzte im schwachen Licht auf, das war irgendwie hypnotisch.

Oder vielleicht lag es auch nur daran, dass sie jetzt wirklich langsam abhob. Wunderbare Trägheit legte sich über sie wie … ach, wie irgendwas Warmes und Klebriges eben, sie wusste nicht, was, und es war ihr auch egal. Sie wusste nur, dass der Raum sich immer wieder um sie drehte, während sie versuchte, die Augen offen zu halten, und dass sie anscheinend keine Knochen mehr im Leib hatte, was ganz unglaublich und wunderschön war.

Lex musste die Frage dreimal stellen, bevor sie ihn überhaupt verstand. »Wen verfolgst du denn gerade?«

»Ach. Einen von – äh.« Ja, ihr Bein tat nicht mehr weh. Aber das gerade hatte sie trotzdem noch gespürt, dieses Kribbeln in den Handgelenken. Magisch erzeugter Schmerz wurde durch Drogen anscheinend nicht gedämpft. Na toll! Das war's dann auch mit dem halb beschlossenen Mehr-oder-weniger-Plan, sich total die Kante zu geben und dann alles auszuplaudern.

»Einer von diesen Lamaru, ja?« Er drehte das Ding in seinen Händen und drückte auf den Knöpfen herum. »Wie hast du es ihm denn angepinnt?«

Sie lächelte. Ihr Haar war ganz weich, oder wenigstens der Teil, der nicht dreckig und verfilzt war. Es glitt kühl zwischen ihren Fingern hindurch. »Hab ihn zu Boden gerungen. Und mir dabei das Knie verletzt.«

»Und was piepst da hier so rum? Ah, verstehe. Meldet sich, weil es schon zu lange angeschaltet ist.«

»Hm-hm.« Luft strich ihr um die Beine; ihre Jeans rutschten zu einem kleinen Haufen am Boden zusammen, und sie stieg hinaus. Das dauerte eine Weile. Lex half ihr zurück auf die Couch.

»Na los. Du siehst echt todmüde aus, also wollen wir uns mal um dein Beinchen kümmern.«

Während sie ihm zusah, wie er ihre Wunde reinigte und ohne jede Anzüglichkeit verband, durchdrang nur ein einziger Gedanke die wunderbare Ruhe, in der sie dahinglitt, ein Gedanke, den sie so rasch wie möglich beiseiteschob, denn schließlich ruinierte nichts einen guten Rausch so gründlich wie Todesangst.

Wenn die Lamaru nun alle Psychopomps kontrollierten, konnte die Kirche sie nicht mehr benutzen. Und wenn die Kirche die Psychopomps nicht mehr benutzen konnte … wie sollte sie sich dann noch gegen Geister wehren?

21

Denk dran, nicht nur deine Worte machen dich aus, sondern auch deine Taten. Die Kirche verlangt Wahrhaftigkeit von dir – ebenso wie deine Mitmenschen.

Du und die Kirche. Ein Pamphlet des Ältesten Barrett

Und was würde mit einer Welt geschehen, in der die Kirche die Geister nicht mehr länger unter Kontrolle hatte?

Sie tauchte aus dem Schlaf in zinnfarbenes Dämmerlicht, das ihr verriet, dass es entweder gerade regnete oder gleich anfangen würde. Das war's dann wohl mit dem sonnigen Vorfrühling von gestern.

Sie hielt sich nicht lange mit dem Gedanken auf, registrierte es nur beiläufig, ebenso wie die verschwommene Erinnerung daran, wie Lex ihr die löchrige Decke übergeworfen hatte, bevor er gegangen war. Ihr Oberschenkel schmerzte, ebenso wie ihr Kiefer dort, wo Vanhelm sie geschlagen hatte, obwohl es nicht so schlimm war, wie sie befürchtet hatte.

Nicht so schlimm wie die schmerzhaften Gedanken und der Schmerz in ihrem Herzen. Wenn die Kirche keine Geister mehr kontrollieren konnte, sie nicht mehr bannen konnte, dann würde sie alles verlieren. Es würde eine zweite Geisterwoche geben, und diesmal wäre es vielleicht noch schlimmer, weil es jetzt wirklich nicht mehr die geringste Hoffnung gäbe oder weil am Ende sogar die Lamaru den Platz der Kirche einnehmen würden – und bei dem Gedanken an eine Welt, in der die Lamaru das Sagen hatten, griff sie noch schneller als gewöhnlich zum Pillendöschen.

Sie stolperte in die Küche und schnappte sich eine Wasserflasche aus dem Kühlschrank. Ihre Kehle brannte und schmerzte vom Rauch, und ihr ganzer Körper fühlte sich schlaff und schmutzig an, was allerdings zu einem guten Teil daran lag, dass sie ihre Pillen noch nicht intus hatte.

Und außerdem war heute schon Donnerstag. Nur noch zwei Tage, dann stand der Besuch in der Stadt der Ewigkeit an. Urgs! Daran wollte sie lieber nicht mal denken. Genauso wenig wie an Lex' Gesichtsausdruck, als er begriffen hatte, dass sie mit ihm Schluss machte – soweit es überhaupt etwas gegeben hatte, was man beenden konnte. Und genauso wenig wie an den Ausflug in die Tunnel, der ihr jetzt bevorstand.

Und ganz besonders vermied sie den Gedanken, ob ausgerechnet sie die Willenskraft aufbringen würde, nicht doch irgendwann wieder mit ihm in der Kiste zu landen, besonders jetzt, wo Terrible … Er hatte sich eine neue Nummer zugelegt. Und er hatte es erst vor Kurzem getan, ihr letzter Anruf war – wie lange? – zehn Tage her? Neun?

Jetzt stellten die Lamaru eine echte Bedrohung dar. Psychopompmagie war das Fundament für die Macht der Kirche, ihr Daseinszweck. Sie hatten irgendwas mit Laurens Raben angestellt, wer konnte da noch sagen, ob man sich überhaupt noch auf Psychopomps verlassen durfte? Ihre Paranoia angesichts des Schädels in ihrer Tasche gestern hatte also eine gewisse Berechtigung gehabt, und das war verdammt gruselig, oder?

Keine Kirche mehr. Kein Schutz mehr für die Menschheit. Kein Job für sie – wahrscheinlich überhaupt kein Leben mehr für sie, denn sie war sich ziemlich sicher, dass die erste Amtshandlung der Lamaru nach der Machtübernahme darin bestehen würde, alle Kirchenangestellten umzubringen, die sie in die Finger bekamen. Eine Welt, die noch düsterer war als die, in der sie jetzt lebte.

Und wie waren die Maguinness-Leute in diese Sache reingeraten? Er kämpfte gegen die Lamaru, so weit alles klar. Aber warum hatte er sich damit nicht an die Kirche gewandt? Und warum hatte er Madame Lupita besucht?

Scheiße! Über keine dieser Fragen wollte sie besonders gerne nachdenken, also warf sie ein paar Pillen ein und vertrieb sich die Zeit bis zum Einsetzen der Wirkung, indem sie mit dem Peilgerät herumspielte. Sie schaltete es ein und klickte sich wahllos durch ein paar Menüs. Karten … Signalstärke … Sensoren. Zwei Lichter blinkten, eins für jeden Sensor, den sie gestern angebracht hatte.

Aber keiner von beiden war im Schlachthof.

Vanhelm war entkommen, so viel wusste sie bereits. Aber trotzdem bewegte sich keiner der beiden Sender. Hatte er den Sensor an seinem Shirt entdeckt und weggeworfen? Oder ruhte er sich irgendwo in einem Versteck aus?

Wahrscheinlich spielte es sowieso keine Rolle. Die Chance, dass Vanhelm immer noch die gleichen Klamotten trug wie letzte Nacht und dass der Sensor immer noch an diesen Klamotten klebte, war ohnehin ziemlich gering. Dass sein Auto immer noch an Ort und Stelle stand, war nicht ganz so unwahrscheinlich, aber das Auto würde ihr sowieso nicht viel verraten. Aber es konnte sich immerhin lohnen, das mal zu überprüfen; schlimmstenfalls fand sie vielleicht ein bisschen mehr darüber raus, wohin es die Lamaru jetzt verschlagen hatte, nachdem der Schlachthof nicht mehr infrage kam, und außerdem konnte sie sich so den Sensor wieder holen und ihn Lauren zurückgeben.

Gerade begannen ihre Cepts zu wirken, als jemand an die Tür klopfte. Mist! Sie war erst halb angezogen und außerdem noch dreckig. Nicht gerade der passende Aufzug, um Besuch zu empfangen.

Und es war auch nicht irgendein Besucher. Terrible.

»Einen Moment noch«, rief sie mit dem unverkennbaren Trällern von Menschen durch die Tür, die so tun wollen, als wären sie hellwach und bereit, sich kopfüber ins Leben zu stürzen, während sie in Wirklichkeit gerade erst in Unterwäsche von der Couch geplumpst waren.

Scheiße! Ihr Gesicht war dreckig, ihre Zähne ungeputzt. Okay, Schritt Nummer eins: Katzenwäsche, Mundwasser zwischen die Zähne und Jeans an die Beine. Aus irgendeinem Grund, mit dessen Hinterfragung sie sich nicht länger aufhielt, wollte sie nicht, dass er ihr verletztes Bein sah oder, besser gesagt, ihr bandagiertes Bein. Lex hatte da tatsächlich ganze Arbeit geleistet. Sie musste sich bei ihm bedanken, wenn er mit ihr in die Tunnel ging.

Sie beeilte sich, so gut sie konnte, und stieß mit einem blendenden Lächeln und sauberen Klamotten die Tür auf, nachdem sie sich mit einem Haargummi einen Pferdeschwanz gebunden hatte, der ihre Haare wenigstens ordentlich aussehen ließ, wenn schon nicht sauber.

»Hey.«

Er nickte und trat ein, die Hände in den Taschen vergraben, und ließ die Blicke durch die ganze Wohnung schweifen, nur nicht zu ihr hinüber. So langsam gewöhnte sie sich daran.

»Warum hast du dir eine neue Nummer zugelegt?«, lag ihr auf der Zunge. Sie konnte sich die Frage gerade noch verkneifen und zwang sich stattdessen zu einem »Wie geht's?«.

Er zuckte die Schultern. »Dachte, ich guck mal, wie's so vorangeht. Du hast dich gestern Abend mit dieser Lady getroffen, ja? Irgendwas Neues?«

Sie musste das Warnsignal an den Handgelenken gar nicht erst abwarten. »Darüber darf ich nicht sprechen.«

Er ging an ihr vorbei in das winzige Wohnzimmer, setzte sich und holte eine Zigarette hervor. »Haste Notizen? Schreibste dir den Scheiß nicht immer irgendwo auf?«

»Ja, manchmal, aber gestern Abend hatte ich irgendwie keine Gelegenheit mehr dazu.«

Sie dachte, er würde vielleicht fragen, wieso nicht und warum sie aussah, als wäre sie mit einem Kamin in den Ring gestiegen. Tat er aber nicht. Stattdessen griff er nach dem Ortungsgerät und drehte es hin und her, ziemlich genauso wie Lex. Na schön. Es interessierte ihn nicht die Bohne, was passiert war? Er fragte nicht mal? Ach, dann sollte er sich doch ins Knie ficken.

»Ich geh mich mal duschen.«

Er grunzte.

Einen Sekunde lang spielte sie mit dem Gedanken, sich abzuduschen und dann nackt ins Wohnzimmer zu kommen. Dann musste er sie doch wenigstens mal ansehen. Aber nein. Diese Strategie wäre zwar bestimmt effektiv – sie musste es wissen, immerhin hatte sie sie schon an mehreren Männern ausprobiert, wenn sie es leid war, darauf zu warten, dass sie die Initiative ergriffen –, aber in diesem Fall war es nicht das Richtige. Sie wollte keinen unverbindlichen Sex, bei dem er sich danach einfach anzog und nach Hause ging, wie sie es normalerweise erwartete.

Wie schafften das denn bloß andere Leute? Irgendwie musste es doch gehen, oder?

Tja, und sie wusste eigentlich auch, wie. Es fing schon mal damit an, dass man den Menschen, mit dem man zusammen sein wollte, nicht aufs Kreuz legte. Dumm gelaufen.

Er warf ihr einen Blick zu; schlagartig wurde ihr klar, dass sie seit geraumer Zeit dastand und ihm auf den Hinterkopf starrte. »Gehste jetzt noch Duschen oder was? Hab nicht den ganzen Tag Zeit.«

»Oh. Klar«, brachte sie heraus und machte sich aus dem Staub, bevor sie alles nur noch schlimmer machte.

»Hier rechts rein.«

Sie saßen in Terribles Chevelle, ein paar Häuserblocks entfernt von der Ruine des Schlachthofs, und bewegten sich langsam auf das Peilsignal zu. Der Sender musste irgendwo weggeworfen worden sein; immerhin hatte er sich den ganzen Morgen nicht vom Fleck gerührt. Sie konnte sich kaum vorstellen, dass Vanhelm irgendwo in den Klamotten von gestern hockte und nur darauf wartete, dass sie vorbeikam und ihn einbuchtete.

Natürlich konnte es auch sein Auto sein. Die Sensoren waren nummeriert, und das Peilgerät zeigte die Nummern an, aber sie hatte gar nicht darauf geachtet, welcher Sender wo war.

»Okay … guck mal, erkennst du das?«

Er bremste mitten auf der Straße und nahm das Gerät. Chess warf einen Blick zurück; ein weiteres Auto stand im Leerlauf hinter ihnen und wartete darauf, dass er weiterfuhr. Kein Hupen und keine ungeduldige Handbewegung hinter der Windschutzscheibe. Terrible hielt an, wo es ihm verdammt noch mal passte, und niemand, der auf seine Gesundheit Wert legte, ließ dazu einen Kommentar ab.

»Gleich da vorne, hm?«

Sie nickte. Er trat aufs Gas und parkte einen halben Block weiter vor einem Stop Shop, wie es ihn auch in der Nähe ihrer Wohnung gab. Der hier war in noch schlechterem Zustand als der, den sie kannte; die Plastikschilder im Schaufenster waren kaputt, und eins der Fenster war mit lang gezogenen silbernen Klebeband-Kreuzen bedeckt.

Terrible drehte den Motor ab, sodass er *Them* mitten im Song abwürgte, und beobachtete das Ortungsgerät. »Das macht keinen Sinn.«

»Was?«

»Sieht mir ganz so aus, als wäre er da drin. Aber wer hockt denn den ganzen Tag in einem Laden rum? Arbeitet er da?«

»Nein, er … aua! Er …« Das ging ihr langsam wirklich auf die Nerven. Okay, Zeit für Plan B. Sie hatte doch eine Notiz über Eriks Anstellung im Schlachthof, also griff sie zum Notizbuch und hielt es ihm hin, in der Hoffnung, dass er den Wink mit dem Zaunpfahl verstehen würde.

Das tat er. Er riss ihr das Buch aus der Hand – wobei er es vermied, sie zu berühren, wie sie feststellte – und blätterte es durch, während sie aus dem Fenster starrte und das Ziehen in den Handgelenken ignorierte.

»Hat im Totenhaus gearbeitet, okay. Ist erst gestern Nacht abgebrannt.«

Sie nickte und sah, dass er sie mit ein wenig mehr Interesse begutachtete, als er eins und eins zusammenzählte. Aber er fragte immer noch nicht. Nahm es nicht wichtig genug, um zu fragen.

»Hey«, sagte sie endlich. »Hast du's geschafft, was mit Maguinness auszumachen?«

Sein Kopfschütteln sah mehr aus wie ein nervöses Zucken.

»Er ist … erinnerst du dich noch an die Nacht, in der ich vergiftet wurde?«

Oh. War vielleicht nicht so geschickt gewesen, das zur Sprache zu bringen. Der Blick, den er ihr zuwarf, traf sie wie ein Eispickel am Kopf.

Ja, was hatte er denn erwartet? Sie konnte doch auch nichts daran ändern, dass sie früher mal Zeit miteinander verbracht, miteinander geredet und zusammen rumgehangen hatten. Was konnte sie denn dafür, dass die Geister ihrer verflossenen Freundschaft noch überall herumspukten, wo immer sie auch hinsah, dass sie immer noch meinte, ihre schattenhaften Gestalten an jeder Straßenecke zu sehen, und dass die Stadt voller

Erinnerungen war? Sie schluckte und fuhr fort. »Maguinness hat die Frau besucht, die wir damals festgenommen haben. Ich vermute, dass er vielleicht einen Geist zu ihr reingeschmuggelt hat. Und er hat irgendwas vor, er kämpft mit den … ich muss unbedingt mit ihm sprechen.«

Er gab keine Antwort. Stattdessen strömte kühle Luft in den Wagen, als er ausstieg. Sie tastete nach dem Griff auf ihrer Seite und fragte sich, ob sie ihm nachgehen sollte, aber das schien nicht nötig zu sein; er verschwand im Stop Shop und tauchte eine Minute später mit einer Coke in der Hand wieder auf.

»Ich habe eine Adresse von Maguinness hier ganz in der Nähe«, fuhr sie fort, indem sie versuchte, so zu tun, als wäre nichts gewesen, während er wieder einstieg und sich eine Zigarette anzündete. »Ich dachte, sobald wir den Sensor gefunden haben, könnten wir da mal vorbeischauen und mit ihm reden.«

»In dem Laden ist keiner, außer die haben irgendwo 'n Versteck eingebaut. Nur die Lady an der Kasse.«

Okay, anscheinend hatte er keinen Bock, mit ihr zu Maguinness zu fahren. Früher wäre das anders gewesen; damals hatte es ihm noch Spaß gemacht, ihr bei der Arbeit zu helfen, dachte sie. Er war interessiert gewesen, hatte Fragen gestellt und war überhaupt einer der wenigen Menschen – nein, nicht einer der wenigen, sondern *der einzige Mensch* – gewesen, an dessen Meinung ihr etwas gelegen hatte, dem sie vertraut hatte.

»Aber wenn sie ein Versteck haben, wie sollen wir dann … Oh! Vielleicht haben sie was Unterirdisches, wie in den T …« Sie biss sich auf die Zunge. Durfte sie ihm davon erzählen, was Lex ihr verraten hatte?

Aber das musste sie doch, oder? Jedenfalls, wenn sie konnte, wenn die Bindung es ihr erlaubte. Sie konnte ja wohl kaum behaupten, dass sie einfach bloß Gerüchte über die Tunnel gehört hatte. Er würde sofort wissen, dass das gelogen war. Immerhin war er einer der wenigen Menschen in diesem Teil der Stadt, der überhaupt von der Existenz der Tunnel wusste, obwohl er keine Ahnung hatte, wie weit verzweigt sie waren.

Aber sie war auch nicht wirklich scharf darauf, ihm gegenüber Lex' Namen zu erwähnen. Lieber hätte sie sich die Zunge mit einer Kneifzange rausgerissen.

»Ja? Wie in den was?«

Sie nahm einen Schluck Wasser, um Zeit zu gewinnen. Okay. Irgendwas musste sie nun sagen. Vor allem, weil sie immer mehr zu der Überzeugung kam, dass sie recht hatte, je länger sie darüber nachdachte. Vanhelm hatte irgendetwas in den Tunneln zurückgelassen; die Lamaru benutzten sie, und vielleicht – sie wusste nicht, ob das ein Glücksfall oder das genaue Gegenteil wäre – hatte Vanhelm ja seine Klamotten mit dem Sender dran mitten in ihrem kleinen Hauptquartier zurückgelassen; vielleicht hatten sie sich da unten ja eine Art höllischen Kaninchenbau eingerichtet.

Aber warum trieben sie sich ausgerechnet unter der Erde rum? Sie konnte nicht glauben, dass schwarzmagische Hexen sich unter der Erde wohler fühlten als normale. Klar, so waren sie in der Nähe des Schlachthofs, aber das galt ja auch für eine Menge anderer Orte. Orte, die an der Erdoberfläche lagen.

Sie leerte ihre halbe Wasserflasche, während sie überlegte, was sie sagen sollte; ihr Magen fühlte sich unangenehm voll an. »Die Tunnel unter der Stadt, weißt du? Ich habe gehört … ich habe gehört, dass da unten ein paar Sachen gefunden wurden. So wie der Fetisch und all das, erinnerst du dich noch?«

»Ich hab einfach …« Nein. Er wusste schon Bescheid. Sie sah es in seinen Augen und an der Art, wie er die Lippen aufeinanderpresste. Er glaubte sowieso schon – *wusste* schon –, dass sie eine Lügnerin war; es wäre blöd gewesen, wenn er sie jetzt noch mal beim Flunkern erwischt hätte. »Lex hat es mir verraten.«

»Aber ich dachte, du triffst dich gar nicht mehr mit ihm. Hast du das nicht gesagt?« Die Worte troffen so sehr vor eisigem Sarkasmus, dass sie fast glaubte, ihn auf der Zunge zu schmecken. Scheiße!

»Tu ich auch nicht. Ich meine, nicht so, wie du denkst. Aber als sie die Sachen in den Tunneln gefunden haben, da ist er zu mir gekommen, weil er dachte, ich hätte vielleicht was damit zu tun, also …«

»Dachte, so was machst du gar nicht. Flüche und so 'n Zeug. Dachte, du bist nicht so 'ne Hexe. Aber ich schätze mal, *Lex* kennt dich natürlich besser als ich, was? Kann das besser einschätzen, was du so treibst?«

Röte kroch ihm den Hals hinauf; Chess duckte sich unwillkürlich tiefer in ihren Sitz. Früher hatte seine Wut ihr nie Angst gemacht. Aber jetzt lagen die Dinge anders. Sie kannte diesen Blick gut genug, um zu wissen, dass er völlig außer Rand und Band geraten konnte, wenn er in diesem Zustand seinen Gefühlen freien Lauf ließ.

Ganz fair war das nicht. Tief in ihrem Inneren glaubte sie nach wie vor nicht, dass er sie schlagen würde. Aber er konnte sich entscheiden, stattdessen auf etwas anderes einzuprügeln, und das wollte sie lieber nicht sehen. Sie wollte nicht daran denken, dass er sich dabei vorstellte, er hätte sie vor den Fäusten. Dass er es sich vielleicht wünschte.

»Vielleicht wolltest du ja einfach bloß nichts gegen ihn unternehmen. Oder vielleicht hat Bump dir auch nicht genug Kohle geboten, damit du's machst, hm? Vielleicht hat er dir ja *alle* deine Bedürfnisse erfüllt, wenn du alles machst, was er sagt? Vielleicht … Fuck!«

Er stieg aus und schlug die schwere Autotür so heftig zu, dass der ganze Wagen wackelte. Durch das Fenster auf der Fahrerseite beobachtete sie, wie er sich gegen die Tür lehnte, und sah zu, wie er den Arm hob und senkte, während er wütend eine Zigarette nach der anderen dampfte.

Ohne Lex konnte sie nicht in die Tunnel hinabsteigen. So viel war ihr klar. Er hatte ihr gesagt, dass er sie mitnehmen würde und dass sie auf ihn warten sollte.

Aber wie viel Warterei konnte man denn noch von ihr verlangen? Sollte sie hier ruhig sitzen bleiben und abwarten, bis Terrible sich beruhigt hatte oder doch zu dem Entschluss kam, dass er immer noch sauer war, und wieder ins Auto stieg, um sie diesmal richtig zur Schnecke zu machen?

Er hatte keine Lust, sich nach Maguinness umzusehen. Prima. Aber deshalb würde sie sicher nicht den ganzen beschissenen Nachmittag hier rumhocken und Däumchen drehen. Sie hatte noch was anderes, was Besseres vor, und er stahl ihr bloß ihre kostbare Zeit. Wenn er auf sie sauer war, war das ja in Ordnung. Sie hatte gesagt, dass sie damit klarkommen würde, und das stimmte auch. Aber jetzt kam er ihr bei der Arbeit in die Quere, und die einzige Möglichkeit, wie sie im Moment mit dem Schmerz in ihrer Brust klarkommen konnte, war, sich mal so richtig schön aufzuregen, und genau das würde sie jetzt auch machen. Scheiß auf ihn!

Sie stieg aus und schnappte sich das Peilgerät und ihre Tasche. »Ich seh mich mal um«, sagte sie seinem Rücken. »Kannst ja mitkommen, wenn du willst.«

22

Man ordnete an, dass die unterirdischen Räume zugeschüttet würden, denn Vorstöße unter die Erdoberfläche bringen nichts als Gefahr und Zerstörung. Dort sind die Toten mächtiger; Energie vervielfacht sich dort.
Das Buch der Wahrheit, »Ursprünge«, Artikel 355

Natürlich hatte sie keine Ahnung, wo sich der Eingang zu den Tunneln befand, aber irgendwo hier musste er sein. Die meisten anderen lagen irgendwo in den Straßen versteckt; meist waren es niedrige, rostige Türen, die mit Spuren verblichener grauer Farbe bekleckst und gelegentlich mit Graffiti oder auch mal einem eingekratzten »Fick dich« verziert waren.

Außerdem waren sie mit drei Schlössern versehen, massiv und schwer aufzukriegen, aber darum scherte sie sich nicht. Im Moment pulsierte so dermaßen viel wütende Energie durch ihre Adern, dass sie vermutlich auch ein Auto hätte stemmen können, falls es drauf angekommen wäre.

Als sie die Straße hinaufstampfte, fuhr ihr ein stechender Schmerz durchs Bein, sodass sie im Laufen noch ein paar Cepts einwarf und hinunterspülte. Okay, weit und breit keine Tür in Sicht … aber sie wusste aus Erfahrung, dass die Tunnel meistens etwa alle 150 Meter mit einer Tür versehen waren. Und wenn sie mit ihrer Vermutung richtiglag, dass es hier einen Tunnel gab – und an eine andere Möglichkeit wollte sie nicht mal denken –, musste es hier irgendwo irgendeine Art von Eingang geben. Das Peilgerät zeigte an, dass der Sender in der Nähe war, und Maschinen irrten sich nicht …

Hmm.

Das Peilgerät hatte Karten einprogrammiert. Jede Menge Karten. Offiziell gehörten die Tunnel der Kirche, genau wie alles andere auch. Aber früher hatten sie der Stadt gehört, als Teil irgendeines Transportsystems oder öffentlichen Raums vielleicht. Ob es noch irgendwo Aufzeichnungen über diese Systeme gab? Das Black Squad hatte Zugang zu allen möglichen Informationen, Informationen, über die andere Abteilungen der Kirche nicht verfügten.

Der Versuch konnte ja nicht schaden.

In der Tat machte der Versuch sich bald bezahlt. Nach ungefähr zehn Minuten Herumfummeln an dem Gerät schaffte sie es, ins Kartenmenü vorzudringen. Zwar gab es keine von den Tunneln, aber dafür eine von den Leitungssystemen, und auf dieser Karte bemerkte sie in regelmäßigen Abständen kleine Symbole, die schwer nach Türen aussahen. Und tatsächlich befand sich eine direkt an der Ecke Neunundvierzigste und Cross – ganz in der Nähe von ihrem augenblicklichen Standort. Das war der Tunnel, den Lex benutzte, wenn er sie besuchen wollte. Sie hatte die richtige Karte gefunden.

Jetzt musste sie bloß noch hochscrollen, bis sie die Adresse des Stop Shops gefunden hatte, und dann mit dem Cursor herumfahren, bis sie auf den nächsten Tunneleingang stieß, der sich anscheinend direkt am Ende des Blocks befand. Ja! Sie hatte richtiggelegen.

Der kleine Triumph reichte aus, um sie ihren Ärger vergessen zu lassen; lächelnd drehte sie sich zum Auto um und sah, dass Terrible auf sie zusteuerte.

»Ich hab's gefunden«, setzte sie an, erkannte aber sofort, dass er eine Sekunde zögerte. Klar. Natürlich würde er ihre Freude jetzt nicht teilen, oder? Er würde ihr auf keinen Fall sagen, wie schlau sie war oder dass er beeindruckt war. Ihr Lächeln erstarb.

»Da hinten ist ein Eingang. Ecke Achtzigste und Foster.«

Er nahm ihr das Peilgerät aus der Hand und überzeugte sich selbst. Glaubte er etwa, dass sie ihn auch jetzt schon wieder anlog? »Siehst du? Der Strich da …«

Er riss sich von ihr los. »Okay. Dann mal fix.«

Da ihr keine andere Wahl blieb, als ihm zu folgen, setzte sie sich in Bewegung; die Straße runter bis zur Ecke, und dann, als sie dort nichts fanden, um die Ecke herum.

Immer noch keine Tür.

Er hob die Augenbrauen.

»Aber es steht auf der Karte«, sagte sie ein bisschen abwehrend. »Vielleicht ist die Tür ja im Inneren des Gebäudes? Was ist das hier überhaupt für ein Haus?«

Das Eckhaus stellte eine Seltenheit in Downside dar; ein Gebäude, bei dem noch alle Fenster und Türen heil beziehungsweise durchgängig mit Brettern vernagelt waren. Das Holz sah auch noch ziemlich frisch aus; neu, oder doch zumindest so gut wie, immerhin waren noch nicht alle Planken verwittert. Mit geschultem Auge stellte sie fest, dass die Bretter nicht länger als drei oder höchstens vier Monate hier hingen.

Terrible hatte offenbar den gleichen Gedanken. »Da drinnen, ja?«

»Ist ’n Versuch wert, oder?«

Er brauchte nur eine Minute, um die Bretter von einem der nach hinten hinausgehenden Fenster zu reißen, während Chess in ein paar Metern Entfernung auf der Straße Schmiere stand. Der Wind frischte auf und trug den belebenden, leicht ozonartigen Geruch von bevorstehendem Regen mit sich. Sie erschauderte. Da runtersteigen, in die Tunnel … so hatte sie sich den Nachmittag nicht vorgestellt. Und mit jemandem durch die Tunnel kriechen, der sie hasste? Tja, das machte den Gedanken auch nicht gerade verlockender.

Zum Glück setzte die beruhigende Wirkung der Cepts langsam ein, und wenn alles gut ging, fanden sie ja vielleicht tatsächlich etwas, was sie weiterbrachte. Nicht, dass sie mit so viel Dusel wirklich rechnete, aber der Gedanke daran war zumindest eine nette Ablenkung. Sie wollte ihm nicht bei der Arbeit zusehen – wirklich nicht, aber ein paar verstohlene Blicke auf die schwellenden Muskeln an seinem Arm konnte sie sich nicht verkneifen. Sie musste daran denken, wie es sich anfühlte, von diesen Armen umschlossen zu werden.

Diesen Gedanken hatte sie sich noch nie gestattet, nicht ein einziges Mal. Das war einfach besser.

Er zog sich mit Leichtigkeit über den Fenstersims und hatte schon den halben Raum durchquert, bevor sie auch nur am Fenster angekommen war.

Zum Glück hatte er eine Taschenlampe dabei. Während sie sich ebenfalls vorsichtig ins Innere manövrierte, fiel der erste Regen; fette, schwere Tropfen, die kalt auf ihren nackten Händen und der Kopfhaut zerplatzten. Die Wolken am Himmel wurden noch dunkler.

Im Inneren des Gebäudes war bis auf den Lichtkreis der Taschenlampe alles dunkel. Er strich über den leeren, sauberen Boden und die Wände, die noch nie Farbe gesehen hatten. In der Ecke hing ein wackliges Regal, der einzige Gegenstand im Raum, den man bei großzügiger Betrachtung als Einrichtung bezeichnen konnte.

Aber die Energie war da. Sie spürte sie von dem Moment an, in dem sie den Fuß in das Gebäude setzte. Gedämpft zwar, durch welche Methode auch immer verschleiert, aber nichtsdestotrotz vorhanden. Die Energie des Todes, von eiskalten Herzen und schlüpfrigen Dingen. Sie kroch ihr die Beine hinauf, umkreiste ihre Hüfte und versuchte, sie in ihre geheimnisvollen Tiefen zu ziehen.

Sie erschauderte. Oh nein! Mit diesem Scheiß konfrontiert zu werden war das Letzte, was sie jetzt brauchen konnte.

Ihre Kreide steckte in der Tasche, wie immer. Sie kritzelte sich ein Schutzzeichen auf die Stirn und auf den linken Handrücken und hielt dann kurz inne. Sollte sie sich auch noch die Schuhe verkehrt herum anziehen? Nein. Der Boden war erst vor Kurzem gekehrt worden; auf dem nackten Beton war nicht einmal das kleinste Staubkörnchen zu sehen.

»Komm mal her«, sagte sie und unterbrach das langsame Kreisen seiner Taschenlampe. »Sie haben – oh! – also, hier wurde auf jeden Fall Magie benutzt. Du brauchst etwas Schutz.«

Er schüttelte den Kopf.

»Terrible ... jetzt komm schon. Wenn wir jetzt wirklich in den Untergrund wollen, solltest du mich das echt machen lassen, okay?«

Das Licht flackerte weiter über die Decke, die Wände und den Boden. Er wartete gerade so lange, bis sie erneut den Mund öffnete, bevor er widerwillig zu ihr hinüberschlurfte, um ihr zu zeigen, wie viel Überwindung ihn die Zustimmung kostete. Als hätte sie das nicht gewusst.

Rasch zog sie ein Schutzzeichen auf seine Stirn, wie auch sie eins trug, und dann noch eins auf die Schläfe. Er hatte sich geweigert zuzugeben, dass er bei der Begegnung mit Maguinness irgendwas gespürt hatte, und sie wusste genau, dass er auch jetzt alles abstreiten würde, was er möglicherweise empfing, aber sie machte sich doch so viele Sorgen, dass sie fand, er habe etwas zusätzlichen Schutz nötig.

Sie leckte sich die Lippen und blickte betont an ihm vorbei. Ihm jetzt ins Gesicht zu sehen war wahrscheinlich keine gute

Idee. Nicht nach allem, was beim letzten Mal passiert war, als sie ihn mit Zeichen versehen hatte, und nach dem, was er damals zu ihr gesagt hatte. »Hey, jetzt mal im Ernst. Fühlst du dich … seit dem Krankenhaus irgendwie anders, oder ist dir überhaupt irgendwas Ungewöhnliches aufgefallen? Kann gut sein, dass dieses Symbol ziemlich komische Auswirkungen …«

»Über so 'n Scheiß red ich mit dir nicht, klar? Warum zum Teufel fragst du mir Löcher in den Bauch?«

»Weil ich dir helfen will. Wenn …«

»Ich brauch deine blöde Hilfe nicht.«

»In der Nacht damals hast du sie sehr wohl gebraucht.« Ihre Augen brannten. Das hatte sie nicht gewollt. Sie hatte diese Unterhaltung nicht beginnen wollen, aber jetzt, wo sie hier waren, allein in dem großen, leeren Raum, während es draußen schüttete wie verrückt und der Regen leise rauschend gegen die Fassade prasselte, konnte sie sich nicht mehr länger beherrschen. Die Worte sprudelten aus ihr heraus, befeuert von der Kraft jedes einzelnen einsamen, traurigen Gedankens, der ihr seit der Nacht, in der er sie auf dem Friedhof erwischt hatte, durch den Kopf gegangen war. Anscheinend brach jetzt einfach mal der Damm in ihrem Inneren. »Du wärst draufgegangen, wenn ich nicht … Ich habe dir das Leben gerettet. Kannst du nicht wenigstens …«

»Ach ja? Und ich kann mich noch gut erinnern, dass ich dir auch ein- oder zweimal die Haut gerettet habe. Vielleicht sind wir dann ja einfach quitt. Basta!«

»Ich wollte dir nie wehtun. Wirklich nicht, nie, um nichts in der Welt. Ich wollte mit Lex Schluss machen, aber als wir auf dem Friedhof waren, waren da die Spuren von dieser Sexmagie …«

»Ach du Scheiße! Das glaub ich ja wohl jetzt nicht. Sind wir zum Arbeiten hier oder zum Labern? Ansonsten hab ich nämlich echt was Besseres vor.«

»Ich will einfach nur mit dir reden. Ich will dir erklären …«

»Reden?« Er schüttelte den Kopf; sie sah die Umrisse seines Gesichts im schwachen Schein der Taschenlampe. Er hatte die Augen geschlossen. »Warum? Willst du mir noch mehr Lügen auftischen?«

»Ich habe nicht gelogen! Nicht, als ich gesagt habe, dass ich dich will.«

»Das hör ich mir nicht länger an. Lass uns hier fertig werden, dann kann ich dich nach Hause bringen. Mir wird … mir wird schon schlecht, wenn ich nur mit dir in einem Raum sein muss. Klar?«

Ja. Ja, alles klar. Es war vorbei. Wirklich und wahrhaftig vorbei. So hatte er noch nie mit ihr geredet, so kalt, so unbeteiligt. Jede Hoffnung, die ihr noch geblieben war, jeder blöde, naive, idiotische Rest einer Hoffnung, dass er ihr eines Tages verzeihen würde, dass es immer noch eine gemeinsame Zukunft für sie geben könnte, dass sie nicht alles komplett vermasselt hatte, starb in diesem Augenblick. Starb und war tot, hier in diesem leeren betongrauen Raum.

All die Jahre war sie allein gewesen, und noch nie hatte sie solche Einsamkeit empfunden, eine Faust in ihrer Brust.

Als sie sich räusperte, klang es in der lastenden Stille unnatürlich laut. Sie räusperte sich noch einmal und hoffte, dass ihre Stimme einigermaßen fest klingen würde, wenn sie sprach, damit er nicht mitbekam, wie nahe sie dem kompletten Zusammenbruch war. »Okay, gut. Dann sehen wir uns jetzt mal nach dieser Tür um.«

Es gab tatsächlich eine niedrige Tür in der gegenüberliegenden Ecke des Gebäudes. Sie gingen hindurch und betraten die Tunnel. Das Peilgerät stieß gedämpfte kleine Piepser aus. Je weiter sie kamen, desto schneller folgten die Signale aufeinander. Und je weiter sie kamen, desto heftiger bestürmte sie auch die ruhelose Energie.

Ihre Füße platschten durch ein trübes Rinnsal, das kaum zwei Zentimeter tief war. Nach etwa dreißig Metern verschwand es in einem Loch im Boden. Als sie einen Blick in die Tiefe warfen, wehte ihnen Magie aus der Finsternis entgegen. Chess nahm an, dass sie jetzt direkt vor dem Stop Shop angekommen waren; was auch immer das Peilgerät aufgespürt hatte, es war dort unten.

»Sieht nicht allzu tief aus, und der Boden scheint auch eben zu sein.« Terrible hockte sich neben die Öffnung, um sie besser ausleuchten zu können. »Also, du zuerst?«

»Ich … Oh. Klar.« Er wollte sie lieber an der Hand festhalten, als sie unten aufzufangen. Natürlich. So hatten sie weniger Körperkontakt.

Seine Hände hielten ihre umklammert; sie setzte die Füße auf den Rand und stieß sich ab.

Einen Moment lang hing sie im Dunkeln. Der warme Hauch aus dem Gewölbe strich ihr über die Haut. Das Hemd rutschte ihr hoch und gab den Bauch frei. Vollkommen unbedeckt. Sie hatte keine Ahnung, wie tief es runterging. Keine Ahnung, wo sie landen würde. Sie musste ihm vertrauen, und das, obwohl er sie hasste.

Er ließ los.

Sie prallte so heftig auf, dass ihre Knie aufzuheulen schienen. Als sie zur Seite kippte, fiel sie direkt auf ihren verletzten Oberschenkel. Ob es ihr Aufschrei war, der ihn so schnell folgen ließ, oder ob er sowieso vorgehabt hatte, ihr direkt hinterherzuspringen, wusste sie nicht. Sie war vollauf damit beschäftigt, nach dem ersten, hilflosen Kreischen nicht loszuheulen. Verdammt, tat das weh! Es tat wirklich höllisch weh, so als wäre das Feuer erneut ausgebrochen und als führe ihr das Messer noch einmal ins Fleisch.

»Chess! Alles okay? Was hast du denn?«

»Mir geht's gut«, stieß sie hervor, aber als das Licht ihr ins

Gesicht fiel, konnte sie den Kopf nicht schnell genug drehen, um die Tränen auf den Wangen zu verbergen.

»Ach du Scheiße! Hab ich dich auf was runtergeschmissen? Ich hab echt nichts erkennen können, war keine Absicht …«

»Lass es.« Sie nahm die rechte Hand vom Oberschenkel und hob sie vor das Gesicht, um sich vom Licht abzuschirmen. Ihr ganzer Körper zitterte unter dem Schock des plötzlichen, heftigen Schmerzes. Nach allem, was sowieso schon passiert war, wurde es ihr einfach zu viel. Die schwache Energie, die ihr oben schon aufgefallen war, wurde jetzt stärker; in diesem Raum mussten sie ihre Rituale abgehalten haben. Die Spur fühlte sich auch noch frisch an. Sie waren erst vor Kurzem hier gewesen. Die Magie prickelte ihr auf der Haut. Das Peilgerät in ihrer Tasche piepte hektisch.

Das hatte vermutlich irgendwas zu bedeuten, aber jetzt im Moment war sie zu müde und hatte zu große Schmerzen, um sich darum zu kümmern.

»Okay.« Metall schabte über Beton, als er die Taschenlampe beiseitelegte. »Aber du hast nichts in die Augen gekriegt, oder? Was ist denn passiert? Ich wollte doch nicht …«

»Scheiße … lass es einfach, ja?« Verdammt, war sie erbärmlich! »Mach das bitte nicht. Bitte!«

»Schon gut. Ich mach doch gar nichts. Lass uns einfach 'n Moment hier sitzen, dann kannst du mal …«

»Kannst du nicht einfach mal die Klappe halten?« Sie vergrub das brennende Gesicht zwischen den Knien. Seinen Anblick ertrug sie einfach nicht länger, während die Worte jetzt aus ihr hinausströmten wie die Tränen über ihre Wangen.

»Red… red nicht mit mir, als würde dir was an mir liegen, okay? Ich … ich pack das einfach nicht, bitte, lass es einfach!«

Stille. Scheiße! Wahrscheinlich brachte er jetzt nicht mal mehr Verachtung für sie auf. Nicht mal mehr Hass.

Und ihr Bein tat wirklich unmenschlich weh. Als sie es probeweise streckte, flammte auf der Stelle der Schmerz wieder auf. Der Verband fühlte sich lose an und die Haut darunter klebrig; sie blutete wieder.

Okay. Sie musste sich jetzt zusammenreißen. Es war schon schlimm genug, dass sie sich da oben im Haus zum Deppen gemacht und das vor ein paar Sekunden mit Downsides erbärmlichstem Gestammel noch getoppt hatte. Sie durfte jetzt nicht schwach werden und losheulen, denn wenn sie einmal anfing, würde sie so schnell nicht wieder aufhören.

»Ich wollte dich nicht auf was drauffallen lassen«, grummelte er. »Echt nicht.«

»Hast du auch nicht.« Das hatte noch nicht so schlimm geklungen. Immerhin hatte ihre Stimme nicht diesen schrecklichen zittrigen Tonfall, dieses Gleich-heul-ich-los-Ding. »Letzte Nacht war ich bei einem Brand dabei und … aah!« Verdammt! Jetzt zickten ihre Handgelenke auch noch rum. Gab es vielleicht noch andere Körperteile an ihr, die jetzt auch Lust bekommen hatten, spontan in höllische Schmerzen auszubrechen? Hey, es könnte doch ein Stück Decke runterkommen und ihr die Zehen zerschmettern. »Ich hab 'ne Brandwunde am Bein. Könntest du dich bitte mal umdrehen?«

»Im Schlachthof? Haben diese Lamaru dich da erwischt?«

Hatte er es eigentlich *absichtlich* drauf angelegt, ihr wehzutun? Ach ja. Hatte er wohl tatsächlich. »Könntest du dich jetzt bitte umdrehen? Ich muss mir mal mein Bein angucken.«

Sie erhaschte nur einen kurzen Blick auf sein Gesicht, das im schwachen Licht bleich schimmerte, bevor er ihr den Rücken zudrehte.

Ihre Hände zitterten ein wenig, als sie die Jacke abstreifte – sie wollte nicht, dass ihr die Ärmel im Weg waren –, dann öffnete sie den Reißverschluss ihrer Jeans und schob sie vorsichtig bis zu den Knöcheln hinunter, bis sie an den Stiefeln hängen blieben. Oh Mann! Supergefühl, den Arsch gegen eine kalte, feuchte Betonwand zu drücken, während sie aus den Schuhen schlüpfte und dann endlich die Hose loswurde. Sie streifte sich auch die Socken ab, als sie sich in den Hosenbeinen verfingen, aber um das zu verhindern, fehlte ihr die Kraft. Die Energie im Raum schob sich über ihre Haut, ein unangenehmes Gefühl, als würde sie von faltigen, trockenen Fingern gestreichelt.

Jupp, der Verband hatte sich gelockert, und ja, sie blutete wieder. Zum Glück hatte sie ein paar hilfreiche Sachen in die Tasche gestopft – nur leider hatte Terrible die bei der Landung zur Seite geschleudert, sodass sie jetzt genau hinter ihm lag.

Scheiße! »Könntest du mir bitte mal meine Tasche geben?«

»Klar, hab sie schon …«

Sie hatte nicht gedacht, dass er sich umdrehen würde, um sie ihr zu reichen, und also hatte sie auch nicht daran gedacht, sich die Jeans zu schnappen und vor sich zu halten. Sein Blick wanderte an ihren nackten Beinen hoch und runter und blieb am verletzten Oberschenkel hängen.

»Das ist doch nicht bloß 'ne Brandwunde.« Bildete sie sich das ein, oder klang er ein bisschen angespannt?

Besser nicht drüber nachdenken. »Einer von denen hatte ein Messer und – autsch, verflixt!«

»Er hat dich aber nicht erwischt, oder?«

»Ha, von wegen! Aber ich ihn. Er …« Sie hielt inne. Er hörte ihr sowieso nicht mehr zu. Sie kannte diesen Blick. Sie hatte ihn schon auf den Gesichtern anderer Männer gesehen – und auch auf *seinem*.

Aber er rührte sich nicht; sie war sich nicht mal sicher, ob er überhaupt atmete. Nur sein Blick war in ständiger Bewegung, lief an ihren Beinen auf und ab und verweilte auf ihren Brüsten. Sie musste nicht hinsehen, um zu wissen, dass ihre Brustwarzen sich durch den dünnen Baumwoll-BH und das T-Shirt abzeichneten.

Ihre Zunge fühlte sich an, als wäre sie auf die drei- oder vierfache Größe angeschwollen. Ob sie etwas sagen sollte? Aber was? Sie wollte nicht sprechen, um den Moment nicht kaputtzu machen.

Aber dass er hier war und sie ansah, musste noch nichts heißen. Dass er die Linke in die Tasche gesteckt hatte und die Rechte leicht zitterte, während er ihr die Tasche hinhielt, hatte sicher auch nichts zu bedeuten.

Sie waren wie festgefroren und starrten sich nur an, während die Luft um sie herum stillstand und das Peilgerät einen gelegentlichen Piepser ausstieß. Und sie stand jetzt vor einer Wahl. Entweder sie ging zu ihm hinüber, drückte sich an ihn und hoffte, dass er sich nicht umdrehen oder sie gar wegschieben würde, denn das wäre so demütigend, dass sie vermutlich nie darüber wegkommen würde. Oder sie versuchte, mit ihm zu reden. Wirklich und wahrhaftig mit ihm zu reden.

Nichts davon schien so ganz das Richtige zu sein, aber andererseits: Wann hatte sie schon jemals das Richtige getan?

»Sie – Lex, meine ich – sie haben mich entführt, gleich nach dieser ersten Nacht, in der du mich zum Chester gebracht hast.«

23

Es genügt nicht, wenn wir mit Worten für unsere Sünden
büßen, für die Verbrechen gegen die Wahrheit.
Wir müssen auch körperlich Buße tun.
Das Buch der Wahrheit, »Gesetze«, Artikel 323

Sie war halt ein echter Profi. Natürlich hatte sie sich für die falsche Möglichkeit entschieden. Seine Miene verdüsterte sich, und er wich einen Schritt zurück. »Ach du …«

»Er hat mir gedroht, dass sie mich umbringen, wenn ich zulasse, dass Bump den Flughafen benutzt. Und ich habe ihnen geglaubt, ich meine, immerhin haben die mich aus meiner Wohnung gezerrt. Und vielleicht hätte ich direkt zu dir kommen sollen – hätte ich auf jeden Fall, das ist mir jetzt auch klar, aber da kannte ich dich ja noch gar nicht so richtig, nicht so wie später. Und als wir so weit waren, war es schon zu spät. Also hab ich Ja gesagt. Ich hab's nicht gewollt, aber ich habe Ja gesagt, und dann haben sie mir … dann haben sie mir meinen Stoff gratis gegeben. Mehr war da nicht.«

»So hat's aber nicht ausgesehen …«

»Und ja, okay, irgendwann hab ich mich dann … mit ihm getroffen.« Ihr Mund war wie ausgedörrt. Sie brauchte etwas zu trinken, aber sie hatte Angst, jetzt aufzuhören. Er hörte ihr zu; es gefiel ihm nicht, aber er hörte zu, und er würde sicher nicht rausgehen – wo auch immer sie hier waren, ein Tunnel war es jedenfalls nicht, eher eine Art Zimmer –, ohne dass sie ihm die Geschichte zu Ende erzählt hatte. Sie musste das jetzt einfach loswerden. Sie würde es nicht aushalten, wenn es noch länger wie ein Klumpen Kohle in ihrer Magengrube drückte.

»Aber das, was auf dem Flughafen passiert ist, hatte nichts mit ihm zu tun, ehrlich. Ich hatte keine andere Wahl. Nur so konnte ich den Oberboss schlagen. Und ich habe ihm nie irgendwas über dich oder Bump erzählt, und ich habe auch nie … er war einfach nur ein Freund, echt. Er hat mir nie so viel bedeutet wie … das war nichts Ernstes. So war das nicht, es ging nicht darum, es war einfach nur …«

Er wirbelte herum. Die Augen waren Schlitze in seinem wutverzerrten Gesicht, als sein Zorn ihr entgegenschlug und ihr schwarz und klebrig über die ohnehin schon gereizte Haut kroch. Das Herz schlug ihr bis zum Hals. »Warum zum Teufel erzählst du mir das? Glaubst du, das macht irgendwas besser? Du …«

»Weil es die Wahrheit ist und ich will, dass du die Wahrheit kennst, okay? Damals, in der Nacht auf der Brücke, habe ich dich nicht angelogen. Ich wollte mit Lex Schluss machen. Ich wollte …«

»Scheiß drauf!« Er griff sich die Taschenlampe vom Boden und stürmte davon. »Scheiß drauf und scheiß auf dich! Du …«

»Ja los, mach doch. Hau einfach ab, du Muschi!«

»*Wie bitte?*« Oh Scheiße! Falls sie geglaubt hatte, er wäre vorher schon wütend gewesen …

Aber sie würde jetzt keinen Rückzieher machen. Auf keinen Fall. Sie hatte die Spielchen satt, und was sie mit ihr machten, hatte sie auch satt. Die Müdigkeit zerrte bleischwer an ihr und zog sie in einen Strudel aus dem zunehmenden Ansturm der Energie des Raumes, ihrer eigenen Wut und dem schlüpfrigen, prickelnden Verlangen, das in dem Moment begonnen hatte, in dem sein Blick über ihre nackten Beine gestreift war. »Du hast mich doch gehört, du Scheißpussy. Was ist los mit dir, Terrible? Hast du Angst vor mir? Angst vor einem *Mädchen*? Hältst du es nicht aus, dir das anzuhören? Was glaubst du, was ich sage, warum kannst du nicht bleiben und dir das anhören, hm?«

»Das ist doch nur 'ne Scheiß-Zeitverschwendung.«

»Ach, Bullshit! Und das weißt du auch. Komm schon. Hör mir zu – und guck mich an, du siehst mich ja nicht mal an. Warum? Warum hast du solche Angst …«

»Halt verdammt noch mal die Klappe, Chess!«

»Zwing mich doch!« Die feuchte Wand hinter ihr war kühl an ihren Handflächen; sie drückte sich dagegen und machte sich bereit. Ihr ganzer Körper zitterte. Sie war im Begriff, etwas zu tun, das sie entweder ans Ziel ihrer Wünsche brachte oder sie das Leben kosten würde, und jetzt in diesem Moment war sie sich keineswegs sicher, was ihr lieber wäre. Sie wusste nur, dass sie so nicht weitermachen konnte. Sie vermisste ihn, und sie wollte ihn, und sie fühlte sich so verdammt schuldig, und sie hasste sich dafür, dass sie ihm wehgetan hatte, und sie ertrug es nicht länger, dass diese Sache zwischen ihnen stand. Auf die eine oder andere Weise musste es ein Ende finden. Er musste es für sie beenden. Sie sehnte sich so sehr danach, dass er etwas tat, irgendetwas, damit es endlich vorbei war.

Er blinzelte. »Was?«

»Du hast mich verstanden. Zwing mich doch! Los, komm! Stopf mir das Maul!«

Er schüttelte den Kopf und ging langsam fort. Tiefer hinein in den großen, dunklen Raum. Sie konnte die Wände nicht besonders gut erkennen, aber Wasser rann im Zickzack über die eine. Und immer noch wisperte die Magie auf ihrer Haut und betastete sie mit verstohlenen Fingern. Suchte nach einem Eingang.

Sie stieß sich von der Wand ab. Der kalte, unebene Beton schabte ihr über die nackten Füße, als sie auf ihn zuging. »Was macht dich denn so verdammt sauer? Dass ich mit Lex gevögelt habe? Oder dass ich *dich* nicht gevögelt habe?«

»Verpiss dich!«

»Zwing mich doch!« Sie platschte durch das schmale, flache Rinnsal, das sich mitten durch den Raum wand; das Wasser war eiskalt, aber sie bemerkte es kaum. Er war jetzt nur noch ein paar Schritte entfernt. »Zwing mich doch, Terrible. Na los! Willst du mich schlagen? Willst du mich dafür büßen lassen, was ich getan habe? Dann mal los. Zahl's mir heim!«

Keine Antwort.

»Na los!« Sie schubste ihn. Heftig, mit aller Kraft und plötzlich außer sich vor Wut. Nicht bloß entschlossen, nicht bloß sauer, sondern außer sich. Wer zur Hölle war er denn, dass er über sie urteilen durfte? Sie links liegen lassen durfte? Ihr erst sagen durfte, dass er etwas für sie empfand, dass er sie wollte, nur um sie dann wegen eines einzigen Fehltritts fallen zu lassen? Sie war doch auch nur ein Mensch, einfach nur sie selbst. Sie hatte nie im Leben jemanden gehabt, den sie um Rat fragen konnte, der ihr auch mal auf die Schulter geklopft oder ihr die Hand gehalten hätte. Sie hatte immer ihre eigenen Fehler machen müssen.

Und das hatte sie auch zur Genüge getan. Dass sie ihn angelogen hatte, war einer davon.

Aber er hatte sie ebenfalls belogen. Er hatte gelogen, als er ihr – nicht mit genau diesen Worten, aber trotzdem – gesagt hatte, dass er in ihr etwas Besonderes sah. Er hatte sie für diesen kurzen Moment, für diese zwei kurzen Tage zwischen seiner kleinen Ansprache und jener schrecklichen Nacht auf dem Friedhof, in dem Glauben gelassen, dass sie *wirklich* etwas Besonderes war. Etwas Gutes.

Und das stimmte einfach nicht. Und sie hatte ihn verletzt, und sie hasste sich so sehr dafür, *so sehr*, dass sie diesen Fehler gemacht und ihm das angetan hatte, so sehr, dass sie es nicht eine Sekunde länger aushielt. Er konnte dem ein Ende machen. Er konnte ihr vergeben oder sie bestrafen; irgendwie wurde er in der verdrehten, magiegesättigten Logik ihres Verstandes zur einzigen Person, die diese Macht hatte. Er wurde zum einzigen Menschen, der sie für *alles* bestrafen konnte, für jede Tablette, jeden Drink, jedes Pülverchen und jeden lausigen Fehler, den sie je begangen hatte, Brain und Randy und die toten Nutten, die sie nicht gerettet hatte und alles zusammen …

Und so schubste sie ihn mit aller Kraft, die ihr noch geblieben war, und wurde belohnt, als er unwillkürlich einen Schritt näher kam.

»Lass das, verdammt noch mal.« Das war mehr als eine Warnung, es war ein Knurren aus tiefer Kehle, das Geräusch eines Wolfs, kurz bevor er zum Gegenangriff übergeht.

Sie schenkte ihm keine Beachtung. Schubste ihn noch mal. »Dann zwing mich doch endlich! Immerhin hab ich dich angelogen, oder? Ich habe mit jemand anders rumgevögelt. Und zwar andauernd! Ich habe andauernd mit ihm gevögelt, Terrible, in der ganzen Wohnung, in hundert verschiedenen Stellungen.« Noch ein Schubser. »Macht dich das denn gar nicht sauer? Warum unternimmst du denn verdammt noch mal nichts? Warum hast du solche Angst davor …«

»Halt verdammt noch mal die Klappe, ich hab keine …«

»Ich hab dir wehgetan, oder nicht? Warum tust du mir dann nicht auch weh? Willst du mir wehtun, Terrible? Dich an mir rächen?« Noch ein Schubser, härter diesmal. Langsam steigerte sie sich in ihre Wut hinein und verlor sich darin; Energie raste durch ihren Körper, Wut und Schmerz und Lust wirbelten um sie herum und ließen ihren Blick verschwimmen, und sie konnte diese Gefühle einfach nicht loswerden. Konnte sie nicht beiseiteschieben. Selbst wenn sie gewollt hätte, hätte es nichts genützt. Ihre Stimme gellte ihr in den eigenen Ohren, sprang von den

Wänden ringsum zurück; sie hörte den panischen Unterton und spürte, wie ihr die Tränen über die Wangen strömten.

»Komm schon, Terrible! Tu mir weh. Schlag mich! Willst du das? Lass mich dafür büßen. Bitte, Terrible, tu's einfach ... tu's einfach ...«

Noch ein Schubser. Diesmal legte sie sich mit dem ganzen Körper hinein. Er wirbelte herum, das Gesicht bis zur Unkenntlichkeit verzerrt, einen Arm emporgereckt, bereit zum Schlag.

»Ich warn dich, verdammt noch mal ...«

»Jetzt warn mich nicht, schlag mich endlich! Schlag mich, du Muschi! Du blödes ... du Arschloch, du verdammtes ...«

Der Schwinger war ungelenk, weil ihr Blick zu verschleiert war, um genau zu zielen. Sie traf ihn aber trotzdem und erwischte ihn – irgendwo am Kiefer wahrscheinlich – mit einem satten Krachen, während ihr zugleich ein stechender Schmerz durch den Arm zuckte. Herrlicher Schmerz, ihr gesamter Körper spannte sich, während sie auf mehr wartete, sich danach sehnte, sich wünschte, dass er ihr mehr Schmerz zufügte.

»Fuck!« Seine Hand zuckte zur Wange, aber sie konnte nicht mehr aufhören. Sie konnte nicht aufhören, ihn zu schlagen und zu schubsen. Ihr Puls dröhnte in den Adern und im ganzen Körper; Gedankenfetzen wirbelten durch ihren Verstand wie die Bilder in einem Kaleidoskop.

»Schlag mich! Wehr dich doch endlich mal, warum bestrafst du mich denn nicht? Bitte, bitte, du blöder Scheiß-Mistkerl, tu's doch, schlag mich einfach, bitte ...«

Sie schlug wieder nach ihm und traf ihn erneut, diesmal am Oberarm, meinte sie. Gut, aber noch nicht gut genug, er schlug sie immer noch nicht, worauf wartete er denn noch, warum schlug er sie denn nicht, verstand er denn nicht, wie dringend sie das brauchte, warum bestrafte er sie nicht und ließ sie endlich verdammt noch mal ...

Sie fiel hintenüber, ohne zu begreifen, was geschehen war. Ihr Gehirn weigerte sich standhaft, zu sehen, wie er vor ihr stand, und zu verstehen, was vorging. Sie konnte kaum etwas erkennen und hörte so gut wie nichts außer dem Tosen des Blutes in ihren Ohren.

Aber sie spürte etwas.

Sie spürte seine Lippen auf ihren, die ihr die Strafe erteilten, nach der sie sich so lange gesehnt hatte, hart, schmerzlich und voller Verlangen. Sie spürte seinen Körper über ihrem, spürte, wie sein Arm unter ihrem den Sturz dämpfte und dann höher glitt, um sich in ihrem Haar zu vergraben und ihr den Kopf zurückzureißen.

Ihr pochendes Herz machte noch einmal einen so heftigen Satz, dass sie ihn deutlich spüren konnte. Seine freie Hand schob sich unter ihr Shirt, zerrte das BH-Körbchen aus dem Weg und stieß auf ihre Brustwarze. Sie schrie in die Dunkelheit, in ihn hinein.

»Fick dich, Chess«, murmelte er in ihren Mund, und sie wusste nicht, ob er sie beschimpfte oder ein Versprechen gab, aber es war ihr auch egal. »Fick dich.«

Ihr rechtes Bein war frei; sie schlang es ihm um die Hüfte und zog ihn enger an sich. Der feuchte Beton kratzte ihr über den Rücken, aber das war ihr gleich. Alles, was zählte, alles, was sie wollte, war seine nackte Haut auf ihrer; jetzt ging es nur noch darum, dass er nicht aufhörte, dass er nicht wieder zur Besinnung kam und sie hier allein auf dem kalten Fußboden zurückließ.

Ihre Finger zitterten, als sie an ihren Hemdknöpfen herumfummelte. Trotz der Ablenkung durch seinen Mund auf ihrem bewegte sie sich, so schnell sie konnte. Seine Zunge umspielte ihre. Seine Finger vergruben sich in ihren Nacken. Jeder Funken Wut, jedes bisschen Energie, Furcht, Schmerz und Elend und Hass, das sie noch vor Sekunden gespürt hatte, blieb und ging in etwas anderes über, in ein Verlangen, das so verzweifelt und allumfassend war, dass sie glaubte, es müsse sie umbringen – und doch empfand sie nicht das geringste Bedauern.

Sie gab den Versuch mit den Knöpfen auf und fasste ihm stattdessen unters Hemd und das T-Shirt, das er darunter trug, und fand warme Haut und harte Muskeln. Sein Herz pochte unter ihrer Hand; sie strich ihm über die Brust und ertastete das dichte Haar und die wulstige Narbe auf der linken Seite. Die Narbe, die sie ihm zugefügt hatte.

»Chess«, stohnte er wieder in ihren Mund, während seine Lippen die ihren verschlangen. »So … verdammt doll, ich will dich so verdammt doll … Scheiße, so *verdammt krass*…« Kühle Luft strich über ihren Bauch und ihre Brust; er hatte ihr das Hemd hochgeschoben, um besser an sie ranzukommen. Seine Zähne zwickten sie in die Haut an ihrem Hals und wanderten über das Schlüsselbein weiter nach unten, bis er ihre Brustwarze in den Mund nahm und heftig daran saugte. Hitze durchströmte ihren Körper, als er sie mit der heißen, feuchten Zunge reizte und die Zähne fast, aber nicht ganz, in ihre Haut grub.

Ihre Stimme hallte von den Wänden wider, wortlos diesmal. Sie glaubte auch nicht, dass sie überhaupt noch sprechen konnte. Außer »bitte« fiel ihr kein einziges Wort mehr ein. Und dann merkte sie, dass sie genau das gesagt hatte und immer noch sagte, dass sie die Hand in seinem Haar vergraben hatte und den Rücken durchbog und mit der Linken so fest seine Schulter umklammerte, dass es wehtat.

»Bitte, bitte, Terrible, bitte …« Sie konnte nicht aufhören; sie zog seinen Kopf wieder hinauf und seinen Mund zurück auf ihren. Sie riss ihm das Hemd hoch, damit sie seine Haut an ihrer spüren und mit den Händen darüberstreichen konnte. Dann ließ sie sie weiter nach unten gleiten, bis zu seinem Arsch, hob die Hüfte und zog ihn noch enger an sich, sodass seine Erektion sich an ihr rieb. Seine Gürtelschnalle sprang mit einem scharfen Ruck auf, ebenso die Knöpfe. Er keuchte an ihren Lippen, als sie die Hand in den offenen Reißverschluss steckte und durch die Boxershorts nach der schweren, festen Länge seines Schwanzes griff. Als er in ihrer Hand zuckte, schoss ihr die Feuchtigkeit zwischen die Beine.

»Scheiße, Chess … oh Fuck …« Er küsste sie heftiger und rieb die Hüfte an ihrer Hand, bis ihr die Ohren klingelten und der Raum um sie herum verblasste. Sie wusste nicht länger, wo sie waren. Sie wusste nur, dass er da war und wenigstens in diesem Moment ihr gehörte, nachdem sie schon so lange gewartet hatte, ihn so lange begehrt hatte, und jetzt hielt sie es nicht eine Sekunde länger aus. Jetzt zählten nur noch seine Hände auf ihrem Körper, die ihren unverletzten Oberschenkel liebkosten, ihren Bauch, ihre Brüste, ihr Gesicht, als versuchte er, sie überall zugleich zu berühren.

Ihr Höschen verschwand mit hörbarem Protestieren, dem sie allerdings nicht die geringste Aufmerksamkeit schenkte, vor allem, weil es auf der Stelle durch etwas viel Besseres ersetzt wurde. Seine Hand fand ihre glatte nackte Haut, zögerte, drang weiter vor und erforschte sie überall, während sie sich eine Sekunde lang fast schämte, wie feucht sie war, wie sehr sie ihn wollte und dass er es wusste, bis sie ihm die Boxershorts auszog und feststellte, dass es ihr nicht alleine so ging.

Er war hart und heiß, prall und glitschig von seinem eigenen Verlangen; sie schloss die Finger um den dicken Schaft, rieb ihn sanft und umspielte die straffe Eichel. Wieder stöhnte er ihren Namen, während er die Hüfte vorstieß, und aus ihrem Kuss, dem langen, innigen Kuss, wurde etwas noch Stärkeres, als atmete sie ihn ein, als nährte er sie. Sie wollte nach unten schauen und ihn ansehen, aber sie konnte sich von diesem Kuss einfach nicht lösen, konnte es nicht ertragen, ihn zu beenden.

Sie fummelte an seinem Hosenbund herum und versuchte, ihm die Jeans abzustreifen, war aber durch die beiden dicken Finger, die in ihr arbeiteten, und das Gefühl, wie die Muskeln in ihrem Inneren sie umschlangen, zu abgelenkt. Er hatte mit dem Daumen haargenau die richtige Stelle erwischt und streichelte sie auf haargenau die richtige Weise.

»Scheiße, ja … oh, hör nicht auf, Terrible, bitte hör nicht auf, verdammt, bitte …«

»Auf keinen Fall hör ich auf«, knurrte er. Und das tat er auch nicht. Endlich löste sie den Mund von ihm, weil sie Luft brauchte, weil all ihr Blut den Kopf verlassen hatte und weiter unten zusammenströmte, und sie klammerte sich an ihn und kniff die Augen zusammen und explodierte.

Er fackelte nicht lange und ließ sie gar nicht erst zur Besinnung kommen. Die Finger verschwanden. Er stieß in sie und dehnte sie mit seiner ganzen Länge auf einmal. Sofort war sie wieder auf hundertachtzig. Immer noch hörte er nicht auf. Seine Hüften klatschten brutal gegen ihre, als er ihr gab, wonach sie verlangt hatte und immer noch verlangte. Sie spürte, wie er seine Zähne in ihren Nacken senkte und schrie in die Dunkelheit, während sie ihm die Hände unter das Hemd schob und die kurzen Fingernägel in der weichen Haut vergrub.

Er stöhnte und stieß sie fester und fester. Sein Körper bebte, als er sie zwang, sein wildes Tempo mitzugehen und jeden Millimeter von ihm in sich aufzunehmen. Sein Daumen schlüpfte wieder zwischen ihre Beine und reizte sie aufs Neue. Diesmal fand sie keine Worte mehr zum Schreien, schrie aber trotzdem.

»Oh, Chess … Fuck, oh …« Das war zu viel. Seine Stimme an ihrem Ohr und sein Körper in ihr und seine Wut und Lust, das rasende Verlangen, und die Energie des Raumes um sie herum, die mit jeder Sekunde zunahm. Sein Rhythmus änderte sich, wurde noch zügelloser; die leichte Drehung seiner Hüfte verschwand, und er wurde noch größer in ihr.

Sie packte ihn am Kopf und presste seinen Mund auf ihren. So gut sie es mit den zitternden Händen vermochte, übernahm sie jetzt die Kontrolle. Sein Atem ging in rauen, keuchenden Zügen, seine Finger verursachten ihr blaue Flecken. Beide waren sie schweißgebadet.

Er erschauderte und zitterte noch heftiger als zuvor. Seine Muskeln verkrampften sich unter ihren Händen. Sie presste ihn enger an sich und zog ihn tiefer in sich hinein, genoss ein letztes Mal sein Gewicht auf ihr, bevor seine Finger sich krümmten und sein ganzer Körper sich zusammenzog; sie spürte, wie er in ihr pulsierte, während ihr Name ihm als ein einziger, lang gezogener Seufzer über die Lippen kam, bevor er still dalag.

24

Ein Kirchenangestellter lässt sich nicht ablenken. Verliert nie das Ziel aus den Augen. Jeder Mann, jede Frau verfolgt unbeirrt das Ziel, die Kirche zu verteidigen und die Menschheit zu beschützen, egal, wie hoch der Preis auch sein mag.

Mit gutem Beispiel vorangehen!
Ein Handbuch für Kirchenangestellte

Sie wusste nicht, wie lange sie dort blieben, wusste nicht, wie viel Zeit verging, bevor eisige Furcht nach ihrem Herzen griff. Er hatte kein Wort gesagt. Hatte sie nicht wieder geküsst. Sein Körper lag schlaff auf ihr.

Endlich rollte er sich von ihr hinunter. Vorher hatte sie es in dem kleinen unterirdischen Raum warm gefunden. Jetzt erkannte sie, dass das ganz und gar nicht der Fall war, und begann zu zittern. Ihre Jeans lagen immer noch auf der anderen Seite des Raums, an der Luke, neben ihrer Jacke. Ihr Höschen war ein Häufchen zerfetzter blassblauer Baumwolle mitten in dem schmalen Rinnsal.

Toll. Also musste sie da jetzt mit nacktem Arsch rüberrennen, um sich die Hose zu holen? Sie hatte zwar noch ein Ersatzhöschen in der Handtasche, aber trotzdem … In seinem Schweigen schwang etwas mit, das ihr sagte, dass er wohl keine anzüglichen Witzchen machen würde, wenn sie es sich zurückholte.

Sie schob sich den BH-Träger hoch und zupfte den Saum

ihres Tops zurecht. Etwas landete mit einem leisen, gedämpften Geräusch neben ihr: Terribles Bowlinghemd.

»Danke.« Es war zwar kurzärmelig, aber immerhin so weit, dass sie es sich um die Hüfte schlingen konnte – ach was, wenn sie hineinschlüpfte, würde es ihr sowieso bis zu den Knien reichen, wo es doch sogar ihm bis über die Hüfte hing. Nett von ihm. Aber nur eine weitere Bestätigung ihrer Ängste. Es hatte sich nichts geändert. Sie hatte ihn dazu gereizt, ihn praktisch gezwungen und jetzt … jetzt war noch immer alles beim Alten.

Sein Feuerzeug klickte; das warme Leuchten der hohen Flamme erhellte für eine Sekunde den Raum. Er hielt ihr eine Zigarette hin, und sie nahm an.

»Danke«, sagte sie noch einmal. Ihre Lippen versagten ihr den Dienst. Sie fühlten sich geschwollen und wund an, als hätte sie einen Schlag auf den Mund bekommen.

Hm. Das war jetzt peinlich. Sie hatte keine Ahnung, was sie sagen sollte, und wahrscheinlich ging es ihm ganz genauso. Sie wusste, was sie gern gesagt und getan hätte. Sie wollte den Meter Leere zwischen ihnen überwinden und sich in seine Arme kuscheln. Sie wollte ihn mit zu sich nach Hause nehmen und mit ihm in die Kiste springen – das Bett, in das sie keinen anderen gelassen hatte –, und das alles noch mal machen, aber diesmal langsamer. Richtig – nicht, dass beim ersten Mal etwas nicht gestimmt hätte. Sie konnte sich nicht mehr erinnern, wann sie zum letzten Mal … Nein. Nein, so war es noch nie gewesen. So hatte sie sich noch nie gefühlt.

Und sie wollte sagen, dass es das wert gewesen war, aber verdammt, wie die Stille sich so zwischen ihnen dehnte wie ein Riss in ihrem Herzen, der länger und länger wurde …

Er räusperte sich. »Sorry.«

Er hätte sie genauso gut erstechen können.

»Du hast ja nichts gemacht, was ich nicht gewollt hätte«,

sagte sie matt. Sie brauchte jetzt ihre Tasche. Ihre Pillen waren da drin. Lex hatte ihr letzte Nacht nicht bloß die beiden Oozer mitgebracht, sondern noch ein paar mehr in die Tasche gesteckt, und sie selbst hatte noch einen weiteren mitgebracht, weil sie sich schon gedacht hatte, dass sie ihn möglicherweise noch brauchen würde. Der Fall war ihr im Moment scheißegal. Die verdammten Lamaru mit ihren beschissenen Psychopomp-Spielchen. Maguinness. Ging ihr alles komplett am Arsch vorbei. Sie wollte nur noch nach Hause, sich zudröhnen und sich dann verkriechen und versuchen, all das zu vergessen. Mindestens der letzte Punkt auf der Liste war wohl allerdings ziemlich unmöglich zu verwirklichen.

»Hm, na ja. Vielleicht hab ich ja aber gar nicht …«

»Okay. Du wolltest das nicht tun. Versteh schon.«

Einen Augenblick erwartete sie Widerspruch. Vielleicht würde er sagen, dass er es nicht ausgerechnet *hier* hatte tun wollen oder auf diese *Art* oder was auch immer, aber den Gefallen tat er ihr nicht. Was für ein Schock. Sie senkte den Blick auf sein Hemd und versuchte sich darüber klar zu werden, ob sie es benutzen wollte oder nicht. Sie entschied sich, es nicht zu tun. Sollte er doch glotzen. Ihr doch egal.

Von der Luke bis zu dem Platz, an dem sie … an dem sie zuletzt gelandet waren, war es ihr gar nicht so weit vorgekommen, als sie ihm hinterhergegangen war. Jetzt, wo sie den kühlen Boden mit nackten Füßen überquerte und ihr die klebrigen Schenkel zitterten, schien sich der Weg meilenweit auszudehnen und Stunden zu dauern. Das leichte Ziehen zwischen den Beinen hätte unbeschreiblich angenehm sein können, wäre der Schmerz in ihrer Brust nicht so viel schlimmer gewesen.

Sie konnte ihn noch überall an sich riechen.

Das Höschen zum Wechseln steckte in einer Seitentasche; sie schlüpfte hinein und kramte dann ihre ganze Erste-Hilfe-

Ausrüstung hervor, bevor sie sich ihrem Bein widmete. Komisch, im Rausch der letzten Minuten hatte sie die Verletzung gar nicht gespürt. Das war ein kleines Wunder, immerhin klebten an den Wundrändern Dreckbrocken, die sogar hier im Dämmerlicht zu erkennen waren.

Sie brauchte die Taschenlampe. Aber ihn jetzt zu bitten, sie ihr zu bringen … Hm, da war sie nicht wirklich scharf drauf. Also holte sie sie selbst. Die Beine schwankten beim Gehen.

Dann stellte sich natürlich die Frage, wie sie das Scheißding festhalten sollte. Sie versuchte, sich den Griff in den Mund zu stecken, aber die Taschenlampe war zu groß und zu schwer. Unter den Arm geklemmt funktionierte es auch nicht. Am Ende legte sie sie auf den Boden und wollte sich gerade hinsetzen …

Am anderen Ende des Raumes klickte Metall; sie hob den Blick, sah seinen Rücken und hörte die Gürtelschnalle noch einmal klicken, bevor er sich umdrehte, die Augen auf irgendeinen Punkt am Boden gerichtet. »Komm, ich helf dir, ja?«

»Nein, danke.«

»Komm schon, Chess, ich will nicht … lass mich einfach machen.«

Auf seinem Gesicht lag ein schuldbewusster Ausdruck wie ein Bartschatten. Geschah ihm recht. Vielleicht war das gemein von ihr – ach quatsch, ganz sicher war es gemein –, aber es fühlte sich gut an. Höchste Zeit, dass er sich auch mal wegen irgendwas schuldig fühlte. Warum sollte der Schwarze Peter immer bei ihr landen?

Aber sie erlaubte ihm, die Taschenlampe zu halten, während sie die Feuchttücher benutzte, um die kleinen Dreckflecken abzutupfen, bevor sie ein Desinfektionsmittel auf die Wunde schmierte. Die Verbrennung sah immer noch ganz okay aus; eigentlich bloß gerötete Haut mit ein paar harmlosen Blasen. Gott sei Dank würden da keine Narben zurückbleiben. Sie war schnell genug auf dem Bürgersteig aufgeschlagen, bevor das Feuer echten Schaden anrichten konnte.

Aber ihr war schmerzlich bewusst, wie sich sein Blick förmlich in ihre Hände bohrte. Ebenso deutlich registrierte sie, dass sein Atem immer noch etwas lauter ging, als sie es gewohnt war. Wenn sie sich mit den Fingern ganz besonders langsam über den Schenkel strich, das ganze Bein hob und den Zeh ausstreckte, während sie so tat, als würde sie sich bloß untersuchen, dann konnte man ihr dafür doch gewiss keinen Vorwurf machen, oder? In der Liebe und im Krieg war schließlich alles erlaubt, und im Moment hatte sie das Gefühl, dass mindestens einer dieser Begriffe hier angebracht war, vielleicht aber auch beide.

Sie zog ein frisches Verbandstuch hervor und faltete es, bis ein Polster entstand, das groß genug war, um die Brandwunde zu bedecken. Leider kam sie nicht drauf, wie sie es fixieren sollte, während sie es festpflasterte. Oh, okay. Wenn sie sich das Pflaster mit dem Klebestreifen nach oben auf dem Schoß drapierte, konnte sie den Verbandsstoff darüberlegen.

Wäre es denn so schlimm gewesen, wenn er ihr ein bisschen geholfen hätte? Reichte es denn nicht, dass er sie hasste, musste er ihr denn auch noch zusehen, wie sie sich abmühte …

Er nahm ihr das Pflaster aus der Hand. »Halt mal die Bandage da fest, ja?«

Hatte sie eben noch gedacht, dass sie Hilfe von ihm wollte? Da hatte sie sich geirrt; es war viel schlimmer, wenn er sich mit geschickten Fingern ihren Oberschenkel hinaufarbeitete und diesen sanften Druck ausübte. Zu schnell, das ging alles zu schnell. Später hätte sie das vielleicht verkraften können, aber jetzt, wo sie ihn immer noch in sich spürte und noch wusste, wie es sich anfühlte, wenn dieselben Finger ihre Haut liebkosten und über ihre Rippen wanderten …

Sie biss die Zähne zusammen und sah weg. Seine Berührung

war sanft, fast unbeteiligt, aber als die Augenblicke verstrichen, begriff sie, dass das Pflaster schon längst an Ort und Stelle saß und der Verband fertig war. Er nutzte das Zurechtrücken und Glätten des Pflasters einfach als Vorwand, um sie zu streicheln, und ließ die Hand so lange über ihren Oberschenkel gleiten, bis die Finger gefährlich nahe an dem Ort zu liegen kamen, wo es bei ihr schon wieder zu pochen begann.

Sie zuckte zurück und stand auf. »Danke. Ich denke, ich bin … ich glaube, das reicht jetzt.«

»Gut.« Er hielt den Kopf gesenkt; das Haar stand immer noch in wirren Büscheln ab.

Sich die Hosen anzuziehen fühlte sich an, als würde sie dem ganzen Zwischenfall endgültig Lebewohl sagen. Sie war jetzt wieder vollständig bekleidet, als wäre nichts geschehen. Nur die Verlegenheit blieb wie eine lästige Verdauungsstörung.

Apropos … Zeit für ihre Tabletten. Na ja, eigentlich nicht – schließlich war es gerade mal vierzig Minuten oder so her – aber das kümmerte sie im Moment nicht im Geringsten. Sie nahm gleich vier. Scheißegal. War ja nicht gerade so, als hätten sie noch was vor, wo sie unbedingt auf Zack sein musste. Eigentlich war sie sich nicht mal mehr sicher, ob jetzt überhaupt noch irgendwas anstand. Jetzt, da sich ihre Augen vollständig an das schwache Licht gewöhnt hatten, stellte sie fest, dass ihr erster Eindruck korrekt gewesen war. Der Raum war vollkommen leer. Nackte Wände. Nackter Boden. Nur die Energie, die noch in der Luft hing, verriet, dass hier etwas vorgefallen war; Energie, der schwache Kräuterduft und das Piepsen des Peilgeräts.

»Tja«, sagte sie und steckte die Füße wieder in die Stiefel. »Ähm, ich schätze, wir sollten …«

»Der Tunnel geht ja noch weiter, nicht?« Er schwenkte die Taschenlampe zur Seite und sie sah, direkt hinter ihrer ruinierten Unterwäsche – die musste sie unbedingt wieder einstecken; ein so persönliches und deshalb mächtiges Kleidungsstück durfte auf keinen Fall den Lamaru in die Hände fallen –, einen gewölbten Durchgang, der in einen richtigen Tunnel führte und mit einer weiteren verbeulten Stahltür versehen war.

Sie war nicht beleuchtet, wie das bei ihren Ausflügen mit Lex immer der Fall gewesen war, und sie hatte das ungute Gefühl, dass hier auch sonst alles ganz anders laufen würde. »Ja, sieht so aus.«

»Denke, das sollten wir uns mal ansehen. Wo wir doch schon mal hier unten sind und das Maschinchen da immer noch vor sich hin piepst.«

Die Worte hätten sie eigentlich beruhigen müssen. Immerhin stürzte er nicht aus dem Raum und raste nach Hause, um sich mit Lauge und Desinfektionsmittel zu duschen oder so. Er spuckte sie auch nicht an oder war sonst irgendwie besonders gemein zu ihr.

Aber sie kannte ihn. Sie kannte ihn viel zu gut, um zu glauben, dass die fehlenden Beleidigungen automatisch bedeuteten, dass alles wieder im Lot war oder dass er es sich jetzt anders überlegt hatte und doch wieder etwas mit ihr zu tun haben wollte. Die Worte klangen ja gut, aber seine Stimme war so unbeteiligt, als würde er mit einer Fremden sprechen … und das klang gar nicht so gut.

Er war hier, um einen Job zu erledigen, und den würde er auch durchziehen, das war alles. Er konnte ihren Schenkel streicheln so viel er wollte, aber das hieß absolut gar nichts.

Ihre Augen brannten, als sie sich die Tasche über die Schulter warf, die zerfetzte Unterwäsche aufhob und sie sich in die Tasche steckte. »Jupp. Dann mal los!«

Die Tür war verschlossen, aber sie hatte die Spritze mit dem Schmiermittel und die Dietriche dabei, sodass sie sie in nul Komma nichts geknackt hatte. Es kam ihr allerdings länger vor.

Sich zu konzentrieren, während sie seinen Körper neben sich spürte, fiel ihr ungefähr so leicht, wie sich die besten Drogen für später aufzuheben; sie konnte zwar so tun, als wäre nichts, aber sie spürte mit jeder Faser ihres Körpers, dass das nicht stimmte, und ihr Körper ließ sich nicht so leicht abspeisen.

Die Signale des Peilsenders kamen in kürzeren Abständen, kaum dass sie durch den niedrigen Durchgang in die kühle, feuchte Dunkelheit getreten waren. Sie zog das Gerät aus der Tasche, hielt es vor sich und verfolgte das Aufblitzen des roten Lichts, das unheimliche Schatten auf die bröckeligen Wände warf. Ihre und Terribles Umrisse zeichneten sich scharf im Rot ab, während sie wie überdimensionale Insekten durch den Gang krochen.

Das Piepsen des Peilgeräts beschleunigte sich, bis es in ein anhaltendes schrilles Heulen überging; der Sender lag vor ihren Füßen, halb unter einem Haufen Dreck vergraben. Verdammt! Sie hob ihn auf und drückte den Knopf am Ortungsgerät, bis eine Stille einkehrte, die ihr nicht weniger laut und schrill vorkam als vorher das Piepsen.

Seine Stimme ließ sie zusammenfahren. »Das haben wir gesucht, ja?«

»Ja. Scheiße!« Sie nahm ihm die Taschenlampe aus der Hand – als ihre Finger sich berührten, zuckte er zurück – und richtete den Strahl auf den kleinen schwarzen Chip. Es sah unbeschädigt aus; nichts verriet, dass er überhaupt an Vanhelm gehangen hatte. Die Klebefläche auf der Rückseite war schmutzig. Kam das von ihrem Hemd oder von seinem Auto? Laut Peilgerät handelte es sich um Sender drei, aber welcher war noch mal welcher? »Das sagt mir gar nichts.«

»Hattest du das gehofft?«

»Vielleicht.«

Warum konnte er nicht einen Witz machen oder etwas Aufmunterndes sagen? Früher hätte er das sicher getan. Jetzt blieb er einfach stumm und spähte mit seinen dunklen Augen den Tunnel entlang, als wäre sie gar nicht da. Sie seufzte. »Okay, dann gehen wir einfach mal weiter, oder? Wenn sie hier lang gekommen sind, gibt es ja vielleicht einen bestimmten Grund dafür.«

Nachdem sie sich zwanzig Minuten lang angeschwiegen hatten, kamen sie an eine Weggabelung. Chess war der Ansicht, dass sie sich in nordöstlicher Richtung gehalten hatten – und ihr Orientierungssinn war normalerweise ziemlich gut –, aber sie hatte keine Ahnung, wie weit sie inzwischen gekommen waren.

Die Zeit schien hier unten mit anderer Geschwindigkeit zu laufen; es kam ihr vor, als würde sie schon seit Stunden neben Terrible hertrotten. Vielleicht lag es auch gar nicht an den Tunneln, sondern am Schmerz, der von Minute zu Minute stärker wurde, und am wachsenden Unwohlsein. Das Verlangen zu sprechen, das Verlangen zu … sie wusste nicht, was. Aber gut möglich, dass sie erst ein oder zwei Kilometer geschafft hatten – oder dass die zurückgelegte Strecke doppelt so lang war.

Seine Laune und das missmutige, nervenaufreibende Schweigen waren nicht die einzigen Probleme. Sie hatte mit ihrer Vermutung recht behalten, dass diese Tunnel nichts mit denen zu tun hatten, die Lex und der Rest von Slobags Mannschaft ziemlich regelmäßig benutzten. Die waren nämlich nicht nur beleuchtet, sondern auch gut in Schuss – soweit man das von einem Tunnel sagen konnte – und aufgeräumt.

Was sie hier gerade durchquerten, war eine ganz andere Nummer. Die Wände zu beiden Seiten bröckelten, und dicke Trümmer türmten sich vor ihnen auf dem Weg, die nach Schimmel und Alter rochen. Flechten und Moos wucherten in den Rissen im Beton und ragten wie Alienfinger über ihre Köpfe.

Steine und Zementbrocken säumten den Weg; sie kamen nur mit vorsichtigen Schritten voran und mussten sich jeden Meter hart erkämpfen.

Schweiß sammelte sich zwischen ihren Brüsten und trat ihr in Perlen auf die Stirn, als sie an eine weitere Gabelung kamen und aus einem Tunnel zwei wurden. Die Luft stank, nach Tod, Verwesung und Dingen, die nur im Dunkeln wuchsen. Dingen, die über den Boden flitzten und ihr in die Hosenbeine krabbelten, Dinge, die in sie hineinkrochen und angriffen …

Sie kreischte auf; eine Ratte. Ein echtes Flitzeding, nicht das, was sie sich in ihrer fiebrigen, überreizten, hyperaktiven Fantasie zurechtlegte. Sie musste sich verdammt noch mal beruhigen. Eigentlich hätten ihre Pillen schon längst wirken müssen; sie hatten auch schon gekickt, das merkte sie, aber sie beruhigten sie nicht wie gewohnt.

Und das kam daher, dass der Druck, das Unwohlsein und die Angst nicht aus ihrem Inneren kamen. Sie lagen in der Luft. Sie blieb abrupt stehen und warf Terrible einen Blick zu; seine Augen waren zusammengekniffen, als versuchte er, bei starkem Gegenwind etwas zu erkennen.

»Bist du okay?« Sie erwartete nicht wirklich eine Antwort.

Und bekam auch keine. Er zuckte die Achseln.

»Die Energie wird hier immer stärker«, fuhr sie gedämpft fort. »Als würden wir langsam näher kommen – wem oder was auch immer.«

»Welchen Weg sollen wir nehmen, was meinst du?«

Keine der beiden Abzweigungen sah besonders vertrauenerweckend aus; es waren absolut gleich aussehende Erdlöcher, in denen nichts als Leere herrschte. Sie schloss die Augen.

»Rechts ist die Energie stärker.«

»Also sollten wir da lang.«

»Ich weiß nicht. Ihre Magie ist so stark getarnt, dass es mir fast vorkommt, als wäre es falsch, diesen Weg zu nehmen, weißt du? Weil ich vielleicht gar nicht in der Lage sein sollte, diese Energie aufzuspüren.«

Sie öffnete die Augen gerade noch rechtzeitig, um zu sehen, wie er rasch den Blick von ihrem Gesicht abwandte. Was war … nein. Der Gedanke, dass sie jetzt seine Bewegungen oder sein Verhalten entschlüsseln sollte, dass sie seinen Gedanken und Gefühlen auf die Schliche kommen musste, indem sie darauf achtete, wie er stand oder sprach oder sie am Arm fasste, wenn er ihr über die Felsbrocken half, oder was auch immer – das machte sie einfach nur müde. Sie schaffte das einfach nicht mehr.

Wenigstens nicht jetzt und hier. »Ich denke, wir sollten nach rechts gehen. Vielleicht geben sie sich einfach keine besonders große Mühe, ihre Spuren zu verwischen.«

»Denkst du, die treiben sich hier unten rum?«

»Ja, ich schätze schon.« Verdammt! Dieser blöde Bindende Eid ging ihr langsam richtig auf den Sack.

»Über das Feuer kannste wohl nicht reden, oder?«

Jetzt war die Reihe an ihr, die Achseln zu zucken.

Er machte eine Pause und fasste sie grob am Arm, als er ihr half, über einen besonders großen Geröllhaufen zu klettern. »Wie ist 'n das gelaufen? Habt ihr sie bis dahin verfolgt, du und diese Kirchenpolitesse?«

Sie zog den Kopf ein; kein Nicken, aber nahe genug dran, dass er es kapierte.

»Und dann haben sie euch da drin erwischt und das ganze Gelände in die Luft gejagt?«

Sie schaffte ein kleines Kopfschütteln, eigentlich nur eine Drehung des Kopfes; dabei musste sie kräftig die Lippen zusammenpressen, um nicht mit der Antwort herauszuplatzen.

»Sie haben's nicht abgefackelt? Wer steckt dann dahinter?« Dann, als er den flehenden Ausdruck in ihren Augen erkannte:

»Ach, der Typ mit den Tränken, ja? Weißt du deshalb, dass er da mit drinhängt?«

»Aber warum sollte er ein Interesse daran haben, sie umzubringen?« Sie sprach, ohne nachzudenken, aber zum Glück regten sich ihre Handgelenke nicht. Anscheinend war es okay, wenn sie nur hypothetische Äußerungen machte.

»Vielleicht kaufen sie ihm sein Magiezeugs ab. Oder irgendwas anderes, und dann haben sie nicht gezahlt, oder sie benutzen es gegen ihn.«

Daran hatte sie noch gar nicht gedacht. »Allerdings wüsste ich nicht, warum sie irgendwelche nutzlosen Tränke kaufen sollten.«

»Ist vielleicht nur 'ne Tarnung, um sein wahres Business zu verstecken. Vielleicht mag er sie auch bloß einfach nicht.«

Er lächelte; verdammt, er lächelte – das war das erste Mal seit einem Monat, und bei dem Anblick blutete ihr das Herz. »Hm, also, wenn wir rausfinden, warum er hinter ihnen her ist, dann können wir vielleicht auch … ach Mist!«

Während ihrer Unterhaltung war sein Blick nach links gehuscht; jetzt folgte sie ihm und begriff, warum sich seine Miene verdüsterte.

Ein paar Meter von ihrem Standpunkt entfernt endete der Tunnel an einer Stahltür, die sich in nichts von den anderen unterschied. Schwaches Licht sickerte durch den Türspalt – der Ausgang zur Straße, vermutete sie. Endstation.

Aber links davon war eine weitere Tür, die von zerklüftetem Beton umgeben war, sodass sie Ähnlichkeit mit einer Austrittswunde hatte. Die verwitterten Bretter, die von krummen Nägeln und halb verrotteten Lederfetzen zusammengehalten wurden, verströmten Magie. Chess erkannte sie als schwaches Pulsieren.

Terrible kniff die Augen zusammen und legte den Kopf schief. »Siehst du das?« Lex hätte nichts erkannt, auf keinen Fall. Bei

Terrible war sie sich da nicht so sicher, und sie wusste auch nicht genau, ob sie sich wünschen sollte, dass er die Gabe hatte oder nicht. Viel Kraft hatte er nie besessen; gerade genug, um sich in Gegenwart von Magie unbehaglich zu fühlen oder einen Geist zu spüren, bevor er wirklich auftauchte, aber nur als schwaches Kribbeln. Nur ein Bruchteil von dem, was sie oder jede andere echte Hexe empfand.

Aber jetzt war vielleicht nichts mehr wie vorher, und das lag an ihr. Sie hatte ihm das Symbol in die Brust geritzt, und in ihrem Kopf und ihrem Herzen kämpften Schuldgefühle mit der absoluten Gewissheit, dass sie es, ohne zu zögern, genau so wieder tun würde.

»Irgendwas sehe ich. Wie ein … sieht so aus, als würde sich die Mauer da bewegen, oder? Als würde sie atmen.«

Das war wenigstens etwas. Er konnte es nicht vollständig erkennen.

»Da ist noch eine Tür. Sie haben einen Durchbruch durch den Beton gemacht, glaube ich. Und es ist … es ist keine gute Tür.«

Sie trat einen Schritt näher und schlang die Arme um sich. Da war etwas ins Holz geritzt – ein magisches Symbol? Ein … nein, das war kein Symbol. Es war einfach nur eine Zeichnung; dürre, krumme Ärmchen, ein aufgedunsener Kartoffelkörper …

Ihr stockte der Atem.

»Was? Was ist denn?«

»Da ist eine Kröte in die Tür geritzt. Und …« Sie reckte sich, um einen Blick auf die Oberseite der groben Bretter werfen zu können. Sie schluckte. »Ein Fetisch. Oben auf der Tür. Ein Krötenbein.«

Ein Krötenbein, das mit schwarzem Garn an einen Knochen gebunden war. Kräuter ragten aus dem Loch an der Vorderseite des Beins, wo es einst über das Gelenk mit dem Körper verbunden gewesen war.

»Wie der, den sie gestern dabeihatten? Dieses Ding, das du auseinandergenommen hast?«

»Genau. Das hier ist allerdings keine ganze Kröte, sondern bloß ein Bein.«

»Und was heißt das? Eine Kröte, meine ich? Sind die magisch?«

»Sie sind Vertrautentiere.« Sie wich einen Schritt zurück und löste sich aus der hungrigen Dunkelheit der notdürftig zusammengezimmerten Tür. »Sie sind magisch extrem mächtig. Ich meine, sie sind sogar so stark, dass sie illegal sind. Die Kirche züchtet welche – es gibt eine Menge Sachen, bei denen sie echt nützlich sind, oder sein können, aber ja, sie werden auch viel für schwarze Magie benutzt. Und außerdem sind sie …«

Ihre Stimme versagte. Sie durchwühlte ihre Tasche auf der Suche nach der Wasserflasche, aber Trockenheit war nicht der Grund, warum ihre Kehle so zugeschnürt war.

»Ja?«

Das Wasser schmeckte nach Plastik und der stickigen Luft um sie herum. Sie verzog das Gesicht. »Sie werden auch bei der Erschaffung von Psychopomps eingesetzt.«

25

Manche versuchen, sich vor der Kirche zu verstecken,
um zwielichtige Geheimnisse zu verbergen. Das gelingt
ihnen nicht. Die Kirche und die Wahrheit sehen alles.
Das Buch der Wahrheit, »Veraxis«, Artikel 728

»Und was machen wir jetzt?«

Ihren ersten Gedanken sprach sie lieber nicht laut aus. »Schätze, wir müssen da durch.«

Er vergrub die Hände in den Hosentaschen und überlegte. »Haste irgend 'ne Ahnung, wo wir hier sind?«

»Wir haben uns in nordwestlicher Richtung gehalten, das ist ehrlich gesagt alles, was ich weiß. Ich hab keinen Schimmer, wie weit wir gekommen sind.«

»Ich schätze mal so zehn Blocks. Das würde bedeuten, dass wir hier in der Gegend der neunzigsten Straße sind.«

»Neunzigste Ecke Foster«, sagte sie.

»Hm, vielleicht. Kennste dich in der Gegend aus?«

»Neunzigste Ecke Foster, da wohnt Maguinness. Diese Adresse hat er angegeben, als er Madame Lupita besucht hat. Weißt du noch, wie ich im Auto erzählt habe, dass er vor ihrer Hinrichtung noch mal bei ihr vorbeigeschaut hat?«

Ein knappes Nicken. Ob das jetzt daran lag, dass sie die Szene im Auto zur Sprache gebracht hatte, oder an irgendwas anderem, wusste sie nicht und wollte es lieber auch nicht herausfinden.

»Wie auch immer. Aber das heißt, dass es hier vielleicht zu seiner Wohnung geht. Vielleicht ist er …«

Nein, das war Blödsinn, oder? Als Theorie mochte es so gut wie jede andere auch sein, aber es fühlte sich trotzdem nicht richtig an. Dieser Sender im Tunnel, fast, als ob sie hierher gelockt werden sollte. Wenn er mit den Lamaru im Krieg lag und wenn die wussten, dass sie ihn beschattete … Diesen hinterhältigen Wichsern traute sie es durchaus zu, sie in eine Falle zu locken.

Er lehnte sich an die gegenüberliegende Tunnelwand, sodass er unauffällig einen weiteren Schritt von der höllischen Tür abrücken konnte. »Also, wenn er mit denen im Clinch liegt und wenn er hier wohnt, hinter diesem ganzen Krötenzeug, ja? Die Leute, die gestern Ratchet und Konsorten umgelegt haben. Vielleicht hat er denen ja diese Kröten verkauft.«

Sie zögerte und wartete darauf, dass der Schmerz ihr die Arme hinaufschoss. Als er ausblieb, nickte sie.

»Müssen sie töten, um diese Psychopomps zu bauen? Ist es das, was sie vorhaben?«

Daran hatte sie noch gar nicht gedacht. Die Morde konnten natürlich selbst zur Erschaffung der speziellen Psychopomps gehören, die sie fabrizierten. Bei einem Zerstörungszauber – und um einen solchen handelte es sich ja hier – war das durchaus denkbar. »Für die Erschaffung von Psychopomps braucht man normalerweise keine Toten, aber ihre sind ja auch nicht – au! – normal. Und wenn man einen Freilebenden umbringt, ist das ein schweres Verbrechen, weißt du. Das wird hart bestraft.«

Genau dieses Verbrechen hatte sie begangen. Um seinetwillen. Sie hielt die Erinnerung einen Moment im Kopf fest und hoffte, dass er das erkennen würde, aber sie hatte keine Ahnung, ob es funktionierte. Und ganz sicher würde er nicht einfach so den Mund aufmachen und es sagen, nicht jetzt. Nicht nach dem Zwischenfall, von dem sie jetzt wusste, dass er ihn als Grenzüberschreitung ihrerseits aufgefasst hatte, als hätte sie sich ihm aufgedrängt.

Wieder mal.

Und falls er doch verstand, worauf sie anspielte, ließ er es sich jedenfalls nicht anmerken. Genau, wie sie erwartet hatte. »Heißt also, wenn wir da reingehen, könnten wir alles aufklären.«

»Exakt.«

Hinter dieser Tür mochten tatsächlich Antworten liegen, ja. Die Lösung des Rätsels und das Ende … das Ende ihrer Zusammenarbeit mit Terrible. Und diesmal für immer.

Verdammt, sie hatte sich selbst so satt – sie und ihre dummen Gefühlshemmungen. Wie wurden andere Menschen nur damit fertig? Wie ertrugen sie bloß die ganze Zeit diesen Scheiß, diese Sehnsucht nach anderen Menschen, die Sorge um sie? Wie konnten sie damit nur leben, wie kriegten sie überhaupt noch irgendwas auf die Reihe?

Sie hatte diese Orientierungslosigkeit so satt.

»Ja, dann lass uns. Wenn wir schon mal hier sind, können wir's genauso gut durchziehen.«

»Kann ich denn überhaupt …«

»Ja. Ist nur ein Täuschungszauber. Ich helf dir schnell da durch. Dauert nicht lange. Okay?«

Sein misstrauischer Blick entging ihr keineswegs, aber sie ignorierte ihn. »Na gut.«

»Okay. Einen Moment.«

Die Tür schien nicht abgeschlossen zu sein; sie war nicht mit einem gewöhnlichen Riegel oder Türknauf zugesperrt, sondern mit einem Metallhaken, der in einen Ring griff. Der Türrahmen war notdürftig aus ein paar Balken zusammengezimmert, die direkt hinter dem Loch im Beton in den Boden gerammt waren.

Aber nur, weil etwas so aussah, als ginge es leicht auf, musste das noch lange nicht so sein, und etwas, was eine solche Aura verströmte, fasste man besser sowieso nicht ohne eingehende Untersuchung an.

Sie hob die Hand und streckte sie mit der Handfläche voran der Tür entgegen. Ihre Tattoos kribbelten leicht. Es war ein schwaches Kribbeln, als würde sie am Kontakt einer Batterie lecken.

Das erste Schutzzeichen nahm sie als kurzen Aussetzer wahr, eine Leerstelle neben der obersten Lederschlaufe. Okay. Das war vermutlich etwas ziemlich Simples; ein anständiger Kraftstoß reichte bestimmt aus, um es zu sprengen.

Aber gerade, dass es so leicht war, beunruhigte sie. Wer imstande war, so eine Energie zu investieren, wie sie ihr von der Tür entgegenschlug, der konnte mit Sicherheit auch ein paar anständige Schutzzauber oder Flüche anbringen. Das Ganze roch nach einer Falle. Wie ein Köder: das heulende Kind auf dem Bürgersteig, das Passanten zum Stehenbleiben verleiten sollte, damit die Eltern, der Chef oder der Besitzer – in Downside konnte man sich da nie so sicher sein – dem dummen, unschuldigen Opfer eins überbraten und ihm die Brieftasche klauen konnte.

Also suchte sie weiter. Aha! Noch ein Schutzzeichen, stärker diesmal, in der unteren linken Ecke. Schwarze Punkte erschienen vor ihren Augen.

Sie kniete sich auf den steinigen Boden und führte die Hand näher an die Tür. Entlang der Türunterseite … sie tastete sich von unten nach oben vor, wahrscheinlich genau umgekehrt wie normalerweise, aber wenn man besonders hinterlistig sein wollte, brachte man seine magischen Sicherheitsvorkehrungen wohl entgegen der gewöhnlichen Richtung an, um die Verfolger zu verwirren. Kam ihr jedenfalls logisch vor.

Ein unheimliches, kribbelndes Kitzeln breitete sich am unteren Ende ihrer Wirbelsäule aus, als sie an der Mitte der Tür angekommen war. Okay, das war ziemlich schräg. Sie ließ sich von dem Gefühl führen und nutzte es als Leitfaden für ihre

Hand; wenn es sich verstärkte, wurde ihr Arm langsamer, wenn es schwächer wurde, zog sie ihn zurück.

Die dunkelste Energie ging von dem Fetisch oben auf der Tür aus, wie nicht anders zu erwarten. Der Fetisch … Mit diesem Problem würde sie sich erst dann herumschlagen, wenn es so weit war. Dummerweise würde das nur noch ein paar Augenblicke dauern.

Einen Moment lang dachte sie an Terrible. Sie könnte ihn nach dem Fetisch greifen lassen – seine Hand an die richtige Stelle dirigieren und ihm sagen, was er zu tun hatte. Aber der Gedanke verschwand beinahe so schnell wieder, wie er gekommen war. Das konnte sie ihm nicht antun, nicht jetzt. Nicht, solange sie nicht wusste, welche Auswirkungen das auf ihn haben würde – nicht, solange sie nicht wusste, was dann überhaupt passieren würde. Krötenknochen – sie nahm an, dass es sich bei dem Knochen, der an das mit Kräutern ausgestopfte Bein gebunden war, um einen solchen handelte – waren ausgesprochen vielseitig einsetzbar. Der Knochen konnte ein simpler Abwehrzauber sein, aber auch ein Todesfluch; er konnte sie vergiften oder Wasser aus der Erde heraufbeschwören, das sie ertränkte.

Drei weitere Schutzzeichen waren in regelmäßigen Abständen über die Tür verteilt, verbunden durch schwache Energielinien, die sie deutlich spürte, wenn sie mit der Hand darüberfuhr. Und der Haken, der die Tür versperrte …

Ha! Er war mit diesem ersten Zeichen verbunden, der leeren, auf den ersten Blick harmlosen Stelle. Wie die Spitze eines Sterns saß er diagonal – Scheiße! Genau. Wie die Spitze eines Sterns.

Ein Pentagramm aus dunkler Magie hing vor der Tür. Und bewachte sie.

Sie wippte im Hocken vor und zurück und betrachtete den Durchgang einen Moment nachdenklich.

Ja, jetzt, wo sie wusste, wonach sie suchen musste, sah sie es genau: Feine Linien aus dunklerer Luft liefen kreuz und quer über die Ritzen zwischen den Bohlen.

»Stimmt was nicht?«

»Hm? Oh.« Ihre Knie protestierten ein wenig, als sie sich aufrichtete. Für einen Moment hatte sie tatsächlich vergessen, dass er immer noch hinter ihr stand. »Es ist verhext. Mit einem schwarzen Pentagramm versehen – eins, das auf dem Kopf steht, meine ich. Die wissen auf jeden Fall genau, was sie tun.«

»Aber du doch auch, oder? Das knackst du doch mit links …« Kaum waren die Worte ausgesprochen, da kniff er auch schon die Augen zusammen. Sofort war ihre Freude über das Kompliment wieder futsch. Er hatte das gar nicht sagen wollen, und es tat ihm schon jetzt leid.

Die unbehagliche Stille war fast schlimmer als die schlüpfrige Energie, die von der verhexten Tür ausging. »Ich kann sie aufbrechen«, sagte sie endlich. »Dauert bloß ein paar Minuten.«

Zum Glück hatte sie bei Edsel ihre Vorräte aufgestockt. Sie zog die Alraune und den schwarzen Spiegel aus der Handtasche und legte sie vor der Tür auf den Boden. Es folgte ein Kerzenstummel; sie streute ein paar Eisenspäne darüber – verdammt, sie hatte sich immer noch keine neuen besorgt – und holte dann noch einen Sargnagel aus einer Seitentasche.

Mit Blutwurz und gemahlenem Rinderknochen hatte sie dem Krötenknochen hoffentlich wenigstens ein bisschen was entgegenzusetzen, dazu Drachenblutharz und ein Stück Schlangenfleisch. Ihre Rute hatte sie zwar nicht dabei, aber immerhin eine kleine Räucherschale, die wohl ihren Dienst tun würde.

Zu guter Letzt holte sie einen kleinen Plastikbehälter mit Blutsalz heraus, den sie immer bei sich trug, und die Wasserflasche, deren Inhalt durch Eisenringe gereinigt wurde.

Sie entzündete die Kerze. »*Saratah saratah … beshikoth beshikoth.*« Ein paar Kieselchen lagen neben ihren Knien. Sie strich sie zusammen und benutzte sie als improvisierten Sockel für den Spiegel, den sie auf die Tür ausrichtete. Wenn man einen Zauber wie den, mit dem sie es ihrer Meinung nach hier zu tun hatten, brechen wollte, bestand der Trick darin, die verderbliche Wirkung auf ihn selbst zurückzulenken, sodass eine Art Kurzschluss entstand, in dem der Spruch sich selbst ausschaltete. Normalerweise funktionierte das jedenfalls.

Als Nächstes schnitt sie mit ihrem Messer ein Stück von der Alraune ab und legte es auf die Räucherschale, bevor sie das Drachenblut und den Blutwurz darüberschichtete. Der nächste Schritt war das Anzünden; sie ließ ihre eigene Magic hineinströmen, nahm eine große Prise von dem gemahlenen Rinderknochen und deklamierte: »Macht zu Macht, lass diese Mächte binden. Lass diese Macht, meine Macht, rein werden.«

Dicker Rauch qualmte aus dem Feuer, in dem sich die Linien des Pentagramms deutlich abzeichneten. Als sie die fünf dunklen Punkte und den kleinen, glimmenden Klumpen in der Mitte erkannte, warf sie den Knochenstaub darauf und beobachtete, wie er sich an den Linien festsetzte. Gut. Sie musste einen Blick auf das Zentrum werfen, um herauszufinden, worum es sich handelte und wie sie es brechen konnte. Vielleicht war es ja nur etwas ganz Einfaches, wie eine Schutzrune, wenn sie Glück hatte.

Ach, wem wollte sie denn hier etwas vormachen? Sie und Glück? Aber die Hoffnung starb ja bekanntlich zuletzt, aus welchem bescheuerten Grund auch immer.

Mit der linken Hand wedelte sie den Rauch zurück, über sich und Terrible. Die Kraft schmiegte sich an sie, schlüpfte ihr in Mund und Nase und breitete sich von den Lungen her über den ganzen Körper aus, um sich mit der bereits vorhandenen Energie zu vereinigen – nicht nur ihrer eigenen, sondern auch der Kraft des Bindenden Eids. Die Kraft drehte und wandte sich in ihr, auf der Suche nach einem Ausgang. Ihre rechte Hand zitterte, als sie das Schlangenfleisch auf die Räucherschale warf. »*Sessrika.*«

Das Feuer loderte auf und flackerte pink, ebenso wie die Energie. Sie kniff die Augen zusammen und senkte den Kopf, atmete heftig und warf einen prüfenden Blick zum Spiegel, wo die Reflexion der Flamme vor dem dunklen Hintergrund tanzte.

Das Pentagramm trat pink glühend in den Vordergrund. Hinter ihr stieß Terrible einen Laut aus, der halb ein Keuchen, halb ein Grunzen war, aber sie drehte sich nicht um. Sie konnte sich nicht abwenden, wenn die Macht durch ihren Körper schoss wie ein tollwütiger Hund, der Blut geleckt hatte. Ihre Finger verkrampften sich; sie wollte fliegen, und sie wollte, dass er mit ihr flog. Sie wusste, dass sie ihm zeigen konnte, wie es ging, wenn er sie nur lassen würde.

Laut Standard-Gegenzauber aus dem Kirchenhandbuch musste sie aufstehen und sich gegen den Uhrzeigersinn drehen, um so Energie aufzubauen und abzugeben.

Eine innere Stimme hielt sie davon ab; es war sowieso nicht genug Platz dafür. Stattdessen wirbelte sie den Rauch mit dem linken Zeigefinger in kleiner werdenden Kreisen umher, bis eine Art Windhose entstand. Das dauerte zwar länger, aber bei all der Energie, die durch ihren Körper raste, würde es genauso gut funktionieren. Verdammt, im Moment hätte sie wahrscheinlich halb Downside in Brand setzen können!

Sie sah zu, wie sich die Windhose formte. Die untere Spitze berührte die Flammen, die Mündung folgte ihrem kreisenden Finger. Sie spürte, wie in ihrem Inneren ein Abbild dieser Windhose entstand, das ihre Kraft in sich einsog, sie durcheinanderwirbelte, sie mehr und mehr abzog, sie aus ihren inneren Organen schlürfte, aus ihrer Seele selbst …

Das schwarze Pentagramm loderte vor ihr, pulsierte und griff nach ihr. Es gierte nach ihr, wollte sie verschlingen. Dort drinnen wäre sie in Sicherheit, es gab dort keine Angst, keine Trauer, keine …

Ihr Blick verschwamm, sie fing an zu zittern und konnte nicht mehr aufhören. Es fühlte sich an, als würde sie jede Sekunde explodieren. Ihre Hand war nur noch ein Schemen über der pinkfarbene Windhose, die sie erschaffen hatte, und dann war es so weit, das Symbol erschien im Zentrum des Pentagramms, alles war plötzlich so klar, und sie schleuderte den Luftstrudel mit aller Kraft voran.

»Hrentata vasdaru belarium!«

Der pinkfarbene Rauch explodierte; die Energie platzte aus ihr heraus. Das Pentagramm kreischte, jammerte hoch und schrill in ihrem Kopf. Sie riss den Deckel vom Blutsalz und schleuderte etwas davon gegen die Tür. Sie spürte, wie der Durchgang zerschmettert wurde und in Flammen aufging. Der Sargnagel sprang wie von selbst in ihre Linke. Mit der Rechten schnappte sie sich das Messer und trieb die Nagelspitze mit dem Griff in das Symbol.

Der Rückstoß schleuderte sie gegen die Wand. Ihre Räucherschale flog an die Decke, ebenso wie der schwarze Spiegel, der zersprang. Schwarzsilbernes Glas regnete auf sie herab. Sie zog den Kopf ein und riss die Arme hoch, um sich zu schützen. Pinkfarbene Flammen zuckten durch die Scherben; sie klammerte sich an den nächstbesten festen Halt, den sie finden konnte. Es war Terrible. Ihr blieb nicht mal Zeit für Scham, weil alles um sie herum starb, die Kerze, die Flammen, das Pentagramm und das Symbol. Stille senkte sich über die Szenerie. Die Holztür stand sperrangelweit offen.

Es dauerte fast eine Minute, bis er sie losließ und stumm von ihr abrückte. Ohne seine Arme und ohne die prickelnde Berührung der Macht fühlte sie sich kalt und zittrig; sie konnte sich gerade noch beherrschen, ihn nicht zu packen und wieder an sich zu ziehen.

»Verdammt!«, sagte er nach einem weiteren Moment der Stille. »Das war … verdammt!«

»Alles klar bei dir?«

Er nickte. Das Licht nahm wieder seine normale Färbung an, die flache Künstlichkeit des Taschenlampenstrahls. Seine Augen glommen schwarz darin und die buschigen Koteletten waren schwarze Schnitte im bleichen Gesicht. »Jo. Alles klar.«

Bei ihr aber nicht. Kein bisschen. Aber genau wie er hätte sie das nie zugegeben; also stand sie mit schlotternden Knien auf und klopfte sich den Staub ab.

Eine Minute nur, dann war sie wieder sauber. Der Spiegel war endgültig, hin und der Sargnagel musste an Ort und Stelle bleiben, aber den Rest steckte sie wieder in die Tasche, bis auf die Wasserflasche mit den Eisenringen. Die öffnete sie und nahm einen tiefen Zug, bevor sie sie ihm anbot. »Da.«

Wortlos griff er danach und trank, bevor er sie mit einem Nicken zurückgab.

Jeder Muskel in ihrem Körper schmerzte; sie zwang sich, stehen zu bleiben, und straffte die Schultern, bevor sie sich den Riemen der Handtasche überwarf. Scheiße, wollte dieser Tag denn gar kein Ende nehmen?

Vermutlich doch. Nein, ganz sicher. Aber ob sie das noch miterleben würde, musste sich erst noch zeigen.

Spielte aber sowieso keine Rolle. Sie war *jetzt* am Leben, und sie steckte in diesem Scheißtunnel fest, und sie hatte gerade einen echt höllischen Schutzzauber gebrochen und musste jetzt durch die Krötentür Gott weiß wohin gehen, und zwar mit jemandem an ihrer Seite, der sie nur bei Androhung von Gewalt anfasste.

An manchen Tagen lohnte sich das Aufstehen einfach nicht. Wenigstens in dieser Hinsicht war heute ein Tag wie jeder andere.

26

Wir wissen, dass mit Magie alles möglich ist.
Aber nicht alles, was möglich ist, ist auch gerechtfertigt;
das Mögliche und das moralisch Richtige stimmen nicht
immer überein, und das ist die Wahrheit.
Das Buch der Wahrheit, »Veraxis«, Artikel 873

Tief gebeugt ging er voran. Sie befanden sich im einfachsten denkbaren Tunnel: einem in die Erde getriebenen Gang, den man mit Schaufeln, Hacken und den bloßen Händen gegraben hatte. Die Hände konnte sie bei jedem mühseligen Schritt spüren. Hände, die nach ihr griffen. Hände, die wie Schnecken aus der Erde krochen, um sie zu fassen …

Abrupt blieb sie stehen und presste die Hände an die Erde. Mochte sie auch noch so sehr mit schwarzer Magie gesättigt sein, so war es doch bloß Erde, immer noch rein und natürlich, immer noch eine Quelle von Kraft und Energie. Diese Kraft war der Treibstoff der Kirche, die Quelle all ihrer Magie und ihre stärkste Waffe im Kampf gegen die Geister, die die Menschheit aus purem, blindem Hass vernichten wollten. Wenn sie sie nur berührte, wenn sie nur die Finger darin vergrub, fühlte sie sich schon wieder mehr im Einklang mit sich selbst.

Aber Dreck und Dunkelheit vertrieb das natürlich nicht, oh nein. Wut und Blut und … was war …

»Alles klar? Komm, ich will hier nicht ewig rumhängen.«

Bei diesen geflüsterten Worten sah sie zu ihm hinüber. Er stand ein paar Schritte von ihr entfernt, halb ihr zugewandt, immer noch gebückt. Schon für sie war diese Haltung unbequem, für ihn, bei seiner Größe, musste es die Hölle sein.

»Ja, klar, es ist nur ... irgendwas stimmt hier nicht.«

»Was stimmt 'n hier bitte überhaupt?«

»Also, das fühlt sich ... *total* falsch an. Weißt du, was ich meine? Nicht bloß schwarze Magie oder Mord oder so. Es fühlt sich an, als hätte mit den Leuten, die diesen Tunnel gegraben haben, was nicht gestimmt. Irgendwas an denen war komplett verkehrt.«

»Als hätten sie 'n Dachschaden gehabt?«

»Nein, eher ... Na ja, schon, aber ... ich weiß nicht. Ich kann das nicht erklären.« Sie zog die Hände aus der Erde und klopfte sie ab.

»Willst du umkehren?«

Sie ruckte den Kopf hoch. Ja, sie wollte dringend umkehren, und nein, das wollte sie um keinen Preis zugeben. »Nein. Geh weiter.«

Er zuckte die Achseln und setzte sich wieder in Bewegung; allerdings fiel ihr auf, dass er es sorgfältig vermied, die festgeklopfte Erde der Tunnelwände zu berühren. Einmal, als er mit der Schulter darüberstrich, zuckte er sogar zurück.

Sie fragte gar nicht erst nach. Und ehrlich gesagt hätte sie wohl auch kein Wort herausgebracht, selbst wenn sie gewollt hätte. Mit jedem Schritt verstärkte sich das Gefühl, dass irgendwas hier einfach *falsch* war. Sie ertappte sich dabei, wie sie sich die Arme rubbelte, um die Gänsehaut loszuwerden. Sie versuchte, das Erschaudern zu unterdrücken und das Chaos in ihrem Kopf zu besänftigen.

Ohne Erfolg. Sie kam einfach nicht zur Ruhe und konnte sich auf nichts konzentrieren.

Terrible blieb plötzlich stehen; als sie gegen ihn prallte, bemerkte sie es kaum. Er warf ihr über die Schulter einen Blick zu und bedeutete ihr, nach vorne zu schauen.

Der Tunnel mündete in einen höhlenartigen Raum: einen Raum, wie sie ihn noch nie zuvor im Leben gesehen hatte und hoffentlich auch nie wieder sehen würde.

Zunächst glaubte sie, dass sie wieder über der Erdoberfläche waren. Grelles Licht blendete sie und trieb ihr die Tränen in die Augen. Erst nach ein paar Sekunden begriff sie, dass es kein Tageslicht, sondern Kerzenschein war, den sie vor sich sah. Kerzen säumten die Wände in schwindelerregenden Mengen. Quer über die Decke war ein Netz aus sich überkreuzenden Seilen gespannt, in dem Knochen und Schädel hingen, Tücher, Rattenfelle und ineinander geknotete Federn. Dieselben Seile baumelten an den Wänden herunter, zwischen den Kerzenreihen, zwischen den Regalbrettern aus Knochen und Holz, zwischen etwas, das fast wie Betten aussah.

Kleine Betten. Schmale Betten.

Weitere Schädel waren am Boden verteilt. Einige davon waren menschlich.

Der Gestank von verrottetem Fleisch stieg ihr in die Nase; Galle und Speichel strömten ihr in den Mund. Das hier war keine Wohnung, nicht irgendein gemütliches Höhlenversteck. Das hier gehörte dem verborgenen Volk, einer so geheimnisvollen und gefürchteten Gruppierung, dass selbst Downsider ihren Namen nur als Fluch in den Mund nahmen. Das hier war ein Beinhaus, ein Schlachthof.

Wenn ihre Kenntnis der Sagen und Legenden von Downside sie nicht trog, hatten die Lamaru mit diesem Ort nichts zu tun. Hier ging es um etwas viel, viel Schlimmeres.

»Wir müssen hier raus«, setzte sie an und griff nach seinem Arm, während sie zurückwich. »Wir müssen hier sofort raus, auf der Stelle …«

Zu spät. Etwas huschte hinter den Seilen die Wand entlang, wo eine unregelmäßige Reihe von Brettern eine Art Gang oberhalb der Höhle formte, und etwas … etwas Winziges und Missgestaltetes rannte hinterher, dessen Füße auf der festgeklopften Erde patschten. Man hatte sie entdeckt.

Terribles Hand fuhr zum Messer. »Wenn wir wegrennen, kommen sie uns eh nach, oder?«

Sie nickte und biss sich so hart auf die Lippe, dass sie Blut schmeckte. Ja, sie konnten wegrennen – vielleicht. Aber der Weg bis zu dieser Höhle war weit gewesen, eine lange, mühselige Schinderei durch Fels und Lehm. Sie glaubte nicht, dass sie den Rückweg wesentlich schneller bewältigen konnten, aber sie hatte nicht den geringsten Zweifel, dass die Bewohner dieser Mini-Hölle das sehr wohl konnten.

Über ihren Köpfen entstand erneut Bewegung; eine kleine Gestalt schwang sich durch die Seile wie ein Affe. Eine sehr kleine Gestalt.

Ein Kind.

»Ich seh hier keinen anderen Weg raus.«

Überall auf ihrer Haut prickelte es; jeder weitere Blick, der sie traf, war wie ein neuer Einschlag. Es waren so viele, sie spürte sie deutlich, während ihr würgender, kranker Hunger Verstand und Sicht vernebelte. Ein Schutzzauber hatte die Tür versperrt, durch die sie hereingekommen waren. Und sie ging jede Wette ein, dass auch der Ausgang – wenn es denn einen gab – verschleiert war.

Für so einen Scheiß hatte sie jetzt wirklich keine Zeit, aber eine andere Wahl blieb ihnen auch nicht. Sie ballte die Hände und holte tief Luft, fand die Macht in ihrem Inneren und ließ sie auflodern, während sie die Wände absuchte. Die Bewegung, die unverkennbare Tatsache, dass sich immer mehr Leiber auf den Brettern regten, das raue, trockene Flüstern quer durch den knochenübersäten Raum, das alles musste sie verdrängen, und den Ausgang finden. Die Tür.

»Da!« Sie zeigte darauf; für Erklärungen blieb keine Zeit. »Da, los, lauf …«

Seine große Hand schlang sich um ihre und hielt sie fest, als er durchstartete. Zugleich kamen die Wesen hinter den Brettern hervor und stürzten sich auf sie.

Oh Scheiße, sind die verdreht, die sind ja so was von verdreht ….

Missgestaltete Körper, ohne Hände, deformiert. Klaffende, zahnlose Münder und blutiges Grinsen mit zu vielen Zähnen. Vorspringende Stirnen, auf denen das Kerzenlicht schimmerte, Schweinsäuglein, die über den gekrümmten Nasen viel zu dicht beisammenstanden. Sie griffen nach ihnen, fassten nach ihrer Kleidung, nach ihrem Haar …

Sie stolperte. Terrible zerrte sie wieder hoch und rannte weiter. Ringsum erhob sich Geheul, meckernde und kreischende Stimmen. Stahl blitzte, als Messer gereckt wurden.

Die Tür war jetzt ganz nahe, sie konnte sie sehen, eine einfache Tür – eine ganz reale Tür – oberhalb einiger in die Erde gehauener Stufen. Es war ein verzweifelter Fluchtversuch, als sie Terrible beiseitezog und zuließ, dass er sie einfach mitschleifte, schneller, als sie aus eigener Kraft vorangekommen wäre. Ihre Lungen drohten angesichts des unerträglichen Ansturms von Wahnsinn und der unmenschlich pervertierten Wesen vor Atemlosigkeit und Aussichtslosigkeit zu explodieren.

Eine Gestalt verstellte den Weg zur Tür. Sie waren schon halb die Treppen hinauf, als sie erkannten, dass es Maguinness war, der sie mit verschränkten Armen anlächelte.

Er hob eine bleiche, feingliedrige Hand, und der Lärm um sie erstarb, bis nur noch das Klingeln in ihren Ohren zurückblieb.

»Ich kenne dich.« Er musterte Terrible von oben bis unten.

Terribles Hand umfasste ihre beinahe unmerklich fester. »Du arbeitest doch für den großen Boss, nicht wahr?«

»Hm-hm.«

Jetzt richtete sich das glückselige Lächeln, dass durch seine Leere so erschreckend wirkte, auf sie. »Und du arbeitest für den anderen Boss. Warum habt ihr meine Kinder gestört?«

Sie riss den Blick von ihm los, weil sie es nicht länger ertrug, ihm ins wächserne Gesicht zu sehen. Über ihm baumelten in endlosen Reihen Kröten an Fäden. Sie schützten die Tür. Schützten die Bewohner dieses Raumes. Seine Kinder?

Seine *Kinder.* Sie würgte und versuchte erfolglos, es wie Husten klingen zu lassen. Das Aufblitzen seiner Augen verriet ihr, dass er nicht darauf hereingefallen war.

Terrible meldete sich zu Wort. »Wir suchen hier nach was ganz anderem.«

»Oh nein … nein. Das glaube ich nicht. Mir scheint, hier spaziert man nicht zufällig herein. Du Hexe! Du hast meine Tür zerstört.«

Es lag ihr auf der Zunge, »Tut mir leid« zu sagen, aber sie brachte es nicht über sich, die Worte auszusprechen, auch wenn sie wusste, dass es klüger gewesen wäre. Terrible hatte ihre Fluchtchancen ziemlich gut eingeschätzt. Mit vereinten Kräften wurden sie mit vielem fertig, aber eine Armee von Inzucht-Mutanten – noch dazu wahrscheinlich Kannibalen, den herumliegenden Schädeln nach zu urteilen – war einfach eine Nummer zu groß. So wie die Chancen standen, sich den Weg hier raus zu erkämpfen, hätte nicht mal ein Spielsüchtiger mit einem fatalen Hang zu aussichtslosen Partien auf sie gesetzt.

»Ich dachte, sie würde woandershin führen«, sagte sie. »Die Kirche wird dir den Schaden ersetzen, wenn du Beschwerde einreichst.«

Sie hielt es zwar für ziemlich ausgeschlossen, dass er das wirklich tun würde, aber vielleicht brachte ihn ja die Erwähnung der Kirche dazu, die Mord-und-Fress-Pläne, die er sich in seinem kranken Hirn zurechtlegte, noch einmal zu überdenken.

Aber natürlich erwartete sie auch das nicht wirklich. Einen Versuch war es immerhin wert.

Er blinzelte träge wie eine Kröte. »Die Kirche … ah, ich verstehe. Dann seid ihr ihnen gefolgt, ja? Den anderen Hexern.«

Meinte er die Lamaru? »Willst du mir irgendwas über sie erzählen?«

»Ich glaube nicht, nein.«

»Aber du weißt, wer sie sind. Du hast sie gestern Nacht angegriffen.« Jetzt lächelte er. Das Lächeln gefiel ihr kein bisschen. Es jagte ihr einen nervösen Schauer über den Rücken.

»Ich weiß vieles. Ich weiß, dass sie finstere Pläne schmieden, die vereitelt werden müssen. Ich weiß nicht, was sie sind.«

»Und warum willst du dann …«

»Ich sehe sie. Sie stören mich. Und meine Kinder. Du verschwendest unsere Zeit, Hexe. Sie fangen. Das solltest du, so viel weiß ich immerhin.«

»Warum? Was haben sie dir angetan?« Scheiße, das sollte sie jetzt lieber lassen. Seine schrecklichen »Kinder« leckten sich auf den Stufen weiter unten immer noch die Lippen. Sie konnte die hungrigen Blicke auf dem Körper spüren.

Die hungrigen Blicke … seine Kinder. Hatten die Lamaru sie getötet? Waren seine Kinder dieselben genetisch veränderten Bastarde, von denen im Bericht die Rede war? Wenn sie wirklich das Produkt jahrelanger Inzucht waren … bärks! »Sie sind deinen Kinder zu nahe gekommen?«

Seine Augenbrauen verschwanden in der verfilzten Masse seiner Haare. »Hab ich doch gesagt, oder?«

»Was haben sie ihnen angetan? Hast du das alles deshalb gemacht?«

»Geht dich nichts an.«

»Ich glaube schon.« Glocken läuteten in ihrem Kopf, ohrenbetäubende Glocken. Wenn die Lamaru Maguinness' Kinder getötet hatten … dann war das doch Grund genug zur Rache, oder?

Und jetzt wusste er, wer sie war. Und er wusste auch, dass sie über ihn Bescheid wusste und dass sie – wenn auch nur am Rande – in die Geschichte verwickelt war. Solche Wechselwirkungen waren doch echt zum Kotzen. Ihr wurde noch kälter als ohnehin schon.

Aber offensichtlich wollte er den Mund nicht aufmachen, und im Moment hatte sie kein Druckmittel, um ihn dazu zu zwingen. Klar, sie konnte Terrible bitten, die Muskeln spielen zu lassen, aber selbst wenn zwischen ihnen nicht alles total im Eimer gewesen wäre, wäre er auf solche Muskelspiele vielleicht gar nicht so scharf gewesen, solange er eine Horde inzestuöser Mondkälber im Rücken hatte, die sich just in diesem Moment die Zähne feilten.

Und am Ende würde sie erklären müssen, wie sie an die Informationen gekommen war. Natürlich war es allein ihr überlassen, mit wem sie sich in ihrer Freizeit auf der Straße herumtrieb, und wenn sie dabei zufällig über Maguinness supergeheime Höhle stolperte, auch gut, aber für ein echtes Verhör musste sie Lauren hinzuziehen. Es sei denn, sie brachte ihn dazu, dass er von sich aus redete und sich aus freien Stücken ans Messer lieferte.

»Wir können sie aufhalten, das ist dir doch klar, oder?« Sie sah ihm direkt in die Augen und bereute es sofort wieder, als ihr ein elektrischer Strom über den Rücken jagte. Warum war er nur so verdammt mächtig? »Wenn du mir verrätst, was du weißt, dann können wir …«

»Ich denke nicht, dass dich das irgendwas angeht«, wiederholte er.

Plötzlich stand er vor ihr; sie hatte nicht gesehen, wie er sich bewegt hatte, aber da war er, direkt auf der Stufe über ihr. Näher als noch vor einer Sekunde. Der Gestank, der von ihm ausging, war fast so schlimm wie die Erkenntnis, was für eine Familie er sich hier unten züchtete; Schweiß, Rauch und schmieriger, blutiger Dreck.

Seine Augen waren jetzt ganze Welten in seinem Gesicht, wirbelnde Seen aus Farben und Dunkelheit. »Ja«, flüsterte er. »Sieh mich an! Lass mich sehen … lass mich in dich hineinsehen, kleine Hexe.«

Er griff nach ihrem Arm und drehte ihn um, sodass ihr Handgelenk entblößt war. Sie keuchte. Seine Berührung verursachte ihr einen stechenden Schmerz, aber sie konnte den Blick nicht abwenden, konnte sich auf nichts anderes konzentrieren. Terribles Hand krampfte sich noch fester um ihre: sie spürte es, ohne dass die Erkenntnis wirklich zu ihr durchdrang, als würde er die Hand von jemand anders drücken.

»Hmm.« Seine Finger krochen wie Spinnen über die schwarze Narbe, die der Bindende Eid hinterlassen hatte, während er sie weiter mit dem Blick gefangen hielt. »Interessant.«

Seine Hand schloss sich um die Narbe wie ein Schraubstock. Kraft strömte hindurch, brennende Kraft, die ihr Stimme und Verstand raubte.

»Arteru niska«, wisperte er. Ihr Arm zitterte. Ihre Tätowierungen wanden sich und kribbelten. Sie wollte schreien, brachte aber keinen Ton heraus; er hatte ihr zusammen mit dem Willen auch die Stimme genommen. Der Rand ihres Gesichtsfelds verdüsterte sich.

Inmitten dieser Dunkelheit, zwischen den roten Punkten, die ihr vor den Augen explodierten, sah sie grelle weiße Lichter aufblühen und sich ausbreiten, die alles andere auslöschten, bis es nur noch blendendes, hasserfülltes Weiß gab …

Schmerz überwältigte sie, raste von den Handgelenken in die Brust und den Kopf und brach den Zauber. Sie zitterte am ganzen Körper und versuchte sich loszureißen, sich dem Griff zu entwinden, der von ihrem Blut immer glitschiger wurde, oh Scheiße, ihr Blut quoll aus der Wunde, die der Bindende Eid hinterlassen hatte, tropfte zu Boden, und unter seinen Kindern erhob sich ein Schrei.

Ein weiteres Licht blendete sie; Terribles Messer an Maguinness' Hals.

Er sprach kein Wort. Das war auch überflüssig.

Durch den Schleier von Schmerz und Blut sah sie, wie Maguinness' Blick zwischen ihr, seinen Kindern und Terrible hin und her wanderte.

»Ja, sie könnten dir helfen«, sagte Terrible leise. »Aber für dich wäre es zu spät.«

»Ich könnte dir helfen, kleine Hexe«, wandte sich Maguinness an sie. »Ich könnte diese Bindung brechen und dir die Freiheit wiedergeben. Wir könnten uns gegenseitig helfen. Ja, das könnten wir.«

Sie schluckte. »Sag mir, warum du gegen sie kämpfst. Was weißt du?«

Er zuckte die Achseln und ließ ihr Handgelenk fallen. Die Energie verebbte. »Kommt nie wieder hierher«, sagte er. »Lasst uns in Ruhe. Wir haben's nicht nötig, dass sich die Kirche in unser Leben einmischt.«

Er trat beiseite.

Es kostete sie zwei Anläufe, ihre weichen Knie dazu zu bringen, die Treppe hinaufzusteigen, aber als sie erst mal oben angekommen waren, ließ sich die Tür ohne Probleme öffnen. Frische, feuchte Luft – so frisch, wie es in Downside eben wurde – strömte ihr in die Lungen und über das Gesicht. Es hatte aufgehört zu regnen.

Bevor sich die Tür hinter ihnen schloss, warf sie einen letzten Blick zurück, nur um sich sofort verzweifelt zu wünschen, sie hätte es nicht getan.

Im schmaler werdenden Spalt zwischen Tür und Rahmen stand Maguinness und sah ihnen hinterher.

Er leckte sich ihr Blut von den Fingern.

27

Der Segen der Kirche wurde nicht ohne Bedingungen erteilt, denn im Leben gibt es nichts umsonst. Vielmehr war die Bedingung wie folgt: dass die Menschen die Wahrheit erfahren und annehmen müssen, danach leben sollen und sich der Führung der Kirche anvertrauen.
Das Buch der Wahrheit, »Ursprünge«, Artikel 700

Laurens roter Sportwagen lauerte gegenüber von ihrer Wohnung, ein fetter, glänzender Vorwurf, dass Chess sich heute nicht bei ihr gemeldet hatte.

Dabei hätte sie es wirklich tun sollen. Echt. Nach allem, was Lauren in der Nacht zuvor durchgemacht hatte, war ihr Verhalten wirklich nicht zu entschuldigen; sie war zwar nicht gerade ein Fan von Lauren, aber sie hätte wenigstens mal horchen sollen, wie es ihr ging. Chess' Grobheitskonto war also wieder mal um einen Punkt gestiegen.

»Scheiße«, sagte sie in die Stille hinein. Und still war es auf der ganzen Rückfahrt gewesen; die *Supersuckers* dröhnten zwar aus den Lautsprechern, aber zwischen ihr und Terrible war kein einziges Wort gefallen. »Das hat mir gerade noch … Oh Mist, halt mal an!«

Das tat er, so hart und abrupt, dass nur der Gurt sie vor einem Zusammenprall mit der Windschutzscheibe bewahrte. »Was?«

»Das ist Laurens … Sie kann dich noch nicht sehen. Sie

kann dein Auto noch nicht sehen. Schnell, setz zurück, mach irgendwas.«

Er hob die Augenbraue.

»Gestern Abend, als wir da geparkt haben, hat sie mich nach dir gefragt. Und ich habe gesagt, dass ich dich nicht kenne, aber sie hat dein Auto gesehen und wenn sie dich jetzt auch noch sieht, dann weiß sie, dass ich ...«

Das Auto sauste zurück und glitt so sanft an den Bordstein wie ein Magnet an die Kühlschranktür.

»Danke. Ich wollte einfach ...«

»Versteh schon. Du willst nicht, dass sie mitkriegt, dass du mich kennst. Hast sie angelogen.«

»Aber ...« Nein, das dachte er ja wohl nicht wirklich, oder? »Ich wollte dich da bloß nicht mit reinziehen, ich meine, sie dachte, du hättest was mit dem Fall zu tun, weißt du? Wollte dich verhören. Und da dachte ich mir, das passt dir bestimmt nicht so gut in den Kram.«

Er nickte und sah starr geradeaus.

Scheiße!

»Ich weiß nicht, du kannst mich ja vielleicht später mal anrufen, wenn du magst.« Sie schluckte. »Ich glaube, ich habe deine neue Nummer nicht. Als ich dich gestern Abend anrufen wollte, kam die Ansage, dass du nicht mehr erreichbar wärst.«

Eine lange Pause folgte. »Korrekt.«

Sie wusste nicht genau, was sie sagen sollte; von Sekunde zu Sekunde war sie mehr davon überzeugt, dass sie sich eigentlich sicher sein sollte, dass sie irgendetwas sagen sollte, aber ihr fiel einfach nichts ein. Nichts Passendes jedenfalls.

»Chess.«

»Ja?«

Er zündete sich eine Zigarette an, lehnte sich zurück, pustete Rauch hinauf und sah ihm hinterher. »Tut mir leid. Echt.«

»Was tut dir leid? Dass du deine Nummer geändert hast oder …«

»Du weißt schon was. Scheiße! Ich wollte echt nicht …«

»Aber weißt du was? Das hast du. Das hast du *trotzdem*, Terrible. Du kannst nicht einfach dasitzen und mir erzählen, dass du es nicht immer noch …«

»Wenn man was will, heißt das noch nicht, dass man jemandem auch vertraut, klar?«

»Klar. Nach all den Monaten kannst du mir jetzt nicht mehr vertrauen, wegen dieser einen Sache, wegen einer winzigen Sache, die …«

»Einer winzigen … Hast du überhaupt 'ne Idee, was du mir damit angetan hast? Kannst du dir auch nur im Entferntesten vorstellen, was ich gefühlt hab, als ich dich unter diesem verdammten … Fuck! Ich hab dir vertraut, und dabei hast du mich jeden einzelnen Tag belogen.«

»Hab ich nicht! Ich hab nur gelogen, als es darum ging, dass ich mich mit ihm treffe …«

»Und mit ihm *vögelst. Andauernd*, war's nicht so?« Seine Stimme traf sie wie schneidender Eisregen. Jetzt meldete sich ihr eigenes Temperament.

»Und mit wem hast *du* bitte schön alles rumgevögelt? Wie viele? Du willst mir ja wohl nicht weismachen …«

»Ich hab immerhin mit keiner gevögelt, die dir ans Leder wollte. Du schon. Und ich hab dir auch nie was vorgemacht, hab dir nie erzählt, dass ich dich will, aber du hast mich angelogen …«

»Das war keine Lüge! Ich hab's bloß einfach nicht … ich hab's nicht ausgehalten. Ach, du weißt das doch alles. Ich hab dir das alles schon mal gesagt, damals auf der Brücke, dass ich einfach bloß ein bisschen …«

»Dass du einfach bloß ein bisschen Zeit mit Lex brauchst, ja? Monatelang hast du mit dem rumgemacht und …«

»Weil er mir verdammt noch mal nichts bedeutet hat!« Scheiße! Das hatte sie ein bisschen zu laut rausgebrüllt; selbst das Auto schien sich unter ihrer Stimme zu ducken. »Damals nicht und heute auch nicht. Er war ein Freund, das ist alles, und mehr ist da auch nie gewesen.«

»Ach, na super, und fickst du dann mit all deinen Freunden? Oder nur mit denen, die so aussehen wie er?« Er unterbrach sich und sah beiseite.

Oh. Sie hätte es wissen müssen. Und wenn sie mal ganz ehrlich war, war es ihr vermutlich auch klar gewesen. Aber Terribles Aussehen hatte für sie nie eine Rolle gespielt, jedenfalls nicht so, wie er glaubte. Er kam ihr schon seit Monaten nicht mehr hässlich vor. Aus einem einfach nur vertrauten Gesicht war längst eins geworden, dass sie liebevoll ansah, ein Gesicht, das sie …. glücklich machte.

Wen interessierte es denn schon, was die anderen dachten, wenn sie ihn ansahen, wenn sie die krumme, mehrfach gebrochene Nase betrachteten, die Narben, den Stirnwulst, den plumpen Kiefer oder die buschigen Koteletten? Sie wusste, was sie sah, und das war alles, was zählte. Sie wusste, was sich hinter diesen harten, finsteren Augen verbarg, und das wollte sie mehr als alles andere.

Sie hätte lügen müssen, wenn sie behaupten wollte, dass sie nicht um seine Unsicherheiten wusste, die paar, die er hatte. Sie wusste, dass ihm seine mangelnde Bildung peinlich war und dass er immer wieder ausgesprochen beeindruckt von ihrer war. Sie wusste, dass er sich nicht für besonders schlau hielt, trotz aller Gegenbeweise. Und dass er der Überzeugung war, als Schlägertyp gerade gut genug zu sein.

Aber irgendwie hatte sie diese Selbstzweifel nie für so ernsthaft gehalten, hatte nie angenommen, dass er sich auch ihr gegenüber unsicher fühlte oder dass er glauben würde … Scheiße!

Sie war ja so blöd. Er hatte es ihr doch sogar selbst gesagt, in Worten, deren Bedeutung sie damals gar nicht registriert hatte: *Der einzige Grund, aus dem 'ne Lady 'n Kind von mir will, ist Geld.* Das war in der Nacht gewesen, in der sie seine Tochter kennengelernt hatte, in der Nacht, in der er sie geküsst und ihr gesagt hatte, was er wirklich für sie empfand. Damals hatte sie sich bei diesen Worten nicht viel gedacht, aber jetzt, wo sie hier mit ihm im Auto saß und sich alles noch einmal durch den Kopf gehen ließ …

Wie würde sie sich denn an seiner Stelle fühlen, wenn sie sich mit Lex sah? Mit dem gut aussehenden Lex, dessen Gesicht so perfekt geschnitten war, der so gewinnend lächeln konnte und so arrogant auftrat? Sie war schon eine echt clevere Kirchenhexe, in der Tat.

»Mir ist das doch völlig egal, wie er aussieht«, sagte sie vorsichtig, immer in Erwartung einer erneuten Explosion. »Es kümmert mich nicht, weil ich dich … weil mir dein Aussehen einfach viel besser gefällt, und ich …«

»Fuck!« Er schnippte die Kippe aus dem Fenster und zündete sich eine neue Zigarette an. »Lass das … ich kann dir nicht mal mehr glauben, was du mir erzählst, ich weiß nicht mal, warum ich hier meine Zeit damit verschwende, mit dir rumzulabern. Du hast mich damals angelogen, und du lügst mich heute an. Du hast mich monatelang hintergangen, und jetzt …«

»Und wenn ich dir auch nur irgendwas bedeuten würde, wäre dir das egal.« Ihre Kehle fühlte sich an, als hätte ihr jemand ein Stahlrohr hineingerammt. Sie musste aus dem Wagen raus. Auf der Stelle, bevor sie etwas sagte oder tat, was ihr später leidtun würde – ein Punkt mehr auf der stetig anwachsenden Liste von Dingen, die sie bereute.

Aber die Worte sprudelten trotzdem aus ihr hervor, bevor sie sich zurückhalten konnte. »Wenn du dir wirklich ganz ehrlich nichts mehr aus mir machen würdest, dann wäre dir das alles egal, du würdest dir gar nicht die Mühe machen, hier rumzusitzen und mit mir zu reden. Ja, ich habe gelogen, das hätte ich nicht tun sollen, und es war echt mies von mir, und es tut mir leid. Ich wollte dir nie wehtun. Das habe ich nie gewollt. Ich wünsche mir so sehr, dass ich es einfach ungeschehen machen könnte, okay? Aber wir wissen beide, wer jetzt gerade lügt, und ich bin es nicht. Also, ruf mich an, wenn du dich ernsthaft mit mir unterhalten willst, anstatt mich bloß anzubrüllen oder mir zu sagen, was für ein abgrundtief schlechter Mensch ich bin. Das … tja, das weiß ich sowieso schon, okay?«

Sie knallte die Autotür zu, als er gerade zu einer Antwort ansetzte, und stolzierte mit hoch erhobenem Kopf und straffen Schultern davon. Sie war dankbar, dass er nur ihren Rücken erkennen konnte – und nicht die Tränen, die ihr über das Gesicht strömten.

Ihr war nicht wirklich eine andere Wahl geblieben, als Lauren von Maguinness zu erzählen, nachdem er sie beide fast abgefackelt und in eine wüste Schlägerei auf dem Parkplatz des Schlachthofs verwickelt hatte. Außerdem war es wichtig herauszufinden, ob die Leichenteile tatsächlich zu Maguinness' Familie gehörten – beziehungsweise, es zu beweisen. Und noch mal mit ihm zu reden war sogar noch wichtiger. Mit Terrible an ihrer Seite hatte sie ihre Position nicht ausspielen können, aber mit einem Angehörigen des Squad an ihrer Seite konnte sie ganz anders auftreten, und sie waren der Lösung schon so verdammt nahe.

Er konnte die Lamaru finden, wenn sie sich nach Downtown vorwagten; ganz offensichtlich hatte er irgendeine Verbindung zu ihnen. Vielleicht konnte sie diese Verbindung ausnutzen. Verdammt, wenn die Lamaru Wind davon bekamen, dass ihr Feind mit der Kirche zusammenarbeitete, traten sie vielleicht den Rückzug an. Nicht sehr wahrscheinlich, aber auch nicht unmöglich.

Maguinness war beängstigend mächtig; ein wirklich furchteinflößender Gegner. Wäre er hinter ihr her, würde sie sich auf jeden Fall aus dem Staub machen.

Oder wenigstens wünschte sie sich das. Es war der Kurs, den sie gewählt hätte, wenn sie jemand anders mit einem anderen Beruf gewesen wäre. Stattdessen stand sie um zwei Uhr morgens mit Lauren im Schutz der Dunkelheit unter kaputten Straßenlaternen an der Ecke Neunzigste und Foster und war im Begriff, bei ihm einzubrechen und sich mal gründlich umzusehen.

Das vorherige Meeting in der Kirche war dankenswert kurz gewesen und hatte ihre schlimmsten Befürchtungen bestätigt. Keine Psychopomps mehr, bevor die Lamaru nicht gefasst waren. Sie war im Moment die einzige Debunkerin im Einsatz. Die anderen waren auf unbestimmte Zeit beurlaubt, bis das Problem gelöst und jeder einzelne Schädel in den Vorratskammern der Kirche überprüft und für unbedenklich erklärt worden war.

Ihr war bisher noch nie bewusst gewesen, wie sehr sie sich auf ihren Psychopomp verließ, wie sehr sie auf die Fähigkeit angewiesen war, Geister in die Ewige Stadt verbannen zu können. Ohne diesen Ausweg fühlte sie sich plötzlich verletzlich und ausgeliefert; von ihrem Glauben an die Kirche und ihre Magie, den sie einst für unerschütterlich gehalten hatte, war nur noch ein Scherbenhaufen übrig. Es kam ihr so vor, als bemühte sie sich, ein Leben zu retten, das unwiederbringlich verloren war, und daran waren nur die Lamaru schuld. Hass loderte heiß und wild in ihrer Brust.

Ihre Ruhmeshand meldete sich mit einem Zucken. Das Artefakt reagierte wohl auf ihre Ausstrahlung; besonders ausgeglichen fühlte sie sich wahrhaftig nicht, trotz der vier Cepts, die sie auf dem Klo des Stop Shops hatte verdrücken können.

Es war nicht einfach nur Wut oder das ungute Gefühl, dass selbst sie beide zusammengenommen und die Hand nicht ausreichen würden, um Maguinness und seine Familie zu betäuben. Es lag auch nicht an der Angst davor, was er mit ihnen anstellen würde, wenn er sie erwischte. Lauren hatte eine Pistole; wenn es Schwierigkeiten geben würde, mussten sie sich den Weg eben freischießen.

Es war die Erinnerung an das, was vorhin geschehen war, die ihr keine Ruhe ließ. Die Berührung seiner Haut. Seine Stimme in ihrem Ohr. Sein Haar zwischen ihren Fingern, ihre Hände, die über seinen Körper glitten. Sinnliche Eindrücke stürmten mit solcher Wucht auf sie ein, dass sie fast gestöhnt hätte. Ihre Muskeln spannten sich.

»Was ist denn los mit dir?« Lauren schob ein volles Magazin in die Pistole und verstaute sie im Schulterhalfter unter der Jacke. »Du siehst aus, als würdest du gleich umkippen.«

Wenigstens sorgte diese Bemerkung dafür, dass ihr das heiße Blut endlich mal woandershin schoss – obwohl sie sich auch bei dem Gedanken, dass ihr Gesicht so rot war wie Laurens Haar, nicht besonders wohlfühlte. »Mir geht's gut. Nur … ich denke wirklich, dass wir uns Verstärkung organisieren sollten.«

»Warum denn? Du hast gesagt, das ist ein gruseliger Typ mit ein paar gruseligen Kindern. Verdammt, wenn er wirklich gegen die Lamaru kämpft, sollte er dankbar sein, dass wir da sind. Wir können sie für ihn fertigmachen und dafür sorgen, dass sie ihn in Zukunft in Ruhe lassen.«

»Na ja, aber …« Verdammt und noch mal verdammt und zur Sicherheit noch drauf geschissen! Sie hatte die Begegnung mit Maguinness in ihrem Bericht etwas harmloser schildern müssen, weil sie Lauren nicht verraten wollte, dass Terrible dabei gewesen war. Also hatte sie alles, was mit körperlicher Bedrohung zu tun hatte, komplett weggelassen. Insbesondere hatte sie um jeden Preis verschweigen wollen, wie Maguinness die Male ihres Bindenden Eids gelesen hatte. Wie er *sie* gelesen hatte, erkannt hatte, wer sie war, und dass ihre ganze Ermittlungsarbeit möglicherweise aufgeflogen war. Wenn sie aus dem Team flog, musste sie das Geld zurückzahlen.

Nicht mal im Traum hätte sie damit gerechnet, dass Lauren auf die Idee kommen könnte, noch heute Nacht hierher zurückzukehren, ohne wenigstens eine Squad-Einheit mitzunehmen oder auch nur den Ältesten Griffin anzurufen und ihn über ihr Vorhaben zu informieren. Chess hatte eigentlich eher an eine Erstürmung seiner ekelhaften Gruft mit voller Kraft gedacht und nicht bloß an zwei Frauen – ganz egal, wie fähig und gut ausgerüstet sie auch sein mochten –, die mal vorbeischauten, um ein paar Fragen zu stellen.

»Aber was?«

»Ich finde einfach, dass wir lieber jemandem Bescheid sagen sollten«, beendete Chess den Satz. »Mehr nicht.«

»Warum, hast du etwa Angst?«

»Auf keinen Fall.« Auf jeden Fall. Aber sie hätte sich lieber die Pulsadern aufgeschlitzt, als das zuzugeben, vor allem nicht Lauren gegenüber.

»Sagst du etwa immer jemandem Bescheid, bevor du die Wohnungen deiner Verdächtigen betrittst?«

»Nein.«

»Also warum dann jetzt? Komm schon. Ich will hinterher noch was essen.«

»Wir haben doch schon … ach, vergiss es!« Anscheinend aß Lauren gerne und viel. Schön.

Lauren zog ihre Ruhmeshand aus einer kleinen Lederhülle im Inneren ihrer Tasche und legte sie auf den Gehweg, während sie einen Stummel weißer Kreide hervorholte, den sie in der Handfläche platzierte. Chess hatte ihre schon startklar gemacht.

Lauren war heute Abend so ausgesprochen … nett, oder? Nach allem, was gestern passiert war und ihrem Drängen, dass Chess doch ihre Psychotante und ihre beste Freundin werden sollte?

Egal. Chess war eh die falsche Adresse, wenn es darum ging, menschliches Verhalten zu deuten, insbesondere jetzt, wo dreihundert Milligramm Betäubungsmittel sich langsam und warm in ihrem Blutkreislauf verteilten und ihre Nerven in falscher Sicherheit wiegten. Vielleicht war Laurens Reaktion einfach ganz normal. Chess hingegen benahm sich ganz sicher nicht vernünftig.

Sie entzündeten gleichzeitig die Kerzen, zwei helle Lichtinseln auf der dunklen Straße. »*Alghar canador metruan*«, flüsterte Chess und hörte, wie Lauren die Formel wiederholte.

Sie hielt sich im Hintergrund und überließ es Lauren, das Türschloss zu knacken. Wenn sie in Schwierigkeiten kamen, sollte sie doch ruhig in der ersten Reihe stehen.

Aber es gab keine Schwierigkeiten, und als sie in die Höhle schlüpften, verstand Chess auch, wieso.

Sie war leer.

Maguinness' Energie lag immer noch in der Luft und ballte sich dick und stinkend um sie. Die bizarre Dekoration baumelte immer noch an den Seilen von der Decke, und die winzigen Betten schmiegten sich immer noch an die Wände.

Aber es lag kein einziger Körper darin. Nirgendwo in der Höhle schlief irgendein Lebewesen, wenigstens sah sie weit und breit niemanden, und als sie sich auf die Magie der Hand einstimmte, bemerkte sie, dass das Artefakt nichts und niemanden berührt und keine Menschenseele zum Bezaubern aufgespürt hatte.

Er hatte geahnt, dass sie kommen würden. Eine andere Erklärung gab es nicht, es sei denn, er ging einfach nachts gerne aus. Das allein hätte sie zwar auch nicht unbedingt überrascht, dass er seine ganze Familie mitnahm jedoch schon.

Sie wusste aber ohnehin, dass das nicht die Erklärung sein konnte. Ein Hauch von Verwahrlosung lag in der Luft, so als hätte Maguinness dem Raum beim Gehen irgendwie die Seele geraubt.

Aber war er wegen ihres vorherigen Besuchs abgehauen, und weil er wusste, dass sie wiederkommen würde, oder steckte … irgendwas anderes dahinter? Sein Krieg gegen die Lamaru oder was auch immer?

»Scheiße!« Lauren ließ die Schultern hängen.

Chess gab sich Mühe, ihre Erleichterung zu verbergen. Vielleicht schaffte sie das sogar einigermaßen. »Na komm. Vielleicht finden wir trotzdem irgendwas Verwertbares.«

Sie trennten sich. Chess ging nach rechts, Lauren nach links. Schon wenn sie sich nur in diesem Raum aufhielt, fühlte sie sich elend, selbst jetzt, da er verlassen war. Die Macht, die sie vorhin gespürt hatte, war jetzt schwächer, aber immer noch vorhanden. Und bei jedem Schritt stieß sie auf ein weiteres kleines Bett, einen weiteren Knochen oder einen weiteren Müllfetzen, der ihr aufs Neue in Erinnerung rief, was hier gelebt hatte. Und was noch schlimmer war: dass die Familie jetzt irgendwo da draußen war. Wer wusste schon, was sie im Schilde führten?

Unter jedem Bettchen war ein kleiner Talisman angebracht, ein mit schwarzem Garn umwickelter Krötenknochen, von dem eine schwarze Spiegelscherbe baumelte. Chess griff nach einem und bekam eine Gänsehaut, noch bevor sie ihn berührt hatte.

Sie durchwühlte ihre Tasche auf der Suche nach einem Handschuh und warf Lauren quer durch den Raum einen Blick zu. »Was glaubst du, was das für Talismane sind?«

»Keine Ahnung. Jedenfalls keine Traumfänger. Wahrscheinlich einfach nur zum allgemeinen Schutz.«

»Na ja, aber das sind ja wohl Krötenknochen. Wer benutzt denn schon Krötenknochen in normalen Schutzzaubern? Und wo hat er die bloß alle her?«

»Schwarzmärkte gibt es überall, Cesaria.« Laurens herablassender Tonfall wurmte sie. Chess hatte hier erneut Krötentalismane vor sich, die sie natürlich sofort an den Krötenfetisch von vorhin und die am Schauplatz des Verbrechens und im Schlachthof erinnerten, die ihr praktisch die Seele aufgefressen hatten. Wie sie schon Terrible erklärt hatte, war Krötenmagie eine ernste Sache; diese Talismane konnten alles Mögliche bewirken, alle möglichen Effekte haben, und sie waren so stark, dass sie das Kribbeln sogar durch den Schutzpanzer der Drogen spürte.

»Hey, Lauren? Glaubst du, du könntest vielleicht mal aufhören, so zu tun, als würde ich dir mit solchen völlig berechtigten Fragen bloß die Zeit stehlen? Es kann dir doch nicht egal sein, dass jemand wie dieser Typ hier ganz offensichtlich eine Quelle für Krötenknochen hat.«

»Das hat nichts mit unserem Fall zu tun, Cesaria. Wir untersuchen die Lamaru und ihre Psychopomps. Wenn wir damit fertig sind, können wir uns immer noch nach diesem Kerl umsehen – und wenn ich ›wir‹ sage, meine ich das Squad, nicht dich – und rausfinden, was er eigentlich treibt. Aber wir dürfen uns jetzt nicht ablenken lassen, und genau darauf läuft dein Vorschlag hinaus. Konzentrier dich bitte auf den Fall und nichts sonst, ja?«

Chess öffnete den Mund und schloss ihn wieder. Lauren hatte recht – na ja, eigentlich nicht, aber egal. Sie waren nur aus einem einzigen Grund hier, nämlich, um Beweise für Chess' Verdacht zu finden, dass die Leichenteile zu Angehörigen von Maguinness' Familie gehörten und dass er deshalb mit den Lamaru im Krieg lag.

Aber hatten nicht auch die Leute, die Ratchet angegriffen und beinahe das ganze Gebäude mit dem widerwärtigen Ding zerstört hätten, das immer noch in ihrer Handtasche steckte, zu den Lamaru gehört?

Vielleicht. Wahrscheinlich. Aber davon hatte Lauren keine Ahnung, und Chess konnte es ihr auch nicht erzählen; sosehr sie auch grübelte, ihr fiel einfach keine passende Erklärung dafür ein, was sie in diesem Gebäude zu suchen gehabt hatte.

Vielleicht musste sie es indirekt probieren. »Hör mal, ich hab nachgedacht. Wenn die Lamaru mit Psychopomps rumspielen, könnten sie doch auch Kröten benutzen, oder? Also, wenn dieser Typ eine gute Quelle hat, sind sie ja vielleicht deshalb zu ihm gekommen. Vielleicht hat er sie mit illegaler Magie versorgt, und dann haben sie ihn um seinen Lohn geprellt oder so, und das war der Grund für ihre Auseinandersetzung.«

Laurens Seufzer war quer durch den Raum zu hören. »Und wenn wir die Lamaru gefasst haben, verhören wir sie und bringen sie vor Gericht. Das hier ist keiner von deinen Debunker-Fällen, wo du einfach jeder wilden Eingebung folgen kannst, egal, wohin sie dich führt. Das hier ist ein Fall für das Squad, und da gibt es gewisse Vorgehensweisen, an die wir uns zu halten haben.«

Chess schloss die Hand um den Talisman und riss den Faden ab, an dem er baumelte, so schnell, dass Lauren es nicht mitbekam. Vielleicht zog sie etwas fester, als eigentlich nötig gewesen wäre, aber wenn sie nicht etwas kaputt gemacht hätte, hätte sie angefangen zu schreien. »Warum zum Teufel sind wir eigentlich hier, wenn du weder an Maguinness interessiert bist noch an seiner Verbindung zu den …«

»Wir sind hier, weil es sich bei dir so angehört hat, als hätte er möglicherweise etwas gesehen oder als wäre er ein weiteres Opfer. Da habe ich mir gedacht, schauen wir doch mal vorbei und sehen, ob wir ihn im Schlaf zum Reden bringen können. Und falls nicht, hätten wir ihn geweckt und dann verhört. Er ist aber nicht da. Prima. Also gucken wir uns rasch mal um und hauen dann wieder ab. Im Unterschied zu dir habe ich jedenfalls vor, diesen Fall zu lösen. Ich unterliege keinem Bindenden Eid, weißt du? Ich kriege keinen Riesen extra, bloß dafür, dass ich die Klappe halte.«

Selbst die Cepts reichten jetzt kaum noch aus, damit ihre Stimme ruhig blieb. »Ich versuche sehr wohl, den Fall zu lösen, Lauren. Ich bin mindestens genauso scharf darauf wie du, und das weißt du auch.«

Lauren zuckte die Schultern. »Dann hör endlich auf, dich in Details zu verlieren.«

»Klar doch.«

Scheiß auf Lauren und scheiß auf ihre Konzentration. Wenn sie Chess nicht zuhören wollte, war das ihr Problem, aber so leicht ließ Chess sich nicht unterkriegen. Es gab auf jeden Fall eine Verbindung zwischen Maguinness und den Lamaru, und zwar eine, die über Kindesentführung und anschließende Racheakte weit hinausging. Irgendwo hatte all das angefangen. Irgendwie hatten sie sich gefunden, Maguinness und die Lamaru. Dass sie sich mit der gleichen Art von Magie befassten oder sich zumindest bei der Durchführung solcher Magie unterstützten, konnte einfach kein Zufall sein.

Sollte Lauren doch verdammt noch mal machen, was sie wollte. Chess für ihren Teil würde diesen Fall lösen. Sie drehte sich wieder zur Wand und wollte sich gerade daranmachen, ihre Untersuchung fortzusetzen – bis zum Ende des Raums waren es nur noch ein paar Schritte –, als sie plötzlich einen Schatten bemerkte, eine schmale vertikale Linie im festgeklopften Lehm.

Ein Türspalt. Er vibrierte förmlich vor Energie, als sie ihn berührte, so heftig, dass ihr das Beben den Arm hinauflief. Schutzzauber oder Flüche gab es aber nicht. Die Tür war nicht einmal abgeschlossen. Anscheinend fühlte sich Maguinness in seinem kleinen Reich sicher genug.

Sie hatte sich schon insgeheim gefragt, warum alle Betten so winzig waren, wo Maguinness selbst doch so groß war. Die Antwort lag vor ihr. Sein Schlafzimmer.

Ihre Ruhmeshand zuckte ein wenig, als sie sie aufhob und sich mit der Kerze den Weg erleuchtete. Die Flamme flackerte und warf zuckende Schatten an die Wände. Die Wände …

Alles war mit Häuten bespannt. Nicht alle davon gehörten Tieren.

Sie holte tief Luft. Schließlich war das keine große Überraschung. Maguinness war ein krankes Arschloch, wer hätte das gedacht.

Eine krankes Arschloch, das auf einer mit Kräutern gefüllten Matratze unter einer Art Drahtkuppel schlief. Wahrscheinlich war das früher mal ein Ständer für weitere Häute gewesen, aber die waren jetzt verschwunden. Neben dem Bett stand ein wackeliges Tischchen. Flecken im Staub verrieten, wo einmal Schmuckgegenstände oder Kerzen gestanden hatten.

Der einzige andere Einrichtungsgegenstand war eine Truhe. Es war nicht die, mit der er auf die Bühne gekommen war, sondern ein Schwesterstück, dessen rosa Bezug längst lachsfarben ausgebleicht war. Sie verströmte schwarze Magie wie eine auf Hochtouren laufende Maschine.

Chess warf einen Blick zurück durch die offen stehende Tür. Lauren war um die Ecke verschwunden. »Lauren!«

»Was?«

»Ich habe sein Schlafzimmer gefunden. Hier ist eine Truhe, die du dir vielleicht mal ansehen solltest.«

Sie erwartete einen weiteren Seufzer oder ein Stöhnen als Antwort, aber ihre Begleiterin ließ nichts dergleichen hören. Stattdessen waren Schrittgeräusche auf dem nackten Boden zu vernehmen, und schon eine Sekunde später stand sie im Türrahmen.

Sie verzog das Gesicht zu einer Grimasse des Abscheus. »Das Ding kann ich ja bis hierher spüren.«

»Ja, und aus der Nähe ist es auch nicht schöner. Los, komm!«

»Ich finde wirklich, wir verschwenden …«

»Ich weiß. Aber schließlich sind wir jetzt hier, oder? Werfen wir doch wenigstens mal einen kurzen Blick drauf.«

Das Schloss an der Truhe war ein albernes Blechding. Chess knackte es, obwohl ein beherzter Ruck wahrscheinlich auch gereicht hätte.

Außerdem fiel ihr auf, dass sie wohl bedröhnter und verwirrter sein musste, als sie geglaubt hatte, denn immerhin hatte sie sich bis zum Aufschnappen des Schlosses nicht ein einziges Mal gefragt, was genau die Truhe hier machte. Warum hatte er sie zurückgelassen?

Es gab nur einen Weg, das herauszufinden. Sie stieß den schweren Deckel auf. Macht wallte heraus, Macht und der üble, ranzige Gestank des Todes. Die beiden Frauen keuchten. Chess' Tätowierungen wurden warm. Ihre Haut fing an zu kribbeln. Das war nicht bloß magische Kraft. Hier ging es um Geister.

Zeitgleich mit Lauren fuhr sie herum, während ihre Hand schon nach dem Reißverschluss ihrer Handtasche tastete. Sie hatte Friedhofserde dabei, sie hatte …

Nichts. Die Truhe war leer.

Was zur Hölle sollte das bedeuten? Es gab nur eins, was dieses Gefühl in ihr auslöste, und es musste hier sein … in der Truhe.

Aber es war kein Geist. Am Boden der Truhe, klein und verloren auf dem halb durchgerotteten Holzboden, lag ein dickes Bündel, das entfernt an Sackleinen erinnerte. Chess streckte die behandschuhten Finger danach aus, aber Lauren war schneller.

Ihre nackte Haut berührte das Leinen. Energie erhellte den Raum wie ein Blitz, brüllende, ungezügelte Energie. Chess sah, wie Laurens Miene sich änderte, wie ihre Augen sich weiteten, und dann … Verdammte Scheiße, was zur Hölle war denn das?

Nicht nur Laurens Gesichtsausdruck hatte sich verändert – sondern ihr ganzer Kopf. Ihre Gesichtszüge. Das Haar. Für den Bruchteil einer Sekunde sah Chess eine zweite Frau an ihrer Seite, wie bei einer Doppelbelichtung, bevor Lauren einen Schrei ausstieß, das Bündel aus den zitternden Fingern fallen ließ und panisch von der Truhe zurückwich.

»Bist du okay? Dein Gesicht hat sich verändert, es …«

»Alles in Ordnung.« Lauren kauerte sich mit verschränkten Armen und angezogenen Knien an die gegenüberliegende Wand. »Mir geht's gut.«

»Du …« Nein. *Im Unterschied zu dir habe ich jedenfalls vor, diesen Fall zu lösen.* Das tat immer noch weh. Außerdem bezweifelte sie, dass Lauren überhaupt mit ihr reden wollte. Und was noch wichtiger war: Sie wollte es auch nicht.

Stattdessen streifte sie sich einen zweiten Handschuh über und hob das Ding vorsichtig aus der Truhe. Selbst durch die Latexhülle über ihren Händen kribbelte die Energie ihr noch in den Armen; für einen Moment trübte sich ihr Blick und wölbte sich an den Rändern, als würde sie durch ein Fischglas schauen. Lauren keuchte hinter ihr.

»Chess, dein Gesicht!«

»Was?« Es war eine Erleichterung, das Bündel wieder hinzulegen. Leider würde das nicht anhalten; sie musste die schmutzige Schnur aufknoten, die den Stoff zusammenhielt. Oder lieber doch nicht aufknoten. Sie zog das Messer aus der Tasche und schnitt sie einfach durch.

»Dein Gesicht … es hat sich verändert. Du hast ausgesehen wie jemand anders.«

»Genau wie bei dir, jedenfalls ganz kurz.«

Lauren sagte noch etwas, aber Chess hörte gar nicht mehr hin.

Der Leinenstoff glitt zurück, und ihr rutschte das Herz in die Hose, als sie genau das sah, was sie erwartet hatte.

Noch ein Krötenfetisch. Aber diesmal wusste sie genau, wozu er gut war. Die Veränderung an Laurens Gesicht und das gruselige Kribbeln, das ganz eindeutig *Geist* bedeutete, verrieten es ihr nur allzu deutlich, so bizarr und unglaublich es auch war.

Sie hatte es mit einem Tarnzauber zu tun. Er war verstärkt durch gebundene Geister, angetrieben durch das Füllmaterial, das sich im Inneren verbarg, und das unvorstellbare Opfer, das Maguinness dargebracht haben musste, um diese geballte, krankhafte Energie zu erschaffen, die das Atmen schwer machte. Nie hätte sie für möglich gehalten, dass derart mächtige Tarnzauber überhaupt existierten. Das hier war eine Tarnung, die über die reine Illusion weit hinausging und stattdessen eine echte Verwandlung bewirkte. Das also hatte Maguinness' Tochter ihr auf dem Markt wieder abluchsen wollen. Chess hatte die einzelnen Zutaten auf Edsels Theke ausgebreitet, und dort musste das Kind sie gesehen und wiedererkannt haben. Darum hatte sie auch behauptet, sie würde nicht stehlen. Der Lamaru-Fetisch stammte von Maguinness.

Die meisten Tarnzauber erschufen nur eine Oberfläche, die sie, wie alle Hexen, durchschauen konnte. Wie bei der Tür, die die Tunnel der Lamaru mit Maguinness' Behausung verband – sie hatte sie erkannt, und sogar Terrible hatte gespürt, dass etwas nicht stimmte. Aber das hier … Es verbarg, die Dinge nicht nur, es veränderte sie. Heilige Scheiße! Von so etwas hatte sie noch nie gehört.

Im Kopf spielte sie die Möglichkeiten durch, eine schlimmer als die andere. Zaubersprüche, die von Seelenkraft befeuert wurden, stärker noch als die, die Monate zuvor der Traumdieb eingesetzt hatte. Menschen, die Geister beherbergten und dabei nicht aufzuspüren waren; Wiedergänger in lebendigen Körpern, wobei die Seele der Hexe so untrennbar mit dem Geist verbunden war, dass sie wie eins erschienen und auch als Einheit handelten. Jederzeit konnten sie gemeinsam den Körper verlassen und nach Herzenslust umherstreifen, fliegen und Böses tun.

Diese Macht hielt sie jetzt in den Händen. Die Möglichkeiten waren schrecklich. Und all das war das Werk eines Mannes, der in diesem Moment überall sein konnte, wer weiß was anstellte – und sie konnte nichts dagegen tun

28

Die Kirche stellt Psychopomps nicht deshalb zur Verfügung, weil nur Psychopomps mit Kirchentraining Seelen in die Ewige Stadt geleiten könnten, sondern weil nur diese Psychopomps erwiesenermaßen sicher bei Ritualen eingesetzt werden können. Ein wilder Psychopomp ist immer noch ein wildes Tier.

Psychopomps: Schlüssel zum Ritual und den Geheimnissen der Kirche vom Ältesten Brisson

Es war schon fast drei Uhr nachmittags, als sie es endlich schaffte, sich zum Markt zu schleppen. Ihre Stimmung war noch düsterer als die Gläser ihrer Sonnenbrille. Die ganze Arbeit umsonst. Sie war diejenige, die es mit Maguinness aufgenommen hatte – und sich noch immer in seinem Fadenkreuz befand –, sie war diejenige, die vorgeschlagen hatte, sein Versteck zu durchsuchen und sein Schlafzimmer in Augenschein zu nehmen.

Aber Lauren hatte ihr den Triumph praktisch vor der Nase weggeschnappt, und sie war sich absolut sicher, dass sie vorhatte, so zu tun, als wäre die Entdeckung ganz allein ihr Verdienst.

Und im Grunde hatte sie ja auch gar nichts mit Chess' Fall zu tun, oder? Also blieb Chess nichts anderes übrig, als für Lauren das Dienstmädchen zu spielen und Besorgungen zu machen, während die sich bei den Ältesten lieb Kind machte – als würde die nicht schon genug auf sie abfahren.

Und das war einfach nicht fair. Chess war keine Inquisitorin, sie war eine Debunkerin, und als solche hatte sie mit diesem ganzen Postengerangel nichts am Hut. Sie brauchte sich um Beförderungen und Quoten und all das andere Zeug, das den Leuten beim Squad so wichtig war, keinen Kopf zu machen. Debunkerinnen bekamen Prämien, und wenn sie bei der Lösung eines Falls Hilfe brauchten, ließ sie das nicht gerade gut aussehen, aber abgesehen davon verschwendete sie nicht viele Gedanken an Kirchenpolitik oder daran, einen möglichst einwandfreien Eindruck zu hinterlassen. Und das war eigentlich auch gut so.

Aber sie war unter anderem deshalb Debunkerin geworden, um auf eigene Faust arbeiten zu können – am besten sogar allein. Und wenn sie jetzt nicht mal mehr die eigenen Ermittlungen in der Hand hatte und ihre Unabhängigkeit aufgeben musste … fühlte sich das an wie ein verfluchtes eisernes Halsband.

Edsel lächelte, als sie näher kam. »Hey, Baby. Hast wohl meine Botschaft bekommen, wie?«

»Ja, was gibt's denn?«

Die schwarzen Gläser seiner Sonnenbrille schwenkten nach links, dann nach rechts. Er war also nervös. Ein erwartungsvoller Schauer lief ihr über den Rücken; natürlich freute sie sich nicht, wenn Edsel Angst hatte oder in Gefahr war, aber wenn er wertvolle Informationen für sie hatte … Verdammt, wenn er etwas wirklich Interessantes anzubieten hatte, würde Bump ihm sicher eine kleine Aufmerksamkeit zukommen lassen, und jetzt, wo seine Frau schwanger war, konnte er jeden Penny gebrauchen, das wusste sie. Es wäre schön zu sehen, wie er auch mal ein Stück vom Kuchen abbekam. Sie selbst hätte ihm etwas gegeben, wenn sie ihn damit nicht auf jeden Fall beleidigt hätte.

Er deutete mit dem Kopf nach rechts, um ihr zu zeigen, dass sie hinter die Theke kommen sollte. Okay, er war nicht einfach nur nervös, er war hypernervös. Da hinten war sie noch nie gewesen.

Allzu verschieden vom Standpunkt vor der Theke war es allerdings nicht. Die Auslage stand einfach nur auf dem Kopf, und die Kraft der wirklich wertvollen Objekte, die seltene Ware, die Edsel für besondere Kunden aufhob, kroch ihr über die nackte Haut und stahl sich unter ihre Kleidung, ein netter kleiner Höhenflug, mit dem sie nicht gerechnet hatte.

»Okay, ich hab da was für dich aufgespürt, Baby. Hast du je von einem gewissen Baldarel gehört?«

»Ich … Ja. Ja, tatsächlich.« Baldarel war der Autor des Buches über Geistermagie, dass sie vorgestern im Geheimarchiv gefunden hatte. Sie hatte es sich ansehen wollen, sobald sie nach dem Treffen mit Edsel dorthin zurückkehrte. »Warum?«

»Ein Freund von 'nem Freund, wenn du verstehst. Hat mir gesteckt, dass diese Lamaru mit dem Typen geredet haben. Haben ihn bei ein paar von ihren Aktionen um Rat gefragt. Lief aber alles per Brief, da gab's keinen persönlichen Kontakt. Dachte mir, die Kirche weiß vielleicht, wo man ihn finden kann, und dass du über ihn vielleicht an die rankommst.«

Das war nicht viel. Aber immerhin etwas. »Danke, Edsel. Das könnte eine Spur sein.«

»Hab außerdem läuten hören, dass die einen ganz besonderen Feind haben. Was auch immer die im Schilde führen, sie wollen's schnell machen, weil, es ist jemand hinter ihnen her. Jemand Mächtiges, wenn du verstehst. Die glauben wohl, wennse ihren Plan jetzt durchziehen, hamse gewonnen. Hab ich jedenfalls gehört, ne?«

Hmm. Nicht gerade viel Neues, obwohl die Info, dass die Lamaru ihren Plan noch nicht ganz verwirklicht hatten und noch nicht restlos startklar waren, sie ein bisschen beruhigte. Unter Druck machten die Leute meistens Fehler. Vielleicht brachte sie ja ein solcher Fehler auf die richtige Spur? Vielleicht hatten sie ihn auch schon begangen, indem sie sich an Maguinness gewandt hatten, was auch immer sie von ihm gewollt haben mochten – wahrscheinlich, indem sie sich seine magische Hilfe erkauft und dann nicht bezahlt hatten, wie Terrible vermutet hatte.

Trotzdem, es war immerhin etwas, und im Moment griff sie so ziemlich nach jedem Strohhalm. Die Kirche konnte sich bedeckt halten und noch ein paar Wochen lang so tun, als wäre alles in Ordnung. Vielleicht sogar für einen Monat. Aber irgendwann würde es Probleme geben. Irgendwann würden die Lamaru aus der Deckung kommen.

Sie würde alles tun, um das zu verhindern. Und es sah ganz so aus, als wäre das auch bitter nötig.

Leider stellte es sich als ziemlich schwierig dar herauszufinden, wie sie weiter vorgehen sollte. Die Unterhaltung hatte ihr ein bisschen Auftrieb gegeben, aber davon war schon bald nichts mehr zu spüren, als sie sich zwang, die untere linke Abteilung der Regale im Geheimarchiv noch einmal Titel für Titel durchzugehen, Und dann noch mal.

Kein Zweifel, das Baldarel-Buch war verschwunden. Wie zum Teufel konnte das sein? Es war verboten, Bücher aus dem Geheimarchiv mitzunehmen. Ausnahmslos. Man durfte sie nicht mal in die normale Bibliothek mitnehmen.

Aber überprüft wurde das natürlich nicht. Es gab kein Alarmsystem mit Magnetstreifen in den Büchern und versteckten Detektoren in den Wänden. Es gab nur Goody Glass hinter ihrem Schreibtisch, die jedermann böse Blicke zuwarf und den Schlüssel hütete wie ein buckliger Zwerg seinen Schatz.

Goody Glass hasste sie. Das beruhte auf Gegenseitigkeit. Trotzdem … ob das Buch jetzt Informationen enthielt, die ihr halfen oder nicht, Tatsache war, dass sie es nicht mehr herausfinden konnte. Ganz zu schweigen davon, was es bedeuten mochte, wenn jemand es absichtlich entfernt hatte, um ihr den Blick darauf zu verwehren.

Also schob sie die Tür auf und ging auf den Schreibtisch zu. »Hallo, Goody Glass. Hat einer der Ältesten …«

»Guten Morgen, Cesaria.« Goody Glass starrte betont auf Chess' Knie, bis sie endlich kapierte. Verdammt, wie sie diese Frau verabscheute!

Aber sie machte trotzdem einen flüchtigen Knicks und wünschte ihr einen guten Morgen, als hätte sie das nicht bereits vor einer halben Stunde getan, als sie um Einlass ins Scheiß-Geheimarchiv gebettelt hatte. »Hat vielleicht einer der Ältesten ein Buch aus dem Archiv mitgenommen?«

»Es ist verboten, Bücher aus dem Geheimarchiv zu entfernen.«

»Ja, ich weiß, aber ich dachte, vielleicht …«

»Es ist verboten, Bücher aus dem Geheimarchiv zu entfernen, Miss Putnam. Wollen Sie vielleicht andeuten, dass einer der Ältesten gegen unsere Bestimmungen verstoßen hat? Die Regeln verletzt hat, die doch schließlich Gesetz sind, Wahrheit sind?«

»Nein, natürlich nicht, auf gar keinen Fall. Ich dachte bloß … Da fehlt ein Buch.«

»Unmöglich.« Die Goody wandte sich schon halb von Chess ab, senkte die Augen wieder auf ihren Roman und kratzte sich das stoppelige Kinn.

»Verzeihung, Goody, aber es ist sehr wohl möglich. Vor drei Tagen war das Buch noch da. Jetzt ist es weg. Ich glaube, das erfüllt ziemlich genau die Definition von *fehlen.*«

Sie hörte die Ungeduld in ihrer Stimme selbst, aber das war ihr egal. Ja, sie konnte für ihre Grobheit zur Rechenschaft gezogen werden; nein, es war keine gute Idee, ihren Gefühlen freien Lauf zu lassen, auch wenn sich Goody Glass nie die Mühe gemacht hatte, ihre im Zaum zu halten, seit sie erfahren hatte, aus welchen Verhältnissen Chess stammte.

Aber für solche Bedenken hatte sie im Moment keine Zeit. Sie war in einer Stunde mit Lex verabredet, um die Tunnel in Augenschein zu nehmen, und bevor sie ging, wollte sie noch kurz mit dem Ältesten Griffin reden.

Goody Glass knallte ihr Buch mit lautem Krachen auf den Tisch. »Wollen Sie hier etwa frech werden?«

»Frech« traf Chess' Gelüste im Moment nicht ganz; »gewalttätig« wäre zutreffender gewesen. Oder auch »high«, aber das stimmte ja immer.

Was sie allerdings nicht wollte, waren Schwierigkeiten – oder noch länger hier herumzustehen und zu diskutieren. Also ballte sie hinter dem Rücken die Fäuste und senkte den Blick. »Das wollte ich nicht, Goody. Aber ich brauche das Buch wirklich dringend, und es ist einfach nicht da. Da habe ich mir gedacht – Ihr seht doch alles, was hier drinnen vor sich geht. Ich meine, es gibt doch nichts, was Ihr nicht wisst. Vielleicht habt ihr ja irgendeine Idee?«

Ihr Respekt für die Goody stieg gegen ihren Willen um ein winziges bisschen, als sie erkannte, dass die Frau ihr die billigen Schmeicheleien nicht eine Sekunde lang abkaufte.

Aber wenigstens antwortete sie, indem sie den in schwarzen Stoff gehüllten Arm nach dem Telefon auf ihrem Schreibtisch ausstreckte. »In den letzten Wochen war hier eine Menge los, Miss Putnam. Ich lasse jemanden kommen, der Ihnen hilft, das Buch zu suchen. Wie war der Titel doch gleich?«

Als Chess es ihr sagte, verwandelte sich die leicht säuerliche Miene der Goody in offenen Abscheu. »Wozu brauchen Sie dieses Buch?«

»Recherche für einen Fall.«

»Welcher Debunking-Fall erfordert denn bitte Recherchen auf diesem Gebiet?«

»Es ... es geht nicht um Debunking. Ich arbeite mit dem Black Squad zusammen und ...«

Goody Glass schüttelte den Kopf. »Gefährlich. Gefährlich und überflüssig. Wenn Sie darauf bestehen, bestelle ich natürlich trotzdem jemanden, der danach sucht, aber das kann einige Zeit dauern.«

Chess öffnete schon den Mund und setzte zum Protest an, klappte ihn aber wieder zu. Wozu das Ganze? Sie würde einfach eine Treppe tiefer mit dem Ältesten Griffin darüber reden. Wenn er ihr bei der Suche half, würde Goody Glass bestimmt so richtig schön die Galle hochkommen. Also rang sie sich nur ein gepresstes »Danke schön« ab und steuerte auf die Tür zu.

Scheiße! Draußen wurde es bereits dunkel, sodass ihr nicht mehr viel Zeit bis zu ihrer Verabredung mit Lex blieb. Wie auch immer, das mit dem Buch konnte sie für heute vergessen, und da morgen die Widmungszemeronie stattfand, würde sie dann sicher auch keine Zeit haben.

Die Zeremonie selbst würde nur ein paar Stunden dauern, aber meistens gab es danach noch ein Meeting, bei dem ein neuer Ältester geweiht wurde und alle möglichen anstehenden Veränderungen und was sonst noch so anstand, besprochen wurden, und dafür ging der größte Teil des Tages dann doch noch drauf.

Es würde dem Ältesten Griffin sicher nicht gefallen, wenn er erfuhr, dass das Buch verschwunden war. Und sie wollte ihm auch den Fetisch zeigen. So hatte sie noch nie mit ihm zusammengearbeitet; er hatte zwar die Oberaufsicht über alle Debunker, hielt sich aus der Ermittlungsarbeit selbst aber für gewöhnlich heraus. Das hier war etwas anderes. Vielleicht war es sogar ganz spannend, sich mit ihm zu unterhalten und zu hören, ob er irgendwelche Mutmaßungen hatte.

In der Eingangshalle herrschte hektischer Betrieb – kein Wunder, bei all der Arbeit und der Planung, die zurzeit anstand; hinzu kam natürlich der Schock der jüngsten Ereignisse. Ein Grüppchen Ältester, die sie noch nie zuvor gesehen hatte, unterhielt sich im Flüsterton, als sie an ihr vorbeigingen und um die Ecke verschwanden, die Verbindungsleute scharten sich an der gegenüberliegenden Wand umeinander, und ein paar Goodys trugen Akten die Treppe hinauf. Alle machten ernste Gesichter und sprachen mit gedämpfter Stimme. Sie hatte noch nie eine solche Anspannung in diesem Gebäude gespürt, so viel Angst, die ihr auf der Haut prickelte. Am liebsten hätte sie sich irgendwo verkrochen. Stattdessen zwang sie sich, an die Tür des Ältesten Griffin zu klopfen. Sie wurde so schnell geöffnet, dass sie sich fragte, ob er sie bereits erwartet hatte.

»Ach, Cesaria. Guten Morgen. Wie geht es dir?«

Das schwache Lächeln auf seinem normalerweise so friedlichen Gesicht sah aus, als hätte er Schmerzen. Sie knickste und entbot ihm ihren Gruß, rang sich ebenfalls ein Lächeln ab und folgte ihm in das Büro.

Als er sich in den Stuhl fallen ließ, sah er gar nicht so elegant aus wie gewöhnlich. »Cesaria, was glaubst du, wie die Lamaru gelernt haben, diese Psychopomps zu erschaffen und unsere eigenen gegen uns zu verwenden? Hast du da schon eine Theorie?«

»Ich … Tja, ich denke schon, ja. Hier.« Sie zog die Handtasche auf den Schoß und nahm die eingetüteten Fetischteile heraus. »Ich … ich wurde angegriffen. Es geht mir gut, nicht weiter schlimm das Ganze. Aber das hier hatten sie dabei. Ich vermute, sie haben es von diesem Straßenhändler in Downside, der eigentlich Tränke verkauft. Er betreibt auch Krötenmagie, so viel weiß ich. Ich …« Sie wühlte den Krötenknochen hervor, den sie von dem Bettchen abgerissen hatte. »Seine ganze Wohnung war voll mit diesen hier. Und er hatte auch einen Fetisch, der eher wie ein Tarnzauber funktioniert hat. Er hat mein Gesicht verändert und auch das von Lauren, als wir ihn berührt haben. Sie hat ihn mitgenommen.«

Gegen die Blässe seines Gesichts stachen die dunklen Ringe um die Augen ab wie bei einem Pandabären. Die intensive Furcht darin wirkte keineswegs so gemütlich. »Verwandlungsmagie. So kontrollieren sie also unsere Psychopomps.«

Chess nickte. »Jedenfalls glaube ich das. Ich … Ihr wisst ja schon, was im Schlachthof passiert ist. Was sie da gemacht haben.«

»Man hat mich darüber informiert, ja.«

»Dieser Kerl, Maguinness, das war der, der den Schlachthof angezündet hat. Er hat versucht, die Lamaru auf einen Schlag auszulöschen.«

»Das hat mir Lauren auch schon erzählt. Sie war offenbar der Ansicht, das sei ein Beweis dafür, dass er auf unserer Seite ist, wenn er natürlich auch die falsche Methode gewählt hat, um das zu zeigen. Aber ich sehe dir an der Nasenspitze an, dass du nicht dieser Meinung bist. Wie läuft denn die Zusammenarbeit mit ihr so?«

Sie zuckte die Achseln. »Sie ist okay. Ich meine, wir sind nicht gerade beste Freundinnen oder so, aber sie ist okay.«

»Und hast du das Gefühl, dass du ausreichend Mitspracherecht bei der Ermittlungsführung hast?«

»Meistens.« Sie wollte keine Petze sein, aber andererseits hatte sie auch einen gewissen Verdacht. Der Verdacht setzte sich durch. Sie erzählte ihm von ihrer kleinen Unterhaltung mit Maguinness – wobei sie alle verdächtigen Details sorgsam wegließ – und von Edsels Äußerung, dass die Lamaru einen Feind hätten. »Lauren meint, dass er nur am Rande mit dem Fall zu tun hat, dass er ein rein persönliches Problem mit ihnen hat und dass wir jemand anders darauf ansetzen sollten. Ich hingegen glaube, dass er wichtig ist, dass er derjenige ist, der die ganze Sache ins Rollen gebracht hat, indem er den Lamaru sein Zeug verkauft hat.«

»Ah.« Er lehnte sich zurück und faltete die Hände im Schoß, wie immer, wenn er nachdachte. »Meinst du, dass er mit den Lamaru zusammenarbeitet?«

»Nein, oder jedenfalls nicht mehr. Ich vermute, dass er das früher getan hat, aber … Habt Ihr schon mal von jemandem namens Baldarel gehört? Er hat ein Buch über Geistermagie geschrieben, das aus dem Geheimarchiv verschwunden ist. Jemand hat mir gesteckt, dass die Lamaru wohl mit ihm in Kontakt gestanden haben sollen. Vielleicht war er auch Maguinness' Lehrer. Vielleicht sind sie so auf ihn gekommen.«

»Ich habe schon von ihm gehört, ja. Es war einmal sein Wunsch, der Kirche beizutreten, aber das war noch bevor meine Ausbildung begann, glaube ich. Ein äußerst mächtiger Spruchwirker, aber unorthodox und skrupellos.«

»Wo ist er jetzt? Kann ich mit ihm Kontakt aufnehmen?«

»Hmm. Ich glaube, er ist schon vor langer Zeit in die Ewige Stadt eingegangen, oder zumindest behaupten das die Gerüchte.«

»Können ihn dann nicht die Verbindungsleute finden? Können wir …«

Er schüttelte den Kopf. »Es tut mir leid, meine Liebe, aber wir können in diesem Fall nur Mitarbeiter hinzuziehen, die einem Bindenden Eid unterliegen. Und …« Er hob die Hand. »Ich glaube kaum, dass der Großälteste einer weiteren Prämie für einen Bindenden Eid zustimmen wird. Besonders jetzt nicht, wo unsere ganze Existenz an einem seidenen Faden hängt.«

Scheiße! Zum ersten Mal seit Tagen war sie auf eine Spur gestoßen, die wenigstens so aussah, als könnte sie zu einer Antwort führen statt zu immer neuen Fragen, und was bekam sie? Ein dickes, fettes *Nein.*

»Können wir wenigstens feststellen, ob sich sein Tod bestätigen lässt?«

Falls die Lamaru mit Baldarel zusammengearbeitet hatten, hatten sie ihn möglicherweise umgebracht. Und falls Maguinness ebenfalls mit Baldarel im Bunde gewesen war, hatte ihm dieser Mord sicher ganz und gar nicht geschmeckt.

Natürlich bestand immer noch die Möglichkeit, dass sich die Theorie mit den ausbleibenden Zahlungen für irgendwelche Lieferungen als wahr erwies. Debunking-Fälle löste man für gewöhnlich am besten, indem man einfach dem Geld folgte; sie konnte sich einfach nicht dagegen wehren, dass ihr erster Impuls immer dahin ging, den Leuten in die Brieftasche zu gucken. Aber jede neue Theorie war auch eine neue Chance, den Fall zu lösen, oder?

Der Älteste Griffin lächelte. »Das können wir in der Tat. Einen Augenblick.«

Sie sah zu, wie er einen Computermonitor herüberschwenkte und zu tippen anfing. Das Klicken seiner Finger auf der Tastatur beruhigte sie, doch als sich seine Miene zunehmend verdüsterte, wurde sie doch nervös. »Nein. Nein, es scheint, dass er nicht verstorben ist – wenigstens finde ich hier keine Sterbeurkunde. Und auch keine Adresse.«

Gerüchteweise war er tot, aber das stimmte nicht. Er hatte eine Adresse, an die die Lamaru ihm Briefe schickten, aber im Kirchencomputer war sie nicht verzeichnet.

Baldarel war untergetaucht. Und Chess wusste nur zu gut, wohin man ganz prima abtauchen konnte.

Falls Maguinness und Baldarel tatsächlich dieselbe Person waren, würde das eine Menge Fragen beantworten – wie er sie im Schlachthof gefunden hatte, zum Beispiel. Aber es warf auch ein paar neue Fragen auf. Die Lamaru sollten wirklich von der gleichen Person Hilfe erhalten, die sie zugleich bekämpfte?

Es sei denn, Baldarel hätte sie brieflich angewiesen, sich mit »Maguinness« zu treffen. Er hatte sie persönlich in Augenschein nehmen wollen, um sicherzugehen, mit wem er es zu tun hatte, und das hatte er dann anscheinend auch herausgefunden. Jetzt lockte er sie ganz langsam von einer Falle in die nächste. Fast bewunderte sie ihn, aber die Angst vor ihm überwog. Jemand, der die Lamaru wie Schoßhündchen behandeln konnte – wie furchtbar treffend –, um sie dann mit eingezogenem Schwanz in die Flucht zu jagen, war mit Sicherheit Jemand, mit dem nicht zu spaßen war, und dieser jemand kannte sie und hatte in ihren Verstand gesehen.

Aber verfolgt hatte er sie nicht. Warum?

Die ganze Sache verursachte ihr Kopfschmerzen – oder hätte ihr Kopfschmerzen verursacht, wäre sie in der Lage gewesen, körperlichen Schmerz zu empfinden. Stattdessen fühlte sie sich einfach nur müde, während die Gedanken in ihrem Kopf sich ächzend im Kreis drehten wie eine erschöpfte Maus im Laufrad. Baldarel und Maguinness und Hunde und Kröten und Lamaru, Räume und Straßen, die blutrot waren ... Terribles Hände auf ihrer Haut, sein Mund an ihrem Hals ...

»Ich habe hier ein Bild, wenn du mal schauen willst.« Der Älteste Griffin drehte den schicken Flachbildschirm auf seinem Schreibtisch zu ihr herum. Das Aufblitzen der Deckenlampe verwandelte ihn kurz in einen leeren silbernen Spiegel, auf dem nichts zu erkennen war. »Ist das der Mann, dem du begegnet bist?«

Der Bildschirm klärte sich. Chess war nicht im Geringsten überrascht, als ihr das Bild eines jungen Arthur Maguinness – eines jungen Baldarel – aus einem grobkörnig eingescannten Foto entgegenstarrte.

»Ja«, sagte sie. »Ja, das ist er.«

29

Wer schwarze Magie ausübt, schreckt auch sonst vor nichts zurück. Einmal böse, immer böse.
Das Buch der Wahrheit, »Veraxis«, Artikel 915

In diesem Abschnitt der Tunnel war sie noch nie gewesen. Das war auch kaum überraschend, immerhin hatte sie den größten Teil der Tunnel noch nie gesehen. Mit Ausnahme einer Nacht, in der sie durch die Tunnel vom Bahnsteig an der Ewigen Stadt geflüchtet war, hatte sie sie eigentlich überhaupt nur benutzt, um zwischen ihrer Wohnung und der von Lex zu pendeln. Und außer in jener Nacht war sie hier unten auch noch nie allein gewesen.

Lex schien immer genau zu wissen, wo sie gerade waren. Sie hatte zwar meistens eine ungefähre Vorstellung, die ausreichen würde, damit sie sich hier unten nicht total verlief – und außerdem gab es ja auch noch die Ausgänge –, aber die Selbstsicherheit, die er an den Tag legte, ging ihr völlig ab.

Es war jedoch nicht nur das Gefühl der Orientierungslosigkeit, weshalb ihr bei dem Gedanken, sie müsste sich hier unten allein zurechtfinden, nicht recht wohl war. In der Nacht, als sie aus dem Bahnhof geflüchtet war – vor den Lamaru, die sie dorthin verfolgt hatten –, war sie über ein paar von Slobags schmutzigen kleinen Geheimnissen gestolpert, und zwar ganz wortwörtlich. Leichen in den Tunneln; Hinrichtungsopfer, die tief unter der Erde vor sich hin rotteten.

Sie war nicht scharf darauf, das noch einmal durchzumachen. Und wenn man zu den schlechten Erinnerungen noch die Abneigung einer jeden Hexe gegen den Aufenthalt unter der Erde hinzunahm, plus die Sorgen und Ängste wegen dem, was sie und der Älteste Griffin entdeckt hatten, dann wäre Chess wohl auch ohne die Nips in ihrem Kreislauf schon nervös gewesen. Und auch ohne die Erinnerungen, die sie einfach nicht loswurde, oder die nervöse, irrationale Gewissheit, dass Lex ihr ansah, dass sie mit Terrible zusammen gewesen war, so als ob er selbst nach ein paar Duschen und einer Nacht voll Schlaf noch Spuren auf ihrer Haut hinterlassen hätte.

Draußen war es erst gegen halb sechs. Hier hingegen herrschte ewige, von fluoreszierenden Glühbirnen erhellte Nacht, grell und unnatürlich, in der sich dunkle Schatten bewegten, wenn sie nicht hinsah, und wieder an ihren Platz huschten, sobald sie sich umdrehte.

Sie spielten ihr Streiche, diese Schatten – hinterhältige Kinderstreiche, missgestaltete kleine Figuren …

Ugh!

Lex musste ihr Erschaudern bemerkt haben. »Du wolltest doch unbedingt hier runter, Tülpi. Hab dich nicht gezwungen. Ich ganz bestimmt nicht.«

»Ich weiß. Es ist nur … wie weit müssen wir denn noch?«

»Dauert nicht mehr lang jetzt. Spürst du es?«

Sie lauschte einen Augenblick in sich hinein. Spürte sie etwas? Irgendetwas, abgesehen von den nervösen Zuckungen wegen dem Stoff, ganz normaler Unruhe, der Erinnerung an Maguinness' schreckliche Familie und … allem anderen?

Ja. Irgendetwas war hier unten, jetzt, da sie sich darauf konzentrierte. Allerdings war es zu weit weg, als dass sie es genau einordnen könnte.

Sie erzählte es ihm, und er nickte. »Genau, wir sind jetzt gleich da. Du weißt, was da los ist, oder? Wer ist das? Passt mir gar nicht, dass diese Lamaru sich in meinen Tunneln rumtreiben.«

»Ich weiß nicht genau, ob es die … autsch!« Sie verschränkte die Arme vor der Brust und versuchte, sich eine andere Formulierung einfallen zu lassen. »Da gibt's doch diesen Typen, der auf dem Markt mit Tränken handelt, ja? Auf meinem Markt, meine ich. Der hat hier 'ne Höhle oder so was. Oben, an der Neunzigsten, Ecke Foster.«

»Und der steckt hinter allem, ja?«

»Ich glaube, ja.« Glaubte sie? Verdammt, nein, sie war sich ganz sicher. Ebenso wie der Älteste Griffin und hoffentlich auch Lauren, wenn Lauren sie endlich erreichte, um ihr die Neuigkeit mitzuteilen. Im Moment traf sie sich mit ihrem Vater, und beide hatten das Handy ausgeschaltet.

Allerdings machte das auch gar nichts. Es war ja gut und schön, dass sie jetzt Maguinness'/Baldarels wahre Identität kannte, aber solange sie nicht wusste, wo der Drecksack sich versteckte, nützte ihnen das nicht das Geringste.

Lex führte sie nach rechts in einen weiteren, noch düstereren Tunnel. »Also machen sich hier unten noch andere breit. Das gefällt mir gar nicht, Tülpi.«

»Nee. Mir auch nicht.«

Er verzog die Lippen – besser kriegte er ein Lächeln eben nicht hin. »Dachte ich mir schon.«

»Wann kommen denn jetzt die Drähte raus?«

Er zuckte die Achseln. »Noch 'ne Woche oder so, meinen die Ärzte. Wird aber auch langsam mal Zeit.«

»Es tut mir wirklich sehr leid …« Die Entschuldigung endete in einem so heftigen Keuchen, dass sie zusammenzuckte. Sie waren jetzt ganz nahe, das spürte sie. Die Energie traf sie unvermittelt wie ein verdeckter Haken in die Magengrube. Sie hatte schon öfter bemerkt, dass die Tunnel gelegentlich einen seltsamen dämpfenden Effekt auf Magie hatten; sie verteilte sich nicht so gleichmäßig wie an der Erdoberfläche, sodass man langsam, aber sicher auf sie aufmerksam wurde und das verräterische Kribbeln schon weit im Voraus spürte, bevor man den Ursprung erreichte. Stattdessen ballte sie sich zusammen und lauerte in den dunklen Zwischenräumen zwischen den Laternen.

»Jetzt hastes, ne?«

Sie nickte. Oh, das war schrecklich! Wirklich, wirklich schrecklich. Das ging über das grauenhafte Gefühl weit hinaus, das ihr noch von dem Krötenfetisch in Erinnerung war, und übertraf selbst die hinterhältige Perversion von Baldarels Familie. Etwas Tieferes, etwas viel Schockierenderes, schwang darin mit und saugte sich daran fest wie Nacktschnecken am Boden eines Steins. Todesmagie – und der Tod selbst. Die Leere, die zurückblieb, wenn einem Körper erbarmungslos das Leben entrissen wurde.

»Du siehst ziemlich blass aus, Tülpi. Alles in Ordnung?«

»Ja … nein, eigentlich nicht. Da ist … ach, beeilen wir uns einfach, okay?«

Er zuckte die Schultern. »Ganz wie du willst.«

Seine Finger an ihrem Arm halfen ihr, mit ruhigem Schritt voranzugehen, als sie einen Zahn zulegten. Ihre Füße machten gedämpfte, platschende Geräusche im dünnen Strom …

In dem dünnen Rinnsal hellroten Wassers, das mit jedem weiteren Schritt dunkler wurde. Lex bemerkte es im gleichen Augenblick wie sie; seine gemurmelte Verwünschung spornte sie beide zur Eile an.

Sie mussten nicht weit gehen. Die Leiche lag direkt hinter der nächsten Biegung. Chess sah die wenigen lichten Haarsträhnen unter dem klebrigen, dunklen Blut und gleich darauf das klaffende Loch, wo die Brust gewesen war …

Vanhelm war regelrecht abgeschlachtet worden, nicht einfach

nur ermordet. Es gab keine saubere Schusswunde oder eine aufgeschlitzte Kehle. Keinen Todesfluch, der zu einem qualvollen, aber äußerlich unauffälligen Ende durch Schlaganfall, Herzinfarkt oder langsames Organversagen geführt hätte.

Er hatte überhaupt keine Organe mehr. Er lag da und starrte mit milchigen, weit aufgerissenen Augen an die Decke. Die Brust hatte man ihm aufgerissen und ausgeweidet.

Aber das, was sie dazu brachte, die Augen zu schließen und sich instinktiv zu Lex umzudrehen, damit sie den Kopf an seiner Brust bergen konnte – wobei sie sich natürlich wie die letzte Heulsuse vorkam –, das waren die Bissspuren.

Drei tiefe Atemzüge an dem sauberen Blanks-77-Shirt, das nach Waschmittel, Rauch und Lex roch, reichten aus, um den Kopf einigermaßen wieder klar zu kriegen und die Galle wieder runterzuschlucken. Sie löste sich von ihm und war peinlich berührt, als sie sah, dass auch Lex blass geworden war; doch dann entzündete er mit raschen Handgriffen eine Zigarette, legte den Kopf in den Nacken und stieß Rauch aus. Als er sie wieder ansah, hatte sich seine Gesichtsfarbe normalisiert, und er hob die Augenbrauen, wie immer, wenn er ganz den coolen Lex spielen wollte.

»Riesenscheiße, hm?«

Absurderweise musste sie lachen, ein kurzes Schnauben wie das Bellen eines kleinen Kläffers. Apropos Hunde …

Chess pflückte ihm die Zigarette aus den Fingern und genehmigte sich selbst einen Zug, bevor sie einen Schritt auf Vanhelms verstümmelten Körper zuging. Okay. Es wäre eine gigantische Übertreibung gewesen zu sagen, dass sie so was nicht erwartet hatte. Was zur Hölle hatte das zu bedeuten? Ob die Lamaru etwa …?

Na ja, klar, zweifellos konnten die dahinterstecken. Und Vanhelm hatte zudem mit Hunden gearbeitet, mit der Sorte

Hunden, die derart große Bissspuren hinterließen … aber verdammt, das mussten schon ein paar Riesenbrocken von Hunden gewesen sein!

Sie zog ein Paar Handschuhe aus der Tasche und hockte sich neben die Leiche, um sie genauer in Augenschein zu nehmen. Es ging doch nichts über eine verstümmelte Leiche, um ein Mädchen auf andere Gedanken zu bringen.

Irgendetwas stimmte hier allerdings nicht. Dass Vanhelm von Hunden attackiert worden und höchstwahrscheinlich auch von ihnen getötet worden war, schien auf der Hand zu liegen. Die lang gezogenen Bissspuren, die Art, wie – sie schluckte –, wie ihm die Kehle aufgerissen worden war, die Klauenspuren auf den Wangen.

Doch während das Blut immer noch das Wasser färbte, das unter ihm und um ihn herum floss, und langsam verblasste, während er ausblutete, so zeigten sich doch keine Spritzer auf dem trockenen Beton. Ein Hund, der einen Menschen angriff und tötete, mochte ja die Organe verschlingen – sosehr ihr bei der Vorstellung auch übel wurde, denkbar war es. Aber konnte er auch das ganze Innere seines Opfers verschlingen, ohne dass etwas davon den Boden berührte oder irgendwelche Spuren zurückblieben?

Und ein Blick in Vanhelms Bauchöffnung zeigte nichts von – na ja, nichts von dem *Durcheinander*, das sie erwartet hätte, wenn wirklich die Hunde sich an den Organen gütlich getan hätten. Es sah eher aus, als hätte man sie präzise herausgetrennt.

Warum aber sollte jemand warten, bis die Hunde ihn zerfleischt hatten, um ihm dann fein säuberlich Herz, Magen und … igitt, einfach alles zu entnehmen?

Irgendjemand musste diese Hunde perfekt dressiert haben. Und dieser Jemand musste die Organe auch für einen Zauber gebraucht haben. So ein Mist! Die Leichen von Mordopfern hatten große Macht. Darüber wollte sie lieber nicht zu lange nachdenken. Nicht, dass sie die Wahl gehabt hätte. Wie auch sonst in ihrem Leben.

Lex beugte sich zu ihr und linste nach unten. »Haben nicht viel übrig gelassen, die Köter, hm?«

»Sieht nicht so aus.« Sie erklärte ihm, was sie sich überlegt hatte, wobei es ihr etwas schwerfiel, ihre Gedanken klar zu formulieren. Selbst in ihrem Job sagte man nicht jeden Tag Dinge wie »Sieht nicht so aus, als wäre der Magen herausgerissen worden«.

Lex nickte. Er hatte sich eine neue Zigarette angesteckt. In der stickigen Luft, die immer noch vor Energie vibrierte, kräuselte sich der Rauch um sein Gesicht und verhüllte einen Teil seiner Züge. »Dann hat also jemand die Organe rausgeschnitten, um sie für irgend so 'nen Hexenkram zu benutzen.«

»Ja, aber Lex …« Sie biss sich auf die Lippe. Über das, was sie als Nächstes zu sagen hatte, würde er sich bestimmt nicht freuen.

Die hochgezogenen Augenbrauen verrieten ihr, dass er sich schon denken konnte, was jetzt kam. »Was denn?«

»Ich muss das melden. Ich muss ihnen von den Tunneln erzählen. Wenn er hier unten ist und sie als …«

»Oh nein, Tülpi, nein, nein, nein! Ich lass nicht zu, dass irgendwelche Kirchencops hier unten rumschnüffeln, das kannst du dir gleich abschminken.«

»Lex, ich habe keine andere Wahl. Dieser Mann ist ein Verd… aua! Er ist ein … es geht nicht anders. Ich kann nicht einfach so tun, als wäre nichts geschehen.«

»Komt mir so vor, dass es aber 'ne Menge anderes Zeug gibt, wo du das ganz gut schaffst. Warum machst du's jetzt nicht genauso?«

»Ich kann nicht.«

»Kannst du nicht machen, was du willst? Über Chester hast du ihnen doch auch nie die Wahrheit gesagt, oder? Und was du so in deiner Freizeit treibst, ging die doch auch nie was an.«

Sie blinzelte und stand dann so schnell auf, dass ihr schwindelig wurde. *Noch* schwindeliger, um genau zu sein; die Energie, die um sie herumwaberte, brachte ihren Kopf auch so schon ziemlich zum Dröhnen. »Willst du ... willst du mir etwa drohen?«

Er zuckte die Achseln. »Ich sag dir nur, wie's ist.«

»Aber ...« Sie hielt inne. Aber was? Sie war nicht blöd und auch nicht naiv – und sie schlief auch nicht mehr mit ihm. Und das hieß, soweit es ihn betraf, dass er ihr zu nichts mehr verpflichtet war.

Und ganz ehrlich? Selbst wenn sie noch mit ihm ins Bett gegangen wäre, wäre mit der Liebe wahrscheinlich an dieser Stelle Schluss gewesen. Ihres Wissens nach hatte die Kirche keine Ahnung, dass die Tunnel überhaupt existierten. Jedenfalls wusste sie nicht, dass sie so weit verzweigt waren. Die Karten der Versorgungsleitungen, die sie in Laurens Ortungsgerät aufgerufen hatte, waren uralt und stammten noch aus der Zeit vor der Wahrheit.

Ganz sicher hatte die Kirche keinen Schimmer, dass ein kleiner Drogenboss und seine Mafiafamilie die Tunnel als privaten Verkehrsweg, Leichenmüllkippe und wer weiß was sonst noch benutzten.

Wenn das rauskam, würde man sich vielleicht gezwungen sehen, Maßnahmen zu ergreifen. Wie zum Beispiel die Tunnel zuzuschütten. Das wäre das Wahrscheinlichste. Abgesehen von Besuchen in der Ewigen Stadt war der Aufenthalt unter der Erde verboten.

Die Sache war also ernst, und sie zweifelte nicht daran, dass Lex das ebenso klar war wie ihr. Aber wie zur Hölle konnte sie Lauren wissen lassen, dass Vanhelm tot war, ohne ihr zu verraten, wie und wo sie die Leiche gefunden hatte? Wie sollten sie ihn abtransportieren, ohne dabei irgendwelche Spuren zu vernichten?

Spurensuche hatte sie eigentlich noch gar nicht richtig betrieben. »Wie war das noch mal mit diesen Fetischen und dem anderen Zeug, das du gefunden hast? War das hier?«

Oh, er war schon ein durchtriebener Hund. Er legte den Kopf schief und grinste sie auf seine typisch herausfordernde Weise an. »Vielleicht. Haben wir ein Problem?«

Sie konnte seinem Blick nicht standhalten, als sie antwortete. »Nein. Nein, kein Problem.«

»Sehr gut, Tülpi. Prima. Na komm, ich zeig dir dann mal, was wir da gefunden haben.«

Er stützte sie mit einer Hand am Ellbogen und half ihr, über Vanhelms Leiche zu treten. Dann zog er sie um die nächste Wegbiegung.

Magie traf sie so heftig, dass sie stolperte und sich wie eine Betrunkene an seinem Arm festklammerte. Verdammt, jedes Mal, wenn sie meinte, es könnte nicht mehr schlimmer werden, kam es doch noch schlimmer. Die Energie kroch ihr in Mund und Nase, ein schleimiger Pesthauch aus Tod, Leid und dunklem, verklumpten Blut. So stark, so …

»Alles klar bei dir?«

Sie brachte kaum ein Nicken zustande. »Schon in Ordnung.«

»Muss ziemlich übel sein, oder?«

»Gut ist es jedenfalls nicht.«

Er lächelte und zuckte die Schultern. »Kann ich ja nicht beurteilen.«

»Ja, ich weiß.« Sie hatte ihn noch nie um sein fehlendes Gespür für Magie beneidet, aber in diesem Moment hätte sie verdammt gern mit ihm getauscht. Das hier war wie Tod in Gasform.

Oh, und es wurde noch besser: Da waren ja Vanhelms Lungen. Jemand hatte sie neben dem Rinnsal an die Tunnelwand gelegt. In der Mitte saß der Fetisch, dessen Körper mit klebrigem Blut beschmiert war. Es sah aus, als würde er sie angrinsen. Das

Krötenmaul klaffte weit auf, sodass sie die Kräuter im Inneren erkennen konnte wie einen Mundvoll Insekten. Das erklärte auch, warum die Energie so viel stärker war. Das Blut eines Ermordeten in Kombination mit ohnehin schon übler schwarzer Magie ergab etwas, über das sie lieber nicht weiter nachdachte.

Sie schnappte sich ihre kleine Kamera und, wo sie schon mal dabei war, auch gleich noch ein paar Cepts.

Lex lehnte sich gegen die Wand und sah ihr zu. »Mir ist da was eingefallen.«

»Ach ja? Was denn?« Die Kamera blitze. Über den Bauch der Kröte zogen sich wieder dieselben dicken, krummen Fäden, wie Eisenbahnschienen, die ein halluzinierender Irrer verlegt hatte. In die Beinchen war etwas eingeritzt, das wohl Glyphen oder Runen sein mussten.

Sie seufzte und trat näher, wobei sie gegen ihre wachsende Übelkeit ankämpfte. Aus nächster Nähe versuchte sie ein paar Detailaufnahmen zu schießen, auf denen die einzelnen magischen Zeichen zu erkennen waren.

»Könnten wir die Leiche nicht hier wegschaffen? Sie irgendwo anders abladen?«

»Wirklich? Dann müsstest du …« Sie konnte ihr Erstaunen nicht verbergen, als sie sich zu ihm umdrehte. Jedenfalls so lange, bis ihr ein neuer Gedanke kam. Einer, der sehr viel wahrscheinlicher war als die Vermutung, dass Lex einfach nur ein guter Freund sein wollte. »Moment mal! Warum?«

»Na warum denn nicht?«

»Ja, aber … warum solltest du mir denn helfen?«

»Ach komm schon, Tülpi. Wann hörst du endlich auf, so gemein zu mir zu sein? Wie soll man denn da vernünftig nachdenken, wenn du immer so kratzbürstig bist?«

»Von wegen. Als ob du die ganze Zeit supernett wärst oder … was war das?«

»Was?«

»Pst!« Sie wartete und hielt die Kamera bereit. Hatte sie da gerade etwas gehört? Oder war es nur eine …

Nein. Da war es wieder. Ein leises Geräusch, eine Folge von patschenden Geräuschen. Wie kleine, nackte Füße, die über …

Oh Scheiße! »Lex«, sagte sie und machte einen Schritt auf ihn zu. Sie sprach leise, im Flüsterton. »Ich glaube, wir müssen hier raus, okay? Schnell.«

»Ja? Warum denn? Was ist denn los?«

»Ich glaube, sie sind hier. Der Händler, von dem ich dir erzählt habe, und seine Familie – oder zumindest ein Familienmitglied. Und ich bin mir sehr, sehr sicher, dass sie uns hier auf keinen Fall erwischen sollten.«

»Du bist immer so verdammt nervös. Hey, ich hab mein Messer und 'ne Pistole dabei …«

»Nein. Das ist jetzt nicht …«

Das Gelächter hallte durch den Tunnel und jagte ihr einen Schauer über den Rücken. Jedes Härchen an ihrem Körper richtete sich auf.

Lex runzelte die Stirn. »Ein Familienmitglied?«

»Ja, bitte, können wir nicht einfach …«

Ein Krachen wie von einem Gong, laut und schmerzhaft in dem abgeschlossenen Raum, gefolgt von einem höheren, metallischen Sirren.

Schlagartig gingen die Lichter aus.

30

Die Kirche macht die Gesetze. Die Kirche macht die Regeln. Die Kirche erwartet Gehorsam.
Das Buch der Wahrheit, »Gesetze«, Artikel 3

Jede Faser ihres Körpers schrie *Lauf.* Sie mussten hier raus, weg von Vanhelms verstümmelter Leiche, weg von den Lungen und dem Fetisch, raus aus den Tunneln.

Aber Lex' Hand quetschte ihren Arm, als könnte er ihre Gedanken lesen. Sie hörte, wie er mit der anderen Hand langsam den Hahn seiner Pistole spannte, während sich seine Lippen an ihr Ohr pressten. »Nicht einfach losrennen, Tülpi. Lass uns erst mal kurz nachdenken, ja?«

Wasser platschte; wie weit war das weg? War das ein Fuß gewesen? Etwas anderes? Sie stellte sich vor, wie Dinge in das Rinnsal geworfen wurden, Medizinbeutel, Voodootalismane und Fetische, Dinge, die das Wasser zu ihnen spülen und über ihre Füße schleifen konnte. Ihr Herz pochte so heftig, dass sie glaubte, es würde ihr in den Mund springen.

»Und lass das bloß mit dem Kamerablitz bleiben«, fuhr er fort. »Wir wollen ihnen ja nicht verraten, wo wir sind. Gib mir mal die Hand, ja?«

Sie nickte nur, weil sie wusste, dass er die Bewegung spüren konnte.

»Ich kenn den Weg, kein Problem. Die Tür ist nicht weit weg, ja? Da gehen wir einfach nur den Weg zurück. Bleib dicht bei mir, okay?«

Sie nickte erneut. Nicht genug Luft, es war nicht genug Luft im Tunnel, in der ganzen Welt gab es nicht genug Luft. Frische Luft, saubere Luft, Luft, die nicht vor magischer Energie vibrierte und sich dick und schwer in ihre Brust legte und sie erstickte. Sie umklammerte seinen Arm, der sich hart und sehnig anfühlte.

Sanfter Druck bedeutete ihr, zurückzutreten und eine leichte Drehung zu vollführen. Selbst ihr Orientierungssinn schien sie jetzt zu verlassen; hatte sie sich eben ganz umgedreht oder nur zur Seite? In welche Richtung blickte sie überhaupt? Die Dunkelheit um sie herum war komplett undurchdringlich wie eine Mauer.

Lex führte sie. Chess versuchte, nicht ins Wasser zu treten und die Füße an der Biegung unten an der Tunnelwand entlangzuschieben. Lex legte ihre Hand um seine Hüfte, sodass sie die Brust an seinen Rücken drücken musste. So war das Gehen schwieriger, aber immerhin waren sie ja auch nicht auf einem Spaziergang, und sie musste zugeben, dass es sie beruhigte.

Das wiederum ärgerte sie, aber jetzt war nicht der Zeitpunkt, um an der eigenen Zähigkeit zu zweifeln. Menschen, das begriff sie immer mehr, waren wie Küchenschaben: Wenn man erst mal eine reingelassen hatte, war bald alles voll von ihnen.

Wieder ein Kichern, leise und verschlagen. Ihr Kopf fuhr herum, während sich ihre Augen abmühten, in der pechschwarzen Leere irgendetwas zu erkennen, egal was. War das näher dran gewesen? Wo waren sie?

Lex hielt nicht an. Sie machten einen weiteren Schritt, noch einen … und Chess stieß mit dem Fuß gegen etwas Schweres, etwas Festes und Unnachgiebiges und doch irgendwie … Elastisches, das unter der Berührung ihrer Zehen nachgab. Vanhelms Leiche. Sie schluckte schwer und ging weiter.

Etwas rannte an ihnen vorbei. Sie unterdrückte einen Aufschrei, als sie den Luftzug auf der Haut spürte. Schweiß kroch ihr über das Gesicht und lief ihr über die Augen; ohne die Hand zur Hilfe zu nehmen, wischte sie sie an Lex' Shirt ab. Sie hielten nicht an. Sie mussten hier raus, raus, bloß …

Ein scharfer Ruck an ihrem Haar. Ein Schrei, nicht von ihr, nicht ihre Stimme. Heißer, fauliger Atem an ihrer Wange; Lex riss sie beiseite, und die Pistole krachte los, begleitet von einem weißen Lichtblitz. Heißes Blut spritzte ihr auf die Haut.

Und dann rannten sie los.

Mit der Heimlichtuerei war es jetzt vorbei. Sie versteckten sich nicht mehr. Trotzdem benutzten sie die Lampe nicht – tanzende rote Flecken vom Mündungsfeuer vor den Augen war alles, was sie sah –, aber ihre Füße platschten durch das Wasser und trommelten auf dem Beton, während hinter ihnen Wut- und Schmerzgeheul erscholl. Es war mehr als eine Stimme, viele Stimmen, die sich an den Wänden brachen, sie im Innersten berührten und nach ihrer Seele griffen.

Lex rannte schneller und zog sie durch die Dunkelheit. Er war das Einzige, was in der Welt noch real war; das hier war nicht wirklich, nichts davon, es war einfach nur ein Albtraum, aus dem sie erwachen musste.

Sie wurden verfolgt. Aus den Schreien wurde Heulen, Spottrufe. Und dann, zu ihrem unbeschreiblichen Entsetzen, Gebell.

Hunde. Geifernde Hunde. Sie kläfften laut in den Tunneln; das tiefe, raue Bellen kratzte an ihr, verletzte sie, und erst als ihr aufgewühlter Verstand begriff, dass ihr etwas wehtat, verstand sie auch, wieso.

Es waren kein echten Hunde, die ihnen auf den Fersen waren. Keine lebendigen Tiere. Es waren Psychopomps.

Vielleicht ein Dutzend oder hundert. Sie hatte keine Ahnung, keinen Plan, woran sie das festmachen sollte. Sie hatte keinen

Atem mehr, um es Lex zu sagen, aber das war auch egal. Psychopomps konnte man nicht erschießen, nicht erstechen, nicht töten. Nur Magie konnte sie stoppen, und selbst wenn sie die Zeit gefunden hätte, ihre Ausrüstung hervorzukramen, bezweifelte sie irgendwie, dass diese speziellen Hunde sich damit bezwingen ließen.

Sie stürmten um eine Ecke, während das Gekläff und das übernatürliche Geheul der Psychopomps ständig näher rückte. Solche Laute hatte sie von Psychopomps noch nie gehört.

Sie wandte den Kopf nach links, als sie in einen weiteren Tunnel einbogen. Beinahe wäre sie gestürzt. Diese Augen. Sie konnte ihre Augen sehen, blutrote, glühende Augen. Es waren Hunderte. Hunderte von Augen, oh Scheiße, Fuck, sie würden hier sterben, man würde ihnen bei lebendigem Leib die Seele herausreißen und verschlingen oder zermalmen. Das waren doch keine gewöhnlichen Psychopomps, verdammte Scheiße, was waren das für Kreaturen, sie würde sterben …

Nein! Sie rannte schneller und legte ihre ganze Kraft in den Lauf, um mit Lex gleichzuziehen. Sie konnte nicht zurückblicken, wollte nicht zurückblicken, ertrug es nicht, die zum Beißen geöffneten Mäuler zu sehen.

Lex riss sie mit, riss ihr den Arm hoch. Sie stolperte über die Stufen und schürfte sich die rechte Hand am rauen Zement auf. Die Hunde waren direkt hinter ihnen, so laut, dass sie den eigenen Aufschrei nicht hörte.

Er packte sie, zog sie an sich und stieß sie beide noch in derselben Bewegung nach draußen auf die Straße. Frische Luft schlug ihr entgegen. Das Mondlicht blendete sie. Sie musste in Bewegung bleiben, sie hatte keine Ahnung, wo sie sich befanden oder wohin sie fliehen sollten, aber sie mussten diesen wütenden Fängen entkommen, den geifernden Mäulern, die sich jederzeit unbarmherzig um ihre Beine schließen konnten …

Lex stieß sie zur Seite. Dort wartete, abseits des Gehwegs, versteckt neben dem Zugang zu den Tunneln eine Treppe. Sie stürmte mit schweren, schmerzenden Beinen hinauf. Lex' Hand lag auf ihrem Rücken. Die Hunde heulten vor Wut … Moment. Was?

Da waren keine Hunde mehr.

Sie hörte nur noch heftiges Keuchen, ihr eigenes und das von Lex, als sie sich über das zerfetzte Holzgeländer beugten und nach unten spähten.

Der Tunneleingang unter ihnen fiel krachend ins Schloss. Chess beugte sich noch ein Stück weiter vor und versuchte etwas zu erkennen – eigentlich wusste sie gar nicht, was sie zu sehen erwartete, aber sie hatte trotzdem das Bedürfnis nachzuschauen –, doch die Tür war fest verschlossen.

Ein paar Sekunden später flog sie noch einmal auf. Vanhelms Leiche kam herausgeflogen und landete mit einem grauenhaften feuchten Schmatzen auf dem Gehweg.

Die Tür wurde erneut geschlossen. Diesmal blieb sie zu.

Im *Chuck's* war es normalerweise nicht so voll wie heute, aber die *Runouts* spielten, und so strömte das Lumpenproletariat von Downside in Scharen herbei – und in der Gegend um die Ecke Fünfundfünfzigste und Ace bedeutete das beinahe eine Vollversammlung.

An jedem anderen Abend hätte Chess sich draußen herumgetrieben, um zu sehen, ob sich vielleicht ein bekanntes Gesicht zeigte, mit dem man eine Zigarette und ein kurzes Schwätzchen teilen konnte. Heute traute sie sich das nicht. Sie war aufgedreht wie ein Brummkreisel und vor Angst völlig außer sich – und da kam ihr eine nette, laute Bar wie der ideale Ort vor, um die nächsten paar Stunden rumzukriegen.

Oder auch den größten Teil der Nacht. Das *Chuck's* hatte bis fünf Uhr morgens geöffnet, und sie hatte sich fest vorgenommen zu bleiben, bis die Stühle hochgestellt wurden. Hoffentlich war sie dann so besoffen, dass sie keine Angst mehr hatte. Jetzt alleine zu Hause rumzuhängen, bei jedem huschenden Schatten in die Luft zu gehen und auf den Türknauf zu starren, immer in der Erwartung, dass er sich gleich drehen würde, ging ihr vollkommen gegen den Strich. Sie hatte außerdem mehr als genug Speed, um die Widmungszeremonie am Morgen und den folgenden Arbeitstag zu überstehen.

Dass man »in der Gruppe sicherer war«, war so ein Gemeinplatz, von dem sie aus Erfahrung wusste, dass er totaler Bullshit war. Trotzdem fühlte sie sich besser, als sie sich am Türsteher vorbei in die drückend heiße, verschwitzte Bar drängte. Mit Eintrittzahlen hielt sie sich wie immer nicht auf. Niemand verlangte von Bumps Kirchenhexe Eintritt, es sei denn, er war auf Ärger aus. Chess selbst neigte zwar nicht zur Gewalt, aber das wusste hier ja keiner, und sie hatte keine Skrupel, ihren Job – wenn man das so nennen konnte – zu benutzen, um gratis reinzukommen. Außerdem ließ sie genug Geld an der Bar, um das mehr als wettzumachen.

Die Menge wogte unter den mit roten Abdeckungen versehenen blauen Lampen hin und her; ein kleiner Kontinent für sich, der beständig von Erdbeben erschüttert zu werden schien. Chess drängelte sich an Mädchen in Miniröcken und Fishnet-Strumpfhosen und Typen mit hochgegeltem Stachelhaar vorbei, bis sie sich zur Bar durchgekämpft hatte. Silber blitzte ihr von Wangen, Augenbrauen und Lippen entgegen; Silberketten, die Ohren mit Nasen verbanden und sich um schmale Hälse schlossen. All das war ihr vertraut, vielleicht nicht gerade die einzelnen Personen, aber die Menge als Ganzes. Die *Lazy Cowgirls* dröhnten aus den Lautsprechern, und zum ersten Mal seit Tagen entspannte sie sich innerlich und wippte mit dem Fuß.

Ein erhobener Finger, und schon brachte ihr der Barkeeper ein Bier. Eine kurze Suche, und schon hatte sie einen Platz in der Sitznische gegenüber gefunden. Das Vinyl unter ihr war klebrig und aufgeplatzt, die Tischplatte mit Schmutz und Graffiti überzogen. Sie steckte sich eine Zigarette an und lümmelte sich gegen die Wand, während sie den Blick über die Menge schweifen ließ und hier und da jemanden entdeckte, den sie vom Sehen kannte.

Ja. Das war eine gute Idee. Keiner von Baldarels Leuten würde es schaffen, hier reinzukommen, und selbst wenn doch – tja, Scheiße! Wenn doch, würden sie wahrscheinlich ihre Hunde mitbringen, und alle Gäste würden sterben. Bei dem Gedanken fühlte sie sich, als hätte sie einen Felsbrocken verschluckt.

Nein. Nein, das war ganz und gar keine gute Idee. Ganz egal, wie wohl sie sich hier fühlte, sie sollte eigentlich nicht hier sein. Ihre Anwesenheit brachte alle anderen in Gefahr.

Es sei denn … warum waren die Hunde verschwunden, als sie die Straße erreicht hatten? Psychopomps taten das nicht. Sie verschwanden nicht einfach; man beschwor sie, sie schnappten sich die Seele, auf die sie angesetzt waren, und dann brachten sie diese Seele zurück in die Stadt der Toten. Kein Bannspruch nötig, nichts.

Und niemand beschwor einen Psychopomp nur zum Spaß, das gab es einfach nicht. Mit Psychopomps spielte man nicht. Sie holten nicht Stöckchen und schüttelten keine Hände. Selbst in der Ausbildung hatte niemand einen Psychopomp beschworen, ohne dass es einen Geist zum Austreiben gab. Die unterrichtenden Ältesten hatten zu Übungszwecken immer ein paar Geister dabei, die sie in einem besonderen Raum losließen, in dem es nichts gab, was man als Waffe einsetzen konnte.

Es war zwar möglich, einen Psychopomp auch ohne die Anwesenheit eines Geistes zu beschwören, und es gab Aufzeichnungen über seltene Fälle, in denen Psychopomps als Mordwaffen eingesetzt worden waren, aber das passierte so gut wie nie, und die Chancen, damit durchzukommen waren gleich null. Ein Mensch, dem man bei lebendigem Leib die Seele herausgerissen hatte, zeigte immer bestimmte Merkmale, die kaum zu übersehen waren. Einmal erkannt, konnte man das Energiemuster des Beschwörers verfolgen und dem Mörder so auf die Schliche kommen.

Wie auch immer, sie hatte noch nie von einem Psychopomp gehört, der einfach so verschwand, ohne sich eine Seele zu greifen. Nie.

Was zur Hölle also hatte Baldarel gewollt? *Wie* hatten sie es angestellt? Sie hatte kein einziges Machtwort gehört, keine Kräuter gerochen und auch nicht den Hauch eines zusätzlichen Energieschubs gespürt, wie ihn solche Magie eigentlich hätte auslösen müssen. Natürlich musste das nicht viel bedeuten, immerhin war sie verängstigt, panisch und von der im Tunnel geballten Macht völlig überwältigt gewesen, vom Speed ganz zu schweigen.

Trotzdem war damit aber eine Frage geklärt. Sie wusste jetzt, warum sie sich unter der Erde aufhielten. Dort waren Geister stärker. Hätte sie Zauber wirken wollen, die mit Geisterkraft verstärkt waren, hätte sie sich wahrscheinlich auch dorthin zurückgezogen. Für Baldarel war das genau der richtige Unterschlupf.

Sie drückte die Zigarette aus und kippte das Bier hinunter. Eine Weile beschäftigte sie sich mit dem Flyer für eine Show der *Poor Dead Bastards.* Bei dem Gedanken daran, dass sie bleiben würde, war ihr immer noch unbehaglich; sie war nicht gerade scharf drauf, den Auslöser für einen Massenmord von Psychopomps zu spielen. Aber um sie herum war alles so *lebendig.* Die erhitzten Körper, die sich in dem winzigen, lärmigen Raum drängten, das Bier, der Schweiß und der Zigarettenrauch, die grinsenden Gesichter, die belämmerten Grimassen der Berauschten, selbst die ein, zwei Leute, die schon etwas grün um die Nase waren und sich sicher bald in der Gasse hinter der Bar übergeben würden – all das gab ihr das Gefühl, an etwas teilzuhaben, beinahe genauso sehr, wie ihr die Arbeit für die Kirche das Gefühl gab, Teil von etwas Größerem zu sein.

Also, ja, sie würde doch noch ein Weilchen bleiben. Mal in Ruhe über alles nachdenken. Versuchen …

Terrible kam herein.

Ihr Magen machte einen Satz. Sollte sie … was sollte sie denn jetzt machen? Gehen? Gehen war vermutlich das Vernünftigste, klar, aber auf dem Weg nach draußen kam sie direkt an der Sitznische vorbei, aus der er gerade mit einem Kopfnicken alle vertrieben und sie selbst in Beschlag genommen hatte.

Mit seiner … Verabredung. Schätzte sie jedenfalls.

Die einzige seiner Freundinnen, die sie jemals kennengelernt hatte, war Amy gewesen, ein reiner Glückstreffer. Das Mädchen, das jetzt neben ihm saß, war neu. Ihr Gesicht glühte, so sehr gab sie sich Mühe, durch anhaltendes Geschnatter seine Aufmerksamkeit zu erregen. Außerdem, dachte Chess ein bisschen fies, sah sie aus, als wären ernsthafte Gedanken für den Kopf unter ihrem rotgefärbten Haarschopf etwas völlig Neues.

Hübsch war sie ja. Besonders, wenn man auf dicke Schminke und ausladende Brüste abfuhr. Was bei Terrible offensichtlich der Fall war – na ja, welcher Mann bildete da schon eine Ausnahme? In der Beziehung musste sie für ihn ja eine herbe Enttäuschung gewesen sein. Er musste …

Nein, nein und noch mal nein. Sie würde sich das nicht mehr länger antun. Er hatte also ein Date, schön. Und? Er traf sich mit irgendeinem anderen Mädchen, das sich jetzt wie eine von Dalís schmelzenden Uhren an seine Brust schmiegte und nicht mal den Anstand besaß, ein kleines bisschen wie Chess auszusehen, sodass sie sich wenigstens damit trösten konnte, dass er insgeheim nach einem Ersatz für sie suchte.

Nicht, dass sie das wirklich gefreut hätte, aber immerhin hätte sie sich dann ein paar beschissene kleine Lügen einreden können. Wie die Dinge jetzt lagen, fühlte sie sich bloß beschissen, und das war unendlich viel schlimmer.

Sie schaffte es gerade noch an die Bar, wo sie sich eine neue Flasche mit billigem Selbstwertgefühl besorgte, ohne dass er sie erspähte, aber als der Barkeeper ihr das Bier reichte, spürte sie es. Ihn. Sie spürte seinen Blick auf sich ruhen. Wie das funktionierte, wusste sie nicht, aber es funktionierte trotzdem. Sie wusste, dass sie in dem Moment, wo sie sich umdrehte, seinen Blick auffangen würde.

Manchmal machte es keinen Spaß, recht zu behalten.

Sein Gesicht verriet keine Regung, während er ihr dabei zusah, wie sie an ihren Platz zurückkehrte. Nicht mal ein Blinzeln oder ein Zucken der Mundwinkel. Es war, als würde er sie gar nicht kennen und hätte sich nie mit ihr unterhalten, vom Austausch von Körperflüssigkeiten ganz zu schweigen. Na schön! Das Spiel beherrschte sie genauso gut.

Und sie hatte sogar einen Partner. Als sie sich auf ihren Sitz gleiten ließ, schenkte sie dem Typen, der sich zu ihr gesellt hatte, ein aalglattes Lächeln.

»Hab dir den Platz freigehalten«, sagte er.

Terrible sah immer noch zu ihr herüber. Sie setzte ein noch breiteres Lächeln auf. »Wirklich? Ich hatte gehofft, du hättest dich freigehalten. Für mich.«

Es ratterte kurz in seinem Kopf, aber dann hatte er kapiert. »Na ja, hab ich doch auch. Hättest mal den Kerl sehen sollen, der sich da hinsetzen wollte.«

»Nicht dein Typ?«

Er schüttelte mit ernster Miene den Kopf. Er hatte ein nettes

Gesicht; bei jeder anderen Gelegenheit hätte sie ihn sich genauer angesehen und sich gefragt, wie er wohl vom Hals abwärts aussah. Und wenn sie gerade nichts Besseres vorgehabt hätte, wäre sie stark in Versuchung gewesen, es herauszufinden.

Aber hier und heute war er ein Nichts; bloß ein Gesicht, das sie anlächeln konnte, während sie so tat, als würde sie sich königlich amüsieren. Dabei war sie sich nicht mal sicher, ob sie ihn noch wiedererkennen würde, wenn sie nach dem Blinzeln die Augen wieder aufmachte. »Ist mir lieber, wenn sie ein Stück kleiner sind«, sagte er. »Dann komm ich mir so männlich vor.«

»Fühlst du dich normalerweise nicht so?« Terrible hatte kurz woanders hingesehen; jetzt blickte er wieder zu ihr hinüber und rutschte auf seinem Platz hin und her. Sie beugte sich ein Stück vor, beobachtete ihn aber weiterhin aus den Augenwinkeln.

»Kann ich mir das denn erlauben?« Es schien ihm gar nicht aufzufallen, dass sie sich ständig heimlich umschaute.

»Na ja, normalerweise …« Oh! Oh nein! Die Musik änderte sich. Chess erkannte den Song sofort, den rollenden Bass und den dröhnenden Auftakt …

Es waren die *Stooges* mit »I Wanna Be Your Dog«. Dieser Song war in der Nacht gelaufen, als sie und Terrible zum ersten Mal … in der Nacht im *Trickster's,* als sie zum ersten Mal alles versaut hatte. Und zwar gleich total gründlich. Es war die Nacht gewesen, bevor sie alle Vorsicht über Bord geworfen und mit Lex geschlafen hatte. Der Anfang vom langen, grausamen Ende.

»Normalerweise was?« Der Typ wollte das Gespräch in Gang halten, aber Chess beachtete ihn kaum mehr. Sie sah ihn nicht mal mehr an. Jetzt zählte nichts und niemand mehr außer Terrible, denn er hatte sich im selben Augenblick zu ihr herumgedreht, und daran, wie er die Stirn runzelte und die Mundwinkel verzog, erkannte sie, dass er sich ebenfalls erinnerte.

Seine Begleiterin nutzte die Gelegenheit, um ihm mit der

Hand über die Brust zu streichen und mit den Fingernägeln über seinen Hals zu fahren. Sein Blick löste sich von ihr; er wandte sich wieder ganz dem Mädchen und ihrem drallem Busen zu und Chess hielt es nicht eine Sekunde länger in der Bar aus.

Sie murmelte irgendetwas, ohne zu wissen, was, und stand auf, während sie noch immer das Bier umklammert hielt. Die Musik dröhnte in ihrem Kopf und schwoll immer mehr an, bis sie das Gefühl hatte, dass der Druck sie jeden Augenblick umbringen konnte, so sehr schmerzte es.

Auf dem Weg aus der Bar musste sie direkt an ihm vorbei. Kam gar nicht infrage. Sollte er etwa ihren überstürzten, peinlichen Rückzug mit ansehen? Einen Scheiß würde er!

Ihr Sitznachbar wollte ebenfalls aufstehen und streckte die Hand nach ihr aus, aber sie entzog sich ihm und steuerte aufs Klo zu, während sie Scham und Wut als Antriebsmotor nutzte, um sich den Weg durch die Menge zu bahnen. Sie standen ihr im Weg. Geschah ihnen ganz recht, wenn sie jetzt einen Schubser oder einen Ellbogen abbekamen.

Zu dieser frühen Stunde hatte sich vor dem Klo noch keine Schlange gebildet. Oder vielleicht hatte sie die Wartenden auch einfach übersehen, zum Teufel. Sie hatte nur Augen für die Tür und die paar Augenblick Ruhe, die sie versprach. Mehr brauchte sie jetzt nicht. Nur ein paar Minuten, einfach nur den Kopf klar kriegen, bis dieses Scheißlied endlich vorbei war und sie so tun konnte, als wäre es nie gespielt worden.

Es war außerdem noch früh genug, dass das Klo – ein winziger Raum, kaum größer als ein Kleiderschrank – noch einigermaßen sauber war. Vielleicht sah sie aber auch den Dreck jetzt nicht mehr. Tränen verschleierten ihr den Blick, sodass sie ohnehin nicht mehr viel erkennen konnte.

Kalte, harte Fliesen bedeckten die Wand. Sie drückte die Stirn dagegen und schlang die Arme um sich. Scheiß … einfach nur …

Scheiße! Warum musste er denn ausgerechnet hierherkommen? Wann lernte sie endlich, sich zusammenzureißen und sich nicht länger wie ein blödes Baby zu benehmen? Was war denn nur los? Warum kam sie einfach nicht darüber hinweg – nicht über ihn hinweg? So was hatte sie noch nie gemacht. Sie hatte einer gescheiterten Beziehung noch nie so sehr hinterhergetrauert. Aber bisher hatte es auch noch nie etwas zum Hinterhertrauern gegeben, schließlich hatte sie auch noch nie länger mit jemandem zusammen sein wollen.

Sie hatte sich das alles selbst zuzuschreiben. Es gab sonst niemanden, dem sie die Schuld geben konnte. Den Weg zur Oberschlampe hatte sie Schritt für Schritt und ganz allein zurückgelegt. In jener Nacht war sie zu Lex gegangen, statt bei einem seiner Freunde zu pennen, wie Terrible vorgeschlagen hatte. Er war schon drauf und dran gewesen, alles klarzumachen. Er hatte das Handy schon in der Hand gehabt. Und dann hatte sie bei Lex im Schlafzimmer gestanden und sich gesagt, dass er aussah, als könne man mit ihm Spaß haben, warum also nicht zugreifen? Am nächsten Tag hatte sie Terrible angelogen und sich eingeredet, dass es so besser war.

All das konnte sie sich vielleicht noch verzeihen. Vielleicht.

Chess log sich jeden Tag etwas vor; sie war daran gewöhnt, so wie sie ihre Pillen nahm oder sich überzeugte, dass sie einen Stift in der Handtasche hatte. Meistens waren es harmlose Lügen. Unbedeutende Lügen. Natürlich gab es auch größere, zum Beispiel, wenn sie sich sagte, dass sie mehr sei als nur ein Junkie, der das Glück hatte, ein einzigartiges Talent zu besitzen. Dass sie aus freien Stücken allein war und dass sie keine Sterbensangst vor anderen Menschen hatte, weil man ihnen nicht trauen konnte, weil sie nur Dreck im Kopf hatten und ihre Hände nichts als Schmerzen verhießen und sie beides bei erster Gelegenheit abbekommen würde.

Aber die dickste Lüge, die sie sich je aufgetischt hatte, die sie sich nach jener Nacht im *Trickster's* über Monate hinweg immer wieder vorgebetet hatte, war, dass sie nicht dabei war, sich in Terrible zu verlieben, und es eigentlich schon getan hatte. Dass all die Nächte, in denen sie auf der Couch geschlafen und die Augen gegen die hellen Lampen abgeschirmt hatte, nur, weil Terrible manchmal bei ihr klingelte, wenn er sah, dass noch Licht brannte, nichts zu bedeuten hatten, genau wie die Tatsache, dass sie immer Ja sagte, wenn er anrief und sie zum Essen einlud, auch wenn sie eigentlich gar keinen Hunger hatte, und dass sie bloß gute Freunde waren, wo sie sich doch eigentlich jede Nacht sahen.

Verdammt, war das nicht der Grund, warum sie überhaupt mit Lex geschlafen hatte? Um vor diesen Gefühlen zu fliehen? Es hatte einfach keinen Sinn mehr, sich vorzumachen, dass es nicht ein bisschen krank war, wenn sie immer und immer wieder mit Lex ins Bett ging, wenn sie den Abend mit Terrible verbrachte und ganz kribbelig wurde, nur um sich dann mit Lex zu kratzen.

Und jetzt zahlte sie den Preis dafür, während die Musik im Klo dröhnte und sie sich an die eisigen Fliesen presste und die Tränen vergoss, die sie, wie sie wusste, mehr als verdient hatte.

Jemand klopfte an die Tür. Scheiße, gönnte man ihr denn nicht mal zwei Minuten Ruhe? Der verdammte Gesang hatte doch gerade erst eingesetzt, also war sie noch nicht mal eine halbe Minute hier drin.

»Komme gleich.«

Erneutes Klopfen.

Sie wischte sich mit den Händen über die Augen, aber die Tränen wollten einfach nicht versiegen. Sie hatte sie so lange aufgestaut, dass sie den Dammbruch nicht mehr stoppen konnte. »Nur noch einen …«

Die Tür schwang auf, und Terrible schlüpfte hinein.

31

Es ist immer verlockend zu glauben, dass du deinen Willen
bekommst, wenn du einem Mann gibst, was er will.
Aber lass dich nicht täuschen! Und warne auch deine
Töchter vor diesem Irrglauben.
Ratschläge für die Damenwelt von Mrs Increase

Sie wollte sich umdrehen und ihre Tränen verbergen, aber er war zu schnell. Mit der einen Hand packte er sie am Arm und wirbelte sie herum, sodass sie ihn wieder ansah, mit der anderen umschlang er ihre Hüfte und zog sie an sich.

Ihre Blicke begegneten sich. Oh nein! Wenn er meinte, er könne hier einfach so reinkommen und sie sich schnappen, damit sie mir nichts, dir nichts wieder für ihn die Beine breitmachte, nach allem, was er zu ihr gesagt hatte, nach all seinen beschissenen Entschuldigungen, als schämte er sich dafür, dass er sie begehrte – so verdammt eingebildet war das –, und dann hatte er sich auch noch eine neue Nummer zugelegt und hockte jetzt da draußen und hatte eine Verabredung mit einer anderen Frau …

Als er sie küsste, wurde ihr klar, dass sie sich gerade wieder mal was vorgemacht hatte. Die Beine breitmachen war haargenau das, was sie jetzt tun würde, was sie eigentlich bereits tat, denn ohne dass sie es richtig mitbekommen hatte, waren ihre Hände schon an seinem Gürtel zugange, fummelten die Schnalle auf, rissen ihm die Jeans praktisch herunter und fuhren hinein.

Schwankend stand sie auf den Zehenspitzen und reckte sich nach seinem Mund. Sie konnte sich nicht an seinem Nacken oder den Schultern festhalten, weil es andere, viel wichtigere Körperteile gab, nach denen sie greifen musste. Seine Hände glitten an ihrem Körper auf und ab, wühlten sich in ihr Haar und strichen heiß über Brüste, Hals und Rücken.

Ihre Jeans und das Höschen rutschten ihr auf die Knöchel, während ihr Rücken sich an die Kacheln presste. Er zog ihr den Schuh und das Kleiderbündel über den einen Fuß, nahm den Mund von ihren Lippen, um an der empfindlichen Haut direkt über ihrem Hüftknochen zu knabbern, richtete sich dann wieder auf, schob ihr die Ellbogen unter die Schenkel und hob sie hoch. Die Jeans baumelte ihr vom rechten Fuß; wahrscheinlich sah sie total bescheuert aus, aber das war ihr im Moment so was von egal.

Ihm ging es offenbar genauso. Kraftvoll fand sein Mund erneut den ihren und raubte ihr Atem und Verstand. Sie wusste, dass sie der Versuchung eigentlich nicht hätte nachgeben sollen, dass sie ihm hätte sagen sollen, dass er nicht einfach hier reinkommen und sie so überfallen konnte, aber wem wollte sie hier was vormachen? Versuchungen hatte sie noch nie widerstehen können – vor allem nicht den ungesunden –, und in diesem Moment war er so gut wie eine neue Pille oder eine weitere Line. Sie brauchte ihn, würde sterben, wenn sie ihn nicht haben konnte. Sie zitterte bereits vor Erwartung am ganzen Körper. Also schlang sie ihm die Arme um den Hals und drückte sich fest an ihn, während er sich in ihrer Umarmung in Position brachte und dann in sie eindrang.

Sie schrie auf. Ihre Stimme hallte von den Kacheln wider. Mit einem Teil ihres Verstandes registrierte sie, dass sie wahrscheinlich jeder, der draußen vor dem Klo stand, hören konnte, aber das war ihr egal. Sie hatte sich ohnehin nicht länger in der

Gewalt, jetzt, wo seine Finger sich in ihr Fleisch gruben und seine Hüften sie gegen die Wand stießen. Es war genau wie am Tag zuvor; sie konnte nicht mehr sehen, denken oder sonst irgendwas, sondern nur noch fühlen. Es war, als würde ein elektrischer Strom durch ihren Körper fahren oder wie das weiche, samtene Prickeln von Magie auf ihrer Haut; ihr war heiß und kalt zugleich. Jeder ihrer Sinne war aufs Äußerste gereizt. Er gönnte ihr keine Atempause, ließ sie nicht zur Ruhe kommen oder darüber nachdenken, was gerade geschah. Sie hatte Angst. Sie wollte vor Lust laut schreien. Stattdessen biss sie ihn fest in den Hals und genoss den Geschmack seiner Haut auf der Zunge, während er stöhnte und den Kopf in den Nacken warf.

Hinter ihm öffnete sich die Tür einen Spalt. Wie er es beim Durcheinander seiner und ihrer Stimme gehört hatte, wusste sie nicht, aber gehört hatte er es. Er schwang sie herum und knallte die Tür mit ihrem Rücken wieder zu. Das dünne Holz klapperte im Türrahmen und klapperte dann im Rhythmus seiner kraftvollen Stöße mit. Sie fragte sich zerstreut, ob die Tür wohl splittern würde, aber dann veränderte er die Position ein wenig, damit er die Hand zwischen ihre Körper schieben konnte, und schon war der Gedanke aus ihrem Kopf verschwunden.

Seine Lippen lösten sich von ihrem Mund; er beugte sich zurück und senkte den Blick. Sah zu, wie er das Tempo verlangsamte, die Hüften kreisen ließ und ihr atemlose Laute entlockte. Und sie ließ ihn gewähren, reckte die Arme nach der Oberkante des Türrahmens und drückte den Rücken durch, sodass ihr das T-Shirt hochrutschte und sich über ihrer Brust spannte, damit er mehr zu sehen bekam. Auch sie selbst bekam allerhand zu sehen, als sie seinen Gesichtsausdruck studierte. Er zeigte die gleiche Versunkenheit, die sie an ihm schon bei der Arbeit oder einem Kampf beobachtet hatte. Absolute Hingabe. An sie. Das machte sie ziemlich an.

Er küsste sie aufs Neue. Seine Lippen wanderten über ihren Hals und saugten sich so kräftig fest, dass ein Mal zurückbleiben würde. Wieder presste sie sich an ihn, so fest sie konnte, und umklammerte mit zurückgeworfenem Kopf seine Schultern, bis ihr die Finger schmerzten.

Die Tür bebte und knarrte hinter ihr; heftiges Klopfen auf der anderen Seite komplettierte den Rhythmus. Sie und Terrible aber waren hier auf dieser Seite. Er hatte sie vollkommen in der Gewalt. Sie konnte sich nicht rühren, konnte nichts tun, als sich ihm hinzugeben und sich an ihm zu berauschen. Sie packte ihn mit der Faust am Haar in seinem Nacken und zwang seinen Mund zurück auf ihren, als hinter ihren geschlossenen Lidern ein Feuerwerk explodierte. Ihr Körper straffte sich; sie war so weit, sie war so verdammt kurz davor, und gerade jetzt musste sie sich von ihm lösen, weil sie nach Luft schnappen musste, und in diesem Moment trafen sich ihre Blicke …

Das war zu viel. Sie hielt es nicht länger aus, ertrug es nicht mehr, nicht nach diesem Moment, in dem er alles, ihre tiefsten Gefühle und albernsten Ängste, unverschleiert in ihren Augen gesehen hatte. Sie riss den Blick von ihm los, bäumte sich auf und lehnte den Kopf an die klappernde Tür, während ihr Körper in seinem Griff bebte und sie ihn umklammerte. Irgendwann glaubte sie zu schreien, war sich aber nicht sicher.

Seine tiefe, volltönende Stimme strich ihr über die Haut. In ihrem Kopf drehte sich alles; sie sah nichts mehr, konnte keinen klaren Gedanken fassen. Nur noch seine Stimme, die Hände auf ihrem Körper, die Art, wie sich sein Körper in und auf ihr bewegte, verrieten ihr, dass es sie wirklich gab, dass dieser Moment real war. Ihr kam der Gedanke, dass sie durch die Tür krachen und einfach verschwinden würde, wenn er sie nicht festhielte – keine so ganz unwahrscheinliche Vorstellung.

Aber das war unmöglich. Da war sie sich ganz sicher, denn

er war ja da, hielt sie in seinen starken Armen, drückte sie an seine kräftige Brust und wärmte ihre Haut mit seinem Atem. Erst als er den ganzen Körper spannte und in ihren Armen erschauderte, kam sie wieder zur Besinnung. Ihre Stirn ruhte auf seiner Schulter, und ihre Arme schmerzten, so fest hatte sie ihn umklammert.

Dieses Mal gab es kein langes, benommenes Innehalten; er setzte sich beinahe sofort wieder in Bewegung und stellte sie auf die wackeligen Beine. Halt suchend lehnte sie sich an die Wand. Die Kälte der Fliesen ließ sie schlagartig wieder zu sich kommen. Die Tür wackelte immer noch. Aufgebrachte Schreie drangen durch das Holz.

Er zog sich die Hosen wieder hoch und riss die Tür auf. Aus ihrer Position konnte sie nicht genau erkennen, was passierte, aber die Geräusche sprachen für sich; das erstickte *Gacks,* als jemand an der Kehle gepackt wurde, das dumpfe Krachen einer Faust, das Fallen und der Aufschlag eines Körpers.

»Will hier noch jemand an die Scheißtür klopfen? Wenn ihr noch einmal anklopft, bring ich euch um, kapiert?«

Anscheinend schon. Jedenfalls hörte sie keinen Protest. Nicht weiter überraschend.

Er warf die Tür zu und lehnte sich dagegen, während er den Boden anstarrte, als wollte der ihn gleich angreifen.

Sie knöpfte sich die Jeans zu und streifte sich den Schuh über, während sich eine unschöne Gewissheit in ihrem Kopf breitmachte.

»Wenn du dich jetzt wieder bei mir entschuldigst, bring ich dich um.«

Er zog die Schultern hoch; nicht, weil er mit den Achseln zuckte, sondern weil er in Deckung ging, als erwartete er, dass sie ihn sowieso gleich schlagen würde. Was sie ihm, wenn man bedachte, was gestern passiert war, auch nicht wirklich zum Vorwurf machen konnte. »Hm, na ja … schätze, das kann ich echt nicht noch mal bringen. Immerhin bin ich hier ja nicht gerade zufällig reingestolpert.«

Sie durchwühlte ihre Handtasche nach dem Pillendöschen und zog es hervor. Die schwere silberne Einlegearbeit fühlte sich rau in ihrer Hand an. Die Berührung gab ihr ein wenig Sicherheit zurück. Gerade genug, damit sie weitersprechen konnte. »Warum bist du denn dann hier reingekommen?«

Er schüttelte den Kopf.

»Terrible … komm schon! Sag's einfach …«

»Ach Mist! Ich kann das nicht, Chess. Große Reden schwingen und so. Was auch immer du willst, ich … ich kann dir das nicht geben. Jedenfalls nicht jetzt. Nicht nachdem …« Wieder schüttelte er den Kopf.

»Nach allem, was du gesehen hast«, beendete sie den Satz. »Nachdem du das mit Lex … rausgefunden hast.«

»Du hast noch nicht mal aufgehört, dich mit ihm zu treffen.« Feuerschein erhellte den Raum, als er sich eine Zigarette ansteckte. Die hoch auflodernde Stichflamme des geschwärzten Stahlfeuerzeugs trieb ihr eine Hitzewelle über die Haut, während er sie prüfend musterte. »Er hat dir diese Tunnel gezeigt, was? Du triffst dich noch mit ihm, und da verlangst du von mir …«

»Aber das ist doch was ganz anderes, das gehört zu meinem Job und …«

»Hat er dich angerufen, um dir die Infos zu geben? Oder ist er wegen was ganz anderem bei dir vorbeigekommen und hat das bei der Gelegenheit bloß gleich mit erledigt?« Die Dunkelheit in seinen Augen und die Bitterkeit in seiner Stimme verrieten ihr, dass er die Antwort bereits kannte. Und wie sollte er auch nicht? Er kannte Lex – nicht so gut wie sie, aber er kannte ihn. Er wusste, dass Lex nicht der Typ war, der aus reiner Gutherzigkeit hilfreiche Informationen ausplauderte.

Er wusste es unter anderem deshalb, weil er, wenn es hart auf hart kam, selbst nicht viel anders war.

Sie sah weg und zündete sich ebenfalls eine Zigarette an, während sie sich wünschte, es wäre etwas Stärkeres als gewöhnlicher Tabak.

»Ja, er ist wegen etwas anderem gekommen. Aber er hat nicht ... ich hab Schluss gemacht. Wirklich, ich habe ein für alle Mal Schluss gemacht, und das hat er auch kapiert.«

»Alles, was Lex kapiert, ist, was er will.«

»Ja, ist mir klar. Und weil ich das weiß, hab ich auch nie ... Es hat mir nie etwas bedeutet. Er hat mir nie etwas bedeutet. Und ich habe ihm nie irgendetwas über dich erzählt, nie. Aber geholfen hat er mir wirklich, als Kemp die Nutten umgebracht hat, und auch als ...«

Scheiße! Was sagte es über sie aus, dass sie immer dann wie eine Lügnerin klang, wenn sie endlich mal die Wahrheit erzählte?

»Heute Abend hat er mich mit in die Tunnel genommen. Er ...«

»Vorhin? Du warst mit ihm ...«

»Nein, hör mir doch bitte einfach mal zu. Er hat mir gesagt, sie hätten was gefunden – *au!* Ich sollte mir in den Tunneln mal was angucken. Und dann wurden wir verfolgt. Wir haben eine Leiche gefunden, einen von den ... Er war tot, und sie haben uns mit Psychopomps verfolgt, und es war ... du weißt schon, der, den wir gestern getroffen haben. Und ich habe noch mehr über ihn rausgekriegt. Er ist nicht bloß ein – *au!* –, er ist mächtiger, als wir dachten. Er ist jemand ganz anderes.«

Ihr Bier stand immer noch neben dem Waschbecken auf dem Boden, wo sie es abgestellt hatte. Er hob es auf und nahm einen tiefen Zug. »Was soll denn das verdammt noch mal, Chess, du predigst mir immer, dass ich dir vertrauen muss, und dann ...«

»Weil ich dich nicht mehr anlügen will. Ich ertrag es nicht, dir ständig irgendwas vorzumachen. Ich will jetzt das Richtige tun, Terrible. Tut mir leid, wenn du dann Dinge hörst, die du ... Wäre es dir denn lieber, ich würde dich weiter belügen und so tun, als hätte ich mich nicht mit ihm getroffen und nicht das rausgefunden, was ich nun mal rausgefunden habe? Ich habe einen Auftrag zu erledigen, und einzig und allein darum ging es. Mehr war da nicht. Er hatte Informationen, die ich brauchte.«

»Ach ja? Vielleicht weiß ich ja auch 'n bisschen was, was du brauchen kannst. Lex versucht, Bump von der Dreiundvierzigsten zu vertreiben. Hat erst letzte Nacht seine Leute hingeschickt und an der Grenze zwischen unseren Gebieten Schießereien angefangen. Schätze, der wollte sie alle umlegen und sich da selber breitmachen, bevor wir ...«

»Was?«

»Was?«

Sie schüttelte den Kopf. »Sag das noch mal! Sag das noch mal, was du da gerade meintest.«

Er hob die Augenbrauen, tat aber, worum sie ihn gebeten hatte. »Er hat versucht, Bumps Leute im Grenzgebiet umzulegen und sich da selber breitzumachen.«

»Er wollte Bump da rausdrängen. Das Gebiet für sich beanspruchen.«

»So sieht's aus, genau, und mich und Bump auszuschalten steht ganz oben auf seiner Liste. *Die Infos* hast du ja wohl hoffentlich auch gekriegt, oder? Ist doch schon seit Monaten klar. Du weißt, was er da probiert hat, und trotzdem ...«

»Er will sie verdrängen und den Laden übernehmen.« Das Handy war irgendwo in ihrer Handtasche untergemüllt, weil sie vergessen hatte, es wieder in die kleine Extratasche zu stecken. Sie wühlte danach, fand es und zog es hervor. »Das hat er also vor. Es sind nicht die ... nicht *sie*, ich meine, vielleicht doch, immer noch, aber er steckt jetzt genauso dahinter. Er übernimmt ihre Strategie.«

»Was redest du denn da …«

»Maguinness. Baldarel.« Schmerz durchfuhr ihre Arme; sie biss die Zähne zusammen und schüttelte ihn ab. Es war nur ein Warnschuss gewesen, nichts Ernstes. »Aus den Tunneln. Gestern und heute mit Lex. Er tötete sie, und was auch immer sie da unten gemacht haben, jetzt macht er es. Und sie sind auf der Flucht.«

Wo hatte sie bloß Laurens Nummer? Hatte sie sie überhaupt … nein, da war sie ja, im Verzeichnis der letzten Anrufe. Großartig. Sie hatte das Rätsel zwar noch nicht vollkommen gelöst, aber jetzt hatte sie immerhin einen großen Teil des Puzzles zusammengesetzt. Einen *verdammt* großen Teil.

Das Handy drohte ihr zu entgleiten, als sie versuchte, es zwischen Ohr und Schulter einzuklemmen. Terrible streckte die Hand aus, um es zurechtzurücken, während sie das Pillendöschen aufklappte und sich drei Cepts in den Mund warf. Ihr Körper zitterte vor Erschöpfung; vor Erschöpfung und dieser seltsamen Energie, die sie manchmal nach dem Sex durchströmte und sie nicht in den Schlaf finden ließ. Oder jedenfalls nicht, ohne dass sie ein bisschen was Heftigeres einwarf. Davon hatte sie noch jede Menge vorrätig und würde vielleicht sogar etwas nehmen – sobald sie sich davon überzeugt hatte, dass sie zu Hause wieder in Sicherheit war.

Flüchtig überlegte sie, ob sie Terrible bitten sollte, ihr einen Schlafplatz auf seiner Couch zurechtzumachen, aber nein. Wahrscheinlich würde er sowieso ablehnen, wie die Dinge lagen; und selbst wenn nicht, würde er sich bedrängt vorkommen. Unter Druck gesetzt. Sie war nicht so naiv zu glauben, dass diese eine Unterhaltung – die erste echte, die sie seit Wochen geführt hatten – automatisch schon bedeutete, dass er ihr verziehen hatte. So weit war es noch lange nicht.

Aber immerhin bedeutete es, dass er wieder bereit war, mit ihr zu reden – hoffte sie jedenfalls. Und dass er vielleicht den Versuch machen wollte, über ihren Betrug hinwegzukommen. Schon allein der Gedanke brachte ihr Herz zum Rasen. Sie würde alles daransetzen, dass sie diese Chance nicht vermasselte. Und wenn sie ihn um einen Schlafplatz anbettelte, fiel das definitiv unter die Rubrik »vermasseln«. Sie wollte um jeden Preis vermeiden, dass er den Eindruck bekam, sie würde ihn nur ausnutzen, oder in ihm den Verdacht zu erwecken, dass sie hinter irgendwas her war. Hinter etwas anderem als ihm.

Lauren ging nicht an ihr Handy, und auch zu Hause blieb das Klingen ungehört – diese Nummer hatte sich Chess in ihrem Notizbuch vermerkt. Scheiße! Wie lange konnte ein Abend mit Daddy denn bitte noch dauern? Wo steckte sie denn … natürlich. Sie konnte längst tot sein. Sie und der Großälteste. Wahrscheinlich war das nicht gerade, aber auch nicht unmöglich.

Chess drehte sich zu Terrible herum, der hinter ihr stand, rauchte, und immer noch mit dem Rücken die Tür versperrte. Fuck, noch ein Problem! Sie musste bald mal aus diesem Klo raus, und dem Trubel vor der Tür nach zu urteilen, konnten sie sich dann auf ein höchst neugieriges Publikum einstellen. Das hatte ihr gerade noch gefehlt.

»Lauren geht nicht ran. Meinst du, sie ist vielleicht …«

Er sah sie an, als überlegte er angestrengt, was in ihr vorging oder welche Motive sie wirklich verfolgte. Entweder kam er zu dem Schluss, dass er ihr keine bösen Absichten unterstellen konnte, oder er entschied sich dafür, sich nicht weiter den Kopf darüber zu zerbrechen, jedenfalls bestand seine Antwort nur aus einem leichten Achselzucken, kaum mehr als einem trägen Heben der einen Schulter. »Na, ich fahr dich schnell hin, wenn du willst.«

»Danke. Wirklich, vielen Dank.«

»Dafür nicht. Schätze mal, Sela ist eh schon lange weg, hm?«

Ach ja. Ups. »War das dein Date?«

Er nickte.

»Okay … vielleicht solltest du dann schnell noch mal nachsehen? Nur um ganz sicherzugehen?«

»Wartest du so lange hier?«

»Meinst du, ich schaffe es zum Fenster raus?«

Er dachte kurz nach und lächelte dann ein wenig. »Damit die alle denken, ich hab's mir hier drinnen selber besorgt?«

»Oh. Hm. Das wäre ein bisschen …«

»Ach, juckt mich doch nicht die Bohne, was die glauben. Hier.« Er trat ans Fenster, dessen Scheibe längst durch Sperrholz ersetzt worden war. In Windeseile hatte er die Verkleidung abgerissen. Farbe platzte ab, und der ganze Rahmen ächzte und bebte. »Raus mit dir!«

Er hob sie hoch und half ihr, sich durch die Fensteröffnung zu zwängen. »Ich geh dann vorne raus, okay? Wir treffen uns dort.«

Sie wollte noch irgendetwas sagen. Wollte zurück und ihn küssen, sein Gesicht berühren und ihm die Strähnen zurechtschieben, die sich aus seiner Pomade-Frisur gelöst hatten und ihm vor die Augen hingen. Aber dieser neue Waffenstillstand war noch zu zerbrechlich; sie fühlte sich immer noch, als würde sie bei stürmischer See auf einem winzigen Floß hin und her geschleudert. Zum ersten Mal seit Wochen verspürte sie leise Hoffnung, dick und süß wie vergifteter Honig auf der Zunge und im Herzen. Wenn sie die ein weiteres Mal aufgeben musste, war sie verloren.

Also nickte sie einfach nur und sah zu, wie er die Verkleidung wieder vor das Fenster zerrte, bis sein Gesicht verschwunden war.

32

Nicht immer kommt die Gefahr von außen. Aber meistens.
Mit gutem Beispiel vorangehen!
Ein Handbuch für Kirchenangestellte

Die Seitengasse, in der sie stand, wurde von einem Maschendrahtzaun begrenzt und war voller Mülltonnen und tiefer Schatten. Vielleicht wäre es doch nicht so schlimm gewesen, direkt durch den Club nach draußen zu gehen. Dann hätten die Leute sie eben gesehen und Bescheid gewusst, na und? Es gab nichts, wofür sie sich schämen musste.

Natürlich war es aber nicht auszuschließen, dass *er* sich schämte. Meine Güte, war sie wieder positiv gestimmt. Sie schlang die Strickjacke enger um sich und bahnte sich den Weg durch die Müllhaufen auf die Straße zu. Hier hinten stank es, nach Abfall, Kotze und Urin – der typische Gestank einer Seitengasse eben, alles fein mit schalem Bier abgeschmeckt.

Irgendetwas raschelte in der Dunkelheit, als sie vorüberging. Ratten oder andere Nagetiere, vielleicht auch irgendwelche Käfer. War zwar noch ein bisschen früh für sie, aber die Küchenschaben in Downside waren verdammt hart im Nehmen. Wenn man hier überleben wollte, musste man das schließlich auch sein.

Musik drang durch die Mauern, als drinnen die Band loslegte. Meistens zogen sie eine ziemlich gute Show ab; sie wünschte fast, sie könnte bleiben. Sie fragte sich, ob Terribles Verabredung noch da war. So lange waren sie ja nun auch wieder nicht auf dem Klo gewesen. Zehn Minuten? Fünfzehn? Es war gut möglich, dass Dingsbums – ach, was sollte denn der Quatsch, natürlich wusste Chess, wie sie hieß –, dass sie immer noch glaubte, Terrible müsse anstehen oder habe sich irgendwo verquatscht, während sie nach wie vor in der Sitznische hockte, schrecklich verloren aussah und sehnsüchtig darauf wartete, dass er zurückkam, damit sie sich wieder an ihm festsaugen konnte.

Sie seufzte. Hoffnung war doch wirklich ein bescheuertes Gefühl. Und noch dazu in diesem Fall entschieden verfrüht. Es gab nicht den geringsten Grund …

Das Knurren ließ sie erstarren. Wo war das … Sicher war das bloß ein Hund. Nur irgendein Streuner. Bei wilden Kötern war immer Vorsicht geboten, aber Sorgen musste man sich da nicht machen. Nicht wirklich.

Sie machte noch einen Schritt vorwärts. Das Knurren wurde lauter. Etwas bewegte sich hinter ihr. Dann ertönte ein Krachen, als würde eine Holzkiste umstürzen.

Das Blut gefror ihr in den Adern.

Okay. Okay, kein Grund zur Panik. Das konnte alles Mögliche sein. Jeder. Das musste nicht unbedingt ein Psychopomp sein, der sie verfolgte. Oder? Psychopomps knurrten normalerweise auch nicht. Das war bloß ein Hund.

Aber auch ein Hund war schon schlimm genug. Und wenn dann noch eine so verdrehte, schlüpfrige Energie dazukam, die vor Blut und Schleim förmlich triefte und sich jetzt gerade in ihr breitmachte, ihr über die Haut kroch und als wallender schwarzer Nebel in Haar und Mund drang, der nach Abwasser und Tod roch, dann war es ganz besonders schlimm.

Schon als sie losrannte, wusste sie, dass sie es wahrscheinlich nicht schaffen würde. Der Zaun zu ihrer Linken war zu hoch, und die Mündung der Gasse zu weit weg; sie waren hinter ihr her, sie hörte, wie sie durch den Müll rasten.

Sie wollte schreien, aber sie musste sich den Atem sparen. Außerdem nützte es vielleicht gar nichts – wer würde hier schon einem Schrei auf den Grund gehen? Niemand. Vielleicht in einem anderen Stadtteil, aber hier ganz sicher nicht.

Ihre Füße rutschten auf schleimigem Müll aus, und sie stolperte, fiel beinahe. Die Energie verdichtete sich um sie herum und raubte ihr die Kraft. Übelkeit stieg in ihr auf, das Ende der Gasse schien nicht näher kommen zu wollen, und sie konnte einfach nicht mehr rennen, gleich würde sie sich übergeben müssen …

Ein weiteres Knurren hallte hinter ihr durch die schmale, enge Gasse, tiefer diesmal, und lauter. Sie gab noch einmal alles, aber es war, als würde sie durch tückischen Schlamm laufen, der ihr die Füße festhielt.

Sie würde es nicht schaffen.

Terrible musste bald auf die Straße hinauskommen – was würde er denken, wenn sie nicht da war? Traute er ihr bereits wieder so weit über den Weg, dass er davon ausgehen würde, dass ihr etwas zugestoßen war? Oder würde er einfach annehmen, dass sie ihn versetzt hatte?

Sie sollte etwas fallen lassen. Eine Spur hinterlassen. Damit er wusste, dass sie ihn nicht hatte sitzen lassen, dass sie ihn nicht schon wieder hinters Licht geführt hatte.

Die Straße breitete sich lockend vor ihr aus, sie hatte es fast geschafft. Hinter ihr ein Grollen, ein Hecheln …

Sie stürzte genau in dem Moment um die Kurve, als Terribles Verabredung ihm eine Ohrfeige versetzte.

Normalerweise hätte sie sich diskret zurückgezogen, aber in diese Seitengasse bekamen sie keine zehn Pferde noch mal, nicht mal die Gefahr, von einer ausgeflippten Frau verprügelt zu werden, die anscheinend gerade erfahren hatte, was ihr Kavalier auf dem Klo mit einer anderen getrieben hatte. Mit *ihr*.

Ausnahmsweise war ihr das Glück diesmal hold. Sela drehte sich nicht um. Aber sie tat stattdessen etwas viel Schlimmeres: Sie stöckelte auf ihren Zehn-Zentimeter-Absätzen zu der Straßenlaterne, unter der Terrible seine Chevelle geparkt hatte, und lehnte sich mit verschränkten Armen dagegen. »Du bringst mich jetzt gefälligst nach Hause«, schrie sie. »Glaub ja nicht, dass ich zu Fuß gehe.«

Terrible warf Chess einen Blick zu. »Ich kann die doch nicht einfach hier allein lassen …«

»Wenn ich mich da anschließen dürfte? Ich meine, hier kann ich nicht bleiben.« Rasch erzählte sie ihm, was sich in der Gasse zugetragen hatte. »Er ist hier, und wahrscheinlich beobachtet er mich. Wenn ich nicht verschwinde …«

»Scheiße!« Er sah zwischen Sela und Chess hin und her. »'ne Spazierfahrt wird das aber nicht gerade, hm? Die ist stocksauer. Kann man ja irgendwie auch verstehen, nach allem, was ein gewisser Typ heute Abend abgezogen hat …«

»Egal. Immer noch besser, als hierzubleiben und darauf zu warten, dass sie mich angreifen.«

»Sei dir da mal nicht so sicher«, murmelte er, bedeutete ihr aber trotzdem mit einem Kopfnicken, ihm zum Auto zu folgen.

»… ist mir scheißegal, für wen du dich hältst, du Pissnelke«, ereiferte sich Sela und durchbohrte Chess vom Beifahrersitz aus mit Blicken, »wenn du ihn willst, kannst du ihn haben. Vielleicht stehst *du* ja drauf, wenn er vergisst, dich anzurufen, weil er grad mit 'ner anderen Tussi beschäftigt ist. Oder grad an eine denkt. Amy hat ihn bloß deswegen abgesägt, wusstest du das?«

»Hey«, meldete sich Terrible zu Wort, aber Sela schnitt ihm das Wort ab. »Also bild dir mal bloß nicht ein, dass es irgendwas zu bedeuten hat, dass er dich in seinem Auto mitnimmt. Hat's nämlich nicht. Er tut bloß immer so und labert einen voll und erzählt einen vom Pferd, aber nix ist. Angeblich ist die andere Tussi ja bloß 'ne gute Freundin, sagt er. Dass ich nicht lache!«

Terrible drehte die Musik auf, um Selas Schimpftirade mit *Nashville Pussy* zu übertönen, hatte aber keinen Erfolg. Sie beugte sich über den Sitz und fauchte: »Soll wohl auch so 'ne Kirchenhexe sein. Behauptet jedenfalls Amy. Aber Amy meint auch, sie hat sie mal getroffen, und da war gar nix, von wegen Hexe.«

Chess krümmte sich vor Scham. Dieser kleine Vortrag war ja durchaus fesselnd, aber Terrible sah aus, als würde ihm gleich der Kopf explodieren.

Mit quietschenden Reifen jagte er die Chevelle um die Kurve; Chess warf einen Blick auf den Tacho und sah, dass sie fast 90 Sachen draufhatten. Freilich konnte sie es ihm nicht verdenken, dass er Sela und ihr Geschnatter so schnell wie möglich loswerden wollte.

Trotzdem ertappte sie sich bei dem Wunsch, die Fahrt möge noch ein wenig länger dauern.

»Ich glaub, ich hab die auch schon mal gesehen««, sagte Sela. »So 'ne Schlampe von der Kirche, mit diesen ganzen Tattoos, so: Guckt mal, ich bin was Besonderes! Ist erst zwei Wochen her, jawohl.«

Zwei … wie bitte? »Wie hat sie denn ausgesehen?«

Sela schnaubte. »Echt keine große Nummer. Haare so wie meine. Hat an so 'nem verlassenen Grundstück rumgeschnüffelt. Möchte wetten, dass die da nach irgend so 'nem Zauberzeug gesucht hat, um Leuten wehzutun. So sind die doch alle!«

»Eine Rothaarige?« Das konnte nur Lauren gewesen sein. Keine der anderen Kirchenangestellten hatte rotes Haar – jedenfalls fiel Chess niemand ein.

Aber Lauren war doch angeblich erst am Tag vor ihrem ersten Treffen mit Chess in die Stadt gekommen.

»Genau, rot wie meins. Und klapperdürr war die, so wie du, kein bisschen …«

»Vor zwei Wochen? Bist du sicher?«

Sala verdrehte die Augen unter dem dicken Make-up. »Ich bin ja wohl nicht blöd. Zwei Wochen ist das jetzt her, weiß ich noch genau, weil ich nämlich gerade am Tag vorher meinen Lohn gekriegt hab und mir davon neue Schuhe gekauft hab und …«

»Was hat sie da gemacht?«

»Was interessiert's dich?«

Auch Terrible sah sie jetzt an; sie fing seinen Blick im Rückspiegel auf. Bevor sie etwas daraus ablesen konnte, sah er auch schon wieder weg.

»Könnte sein, dass … ich meine, ich bin bloß neugierig.«

»Hat da einfach bloß rumgeschnüffelt. Als würd sie nach was suchen. Also, so, wie die aussah, ist mir vollkommen schleierhaft, warum Terrible die …«

»Die hat auf einem leeren Grundstück rumgeschnüffelt?«

»Genau. Ganz schön krank, wenn du mich fragst, aber da steht er wohl drauf, unser Terrible, hm? Genau solche hat er verdient. Haut er doch einfach mit so 'ner Nuttenfotze ab und lässt mich da allein in der Bar hocken, wo mich reihenweise andere Typen anquatschen, und ich sag: Lass stecken, ich bin schon verabredet, und dabei fickt er seine kleine Hure, dass es alle durch die Klotür hören …«

»Sela, das reicht jetzt«, unterbrach sie Terrible.

»… und dann hat er noch nicht mal die Eier in der Hose, mir das mit Respekt ins Gesicht zu sagen, Alter! Voll der Wichser, ey.«

Sie rasten um die nächste Kurve. Terrible bremste ruckartig vor einem schäbigen Haus mit eingesunkenem Dach.

Sela warf erst ihm einen giftigen Blick zu, dann Chess. »Ich wünsch dir kein Glück, du Bitch. Und dir auch nicht. Ruf mich ja nie wieder an, klar? Mit uns ist es aus, Terrible. Schlimm genug, dass ich mir die ganze Zeit den Namen von dieser Kirchenhexe anhören muss. Und dann ziehst du auch noch so 'ne Scheiße ab. Nicht mit mir. Fick dich ins Knie, ja?«

Sie stieß die schwere Wagentür auf und rauschte ab. Beim Zuschmeißen hätte sie fast Chess' Hand erwischt.

Die bemerkte das kaum. Sie war zu sehr mit Kichern beschäftigt. Prustendes Lachen bahnte sich den Weg zwischen ihren Lippen hervor, sosehr sie auch dagegen ankämpfte. Sie wollte nicht, dass er sie beim Lachen ertappte, damit er nicht noch glaubte, dass sie sich über ihn lustig machte.

Schuldbewusst schielte sie zu ihm hinüber und erwartete, in ein düsteres Gesicht zu blicken. Aber er sah sie nicht mal an. Anscheinend hatte er vergessen, dass sie überhaupt noch mit ihm im Auto saß. Seine Schultern zuckten, während er sich über das Lenkrand beugte. Das Gesicht hatte er zur Seite gedreht.

Ihr Lachen erstarb. »Hey …« Sie streckte die Hand aus. Sollte sie ihm jetzt auf die Schulter klopfen oder wie? Scheiße, wenn er jetzt völlig an die Decke ging …

Aber er lachte. Als er sich zu ihr umdrehte, sah sie es, und bekam sofort wieder einen Kicheranfall. Sie krabbelte nach vorne und brach mit Tränen in den Augen auf dem Vordersitz zusammen, so sehr schüttelte es sie. Sie konnte nicht mal genau sagen, was eigentlich so unglaublich komisch daran war; was sie Sela angetan hatten, war schrecklich gemein. Sie konnte dem Mädchen keinen Vorwurf machen, dass es so außer sich gewesen war und dann all die Dinge gesagt hatte, die es gesagt hatte. Verdammt, Chess an Selas Stelle hätte wahrscheinlich noch ganz andere Dinger rausgehauen.

Aber aus irgendeinem unerfindlichen Grund kam ihr das Ganze rasend komisch vor. Es war das Lustigste, was sie seit langer

Zeit erlebt hatte, und das Lachen fühlte sich so gut an, dass sie sich nicht mehr länger den Kopf zerbrach. Sie wusste nicht mal mehr, wann sie zum letzten Mal aus vollem Halse gelacht hatte.

Sie lachten, bis ihr der Bauch schmerzte, und plötzlich lachten sie nicht mehr, und sein Gesicht war nur noch Zentimeter von ihrem entfernt. In der Dunkelheit konnte sie seinen Gesichtsausdruck nicht erkennen, sodass sie keine Ahnung hatte, was in ihm vorging oder was er jetzt von ihr hielt. Dass sich innerhalb einer kurzen Autofahrt oder nach ein paar Minuten gemeinsamer Freude alles geändert haben sollte, ergab eigentlich keinen Sinn, aber wie konnte sie sich da sicher sein? Die Summe ihrer Erfahrungen mit emotionalen Bindungen passte auf einen verdammten Stecknadelkopf.

Er räusperte sich. »Schätze, wir sollten dann mal weiter, oder?«

»Ja, stimmt wohl.« War das ihre Stimme? Das klang gar nicht nach ihr.

Einen Augenblick lang glaubte sie, dass er sich doch nicht bewegen würde, und ihr ganzer Körper spannte sich. Doch dann löste er sich von ihr, legte den Gang ein und schwenkte zurück auf die Straße. Sie nannte ihm Laurens Adresse, und sie legten den Rest des Wegs schweigend zurück.

Verdammt!

Es musste eine vernünftige Erklärung geben. Musste es einfach.

Die Chevelle stand im Leerlauf vor Laurens modernem Apartmentkomplex, während das Motorengeräusch von den umstehenden Autos widerhallte. Schließlich drehte er die Maschine ab.

Als die Erinnerung an den Moment, zu dem es dann doch nicht gekommen war, verblasste, wandten sich ihre Gedanken wieder der Lauren-Frage zu. Sela sagte, sie hätte Lauren gesehen – obwohl sie den Namen nicht direkt erwähnt hatte, wusste

Chess nicht, wer es sonst gewesen sein sollte – und zwar vor zwei Wochen auf einem leeren Baugrundstück. Aber das war unmöglich, denn vor zwei Wochen hätte Lauren eigentlich noch in – woher kam sie eigentlich? New York? –, in New York sein sollen.

Sicher gab es dafür eine ganz logische Erklärung. War bestimmt keine große Sache. Aber trotzdem hatte Chess ein ungutes Gefühl bei der Sache.

»Willste, dass ich hier auf dich warte, oder was?«

»Hm? Oh. Nein, glaub nicht. Lauren kann mich dann fahren.«

Er hob die Augenbrauen. »Du fährst zurück zu dir? Nach dem, was da in der Gasse passiert ist und was du mir vorhin über die – über die Tunnel erzählt hast?«

»Ich lass mich von ihr zur Kirche bringen. Da kann ich übernachten.«

Noch im selben Augenblick wünschte sie sich, sie könnte die Worte zurücknehmen. Diese Lüge hatte sie ihm schon früher aufgetischt. Sie hatte immer dann behauptet, sie würde die Nacht in einer Kirchenzelle verbringen, wenn sie in Wahrheit mit Lex im Bett gelegen hatte. Mehr als einmal hatte sie ihn so hinters Licht geführt. Und das wusste er auch; sie erkannte es an der Art, wie sich seine Züge verhärteten. Im Moment ging er wahrscheinlich all die Male durch, die sie ihm das erzählt hatte, und fragte sich, ob sie ihm die Wahrheit gesagt hatte.

»Nein, ganz ehrlich. Wirklich. Außer … ich könnte vielleicht bei dir übernachten? Auf der Couch, meine ich, ich will ja gar nicht …« Mist! Sie hätte bei ihrem Entschluss bleiben und ihn nicht bitten sollen.

Er zögerte. »Glaub nicht, dass das so 'ne gute Idee ist, oder?«

»Oh Klar. Ja, natürlich. Verstehe. Macht nichts. Ich finde schon was.«

»Scheiße!« Seine Hände umklammerten das Lenkrad. »Ich ruf

dich in 'ner Stunde an, ja? Wenn du bis dahin noch nichts zum Pennen gefunden hast, kommste zu mir. Aber nur auf die Couch, klar? Bei dir kannste jedenfalls nicht bleiben, solange die hinter dir her sind. Geht das klar?«

»Ja, das ist … Danke. Echt.«

Er zuckte die Achseln. »Dann mal rein mit dir. Ist schon spät.«

Bevor sie es sich anders überlegen oder sich zur Ordnung rufen konnte, beugte sie sich zu ihm hinüber und küsste ihn auf die Wange. Eine letzte Gelegenheit, seinen Duft einzuatmen. »Danke, Terrible.«

Er nickte nur. Mit einem letzten Blick zurück auf ihn stieg sie aus dem Wagen.

33

Kirchenangestellte arbeiten zusammen, vereint durch ein
gemeinsames Ziel. Sie schützen die Menschheit,
bestrafen die Sünder und leben gemäß der Wahrheit.
Mit gutem Beispiel vorangehen!
Ein Handbuch für Kirchenangestellte

Laurens Haar war genauso durcheinander wie ihre Wohnung; Chess hatte sie ganz offenbar geweckt. Entweder das, oder sie war mit einem Mann zusammen, aber irgendwie bezweifelte Chess, dass das der Fall war. Selbst wenn die Ereignisse der letzten Nacht nicht gewesen wären, wäre es Chess unwahrscheinlich vorgekommen, dass sich Lauren einem Mann in schlabbrigen Trainingshosen und einem T-Shirt mit abgewetzten Achseln präsentiert hätte. Es war eins der unattraktivsten Outfits, das Chess je gesehen hatte, ungefähr so sexy wie eine eiternde Wunde.

Der Rest der Wohnung sah nicht viel besser aus. Lauren war offensichtlich gerade erst eingezogen, da war ein bisschen Unordnung ganz normal, aber hier gab es wirklich nur leere Regale und leere Pappschachteln vom Schnellimbiss. Nicht mal bei Chess sah es übler aus, die ließ wenigstens keine Essensreste herumliegen. Man konnte förmlich zusehen, wie sich in den verklebten Klumpen undefinierbarer Masse auf den Schachteln und in den Schüsseln, die jeden Quadratzentimeter bedeckten, die Bakterien tummelten.

Wie konnte jemand, der sonst wie die perfekt gestriegelte Karrierefrau rumlief, nur so eine Schluse sein? Das passte einfach nicht.

Genau wie das, was Sela gesagt hatte. »Du wohnst hier wohl noch nicht lange, hm?«

»Nein, erst … na ja …« Lauren senkte die Stimme und schenkte Chess ein Grinsen, das vielleicht sogar verschwörerisch gewirkt hätte, wäre sie nicht immer noch so von der Rolle gewesen. »Eigentlich wohne ich hier schon seit fast einem Monat, aber mein Dad weiß nichts davon. Ich hab ihm nichts erzählt, damit ich nicht bei ihm wohnen muss, weißt du? Ich wollte einfach erst mal ein bisschen Freiheit.«

So viel zu dieser Theorie. Nicht, dass Chess wirklich daran geglaubt hätte. Warum sollte die Tochter des Großältesten auch gegen die Kirche intrigieren?

»Ich spring mal kurz unter die Dusche, ja?« Lauren wühlte in einem Umzugskarton herum und zog ein Handtuch hervor. Wenigstens sah es sauber aus. »Sorry. Ich komm gerade aus dem Fitnessstudio und war so hungrig, dass ich einfach erst mal in diese alten Fetzen gestiegen bin. Ist einfach bequem, weißt du? Ich bring mich mal rasch auf Vordermann, und dann kannst du mir die ganze Geschichte erzählen.«

Chess glaubte ihr kein Wort. Die Ringe unter Laurens Augen stammten nicht von exzessivem Joggen oder was immer die Leute in so einem Fitnessstudios trieben. Lauren wirkte irgendwie gehetzt, so verstohlen und verdruckst, als versuchte sie, sich in sich zu verkriechen.

Das ging natürlich nicht. Niemand wusste das besser als Chess. Aber war sie jetzt etwa scharf darauf, eine Diskussion darüber vom Zaun zu brechen? Ganz sicher nicht. Also wählte sie die zweitbeste Möglichkeit und tat einfach so, als wäre nichts. »Oh, könntest du mich danach zur Kirche fahren? Ich will heute

Nacht nicht bei mir schlafen, nach allem, was … na ja, das erzähl' ich dir gleich.«

»Der Älteste Griffin meinte, dass sie dich schon länger zu überreden versuchen, dass du wieder aufs Gelände ziehst. Da draußen bist du für die Lamaru der reinste Köder, weißt du?«

»Da draußen geht's mir gut.«

»Und weshalb brauchst du dann noch mal einen Schlafplatz für heute Nacht?«

Chess verschränkte die Arme. »Also, fährst du mich jetzt oder nicht?«

»Ja, schon gut. Mann, bist du empfindlich!«

Als Chess nicht antwortete, stieß Lauren einen theatralischen Seufzer aus. »Okay, was soll's, fahr ich dich eben zur Kirche. Oder du bleibst einfach hier, ganz wie du willst. Ist mir doch egal.«

Nur mit Mühe konnte Chess ein Schaudern unterdrücken. Hier bleiben? Damit ihr im Schlaf die ganzen Bakterien übers Gesicht krochen? Bäh, nein danke. »Ich glaube, die Kirche ist wirklich der beste Platz. Es gibt da ein paar Sachen, die ich noch nachschlagen will, und ich muss vor der Zeremonie für den Ältesten Murray noch mit dem Ältesten Griffin sprechen.«

»Ach? Warum denn?«

»Ich will einfach nur den Fall mit ihm besprechen. Um ihn auf dem Laufenden zu halten und so. Du weißt schon.«

»Gibt's denn irgendetwas Neues?«

Chess rang sich ein Lächeln ab. »Ja, in der Tat. Geh dich doch erst mal duschen, dann erzähl ich dir danach alles.«

»Okay, hab schon kapiert. Ich stinke. Gut, dann … mach's dir einfach bequem. Hier.« Der pink gemusterte Bezug der Couch war mit Akten und Papierstößen bedeckt. Lauren raffte sie hastig zusammen, um einen Sitzplatz freizuschaufeln. »Guck doch ein bisschen fern oder so. Ich bin gleich bei dir. Und ich hab dir auch was zu erzählen.«

Chess wartete, bis das Wasser rauschte, bevor sie einen Blick in die Akten warf. Hmmm ... Mitarbeiterakten aus dem Schlachthof, sehr gut ... vorläufige Berichte über die Brandursache ... ein dünner Ordner über Vanhelm, der auch eine Geburtsurkunde enthielt. Warum hatte ihr Lauren denn nicht gesagt, dass sie die hatte?

Na ja, vielleicht war sie einfach noch nicht dazu gekommen. Akten wurden nicht immer so schnell zusammengestellt, wie man es gern gehabt hätte. Und Lauren hatte ja gerade gesagt, dass sie ebenfalls Neuigkeiten habe.

Okay. Da waren also die Papiere aus dem Schlachthof, Vanhelms Akte, die Berichte. Ein paar kopierte Seiten über Psychopomps aus *Tobins Geisterhandbuch*. Eine Mitarbeiterakte ...

Cesaria Putnam.

Ihre Hand verharrte in der Luft über dem schmalen blassblauen Ordner. Wahrscheinlich war es ganz normal und vernünftig, dass Lauren ihre Akte hatte. Sie hatte bereits zugegeben, sie gelesen zu haben. Eine Kopie anzufertigen war zwar, gelinde gesagt, etwas ungewöhnlich, aber das Black Squad hatte eben Narrenfreiheit.

Allerdings änderte das nichts an der dumpfen, hilflosen Wut, die in ihr aufstieg. Schlimm genug, dass Lauren sich die Akte angesehen und darin gelesen hatte. Und jetzt hatte sie sie auch noch mit nach Hause genommen, um sie nach Feierabend zu studieren? Was zum Teufel sollte das?

Sie schlug die Mappe auf und überflog die Zeilen. Name, Geburtsdatum, Adresse, Ausbildungsnoten und Testergebnisse ... Sie blätterte vor. Die Belobigung, die sie für den Sieg über den Traumdieb erhalten hatte, und eine weitere für einen besonders heiklen Debunking-Fall im zweiten Dienstjahr.

Hier hätte eigentlich Schluss sein sollen, aber ... nein. Das war nicht ihre normale Akte. Das war ihre persönliche Akte, die vertrauliche Version. Chess' Hand zitterte leicht, als sie nach dem Vermerk des Ältesten Banks über ihren Fruchtbarkeitstest griff. Die Ränder des Blattes waren abgegriffen und schmuddelig. Lauren hatte offenbar eine Menge Zeit damit verbracht, dieses Dokument zu betrachten.

Es folgte ein zusammengehefteter Zettelstoß; er enthielt den Brief, in dem sie darum gebeten hatte, ihren Wohnsitz außerhalb des Kirchengeländes verlegen zu dürfen, und die anschließenden Kommentare ihrer Ausbilder und der Ältesten – des Ältesten Griffin. Er war auf ihrer Seite gewesen – na ja, das hatte sie eigentlich schon gewusst. Aber ein paar andere, manche von den Hinweisen auf ihr mangelndes Vertrauen in ihre Mitarbeiter, darauf, wie eigenbrötlerisch sie war …

Sie wollte sich das nicht länger ansehen. Ihr waren ohnehin die Hände gebunden. Lauren hatte das Recht, Einblick in ihre Akte zu nehmen. Und sosehr das abgegriffene Dokument sie auch beunruhigte, sie konnte nichts tun. Sie konnte die Erinnerung daran ja schlecht aus Laurens Kopf streichen oder die Zeit zurückdrehen und verhindern, dass sie die Akte las.

Aber … rasch blätterte sie wieder zur ersten Seite zurück. Da war es. Ihr Bild. Es war das gleiche, das sie in ihrer Tasche mit sich herumtrug, seitdem sie es in Vanhelms Wohnung gefunden hatte.

Die Kirche druckte immer nur eine Kopie dieser Bilder aus; das waren nicht gerade Klebebildchen zum Sammeln, die an alle Mitarbeiter verteilt wurden. Wenigstens erinnerte sich Chess, dass die anderen Kinder in der Schule solche Bildchen getauscht hatten. Sie selbst hatte nie welche bekommen.

Wenn das Bild aber sicher hier in ihrer Akte steckte – woher hatte dann Vanhelm seinen Abzug?

Ihre Nackenhaare sträubten sich, als sie das Bild hervorkramte. Derselbe Hintergrund. Dasselbe Lächeln, dasselbe Mädchen.

Aber jetzt, wo sie genauer hinsah … war das *wirklich* dasselbe Mädchen? Die Augenbrauen sahen ein bisschen anders aus, fand sie; das Mädchen auf Vanhelms Bild hatte ihre nicht sorgfältig genug gezupft.

Das war doch verrückt. Sie musste verrückt sein. Aber andererseits … noch vor zwei Wochen hätte sie Stein und Bein geschworen, dass niemand einen Tarnzauber wirken konnte, der stark genug war, um eine Hexe zu täuschen. Jetzt wusste sie es besser. Es gab mindestens eine Person, der es gelungen war – sie musste daran denken, wie sich Laurens Gesicht verändert hatte, als sie den Fetisch angefasst hatte – und wer konnte wissen, wie lange die Wirkung anhielt?

Hatte Maguinness eine zweite Cesaria Putnam erschaffen? Oder die Lamaru? Aber warum?

Irgendetwas stimmte hier nicht. Ihre Nerven beruhigten sich kein bisschen. Das Kribbeln wurde immer schlimmer. Sie wollte raus aus Laurens Wohnung, wollte so weit wie möglich von ihr weg. Panik breitete sich aus dem Magen bis in ihre Brust aus und brachte ihren Kopf zum Schwirren. Sie wusste nicht genau, warum, aber sie musste hier raus. Sie musste nachdenken. Statt harmlos und schlampig sah Laurens Wohnung jetzt aus, als wäre jeder Gegenstand eine getarnte Bombe; unter den Pappschachteln und dem ganzen Durcheinander konnte sich alles und jeder verbergen.

Sie benahm sich albern. Lauren war die Tochter des Großältesten. Aber scheiß drauf! Die Sache stank, und diesem Gefühl würde sie folgen.

Das Rauschen des Wassers verstummte. Stille breitete sich im Zimmer aus. Chess stopfte die Papiere zurück in die Akte, klappte den Ordner zu und legte ihn wieder zurück an seinen Platz.

Sie griff in die Tasche und suchte nach Stift und Notizblock, um Lauren eine Nachricht zu hinterlassen und dann so schnell wie möglich ihren Arsch hier rauszubewegen, bevor Lauren fertig angezogen war. Dabei blieb sie mit dem Finger an etwas hängen; sie schubste es beiseite und wäre vor Schreck fast an die Decke gegangen, als ein lauter, schriller, anhaltender Piepston durch die Wohnung gellte.

Verdammt! Laurens Peilgerät. Sie hatte es angeschaltet. Mit zitternden Fingern zog sie es hervor und suchte verzweifelt nach dem Aus-Knopf, als ihr klar wurde, dass die Sender, die sie in ihrer Tasche mit sich herumtrug, nicht blinkten.

Das Peilgerät reagierte also gar nicht auf die Sender in ihrer Tasche; die hatten den Alarm nicht ausgelöst.

Wo aber war dann der Sender, der das Piepen verursachte? Die Nummer vier?

Das war einer von den beiden, die sie Vanhelm untergeschoben hatte.

Das schrille Piepen des Peilgeräts hallte ihr im Kopf nach, ein panischer Schrei, den sie nicht über die Lippen brachte, während sie in Laurens Sofaritze herumwühlte, bis sie den Sender endlich gefunden hatte.

Er war unter das Kissen gestopft, auf das Lauren die Aktenordner gestapelt hatte. Sie musste ihn daruntergeschoben haben, als sie begriffen hatte, dass Chess an der Tür war. Wahrscheinlich hatte sie ihn gerade untersucht, als Chess kam, und hatte dann keine Zeit mehr gehabt, ihn zu verstecken.

Sie musste sich Erik Vanhelms Hemd angeschaut haben.

Chess sprang auf und war im Begriff, über die Couch zur Eingangstür zu hechten und sich aus dem Staub zu machen, aber es war zu spät. Eine winzige Sekunde zu spät, es hatte sie einfach einen kleinen Moment zu viel gekostet, das blöde Ding zu finden, warum zur Hölle hatte sie sich bloß damit aufgehalten, wo sie doch längst gewusst hatte …

Lauren stand mit offenem dunkelgrünem Bademantel im

Türrahmen. Wasser tropfte ihr über die nackte Haut, über die Rundung ihrer blassen Brüste und den flachen Bauch.

Die Pistole in ihrer Hand war geradewegs auf Chess' Kopf gerichtet. In der anderen Hand hielt sie ein Handy, das sie sich ans Ohr presste.

»Keine Bewegung«, sagte sie überflüssigerweise und dann ins Telefon: »Ja, jetzt. Mach schnell!«

Die Tür war mindestens zwei Schritte entfernt; Chess hatte nicht die geringste Chance, sie zu erreichen, bevor Lauren abdrückte.

Und so winzig, wie die Wohnung war, müsste Lauren schon die mieseste Schützin der Welt sein, um nicht zu treffen.

Okay, dann also Plan B. Wie auch immer der aussah. Scheiße! Scheiße, scheiße, scheiße! »Haha, Lauren«, brachte sie heraus. »Sehr witzig. Leg die Knarre weg und zieh dir was an! Ich will hören, was es Neues gibt.«

Sie sollte sich besser schnell einen Plan C zurechtlegen. Lauren war nie im Leben blöd genug, ihr das abzukaufen.

Nein, sie war ganz offensichtlich wirklich nicht blöd genug. Sie ließ das Handy zuschnappen und steckte es in die Tasche. »Halt die Klappe und setz dich hin!«

Chess gehorchte. Was blieb ihr auch anderes übrig?

Vielleicht war es keine schlechte Idee, jetzt die Karten auf den Tisch zu legen. Sie hatte ohnehin nichts mehr zu verlieren. Ihre Hand glitt in die Hosentasche. Sie hatte doch auch ein Handy, also konnte sie jemanden anrufen … aber wen? Terribles neue Nummer hatte sie immer noch nicht, und bei der Kirche würde bestimmt nur die Mailbox rangehen.

Blieb also nur noch Lex.

Aber natürlich hätte sie selbst für diesen ziemlich verzweifelten Versuch das Telefon erst mal sehen müssen. Und irgendwie war sie sich ziemlich sicher, dass das Lauren nicht entgehen würde.

Okay. Einfach trotzdem das Handy festhalten und auf eine Chance warten. Und hoffen, dass die sich ziemlich bald ergab, weil Laurens Verstärkung offenbar schon auf dem Weg war. *Scheiße!*

Sie sah Lauren an. »Vanhelm ist tot.«

Selbst jetzt, wo sie sich über die Hintergründe des Falls ziemlich sicher war, fiel sie bei Laurens Reaktion aus allen Wolken. Ihr Gesicht … fiel in sich zusammen, warf ganz wortwörtlich Falten und schien nach unten zu rutschen; sie war kaum mehr wiederzuerkennen. »Nein. Nein, das kann doch nicht sein, nein.«

»Es tut mir leid, Lauren.« Komischerweise tat es ihr für den Bruchteil einer Sekunde *wirklich* leid. Es war einfach unmöglich, diese Trauer mit anzusehen und nicht irgendwie davon berührt zu werden. Vor allem, weil sie selbst vor nicht allzu langer Zeit etwas Ähnliches durchgemacht hatte.

Sie hatte Glück gehabt. Sie hatte ihn noch retten können. Lauren war das verwehrt geblieben.

Laurens Stimme schnitt wie ein schartiges, eisiges Messer durch ihre Gedanken. »Du lügst.«

»Tu ich nicht. Ich habe ihn gesehen. Er ist tot.«

»Was … was ist mit ihm passiert?«

»Er war …« Nein. Moment! »Er ist ermordet worden. Aufgeschlitzt.«

Lauren wusste, dass Maguinness hinter ihnen her war, aber vielleicht wusste sie noch nicht, dass er sich unter der Stadt seine eigene Armee aus Psychopomps züchtete. Wenn sie ihr jetzt verriet, dass Vanhelm von Hunden zerrissen worden war, war das möglicherweise der entscheidende Hinweis zu viel – und möglicherweise vergab Chess damit den letzten ihr noch verbliebenen Trumpf.

Tränen tropften auf Laurens dunkelgrünen Frotteebademantel. »Nein. Das war er nicht. Das kann er gar nicht gewesen sein. Er war … er war …«

»Er hat versucht, mich zu vergewaltigen, Lauren.« Etwas anderes war ihr wieder eingefallen, etwas, das kochende Wut in ihr aufsteigen ließ. »Oder war das nur eine Lüge? Genau wie das, was angeblich dir passiert ist? Es war eine Lüge, nicht wahr? Du dachtest, du könntest mir damit – ich weiß nicht, mir Angst einjagen? Mich ablenken? Was?«

»Er hätte dich nie vergewaltigt.«

»Wirklich? Ich frage nur, weil er so verdammt bereit dazu aussah.«

Die Pistole zitterte in Laurens Hand. Chess musste zugeben, dass sie beeindruckt war, wie lange Lauren das Ding wirklich einigermaßen ruhig gehalten hatte. Ob sie Chess durch die Tränen überhaupt noch sehen konnte?

Egal. Sie sah jedenfalls genug, um es mitzukriegen, wenn Chess plötzlich aufsprang und sich auf sie stürzte. Das war alles, was zählte.

»Das hätte er doch nie gemacht. Er würde nie …«

»Was würde er nie? So tun, als hätte man ihn vergewaltigt, um sich jemandes Vertrauen zu erschleichen? Wie konntest du nur, Lauren? Unfassbar, was du für eine *Schlampe* bist!« Sie starrte auf die Waffe und machte sich mit allem Nachdruck klar, dass sie nach wie vor auf sie gerichtet war, um nicht einfach vom Sofa aufzuspringen und sich auf Lauren zu stürzen. Sie hatte sie belogen. Sie hatte sich diesen ganzen Mist doch tatsächlich *ausgedacht*. Nur, um ihr wehzutun, nur, um sie zu manipulieren. »Was hast du dir nur …«

»Ich wollte, dass du mir vertraust.«

Chess starrte sie fassungslos an.

»Was denn? Ich dachte, wenn wir was gemeinsam hätten, wenn ich mich dir gegenüber öffnen würde, dann würdest du …«

»Ach du … Egal.« Bleib bei deinem Fall, ermahnte sie sich. Hol ein paar Antworten aus ihr raus, damit du damit arbeiten kannst – für den unwahrscheinlichen Fall, dass du hier rauskommst, natürlich. »Also, Vanhelm ist tot. Wie viele von euch sind noch draufgegangen? Wie …«

»Du solltest es wissen. Wem hast du noch davon erzählt? Wem hast du Bericht erstattet?«

»Was?«

»Wem hast du davon erzählt?«

»Niemandem.« Ein stechender Schmerz schoss ihr den Arm hinauf; verdammt, der Bindende Eid. Er hinderte sie daran, den falschen Leuten Informationen zu geben … und zwang sie, mit den richtigen zu sprechen.

Und zu verraten, dass sie es sowohl Terrible als auch Lex indirekt gesagt hatte. Oh Fuck, auf keinen Fall. Nein. Sie würde die beiden nicht an Lauren verpfeifen, kam gar nicht infrage. Die Lamaru mussten bloß ihren Namen erfahren; wenn sie dann fünf Minuten in Downside herumfragten, würden sie die beiden Männer sofort finden. Und sosehr sie auch darauf vertraute, dass die beiden sich ihrer Haut zu wehren wussten ….

Lauren verengte die Augen; sie hatte das Zucken gesehen und wusste, was es bedeutete. Mist! »Du lügst.«

»Ich kann dir helfen, Lauren. Wir können dir helfen. Komm mit mir zur Kirche, wir können es dem Ältesten Griffin sagen, und er wird …«

Lauren lachte lauthals auf. Es wäre fast ansteckend gewesen, hätte man nicht die darin mitschwingende Hysterie deutlich herausgehört. »Meinst du das ernst? Glaubst du etwa, ich weiß nicht, was die Kirche mit mir machen würde?«

»Das ist was anderes, du bist eine Kirchen…«

»Das ist überhaupt nichts anderes, und das weißt du sehr gut. Wie viel Gnade lässt die Kirche denn normalerweise walten? Wie viel Gnade hat sie – hast *du* – Randy Duncan erwiesen?«

Lauren rauschte an ihr vorbei auf die Tür zu. Chess drehte sich nicht um und machte sich auch nicht die Mühe, Lauren daran zu erinnern, dass sie Randy Duncan keineswegs umgebracht hatte. Das war der Traumdieb gewesen. Sie hatte also recht gehabt: Bei dieser kleinen Verschwörung ging es um mehr als Psychopomps und die Kirche. Es ging um sie. Es war ein Rachefeldzug.

Deshalb hatten die Lamaru in jener ersten Nacht, in der Lauren sie zu dem Baugrundstück mit den Leichenteilen geführt hatte, auch gewusst, an welcher Ecke sie aufkreuzen mussten; Lauren hatte sie hingelotst. Es beantwortete auch ihre Frage, warum sie ihr nicht dichter auf den Fersen waren, obwohl sie doch wussten, wer sie war und wo sie wohnte. Sie wollten sie erst noch quälen und sie so richtig schön in die Mangel nehmen. Wenn sie dabei draufging, prima, und wenn nicht, konnten sie sie noch ein bisschen länger quälen.

»Du bist doch die Tochter des Großältesten, verdammt noch mal. Warum um alles in der Welt … warum tust du das?«

Lauren lachte bitter. »Du hast doch gar keine Ahnung, wer ich bin, Cesaria.«

Das träge Kribbeln von Magie kroch Chess über die Haut. Etwas Dunkles gesellte sich dazu. Energie durchzuckte sie. Blutmagie. Blutfesseln. Lauren schloss sie ein, und zwar gründlicher, als der stärkste Riegel es vermocht hätte.

Draußen quietschten Reifen; Lauren entspannte sich. »Gut, sie sind da. Dann bringen wir's jetzt hinter uns.«

»Ja, super.«

»Ach, komm schon. Guck mal.« Die Waffe noch immer in der Hand, schlängelte sich Lauren durchs Zimmer in die kleine offene Küche, wo sie eine Schublade öffnete; als sie die Hand wieder hervorholte, lag eine Spritze darin. »Es wird gar nicht wehtun. Versprochen. Das ist kein Gift oder so was. Sie wollten … tja, nach der Sache mit Randy Duncan warst du bei uns nicht mehr besonders beliebt. Aber immerhin hast du mich bei dem Brand gerettet. Als dieser Freak, von dem wir unsere Zutaten gekauft haben, da mit Bomben um sich geschmissen hat und ich plötzlich eingesperrt war, hast du mich rausgeholt. Also konnte ich sie dazu überreden, es auf diese Weise zu lösen. Ich vergesse es nicht, wenn Leute so was für mich tun, und obwohl du jetzt sterben musst …«

Wer auch immer da vor der Tür stand, sie waren jetzt da. Chess hörte, wie draußen auf dem Parkplatz Autotüren zugeworfen wurden. Schutzzauber und Pistole hin oder her, sie musste es jetzt probieren oder gar nicht mehr. *Jetzt!*

Sie rollte rückwärts über die Couch, auf den Raum zu, der wahrscheinlich Laurens Schlafzimmer war. Da gab es mit Sicherheit ein Fenster. Laurens Wohnung lag nur im zweiten Stock, dieses Risiko würde sie eingehen und …

Aua, verdammt! Ihr Kopf wurde zurückgezerrt, und sie hielt dagegen, während sie versuchte, Laurens Griff um ihr Haar zu lösen; Scheiße, das fühlte sich an, als würde ihr die Kopfhaut abgerissen! Die Pistole schlug mit dumpfem Krachen auf dem Fußboden auf, aber sie konnte nicht erkennen, wo sie gelandet war.

Sie rammte den Ellbogen rückwärts in Laurens Magengrube. Der Zug an ihrem Haar lockerte sich für eine Sekunde, lange genug, um wieder auf die Füße zu kommen. Wenn sie es bloß ins Schlafzimmer schaffte, konnte sie die Tür abschließen und schreien. Die Nachbarn würden doch sicher das Squad alarmieren …

Ach ja. Lauren *war* ja das Squad. Zuallererst würde man sie anrufen, und sie würde ihre ganze Autorität in die Waagschale werfen, um sie davon zu überzeugen, dass alles in Ordnung sei, und natürlich würde man ihr glauben.

Hinter ihr schrie Lauren etwas, und Schmerz, wie Chess ihn noch nie verspürt hatte, schoss von den Malen an ihren

Handgelenken die Arme hinauf, bis das Blut aus den wulstigen Rändern spritzte und Chess zu Boden fiel. Der Schmerz war zu stark, um stehen zu bleiben.

Füße klapperten hinter ihr. Der Boden bebte. Hände griffen ihr ins Haar und rissen sie hoch, bis sie auf allen vieren kauerte. Ein Fuß in einem schweren Stiefel erwischte sie direkt unter dem Hals. Es fühlte sich an, als hätte man ihr die Brust durchgetreten und ihr Herz zerfetzt. Sie zwangen sie aufzustehen; sie wehrte sich, kämpfte gegen die unnachgiebigen Hände und die kopflose Angst an, die sie zu überwältigen drohte. Dann hatten sie sie, fünf oder sechs von ihnen, starke Männer, deren Haut vor schwarzer Magie förmlich brodelte, als sie sie aufs Sofa warfen.

Sie versuchte davonzukriechen, nur um von Beinen umstellt zu werden, die wie ein Käfig aus Gliedmaßen vor ihr aufragten. Ohne nachzudenken, krabbelte sie rückwärts und drückte sich in der staubigen Nische neben dem Fernsehschrank gegen die Wand. Sie kam nicht raus. Sie saß in der Falle. *Sie kam hier nicht raus.* Einen Moment überlegte sie, ob sie den Schrank umstürzen sollte, verwarf die Idee aber beinahe sofort wieder. Sie war nicht stark genug, um den Schrank zu kippen.

Aber es musste doch irgendetwas geben, was sie tun konnte. Selbst gegen sechs Lamaru und Lauren … ach, von wegen, sechs Lamaru und Lauren konnten in Sekundenschnelle Mus aus ihr machen. Aber vielleicht begingen sie einen Fehler. Sie hatten schon einmal, bei Baldarel, einen gemacht. Und jede Wette, dass sie darüber richtig sauer waren.

Aber war ihnen überhaupt klar, dass sie einen Fehler gemacht hatten? Ob sie wussten, dass der Mann, unter dessen Kommando sie zu stehen glaubten, dem sie ihren kompletten Plan anvertraut hatten und dem sie über jede ihrer Bewegungen Bericht erstatteten, dass dieser Mann der gleiche war, der ihnen nach dem Leben trachtete? Dass sie kaum mehr als Marionetten waren, die bloß die Rolle spielten, die er ihnen in seinem Plan zugedacht hatte?

So, wie Lauren über Maguinness gesprochen hatte, kam es ihr nicht so vor. Natürlich konnte sie sich nicht ganz sicher sein, und außerdem konnte sie im Moment auch keinen klaren Gedanken mehr fassen. Worte und Gedanken verschwammen in ihrem Kopf.

»Cesaria.« Laurens Stimme durchstieß den Nebel aus Panik, der sich um sie gelegt hatte. Sie wollte nicht in Panik verfallen. Wenn sie schon den Löffel abgeben musste, dann wollte sie es wenigstens mit einem Rest Würde tun. Wenn das das Ende war, wollte sie alles daransetzen, so viele wie möglich von ihnen mitzunehmen. Der Gedanke beruhigte sie.

Sie kam hier nicht raus. Was auch immer ihr jetzt bevorstand, sie musste sich stellen. Eine andere Wahl blieb ihr nicht mehr.

»Es tut mir leid. Wirklich. Es war … interessant, dich kennenzulernen. Mit dir zu arbeiten. Wir haben uns alle gefragt, wie du wohl bist, weißt du?«

»Ich kann euch helfen …«

»Ach komm. Du wirst uns nicht helfen, und das wissen wir doch auch alle. Nein. Alles ist, wie es sein sollte, und wir haben zu lange darauf hingearbeitet – aber falls es dich tröstet: Man wird sich an dich erinnern.«

»Was …«, begehrte Chess auf, kam aber nicht weiter.

»Du wirst uns jetzt sagen, wem du davon erzählt hast. Was du weißt.«

Okay. Tief Luft holen. Den letzten Rest Selbstsicherheit zusammenkratzen. »Ich sag euch gar nichts.«

»Ich glaube, dir bleibt gar nichts anderes übrig.«

Sie drückte den Rücken gegen die kühle Wand und versuchte, ganz locker zu wirken. Folter. Damit konnte sie umgehen. Immerhin hatte sie damit Erfahrung, oder etwa nicht? Bei der

Kindheit, die sie durchlebt hatte, war ihr gar nichts anderes übrig geblieben. Sie konnte sich aus ihrem Körper flüchten, wenn es sein musste, und den Schmerz einfach hinter sich lassen, alles ausblenden. Wenn man diesen Trick einmal draufhatte, verlernte man ihn nie wieder. »Das glaub ich aber doch.«

Lauren lächelte und hob die Hände. Die Ärmel der Robe rutschten ihr bis zu den Ellbogen hinunter und entblößten die blassen, untätowierten Unterarme und Handgelenke. »Ich schätze, die Ersten Ältesten sind da anderer Meinung.«

34

Vor allem verlangen sie Loyalität, wie auch die Kirche
Loyalität verlangt; und Loyalität bleibt unser höchstes Gebot,
zu welchem Preis auch immer, denn diese Welt ist nur eine
Brücke in die nächste. Und das ist die Wahrheit.
Das Buch der Wahrheit, »Regeln«, Artikel 426

Chess wusste nicht, wie viel Zeit vergangen war. Zwanzig Minuten? Stunden? Alles war an ihr vorbeigerauscht. Ihr Magen rebellierte. Die Ersten Ältesten würden sie töten. Schmerzhaft. Man würde sie in ein Geistergefängnis stecken und sie jahrhundertelang foltern, im Feuer rösten, mit Eisen durchbohren … und sicherlich erwarteten Eidbrecher noch ganz andere Überraschungen.

Bis jetzt hatten sie sich noch nicht gezeigt. Aber sie wusste, dass es nur eine Frage der Zeit war. Früher oder später – wahrscheinlich eher früher – würden ihr die Fragen ausgehen, die sie gefahrlos beantworten konnte.

»Das ist doch albern, Cesaria.« Lauren wedelte ihr mit der Spritze vor der Nase herum. »So einen Tod hast du doch nicht verdient. Und ins Geistergefängnis musst du auch nicht. Sag uns einfach, was wir wissen wollen, dann wird dein Ende gleich viel angenehmer ausfallen.«

»Ich hab's keinem verraten«, sagte Chess und biss sich so fest auf die Lippe, dass sie Blut schmeckte, als der Schmerz ihr erneut den Arm hinaufflammte. Ihre Kleidung und der Teppich um sie herum waren von ihrem Blut durchtränkt; der Fernsehschrank, neben den sie sich gekauert hatte, war davon bespritzt. Sie sagte sich immer wieder, dass vergossenes Blut immer viel dramatischer aussah, als es in Wirklichkeit war, aber das war nicht so einfach, wenn das Blut, um das es ging, das eigene war. »Ich weiß überhaupt nichts.«

»Oh doch, das glaube ich schon. Du hast gesagt, du hättest Eriks Leiche entdeckt. Du hast ihn gesehen. Was ist mit ihm passiert?«

»Das willst du nicht wissen.«

»Doch. Sonst hätte ich ja wohl nicht gefragt, oder?«

Welche Schlüsse konnten sie aus der Antwort ziehen? Dass Vanhelm tot war, wussten sie bereits. Wäre es denn so schlimm, wenn sie auch noch von der posthumen Organentnahme erfahren würden? Sie glaubte wenigstens, dass die Organe erst nach seinem Tod entfernt worden waren.

Vielleicht war die Information gar nicht so harmlos. Sie wusste es nicht genau. Inzwischen hatten sie ihr so viele Fragen gestellt, dass sie sie im Kopf nicht mehr auseinanderhalten konnte. Sie hatte keinen Überblick mehr, was sie ihnen verraten hatte und was nicht, was sie erzählen durfte und was sie für sich behalten musste.

Aber von Lex oder Terrible hatte sie nichts gesagt. Und Baldarel hatte sie ebenfalls aus dem Spiel gelassen. Sie hatte keine Ahnung, ob das nötig war oder nicht.

Ein Teil von ihr war überzeugt, dass es sowieso keine Rolle spielte und dass sie es ihnen einfach erzählen sollte. Ihnen einfach diesen Brocken hinwerfen und zusehen, wie sie damit klarkamen. Vielleicht würden sie sich ja untereinander zerfleischen und ihren Plan hinsichtlich der Kirche einfach vergessen, wie auch immer der aussehen mochte.

Aber es fühlte sich falsch an. Irgendwie wurde sie den Gedanken nicht los, dass es ihr einen gewissen Vorteil verschaffte, wenn sie nicht wussten, mit wem sie es zu tun hatten und für wen sie in Wirklichkeit arbeiteten. Ein Vorteil für sie und ein Vorteil für die Kirche. Es musste einfach einen Weg geben, wie man ihre Ahnungslosigkeit gegen sie verwenden und sie in die Irre führen konnte. Und das würde ihr ein bisschen Zeit geben, damit sie fliehen konnte – ja, sicher, klar – oder wenigstens … für irgendwas. Egal was.

Schlussendlich konnte sie sowieso nur nach ihrem Bauchgefühl gehen. Und etwas sagte ihr, dass es besser war, ihnen das mit Baldarel nicht zu verraten. Wenigstens noch nicht sofort. Wenn die Ersten Ältesten auftauchten, überlegte sie es sich vielleicht noch mal anders.

»War irgendjemand bei dir?«

»Nein.« Oh Scheiße … das war jetzt heftiger, viel schlimmer, als würde man ihr Säure spritzen, die sich den Arm hinauffraß. Blut quoll aus den Wunden, mehr und schneller diesmal. Ihr kam der Gedanke, dass es vielleicht daran lag, dass es sich gleich um eine doppelte Lüge gehandelt hatte; sie hatte den Eid schon allein dadurch gebrochen, dass sie andere Leute mit in die Tunnel genommen hatte – und jetzt brach sie ihn gleich noch einmal, indem sie das auch noch verheimlichte.

Größtenteils beherrschte aber unerträglicher Schmerz ihre Gedanken, der sie mit unbarmherzigen, scharfen Zähnen zermalmte und in Fetzen riss, wie ein Löwe, der sich über ein rohes Stück Fleisch hermacht. Sie übergab sich auf den Teppich, ihr war schwindelig, sie konnte nicht mehr klar denken …

»Wer war da bei dir, Cesaria? Wer weiß noch von uns?«

»Niemand.« Sie würde sterben. Genau hier. In diesem Augenblick. Sie würde sterben, weil Laurens bestimmter Tonfall und die Art, wie sie sich vorbeugte, keinen Zweifel daran ließ, dass sie wusste, dass sie auf der richtigen Spur war, und dass die

Frage nach den Mitwissern wichtiger war, als Chess zunächst angenommen hatte.

Warum interessierte sie das so sehr? Wenn die Lamaru einmal mehr ihre Ränke schmiedeten, um die Kirche zu zerstören und die Macht zu übernehmen, was kümmerte es sie dann, wenn jemand davon erfuhr? Warum brachten sie sie nicht einfach um und zogen dann ihren Plan durch, bevor ihnen noch jemand in die Quere kommen konnte?

Die Antwort kam wie von weit weg; aus dem Teil ihres Verstandes, der noch zu klaren Gedanken fähig war, dem Teil, der sich aus ihrem Körper verabschiedet hatte. *Sie müssen das wissen, weil sie bisher noch nicht loslegen konnten.* Warum auch immer, aber sie waren noch nicht ganz startklar, sie mussten noch auf irgendetwas warten und hatten jetzt Angst, dass sie jemand aufhalten würde, bevor …

»Die Zeremonie für den Ältesten Murray«, keuchte sie und kämpfte den erneut aufflammenden Schmerz in den Armen nieder, während ihr erneut heißes Blut aus den Handgelenken tropfte. Oh, es war so schrecklich, sie war widerlich und abstoßend – so wollte sie nicht sterben. Aber die Männer der Lamaru waren im Raum, und die waren nicht berechtigt, etwas über den Fall zu erfahren, ganz egal, ob sie schon Bescheid wussten. Allein die Tatsache, dass sie mit ihnen darüber sprach, reichte aus, um den Bindenden Eid zu aktivieren. »Es geht um die Widmungszeremonie des Ältesten Murray, nicht wahr? Worauf wartet ihr noch? Warum könnt ihr nicht einfach …«

Laurens Ohrfeige spürte sie kaum; was juckte sie jetzt noch das bisschen Schmerz? »Wem hast du davon erzählt?«

»Du hast diesen Geist bei der Hinrichtung eingeschmuggelt. Und auch den Psychopomp, oder? Das war ein Probelauf oder so.« Ja. Wahrscheinlich war es Lauren gewesen – sie war einfach schon länger in der Stadt, als sie zugegeben hatte, und bei einem Besuch im Gefängnis hätte sie auch keine Unterschrift … Nein. Nein, das ergab keinen Sinn, schließlich hätte Laurens Vater wissen müssen, dass sie in der Stadt war. Vielleicht war es jemand ganz anders gewesen, jemand, dessen Namen sie in der Besucherliste nicht erkannt hätte, und Maguinness war nur zur Ablenkung dort aufgetaucht.

Die Luft zu ihrer Rechten flimmerte. Frische Energie strömte ihr über die Haut und leckte daran. Geisterenergie, die ihre Tattoos zum Kribbeln brachte.

Die Ersten Ältesten kamen. Ja.

Auch Lauren hatte es bemerkt. »Wem hast du davon erzählt? Wenn du es uns sagst, musst du nicht ins Geistergefängnis – wir lassen dich am Leben, wenn du redest. Spuck's einfach aus! Wer weiß noch davon?«

»Du hast den Geist hineingeschmuggelt, damit … damit er einen von uns tötet.« Das letzte Wort schrie sie hinaus. Der Schmerz wurde immer schlimmer. Sie musste zum Schluss kommen. Die Ersten Ältesten konnten jetzt jeden Augenblick hier sein und sie mitnehmen. Sie wollte nicht gehen, Scheiße, sie wollte da nicht hin, sie hatte so eine verfluchte Angst! Sie hatte Angst und war ganz alleine, aber ihr blieb keine andere Wahl. Sie musste dieser Sache mit Gewalt ein Ende machen.

Und zwar auf der Stelle, bevor sie aus ihr rausquetschten, dass sowohl Lex als auch Terrible eingeweiht waren oder wenigstens einen starken Verdacht hatten. Dass beide sich vielleicht bei der Kirche melden würden. Beide kannten Doyle; sie hatte Terrible schon einmal gebeten, zu ihm zu gehen. Und sie war sich sicher, dass er das auch tun würde, wenn ihm klar wurde, dass ihr etwas zugestoßen sein musste. Trotz allem, was zwischen ihnen vorgefallen war, lag ihm sicher immer noch genug an ihr, um ihr diesen letzten Gefallen zu tun.

Den Anschlag der Lamaru auf die Kirche zu vereiteln war

das eine, und es war ohne Zweifel wichtig. Aber sie davon abzuhalten, Terrible oder Lex in die Finger zu bekommen, war etwas ganz anderes.

Aber sie musste es unbedingt schaffen, und wenn es sie das Leben kostete. Es würde sie *auf jeden Fall* das Leben kosten.

Sie ballte die Fäuste und versuchte alle Kraft, die ihr noch blieb, in die linke Hand zu lenken, um den Schmerz so weit auszublenden, dass sie sprechen konnte. »Du musstest einen von uns töten. Egal wen. Du brauchtest – du brauchtest eine Widmungszeremonie, denn nur dieses Ereignis war machtvoll genug. Stimmt's? Das war dein Plan, oder?«

»Sag mir, wem du davon erzählt hast!«

»Wer hat den Geist hineingeschmuggelt? Und den Psychopomp in die Tasche des Henkers?«

Die Ersten Ältesten nahmen schlagartig Gestalt an.

Chess' Tätowierungen explodierten förmlich, als ihr die Energie so heftig und heiß über die Haut züngelte, dass sie schon glaubte, sie würde auf der Stelle in Flammen aufgehen und das sei die Art, wie die Ältesten sie mitnehmen würden.

Obwohl sie wusste, dass es keinen Sinn hatte, warf sie sich zur Seite und versuchte, sich zu verstecken. Lauren folgte ihr, packte sie und versuchte, sie den Ältesten entgegenzuschleudern, wie um sie ihnen als Opfer darzubringen.

Sie waren unglaublich bedrohlich. Schlimmer noch als bei ihrer letzten Begegnung während der Schwurzeremonie. Damals waren sie kühl und distanziert gewesen. Die Macht ihrer eigenen Gesetze hatte sie davon abgehalten, den Sterblichen zu schaden, ebenso wie der Bannkreis und die Zaubersprüche.

Diesmal gab es keinen Bann, der sie hinderte. Sie starrten sie aus bösartigen Gesichtern an, grauenvollen, totenblassen Gesichtern, die durchscheinend und schrecklich makellos waren, die Augen von schwarzen Ringen umgeben. Sie reckten die

Hände nach ihr, während die Leiber sich drehten und wiegten wie die von Tänzern.

Chess griff Lauren ins Haar und riss daran. Fest. So fest, dass sie Laurens Gesicht mit einem befriedigenden Krachen in den Boden rammte.

Lauren schrie und schlug zurück. Die Ersten Ältesten kamen langsam näher. Sie hatten alle Zeit der Welt.

Chess hingegen nicht. Sie war erschöpft, ihre Handgelenke brannten immer noch vor Schmerz, und ihr Kopf war zu leicht und ihr Körper zu schwer. Trotzdem kämpfte sie gegen Laurens Griff an, während sie immer wieder zu den Lamaru hinübersah, die sich in den Flur zurückzogen.

Ihr Handy klingelte.

Sie war so in den Kampf vertieft, dass sie zunächst gar nicht begriff, was los war. Auch Lauren schien nicht schnell genug zu schalten; sie griff mit der Faust nach Chess' Haar, versuchte aufzustehen, um den Ersten Ältesten Chess vor die Nase zu halten wie eine Art Puppe.

»Ihr habt ihre Lügen gehört. Ihr habt gehört, wie sie den Schwur gebrochen hat.« Laurens Stimme zitterte fast so stark wie ihre Knie. Beides war Chess im Moment herzlich egal. Ihre Hand glitt ans Telefon, das immer noch in ihrer Tasche steckte, und zog es gerade weit genug heraus, um den Namen des Anrufers zu erkennen, während sie den Knopf zum Abheben drückte.

TNL flimmerte auf dem Display. Lex? Warum um alles in der Welt bekam sie einen Anruf von Lex?

Für Fragen blieb keine Zeit. Sie hielt sich nicht mal damit auf, den Apparat ans Ohr zu heben. Stattdessen brüllte sie einfach. Es fühlte sich dumm und theatralisch an, aber sie tat es trotzdem; in der verzweifelten Hoffnung, dass Lex kapierte und das Richtige tat, schrie sie Terribles Namen.

Laurens Griff lockerte sich; Chess nahm an, dass sie nach

dem Handy Ausschau hielt, das in Chess' Tasche immer noch auf Empfang geschaltet war. Egal. Sie nutzte die Gelegenheit, sich aus Laurens Umklammerung zu winden – wobei ein dickes Haarbüschel in der Hand ihrer Gegnerin zurückblieb, verdammt! –, und stürzte zur Eingangstür. Die war zwar immer noch mit Schutzzeichen versehen, aber vielleicht gelang ihr trotzdem die Flucht, wenn die Energiekonzentration in der Luft die Schutzzauber sprengte.

Die Ältesten schwebten um Lauren herum, die schrecklichen, wütenden Augen auf Chess gerichtet. Die Tür wollte einfach nicht aufgehen. Selbst wenn, wären sie ihr natürlich einfach gefolgt, bis sie sie erwischt hätten, denn schließlich hatte sie keine Möglichkeit, sie irgendwie zu bannen …

Oder doch?

Immerhin handelte es sich ja um Geister. Starke und mächtige Geister, aber nichtsdestotrotz Geister, die den Gesetzen der Geisterwelt unterlagen. Sie hatte keine Ahnung, ob ein stinknormaler Psychopomp sie forttragen würde, und allein bei dem Gedanken, einen Psychopomp zu benutzen, durchströmte erneuter Schrecken ihre Glieder, aber scheiß drauf! Sollte der Psychopomp sich doch gegen sie wenden – sterben würde sie ja ohnehin, und auf diese Weise entkam sie vielleicht wenigstens dem Geistergefängnis.

Und vielleicht ging ja auch alles gut, und der Psychopomp tat einfach seine Arbeit. Vielleicht hatte Lauren noch einen, der nicht manipuliert war. Chess war sich fast sicher. Nach der Machtübernahme brauchten die Lamaru schließlich einen eigenen Vorrat.

Ihre Handtasche stand an der Tür. Sie zog den Reißverschluss auf. Inzwischen konnten sie sie fast berühren. Sie sah, wie sie die zu Klauen gekrümmten Hände hoben und sich anschickten, zuzuschlagen und sie zu packen.

Sie selbst schloss die Finger um den Beutel mit der Friedhofserde und den Rest Alraune. Auf einen hastigen Blick nach unten hin schnappte sie sich auch noch das fast leere Säckchen Eisenspäne und die schwarze Kreide.

Rasch kritzelte sie damit ein Schutzzeichen auf den Boden. Keine Wirkung. Okay, damit hatte sie gerechnet, aber vielleicht brachte die Erde ja was.

In hohem Bogen schleuderte sie ihnen eine Handvoll entgegen. Die Ältesten blieben stehen und sahen jetzt nicht bloß erbost, sondern regelrecht wutentbrannt aus. Ihre Energie nahm zu. Tja, sie trachteten ihr ja eh schon nach dem Leben, oder?

Lauren stürzte durch die Ältesten und rang Chess zu Boden. Die Eisenspäne glitten ihr aus der Hand. Laurens Finger schlossen sich um ihre Kehle.

Zum Nachdenken blieb keine Zeit. Sie konnte nur noch reagieren. Sie warf sich beiseite, schüttelte Lauren ab und schlug ihr mit aller Kraft ins Gesicht. Wieder flackerte Schmerz in ihrem Arm auf. Auch das musste sie ignorieren.

Etwas Kaltes berührte ihre Haut. Die Hände der Ersten Ältesten strichen über sie. Die Wut übertrug sich bei der Berührung auf sie, oh Fuck, es war zu spät, um sie noch aufzuhalten.

Mit der Linken ertastete sie die Eisenspäne, aber der Schwindel in ihrem Kopf, der Schmerz und die Furcht machten es ihr beinahe unmöglich, sich klarzumachen, was sie damit ausrichten sollte. Die Friedhofserde hatte sie nicht mal ansatzweise aufhalten können.

Sie rollte sich nach vorne ab und knallte gegen die Wand. Die Ältesten setzten ihr nach. Sie hob die Späne auf, und weil ihr nichts Besseres einfiel, kippte sie sie sich über den Kopf.

Das Eisen hatte seine eigene Kraft; sie spürte, wie sie sich mit ihrer vereinte und ihr neue Energie schenkte. Es war nicht viel, nur ein bisschen, gerade genug, dass sie es schaffte, sich vorwärts durch das Bein eines Ältesten zu stürzen. Es fühlte sich an, als würde sie durch eine Kühltruhe rennen. Ihr Herz machte einen Satz, als Kälte und Wut sie trafen wie ein Schock.

Und jetzt waren sie richtig sauer. Die Gesichter wurden härter, die Augen verdüsterten sich und wurden zu schmalen Schlitzen. Wenn sie sie erwischten, würde es keinen kurzen Prozess geben, und von diesem Ziel würden sie niemals ablassen. Selbst wenn sie jetzt entkam, würden sie sie immer wieder aufspüren und keine Ruhe geben, bis …

Sie nahm sich eine verzweifelte Sekunde Zeit, die sie eigentlich gar nicht hatte, um sich zu sammeln und einmal tief durchzuatmen. Wo bewahrte Lauren ihre Ausrüstung auf? Die Lamaru hatten doch sicher auch Sachen, die Chess normalerweise nicht mit sich herumtrug. Gegenstände mit ein bisschen mehr Wumms. Illegales Zeug. Sie suchte nach einem solchen Energiemuster, während die Ersten Ältesten sich langsam wie Gletscher auf sie zuschoben.

Etwas blitzte zu ihrer Linken auf. Eine Tür. Sie hatte geglaubt, dass sich dahinter nur eine Kleiderkammer verbarg, aber vielleicht stimmte das nicht.

Lauren schrie. Chess sah sich nicht um. Sie stürzte zur Tür und riss sie auf.

Schädel. Dutzende von Schädeln, in Regalen, die vom Boden bis zur Decke reichten. Selbst auf dem Boden lagen noch welche. Hunde, Schweine, Vögel …

Sie hatte ihren Ektoplasmarker nicht dabei, aber selbst wenn, hätte sie die Ersten Ältesten nicht kennzeichnen können. Aber sie war mit Eisenstaub bedeckt. Vielleicht reichte das schon.

Ihr blieb keine andere Wahl. Immer noch quoll ihr das Blut aus den Handgelenken. Ihr Kopf fühlte sich weich an und viel zu leicht für ihren Körper. Die Geister waren direkt hinter ihr, und als Nächstes stürzte bereits Lauren kreischend herbei.

Chess klaubte fünf Schädel vom Boden auf, wischte mit den

verschmierten Handgelenken darüber; ihre Hände hinterließen rote Schlieren auf den bleichen Knochen. Zusammen mit dem Blut ließ sie so viel Energie, wie sie nur konnte, hineinfließen, so viel, dass ihre Stimme heiser wurde und ihr Blick verschwamm.

»Ich rufe die Boten der Ewigen Stadt! Ihr Wächter, ich rufe euch, erscheint! Erscheint!«

Sie warf die Schädel.

Die Hunde nahmen mitten in der Luft Gestalt an. Sie glühten, wie Chess es noch nie zuvor gesehen hatte. Das gefiel ihr ganz und gar nicht. Oh Scheiße, das waren keine normalen Psychopomps – was zum Teufel waren das für Dinger?

Die Lamaru schrien, Lauren kreischte, die Hunde heulten. Jedes einzelne Härchen an ihrem Körper richtete sich auf; wenn es keine Psychopomps waren – was dann? So scharfe Zähne hatte sie noch nie gesehen, und noch während sie zusah, stürzte sich einer auf einen Ersten Ältesten und riss ein Stück aus ihm heraus.

Eine Tür krachte; die Lamaru hatten sich in Laurens Schlafzimmer eingeschlossen. Die Psychopomps, die sie beschworen hatte, rissen die Ältesten in Stücke und *zerfetzten* sie förmlich. Chess stand wie angewurzelt da. Der Anblick verschlug ihr den Atem. Die Ersten Ältesten konnten schreien und um sich schlagen, so viel sie wollten, es nützte ihnen nichts. Sie wurden auseinandergenommen.

Sie zerfielen in Stücke, verloren ihre Macht. Die Hunde wuchsen mit jedem Bissen an. Chess spürte, wie sie größer wurden, und auch sie selbst wurde größer, denn die Tiere waren mit ihr verbunden. Das war nicht normal, Psychopomps hatten keine Verbindung zu ihren Beschwörern. Und sie zerstörten auch keine Geister. Druck baute sich in ihrer Brust auf und breitete sich in Arme und Beine aus. Was zum Teufel hatten die Lamaru da bloß angestellt? Was hatte sie da erschaffen?

Lauren schrie etwas. Worte der Macht. Chess erkannte sie

nicht, konnte aber das Echo in ihrem Inneren fühlen. Sie sah, wie Lauren eine Schale mit Kräutern entzündete, ohne dass sie gewusst hätte, was für welche oder wo sie sie so plötzlich herhatte, aber wenn sie solche Bestien in ihrer Wohnung gehalten hätte, wäre sie wohl auch allzeit bereit gewesen, die Mistviecher wieder dahin zurückzuschicken, wo sie hergekommen waren.

Der Geruch der Kräuter stieg ihr in die Nase. Es tat weh, als würde sie Gift einatmen. Die Hunde heulten erneut auf, diesmal jedoch vor Schmerz. Sie waren noch nicht damit fertig, die Ersten Ältesten zu vernichten. Fetzen von Geisterkörpern waren überall auf dem Boden verstreut. Füße standen ohne die dazugehörigen Beine im Raum.

Lauren schrie immer noch, und die Hunde heulten weiter. Auch Chess schrie und sank auf die Knie. Jetzt wünschte sie sich beinahe, sie hätte sich von den Ersten Ältesten verschleppen lassen, denn das hier hielt sie einfach nicht länger aus. Noch nie in ihrem Leben war sie so erschöpft gewesen, und als die Schädel wieder zu Boden fielen, sah sie zu Lauren hoch und fing an zu heulen.

Sie schämte sich fürchterlich, als ihr die Tränen aus den Augen liefen und über die Wangen strömten. Natürlich war das jetzt auch egal. Laurens Gesicht war rot und wutverzerrt; sie stürmte quer durchs Zimmer, packte Chess am Haar, zerrte ihren Kopf zur Seite und stieß ihr die Nadel in den Hals.

Kein Schmerz mehr. Stattdessen überrollte sie eine Welle des Wohlbehagens und toste ihr durch die Adern bis in Herz und Verstand, sodass sie sich noch in dem Moment, in dem sie zusammenbrach, nicht sicher war, ob sie lachen oder weinen sollte. Sie kannte dieses Gefühl. Sie liebte es. Sie lebte dafür, dachte ständig daran, verzehrte sich danach und bettelte darum. Und jetzt konnte es ihren Tod bedeuten. Wenn das mal keine Ironie war.

Lauren hatte ihr eine Mörderdosis Dream gespritzt.

35

Denk daran, dass du anderen durch Reinlichkeit und
sorgfältige Körperpflege auch zeigst,
dass du dich selbst respektierst – und das ist der sicherste
Weg, um dir auch ihren Respekt zu erwerben.
Kein Junge möchte mit einer Schluse ausgehen.
Die junge Wahrheit, Zeitschrift für Mädchen

Dunkelheit umfing sie, wiegte sie sanft in den Armen und wärmte sie. Als sie versuchte, die Augen aufzuschlagen, wurde sie geblendet und kniff sie schnell wieder zu. Sie wälzte sich auf dem unebenen … Moment! Sie sollte doch eigentlich tot sein. War sie denn nicht tot?

Die Stille sprach immerhin dafür. Schließlich herrschte in der Ewigen Stadt Totenstille. Wenn sie tot war, gab es keinen anderen Ort, an dem sie sein konnte.

Sie wollte die Augen nicht öffnen.

Aber … in der Stadt der Toten roch es nicht nach Abfall. Nahm sie wenigstens an. Die Lebenden rochen dort gar nichts, und soweit sie wusste, hatte noch nie jemand einen Geist gefragt, ob die Stadt für ihn unangenehm roch.

Bei dem Gedanken musste sie kichern. Sie versuchte, sich fester einzukuscheln und … Moment!

Moment mal! Nein, sie war nicht tot. Definitiv nicht, weil es in der Ewigen Stadt keine Zeitung gab, und auf ihr lag eine.

Sie schlug die Augen auf. Eine verwirrte Sekunde lang glaubte sie, am Grunde irgendeines Lochs zu liegen, dass sie sich geirrt hatte und doch in der Stadt war .... bis ihr klar wurde, dass sie auf die dreckverkrusteten Wände eines Müllcontainers starrte.

Sie hatten sie hier eingesperrt. Sie hatten sie unter Drogen gesetzt und sie dann einfach auf den Müll geworfen. Die Wichser.

Oh Scheiße, wie spät war es eigentlich? Was ... es war immer noch Nacht, aber wie spät?

Es war Freitagnacht – hoffte sie wenigstens. Samstag fand die Widmungszeremonie des Ältesten Murray statt. Alle Mitarbeiter würden sich dafür in die Ewige Stadt begeben – ob Lauren auch da sein würde? Würden die Lamaru sie dort erwarten? Oder Baldarel?

Hatte sie ihre ... ja. Okay, ihre Handtasche hatte sie dabei. Das Handy? Hatte sie ... In ihrer Tasche war irgendetwas. Sie war sich ziemlich sicher, dass es das Telefon war, aber sie konnte es nicht mit Sicherheit sagen, weil sie die steife Hand nicht in die Hosentasche bekam. Okay. Dann würde sie sich eben erst mal aus dem Container rausarbeiten.

Die Tatsache, dass sie mit einer Überdosis Dream in den Adern in einem Müllcontainer festsaß, hätte ihr normalerweise eine Heidenangst eingejagt, aber im Moment war sie nicht in der Lage, Angst zu empfinden. Stattdessen widmete sie sich ganz dem Containerdeckel und dem Versuch, einen Ausgang zu finden. Sie dachte an ihre Ausbildung, versuchte, Schritt für Schritt vorzugehen, und tat einfach so, als hätte sich dieser kleine Film nicht schon ungefähr hundertmal in ihrem Kopf abgespult, und zwar mit einem wesentlich tragischeren Ende. Obwohl dieses hier ja eigentlich auch schon tragisch genug war.

Ihre Muskeln protestierten, und ihre Gelenke knirschten, als sie aufstand und sich dabei an den Containerwänden abstützte, auch wenn sie es unsagbar widerwärtig fand. Ihr blieb keine andere Wahl. Sobald die Zeremonie einmal angefangen hatte …

Sie musste unbedingt zur Kirche.

Der Rand des Containers war rutschiger, als sie angenommen hatte. Es kostete sie drei Anläufe, das Bein darüberzuschwingen, während ihr bei dem Gestank und beim Anblick der vergammelten Essenreste, die an ihr klebten, fast übel wurde. Schwerfällig ließ sie sich auf den dreckigen Asphalt plumpsen.

Das tat weh. Und wo sie sich eh schon miserabel fühlte, konnte sie ja auch gleich Nägel mit Köpfen machen und sich übergeben. Ihr Magen fand, dass das nach einem Superplan klang, und wer war sie, dass sie ihm widersprechen durfte?

Die Welt drehte sich um sie, verschwamm und zitterte vor ihren Augen. Sie musste herausfinden, wo sie war. Und sie musste zur Kirche. Sie brauchte dringend Hilfe.

Ihre Beine weigerten sich, sie noch länger zu tragen. Sie bewegten sich langsam und ungeschickt. Ihr kam der Gedanke, dass die Tatsache, dass sie immer noch am Leben war, noch lange nicht bedeutete, dass das auch so bleiben musste. Als sie sich auf den Weg zu Lauren gemacht hatte, war es Nacht gewesen, und jetzt, wo sie sich durch die Seitengasse vorarbeitete, war es immer noch Nacht, aber letztendlich zählte das alles nicht viel; ihr Körper war ziemlich durch und sie auch. Die Ironie, dass ausgerechnet ihre hohe Toleranzschwelle für Dream ihr das Leben – bis jetzt jedenfalls – gerettet hatte, entging ihr nicht.

Die Gasse mündete in eine Straße, die ihr nicht vertraut war. Sie sah irgendwie nicht real aus; sie war flach, wie ein Gemälde oder die Ausstellungsstücke aus Balsaholz in den Kirchenarchiven. Menschen standen herum und sahen aus, als wären sie in eine Unterhaltung vertieft, aber sie konnte nicht erkennen, dass die Lippen sich bewegten, und hörte auch kein Wort. Die Gestalten hoben in Zeitlupe die Arme. Sie hatte das unheimliche

Gefühl, dass sie verschluckt werden würde, wenn sie sich zu weit auf die Straße hinauswagte, um dann auch in ein flaches, unmenschliches Wesen verwandelt zu werden. Die Szenerie würde sie gefangen nehmen und sie nie wieder loslassen.

Aber die Ziegelmauer fühlte sich fest und rau unter ihrer Hand an. Sie stand mit beiden Beinen in der Realität, und so würde es auch bleiben.

Sie schob den Körper an der beruhigenden Wand entlang, bis sie auf die Straße hinaustrat. Die Schilder über den Türen ergaben nicht den geringsten Sinn. Scheiße, sie konnte die Zeichen nicht entziffern! Die Linien waren in ihren Augen nichts als Gekritzel; sie fügten sich zu keiner bekannten Form. Sie wusste, dass es so richtig gewesen wäre und dass sie die Umrisse nur nicht richtig erkannte, weil sie dafür zu vollgedröhnt war, aber das half auch nichts. Ihr träges Herz ächzte im Brustkorb.

Okay. Sie schob die Hand in die Hosentasche – ja! Da war das Handy.

Sie lehnte sich gegen die Mauer und starrte auf das Display, wobei sie versuchte, das Blut auf ihren Händen zu ignorieren und stattdessen lieber aus den Tasten schlau zu werden. Okay. Wenn man nicht lesen konnte, sorgte das für gewisse Probleme bei dem Versuch … Verdammt, sie würde einfach alle nacheinander durchprobieren. Allzu viele Kontakte hatte sie ja schließlich nicht gespeichert.

Ihre Finger rutschten von den Tasten ab. Vielleicht sollte sie erst mal ein Nickerchen machen. Ihre Lider waren so schwer, und ihre Gliedmaßen fühlten sich so zittrig an. Wenn sie – Speed. Sie hatte doch noch Nips in ihrem Pillendöschen, oder? Davon konnte sie welche schlucken. Vielleicht half das.

Ihre Stiefelabsätze schlitterten über den Asphalt; sie schlug mit dem Arsch auf dem Gehweg auf, ohne etwas zu spüren. Die Jeans waren steif von geronnenem Blut, das hier und da noch feucht war. Ihre Arme waren rostrot. Sie stellte sich lieber nicht genau vor, wie sie wohl aussah.

Okay, Pillendöschen, Pillendöschen … Ihre Hände verhedderten sich in der Handtasche, und sie bekam sie nicht wieder los. Endlose Minuten verstrichen, während sie sich abkämpfte. Sie hätte am liebsten losgeheult, aber sie empfand nicht genug, um zu weinen. Endlich schloss sie die Hand um die Dose und zerrte sie raus.

Blöder kleiner Verschluss! Warum hatte sie bloß ein Pillendöschen mit so einer bescheuerten Lasche dran, wer sollte das denn bitte aufkriegen … außerdem konnte sie fast nichts erkennen, die Lider fielen ihr immer wieder zu …

Stimmen. Sie schlug die Augen auf und sah eine Teenagergang auf der anderen Straßenseite. Was zum … Scheiße, sie war ohnmächtig geworden, oder? Für wie lange?

Was war das für ein Radau? Die Leute auf der Straße waren doch alle ganz still, aber irgendwoher musste das Geräusch doch gekommen sein. Und sie wusste, was es war, ein Lied, eins, das sie kannte – das Handy klingelte! Oh Scheiße, ein Anruf, was für ein Glück, genau das, was sie jetzt brauchte. Okay. Behutsam drückte sie auf »Annehmen« und presste den Apparat ans Ohr. »Hallo?«

»Tülpi? Tülpi, Scheiße, bist du das?«

»Lex?«

»Ja. Sag mal, wo bist du denn? Wir suchen schon überall nach dir, jetzt sag doch mal …«

Seine Stimme wurde verschluckt. Hatte sie aufgelegt? Oder war sie wieder eingepennt? Vielleicht sollte sie jetzt einfach die Augen zumachen und sich hier hinlegen. Immerhin waren sie ja jetzt auf der Suche nach ihr, da brauchte sie doch bloß noch zu warten, bis sie sie fanden, oder?

Moment, wer waren eigentlich *sie*?

Aufgeregte Stimmen drangen aus dem Handy. Sie stritten sich. Und dann eine weitere Stimme. »Chess? Chess, was haben sie mit dir gemacht? Wo bist du? Weißt du, wo du bist?«

»Terrible?«

»Ja. Wir sind auf der Suche nach dir, okay? Weißt du ungefähr, wo du bist?«

»Nein, ich bin … ich habe keine Ahnung, wo ich bin. Sie haben mich einfach weggeworfen und jetzt weiß ich nicht, wo ich bin …«

»Was?«

»Sie haben mich weggeworfen. Ich war in einem Müllcontainer, ich weiß nicht, wo ich hier bin, und sie … sie haben mich unter Drogen gesetzt, und ich kann gerade … ich kann gerade nicht richtig klar denken. Könnt ihr kommen und mich holen?«

Stille.

»Terrible, bitte …« Sie wollte heulen, konnte aber immer noch nicht. Irgendwie wollten die Tränen einfach nicht kommen, und ihr Mund war auch so trocken, hatte sie nicht vielleicht noch eine Wasserflasche in der Handtasche? »Ich hab mich verlaufen, ich habe keine …«

»Sind da vielleicht irgendwelche Straßenschilder in der Nähe?«

»Ich kann grade nicht lesen, tut mir leid.«

»Siehst du irgendwas Besonderes? Irgendwas, was uns weiterhilft?«

»Ich bin so müde. Ich will … ich will einfach nur noch schlafen.« Das war jetzt ganz falsch, das wusste sie. Es war jetzt wichtig, dass sie wach blieb und ihnen sagte, wo sie war. Und was trieben Lex und Terrible da überhaupt zusammen? Dass die beiden sich überhaupt nur miteinander unterhielten, ohne dass es in Blutvergießen ausartete, war schon unvorstellbar.

»Nee, du kannst jetzt nicht pennen, Chessie. Bleib bei uns, okay? Ist da jemand bei dir? Erkennst du irgendwas wieder?«

»Das sieht alles so … falsch aus. Als wär's nicht echt. Sie wollten, dass ich ihnen verrate, wer ihr seid.« In ihren Handgelenken flammte Schmerz auf, aber nicht allzu stark. Und das war jetzt wichtig. Sie musste ihnen erzählen, was passiert war. Warum es so dringend war, fiel ihr gerade nicht mehr ein, aber sie war sich ganz sicher. »Sie wollten eure Namen, aber ich habe nichts gesagt. Hab dichtgehalten.«

»Klar.« Pause. »Klar, das weiß ich doch. Aber darüber sprechen wir später, ja? Sag uns einfach, wo du bist, nur so ungefähr. Hast du irgend 'nen Anhaltspunkt?«

»Nein, hier ist nur … warte mal.« Wenn sie es schaffte, aufzustehen, konnte sie bis ans Ende der Straße laufen. Und an der Ecke stand ein Schild, weiß und verschwommen im diesigen Licht der Straßenlaternen.

Natürlich würde sie es vermutlich nicht hinkriegen, die Schrift zu entziffern. Aber möglicherweise stieß sie dort auf irgendwas anderes. Ein vertrautes Gebäude. Irgendetwas. »Ich sehe ein Schild. Es ist … Ich glaube, das ist ein Stop Shop.«

Ja. Es war auf alle Fälle ein Stop Shop. Die grün-weiße, quadratische Leuchtreklame war an der Ecke gesplittert, sodass die Neonröhre darunter hervorblitzte. Mutterseelenallein stand es an der Straße und bewachte einen kleinen, leeren Parkplatz.

»Ich glaube, das ist der, wo wir schon mal waren. Weißt du noch? Ich glaube, das ist er.« Sie hätte es genau sagen können, wenn ihre Augen richtig funktioniert hätten, wenn sie nicht so müde und durstig gewesen wäre, und wenn sie nicht durch eine verschwommene Plastikwelt geschlurft wäre, die unter einem Dunstschleier verborgen lag. Terrible und Lex unterhielten sich leise. Sie verstand nicht genau, was sie sagten. Der Schmerz in ihren Beinen meldete sich wieder. Sie hätte sich gern hingesetzt, aber dann wäre sie vielleicht wieder ohnmächtig geworden, und das konnte sie sich im Moment noch nicht leisten.

Lex kam ans Telefon. »Hey, Tülpi. Setz dich mal einfach genau da hin, wo du jetzt bist. Und geh nicht näher an diesen Laden ran, soll ich dir von Terrible sagen. Bleib einfach da sitzen und warte auf uns, klar? Wir sind gleich bei dir.«

»Ich krieg mein Pillendöschen nicht auf.«

»Mach dir darüber mal keinen Kopf. Wir kommen jetzt direkt zu dir, wirst schon sehen, einfach abwarten, ja?«

Das Wasser war in der Handtasche. Das musste doch helfen? Ihr Magen konnte sich irgendwie nicht entscheiden, ob Wasser gut oder schlecht klang, aber … sie brauchte jetzt einfach irgendwas, sie war so durstig und, verdammt, sie war auch ganz schön dreckig. Voll mit ihrem eigenen Blut, mit Erbrochenem – keine Ahnung, wann das passiert war – und Abfall aus dem Container. Wow, die würden sich bestimmt freuen, wenn sie sie gefunden hatten!

Und sie würde den ganzen Tag so rumlaufen müssen. Der letzte Funken Dringlichkeit, zu dem sie noch imstande war, flackerte auf: Sie mussten sich beeilen, bei Sonnenaufgang fing doch die Zeremonie an, und sie hatte keine Ahnung, wie viele Stunden ihr bis dahin noch blieben und was sie bis dahin noch alles erledigen mussten. …

Sie ließ sich auf den Gehweg fallen und machte sich daran, ihre Wasserflasche rauszuwühlen. Verdammt, sie hatte einen Teil ihrer Ausrüstung bei Lauren liegen lassen; die Friedhofserde, die Alraune und die Blutwurz … Es war zwar nicht besonders schwierig, die Vorräte wieder aufzufüllen – das meiste konnte sie sich einfach aus den Vorratskammern der Kirche holen –, aber es war einfach zusätzlicher Stress. Zum Glück war sie im Moment außerstande, sich gestresst zu fühlen. Oder überhaupt irgendwas zu fühlen.

Ihre Finger weigerten sich, den Drehverschluss abzuschrauben. Endlich bekam sie die Flasche auf. Wasser strömte ihr in den Mund und belebte ihren Körper. Sie schluckte gierig und schlug alle Warnungen ihres Magens in den Wind, dass sie zu schnell und zu viel in sich reinschüttete. Das Wasser rann ihr aus den Mundwinkeln und tropfte ihr über das Kinn aufs Shirt, aber das war ihr egal. Ehrlich gesagt konnte das ihr Aussehen nur verbessern, so dreckig, wie sie war. Sie war stark in Versuchung, sich die ganze Flasche über den Kopf zu kippen.

»Biste noch da?« Lex' Stimme ertönte in ihrem Schoß.

»Jo.« Ihr Magen machte einen kleinen Satz. Sie kämpfte gegen die aufsteigende Übelkeit an. Kurz darauf war der Anfall vorbei. Gut. Wenn sie es jetzt noch schaffte, das Pillendöschen aufzukriegen und einen kleinen Wachmacher zu schlucken – sie war so unglaublich müde …

Die Augen fielen ihr zu. Ob sie wirklich eingeschlafen war, wusste sie nicht. Sie kam erst wieder zu sich, als die Welt plötzlich von Licht und Lärm überflutet wurde. Terribles Chevelle bretterte über den Bordstein und kam ein paar Schritte entfernt zum Stehen.

Terrible und Lex sprangen heraus. Noch nie in ihrem Leben war sie so froh gewesen, zwei Menschen zu sehen. Es gab einen peinlichen Moment, als beide zugleich die Arme nach ihr ausstreckten. Beide erstarrten, bis Terrible sich schließlich neben sie kniete und sie aufhob.

»Ich stinke«, brachte sie hervor. Das war nicht wirklich das, was sie hatte sagen wollen, aber es sprudelte einfach so aus ihr raus. Ihre Finger vergruben sich im Stoff seines Hemds, während ihr Gehirn sich davon zu überzeugen versuchte, dass er wirklich da war, dass er real war. »Ich hab in einem Container festgesessen.«

»Na, jetzt mach dir mal keine Sorgen.«

Er bugsierte sie ins Auto, und sie schloss die Augen. Als sie sie wieder aufmachte, waren sie schon auf dem Weg. Der Wagen brauste so schnell dahin, dass die vorüberhuschenden Straßenlaternen aussahen wie durchgehende Neonstreifen. Vielleicht lag das aber auch nur an dem Knick in ihrer Optik. Ihr war schmerzhaft bewusst, wie übel sie stank, wie fertig sie aussah, und am schmerzlichsten war ihr bewusst, dass sie Lex auf die Schulter sabberte. Als ob die Situation nicht schon entwürdigend genug gewesen wäre.

»Hier haste 'n kleinen Wachmacher, Tülpi«, sagte er. In der Hand hielt er einen Spiegel, auf dem drei Lines gezogen waren, fett wie Tigerstreifen im reflektierten Licht. »Hier. Wir müssen dich ja schließlich wieder auf die Beine kriegen, ne? Hab dir 'n bisschen was zu erzählen. Gibt Arbeit für uns.«

»Was? Was denn für 'ne …« Sie gähnte.

»Hier.« Vorsichtig neigte er den Spiegel und hielt ihr mit der anderen Hand einen abgeschnittenen schwarzen Strohhalm entgegen.

»Keine Zeit zum Anhalten.«

Okay, das war beunruhigend. Fast so beunruhigend wie die Schleier vor ihren Augen oder das Zittern ihrer Finger, die den Strohhalm nicht richtig zu fassen bekamen. Sie brauchte ein paar Anläufe, bis sie das Nasenloch in die richtige Position gebracht hatte. Lex hielt ihr das Haar zurück.

Ihr Gesicht wurde taub; das Speed sauste ihr durch den Rachen und füllte ihren Mund mit dem metallischen, säuerlichen Geschmack, den sie so gut kannte. Nichts wäre ihr im Moment willkommener gewesen. Das Herz hüpfte ihr in der Brust, erwachte stotternd zum Leben, ihr Blick klärte sich, und sie spürte ein Kribbeln am ganzen Körper. Sie …

»Was zum Teufel treibt ihr beiden denn hier? Zusammen, meine ich?«

Okay, das war jetzt mal eine peinliche Stille. Aber ihr war's egal, weil ihr das Blut so geschmeidig durch die Adern schnurrte und sie so froh, so glücklich war, die beiden zu sehen. Unter dem Hoch regte sich etwas Dunkles, Unangenehmes: Die Dosis war viel stärker, als sie es gewohnt war. Sie hatte keine Ahnung, wie viel Lauren ihr mit der Spritze reingeballert hatte, aber Lex hatte ihr jedenfalls mindestens ein Gramm hingelegt, und der Kater von morgen lauerte schon kichernd auf den bösen Absturz, der unweigerlich irgendwann folgen musste.

Aber das waren alles Sorgen von morgen. Im Moment saß sie lebendig in einem aufgemotzten Flitzer, der mit Vollgas dahinbretterte. Sie war unglaublich high – und in Sicherheit.

»Hab dich angerufen, wenn du dich noch erinnerst«, sagte Lex schließlich. »Du hast gebrüllt, ich soll zu Terrible gehen, also hab ich das gemacht. Hab erst geglaubt, der bringt dich um, ne, aber weil das dann nicht so war, haben wir ziemlich schnell gecheckt, dass du in Schwierigkeiten steckst.«

»Na, das habt ihr richtig gecheckt«, sagte sie und bereute schon, dass sie überhaupt gefragt hatte. Denn jetzt kehrten schlagartig die Erinnerungen zurück: Lauren, die Ersten Ältesten, die Psychopomps, diese grauenvollen Psychopomps, der Schmerz, das Blut und …

Scheiße! Den Kater nahm sie gern in Kauf, denn das Einzige, was zwischen ihr und einem Totalabsturz stand, war die harte Schale ihres Drogenhochs und die wilde Entschlossenheit, sich nicht noch mehr zum Weichei zu machen, als sie's vermutlich eh schon getan hatte.

»Ich wusste ja, wo du warst«, sagte Terrible. »Wo ich dich abgesetzt hab. Da warste dann nicht mehr – wir haben alle Zimmer abgesucht, im ganzen Haus. Also haben wir gedacht, dass sie dich dann wohl … irgendwo abgeladen haben.«

»Ihr habt alle Wohnungen im ganzen Haus durchsucht?«

Er zuckte die Schultern.

Die Hitze stieg ihr ins Gesicht. Einen Moment später sagte

sie: »Moment mal! Das heißt, bei Lauren war niemand mehr in der Wohnung? Habt ihr auch bei ihr nachgeguckt?«

»Klar. Alles leer. Also, da waren natürlich noch Möbel und alles, aber es war keiner zu Hause. Hat ausgesehen, als hätten die mit 'nem Affenzahn die Fliege gemacht, weißte? Alles komplett durcheinander, Und …«

»Was ist mit den Schädeln?«

»Schädeln?«

»Ja, da waren … sie hatte ein ganzes Zimmer voll mit … aua!«

Scheiße! Doppelscheiße, weil ihr gerade klar wurde, was das hieß. Klar, vielleicht hatten Lauren und ihre Lamaru-Jungs gerade den Trip zum Container gemacht, als die beiden Männern die Wohnung durchsucht hatten – eigentlich hatte sie geglaubt, sie könnte Lauren unmöglich noch mehr hassen, aber es überraschte sie auch nicht besonders, dass es doch ging –, nur, warum sollte bitte die ganze Truppe mitgehen, wenn sie den Müll rausbrachten?

Nein. Es war wahrscheinlicher, dass sie schon zur Kirche gefahren waren, um noch vor der Zeremonie auf dem Posten zu sein.

»Chess, alles klar bei dir?«

»Hm? Oh ja, klar, ich muss – ich muss nur mal telefonieren.«

Es war fünf Uhr morgens; verdammt, das hieß sie war wie lange von der Bildfläche verschwunden? Drei Stunden? Vier? Okay. Die Widmungszeremonie sollte bei Sonnenaufgang anfangen. Bis dahin war es sicher nicht mal mehr eine Stunde. Nicht ganz unwahrscheinlich, dass der Älteste Griffin schon im Büro war.

Sein Telefon klingelte einmal. Zweimal. Drei…

»Büro des Ältesten Griffin, Fakten sind Wahrheit.«

»Hi, ich muss dringend mit …« Moment! Die Stimme am anderen Ende der Leitung klang mehr als vertraut. »Dana?«

»Nein, hier spricht Cesaria Putnam«, sagte das Mädchen am Telefon.

36

Auf betrügerische Weise die Identität eines Kirchen-
angestellten anzunehmen ist das denkbar schwerste Vergehen
gegen die Wahrheit und wird mit dem Tode bestraft.
Das Buch der Wahrheit, »Gesetze«, Artikel 894

Ihr ganzer Körper wurde gefühllos; einen Moment lang drohte das Handy ihrem Griff zu entgleiten und sich in dem roten Nebel zu verlieren, der ihren Blick verschleierte. Nein. Nein, das war doch nicht möglich.

»*Lauren?*« Sie knurrte den Namen förmlich. »Lauren! Wage es ja nicht, wage es verdammt noch mal nicht …«

»Cesaria? Scheiße, du bist noch am Leben?«

»Ich schwöre bei der Scheiß-Wahrheit, wenn du nicht …«

Lauren lachte leise. »Entschuldigung, ich muss jetzt gehen. Die Zeremonie fängt gleich an, und das darf ich auf keinen Fall verpassen – ich meine natürlich, *du* darfst das auf keinen Fall verpassen; Inquisitoren nehmen ja nicht teil. Genieß den Tag, solange du noch kannst – ich bin mir ganz sicher, dass wir uns später noch über den Weg laufen.«

»Lauren! Leg jetzt bloß nicht … *Fuck!*« Chess riss sich das Handy vom Ohr. Sie würde es noch mal versuchen. Sie würde alle Apparate im Büro durchgehen, so lange, bis sie jemanden an die Strippe bekam, irgendjemanden. Sie musste einfach jemanden finden, der ihr glaubte.

Aber natürlich würde ihr niemand glauben, es sei denn, sie stünde direkt vor ihm, sodass er es mit eigenen Augen sehen konnte. Sie hatte noch nie von jemandem gehört, der sich per Tarnzauber so täuschend echt in eine andere Person verwandeln konnte, dass sogar eine Hexe darauf reinfiel. Niemand in der Kirche würde das für möglich halten – verdammt, sie konnte es ja selber kaum glauben, obwohl sie gerade ihre eigene Stimme am Telefon gehört hatte, den Fetisch in der Hand gehalten hatte, der genau für solche Zauber gemacht worden war und das Bild von dem Mädchen gesehen hatte, das nicht sie gewesen war.

Als sie erneut das Büro anklingelte, nahm niemand ab. Auch in Goody Tremmels Büro ging keiner ran. Ebenso beim Ältesten Ramos, beim Ältesten Thompson, in der Bibliothek, im Archiv oder bei den Verbindungsleuten … Sie versuchte es sogar im Magazin, im Gefängnis und im Büro des Großältesten.

Nichts. Nichts als eine Bandansage, die sie darüber informierte, dass die Büros wegen der Trauerfeier für einen Kirchenfunktionär heute geschlossen waren.

Mist!

»Was ist denn los, Tülpi?« Lex zündete sich eine Zigarette an und sah ihr zu, wie sie das Telefon in den Schoß fallen ließ und sich gegen die Kopfstütze lehnte. Neben ihr spannte Terrible den Arm an; sie begriff, dass er jedes Mal Zuckungen bekam, wenn Lex »Tülpi« zu ihr sagte, aber ihr fiel auch keine Möglichkeit ein, wie sie Lex dazu bringen könnte, damit aufzuhören, ohne dass es superauffällig rüberkam.

»Ich erreiche einfach niemanden. Sie sind alle … sie sind alle schon unten in der Ewigen Stadt, und Lauren hat – aua! – meine Gestalt angenommen.«

»Was, du meinst, die hat einen Zauber, dass sie aussieht wie du?«

Sie nickte.

»Hätt nicht gedacht, dass das überhaupt geht.«

»Tja, ich auch nicht. So eine Scheiße! Die Zeremonie fängt gleich an, die sind alle schon auf dem Weg in die Stadt, und ich habe keine Ahnung, was sie vorhaben, außer, dass es – au! – nichts Gutes ist.«

»Und ich sag dir mal, was noch nicht gut ist. Diese Hunde, ja? Die sind ja überall in meinen Tunneln. Ich kann da nicht mehr runter.«

»Was?«

»Na ja, deshalb hab ich dich ja vorhin überhaupt bloß angerufen. Als du mich angebrüllt hast. Genau davor hat das mit den Hunden da unten angefangen. Die sind da echt überall.«

In ihrem Kopf drehte sich alles. Okay. Die Zeremonie würde also gleich anfangen, und die Lamaru waren schon auf dem Posten, direkt unten in der Stadt der Toten, bereit, ihre durchgeknallten, geisterfressenden Psychopomps von der Leine zu lassen.

Gleichzeitig musste Baldarel aber noch eigene Psychopomps in den Tunneln haben. In eben den Tunneln, die, wie er genau wusste, zum Bahnhof in der Ewigen Stadt führten. Jedenfalls vermutete sie, dass er das wusste.

Also, was hatte er vor? Wollte er etwa in die Stadt durchbrechen und – was? Die Lamaru umbringen und ihre Operation an sich reißen? Seine Psychopomps benutzen, um die Geister aus der Stadt … nein, denn seine Psychopomps konnten sich ja oberirdisch nicht bewegen, oder? Hatten sie jedenfalls beim letzten Mal nicht gekonnt.

»Tülpi?«

»Ja ja, ich … ich denke nach. Verdammt!« Ihre Hand fühlte sich kühl auf der Stirn an; sie drückte so fest dagegen, als könnte sie die Antwort herauspressen.

Okay. Die Psychopomps der Lamaru konnten Geister zerfetzen. Wenn sie vorhatten, sie in der Ewigen Stadt loszulassen, dann würde das in einem Massaker enden, das sie sich nicht einmal vorstellen konnte – und auch nicht vorstellen wollte.

»Wo sollen wir denn jetzt hin?« Terrible lenkte den Wagen um die Kurve; sie waren jetzt nicht mehr weit von ihrer Wohnung und dem Highway entfernt.

Wie gerne wäre sie jetzt nach Hause gefahren! Nur schnell duschen, sich alles abspülen, was geschehen war, und dann frisch und zu allen Schandtaten bereit wieder auftauchen. Zehn Minuten, mehr brauchte sie nicht.

Aber diese zehn Minuten konnten sie sich im Moment wirklich nicht leisten, und wie ihre Klamotten aussahen, war jetzt auch ganz egal – ach ja.

»Wollt ihr mit mir runter in die Stadt? Ich glaube, die La…, ich schätze, da unten wird's ziemlich zur Sache gehen.«

Lex zögerte. Terrible nicht. »Wenn du mich brauchst, klar.«

»Na gut, dann komm ich auch mit.«

»Dann müsst ihr aber Roben tragen. Es reicht, wenn ihr sie über die Klamotten zieht, aber ohne geht es nicht.«

»Ich dachte, du meintest mal, dass da unten keiner was anhat«, sagte Lex.

»Die Verbindungsleute nicht. Aber hier geht's um eine Zeremonie, das ist was anderes.«

Sie zuckten die Schultern. Das Auto brauste die Auffahrt zum Highway hinauf. Sie kamen mit. Sie würden ihr helfen. Zu jedem anderen Zeitpunkt hätte sie erleichtert gelächelt, aber im Moment hatte sie nicht das Gefühl, je wieder über irgendetwas lächeln zu können. Das Bild der Ewigen Stadt tauchte vor ihrem inneren Auge auf, aber diese Stadt war vollkommen leer, bis auf die Schreie ihrer Kollegen.

Die Bilder in ihrem Kopf wurden immer schlimmer. Eine Welt ohne Geister, das hieß auch eine Welt ohne Kirche. Eine

Welt in Anarchie. Es war sehr leicht, sich die Menschheit vorzustellen, wie sie sich voller Freude in ein Zeitalter der Freiheit aufmachte und die Befreiung von der ständigen Bedrohung durch die Geister feierte.

Aber Chess lebte in Downside, wohin der Arm der Kirche kaum reichte. Sie wusste, was passierte, wenn es niemanden gab, der das Sagen hatte. Sie sah, wie sich die verschiedenen Machtgruppen einen Kampf um die Vorherrschaft lieferten und dabei Unschuldige als Kanonenfutter oder als menschliche Schutzschilde verheizten. Sie sah zerstörte Städte. Zerstöre Existenzen.

Wie oft hatte sie in der Schule von den Kriegen gehört, die zwischen verschiedenen Regierungen entbrannt waren? Von Rassismus, Fremdenhass, Intoleranz und all den anderen Dingen, die es nur deshalb gab, weil niemand mehr willens war, nachzugeben oder auch nur die Perspektive der anderen Seite einzunehmen, wenn Kulturen und Glaubenssysteme aufeinanderprallten? Unter der Herrschaft der Kirche gab es so etwas nicht mehr. Wenn die Kirche aufhörte zu existieren, würden diese Probleme dann zurückkehren? Oder würde es noch schlimmere geben?

Sie wollte es gar nicht erst herausfinden. Nie im Leben. Also holte sie tief Luft und stellte sich darauf ein, eines der fundamentalsten Gebote der Kirche zu brechen. Hoffentlich würde man ihr vergeben, denn wenn nicht, wartete die Todesstrafe auf sie. Falls sie den Kampf überhaupt überlebte.

»Hey, Jungs – könnt ihr vielleicht noch ein paar Freunde anrufen? Damit sie zu uns stoßen? Ich glaube … ich glaube, wir könnten eine Armee im Rücken ganz gut gebrauchen.«

Es war zwar keine Armee, aber auch nicht zu verachten: Zwanzig bis dreißig waffenstarrende Männer mit finsteren Blicken und schweren Stiefeln. Ein oder zwei erkannte sie. Die meisten nicht. War auch egal.

Sie standen vor dem gewaltigen eisenbeschlagenen Kirchenportal, direkt neben den Prangern, wo normalerweise rituell Vergeltung geübt wurde, und warteten auf ihre Befehle. Sie warteten darauf, dass sie ihnen sagte, was zu tun war; Lex und Terrible hatten ihr das Feld überlassen. Sie hatte jetzt das Kommando.

Machte schließlich auch Sinn. Immerhin war sie die Einzige, die wusste, womit sie es zu tun hatten.

Okay. Sie kehrte ihnen den Rücken zu, griff nach der Pillendose und schob sich eine weitere Nip in den Mund. Das war vermutlich nicht das Klügste. Speed versaute ihr immer ein bisschen die Fähigkeit, Geister zu spüren, und zehrte auch an ihrer magischen Kraft. Andererseits hatte ihr Körper immer noch mit der Elefantendosis Dream zu kämpfen, und sie musste jetzt so wach wie möglich sein. Und was die Fähigkeit zum Geistersehen anging: Hallo? Sie war auf dem Weg in die Stadt der Toten. Natürlich würde es dort Geister geben.

Wenigstens hoffte sie, dass noch welche übrig waren. Der Himmel über ihnen erhellte sich langsam. Die Zeit wurde knapp.

So schnell es irgend ging markierte sie alle Anwesenden mit schwarzer Kreide und benutzte dabei die mächtigsten Schutzzeichen und magischen Symbole, die sie kannte. Das Risiko von Besessenheit war in der Stadt immer hoch, und keiner dieser Männer war imstande, sich dagegen zu wehren. Verdammt, keiner von ihnen war imstande, überhaupt einen Geist zu bekämpfen! Vielleicht war es doch keine so gute Idee gewesen, sie hierherzubringen.

Aber jetzt hatten sie keine andere Wahl mehr. Sie krempelte die Ärmel hoch und widmete sich ihren Tätowierungen. Als sie die Linien der unvollständigen schloss, musste sie unfreiwillig grinsen, während ihr die Energie die Nervenbahnen entlangraste und in die Wirbelsäule schoss. Diesen Kick bekam sie einfach nie satt.

»Okay.« Sie bedeutete ihnen, sich um sie zu versammeln. Die Magie, die von den Symbolen ausging, vereinigte sich mit ihrer und brachte die Luft zum Knistern, sodass sich ein angenehmes Kribbeln über den Speedrausch und die immer spürbare träge Euphorie des Dream legte. »Leute, wir sind auf dem Weg in die Stadt der Ewigkeit, also solltet ihr ein paar Sachen wissen. Kommt den Geistern nicht zu nahe, und seht ihnen nicht direkt in die Augen. Die Schutzzeichen, die ich euch aufgemalt habe, sollten das Schlimmste verhindern, aber seid trotzdem vorsichtig. Da unten gibt es zwar normalerweise keine Waffen, aber es kann gut sein, dass … jemand … die Geister neu ausgerüstet hat. Also haltet die Knarren jederzeit griffbereit. Wenn ihr sie loslasst, können sie sie euch wegnehmen, und sie schießen auf jeden Fall schneller als ihr. Aber ohne Waffen können sie euch nichts tun. Lasst sie einfach links liegen, ganz egal, wie gruse…, wie schräg sie aussehen, dann besteht keine Gefahr. Okay?«

Allgemeines Nicken. Sie konnte nicht einschätzen, ob sie zu selbstsicher waren oder nur zu verängstigt, um den Mund aufzukriegen, oder ob ihnen vielleicht tatsächlich einfach nicht besonders viel an ihrem Leben lag.

»Zivilisten ist der Zutritt zur Stadt eigentlich verboten. Ihr müsst mir euer Wort geben, ihr alle, dass ihr niemandem von dieser Aktion erzählt oder ausplaudert, was ihr da unten gesehen habt. Zu niemandem ein Wort. Kapiert?«

Erneutes Kopfnicken.

Sie betrachtete sie einen Moment lang, sah die Mischung aus Aufregung und Unbehagen, die sich auf ihren Gesichtern malte, und die gehetzten Blicke, die sie sich zuwarfen, um zu checken, ob sich vielleicht jemand was anmerken ließ.

Sie wollte noch mehr sagen, ihnen allen Glück wünschen, ihre

Warnungen wiederholen oder … einfach irgendwas tun. Aber im Grunde schob es das Unvermeidliche nur hinaus, und dafür hatten sie jetzt keine Zeit mehr.

Also nickte sie nur, drehte sich um und schloss das Portal auf.

Im Inneren wartete die Eingangshalle auf sie, riesengroß und stumm. Die Luft summte vor Energie, noch stärker als gewöhnlich, eine Kombination aus ihrer Angst und der Zeremonie, die gerade abgehalten wurde.

»Hier entlang.« Ihre Stimme hallte ohne das leise Stimmengemurmel aus den anderen Zimmern lauter als gewöhnlich durch das Gewölbe.

Die Männer marschierten ihr hinterher, vorbei an den Büros, durch die Tür unter der Haupttreppe und dann ins Magazin hinter der Kapelle.

Hier waren die Regale bis obenhin voll mit allem, was sich eine Hexe im Kampf gegen Geistermächte nur wünschen konnte. Kräuterfässer und reihenweise Kerzen, deren Duft schwer und süß in der stillen Luft hing. Ersatzruten. Eisenspäne, Eisenflocken, Eisenbarren. Schwarze und blaue Blumen zur Verzierung von Ruten, Räucherschalen in allen Formen und Größen, von der kleinsten Untertasse bis zum größten Tablett. Prall gefüllte Säcke mit Friedhofserde. Und in der Ecke ein Haufen Zeremonienroben. Sie zog sich eine davon über den Kopf und verteilte den Rest.

Auf ihrer Strickjacke klebten immer noch Müllreste. Sie zog sie aus und knotete sich die Arme vor dem Bauch zusammen, sodass sie die Jacke wie eine Schürze tragen konnte. Sobald sie einmal unten waren, hatte sie vielleicht keine Zeit mehr, in der Handtasche rumzufummeln. Zur Hölle, ganz bestimmt nicht! Also funktionierte sie die Strickjacken-Schürze zum Bauchbeutel um und verstaute ihre Ausrüstung darin. Sie beschränkte sich nicht nur auf Mittel gegen durchgeknallte Psychopomps, sondern stopfte alles hinein, was gegen die Lamaru oder Baldarel und generell gegen gruselige, blutrünstige schwarze Magie von Nutzen sein mochte.

»Vielleicht wär's gar nicht so dumm, wenn ihr Jungs auch ein bisschen Eisen einsteckt«, sagte sie, während sie sich nach dem Fässchen mit dem Eisenhut reckte. Gerade als sie es über den Rand des Regals bugsiert hatte, schob sich Terribles Hand neben ihre, hob das Gefäß und reichte es ihr hinunter.

Er sah nicht gut aus. Oder nein, halt, er sah natürlich gut aus – allein sein Anblick gab ihr neuen Mut –, aber er wirkte irgendwie … befangen. Unbehagen umgab ihn wie eine Wolke; seine Augen glänzten in dem allzu bleichen Gesicht.

»Hey, alles klar?«

»Jupp.«

Sie öffnete erneut den Mund, um ihn mit Nachfragen zu nerven, aber als sie sah, wie er die Zähne zusammenbiss, ließ sie es bleiben. Es war nicht nur, dass sie keine Zeit für so was hatten. Selbst wenn es anders gewesen wäre: Dies war nicht der richtige Moment. Und hier, unter den Augen der Männer, die für ihn arbeiteten, kam es erst recht nicht infrage. Vor allem nicht, wenn Lex auch dabei war.

Also ließ sie das Thema fallen und konzentrierte sich ganz darauf, die Männer mit so vielen Schutzartefakten auszustatten, wie nur irgend möglich: Amulette, die an Ketten aus Eisengliedern baumelten, kleine Totems, Medizinbeutel voller Kräuter und Steine. In den identischen blassblauen Roben, mit dem wirren Haar und den vernarbten Gesichtern sahen sie aus wie Häftlinge beim Fasching.

Sie sprachen kein Wort, als sie sie durch die Kapelle zum Fahrstuhl führte und den Knopf drückte. Ihre Nerven lagen jetzt endgültig blank, das Herz galoppierte ihr in der Brust, und der Magen legte dazu einen Stepptanz hin. Was war da unten los, an diesem totenstillen Ort unter der Erde? Inzwischen musste die Zeremonie begonnen haben. Ob die Lamaru schon losgelegt hatten? Oder Baldarel?

Was erwartete sie bei der Ankunft am Bahnsteig? Ob Baldarels Hunde schon eingetroffen waren?

Die Fahrstuhltüren glitten beiseite, und sie stiegen ein. Zum ersten Mal war Chess dankbar dafür, dass die Kabine für eine solche Menschenmenge gemacht war, wie sie jetzt anlässlich des Rituals zusammenkam; es war ein bisschen eng, und sie machte sich Sorgen wegen des Gewichts, aber sie passten alle rein. Schweigen. Niemand sprach. Ihre Hände waren eiskalt. Sie ballte sie zu Fäusten, ließ die Finger spielen und schüttelte sie, so wie sie es immer tat, wenn sie sich eine Riesendosis Speed reingepfiffen hatte. Sie konnte einfach nicht stillstehen. Konnte nicht aufhören, sich das Blutbad auszumalen, das sie vielleicht erwartete; kam nicht los von den Visionen einer ausgestorbenen Stadt und einer ausgestorbenen Welt, die sich vorhin in ihr Hirn eingebrannt hatten.

Und unter alldem lauerte die altvertraute Angst: Die vor der Stadt selbst, vor der Stille und den geisterhaften Schemen und dem Dreck und den Gespenstern mit dem leeren Blick, die an ihr vorüberglitten. All das erinnerte sie unbarmherzig daran, dass dies alles war, was sie nach dem Ende erwartete: diese Trostlosigkeit, die alle anderen anscheinend so friedvoll und beruhigend fanden, während sie bei diesen Bildern immer noch ein paarmal pro Jahr schweißgebadet aufwachte.

Mit einem kleinen Ruck kamen sie am Boden des Fahrstuhlschachts zum Stehen. Die Türen glitten auf.

37

Selbstverständlich hatte ich Angst, als ich in den Fahrstuhl stieg, und sie wurde noch viel größer, als er anhielt und mein Liaiser mich in den Vorraum führte, wo ich den Geist meines Urgroßvaters traf. Aber es gab letztendlich gar keinen Grund, sich zu fürchten, und mit seiner Hilfe gelang es mir, meinen Familienstammbaum noch vier weitere Generationen zurückzuverfolgen!
Mein Besuch bei den Toten von Etherida Pilcher, erschienen im Magazin *Du!* im März 2000

Dichte, machtvolle Energie wirbelte durch die Fahrstuhlkabine, hüllte Chess ein, durchdrang sie und ließ sie mit einem Druck auf der Brust zurück. Sie hatten bereits mit der Zeremonie begonnen, da gab es gar keinen Zweifel, und daher flog sie praktisch aus der Kabine. Sie mussten sich beeilen, in den Zug springen und dann los. Zum Glück mussten sie nicht erst lange warten; er kehrte automatisch nach jeder Fahrt zum Ausgangspunkt zurück. Es war zu gefährlich, ihn in der Nähe der Ewigen Stadt stehen zu lassen; die Schrauben ließen sich entfernen und konnten, ebenso wie andere Teile, als Waffen verwendet werden. Es durften überhaupt keine Gegenstände von außen in die Stadt gebracht werden.

Sie betätigte den Schalter, der die Zugtüren öffnete, und winkte die Männer hinein, während ihr das Herz mit dreifacher

Geschwindigkeit klopfte. Daran war das Speed schuld, und ihre Angst vor der Stadt, eine Abneigung, die schon an Hass grenzte. Und über allem lag die lähmende Furcht davor, was sie bei der Ankunft erwartete.

Die Männer setzten sich. Chess nicht. Stattdessen zwang sie sich, die kleine Kabine am Kopf des Zuges zu betreten und den Knopf zu drücken, der das Gefährt zum Leben erweckte. Mattblaue Lichter glommen über ihr, spiegelten sich in den Plexiglasfenstern, schimmerten schwach auf den Eisenwänden und den Beschlägen. Es war, als säße man in einem Eisberg; die Heizlüfter, die über ihnen surrten, würden in ein paar Sekunden warme Luft verstrudeln, aber im Moment war es im Waggon noch kalt und tot und vollkommen still, bis auf das dumpfe Mahlen des ersten Portals, das sich öffnete und ihnen Einlass in den Tunnel gewährte.

Chess lehnte sich gegen die Eisenstange in der Mitte. Sie konnte jetzt nicht sitzen. Sie ertrug es nicht, ihnen ins Gesicht zu sehen, während der Boden unter ihnen bebte und der Zug sie ins Dunkel trug. Für wie viele der Männer, die jetzt so nahe bei ihr saßen, dass sie nur die Hand ausstrecken musste, um sie zu berühren, waren dies die letzten Sekunden ihres Lebens?

Ihr ganzer Körper vibrierte so heftig, dass sie das Gefühl hatte, er würde zerspringen, wenn sie sich nicht darauf konzentrierte, ihn zusammenzuhalten. Die Ausrüstungstasche zerrte an ihr. Chess stank immer noch. Und vermutlich würde sie jetzt eines schmerzhaften Todes sterben, genau wie alle anderen auch.

Das war alles ihre Schuld. Wenn sie schon früher richtig geschaltet hätte, wäre vielleicht nichts von alledem passiert. Wenn sie besser auf ihr Misstrauen gegenüber Lauren geachtet und auf die innere Stimme gehört hätte, die ihr sagte, dass hier irgendetwas nicht stimmte. Wenn sie sich mal eine Sekunde hingesetzt und über die Indizien nachgedacht hätte, über Baldarels Verbindung zu dem Geist, der bei der Hinrichtung eingeschmuggelt worden war, und über die Tatsache, dass der Tod eines hochrangigen Kirchenvertreters automatisch dazu führte, dass die gesamte Belegschaft sich gleichzeitig in der Ewigen Stadt versammeln würde.

Sie hätte sich einfach schlauer anstellen müssen. Hätte einfach besser sein müssen. Und wenn sie jetzt starb – wenn jetzt irgendjemand starb –, trug sie ganz allein die Verantwortung dafür.

Das Beste war, dass sie mit ziemlich hoher Wahrscheinlichkeit auch noch von einer Person umgebracht werden würde, die sich für sie ausgab. Da fiel ihr ein …

Sie hatte einen Kloß im Hals, als sie sich umdrehte. Sie zwang sich, trotzdem zu sprechen. »Da wird sich ein … *au* … ein Mädchen rumtreiben, das genauso aussieht wie ich. Also … seid bitte vorsichtig, okay?« Sie rang sich ein Lächeln ab, wobei sich ihr Gesicht anfühlte wie eine Gummimaske. »Bringt nichts um, was mein Gesicht trägt!«

Allgemeines Nicken. Ein paar Männer grinsten sogar. Furcht stand in ihren Augen. Terrible zog die Augenbrauen zusammen, sagte aber kein Wort. Darüber war sie froh. Sie wollte auch gar nicht, dass er mit ihr redete. Sie wollte jetzt mit überhaupt niemandem reden.

Draußen vor den Fenstern war alles schwarz. Der Zug donnerte mit seinen bunt zusammengewürfelten Passagieren durch die Leere. Die magische Kraft um sie herum nahm von Sekunde zu Sekunde zu, legte sich schwer auf ihre Haut und verursachte ihr Kopfschmerzen. Ihr Griff um die Haltestange verkrampfte sich. Sie konnte das, sie hatte schon viel Schlimmeres überstanden als das hier, und sie würde es auch noch rechtzeitig schaffen. An diesem Gedanken klammerte sie sich fest und stellte sich die Worte in leuchtenden roten Lettern auf die schwarze Erde draußen projiziert vor. Sie konzentrierte sich mit aller Macht darauf: *Du kannst es schaffen.* Sie musste einfach.

Schließlich kam der Zug zum Stehen. Die Türen glitten beiseite, und sie wurden auf den kleineren Bahnsteig ausgespuckt. Ihr Atem formte Dampfwolken in der eisigen Luft, die im Licht der einsamen Glühbirne über dem massiven Portal eisblau schimmerten.

Das Portal war verschlossen. Kein Problem. Es fühlte sich eigentlich sogar gut an, das Schloss zu knacken und sich endlich mal mit etwas zu beschäftigen, bei dem sie genau wusste, wie es ging. Mit etwas Leichtem. Was immer auch sonst noch los war, welche Ängste sie auch plagten und mit welchen Unsicherheiten, Schuldgefühlen, Selbstanklagen oder andere wirren Problemen sie sich auch herumschlug – im Moment ging es einzig und allein um Arbeit und darum, das durchzuführen, wofür sie ausgebildet worden war.

Hinter ihr ertönte das Geräusch der Zugtüren, die sich wieder schlossen, und dann spürte sie den Luftzug, als der Zug die Rückfahrt antrat, aber sie ließ sich nicht beirren. Der Zug war jetzt egal. Nur ihre Arbeit zählte.

Zuerst steckte sie den Schlüssel in das reich verzierte Schloss und drehte ihn dreimal gegen den Uhrzeigersinn, bis es klickte. Energie züngelte aus dem Schlüsselloch und leckte ihr prüfend über die Finger. Sie wartete, voll konzentriert. Jede Sekunde musste die magische Sicherung ihre Macht erkennen, dieses schwer zu beschreibende Etwas, das sie als *Hexe* kennzeichnete, und die Kraft der Schwüre und Zauber, die sie an die Kirche banden. Aus diesem Grund brauchten die Lamaru eine Zeremonie – oder wenigstens teilweise aus diesem Grund. Sie konnten zwar den Bahnsteig betreten, aber solange ihnen nicht jemand von innen öffnete, konnten sie nicht rein. Das Schloss konnte nur von eine Kirchenangestellten geöffnet werden.

Es kam wie erwartet. Hitze flackerte auf und wärmte ihre Haut. Sie kam und ging schneller, als ihr vom Speed gehetztes

Herz brauchte, um einmal zu schlagen. Gerade so viel Zeit, wie sie brauchte, um sich dagegenzuwerfen. *»Harraskata berkarantus.«*

Als Nächstes würde das Klicken kommen. Sie bereitete sich innerlich darauf vor und nahm einen festeren Stand ein. Dieser Schutzzauber war zwar simpel, aber äußerst effektiv; ein Test ihrer Kraft, ihrer Reflexe und ihres Wissens.

Sie spürte das Klicken, noch bevor sie es hörte. Ihr ganzer Körper klickte mit. Eine Hitzewelle stürmte ihr entgegen und schleuderte sie zurück, doch sie blieb standhaft und drückte noch fester gegen die Tür. Sie kämpfte genauso dagegen an, wie sie noch vor ein paar Tagen gegen den Bindenden Eid gekämpft hatte. Es kam ihr vor, als wäre es schon Jahre her.

Einen Augenblick lang herrschte ein unheimliches Gleichgewicht, während sie mit dem magischen Ansturm rang, der ihr die Schädeldecke zu sprengen drohte. Sie biss die Zähne zusammen, legte sich noch mehr ins Zeug, wartete und drückte aus Leibeskräften.

Und dann war es einfach verschwunden. Sie verlor das Gleichgewicht und knallte mit der Stirn gegen die Tür, aber das Triumphgefühl war so stark, dass sie sich nicht im Geringsten dafür schämte. Und schließlich war es auch egal, immerhin wusste von den Männern eh keiner, wie es eigentlich aussehen sollte.

Sie drehte sich zu ihnen um und musterte sie ein letztes Mal prüfend. »Denkt an alles, was ich euch gesagt habe, okay?«

Sie nickten. Ihre Angst wehte Chess durch die Luft entgegen. Auch dagegen musste sie ankämpfen. Sie hatte schon genug Probleme, da musste sie sich nicht auch noch über die Gefühle ihrer Gefolgsleute Gedanken machen.

Ein tiefer Atemzug, der ihr Glück bringen sollte, und ein weiterer zu ihrer Beruhigung.

»Na dann los!«

Sie stieß die Tür auf und trat durch eine dicke magische Barriere und die Mauer aus Eisenketten in die Ewige Stadt.

Die Männer sogen scharf die Luft ein. Chess tat es ihnen gleich, allerdings aus einem anderen Grund. Die Zeremonie war in vollem Gange. Sie erkannte die gedrängte Menge aus Gestalten in blauen Roben in etwa hundert Metern Entfernung. Die geballte magische Energie durchfuhr sie mit der Wucht einer Atombombe und erschütterte sie genauso heftig.

Sie wollte nicht, dass sie sie bemerkten. Noch nicht. Also bückte sie sich, deutete den Männern mit einem Wink, es ihr gleichzutun, und machte sich vorsichtig daran, den unebenen, nackten Boden zu überqueren, ohne die Kirchenversammlung auch nur eine Sekunde aus den Augen zu lassen.

Dort bewegte man sich langsam im Kreis und sang im Chor. Worte der Macht hallten von den glatten Erdwänden, stiegen hundert Meter in die Luft und brachen sich an der fernen Decke. Ein Teil des Lichts ging von den Kerzen im Inneren des Salzkreises aus, den die Kirchenangestellten gezogen hatten; sie wusste genau, wie dick die Linie sein musste, wusste, dass mindestens zwei Älteste abseits der Zeremonie standen und einzig und allein damit beschäftigt waren, Energie in den Kreis fließen zu lassen, um ihn mit Kraft zu versorgen.

Zusätzliches Licht kam von den Schutzzeichen, die jeden Quadratzentimeter der Wände und der Decke bedeckten und die Erdkraft noch verstärken sollten, deren Magie sie blau aufleuchten ließ.

Die stärkste Lichtquelle jedoch waren die Geister. Hier unter der Erdoberfläche leuchteten sie noch heller als oben, sodass jeder von ihnen an eine blaue Glühbirne in Menschengestalt erinnerte, die durch die Luft schwebte. Überall in der riesigen Höhle schwirrten Geister umeinander, segelten durch den gewaltigen leeren Raum oder hingen dicht über dem Boden. Sie ballten sich in abstoßenden Klumpen an den nackten Wänden und folgten der Zeremonie mit hasserfüllten Blicken. Ihre Wut war selbst jetzt noch überwältigend, obwohl sie durch die mächtigen Schutzzeichen der Stadt und die Erde selbst in Zaum gehalten wurde. Außerhalb der Stadt waren Geister unter der Erdoberfläche mächtiger und gefährlicher – aus diesem Grund waren Keller und unterirdische Räume auch illegal. Aber hier in der Stadt hatten sie keine Macht – es sei denn, jemand beging den Fehler und ließ ihnen eine Waffe in die Hände fallen oder öffnete ihnen einen Fluchtweg durch einen der Ausgänge zur Bahnstrecke.

Es gab keine Verstecke mehr, als Chess die Männer auf die Zeremonie zuführte. Keine Felsbrocken, keine Gräben, keine Erdhaufen. Die Ewige Stadt hatte keine hervorstechenden Geländemerkmale, bot nichts, woran das Auge sich festhalten konnte. Es war eine eisblaue Neonhölle, so kalt, dass ihre Nase sich taub anfühlte, und so riesig, dass sie noch nie einen Blick auf das Ende erhascht hatte.

Sie schoben sich an der Mauer der Verbindungsleute-Station vorbei und schöpften trügerische Zuversicht aus dem Halt in ihrem Rücken. Gleich waren sie daran vorbei und im freien Gelände; man würde sie erspähen. Sie hatte keine Ahnung, wie man auf ihre Ankunft reagieren würde.

Schon hatten einige Geister sie entdeckt. Sie waren über die Anwesenheit der Kirchenangestellten und die Vorstellung, dass lebende Kreaturen, die sie nicht berühren konnten, in ihre Heimstatt eindrangen, derart erbost gewesen, dass sie länger gebraucht hatten als gewöhnlich. Chess hatte gehofft, dass sie sogar noch länger abgelenkt bleiben würden, aber die Lebenskraft, die sie und die Männer im Inneren trugen, schien wie ein Leuchtfeuer, das wusste sie, und schlug Wellen in der leeren Luft, die die toten Gestalten registrierten.

Am Ende der Mauer der Verbindungsleute-Station blieb sie stehen und drehte sich um. Terrible und Lex kauerten direkt hinter ihr. Keiner der beiden Männer schien die Geister oder das grabeskalte Elend dieses Ortes zu bemerken; sie sahen sie an, warteten auf ihren Befehl, und stellten dabei ein so unerschütterliches Zutrauen zur Schau, dass es fast beruhigend gewesen wäre, wäre sie sich nicht so verdammt sicher gewesen, dass sie alle gleich sterben würden. Was würde Lauren tun, wenn sie aufkreuzten? Was würden die Lamaru tun? Waren sie bereits hier und versteckten sich unter blassblauen Roben dort im Kreis?

»Gleich betreten wir offenes Gelände«, flüsterte sie. »Dann müssen wir rennen, was das Zeug hält. Aber bleibt außerhalb des Kreises stehen, okay? Brecht nicht …«

Zu spät.

Magische Energie flackerte auf wie eine Tausend-Watt-Birne. Ihre Worte endeten in einem erstickten Keuchen, während sie herumwirbelte und beinahe gestürzt wäre. Terrible erwischte sie noch an den Schultern; sie spürte ein beruhigendes Drücken und sah gerade lang genug zurück, um seinem Blick zu begegnen. Eine Sekunde Augenkontakt – mehr war nicht nötig, um ihr das Herz zu brechen.

Ein weiterer Machtstoß. Sie riss sich von ihm los und richtete sich auf.

Über dem Kreis hingen die geisterhaften Schemen des Ältesten Murray und des Henkers. Dies war der Höhepunkt der Widmung, der Augenblick, in dem ihnen die letzten Überreste ihrer Menschlichkeit auf magischem Wege zurückgegeben wurden, damit sie sich verabschieden konnten, bevor sie für immer in die Ewige Stadt eingingen.

Aber man musste keine Kirchenhexe sein, um zu ahnen, dass etwas schiefgegangen war. Als der Kopf des Ältesten Murray den Scheitelpunkt der dünnen Hülle aus weiß leuchtender Energie über dem Kreis berührte, erhob sich eine weitere Stimme noch lauter. Eine Stimme, die ihr Schauer der Wut über den Rücken jagte und sie losrennen ließ, bevor sie noch merkte, dass sie sich in Bewegung gesetzt hatte.

Ihre eigene Stimme.

Ihre eigene verfluchte Stimme schrie jetzt Worte der Macht, die so von schwarzer Magie durchzogen waren, dass sie wie eine Fontäne Erbrochenes in die Luft stiegen. Die Energie breitete sich im Kreis aus und brachte ihn zum Bersten. Panische Schreie und Stimmgewirr erhoben sich.

Und noch etwas anderes erhob sich: Drei Psychopomps in Rabengestalt. Laurens Psychopomps – oder wahrscheinlich neue. Sie kreisten durch die brodelnde Luft über der kleinen Versammlung und schlugen mit glühenden Augen die Krallen in die Geister. Sie hoben sie hoch, trugen sie zum Portal und stießen die Eisenketten beiseite.

Chess spürte, wie das magische Siegel an den Türflügeln brach, als würde ein Kabel auseinandergefetzt.

Sie spürte, wie das Portal aufsprang und erkannte mit einem Blick zurück, wie eine schwarze Flut hindurchbrach und sich auf sie zuwälzte. Die Lamaru. Sie sah, wie Geister die Flucht antraten.

Das war nicht ihr Problem – oder besser gesagt, es war im Moment nicht ihr Problem. Ihr blieb gerade genug Zeit, sich um sich selbst zu sorgen, darum, dass Lauren ihre Gestalt angenommen hatte, und jetzt triumphierend lächelnd ein Schwert reckte, als sich die Ältesten und Kirchenangestellten ihr entgegenstellten.

Einige ihrer Männer überholten sie und stürzten sich auf die schwarze Flut der Lamaru, die inzwischen fast am gesprengten Kreis angelangt war. Ihre improvisierte Bauchtasche schlug ihr gegen die Schenkel, heftiger, als sie geglaubt hatte. Sie griff danach und presste sie an sich. Ihre Lungen waren dem Bersten nahe.

Wieder hallte ihre Stimme unvorstellbar laut durch die Luft. Diesmal erscholl eine Antwort. Die Lamaru stimmten in den Gesang mit ein – eine ganze Reihe jedenfalls; nämlich diejenigen, die nicht bereits mit gezückten Schwertern auf die wehrlosen Kirchenmitarbeiter eindrangen. Hinzu kamen die Hunde.

Hunderte erfüllten die Luft mit ihrem Geheul, das sich an Wänden und Decke brach und ihr in den Ohren gellte.

Jeder Lamaru musste Dutzende von Schädeln dabeihaben, den ganzen Vorrat, den sie in Laurens Wohnung gefunden hatte und mehr. Warum zum Teufel brachten sie Psychopomps mit, wenn sie zugleich die Pforten der Ewigen Stadt aufstießen und die Toten auf die Welt losließen? Was zur Hölle war … nein, zum Nachdenken war es jetzt zu spät, dafür blieb keine Zeit mehr.

Die Geister hatten sich in Bewegung gesetzt und vergaßen vor lauter Erregung sogar ihre Form, sodass sie nur noch wabernde Energiefelder waren. Scheiße! Geister ohne feste Gestalt waren unglaublich gefährlich. Sie konnten neue Arme und Beine ausbilden oder sich mit anderen Geistern zu neuen, mächtigeren Wesen verbinden. War es das, was die Lamaru im Schilde führten? Sie befrei…, nein, warum dann die Psychopomps, die doch Geister zerstörten, wenn sie alle Geister freilassen wollten?

Die Lamaru hatten die Kirchenbelegschaft erreicht. Auch einige von Lex' und Terribles Männern waren dort eingetroffen. Sie sah Waffen aufblitzen und hörte, wie sich die Tonlage der Schreie änderte.

Aber sie achtete kaum darauf, weil es viel schlimmer war, das Allerschlimmste, wie die Hunde sich auf die Geister stürzten, sie in Stücke rissen und völlig auseinandernahmen. Sie wollten die Geister nicht freilassen und verschwendeten keinen Gedanken daran, dass sie durch die Portale entkommen konnten, weil sie

sie einfach zerstörten und ihnen die geisterhaften Gliedmaßen zerfetzten.

Sie stürzte sich ins Getümmel. Verschwendete eine Sekunde, die sie eigentlich nicht hatte, damit, sich zu überlegen, was sie zuerst tun sollte. Ein paar von den Geistern hatten die eisernen Kerzenhalter entdeckt und versuchten, sie aufzusammeln und als Waffen einzusetzen. Einer griff sich eine brennende Kerze und schwenkte sie langsam im Bogen umher.

Genau das brauchte sie jetzt. Feuer. Die Männer waren zwar bereits in den Kampf mit den Lamaru verwickelt – Scheiße, es waren so viele, viel mehr, als sie erwartet hatte –, aber ihre Kollegen waren noch immer wehrlos, vollkommen unbewaffnet und mit keinem der Kräuter versehen, die man brauchte, um die Toten wirksam in ihre Schranken zu weisen. Sie musste den Ältesten Griffin oder den Ältesten Ramos finden und ihm erzählen, was hier vor sich ging.

Die Ewige Stadt war ein Tollhaus aus blauen Roben, schwarzen Roben, Hunden, Geistern und Klingen, die wie Eis durch die kalte blaue Luft zuckten. Sie rannte gebückt über die Reste der Salzlinie, schnappte sich eine der Räucherschalen, die überall am Boden verteilt waren, und rückte sie gerade, während sie mit der anderen Hand schon das Feuerzeug aus der Tasche zog.

Ihre Bauchtasche enthielt Misteln, gemahlene Krötenknochen und getrocknetes Psychopomp-Fleisch. Zusammen mit etwas Teufelsdreck warf sie alles in die Schale und steckte die Mischung in Brand, während sie sachte darauf pustete, damit sie schneller Feuer fing, und mit den Händen wedelte, um den Rauch zu verteilen. Sie hatte keine Ahnung, ob das gegen die Psychopomps, die sich jetzt den Weg durch die Schlacht bahnten, etwas nützen würde …

Schmerz explodierte in ihrem Hinterkopf. Die Szenerie vor ihr löste sich auf; Rote Lichter flackerten, und Erde füllte ihren

Mund, als sie vorwärtsstolperte. Ihr bereits verbrannter Oberschenkel stieß gegen die Räucherschale und prallte ab. Sie stieß einen schwachen Schrei aus und versuchte sich wegzurollen, aber eiserne Hände hielten sie gepackt. Die eine griff ihr ins Haar und drückte ihr das Gesicht auf den Boden. Sie wusste nicht, ob es die Lamaru waren oder jemand von der Kirche.

Als sie sich herumwarf, wurde ihr vor Anstrengung übel, aber sie schaffte es und schwang den rechten Arm in hohem Bogen durch die Luft, bis er so hart gegen etwas prallte, dass sie glaubte, ein Knochen müsse gebrochen sein.

Weitere Arme reckten sich nach ihr und wollten sie zurückhalten. Dicht neben ihr auf dem Boden lag ein eiserner Kerzenhalter. Sie griff danach und schlug zu, ohne groß zu zielen, einfach, um nicht länger untätig herumzuliegen.

Einer der Lamaru packte den Kerzenhalter und versuchte, ihn ihr zu entreißen. Sie ließ sich von ihm auf die Füße ziehen und schnellte dann weiter hoch, bis sie ihn rammte.

Ihre Räucherschale brannte jetzt lichterloh. Dicker, wabernder Rauch kräuselte sich in der Luft. Sie konnte nicht erkennen, ob es irgendeinen Effekt auf die Psychopomps hatte. Außer dem Mann in der schwarzen Robe direkt vor sich sah sie gar nichts mehr. In ihrem Kopf war für nichts anderes mehr Platz als für das dringende und völlig unpersönliche Verlangen, ihm mit aller Kraft den Kerzenhalter über den Schädel zu ziehen.

Stattdessen riss sie das Knie hoch und rammte es ihm in die Eier. Sie wirbelte von ihm fort, noch bevor er Zeit hatte, zu Boden zu gehen.

Der Kopf des Ältesten Griffin erschien. Licht schimmerte auf seinem ergrauten Haar. Chess steckte sich den Kerzenhalter unter den Arm und stürmte auf ihn zu, wobei sie das Ding als Speer einsetzte, um sich den Weg zu bahnen.

Er hatte irgendwo einen Ritualdolch ergattert und hieb damit gerade nach zwei Lamaru, die ihn langsam, aber sicher an die Wand drängten. Sie vollführte einen Sturmanngriff und schwang den Kerzenständer wie eine Baseballkeule. Seine Miene verdüsterte sich, als er sie erkannte; er riss den Dolch empor.

»Nein!« Sie konnte sich gerade noch wegducken und den Kerzenständer zurückreißen. Natürlich wollte sie ihn nicht verletzen, aber andererseits hatte sie Angst, dass er sie töten würde, bevor sie irgendetwas erklären konnte. Eine Faust streifte ihre Wange; sie machte einen Satz zurück. Scheiße, es waren einfach zu viele, viel zu viele Lamaru.

Und zu viele Geister. Durchscheinende Hände schlossen sich um den Kerzenständer und zuckten zurück, als das Eisen sie verbrannte. Das Ding richtete den hasserfüllten Blick auf sie und hechtete auf sie zu; ihre Tattoos schrien noch lauter und versengten ihr die Haut, als ihr Blut von der Berührung des Geistes zu Eis gefror.

Er versuchte, sie festzuhalten und von ihr Besitz zu ergreifen. Sie konnte es spüren. Scheiße! Ihre Tattoos taten ihre Arbeit. Aber was war mit den Schutzzeichen, die sie den Männern aufgemalt hatte? Was war mit …

Terrible. Sie ging das Risiko ein und ließ den Ältesten Griffin einen Moment aus den Augen, während sie sich nach ihm umschaute. Sie entdeckte ihn, als er gerade das blutige Messer über den Kopf riss, um es in eine Brust in schwarzer Robe zu rammen. Er kämpfte immer noch. Er war immer noch am Leben, immer noch ganz er selbst.

Der Älteste Griffin packte sie am Hals und stieß sie zu Boden. Einen Moment lang starrte sie ihn bloß schockiert an. Noch nie hatte er die Hand gegen sie erhoben, hatte nie auch nur vermuten lassen, dass er zu so etwas überhaupt in der Lage war. Und da war er wieder, der alte Reflex: Sie wollte sich nur noch zu einer Kugel zusammenrollen, wollte sich verstecken, sich unsichtbar machen, die Strafe über sich ergehen lassen, damit bloß alles schnell vorbei war.

Doch dann schnellte er den Ritualdolch über ihrem Herzen in die Höhe und stieß ihn hinab.

38

Es genügt nicht, die Wahrheit zu kennen.
Man muss sie auch aussprechen.
Das Buch der Wahrheit, »Regeln«, Artikel 558

»Das war ich nicht!« Sie hatte keine Zeit mehr beiseitezurollen, also hob sie die Hände und griff nach seinem Handgelenk.

Er war zu stark für sie; die Klinge senkte sich immer tiefer auf sie herab, langsamer zwar, aber unerbittlich. »Ältester Griffin, ich bin es, Chess, das war ich nicht, es war Lauren …«

Verzweifelt sah sie ihm in die kalten blauen Augenschlitze, und versuchte, ihn zu erreichen, damit er erkannte, wer sie wirklich war. Es funktionierte nicht. Scheiße! Ihr Magen rebellierte; sie riss die Beine hoch und trat seinen Arm beiseite. Und dann trat sie *ihn* von sich weg. Das Krachen hallte in ihrem Kopf wieder und fraß sich bis an jenen Ort tief im Inneren vor, wo Scham und Schuldgefühle unablässig vor sich hin kochten und brodelten. Seine Umarmung während des Bindenden Eids, wie er sie gestützt hatte, seine beruhigende Stimme …

Keine Zeit zum Innehalten, keine Zeit für einen zweiten Anlauf. Schon schwankte er wieder auf sie zu. Stattdessen rannte sie durch den dichter werdenden Rauch, durchstieß Geister und prallte gegen fremde Gestalten. Hunde streiften ihre Beine, schenkten ihr aber keine Beachtung. Sie waren auf der Suche nach lebloser Beute.

Und die leblose Beute erschien, angezogen vom Geruch nach Blut und Leben, der in der Luft hing. Die Geister sammelten sich in wimmelnden Horden und bahnten sich den Weg. Sie wurden aggressiv. Kalte Hände reckten sich nach ihr und wollten sie festhalten. Der eiserne Kerzenständer in ihrer Hand fing vom ständigen Abwehren der Geister so sehr an zu glühen, dass sie es kaum noch aushielt, ihn festzuhalten.

Das hatte keinen Sinn. Die Lamaru konnte sie vielleicht noch besiegen, aber ihre geisterverschlingenden Psychopomps konnte sie nicht bezwingen. Solche Psychopomps hatte sie noch nie gesehen oder gespürt. Ihr einziger Daseinszweck war die Vernichtung all dessen, was das Fundament der Kirche ausmachte. Die Ältesten und Kirchenangestellten versammelten sich um die Räucherschale, die sie entzündet hatte. Sie sangen, schickten ihr Wellen schier unerträglicher Macht entgegen und machten ihr jeden Schritt zur Qual. Aber auf die blutlüsternen Psychopomps schien das nicht die geringste Auswirkung zu haben. Geisterhafte Körperteile waren überall am Boden verstreut. Bei jedem Schritt fühlte es sich an, als tauchte sie die Füße in eisiges Wasser. Tränen schossen ihr in die Augen. Jetzt, wo sie einen Moment Atem schöpfen konnte, war sie vollkommen erschöpft. So viel Energie hatte sie schon aufbringen müssen. So viel Kraft kostete es sie, nicht einfach stehen zu bleiben. Selbst mit all dem Speed, das sie sich reingepfiffen hatte, war das zu viel.

Sie stolperte über die eigenen Füße. Übelkeit überwältigte sie, als ihr Magen rebellierte. Um sie herum tobte der Kampf, und sie drückte sich bloß gegen die Wand und wünschte sich nichts sehnlicher, als sich heraushalten zu können. Oder besser gesagt, sie wollte nicht, hatte aber das Gefühl, das sei das Beste. Wie hatte sie sich nur einreden können, dass sie hier unten etwas ausrichten könnte? Sie konnte nicht das Geringste tun. Sie hatte versagt, sie war eine Versagerin, und sie würde …

Lauren.

Warum sie den Blick hob, wusste sie nicht, aber sie tat es und erhaschte einen Blick auf Lauren – auf sich selbst – am Rand des Kampfgetümmels. Wenn es etwas gab, das ihr einen heilsamen Schock versetzte, dann das. Diese Schlampe. Hier stand Chess und streute sich Asche aufs Haupt, und wessen Schuld war das? Es war Laurens Schuld. Lauren hatte all das hier geplant und durchgeführt. Und nicht nur das, sie hatte es auch noch verkleidet als Chess getan.

Die Wut trieb ihren Herzschlag wieder zu einem rasenden Galopp an. Sie stürmte vorbei an den Geistern und Psychopomps und stieß alles beiseite, was ihr in die Quere kam. Scheiß auf sie! In diesem Moment gab sie keinen Furz darauf, was aus den anderen wurde, so lange es ihr bloß vergönnt war, die Hände um Laurens beschissenen, dürren Hals zu legen und zuzudrücken, bis sie nicht mehr konnte.

Lauren fuhr herum, ihre Blicke trafen sich. Chess wäre beinahe gestürzt. Sich selbst so zu sehen, diesen perfekten Doppelgänger – das jagte ihr einen Entsetzensschauer durch den Körper. Doppelgänger waren Todesboten. Sie brachten Unglück. Jedes bisschen magische Intuition, das sie hatte, geschärft durch sechs Jahre Ausbildung bei der Kirche und drei Jahre im aktiven Dienst, rief ihr zu, dass sie sich verdammt noch mal umdrehen und weglaufen sollte, so schnell sie konnte, dass jeder Blick auf ihren Doppelgänger ein Fluch für sich war, dass man manche Dinge nicht aus dem Gedächtnis streichen konnte und dass dies hier eins davon war, das für immer über ihr schweben würde wie ein Fallbeil.

Aber das dauerte nur eine Sekunde. Das da war nicht sie, es war Lauren, und wenn hier jemand sterben würde, dann war es ganz bestimmt nicht Chess – nicht, wenn sie es verhindern konnte. Ihre Füße gewannen ihre Sicherheit zurück. Sie wirbelte um ihre Kämpfer herum, sah Lex aus den Augenwinkeln, und hastete weiter.

Lauren duckte sich, spreizte die Hände und war bereit. In letzter Sekunde wich Chess seitlich aus, wirbelte um sie herum, griff nach ihrem Haar und riss daran, so fest sie konnte.

Ihr linkes Auge explodierte, als Laurens Faust geradewegs nach oben sauste und sie mit betäubender Wucht traf. Ihr Griff lockerte sich, aber nur für eine Sekunde. Sie hatte immer noch das Haar in der Hand, und das ließ sie nicht los. Lauren fiel rücklings zu Boden, und Chess, die Hand immer noch im Haar vergraben, fuhr herum und riss mit der freien Hand das Messer aus der Tasche.

Als sich die Spitze in Laurens Hals bohrte, waren es Chess' eigene Augen, die sie hasserfüllt anstarrten. »Sag mir, wie ich sie aufhalten kann!«

Lauren schwieg. Ihre Augen wanderten von Chess fort und weiteten sich ein wenig; Chess fiel drauf rein und drehte den Kopf direkt in Laurens Faustschlag.

Ihr ganzer Körper erschlaffte, und sie taumelte weg, als sich in ihrem Hirn ein Kurzschluss ereignete. Lichter blitzten in ihrem Kopf auf, sie konnte keinen klaren Gedanken fassen und spürte schwach, wie sie jemand an der Kehle packte und zudrückte.

Ihre Arme versagten ihr den Dienst. Nichts bewegte sich. Sie konnte ihren Körper immer noch spüren, aber er weigerte sich, ihren Befehlen Folge zu leisten. Es dauerte einen Moment, bis sie begriff, dass sie festgehalten wurde und dass Lauren mit einer Grimasse auf ihrer Brust hockte, die ihr Gesicht – Chess' Gesicht – bis zur Unkenntlichkeit verzerrte. Finstere Energie schoss Chess die Arme empor, eine vertraute Art von magischer Energie, etwas, das unterhalb von Laurens eigener Macht züngelte und sich wand; der Tarnzauber, den sie einsetzte.

Panik trat an die Stelle der Luft in ihren Lungen. Sie bekam keine Luft mehr. Kämpfte verzweifelter, aber ohne Erfolg. Das konnte doch nicht das Ende sein, sie weigerte sich, jetzt einfach aufzugeben. Einfach so erwürgt, am Boden liegend, in der Stadt der Toten.

Entspannen. Sie musste sich entspannen, auch wenn das gegen all ihre Instinkte ging. Lauren würde dann den Druck lockern, weil sie bereits darauf wartete. Sie würde denken, dass Chess tot war, und, *oh Mist*, ihre Lungen würden jede Sekunde explodieren, und der Drang, sich zu bewegen, zu atmen und zu kämpfen hämmerte in ihrem Inneren, schlimmer als die schlimmsten Entzugserscheinungen, und das Herz schrie und schmerzte in der Brust, weil sie gleich sterben würde, und es gab etwas, das sie noch nicht erledigt hatte, etwas, das sie noch nie im Leben getan hatte, obwohl sie es unbedingt hätte tun müssen und es so dringend wollte, und jetzt war es zu spät.

Lauren flog von ihr weg. Luft strömte Chess in die Lungen. Sie konnte nicht genug davon bekommen, sog sich gierig die Lungen voll mit der Luft, die nach Kräuterdampf und Blut roch und so verdammt süß schmeckte, dass sie sie am liebsten in Flaschen abgefüllt hätte. Einen Augenblick lag sie keuchend da und wartete, bis der Schwindel in ihrem Kopf nachließ, bis ihr Blick sich klärte und sie sehen konnte, dass Lauren auf der Flucht vor Terribles schweren Schritten davonkroch. Woher wusste er, dass sie die echte Chess war?

Lex' blutdurchtränkte Robe klebte ihm am Körper; er sah aus wie einer der Ritualschlachter beim Festival. Blut tropfte ihm von den Händen, als er den Lamaru den Garaus machte, die Lauren geholfen hatten, Chess festzuhalten. Sie hatte keine Zeit, ihm zu danken; sie streckte die Hand aus, strich ihm über den Arm und setzte Terrible nach. Ihre improvisierte Schürze schlug ihr gegen die Knie; natürlich. Damit musste sie sich auch noch rumplagen. Lauren nicht.

Terrible hatte Lauren bereits erwischt. Sie war unter ihm eingequetscht, die Arme hinter dem Rücken verschränkt und von seiner Pranke gepackt. Ihr Gesicht war schmerzverzerrt. Scheiße, sah Chess etwa so aus? Sie hätte nie geglaubt, dass ihre Nase so spitz war. Im Spiegel sah sie irgendwie nie so spitz aus. Aber … sie schüttelte den Kopf. Sie durfte sich jetzt nicht ablenken lassen.

Terrible war voll bei der Sache. Sein Kopf war ständig in Bewegung, während er die Lage im Auge behielt und sich nach weiteren Lamaru umschaute.

Chess legte ihm einen Moment die Hand auf die verschwitzte Schulter und sagte seinen Namen. Leuchteten seine Augen nicht ein kleines bisschen zu sehr?

Darüber musste sie sich später Gedanken machen. Stattdessen streckte sie die Hand nach Laurens Hals aus und griff nach der Silberkette, die sich in ihren Hals grub. Sie war sich sehr sicher, dass sie wusste, was das war.

Und sie wurde nicht enttäuscht. Lauren setzte sich zur Wehr, aber Terrible hielt sie so fest, dass Chess den Fetisch hervornesteln konnte, den Talisman, den Lauren benutzt hatte, den hässlichen ausgestopften Krötenleib voller Ekelkram.

Sobald das Ding keinen Hautkontakt mehr hatte, verschwand auch Laurens Tarnzauber, aber was darunter zum Vorschein kam, war eine Frau, die Chess noch nie zuvor gesehen hatte. Das war nicht Lauren Abrams – oder jedenfalls nicht die Lauren Abrams, die Chess zu kennen glaubte.

»Wer zur Hölle bist du?«

Lauren – die Frau –, wer auch immer sie sein mochte, gab keine Antwort. Terrible zerrte sie an den Armen hoch. Das Gesicht der Frau wurde blass.

Sie hatte dunkles Haar und einen ähnlichen Haarschnitt wie Chess, schwarz gefärbt und mit den gleichen auffälligen Stirnfransen. Chess nahm an, dass das den Tarnzauber unterstützen sollte. Aber die Augen, in die sie jetzt starrte, waren blau, nicht dunkelbraun, die Gesichtszüge plumper, die Lippen voller. Das Gesicht war ihr zwar nicht vertraut, aber dennoch hatte sie es schon einmal gesehen. Es war das Gesicht, das sie in Maguinness' Versteck gesehen hatte, als Lauren den Fetisch berührt hatte. Und später noch einmal in der Küche des Henkers.

Nahm dieses verdammte Verwirrspiel denn gar kein Ende? Es gab wohl nur einen Weg, das herauszufinden. Sie holte aus und versetzte Lauren mit aller Kraft einen Schlag. Der dröhnende Schmerz in den ohnehin schon lädierten Fingerknöcheln ließ ihren ganzen Körper vor Zufriedenheit erzittern.

Blut stürzte Lauren aus dem Mund. Beinahe sofort waren Geister zur Stelle, die danach haschten, versuchten, es an sich zu reißen und daraus Energie zu saugen. Chess wurde abwechselnd heiß und eiskalt, als die Schemen durch sie hindurchglitten. Sie hatte längst aufgehört, dem brennenden Schmerz ihrer Tattoos Beachtung zu schenken. Im Moment war sie vollauf damit beschäftigt, Lauren im Auge zu behalten und zu verhindern, dass ihr Körper bei der heftigen Magiekonzentration in der Luft in Stücke flog und dass der Fetisch ihre Haut berührte.

»Sag mir, was ich befehlen muss! Sag mir, wie ich sie zurückrufen kann!«

Keine Antwort.

»Sag mir, wie es geht! Schau! Sieh sie dir doch an! Ihr verliert, ihr habt schon verloren. Sag mir, wie ich es auf der Stelle beenden kann, und wir lassen dich am Leben.«

»Du … du würdest mich doch nie umbringen.«

Chess lächelte. Sie hörte erst auf, als sie sicher war, dass Lauren das Lächeln genau gesehen und auch kapiert hatte, wie ausgesprochen furchteinflößend es war. »Ich vielleicht nicht, aber er ganz bestimmt.«

Wie auf Kommando presste Terrible Lauren das blutige Messer an die Kehle. Sie öffnete den Mund. Schloss ihn wieder. Chess holte mit der Faust aus …

»Reklatia halkebirto«, stieß Lauren hervor. Magische Kraft breitete sich gemeinsam mit den Worten explosionsartig aus. In Chess' Rücken begannen die Hunde zu heulen.

Der Lärm stachelte die Geister noch mehr an, falls das überhaupt möglich war. Sie schossen hierhin und dorthin, wirbelten durcheinander, rissen den Mund weiter und weiter auf und gerieten zunehmend in Raserei.

Einer von ihnen griff nach dem Fetisch. Chess riss ihn an sich, aber nicht schnell genug. Der Fetisch, der vor Energie fast barst, nährte den Geist. Durchscheinende, schimmernde Arme wurden fest und glühten intensiver. Das Gesicht des Geistes verzog sich zu einer triumphierenden Grimasse, als er die Hand hob, bereit zum Schlag. Sie holte ebenfalls aus. Ihr Blick verschwamm. Alles, was sie jetzt noch sah, war die Geisterfaust, während sie abschätzte, wann der Schlag kam und wie sie ihn abwehren würde …

Zu ihrer Linken blitzte eine Bewegung auf, als Terrible Lauren k. o. schlug. Bevor Chess ihn zurückhalten konnte, griff er nach dem Fetisch.

Sein gesamter Körper erstarrte. Seine ohnehin schon übermäßig bleiche Haut wurde noch weißer, als wäre er selbst ein Geist. Chess fiel wieder ein, wie sich die Berührung des Fetischs angefühlt hatte, dieses schreckliche, kranke Zucken – und sie war immerhin noch darauf vorbereitet gewesen und wusste, wie sie damit umgehen und sich wehren konnte. Wie er sich jetzt fühlen mochte, was nun in ihm vorging, wo er ja auch noch das magische Symbol auf der Brust trug, das seine Empfänglichkeit noch einmal steigerte, das ging über ihren Verstand. Sie streckte die Arme nach ihm aus und tastete zugleich mit ihrer Energie nach ihm, während sie herauszufinden versuchte, was mit ihm los war, und die Magie irgendwie zu absorbieren gedachte.

Er brach zusammen. Blieb einfach als Häuflein Elend vor ihren Füßen liegen. Sie schrie und fiel auf die Knie, während sie den Fetisch in ihre improvisierte Schürze steckte. Sie würde ihn bei nächster Gelegenheit zerstören.

Bei nächster Gelegenheit – Mist, es gab so viel zu tun! Sie musste Laurens Zauberformel sprechen, nach den Hunden und den Geistern sehen und den Verlauf des Kampfes im Auge behalten. Es kam ihr vor, als wären sie schon eine Ewigkeit hier. Ein ganzes Leben unter der Erde. Sie würden nie mehr entkommen.

Ihre Armbanduhr verriet ihr, dass es keine Viertelstunde war, als sie bei dem – vergeblichen – Versuch, ihn in ihren Schoß zu zerren, einen Blick darauf warf.

Terrible hob den Kopf. Sein wirrer Blick traf den ihren. Er starrte sie eine Sekunde lang an, als hätte er sie noch nie zuvor gesehen. Ihr Herz stand einen Moment lang still, bevor der Schrecken einer Welle der Erleichterung wich, als sich seine Verwirrung langsam in Erkennen wandelte. Er blickte beiseite, überzeugte sich davon, dass Lauren immer noch ausgeknockt war, und löste sich dann von ihr, um aufzustehen.

Aber sie hatte ihren Entschluss in jenen dunklen Augenblicken, als sie geglaubt hatte, dass ihr Leben zu Ende war, nicht vergessen. Und ganz egal, ob jetzt der richtige Augenblick war oder nicht, einen besseren Moment würde es so schnell nicht geben; sie musste zurück zu ihren Kollegen und ihnen die Formel verraten, damit sie die Hunde vertreiben und die Geister beruhigen konnten.

Stundenlange Arbeit lag vor ihr, falls sie überhaupt lange genug lebte, um sie zu erledigen. Ein paar Lamaru hatten immer noch nicht aufgegeben. Schreie und Geheul erfüllten noch immer die Luft. Geister schwirrten als blendende Lichtblitze um sie herum. Sie legte ihm die Hände auf die Schultern und fing den Blick seiner dunklen Augen ein. Es kam ihr vor, als müsste sie sich jede Sekunde übergeben, aber wenn sie das tat, ohne zuvor ihrem Herzen gefolgt zu sein, würde sie sich das nie verzeihen.

»Terrible, ich liebe dich.«

Er blinzelte. Sie wurde aus seinem Blick nicht schlau, hatte keine Ahnung, was in ihm vorging. Tausend Ausflüchte lagen ihr auf der Zunge und schnürten ihr die Kehle zu, so eilig hatte sie es plötzlich, mit allem gleichzeitig herauszuplatzen, nur um so zu tun, als hätte sie das gerade nicht gesagt oder nicht so gemeint, Scheiße, sie kam sich so blöd vor …

Das Portal explodierte in einem blauen Feuerball und einem Hagel aus Eisensplittern.

Baldarel war gekommen.

39

In jene große Leere unter der Erde verbannte die Kirche die
zornigen Seelen und linderte ihre Qual; und dank der Macht
der Kirche herrschte Frieden, wie auf Erden,
so auch darunter.
Das Buch der Wahrheit, »Ursprünge«, Artikel 75

Ohrenbetäubende Stille folgte der Explosion. Einen Herzschlag lang starrten alle – die Kirchenangestellten, die Lamaru, die Gangmitglieder und die Geister – auf das gewaltige Loch, die Wolke aus beißendem schwarzem Rauch, die sich zur Decke wälzte, und die Menschenmenge, die sich dort drängte, wo einmal das Portal gewesen war.

Baldarels Macht folgte den Flammen auf dem Fuße und zerriss die Luft der Ewigen Stadt. Chess' Haare wurden ihr aus dem Gesicht geweht, und sie klammerte sich fester an Terrible, als Baldarels magische Kraft sie von den Füßen zu reißen drohte.

Die Psychopomps hatten sich in Luft aufgelöst. Sie waren einfach zu schwarzen Rauchwölkchen geworden, die an Ort und Stelle verdampft waren. Kaum hatte sie begriffen, was geschehen war, waren sie auch schon verschwunden.

Baldarels Stimme donnerte ihnen entgegen, ließ ihren Körper erbeben und dröhnte in ihrem Kopf, bis sie nichts anderes mehr hören konnte und ihr schwarz vor Augen wurde. Verdammt, das war übel, er war so stark, viel zu stark, was sollten sie jetzt bloß tun, wie zum Teufel sollten sie ein derart mächtiges Wesen aufhalten …

Doch dann erhob sich eine weitere, wohlvertraute Stimme, die über sie hinwegrollte und ihren aufgescheuchten Verstand besänftigte. Es war der Älteste Griffin, allein zunächst, dann gemeinsam mit dem Großältesten, dem Ältesten Ramos und dem Ältesten Thompson. Unwillkürlich traten ihr Tränen in die Augen, und ohne darüber nachzudenken, stand sie auf und stimmte in den Chor mit ein.

Sie rezitierten das *Vakterum Alagarum*, eine Formel aus Worten der Macht, die man ihr noch nie auszusprechen erlaubt hatte. Alle Kirchenangestellten mussten sie kennen, aber ähnlich wie bei magischen Symbolen konnte man sie nicht wiedergeben, ohne zugleich die Zauberwirkung auszulösen, weshalb das *Vakterum* nur in höchster Not aufgesagt wurde. Bei ihrem Examen hatte sie es niedergeschrieben, alle 45 Zeilen.

Sie übertönten Baldarels Stimme und brachten sie mit einer Flutwelle reinster Kirchenmagie zum Schweigen. Chess schöpfte neuen Mut. Das konnte noch nicht alles gewesen sein, so viel war ihr klar, und sie wartete insgeheim bereits auf den nächsten Hammer; aber in diesem Moment wünschte sie sich nichts sehnlicher, als verdammt noch mal zu glauben, dass es tatsächlich möglich war, dass sie einfach so gewinnen und mit Baldarel so mir nichts, dir nichts fertig werden konnten.

Ihre eigene Kraft regte sich jetzt auch wieder in ihr, ohne dass sie selbst genau wusste, woher sie eigentlich kam. Sie hatte ganz sicher nicht das Gefühl, noch irgendwelche Energiereserven zu besitzen; sie hatte eigentlich nicht das Gefühl, überhaupt noch zu irgend etwas im Stande zu sein. Die Wirkung des Speed ließ langsam nach, sie kam nach dem Rausch runter, sie stank nach Müll und Erbrochenem, und Terrible hatte ihr nicht geantwortet. Sie fühlte sich innerlich ausgebrannt, als wären dort, wo einmal ihre Seele und ihre Macht gewesen waren, nur noch Schutt und Asche.

Aber dennoch regte sich die Macht in ihr, und immer noch ertönten die Stimmen ringsumher.

Wenigstens so lange, bis Lauren sie von hinten anfiel und sie wieder zu Boden riss.

Schon war Terrible in Bewegung. Seine massive Gestalt huschte schemenhaft vorbei, als er nach Lauren griff. Laurens Arm legte sich um Chess' Hals.

Chess warf sich mit dem letzten bisschen Kraft, das ihr noch verblieben war, nach vorn und nahm auch noch ein bisschen Kraft zu Hilfe, die sie eigentlich gar nicht mehr hatte. Ihre Knie krachten schmerzhaft auf den Boden, aber es funktionierte. Lauren segelte über Chess' Rücken und schlug vor ihr auf.

Mit einem Mal hatte sie Lauren so unsagbar satt. Von Anfang an hatte diese Frau ihr den letzten Nerv geraubt. »Ich würde dich ja fragen, ob du uns dabei hilfst, ihn aufzuhalten, aber das machst du eh nicht, oder?«

Schrille Schreie und Geheul vom Ausgang her unterbrachen sie, und das letzte Fünkchen unbeschwerter, naiver Zuversicht in ihr erstarb. Es war Baldarels Familie. Dutzende von ihnen, die Körper in raschem Lauf geduckt, schwärmten herbei und schwangen Waffen in den missgestalteten Fäusten.

Und es sollte noch schlimmer kommen. Eine ganze Armee von weiteren Psychopomps. Sie hatten nichts mit den überdimensionalen Bluthunden der Lamaru gemeinsam; bei diesen Exemplaren ragten die Ohren spitz über den Kopf, die Schnauzen waren gereckt, die Augen glühten in grellem, unheiligem Rot, und über das schwarze Fell flackerte grauenhaftes blaues Feuer.

Sie heulten nicht. Aber das Schweigen sorgte erst recht dafür, dass sich die Härchen auf Chess' Armen und Nacken aufrichteten. Es waren keine Hunde. Sondern Schakale.

Sie wälzten sich wie ein schwarzer Ozean über den Boden, der mit geisterhaften Körperteilen übersät war, und schlürften sie förmlich auf. Sie fraßen sie. Sie fraßen die Geisterteile, absorbierten sie, und mit jedem Bissen, den sie in sich aufnahmen, glühten sie intensiver, flackerten die Augen in tieferem Rot. Mit jeder Gliedmaße, die sie verschlangen, brachte Baldarels Macht die Luft stärker zum Erbeben.

Die Stimmen der Ältesten erklangen noch immer, und die Worte des *Vakterum* hallten noch immer von den Wänden wieder, aber sie verloren. Chess spürte, dass sie verloren, und sie wusste, dass auch Baldarel es merkte. Er begann zu glühen und erhob sich in die Luft. Er schwoll im Flug über ihren Köpfen an. Ein Wiedergänger.

Er war ein Wiedergänger.

Wie zum Teufel hatte sie das nur übersehen können? Wie hatte ihr entgehen können, was er wirklich war? Er hatte sie doch berührt, hatte in ihren Kopf gegriffen wie ein Bankräuber, der das Geld aus der Kasse klaubt, und doch hatte sie es nicht begriffen, hatte den Geist, mit dem er verbunden war, weder gespürt noch gesehen. Seine Krötenmagie war zu mächtig, dieselbe Krötenmagie, die auch Laurens Tarnzauber gespeist hatte. Verwandlungsmagie, die Magie des Gestaltwandlers.

Vor dem grünblauen Flackern zeichneten sich menschliche Umrisse ab. Die Lamaru hatten den Kampf aufgegeben und rannten jetzt schreiend durcheinander. Natürlich. Sie hatten Maguinness erkannt, glaubten ihren Feind gekommen, und hatten keine Ahnung, wieso.

Lauren stand auf und starrte Chess fassungslos an, das Gesicht zu einer grausigen Grimasse verzerrt. »Was macht der denn hier? War er etwa derjenige, an den du uns verraten hast?«

»Das ist Baldarel, du dumme Nuss, der wusste die ganze Zeit über, wer du bist.«

Laurens Gesicht wurde leichenblass, und sie sperrte den Mund auf. Ein Triumphgefühl breitete sich in Chess' Brust aus, und, verdammt, das fühlte sich gut an. »Er hat dich reingelegt, und du warst zu …«

Bei den ersten Schreien drehte sie sich gerade noch rechtzeitig um, um mit anzusehen, wie Baldarels Familie die Lamaru in Stücke hackte.

Lex' und Terribles Männer fackelten nicht lange. Chess musste fast grinsen, während sie zusah, und hätte es vielleicht wirklich getan, wenn sie nicht vor Angst wie gelähmt gewesen wäre. Die Männer waren hier, um zu kämpfen. Dafür waren sie ausgebildet. Und also würden sie auch kämpfen, egal, wen oder was sie dabei killten.

Aus den Reihen der Lamaru erhoben sich Geister und versuchten, den Kampf fortzusetzen, doch vergeblich. Sie wirbelten herum, schwebten auf Baldarel zu und scharten sich um seine Füße. Chess sah zu, wie sie einer nach dem anderen verschwanden, als Baldarel sie verschlang und ihre Energie in sich aufsaugte, sodass er immer noch größer und heller wurde.

Wie sollte man dieses Ding besiegen? Wie zur Hölle zerstörte man einen Zerstörer, etwas, das keine Schwachstelle zu haben schien, das weder lebendig noch tot war und für das Geister anscheinend nur bessere Vitamintabletten waren?

Lauren stand auf und rannte weg. Chess ließ sie ziehen. Sie war froh, sie los zu sein. Sie musste dringend einen Ältesten finden, irgendjemanden, der ihr zuhören würde.

Sie lief, so schnell sie konnte – was bei der Magiekonzentration in der Luft nicht allzu schnell war –, zurück an die Stelle, wo der Beschwörungskreis gewesen war. Auf dem Weg wäre sie beinahe über die Leiche von Bruce Wickman gestolpert. Er lag mit starren, weit aufgerissenen Augen am Boden. Blut durchtränkte die Brust seiner Robe. Bruce war Verbindungsmann –

gewesen. Wie viele ihrer Kollegen hatten wohl noch ihr Leben gelassen?

Sie sah sich nach Terrible um und entdeckte ihn dabei, wie er sich gerade mit einem Messer in jeder Hand eine Schneise durch Baldarels Kinder schnetzelte. Lex sah sie nirgendwo. Furcht ergriff sie.

Die Psychopomps kamen näher und verströmten brüllende Hitze. Sie wagte nicht zurückzusehen. Sie erhaschte einen Blick auf den Ältesten Ramos, der mit blutdurchtränktem Ärmel an einer Wand lehnte und immer noch stumm das *Vakterum* vor sich hin leierte. Doch sie spürte den Zauber nicht mehr. Sie spürte überhaupt keine Kirchenmagie mehr in der Luft. Sie packte den Messergriff fester.

Ihre Räucherschale glomm immer noch vor sich hin, obwohl die Flamme fast erloschen war. Rasch entfachte sie sie wieder. Teufelsdreck, Blutwurz, Ingwer und Melidia, die stärksten Zauberpflanzen, die der Kirche zur Verfügung standen. Gemahlene Knochen von Krähen und Kröten. Sie hatte sich fast alles geschnappt, was sie im Magazin hatte finden können, und das setzte sie jetzt auch ohne Zögern ein, warf es mit vollen Händen auf die Räucherschale, während sie verzweifelt versuchte, auch die eigene Kraft anzuzapfen und sie in die Schale fließen zu lassen.

Baldarel mochte mit seinem Körper in Verbindung stehen, im Moment war er allerdings nicht darin; das machte ihn ja gerade zu einem Wiedergänger und nicht bloß einem gewöhnlichen Menschen, der einen Geist in sich beherbergte.

Wo aber war dann wohl sein Körper im Moment?

Dass er in der Lage war, notfalls wieder dorthin zurückzukehren, bot ihm vielleicht wenigstens einen gewissen Schutz, aber zugleich minderte es auch seine Macht. In diesem Moment befand er sich außerhalb seines Körpers, gemeinsam mit dem Ding, mit dem er sich verbündet hatte, was auch immer das sein mochte, mit dem Ding jedenfalls, das ihm im Zusammenspiel mit der seelenräuberischen Magie, die er praktizierte, seine Kräfte verlieh.

Sie duckte sich, um einer Faust auszuweichen, während sie sich verzweifelt bemühte, trotz der um sie herumsausenden Geister, der Schreie, dem Geräusch von Fleisch, das auf Fleisch prallte, und dem Blutdunst, der die Luft so sehr sättigte, dass sie ihn beinahe schmecken konnte, einen klaren Kopf zu bewahren. Sie musste doch einfach irgendetwas tun können, musste doch …

Psychopomps.

Schon wieder. Er hatte sie unter Kontrolle und schaffte es irgendwie, sie auf Geister zu hetzen und die nachhaltige Konditionierung so auszuhebeln, dass sie die toten Seelen verletzten, statt ihnen zu helfen, oder sie gleich aus Tieren zu erschaffen, die instinktmäßig auf die Jagd gepolt waren. Die meisten Tiere wurden nicht als Psychopomps eingesetzt, weil sie bei Ritualen nicht immer taten, was von ihnen erwartet wurde, weil sie nicht fügsam oder nicht zutraulich genug waren, zu spät oder zu früh auftauchten oder die Kennzeichnung nicht richtig erkannten, die in die Haut des Geistes geritzt war, und dann den Falschen mitnahmen. Aber rein theoretisch ließ sich jedes Tier zum Psychopomp ausbilden. Alle Lebewesen waren grundsätzlich dazu imstande.

Ein kräftiger Körper prallte gegen sie und riss sie zu Boden. Es war einer von Lex' Männern, der gerade mit einem kaninchenartigen Mann rang, der anstelle der Nase ein Loch und überhaupt kein Kinn hatte. Seine Arme endeten in vielfingrigen Händen, mit denen er blitzende Messer umklammerte, die er windmühlenartig um sich herumwirbelte, wobei er mal die leere Luft, mal aber auch die Robe des Gangmitglieds traf. Chess unterbrach ihren Gedankenstrom lange genug, um sich aus dem Weg zu schwingen und die eigene Klinge in den Rücken des Gegners zu treiben. Sie bemerkte flüchtig, dass Lex' Kämpfer ihr dankbar zunickte und hockte sich dann wieder neben die Räucherschale.

Alles konnte zum Psychopomp werden. Und Psychopomps waren stärker als Geister, ausnahmslos.

Um Baldarel zu schlagen, musste sie ihn von seinem Geisterverbündeten trennen.

Und, zum Teufel, sie hatte ja auch nicht gerade viele andere Möglichkeiten.

»Ich rufe die Boten aus dem Land der Toten!« Sie vernahm die eigene Stimme kaum. Scheiße, sie hatte kaum noch Kraft – außer Adrenalin blieb ihr nicht mehr viel, und das war ja schön und gut, wenn man wach bleiben musste, aber wenn es um Magie ging, nützte es einem herzlich wenig.

Aber überall um sie herum lag die Magie zum Schneiden dick in der Luft. Baldarels Magie … Ob sie …

Wieder blieb ihr keine andere Wahl. Sie schloss die Augen, öffnete sich der Energie und begann, sie zu sich heranzuziehen, sie einzusaugen, bis sie husten und würgen musste. Sie schmeckte nach Tod und Verwesung und jagte ihr grauenhafte Schauer über den Rücken, als sie sich wie Säure in ihre Seele brannte.

Aber nichtsdestotrotz war es magische Kraft, und als sie es noch einmal versuchte, klang ihr die eigene Stimme laut und klar in den Ohren. »Ich rufe die Boten aus dem Land der Toten! Bei meiner Macht und der Macht der Kirche, bei der Macht von Luft und Erde, befehle ich euch, diesen Mann Baldarel an den Ort seiner stummen Verbannung zurückzubringen!«

Ein paar der Tiere in der Umgebung wandten sich ihr zu und sahen sie an. Bildete sie sich das nur ein, oder war das rote Licht in ihren Augen wirklich schwächer?

»Boten, ich rufe euch! Bei meinem Blut und meiner Macht, auf meinen Befehl hin sollt ihr diesen Mann ergreifen!«

Sie hob den Arm und schnitt sich über der Räucherschale quer über die Handfläche. Nach allem, was geschehen war, spürte sie den Schmerz kaum noch. Ihr Blut zischte auf den brennenden Kräutern. Dicke purpurne Rauchwolken stiegen auf. Ihr Blut war durch einen Bindenden Eid an die Kirche gefesselt, und dieses Blut verband sich nun mit der Macht der Kirche.

So eine Oberscheiße! Daran hatte sie ja noch gar nicht gedacht. Ihr war nie klar gewesen, dass sie mit dem Bindenden Eid die ganze Kraft der Kirche in sich trug, die Macht der Ersten Ältesten, der Tradition, die Macht jeder einzelnen Person im Raum und die eines magischen Systems, das so komplex und schön war, dass es ihr die Tränen in die Augen trieb.

Ihr Blut war das Blut der Kirche. Ihr Fleisch war das Fleisch der Kirche. Ihre Macht und ihre Seele waren Macht und Seele der Kirche.

Wieder hob sie die Hand und ballte sie zur Faust. Sie wollte nicht sterben. *Sie wollte nicht sterben.*

Die Klinge ihres Messers, kalt an der Narbe des Bindenden Eids. Brennender, jäh aufflackernder Schmerz in ihren Eingeweiden, als sie in die Male schnitt, tiefer und tiefer, bis ein satter Blutschwall aus der Wunde ins Feuer spritzte.

»Bei der Kirche und bei meiner Macht rufe ich die Boten! Ich befehle den Boten! Gehorcht mir jetzt und bringt diesen Mann zurück an den Ort seiner ewigen Ruhe!«

Macht durchschoss sie wie ein Blitzschlag in einem gewaltigen, gleißenden Aufleuchten, das ihr Atem, Sicht und Stimme raubte. Sie wand sich darin und rang um Fassung, während die Welt um sie herum ins Taumeln geriet und die Macht in ihr ausbrach wie ein Geysir. Sie war nicht mehr Chess. Sie war die Kirche, jedes Mitglied, jeder Angestellte, von den Anfängen als Magiezirkel im Untergrund bis zum Moment ihrer uneingeschränkten Herrschaft. Und sie würde an dieser Herrschaft teilhaben, bis ihr Herz zu schlagen aufhörte.

Das winzige Fünkchen Bewusstsein, das in ihrem Hirn noch übrig war, wusste, dass dieser Moment unmittelbar bevorstehen konnte. So viel Blut, so viel Rauch, das Feuer so hell, dass es wehtat.

Die Male des Bindenden Eids brannten eiskalt. Durch den Tränenschleier sah sie, wie sich auf ihren Handgelenken etwas bewegte. Es war nicht nur das verzweigte Muster, sondern noch etwas anderes, das zusammen mit ihrem Blut aus der Wunde quoll. Geisterhafte Schemen. Die Ersten Ältesten. Sie hatten einen Teil von sich in sie fließen lassen. Sie hatte geglaubt, die Psychopomps in Laurens Wohnung hätten ihnen die Kraft geraubt und ihr überbracht, aber da hatte sie sich getäuscht. Es waren nur Teile von ihnen gewesen, die sowieso in ihrem Blut lebten und immer aufs Neue heranwuchsen und stärker wurden. Sie schwollen immer weiter an, bis sie in voller Größe vor ihr aufragten. Dann wandten sie sich um und vereinten sich mit der Menge, wobei sie derart viel Würde ausstrahlten, dass sie am liebsten geweint hätte, bevor sie ein weiterer blendender Kraftstoß erschütterte.

Baldarel schlug zurück. Sie hatte das Gefühl zu fliegen, und als sie beiläufig die Augen öffnete, merkte sie, dass sie *tatsächlich* flog. Ihr Körper zuckte und wand sich auf einer Welle purpurnschwarzer Magie. Sie verlor ihre Schürze. Die Kräuter und der Fetisch kullerten über den Boden. Sie sah nicht hin. Wen kümmerte das jetzt noch? Sie jedenfalls nicht. Sie war zu high, um noch einen Gedanken daran zu verschwenden, denn das hier war's jetzt – der ultimative Rausch, das absolute High, der tollste Vergiss-es-und-scheiß-drauf-Moment, und sie wollte, dass er nie endete. Sie schleuderte seinen Angriff zurück, so leichthin, indem sie diese unglaubliche Kraft auf ihren Urheber zurückwarf und die eigene mit einfließen ließ, und die Ersten Ältesten stießen hinzu, bis all ihre Kräfte vereint waren. Sie spürte den

Riss, spürte, wie die Krötenmagie versagte und er sich mit einem Erschaudern von seinem Geist trennte, das kein Ende nehmen wollte und ihren gesamten Körper erfasste.

Schreie erhoben sich am Boden. Sie krachte gegen die glatte Wand aus Erde, fiel, spürte nichts, kümmerte sich nicht darum. Vielstimmiges Heulen mischte sich unter die Schreie, das Heulen von Psychopomps: Baldarels Kreaturen. Sie hatte keine Ahnung, ob das ein gutes Zeichen war oder nicht.

Und aus dem ganzen Chaos erhoben sich die Stimmen der Ersten Ältesten, die ihren Gesang wieder aufnahmen. Sie spürte, wie einer nach dem anderen einfiel, spürte sie als Einheit.

Eine weitere Explosion.

Schlagartig war alle Macht verschwunden. Sie … verdampfte und ließ sie allein am Boden zurück. Tränen strömten ihr über die Wangen, und das Blut sprudelte ihr aus den Handgelenken. Ozongeruch lag in der Luft. Sämtliche Nervenenden in ihrem Körper fühlten sich an, als wären sie schwarz verkohlt. Sie war nur noch eine leere Hülle, ein abgestreifter Insektenpanzer, der langsam zu Staub zerfiel, nachdem er seinem Besitzer zu klein geworden war.

Um sie herum tobte der Kampf weiter, doch selbst sie erkannte sofort, dass es ein letztes verzweifeltes Aufbegehren war, bei dem nur noch die hartnäckigsten Feinde sich zur Bewegung durch die Rauchschwaden und die rasenden Geister zwangen. Von ihrem Standpunkt bis hin zum gezackten Loch in der Stadtmauer war der Boden mit Leichen und geisterhaften Körperteilen übersät. Von den Psychopomps fehlte jede Spur.

Baldarel hingegen war quicklebendig. Hektische Betriebsamkeit in der Nähe des Lochs erregte gerade noch rechtzeitig ihre Aufmerksamkeit, um mit anzusehen, wie der Älteste Griffin und jemand, der wahrscheinlich der Großälteste war, ihn zu Boden rangen. Der Älteste Ramos riss die Robe herunter und benutzte sie, um Baldarel Handgelenke und Füße aneinanderzufesseln. Selbst aus der Entfernung konnte sie die Leere um ihn herum spüren.

Ob sie sich bewegen konnte? Sie war sich nicht sicher. Wollte es auch nicht versuchen. Hier war es so schön bequem. Ihr Rücken schmiegte sich an eine Grassode in der Erdwand, und die Beine hatte sie angewinkelt. Es war ein guter Platz, um einfach nur dazusitzen und zuzusehen. Hier ging es ihr prima, wirklich.

Wenigstens so lange, bis der Älteste Thompson, Dana Wright und Agnew Doyle vor ihr auftauchten. Ihre Gesichter waren wutverzerrt.

40

Am Ende eines Falls bleibt Ihnen nichts als die ruhige Gewissheit, dass Sie Ihre Pflicht getan haben, sich so verhalten haben, wie die Kirche es gewollt hätte und die Kirche gegen diejenigen verteidigt haben, die sie schänden wollten. Wenn Sie all dies getan haben, waren Sie erfolgreich, ganz gleich, wie Sie sich fühlen mögen.

Debunking. Ein Leitfaden für die Praxis
vom Ältesten Morgenstern

»Ich war es nicht«, schrie sie, aber Dana schlug ihr so kräftig ins Gesicht, dass sie buchstäblich Sterne sah. Als sie sich wieder zum Sprechen in der Lage fühlte, war es bereits zu spät – man hatte ihr einen Fetzen von einer verdreckten Robe in den Mund gestopft und sie an Händen und Füßen gefesselt. Aus ihren Handgelenken sickerte immer noch Blut in den Stoff.

Ihr Blick fiel auf Lex, der noch aufrecht stand und mit ein paar seiner Männer sprach. Erleichterung durchflutete sie. Sie ließ die Blicke über die kleinen Menschenansammlungen schweifen; an ein oder zwei Stellen wurde noch gekämpft, aber sonst hatte sich die Lage beruhigt. Lauren konnte sie nirgendwo erkennen. Von den Lamaru schien ebenfalls niemand mehr zu stehen. Sie erkannte ein paar von Baldarels Kindern, aber sie drängten sich jetzt weinend zusammen. Furcht und Unglück wirkten auf den missgestalteten Gesichtern irgendwie noch abstoßender.

Trotz allem spürte sie Mitleid mit ihnen und freute sich, dass sie dazu noch imstande war. Sie konnten nichts dafür, dass sie waren, was sie waren – er hatte sie dazu gemacht. Daran traf sie keine größere Schuld als Chess, wenn es um ihre Kindheit und Jugend ging. Sie hoffte, dass die Kirche sich ihrer annehmen würde.

Zwei Älteste standen neben dem Loch, das Baldarel gesprengt hatte. Der Singsang ihrer Stimmen drang bis zu Chess hinüber. Sie erneuerten die magische Versiegelung und dehnten sie wieder bis über das Loch aus. Wahrscheinlich hatte man bereits Handwerker herbeibeordert. Die Kirche verschwendete da keine …

Terrible tauchte auf. Erst als sie sich aufseufzte, bemerkte sie, dass sie bisher den Atem angehalten hatte. Er scharte seine Männer in einem kleinen Kreis um sich. Es waren weniger als zu Beginn des Kampfes. Sie fragte sich, was jetzt in ihm vorging, ob er fand, dass es das Opfer wert gewesen war oder ob er wütend war oder … was auch immer. Sie hoffte, dass sie es bald herausfinden würde.

»Cesaria.«

Der Älteste Griffin ragte mit strenger Miene vor ihr auf, doch waren die Augen unerträglich gütig. Er wusste Bescheid. Er wusste, dass nicht sie es gewesen war, wusste, dass sie gekommen war, um ihre Widersacherin aufzuhalten, das sah sie in seinen Augen und spürte es, als er sich neben sie kniete, ihr den Knebel aus dem Mund nahm und Hände und Füße von den Fesseln befreite.

»Ich war es nicht«, wiederholte sie. Es schien das Einzige zu sein, was sie hervorbringen konnte. »Das war ein Tarnzauber, sie hat Baldarel dazu gebracht, ihn für sie herzustellen, er …«

»Keine Sorge, Cesaria.«

»Ich glaube, der Fetisch ist da drüben.« Ihr Arm war so

schwer – war er immer schon so schwer gewesen? »Es tut mir leid. Ich habe erst letzte Nacht rausgefunden, was er im Schilde führte – nämlich, dass er sie betrügen wollte, ihre Aktion übernehmen und sie für seine Zwecke einsetzen –, und dann bin ich zu Lauren gegangen und hab's ihr gesagt, aber das war gar nicht wirklich Lauren, haben Sie das gewusst? Scheiße, haben Sie … Oh, tut mir leid, Sir.«

Er lächelte. »Sprich weiter.«

»Habt Ihr sie geschnappt? Habt Ihr herausgefunden, wer sie wirklich ist?«

»Der Älteste Thompson hat sie in Gewahrsam, ja. Aber ob er ihre Identität bereits festgestellt hat, weiß ich nicht.«

»Sie wollten die Geister vernichten. Wenn es keine Geister mehr gibt, können sie die Macht übernehmen. Sie haben gedacht, er wäre auf ihrer Seite, aber in Wirklichkeit hat er sie nur benutzt. Er hat ein doppeltes Spiel gespielt.«

Er nickte, und sein Blick klärte sich, als es ihm dämmerte. »Deshalb also. Er brauchte sie, um in die Ewige Stadt zu gelangen. Er brauchte diese Frau, die sich als Lauren ausgegeben hat, und die Kenntnisse der Lamaru über die Rituale der Kirche.«

Und auch ihre Kenntnisse der Tunnelsysteme, aber das behielt Chess lieber für sich. Abgemacht war abgemacht.

Einen Moment sahen sie schweigend zu, wie sich die gewaltige Höhle leerte. Die Verbindungsleute – ausgenommen Bruce Wickman natürlich – waren mit einer weiteren Räucherschale zugange und ließen süß duftenden Rauch von Wollkraut aufsteigen, um die Geister zu besänftigen. Anscheinend hatten sie Erfolg.

Andere waren mit Aufräumarbeiten beschäftigt und suchten auf allen vieren den Boden nach allem ab, was sich auch nur entfernt als Waffe einsetzen ließ.

Lex bemerkte ihren Blick; er stand schon am Loch und war im

Begriff zu gehen. Als er sie sah, hob er die Hand und schlüpfte dann am Ältesten Ramos vorbei auf den Bahnsteig.

»Cesaria … dürfte ich fragen, wer all diese Männer sind?«

Ihr rasten so viele Antworten durch den Kopf, dass sie sich nicht für eine entscheiden konnte – nur die offensichtliche Wahrheit »Der Schläger meines Dealers und sein Konkurrent, mit dem ich früher immer rumgevögelt habe« kam nicht infrage.

Also wählte sie stattdessen die einzige andere Möglichkeit, die der Wahrheit noch einigermaßen nahe kam; die, von der sie hoffte, dass sie wahr war. »Das sind Freunde von mir.«

Schon allein der Gedanke, jetzt zur Kirche zu gehen, ermüdete sie.

In den zwei Tagen seit der Schlacht in der Ewigen Stadt und dem Moment jetzt, in dem sie sich eine Handvoll Cepts in den Rachen warf, eine Zigarette ansteckte und sich die abgewetzte Decke um die Bein schlang, war sie entweder dort gewesen oder hatte gepennt, nichts sonst. Stundenlange Zeugenaussagen. Stundenlang hatte sie ihrerseits den Aussagen von Lauren – oder Cassie Benz, was, wie sich herausstellte, ihr richtiger Name war – zugehört. Der Großälteste war in Klausur gegangen, nachdem er erfahren hatte, dass die Lamaru seine Tochter umgebracht hatten, lange bevor sie überhaupt nach Triumph City gekommen war. Der Älteste Ramos hatte vertretungsweise seine Geschäfte übernommen.

Und jetzt hatte sie endlich mal einen freien Tag. Morgen würde sie wieder antanzen und zu Maguinness/Baldarel und seiner Verbindung zu den Lamaru aussagen müssen, aber im Augenblick stand endlich mal nichts an.

Wirklich und wahrhaftig *nichts*; sie war vorhin schon auf dem Markt gewesen, um sich mit einer Dosis zu versorgen, statt sich, wie Lex vorgeschlagen hatte, bei ihm zu Hause zu treffen. Sie wollte ihn nicht sehen. Oder na ja, sie wollte ihn schon sehen, aber nicht jetzt. Noch nicht.

Das war eigentlich dumm von ihr. Sie wollte nicht mal sich selbst gegenüber zugeben, wie dumm es tatsächlich war: Sie wollte ja nur nicht, dass er in der Nähe war, für den Fall, dass …

Wie war es nur möglich, dass es ihr zugleich unsagbar peinlich war und sie trotzdem stolz darauf war? Wie konnte ein kurzer Satz, wie konnten drei Wörter ein solches Echo in ihrer Seele auslösen?

Stolz war ein neues Gefühl für sie, jedenfalls Stolz, der sich nicht unmittelbar auf ihren Job bezog. Darauf war sie immer schon stolz gewesen. Und bei allem Stolz war ihr auch klar gewesen, dass sie Glück gehabt hatte und dass sie für dieses Glück dankbar zu sein hatte.

Aber das hier war was anderes. Sie rutschte auf der Couch hin und her und sah dem Rauchfaden zu, der von ihrer Zigarette aufstieg. Es brachte sie fast um, dass sie immer noch nichts von ihm gehört hatte. Sie hielt es einfach nicht aus, dass sie es vermasselt hatte. Es war ihr so unglaublich peinlich, dass sie es tatsächlich laut gesagt hatte, dass sie es ihm wirklich und wahrhaftig ins Gesicht gesagt und ihm dabei noch direkt in die Augen gesehen hatte.

Und zugleich war der Stolz immer noch da. Ja, sie hatte es getan. Sie *hatte* es ihm direkt ins Gesicht gesagt. Sie hatte eine Scheißangst gehabt, aber sie hatte sich überwunden und die Worte ausgesprochen, die sie nie zuvor gesagt hatte – jedenfalls hatte sie es nie ernst gemeint.

Und es war vergeblich gewesen. Und sie nahm an, dass sich daran auch nichts ändern würde.

Allein bei dem Gedanken daran spürte sie ein Ziehen in der Brust. Sie drückte die Zigarette aus und schnappte sich stattdessen einen Jointstummel. Sie hatte keine Termine mehr und nichts weiter vor, also warum nicht? Sie war jetzt für jede Ablenkung dankbar.

Gerade hatte sie das Feuerzeug aufgehoben, da klopfte es an der Tür.

Wahrscheinlich nur ein Nachbar, der fragen wollte, ob sie seine Post entgegengenommen hatte. Vielleicht war es auch Edsel; er hatte heute Morgen recht verdrießlich gewirkt, weil sie nicht auf einen kleinen Schwatz geblieben war. Eventuell hatte Lex sich auch doch noch einen Tritt gegeben und war zu ihr gekommen, obwohl sie ihm gesagt hatte, dass sie sich morgen nach Feierabend sehen würden.

Nichts davon traf zu. Terrible stand vor der Tür, die Hände tief in den Taschen vergraben und die Schultern auf die Art hochgezogen, die so typisch war, wenn er sich unbehaglich fühlte.

Tja, na ja. Sie selbst fühlte sich auch nicht gerade wohl in ihrer Haut. So weit alles beim Alten.

»Hi«, brachte sie hervor, als sie einen Schritt zurücktrat, um ihn einzulassen. Seine Gegenwart stieg ihr buchstäblich sofort zu Kopfe; sie musste sich einen Moment gegen die Wand lehnen. Natürlich konnte das auch an den Cepts liegen, die gerade in diesem Augenblick so schön reinknallten, dass sie es mal mit einem Lächeln versuchte.

Schrammen zierten seinen Hals und die Wangen. Ein gezackter Schnitt begann auf dem Handrücken und verschwand im langen Ärmel des Shirts, das er unter dem Bowlinghemd trug. Er zeichnete sich flammend rot ab, als er die Tür zuschob und sich dagegen lehnte.

»Hey. Alles klar?«

»Ja, ähm, alles prima.« Okay. Was jetzt? Sollte sie ihm einen Stuhl anbieten? Was wollte er überhaupt hier? Scheiße, in so was war sie gar nicht gut! »Und du? Wie geht's dir?«

Er zuckte die Schultern. Starrte zu Boden.

»Hey, ich hab mich noch gar nicht richtig bedankt. Dafür, na ja, dass du mich aufgespürt und die Jungs zusammengetrommelt hast, um mir zu helfen und so.«

»Dafür nicht. Ist denn jetzt alles geklärt? Die Stadt wieder zugemauert und so?«

»Jupp. Neue Türen, das ganze Programm. Sie hatten wohl schon welche parat, schätze ich. Der Älteste Griffin meinte …« Sie zögerte einen Augenblick und wartete auf den Schmerz in den Handgelenken, doch er blieb aus. Man hatte den Bindenden Eid gelöst, unmittelbar nachdem sie die Ewige Stadt verlassen hatten. Sie hatte lieber nicht allzu lange darüber nachgedacht, ob man es vielleicht auch deshalb so eilig damit gehabt hatte, weil den Kirchenoberen erst jetzt nach dem Kampf dämmerte, über welche Macht Chess damit verfügte. Egal – unterm Strich kam das Gleiche dabei raus. Keine Male mehr, kein Bindender Eid. »Der Älteste Griffin meinte, dass sie eh noch ein paar Ersatzteile auf Lager hatten, also war das Einzige, was wirklich repariert werden musste, die Wand.«

»Und sind welche von den Geistern abgehauen?«

»Einige wenige, glauben wir. Schwer zu sagen, weil so viele absorbiert worden sind. Aber wir gehen ziemlich fest davon aus, dass es nur ein paar nach draußen geschafft haben. Die kriegen wir schon. Die Kirche muss vielleicht ein paar Entschädigungen zahlen, aber das ist nichts im Vergleich dazu, was passiert wäre, wenn wir jetzt keine Psychopomps mehr einsetzen könnten oder wenn es Baldarel gelungen wäre, alle Geister zu absorbieren und die Macht zu übernehmen. Am Ende … ist alles vergleichsweise gut ausgegangen.«

Er nickte. »Na, astrein.«

»Ja.« Sie biss sich auf die Lippe. Stand er nur deswegen hier in ihrer Küche, bei ihr in der Wohnung? Nur, um zu hören, wie die Lage sich entwickelt hatte?

Es war sein gutes Recht, sich danach zu erkundigen und auch eine Antwort zu bekommen. Trotzdem tat es ziemlich weh.

»Hey, willst du vielleicht 'n Bier oder so?«

»Ja, wär klasse.«

Sie stürzte davon, zog zwei Bier aus dem Kühlschrank und stellte sie auf die rissige Arbeitsplatte. Ein löchriges Geschirrhandtuch baumelte vom Griff des verwaisten Ofens, dessen einzige Funktion darin bestand, ihre Hände vor den scharfen Kanten von Kronkorken zu schützen. Zu dem griff sie jetzt, schnickte den einen Verschluss ab, nahm sich das zweite Bier vor …

»Dachte, du wärst tot.«

Sie warf ihm einen Blick zu. Er hatte sich nicht vom Fleck gerührt. Na ja, sie konnten ja genauso gut über irgendwas reden, oder? Selbst wenn er sich ein etwas merkwürdiges Thema ausgesucht hatte. »Ja, eigentlich hatte ich selbst zwischendurch ziemlich Schiss, ich meine …«

»Nee. Jetzt haste mich falsch verstanden.« Er räusperte sich, was aber nicht viel zu helfen schien, denn als er sprach, klang seine Stimme immer noch irgendwie rau. Gepresst. Immer noch das gleiche vertraute Sandpapier-Grummeln, aber … angestrengt. Ihr ging plötzlich auf, dass sie ihn noch nie, nicht ein einziges Mal, seit sie ihn kannte, ängstlich oder nervös erlebt hatte – bis jetzt. Ihr Herz machte einen kleinen Satz, als sie die andere Bierflasche öffnete und sich zu ihm herumdrehte.

»Ich dachte, du wärst tot, als Lex da plötzlich bei mir vor der Tür stand, weißte? Und als wir dann versucht haben, dich anzurufen, und du bist nicht rangegangen … stundenlang sind wir da durch die Gegend gekurvt, echt. Die ganze Zeit über hab ich da gedacht, du bist tot. Und wie wir dich dann endlich gefunden haben und auf den Bordstein gefahren kommen, da bist du ganz weiß, so verflucht *weiß,* Chess, ganz blutig und bewegst dich kein Stück. Da hab ich's wieder gedacht.«

Er machte eine Pause. Eine Sekunde zuckte sein Blick zu ihr herüber, bevor er sich wieder abwandte, so schnell, dass sie fast glaubte, sie hätte es sich eingebildet.

»Ich hab … Scheiße. Hat mir gar nicht geschmeckt. Dass du vielleicht nicht mehr da bist.«

»Ich wusste, dass du mich finden würdest«, sagte sie leise. Sie wollte ihn nicht aus dem Tritt bringen, aber sie hatte das Gefühl, dass sie ihm ein bisschen Sicherheit geben musste. Einfach irgendwas sagen. Sie wusste, wie es sich anfühlte, wenn man jemanden anguckte und glaubte, dass er tot war. Sie würde nie vergessen, wie er da auf dem löchrigen Gehweg gelegen hatte, die Augen geschlossen und die Brust reglos und still. Und dass auch sie das Gefühl gehabt hatte, man habe ihr das Herz aus dem Leib gerissen.

»Aber ganz sicher war ich mir nicht, und das … Ach Mist! Ich bin echt nicht besonders gut in so was, hm? Krieg's einfach nicht richtig raus. Wollte nur sagen, dass es mich fast umgebracht hat, der Gedanke, dass du vielleicht tot bist. Hab sogar gedacht, es ist nur halb so schlimm, dich zusammen … zusammen mit Lex zu sehen, als wenn du …«

»Ich bin nicht mit Lex …«

Er schüttelte den Kopf. »Hab ich ja gar nicht gesagt. Hab dich mit ihm zusammen beobachtet, und da hab ich gewusst, dass du die Wahrheit gesagt hast. Hab nur gedacht, sogar das wär mir lieber, klar? Wenn du mit ihm zusammen bist, als dass du tot wärst. Und du …«

Er holte tief Luft, langsam und vernehmlich, während Chess' ganzer Körper prickelte.

»Was du da zu mir gesagt hast, du weißt schon. Meinste das auch so? Ganz ehrlich?«

Mist!

Es war ja eine Sache, die Heldin zu spielen, wenn die ganze

Welt um sie herum zusammenbrach und sie glaubte, jeden Augenblick sterben zu müssen. Aber es war etwas ganz anderes, mutig zu sein, wenn er sich hier gegen ihre Tür lehnte und ihre Hände leicht zitterten und sie wusste – *wusste* –, dass jetzt alles anders werden würde. Nicht nur zwischen ihnen, sondern ihr gesamtes Leben. Dass sie Sicherheit und Privatsphäre aufgab, wenn sie jetzt die Wahrheit sagte, und dass sie verletzt werden konnte. Dass sie verletzt werden *würde*, bei ihrem Glück.

Die Furcht führte sie in Versuchung: Sag einfach Nein, beende dieses Gespräch, schick ihn weg. Aber sie konnte nicht. Das würde ihn kaputt machen, und den Gedanken, ihm so etwas noch einmal anzutun, ertrug sie nicht. Es wäre eine Lüge, und davon hatte sie langsam mal genug erzählt – vor allem ihm.

Sie nahm einen Zug und schluckte schwer. »Ja. Ich mein's ernst. Wirklich, Terrible.«

Er regte sich nicht. Ebenso wenig wie sie. Sollte sie jetzt zu ihm hinübergehen? Was sollte sie jetzt machen? Panik stieg in ihrer Brust auf, und sie kämpfte sie nieder.

»Ich will dir echt glauben«, sagte er endlich. »Hab dich … hab dich krass vermisst, wirklich. Aber ich weiß nicht genau, ob ich's kann.«

Scheiße! Sie hätte gerne gesagt, dass sie überrascht war, aber leider war das nicht der Fall. Sie konnte ihm nicht mal einen Vorwurf machen. Sie würde sich an seiner Stelle auch nicht über den Weg trauen; verdammt, es fiel ihr schon schwer, sich *selbst* zu trauen.

Es schien eine Ewigkeit zu dauern, den klebrigen Linoleumboden ihrer winzigen Küche zu überqueren. Ihre steifen Finger umklammerten noch immer das Bier. Sie sah sich selbst dabei zu, wie sie einen Schritt vor ihm stehen blieb.

»Ich hab dir noch nie richtig erzählt, was damals passiert ist.« Sie wollte zu ihm aufsehen, brachte es aber nicht über sich, weil sie spürte, dass ihr Gesicht glühte. »In der Nacht, als du erschossen wurdest, meine ich, in der Nacht bei diesem Haus. Ich hatte keine Ahnung, was los war. Ich lag am Boden und sah dich. Du hast dich kein bisschen mehr gerührt, und da kam ein Psychopomp auf dich zugeflogen …«

Sie schüttelte den Kopf. »Ich hab ihn umgebracht. Oliver Fletcher wollte mich davon abhalten, aber da hab ich ihm die Pistole auf die Brust gesetzt und hätte ihn fast auch noch abgeknallt … weil ich den Gedanken nicht ertragen konnte, dass du sterben könntest, und es war mir egal, ob sie mich dafür hinrichten …«

Er legte ihr die Hand auf den Hinterkopf und zog sie mit einer einzigen, kräftigen Bewegung zu sich heran. Sie hatte kaum Gelegenheit, es zu bemerken, bevor seine Lippen die ihren berührten.

Es lag keine Wut in diesem Kuss, keine Spur von der Verwirrung, die sie zuvor von ihm empfangen hatte. Es fühlte sich an wie der erste Kuss im *Tickster's*, wie der zweite auf dem Dach. Es gab nur noch sie beide, und nichts stand mehr zwischen ihnen. Keine Hindernisse mehr.

Beide Flaschen fielen ihr aus der Hand; sie registrierte beiläufig, dass sie zerplatzten, hörte, wie der Schaum über den Boden quoll und spürte, wie er kalt über ihre nackten Füße leckte. Aber im Moment war ihr das so egal wie nur was. Sie schlang ihm die Arme um den Hals und drückte sich an ihn. Er war fest und warm und ganz echt. Er ballte die Hand in ihrem Haar zur Faust und zog ihr den Kopf in den Nacken, sodass er mit den Fingerspitzen über ihr Brustbein streichen konnte. Kleine Schauer rannen ihr über den Rücken.

Er hob den Kopf und sah sie an. Schenkte ihr einen Blick in seine Augen und auf das, was dahinterlag. »Ich doch auch. Weißte ja, oder? Lieb dich auch, Chessiebombe.«

»Ja. Ja, verdammt, weiß ich. Scheiße, Terrible, ich lieb dich echt …« Sie gab sich keine Mühe, den Satz zu beenden. Nicht jetzt, wo sein Gesicht so nahe an ihrem war und sie ihn einfach küssen konnte, statt noch mehr Worte zu verschwenden.

Worte waren sowieso nicht genug. Ganz egal, wie gut sie sich anhörten oder wie gut es sich anfühlte, sie zu sagen, es gab andere Wege, bessere Wege. Vielleicht dauerte es noch eine Weile, bis er ihr wieder vollständig vertraute. Das mit Lex würde er ihr vielleicht nie verzeihen; ach zur Hölle, sie wusste, dass es so war und dass ihr die Sache wahrscheinlich sogar eines Tages noch mal auf die Füße fallen würde. Sie spürte, wie sie im Verborgenen lauerte, ein weiteres schmutziges Geheimnis für ihre Sammlung, noch etwas, für das sie sich schämen konnte, zusammen mit den vielen anderen Dingen, die sie tief in sich begraben hatte.

Aber er wollte es immerhin versuchen, er wollte mit ihr zusammen sein. Und sie *musste* es einfach probieren. Wollte es mit ganzem Herzen. Wenn das bedeutete, dass sie Gefahr lief, ihrem traurigen Leben eine weitere elende Episode hinzuzufügen, war das doch schließlich nichts Neues, oder? Und es bestand immer noch die Möglichkeit, die unwahrscheinliche Möglichkeit, dass es anders kommen würde. Dass sie endlich mal was richtig machen würde. Und wenn es jemanden gab, der ihr Hoffnung machte, dann war *er* es.

Also ließ sie sich von ihm aus der klebrigen Bierpfütze heben, in der sie standen, und ins Schlafzimmer tragen. Plötzlich kam ihr der vor ihr liegende Tag nicht annähernd lang genug vor. Er würde nie und nimmer ausreichen, um alles auszusprechen, was sie ihm zu sagen hatte.

Danksagungen

Wie immer gilt der größte Dank meinem Ehemann Stephen und unseren beiden kleinen Mädchen für ihre unendliche Geduld und die Unterstützung. Ich danke meinem Agenten Chris Lotts sowie Liz Scheier und Shauna Summers. Die Zusammenarbeit mit Liz und später mit Shauna war eine großartige Erfahrung, für die ich unendlich dankbar bin. Ich möchte mich außerdem herzlich bei Jessica Sebor, Apirl Flores und allen anderen bei Del Ray bedanken, die mir jederzeit das Gefühl vermittelt haben, geschätzt und hochwillkommen zu sein.

Emma Coode und Natalie Costa Bir in England bzw. Australien kann ich gar nicht genug dafür danken, wie sehr sie sich für diese Reihe stark gemacht haben.

Und natürlich wäre ich nichts ohne all die Freunde, die mir geholfen, mich unterstützt und auch mal wieder auf den Boden geholt haben, wenn ich ausgeflippt bin. Cori Knell, Caitlin Kittredge (von denen ich mir die *Poor Dead Bastards* geborgt habe), Stacey Jay, Richelle Mead, Mark Henry, Jackie Kessler, Jaye Wells, Shannan Palma, Ann Aguirre, Yasmine Galenorn, Kaz Mahoney, Synde Korman und die ganze Liga der Widerwilligen Erwachsenen – ich danke euch. Vielen Dank auch an Mike Mignola und natürlich an die Leser meines Blogs und diejenigen, die mir auf Twitter folgen.

Last but not least möchte ich mich bei Charlene Harris und Karen Marie Morning bedanken, die tatsächlich das Buch einer völlig Fremden in die Hand genommen haben und es gut genug fanden, um es ihren Lesern zu empfehlen. Ich bin überwältigt.

Julie Kenner

Blood Lily Chronicles

Roman

Der Tod ist erst der Anfang!

Nachdem ein brutaler Angriff auf ihre Schwester verübt wird, schwört Lily Carlyle, sich an dem Schuldigen zu rächen. Das gelingt ihr auch, doch sie verliert dabei ihr eigenes Leben. Der Himmel gewährt ihr allerdings eine zweite Chance – unter der Bedingung, dass sie sich den Kräften des Guten anschließt und gegen Dämonen kämpft …

Band 1: Erwachen
368 Seiten, kartoniert mit Klappe
€ 9,95 [D]
ISBN 978-3-8025-8396-4

Band 2: Zerrissen
304 Seiten, kartoniert mit Klappe
€ 9,99 [D]
ISBN 978-3-8025-8397-1

Band 3: Versuchung
304 Seiten, kartoniert mit Klappe
€ 9,99 [D]
ISBN 978-3-8025-8398-8